야생의 심장 콩고로 가는 길 2

일러두기

-본문에 나오는 외국 인명, 지명 등의 표기는 국립국어원의 규정을 따랐다. 다만 외래어 표기
규정과 세칙이 없고, '외래어 심의회'에서 심의된 표기가 없는 아프리카 인명, 지명의 경우 원
지음(原地音)을 따르는 것을 원칙으로 했다.
-본문의 주석은 내용의 이해를 돕기 위해 모두 옮긴이가 작성했다.

야생의 심장

콩고로 가는 길 2

레드몬드 오한론 지음

이재희 옮김

바다출판사

아내 벨린다에게

2부 사말레의 수수께끼

_1권에 이어서

3부 환상의 공룡 모켈레음벰베

2부

/

사말레의
수수께끼

1권에 이어서

❖ 첫 여정

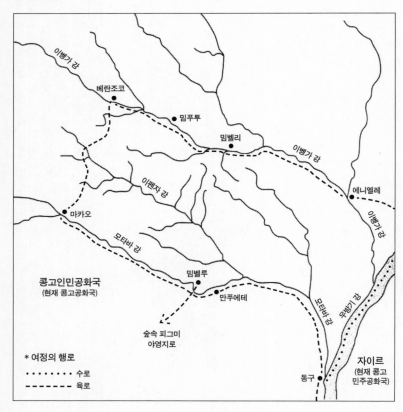

마리화나와 의문의 사나이

마르셀랭이 다리를 차며 벌떡 일어나 뒤로 물러났다. 의자가 우당탕 뒤로 넘어갔다. 그는 금시라도 칼라슈니코프 소총이 발사돼 총알이 나무문을 뚫고 들어올 것처럼 문 왼편 진흙벽에 몸을 바짝 붙이고 경계했다. "신분을 밝혀라!" 마르셀랭은 왼뺨을 벽에 대고 문틈으로 소리쳤다. 양손으로는 벨트에 찬 서류 주머니의 지퍼 고리를 잡으려고 허둥댔다. "동지! 나는 인민공화국 관리다!"

자비에 바그는 한밤중의 불시 침입에 익숙한 듯 노쇠한 무릎에서 나는 우두둑 소리와 함께 자리에서 일어나, 뻣뻣하게 세 걸음 정도 문 쪽으로 가 육중한 나무문을 옆으로 밀어 열었다.

"동지!" 웅제가 현관에서 춤을 추며 소리쳤다. 폭소를 터뜨리며 한 손에는 모자를, 다른 손에는 담배를 쥐고 있었다. "동지 맞잖아요, 안 그래요?"

"웅제!" 마르셀랭이 이렇게 말하며 공식 서류를 표 나지 않게 살짝 서류 주머니에 밀어 넣으려고 했지만 입구를 찾지 못해 애를 먹고 있었다. "조용히 해! 소란 떨지 마! 도대체 지금까지 어디 있었던 거야? 조용히!"

웅제가 담배 만 것을 테이블에 올려놓고는 오른손을 들며 이렇게 말했다. "고맙소, 고맙소, 동지. 괜찮다면 그 서류를 좀 살펴보겠소."

술에 취한 마르셀랭이 자기도 모르게 서류를 보여주려고 하다가 카카어로 욕일 게 뻔한 말을 퍼부으며 마침내 서류 주머니에 넣었다.

자비에 바그는 어리둥절해하며 문을 닫고 자리에 앉았다.

웅제는 테이블 주위를 셔플댄스를 추며 빙빙 돌면서 톤이 높은 마르셀랭의 목소리를 그럴싸하게 흉내 내며 노래를 불렀다. 자기가 프랑스어로 지어 부른 노래로 대충 번역해보면 이렇다. "나는 인민공화국의 관리! 나는 위대한 빅맨, 그런데 그건 날 피곤하게 하지! / 내가 당신한테 (래리의 어깨를 찰싹 치며) 그리고 당신한테 (내 머리를 쓰다듬으며) 말하는데 / 웅제도 동구의 고위급 관리!"

"점잖게 굴어!" 마르셀랭이 자리에 앉으며 말했다. "그런데 웅제, 이게 다 뭐야? 무슨 일이야?"

"마리화나예요, 삼촌." 웅제가 바그 옆에 있는 테이블 가장자리에 걸터앉으며 말했다. "마리화나요! 나는 문으로 살살 기어와서 엿들었어요. 열심히 집중해서 들었죠. 혹시 베란조코의 인민당 위원회 부회장이 있으면 어떡해요. 마리화나는 알다시피 불법이잖아요! 그런데 인민공화국의 관리가 끔찍한 말을 하는 걸 들었지 뭐예요. 당의 학교에 대한 말이죠. 감옥에 갈 수 있어요. 동구에서 그렇게 말하면 감옥 가요!"

마르셀랭이 퉁명스럽게 말했다. "내가 왜 네 삼촌이야? 그리고 어디 있었던 거냐? 마누는 또 어디 있고? 두 사람 다 나한테 일일이 보고하겠다고 하지 않았어? 내 텐트를 쳐야 하는데!"

"텐트를 쳐야 한대." 웅제가 웃으면서 쿠바군 모자를 휙 돌려 허공에 띄우더니 놀랍게도 다시 받아냈다.

래리가 말했다. "나는 텐트 쳤어."

"길 건너편에 있었어요. 앙투안이 아는 남자하고 같이요. 그 남자한테 딸이 셋 있는데 한 명은 나, 한 명은 앙투안, 그리고 제일 못생기고 마른 애는 마누! 꼬마 마누는 마른 애 짝이 됐어요, 삼촌."

마르셀랭이 말했다. "앙투안이 너하고 있었어? 지금은 어디 있니? 지금 말이야." 바그가 테이블 가운데에 있는 나뭇조각에 묶인 커다란 검은색 매듭을 멍하게 바라보더니 화가 잔뜩 난 목소리로 혼잣말했다. "도시가 돌아가는 식이 변했어. 프랑스인의 방식이……."

"그래서 내가 이렇게 모자를 입에 물고(웅제는 입에 모자를 물었

다) 소리쳤죠. 무장 방위군이다. 문 열어!"

"그래, 들었어. 이 한심한 인간아." 래리가 정신을 차리고 말했다.

응제는 왼쪽 눈은 야자술 주전자에 초점을 맞추고 오른쪽 눈으로는 뗄 수 있는 눈알이 붙어 있는 해골에 초점을 맞추려고 하며 모자를 다시 쓰고 주전자를 들어 남은 술을 다 마셨다. 그러고는 벌떡 일어나 구석에 놓인 들통으로 갔다.

"앙투안은 지금 어디 있어?" 마르셀랭이 소리쳤다.

"진정해요. 마리화나가 있다고요. 최상품이에요. 센 거라고요." 응제가 이렇게 말하고 주전자를 채워 입으로 가져갔다.

"컵!" 바그가 소리치며 벌떡 일어나 어지러운지 비틀거리면서 커튼을 열고 들어갔다. 와장창, 냄비와 호리병이 선반에서 떨어졌고 잠시 후 정적이 흘렀다.

마르셀랭이 말했다. "기절한 거예요. 잠들 거예요, 바그 할아버지. 잠이 필요하지."

응제가 주전자를 다시 테이블로 가져오며 한 모금 더 마시고 바그의 자리에 앉았다. 바그의 잔에 술을 따르고 단번에 들이켰다. 목젖이 요요처럼 오르락내리락했다. 응제가 눈을 반달로 만들고 활짝 웃으며 래리에게 말했다. "어이, 친구! 술 드릴까?"

"고맙지만 됐네."

마르셀랭이 응제 쪽으로 다가와 팔을 덥석 잡고 말했다. "앙투안 어디 있냐고?"

"마리화나예요, 삼촌." 응제가 몸을 빼며 말했다. "말했잖아요, 최상이라고요. 중앙아프리카에서 온 판매상이 베란조코에 있어요. 시계도 갖고 있어요. 금시계요. 저기 테이블 위에 있는 게 마리화나예요. 2,500세파프랑. 레드몬드 삼촌이 돈을 낼 거예요. 우리는 계속 피웠죠. 하지만 앙투안이 나보다 더 많이 피웠어요. 지금 바닥에 누워 있어요. 마누는 속이 안 좋대요. 앙투안이 말했죠. '응제, 이거 마르셀랭한테 갖다 줘. 백인들이 돈을 낼 거야. 그리고 마르셀랭한테 말해. 이 선물에 대한 답례로 내일 총 한 자루가 필요하다고 말이야. 내일 사냥을 갈 거야. 그러니 총이 있어야지. 총 한 자루하고 탄환 많이!'"

"대단한 뉴스군. 기분 좋은 뉴스야." 래리가 눈을 크게 뜨고 얼른 말했다.

마르셀랭이 술을 깨려고 머리를 흔들며 말했다. "응제, 앙투안은 지금 자고 있어? 확실해? 좋아, 내 파이프를 갖고 오지. 레드몬드가 준 파이프 말이야. 영국 옥스퍼드에서 온 파이프." 그러고는 문을 열어놓은 채 밖으로 나갔다.

래리가 예의 그 이상한 밭은기침을 하며 말했다. "그걸 하겠다면 어쩔 수 없지. 자네들이 그걸로 뇌를 곤죽을 만들고 요상해져서는 거품을 물지 뭘 할지 모르겠지만, 나는 멀쩡히 그걸 보고 있는 건 안 하겠네." 래리는 자리에서 일어나 계속 말했다. "그리고 레드소, 혹시 눈치 채지 못했을까 봐 말해주는 건데 여기 이 기분 나쁜 작은 방은 한증탕 같아. 모기 50만 마리가 무상으로 들어와서 마구 피를 퍼가는 한증탕 같은 곳이야. 말라리아 구덩이지." 열린 문 앞에서 뒤를 돌아보고 여전히 기침을 해대며 말했다. "미안해, 레드소. 나는 지쳤어bushed, 취했고jungled. 아마 'bushed'라는 말은 정글의 덤불bush에서 온 말인가 봐. 나는 잠이 필요해. 내 뇌가 잠을 필요로 해. 그리고 너 안 좋아 보여. 보통 때는 나도 인정해. 놀라운 일이지만 너는 정신이 바로 박힌 사람이야. 그게 내가 생각하는 너야. 하지만 지금 네 모습을 봐. 빤히 응시하는 눈! 연쇄살인마 같아! 잠 좀 자, 레드소. 너 잠이 필요해. 잠 좀 자라고!"

밖에서 마르셀랭이 래리를 밀고 안으로 들어왔다. "가져왔어! 내 파이프! 마리화나!"

"마약쟁이." 래리가 이렇게 말하고 가버렸다.

응제가 문을 닫고 여섯 개의 빗장을 다 질렀다.

그리고 자리에 앉으며 첫 영어 단어를 입 밖에 내보았다. "슬립sleep." 나를 보고 한쪽 입이 처진 천사같이 순수한 웃음을 보이더니 오른손 엄지와 집게손가락으로 테이블에 놓인, 바짝 마른 거무스름한 초록색 마리화나 뭉치의 끝을 부서뜨렸다. "슬립, 블루진, 카우보이, 아무르카, 도요타, 닛산, 유나이티드 헤이츠."

"아메리카, 유나이티드 스테이츠." 마르셀랭이 고쳐 말하며 잘게 부순 연초와 몇 조각의 줄기, 다섯 개의 씨앗을 브라이어 파이프에 세게 밀어 넣었다.

만족스러울 정도로 파이프가 채워지자 촛농이 파이프 안에 떨어지지 않도록 조심하면서 초로 불을 붙였다. 그러고는 뒤로 기대 앉아 길고 세게 파이프를 빨고는 퀴퀴한 공기 속으로 연기를 두 번 내뿜고 파이프를 응제에게 건넸다. 응제는 아기가 젖꼭지를 빨듯 침을 묻혀가며 몇 번을 깊이 빨고는 내게 건네주었다. 나는 눈치 채지 못하게 살짝 파이프를 축축한 겨드랑이에 끼고 침을 닦은 후 매캐하면서도 쓰고, 달착지근하면서도 메스꺼운 연기를 깊이 들이마셨다. 야자술 같은 연기였다. 그러고는 파이프를 테이블 맞은편에 있는 마르셀랭에게 다시 건넸다.

우리는 아무 말도 하지 않고 파이프를 돌려가며 마리화나를 피웠다. 래리 말이 맞았다. 방에 모기가 가득했다. 내 귀에서 윙윙대고 팔에서 피를 빨고 있었다. 어떻게 몰랐을까? 이 마을에 말라리아가 있었나? 당연히 있었겠지. 왜 연기에도 날아가지 않지?

응제가 아직도 천사 웃음을 지으며 나에게 말했다. "삼촌, 삼촌도 우리하고 같이하네요. 진짜 그러네."

"당연히 같이하지." 마르셀랭이 몸을 앞으로 기울이며 말했다. "당연히 함께하지. 항상 끼어들잖아. 남의 인생에도 끼어들고. 고약한 진보주의자잖아. 아니면 욕심 많은 실리주의자거나. 네가 어떻게 보느냐에 따라 다르지. 정말 그렇지. 하지만 확실한 것 하나는 말할 수 있어. 레드몬드는 쥐뿔도 모르는 사람이야. 거기엔 의심의 여지가 없어. 전혀 없지." 이렇게 말하고 마르셀랭은 왼팔을 베개 삼아 테이블 위에 머리를 댔다.

응제는 파이프를 테이블 다리에 대고 탁 치더니 한 번 더 채우려고 했다. "씨앗으로, 삼촌. 씨앗으로. 힘이 나도록!" 응제의 미소는 더 이상 신선하지 않았다.

마르셀랭이 오른손으로 눈을 덮었다. "어젯밤 악몽을 꿨어."

손가락 틈으로 테이블 건너편을 보았다. "나는 아버지, 아내, 장인어른과 함께 집에 있었어. 세 사람이 이렇게 말했어. '왜 그래? 왜 아내와 아이를 두고 떠나? 네 딸 바네사 스윗 그레이스가 네가 보고 싶어 울잖아. 자면서도 네가 보고 싶어 울어. 아이한테는 보호자가 필요해. 집에 있어줄 사람. 그래서 아이를 남에게 줘버렸어. 왜냐하면 네가 밀림으로 갔잖아!' 레드몬드, 이건 당신 잘못이에요. 그래서 이렇게 약이 필요한 거예요. 하지만 아무 소용없네요. 술을 너무 많이 마셨어요. 너무 취했다고요. 그러니 마리화나도 도움 안 돼요."

응제가 말했다. "걱정 말아요, 삼촌. 걱정 마요. 삼촌 파이프는 내가 잘 갖고 있을게요."

"앙투안!" 마르셀랭이 갑자기 후다닥 일어났다. "앙투안! 내가 여기 이러고 있으면 안 되지!"

마르셀랭은 쓰러질 듯 좌우로 비틀거리며 문을 열었다. "레드몬드, 내가 나가면 문을 잘 잠가요! 경고했어요. 아프리카에서는 밤에 문을 꼭 잠가야 해요!"

그는 한 손으로는 열린 문의 바깥쪽 가장자리를 잡고 다른 손은 문설주에 대고 방 안으로 다시 몸을 쓱 기울이며 말했다. "아마 당신은 날 이해한다고 생각하겠죠." 술에 취해 그의 발음이 분명하지 않았다. "그리고 나도 당신을 이해한다고 생각해요. 그러니 어떤 사람들은 우리를 친구 사이라고 부르겠죠. 그리고 나는 당신이 찾는 게 뭔지 알았어요. 당신은 모든 걸 알고 싶어 해요, 그렇죠? 아프리카에 대한 모든 것? 아니면 인생의 비밀?"

"맞아." 나는 정신이 혼미한 채 말했다. "그런 것 같아. 누구나 그렇지. 하지만 인생의 비밀 같은 건 없어."

"오, 아니에요, 있어요. 무식한 친구 같으니! 내 백인 친구! 미스터 일자무식. 비밀을 말해줄게요. 왜냐하면 그럴 자격이 있으니까. 웅제? 레드몬드? 잘 듣고 있나?"

웅제가 딸꾹질을 했다.

마르셀랭은 입구에 서서 이렇게 읊조렸다. "약간의 술 / 약간의 빵 / 그리고 약간의 돈 / 그 이상 좋을 순 없다." 그러고는 어둠 속으로 사라졌다.

웅제와 나는 아무 말 없이 파이프만 주고받으며 마리화나를 피웠다. 웅제의 눈은 자신을 보고 있는 것 같았다. 마누가 했던 말이 떠올랐다. "그런 눈을 갖고 있으니 당연히 웅제가 아름다운 음악을 만들 수밖에 없죠. 웅제는 특별한 힘을 가졌어요. 그런 눈을 가졌기 때문에 혼의 세계를 볼 수 있어요. 그리고 그런 식으로 밤을 보내는 모든 마을에서 젊은 여자들에게 최면을 거는 거예요……."

잠시 후 나는 혼잣말을 했다. 문을 잠가야지, 꼭 그래야지.

파이프 불이 꺼졌다. 나는 파이프를 내려놓고 주머니를 뒤졌다. 아무리 뒤져도 라이터가 없었다. 주머니 안에 있던 물건들을 매우 천천히 테이블에 올려놓았다. 그리고 의기양양하게 쳐다봤을 때 웅제는 사라지고 없었다.

나는 차분해지는 것을 느꼈다. 사라지지 않고 늘 있었던 자잘한 통증, 오른발에 생긴 두 개의 작은 종기, 흑파리, 모기, 체체파리에 물린 가려움에서 처음으로 완전히 벗어났다. 그러나 그 외에는 아무 느낌도 없었다. 그래서 다시 파이프를 채웠다.

'관둬.' 불을 붙이며 혼잣말을 했다. '너무 늙은 거야. 젊을 때 처음 피웠을 때하고 같을 수 있겠어? 게다가 마리화나라면 네가 정말 좋아하는 것도 아니잖아. 그러니 아무 효과가 없지. 위스키라면 달랐겠지. 래리 말이 맞았어. 래리는 언제나 옳아. 일상, 그게 필요한 거야. 단련, 그게 필요한 거지. 그런데 마리화나는 모두를 잠들게 하는 건 아니군. 잠이 문제는 아니잖아. 한 번도 문제였던 적이 없지. 넌 오히려 적절한 자극제가 필요해. 커피 같은 것. 죽는 날이 올 때까지 그저 침울하게 하루를 보내지 않도록 해주는 것. 그래서 죽음이 네 방에 와 있을 때조차 알아채지 못하게 해주는 것. 칙칙한 운하에 작은 쓰레기가 부드럽게 가라앉듯이. 작은 쥐똥처럼 말이야. 정신을 붙잡고 있어야 해. 그게 비결이야. 텅 빈 우주, 광활한 무無, 무심한 광대무변함에 정신을 흘려보내지 않도록 하는 거야. 그런 터무니없는 것은 먹물버섯이나 강물의 논병아리에 대해 사색하며 흘려보내야 하는 거야. 죽음이 언제 왔지? 필연적인 죽음이? 아마도 10억 년 전에……'

학창 시절의 생물실험실로 돌아가 있었다. 겨우 25년 전 일이다. 포르말린 냄새, 산이 묻은 흔적이 있는 의자, 분젠 버너 마개, 실험실 맨 뒤 유리 캐비닛 안에서 빛나던 황동 렌즈관이 있는 현미경, 검정 슬라이드 받침대, 그 모든 것의 신선함, 흥분감, 생명에 대한 연구, 해부용 접시 위에 놓인 배를 가른 개구리의 갈색, 보라색, 초록색. "자, 녹조류를 보자." 뿔테 안경을 쓴, 공같이 생긴 생물학 선생님이 손수건에 침을 퉤 뱉어 칠판을 깨끗하게 닦았다. 그러고는 왼손은 바지 벨트와 꼬리뼈 사이에 넣어 집중할 때마다 엉덩이를 긁고 분필을 쥔 오른손으로는 거의 공 모양의 조류 무리를 그렸다. "자, 여러분, 여기 녹조류가 있다. 연못이나 말구유, 물웅덩이에서 살고 있는 자유생활식물이다. 같은 계열을 살펴보자."(그는 말을 멈추었지만 오른손은 여전히 그림을 그리고 왼손은 계속 엉덩이를 긁고 있었다.) "아니면 오한론과 윈체스터가 억센 아줌마들처럼 수다 떠는 걸 멈추고 우리가 조용히 생각할 수 있게 해준다면 그때 식물 계열을 살펴보자. 판도리나Pandorina! 플레오도리나Pleodorina! 볼복스Volvox! 자 이제, 이게 판도리나다."(그 사이 판도리나는 그의 짧고 통통한 손가락—가운데 관절 사이에 텁수룩하게 검은 털이 난—아래서 하나의 예술작품이 되어가고 있었다.) "판도리나는 세포 열여섯 개로 이뤄져 있다. 이 세포들은 적당한 크기가 되면 모두 세포분열을 한다. 늙었다고 죽는 게 아니라 끝도 없이 증식할 수 있지. 만일 연못이 건강한 상태로 유지된다면 그들은 영원불멸할 수 있다. 하지만 불쌍한 플레오도리나는 윈체스터가 아마 나에 대해 그렇게 말하듯, 아니면 오한론에 대해 그렇게 말할 것 같은데, 아무튼 플레오도리나는 몸, 신체의 부담을 지고 있다. 이렇게 서른두 개의 세포로 이루어져 있지. 그리고 이 세포집단이 딸세포집단을 형성하면 네 개의 세포가 죽게 된다. 으으으…… 불쌍하도다!" 한 번 더 세포분열을 하면 또 다른 세포들의 죽음이 기다리고 있다. "얘들아, 이건 무척 슬픈 일이다. 정말 슬픈 일이야."

그리고 불쌍한 볼복스에 대해서도 기억했다. 볼복스에게 죽음은 서류가방을 들고 곧바로 걸어 들어온다. 그리고 재킷을 걸어놓고 그냥 거기 머문다. 볼복스는 25만 개의 세포로 이뤄져 있는데 세포분열을 하면 1,000개 중 하나만 살아남는다. 그렇다면 우리는 어떤가? 가끔 생기는 난자와 몇 개의 정자가 만나는 것 그 이상도 이하도 아니다.

바깥에서 올빼미 우는 소리가 들렸다. 매우 가까이 들렸고 점점 더 가까워졌다. 그보다 더 가까이에서 휘파람오리나 홍머리오리 무리가 우는 듯했다. 매우 생생해서 실제로 테이블 밑에 있는 것 같았다. 의자에서 떨어지지 않도록 테이블 가장자리를 꽉 붙잡고 몸을 숙여 테이블 밑을 봤다.

응제가 머리는 내 쪽을 향한 채 태아처럼 몸을 말고 누워 있었다. 낮게 코를 골고 숨을 내쉬며 오리처럼 휘파람 소리를 냈다. 엄청나게 큰 바퀴벌레 한 마리가 더듬이를 바짝 세우고 응제의 목에 있는 땀방울을 빨고 있었다. 축배의 대상인지 혐오의 대상인지 아직 확신하지 못하고 촉수를 부지런히 움직이고 있었다.

"코코! 들어가도 됩니까?" 누군가 내 머리 위에서 말하는 것 같았다.

의자에 똑바로 앉았다. 너무 놀라 말문이 막혀 방문자를 멍하니 보고만 있었다.

"마리화나 냄새를 맡았소. 밖은 어둡습니다." 그는 내 위로 슥 나타나며 말했다.

그는 몸집이 엄청나게 컸고 만푸에테의 그 미친 사령관보다 키가 더 컸다. 어깨는 두 배로 넓어 보였다. 검정 부츠에, 검정 바지, 검정 티셔츠를 입고 그 위에 연회복처럼 반질반질한 검정 깃이 달린 낡고 찢어진 검정 재킷을 걸치고 있었다.

"밖은 어둡고 한적합니다." 남자가 재킷을 벗으며 말했다. 옷소매가 커다란 이두박근에 꽉 끼어 속이 뒤집혀 나왔다. 그가 뒤집힌 소매를 반듯하게 할 때 보니 옷소매가 유난히 길었다. "나는 밤에 일합니다." 그는 내게서 등을 돌리고 재킷을 오른편에 해골과 눈알 사진을 꽂아놓은 녹슨 못에 걸면서 말했다. "그래서 외롭죠. 나는 지독한 외로움을 겪고 있소. 사실 그걸 인정하는 걸 마다하지 않아요. 지금 이렇게 당신한테 말하고 있는 것만 봐도 알 수 있죠. 가끔 나는 친구가 너무 없어서 내가 존재하는지 아닌지도 확신하기 어렵다오." 그는 내 맞은편, 마르셀랭이 앉았던 의자를 잡았다. "앉아도 되겠소?" 그렇게 말하며 자리에 앉았다. 나는 내 의자를 뒤로 살짝 뺐다. 촛불 아래 그의 피부는 창백해 보였다. 볼은 울퉁불퉁하고 얼룩덜룩 반점이 있고 코 주변에는 피부가 벗겨져 거의 하얀색으로 보였다. 선천성 색소결핍증에 걸렸나, 라고 생각했다. 하지만 눈은 까맣고 눈빛은 강렬했다. "좀 피워도 되겠소?" 그가 물었다.

그는 의자에 기대앉았더니 왼손은 테이블 아래에 두고 오른손으로는 파이프를 들었다. 연기를 들이마실 때 손가락 두 개는 위로, 하나는 아래로 해서 파이프를 쥐었다. 손톱은 기다랗고 두꺼웠으며 검은 때인지 아니면 피가 말라붙은 것인지 알 수 없는 더

께가 앉아 있었다. 새끼손가락과 엄지손가락은 없었다.

"내 손가락을 보고 있군요." 그는 붙임성 있는 말투로 말하더니 입꼬리로 연기를 내보냈다. "보통 다들 그러지요. 신경 쓸 일은 아니오. 싸움에서 잃었다고 말해도 상관없어요. 그런 건 신경 안 쓰니까. 여기서 마체테는 흔하죠. 하지만 거짓말할 생각은 없소. 그래 봐야 무슨 의미요. 사실을 직시합시다. 당신은 여기 방문자로 왔으니 상관없을 거요, 안 그렇소? 영혼은 매일 밤, 모든 꿈에서 여행을 하죠. 아침에 일어났을 때 영혼이 여행에 대해 모든 걸 말해주지. 어디를 갔는지, 무엇을 봤는지. 하지만 어떻소? 그 즉시 대부분 잊어버리지 않소? 당연히 잊어버리지. 그러니 무슨 상관이 있겠소. 당신에게 진짜 질문은 바로 이걸 거요. 지금 내가 당신 꿈에 들어와 있나, 아니면 당신이 내 꿈에 들어와 있나. 그런데 당신 마리화나 좋군요. 센데요! 그리고 왠지 당신이 좋아지기 시작했소. 그러니 시간 낭비하지 맙시다. 식상한 것에 시간 낭비하지 말자는 말입니다. 언제일지는 모르지만 새벽이 올 거요. 그러니 내 친구, 내 새 친구에게 이야기를 해주지. 나는 고아였소. 슬픈 일이었지. 내 어머니는 쌍둥이를 낳았소. 밀림의 짐승처럼 말이오. 그래서 어머니는 목이 졸려 죽었고 내 동생도 마찬가지로 죽었소. 내 아버지는 풍습대로 마을에서 쫓겨났고."

"그럼 당신은?" 내가 드디어 목소리를 되찾고 물었다.

"말을 할 줄 아는군." 그가 몸을 앞으로 기울여 내 얼굴에 가까이 대고 앞니를 드러내며 소리쳤다. "그럼 도움 되지. 도움이 되고말고. 어떤 사람이 누군가 말할 상대가 필요할 때는 말이오." 그의 치아는 튼튼해 보였고 부러진 데도 없었지만, 진노랑인 데다가 뿌리 쪽은 거무튀튀했다. 구취가 심했다. 썩은 고기 냄새가 났다. 이를 좀 닦아야 할 것 같았다. ("치약이 없잖아!" 내 안의 목소리가 조롱하듯 말했다. "말도 안 돼. 순전히 게을러서 그래. 다른 사람들처럼 리아나 가시로 잇몸에 낀 오래된 고기는 뺄 수 있잖아." 내가 대답했다.)

"그럼 당신은? 무슨 일이 일어난 거요?" 내가 말했다.

"나? 그런 경우에 흔히 그렇듯이 나는 마법사한테 보내졌지. 얼마 안 있어 마법사는 손가락 하나가 필요했고, 얼마 후에는 엄지가 필요했지. 그래서 나이가 적당히 들고 아직 양손에 손가락이 세 개씩 남아 있을 때 도망갔지. 나는 밀림으로 도망갔소. 그러던 어느 날, 먼 북부에서 한 젊은 여자, 친절하고 용감한 여자가 나를 발견했소. 그녀는 어두워지고 나면 내 거처로 음식을 가져다주었소. 하지만 어느 날 밤 그녀의 남편이 음식이 없어지는 걸 알아채고 그녀의 뒤를 밟았소. 그리고 나를 발견했지! 하지만 그 남편 역시 친절하고 용감한 사람이었소. 그리고 나는 완전히 혼자였소. 친절하고 좋은 새 친구여, 당신도 이미 알겠지만 여기서는 어느 누구도 완전히 혼자 살지 않소. 내가 당신의 일을 아는 것처럼 우리는 서로의 일을 속속들이 알고 지내지. 그런데 나는 밀림에서 어두워진 다음에도 아무도 없이 혼자 지내고, 가족도 친구도 없고 말할 사람도 없이 혼자 살았기 때문에 그 친절한 남자는 나를 보는 즉시 내가 혼령이라는 걸 알았소. 그리고 내가 만나고 싶었던 가장 용감하고 가장 아름다운 여인, 그의 아내 때문에 나를 입양하기로 결정했소. 그리고 나를 하나의 상징으로 만들어주었지. 신비의 동물, 이 지역 사람들, 카카족을 보호하는 상징으로 말이오!"

"그럼 나한테 뭘 바라는 거요? 내가 당신을 믿기를 바라는 거요?"

"나를 믿기를? 자기가 대단한 사람인 줄 아나 보군. 당신이 믿든 안 믿든 누가 신경이나 쓴답니까? 왜 내가 당신의 믿음이 필요하겠소. 당신 같은 사람의 믿음이? 이 파이프 다 피웠소." 그는 내게 파이프를 건네며 계속 말했다. "친절을 베풀어줄 수 있겠소? 그것 좀 다시 채워주시겠소? 그리고 이번에는 좀 잘 채워주겠소? 아래쪽은 여유 있게 넣고 위에는 빡빡하게 잘 채워주시오. 나는 그런 식이 좋소. 그러면 더 잘 빨리거든. 당신은 아마추어군. 척 보면 알 수 있지. 눈가가 사나워 보이는군. 잠을 좀 자야 할 것 같소. 길고 긴 잠 말이오."

"친절한 말씀 고맙군요." 나는 응제가 했듯이 줄어들고 있는 마리화나 만 것의 끝을 바스러뜨렸다.

"이건 뭐요?" 그가 강렬한 검은 눈동자로 내 주머니에서 나온 물건들을 보며 말했다. 나는 내 주머니에서 나온 물건들을 아직 테이블 위에 늘어놓고 있었던 것이다. "천!"(곰팡이며 그보다 더한 것으로 덮인 내 손수건), "양약!"(반쯤 남은 사블론, 납작하게 짜서 쓰고 남은 안티산), "볼펜! 종이!"(꼬깃꼬깃 구겨진), "견과!"(래리의 컬렉션에서 훔친 두 개의 야자씨앗 껍질 얼굴, 광폭한 괴물 가고일처럼 비웃고 있는 얼굴).

"아니, 이건 정말 구미가 당기는데." 그가 주물에 게처럼 집게 발을 세우고 말했다.

나는 파이프를 테이블에, 마리화나를 바닥에 떨어뜨렸다. 오른손으로 얼른 주물을 집어 주머니 깊숙이 넣고 따뜻하고 보드라운 털을 감싸 쥐었다.

"아하!" 그가 반쯤 몸을 일으켜 양손을 테이블에 올려놓고 내게 몸을 기울이면서 말했다. 온 얼굴에 그의 입 냄새가 퍼졌다. "나를 안 믿으신다고? 그래? 그렇다면 그 주물은 나한테 주지 그래? 잘 봐요, 내가 그걸 발기발기 찢어놓을 테니까. 이 손가락으로 발기발기 찢어놓을 테니." 이렇게 말하며 내 눈 앞에서 손가락을 획 그었다. "어디 줘봐요, 산산조각 내놓게! 이 손가락으로! 당신이 흉측하다고 생각하는 이 손가락으로!"

그는 자리에 앉았다. 거대한 가슴이 위아래로 들썩거렸다. 피부병으로 딱지가 덮인 이마가 땀으로 벌게졌다. "당신 같은 백인들은 현실주의자인 줄 알았는데…… 나는 당신들이 이성을 믿는 줄 알았소."

"백인이라고? 당신도 백인이잖소!"

"맞아요, 물론 그렇지. 하지만 그건 내가 죽었기 때문이오. 무식하기는. 모든 사자死者들의 혼령은 하얗지 않소. 여기서 자라는 작은 관목이 있소. 그 관목에는 작은 종처럼 생긴 순백의 꽃이 피지. 도Doh라고 불리는데, 이 이파리를 물가 갈대숲에 넣으면 물고기들이 숨을 못 쉬고 수면으로 올라오지. 그럼 마체테로 자르는 거지. 쉭쉭! 가끔 그걸로 사람도 죽일 수 있소."

나는 아무 말도 하지 않았다.

"그런데 우리가 무슨 이야기를 하고 있었더라? 내가 헤매고 있군. 이러면 안 되는데. 왜냐하면 우리는 시간이 많지 않으니까. 내가 여기 온 건 당신을 돕기 위해서요. 당신한테 조언 한 가지 해주려고. 하지만 우리가 무슨 이야기를 했지?" 그는 오른 손등으로 이마를 닦았다. "아, 그래, 주물."

"주물?" 내가 놀라서 말했다.

"긴장하지 말아요, 내 소중한 친구, 뺏지 않을 테니까. 테이블 아래 있는 이 왼손을 구부려 당신 주머니에 있는 그걸 획 찌르거나 하지는 않을 테니까. 주물의 힘이 이미 작용하고 있다는 걸 난 알고 있소. 하지만 그 안에 가두어둔 게 내 숨만은 아니요. 그생각 안 해봤소? 단 한 번이라도? 아주 잠깐이라도? 당신이 붙잡고 있는 그게 내 손가락일 수도 있다는 걸? 내 엄지 중 하나일 수도 있소! 그런 걸 주머니에 넣고 다닌다는 거 혐오스럽지 않소? 혐오스러워. 당신의 근원은 어떻소? 어린 시절을 믿지 않소? 따로 믿는 게 없소?"

나는 파이프를 집고 몸을 구부려 마리화나를 주워 테이블에 올려놓고 말했다. "연속체 같은 것 아니오? 주물이나, 동굴에든 오두막에든 집에든 당신 주변에 갖고 싶어 하는 물건이나 같은 연장선상에 있는 것 아니겠소? 마음을 편안하게 해주는 익숙한 물건들 말이오."

"연속체! 상대주의! 와, 오늘 밤 참 근사한데! 하지만 맞는 말이오. 어서 하시오. 내 파이프를 어서 채워요! 이번에는 내가 해볼 수도 있지만, 나라면 제대로 하는 방법을 알지만, 알다시피 나한텐 어려운 일이지. 그런 정교한 일은 나한테 어렵지. 손톱이 잘릴 수도 있어. 그러면 나는 내 직업을 잃게 되는 거야."

나는 그에게 파이프를 건넸다. 그는 초로 불을 붙였다. 초는 빙빙 도는 작은 하얀 나방들에 둘러싸여 거의 보이지 않은 채 불꽃을 펄럭이며 탔다. 나방들은 다 같은 종으로 어떤 것은 촛농에 박혀 있고 어떤 것은 테이블 위에 죽어 있었다.

내가 말했다. "뭘 해야 할지 모를 때, 불안하고 혼란스러울 때, 동굴에 그려진 그림을 보거나 정령의 집에 가거나 교회에 가서 기도하거나 주물을 쥐고 있을 수 있소. 그렇게 하면 더 잘 집중할 수 있지. 그게 다요. 사람들에게 방향감각을 주고 목적을 주지. 생존의 가치를 지니는 거요. 그것은 당신이 인생에서 정말 하고 싶은 게 뭔지 결정할 수 있게 도와주고 고요한 순간을 선사하지. 그게 도움이 되는 거요."

"그래서 최종적으로 당신이 원하는 게 뭐요?" 그는 조용히 마리화나를 즐기며 말했다.

"최종적으로?" 나는 생각하면서 말했다. 입 안 가득 야자술을 머금고 목구멍의 연기와 매캐하고 마른 느낌을 없애려고 가글을 하듯 입 안 가득 야자술을 머금었다. "나는 그저 내가 지금 알고 있는 친구 중 서너 명이 여든 살까지 나와 함께 늙어가길 바라오. 그래서 불가에 함께 둘러앉는 거지. 모든 것이 명징해지는 것이오. 우리는 과거를 추억할 거요. 미래는 저절로 찾아오겠지. 우리는 아무것도 섞지 않고 인생을 있는 그대로 받아들일 거요."

"오, 이 불쌍하고 순진해 빠진 사람." 그는 걱정하는 듯한 눈빛으로 나를 바라봤다. "아무도 그렇게 하지 않소. 누구도 그렇게 할 수 없어요."

"뭐요?"

"그 바보 같은 꿈 자체에 대해 말하는 건 아니오. 물론 여든 살은 물론이고 더 오래 살 수도 있겠지. 하지만 설사 그렇다고 해도 당신이나 당신 친구들이 다행히 지금 같은 에너지를 그대로 유지해서 서로 초대할 생각도 하고 불가에 앉아 있을 힘이라도 있어야 가능하겠지. 당신은 항상 추울 거요. 치아도 없어질 거고. 노인우울증이라고 들어는 봤소?" ("제발, 그렇게 말하지 마시오!" 내가 말했다.) "아니오, 내가 말하려고 한 건 '아무것도 섞지 않고 인생을 있는 그대로 받아들인다'에 대해서요. 우리는 뭔가가 필요하지. 술, 담배, 종교, 환상, 책."

"책?"

"그래요, 책. 나는 책을 좋아해요. 자주 파리로 비행기를 타고 가지. 파리에는 멋진 도서관이 있거든. 나는 밤에 나무로 만든 비행기를 타고 날아가오. 그건 알고 있겠지?"

"물론."

"지난 번 거기 갔을 때 보통 내가 앉는 제일 뒤 오른편에, 사람들 눈에 띄지 않는 제일 마지막 자리에 편안하게 앉았지. 내 자리의 갓 쓴 전등만이 복도 전체를 비추고 있었어. 동족이나 부족의 추억의 복도. 나는 그런 식을 좋아하지. 그때 당신 같은 사람들이 생각났소. 그리고 왜 당신 같은 백인들이 이런 아프리카를 그렇게 친숙하게 느끼는지 이해할 수 있었소. 현실에서는 단한순간도 이해하기 어려운 일인데 말이오. 프로이트는 다 읽었겠지……."

"프로이트!" 너무 크게 말해서 나 스스로도 놀랐지만 잠깐이라도 공포에서 해방되는 것 같았다. "당신이 무슨 말을 하려는 건지 알아요. 그게 바로 내가 생각했던 바요. 당신은 내 꿈 안에 있는 거요. 당신은 존재하지 않아. 프로이트도 서아프리카 민족지학에 대한 책을 많이 읽었지." ("민족지학!" 그가 킥킥대며 웃었다. 마치 바퀴벌레가 지붕에서 움직이는 것처럼 메마른 소리였다.) "그리고 19세기의 모든 것을 읽었지. 그러니 프로이트가 무의식을 발견, 또는 창조해냈을 때 그건 다윈 진화론의 계보를 역으로 뒤집은 거나 마찬가지지. 용불용설, 습관에 의해 선택되고 유지되어온 모든 욕망과 동기—왜냐하면 다윈도 말년에는 프로이트처럼 라마르크주의자가 되었으니까—그런 것들을 뒤집어 아래로 처박은 거지. 아래는 여유 있게 위에는 빡빡하게. 파이프 속의 마리화나처럼 말이오. 아래는 깊이 파이고, 그리고 그 위, 의식의 바로 아래층에서는 불이 활활 타고 있지. 프로이트는 밤의 아프리카에 생명을 불어넣었지."

"비명, 폭력, 섹스, 공포, 밤에 만나는 그런 것들?"

"맞소. 그 모든 게 뒤범벅된 거지."

"그렇죠. 하지만 나의 친절하고 좋은 친구여, 너무 서둘지 말

고 내 파이프 좀 채워주겠소? 그리고 집중해주시오. 제발 집중
해주시오. 무슨 일이 있어도 당신 자신의 생각을 말하시오. 그
게 그렇게 의미 있는 것이라면. 정말 그렇게 식상한 개관을 원한
다면 그렇게 하시오. 하지만 내 파이프, 그건 중요해요. 내가 말
하지 않았소. 위는 빡빡하게 아래는 여유 있게. 그리고 한 가지
더 설명하지. 나는 당신이 무슨 생각을 하는지 알아요. 그건 매
우 피곤한 일인데, 내가 어떻게 해볼 수 없는 거요. 우리는 살아
있는 생명체의 생각을 읽을 수 있소. 내 말 믿어요. 그건 고문이
나 마찬가지요. 정말 그렇다오. 그건 때로는 나처럼 민감한 사람
들을 자살하고 싶은 충동으로 몰아붙이지. 오늘 밤만 해도 길 건
너 앙투안은 바로 이 오두막 지붕에 불을 지를 생각을 하고 있었
소. 지금 우리가 앉아 있는 이 자리 바로 위에 말이오."(나는 고
개를 들어 겹쳐진 마른 갈색 잎들의 밑면을 바라봤다.) "그리고 당신들
이 도망가면 다 총으로 쏠 작정이었소. 당신들 중 몇 명이나 쏠
수 있을지 그걸 걱정했지. 당신들이 모두 한꺼번에 도망칠지 아
니면 한 명씩 도망갈지, 얼마나 빨리 재장전할 수 있을지 몰랐으
니까. 왜냐하면 그가 가진 총이 칼라슈니코프 소총 같은 게 아니
라, 오래된 단발식의 12구경 총이었으니까. 하지만 앙투안은 이
렇게 다짐했지. "래리와 레드몬드는 맞춰야지. 왜냐하면 상관없
는 사람들이니까. 그리고 마르셀렝은 맞춰야지. 상관있는 사람
이니까. 그리고 바그와 그의 가족 모두, 특히 그 어린 여자애를
쏴야지. 내 삼촌의 원수를 갚아야지. 내 명예를 되찾아야지! (하
지만 응제는 그냥 둘래. 눈이 왠지 불길하니까⋯⋯)' 자, 어떻소? 끔찍

32

하지 않소? 때때로 내가 목을 맬 수도 있지. 분신할 수도 있지."

"당신은 악마요." 나는 바보같이 아무 생각 없는 미소를 띠며 말했다. 말하면서도 이미 자신이 부끄러웠다.

"내가?" 그는 조금도 신경 쓰지 않고 손톱을 부딪치며 파이프 달라는 시늉을 했다. "나는 별로 그렇게 생각하지 않소. 당신이 말하는 천사와 악마, 영혼 그런 것은 한계가 있소. 그냥 판에 박힌 전형이지. 선악에 대한 분명한 구분. 그런 건 코흘리개 애들이나 하는 거지. 우리 같은 성인들에게는 너무 지루하지 않소. 반면에 우리 자신은 매우 흥미롭지. 살아 있고 예측불가능하지. 예를 들어 우리가 여기 당신을 도와주러 왔는지, 아니면 평생 갈 상처를 주러 왔는지 어떻게 알겠소?" 그는 노골적으로 웃었다. "존재하지 않느냐고? 물론 아니지. 존재하는 영혼은 없지. 하지만 그게 핵심은 아니오, 안 그렇소? 전혀 아니지! 자, 보시오. 여기 이 육신으로 있는 나는 내가 아니오." 그는 고양이가 의자를 긁듯이 왼손으로 테이블 아래를 긁었다. "아, 내 몸 때문에 떨고 있는 건 아니죠? 내 육신 때문에 다이커가 떨듯 부들부들 떠는 건 아니죠? 아니지, 아냐. 내가 나타내는 것 때문이지. 광기, 병적인 광기 때문이지. 그리고 새 친구여, 그건 실재하는 것인 만큼 생생하다네." 그는 한숨을 쉬었다. "그리고 친절하고 좋은 내 소중한 새 친구여, 그게 여기는 아주 많다네. 특히 이 주변에는. 어떻게 할 수가 없지. 치료법이 없다네." 그는 이렇게 말하고 마지막 2센티미터 정도 남은 초로 파이프에 불을 붙였다. "일어나는 일에 대해서 치료법이 있는 경우가 별로 없지."

나는 입구 쪽의 네모반듯한 어둠을 보며 곧 새벽이 오겠구나, 생각했다.

　"좋소." 그는 뒤로 기대앉아 파이프를 세게 빨며 왼팔을 자기 의자 옆으로 축 늘어뜨렸다. 흰 손톱이 진흙바닥에 닿을 듯했다. "그게 당신이 원하는 거라면, 새벽에 대해 이야기하도록 하죠. 새벽, 대낮, 건강, 운동, 이성, 숲속의 조깅. 하지만 특히 추억의 위로에 대해 말해봅시다. 그리고 당신이 생각하듯 당신은 정말이지 현실주의자요." 그는 '혀언실주의자ree-al-list'라고 발음하며 한 번 기침했다. 표범처럼 낮고 굵은 소리였다. "자, 그 추억들을 공공연한 현실과 대조해봅시다. 예를 들어, 당신의 그 어린 시절의 집, 당신이 이러쿵저러쿵 떠들어 사람들을 지루하게 하는 그 집 말이오. 목사관, 보드라운 바스석, 돌담을 쌓은 정원, 그 소중했던 망루, 새, 강, 그리고 그 나머지 것들. 그건 다 끝장났소. 다 사라졌지. 벽에 난 파란 문, 바깥으로 통했던 그 문에 이렇게 쓰여 있었지. '들어오지 마. 바로 너 말이야.' 매우 프루스트풍이지, 그렇지 않소? 그 집에는 집시들이 살고 있었지. 그 집의 굴뚝은 지붕을 뚫고 무너져 내렸고 도구들이 걸려 있던 거실의 작업장이 무너지면서 정원 돌담을 대부분 부숴버렸지. 그리고 마지막으로 그 망루 꼭대기에 있던 둥근 돌 말이오. 그것도 없어졌소. 교회 경작지가 있던 곳 말이오. 그곳은 주택단지가 되었지. 그리고 그 작은 하천, 당신이 가끔 작은 물고기를 잡고 오리를 키웠던 하천의 강둑 말이오. 그 위로 콘크리트가 싹 깔렸지. 자, 어떻소? 어떻게 생각하오?"

"나는 집시들에게 반감을 가질 이유가 없소. 전혀 없소."

"물론 그렇겠지. 그럼 이건 어떤가? 겨우살이 개똥지빠귀가 너도밤나무에 있는 둥지에서 당신 머리 위로 날아와 해시계 옆 당신 발아래 잔디밭으로 알껍데기의 절반을 떨어뜨렸던 것 기억하시오?"

"그렇소."

"그럼 이건 어떨까? 바로 그날 당신이 보았던 사람들 중 대부분, 그리고 그날 당신에게 노래를 불러주었던 모든 새들, 마지막 한 마리까지 다 죽었소."

"나쁜 새끼!" 나는 휘청거리며 일어나 그의 가슴팍에 주먹을 날리려다가, 처참한 기분으로 무너지듯 다시 자리에 앉았다.

내가 고개를 들 힘도 없이 정면의 탁자 위를 뚫어지게 보자 그가 부드러운 목소리로 말했다. "훨씬 낫군, 훨씬 나아…… 결국 그렇게 감정이 나오는 게……." 나는 탁자 위에 흩어진 마리화나 부스러기와 윤이 나는 씨앗과 줄기 조각 하나를 응시했다.

나는 할 수 있는 한 가장 또렷하게 말했다. "너는 비열하고 적의에 가득 차고 제정신이 아닌 놈이야. 네 말에 아무 논리가 없어. 눈곱만큼의 논리도 없어. 추억과 현재의 사실 사이에는 아무 연관도 없어, 전혀. 그러니 도대체 뭐가 문제야?"

"내가 당신의 문제야." 섬뜩할 정도로 조용히 말했다. "지금 이 순간부터 나는 네가 어디를 가든 따라다니게 될 거야. 네 그 주물처럼. 그리고 뭐, 논리? 내 소중한 새 친구, 충분히 논리적이야. 아, 맞다. 당신의 논리가 아니라 아프리카의 논리야. 감정은 완전히 연결되어 있지. 방금 당신이 발견한 것처럼."

"나가. 날 내버려둬."

그는 파이프를 테이블에 세차게 내리쳐 댕강 부러뜨렸다. "날 봐. 난 여기 도와주러 왔는데 무슨 일이 일어났지? 내가 말한 대로잖아. 넌 평생 갈 상처를 입었어!"

"조언은? 네가 가져왔다는 메시지는 뭐야?" 나는 최면에 걸린 것처럼 그를 노려보며 말했다.

"넌 죽게 될 거야." 그의 눈이 커지고 얼굴은 창백해지고 입은 삐뚤어졌다. "넌 텔레 호수에서 죽을 거야. 사지가 절단되는 기나길고 엉망진창인 죽음이지. 그건 누구도 아닌 바로 네 잘못이야."

그는 커다란 고양이처럼 나긋나긋한 몸짓으로 일어나 벽에 걸어놓은 재킷을 집고 못을 잡아 뺐다. "그럼 작별 인사는 하지 않을게. 곧 나하고 합류하게 될 테니까." 그는 입구에서 멈춰서더니 목소리를 더 높여 "또 봐!"라고 말했다. 그리고 밖으로 나가 점점 미약해지는 어둠 속에서 소리쳤다. "곧 만나게 될 거야."

소리를 따라온 그의 숨이 촛불을 끄고 테이블 위를 슥 지나가며 따뜻한 기운을 훅 끼쳤다.

"그래도." 나는 반항하는 어린아이처럼 혼잣말을 했다. "그래도 텔레 호수에 가면 수생제넷고양이가 있을 거고 어쩌면…… 날다람쥐도 있을지 몰라." 나는 이렇게 말하고 앞으로 푹 고꾸라져 정신을 잃었다.

26

통나무배가 올 때까지

누군가의 손이 내 어깨를 붙잡았다. 익숙한 목소리가 들렸다. "내 집에서 잤군요!" 고개를 들었더니 고통스러운 경련이 척추를 타고 내려갔다. 나는 바로 앉으며 테이블에 대고 잤던 오른뺨을 문지르면서 척수 신경을 생각했다. "목." 나는 무언가, 진짜로 명백하게 거기에 있는 어떤 것을 붙잡으려고 애쓰며 말했다. "흉부." 몸을 훑으며 그런 단어들을 죽 생각하면 마음이 편안해진다. "요추." 그런 단어들은 실망시키지 않았다. 붙잡기도 전에 밀림 속으로 흩어지고 사라지는 법이 없으니까. "제식, 앙투안…… 염소…… 희생 제물!"

바그는 여전히 내 어깨를 붙잡고 말했다. "걱정 마시오. 자비에 바그는 백인들의 방식에 익숙하니! 백인들은 자주 의자에 앉은 채 잠을 자지. 그리고 잠에서 깨면 영혼, 그들의 신성한 영혼에 기도를 하지!" "하느님, 맙소사." 내가 말했다. "그렇지!" 바그가 말했다. 그의 쪼글쪼글한 얼굴은 쪼글쪼글한 얼굴이 할 수 있는 최대한으로 생기를 띠었다. "하느님, 그게 그 영혼의 이름이지." 나는 벽에 박힌 못을 힐끗 쳐다봤다. 바그가 다시 제자리에 박아놓은 상태였다. "우리 집에 오는 건 언제나 환영이오. 오늘 밤도 여기서 주무시오! 당신의 의자, 제일 좋아하는 의자에서!" 그는 왼손으로 하얀 에나멜 접시를 받치고 내 코끝에 가져다 댔다. "아침식사? 카사바? 푸푸?" 접시에는 회색의 엉겨 붙은, 아래로 갈수록 가늘어지는 원통 모양의 카사바가 놓여 있었다. 마리화나 만 것하고 같은 모양이었다. '마리화나는? 어디 있지? 다 없어졌지. 웅제는?' 나는 귀 기울여보았다. 휘파람오리 소리가 들리지 않았다. 테이블 아래를 내려다봤다. "갔네!" 내가 그렇게 말하자 바그가 듬성듬성하고 뻣뻣한 눈썹을 움직였다. "몸은 괜찮은 겁니까?" 그는 내 어깨를 흔들며 다시 물었다. "기분은 괜찮아요?" 나는 속이 메스꺼워 자리에서 일어났다. 발에 쥐가 났지만 겨우 카사바 접시로부터 물러설 수 있었다. "그렇지!" 바그가 전에 왜 진작 그런 생각을 못했는지 바보 같다는 듯 양동이가 있는 곳으로 갔다.

"야자술?"

나는 테이블 모서리에, 바그의 의자에 부딪히고 문을 나섰다.

강에서 씻고 돌아온 래리가 수건을 텐트 위에 펼쳐놓으며 말했다. "좋은 시간 보냈어?"

나는 머리가 멍하고 한기가 등골을 타고 올라오는 듯해서 텐트 안으로 기어들어가 누웠다.

"해가 중천에 떴어요." 마르셀랭이 밖에서 텐트를 흔들며 소리를 질렀다. "얼른요, 일어나요! 앙투안이 왔어요. 돈이 필요해요!"

"뭐?" 나는 텐트 안의 사막 같은 열기 때문에 숨을 헉헉거리며 물병에 담긴 따뜻해진 물을 마셨다.

"뭐 때문에?"

"염소요! 염소 값을 내야 해요. 4,000세파프랑! 염소요!" 마르셀랭이 목청을 높여 말했다.

나는 땀에 젖은 방수포 안에서 안경을 쓰고 부츠를 찾으려고 하다가 이미 신고 있다는 걸 알았다. 나는 비틀거리며 텐트 덮개로 가서 알에서 깨어나듯 마지못해 햇빛 속으로 나갔다.

래리와 앙투안(오렌지색 바지에 데님 셔츠를 입고 물집 잡힌 맨발에 내가 준 반창고를 붙이고 있었다)이 마르셀랭과 함께 태양 아래 딱딱하게 마른 붉은 진흙땅에 서 있었다. 래리가 영어로 말했다. "내가 방해하지 말라고 했어. 너는 자야 한다고 말이야. 일주일은 자야 할 거라고. 하지만 이 사람들이 말을 안 들었어."

나는 바지 주머니에 넣어두었던 방수 지갑에서 1,000세파프랑짜리 지폐 네 장을 꺼냈다. 그런데 불현듯 거기 있는 숫자가 말이 안 되는 것처럼 느껴졌다. 나도 모르게 각 지폐의 뒤에 그려진 커다란 수코끼리를 뚫어지게 쳐다봤다. 상아의 곡선이 너무 과장되지 않았나? 왜 상아를 낫처럼 그렸지? 아마 화가가……

"양배추." 래리가 뜬금없이 그렇게 말했다. "머릿속에 양배추가 든 거야. 뇌에는 브로콜리가 들어가고." 그는 내 손에서 돈을 휙 뺏더니 마르셀랭에게 주었고, 마르셀랭은 얼빠진 듯 나를 보고 있는 앙투안에게 건넸다. 앙투안은 거의 대머리였다. 정수리 부분이 햇빛에 반짝거렸다. 내가 갖고 있는 림발리나무 씨앗을 이마의 땀을 묻혀 문지르고 바지에 닦아 윤을 내면 그 표면이 딱 저렇게 빛날 거라고 생각했다. 그런 생각을 하자 뭔가가 떠올랐다. 나는 오른쪽 바지 주머니에 손을 넣어 주물 아래를 뒤적거렸다. "래리, 미안해. 정말 미안해. 그런데……"("응?" 래리가 모자를 뒤로 젖히며 말했다.) "내가 네 수집품에서 이걸 훔쳤어."

"그랬어?" 래리는 가운 입은 의사가 환자에게 하듯 내게서 그 나무 씨앗을 가져가 자기 주머니에 넣었다. 앙투안은 아직 내게서 눈을 떼지 못하고 뒤로 물러서 있었다. 그의 콧수염은 가운데는 풍성하게 자라고 양끝은 축 늘어져 있었다. 나는 엄밀하게 생리학적으로 말해, 순수한 사람이 살인자가 되기를 바라면 저렇게 되나 보다, 그런 생각을 했다.

마르셀랭이 전에 들어본 적 없는 톤으로 내게 말했다. "레드몬드, 무슨 일 있었어요?"

래리가 마르셀랭에게 말했다. "미안하네. 우리가 해결하도록 하겠네. 괜찮을 거야." 그러고는 내 팔을 잡았다. "강가로 가자. 시원할 거야. 조금 걷자." 래리가 나긋나긋 말했다. 그의 손이 수갑 같았다.

"그 티셔츠, 마르셀랭이 입은 티셔츠 앞에 'AFRICA'라고 쓰여 있었어." 내가 래리에게 말했다.

"그래." 래리가 나를 좁은 골짜기 쪽으로 이끌며 말했다. "눈은 제대로 작동하는 거야? 100퍼센트 완전히?"

"왜 그래? 너 무슨 문제라도 있는 거야?" 내가 물었다. 태양이 목덜미에 불을 지르는 것 같았다.

"아니. 그건 내가 해야 할 질문이야. 레드소, 무슨 문제라도 있는 거야?"

여자들과 아이들, 피그미들, 마을 사람의 반이 우리를 지나쳐 반대 방향으로 향하는 것 같았다. 설사 죽는다고 해도 래리는 의지할 수 있는 사람이다. 사냥 전에 조상들에게 기도하거나 그의 모든 경력과 미래가 걸린 강의를 준비하느라 아무리 바쁘다고 해도 만일 내가 진짜 곤경에 처했다고 하면 래리는 만사를 제치고 그 즉시 달려올 사람이다. 욕은 퍼붓겠지만 그래도 나를 도와줄 것이다. 그런 유형의 사람이다. 나는 지나가는 사람들에게 고개를 끄덕거리며 말했다. "래리, 말해줘. 우리가 저 사람들 꿈속에 있는 거야, 아니면 저 사람들이 우리 꿈속에 들어와 있는 거야?" 나는 말을 하면서 껍데기의 어떤 부분이 잘못됐고, 알맹이는 빠져나가 그리 멀리는 아니지만 어딘가로 가버렸다는 걸 알아챘다. 아마도 영혼이 물을 가지러 갔거나 도서관에 뭔가 확인하러 갔거나, 아니면 추억을 찾아 과거를 확인하러 갔거나, 아니면 사소한 무언가를 하러…….

래리는 내 팔을 놓고 빨리 걸어 나보다 1미터쯤 앞서서 내 얼굴을 똑바로 보며 이렇게 말했다. "그래, 이틀…… 이틀만 있으면 괜찮아질 거야." 래리, 너는 월니 섬으로 돌아가고 싶다고 했지? 나는 속으로 생각했다. 북부로 가서 바닷소리를 들으며 갈매기와 게를 연구하고 싶다고. 그건 네 눈 주변에 불가사리 같은 주름이 있고, 그리고 썰물 때 모래사장에 남아 있는 파도의 흔적 같은, 나란히 곧게 뻗어 있지만 위아래로 진동하는 듯한 주름이 네 이마에 흐르고 있기 때문일 거야…….

"소문이 돌고 있나 봐. 마르셀랭이 말해줬는데 모두 그 쇼를 보러 가는 거야. 앙투안이 염소를 찌르는 것 말이야. 바그와 그의 친구가 죽였다고 하는 앙투안의 삼촌이 집 마당에 염소를 키웠대. 그래서 앙투안이 염소를 찌르면 마카오와 베란조코가 다시 원만한 관계를 시작할 수 있다나 봐. 나는 이해가 안 되는 일이야. 법적으로 보나 무엇으로 보나 논리가 없어. 하지만 그게 카카족 방식의 정의겠지. 아니면 앙투안이 생각하는 정의이거나. 바그의 집에 찾아온 손님, 그러니까 네가 그 염소를 샀으니 바그가 돈을 낸 것이나 마찬가지인가 봐. 마르셀랭 말이 염소를 바닥에 내리친다고 하네. 도살장에서 죽이기 전에 그렇게 하듯이. 늙은 변태 바그를 죽이는 것보다야 낫겠지만, 염소가 안됐어."

"그럼 왜 우리는 반대 방향으로 가고 있는 거야? 돌아가자."

"걱정 마. 쇼 시작하기 전에 세수 좀 하고. 찬물 괜찮지?"

"그래."

"그런데 레드소, 귀찮지 않으면 어젯밤에 무슨 일이 있었는지 말해주겠어? 내가 나가고 난 다음에 무슨 일이 일어난 거야? 그걸 피운 거야?" 래리가 조용히 물었다.

"우리끼리 얘긴데." 내가 주변을 둘러보며 말했다. 피에르 웰리아와 그의 손자, 개가 나를 보고 두 손을 흔들었다. 개의 하얀 발도 나를 향해 흔드는 것 같았다. "나 이제 다시는 담배 피우지 않을 거야. 사실 여기서 나가면 내 파이프도 다른 사람 줘버릴 거야. 그리고 다시 그 손톱을 보게 된다면……."

"손톱?"

"사실 나는 그렇게 무서웠던 적이 없었어."

"무서웠다고? 너 이 열기와 습기 속에서 재배하고 네 불알까지 날려버릴 만한 화학물질을 채운 그 망할 놈의 더러운 걸 가지고도 지금 무서웠다고 말하는 거야? 무서운 건 바로 이곳이야. 책 좀 그만 보고 주변을 둘러봐! 보라고! 레드소, 여기 현실을…… 내 평생 실제로 일어난 일 때문에 그렇게 무서웠던 적이 없어. 그 미친 인민 어쩌고의 서전트 페퍼, 그 만푸에테 서전트 말이야. 술만 안 취했더라면……."

우리는 아무 말 없이 아무도 없는 비탈길을 걸어 내려갔다. 파란 고깔새 한 마리가 지저귀고 있었다. "코 코 코 코." 아마도 집 안으로 들어오고 싶은가 보다, 생각했다. 문에 노크를 하는 것이다…….

우리는 부츠를 벗고 바지를 말아 올리고 강으로 들어갔다. 물이 무릎까지 찼다.

"있잖아, 내가 한 가지 말하겠는데." 래리가 얼굴에 물을 끼얹으며 말했다. "여기 있는 집단들은 서로 증오해. 그러다가 어느 날 갑자기 실제로 마체테를 들이밀 거야. 그리고 서로 없애버릴 거야. 유심히 죽 면밀히 살펴보고 하는 예측이야. 그리고 그런 점에서 나는 이 마을이 마음에 안 들어. 어쩐지 기분이 좋지 않아. 마르셀랭은 여기 사람들이 규칙적인 생활을 하지 않는 게 문제래. 농장에서 많이 일하지 않고 대부분의 시간을 코끼리 사냥에 써서 그렇다더군."

세상이 뿌옇게 보였다. 안경을 쓴 채로 물을 끼얹고 있었다. 나는 안경을 벗어 주머니에 넣었다.

"게다가 우리는 여기에 갇혀 있어. 그거 알아? '강 하류에 사람을 보냈어요.' 정확히 내가 예견한 대로 마르셀랭이 군주처럼 이렇게 말했어. '그랬어? 배로? 그럼 왜 우리가 그 배를 타고 갈 수 없었던 거야? 한 사람이라도 탈 여유가 있다면 나를 태울 수 있었잖아.' 내가 이렇게 말하자 마르셀랭이 대답했어. '아뇨, 육로로요, 육지로 갔다고요. 강 하류에 있는 옆 마을로 갔어요.' 그래서 내가 이렇게 말했지. '마르셀랭, 우리는 걸어갈 수 있어. 그 사람들이 걸어갈 수 있다면 우리도 갈 수 있어.' 그런데 그럴 수 없나 봐. 거기까지 다 숲이라는군. 피그미들만이 그렇게 할 수 있다나 봐."

래리가 분통이 터지는지 머리를 물속에 완전히 담갔다. 그러고는 아래에서 마체테로 뒤통수를 맞기라도 한 것처럼 소리 지르며 머리를 뺐다. "아아아! 내 반지! 내 졸업반지!"

"반지?"

"움직이지 마! 거기 그대로 있어!"

"무슨 일이야?"

"반지! 내 반지가 없어졌어!" 그는 셔츠를 벗어 나한테 던졌다. "물살이 있는데." 래리는 턱을 흙탕물 표면에 대고 얼굴을 잔뜩 찌푸리고 집중한 채 손으로 강바닥을 더듬었다. "망할 놈의 음식! 살이 너무 빠져서 반지가 빠진 거야! 만일 반지를 잃어버린다면 나도 너처럼 휙 돌아버릴 거야. 정말 그럴 거야. 역겨운 카사바, 야자술…… 제기랄! 이러다가 우리 피골이 상접하게 될 거야…….."(상춧잎과 잎맥만 남은 나뭇잎이 물살에 흔들거리다 래리의 턱수염에 자리를 잡았다.) "그 늙은 바그처럼 살은 하나도 없이 뼈만 남을 거라고."

래리가 의기양양한 표정으로 풀쩍 뛰었다. 턱수염에는 나뭇잎이 그대로 붙어 있었다. 그는 오른팔을 번쩍 들어올렸다. 넙적한 금반지가 햇빛을 받아 반짝였다. "찾았다!" 래리가 소리쳤다.

"네 주물이구나." 내가 말했다.

래리가 기분이 상해 말했다. "그런 어린애 같은 주물이 아니야." 그는 반지를 바지 오른쪽 주머니에 넣었다. 그리고 턱수염을 짰다(나뭇잎이 걸쭉하게 으깨졌다). 물가로 걸어가며 그가 말했다. "그냥 나에게 큰 의미가 있는 거야. 소중한 거지. 레드소, 너는 특혜 받은 영국인이라는 걸 잊어버리는 것 같아. 하지만 내가 자란 우리 집에서는 저녁 시간에 마당에서 잠깐 넘어지기라도 하면 밥을 굶어야 했어. 이 반지를 얻기까지 얼마나 뼈 빠지게 일했는지 몰라. 나는 무두질 공장에서 일하면서 대학교를 졸업했어. 영국에서는 유니버시티라고 부르지. 무거운 가죽을 트럭에서 공장까지 옮겨야 했어. 겨울에 그 가죽이 얼마나 차가웠는지 알아? 너무 차가워서 몸에 척 달라붙을 정도야. 꽁꽁 얼어서 더 무거웠어. 함석판만큼 무거웠지. 여름에는 또 어땠게. 그 냄새라니, 썩은 살이 아직 붙어 있어서 냄새가 지독했어. 파리들이 구름처럼 모여들고 구더기가 스멀스멀 기어 들어갔지."

한 무리의 사람들이 바그의 오두막 옆 망고나무 주변에 서 있었다. 그쪽으로 다가가며 래리가 가슴을 쭉 펴고 말했다. "오늘 밤에는 염소 티본스테이크, 염소 포터하우스*, 염소 투르느도**를……."

"염소 우둔살, 염소 허벅지살." 나도 래리의 말에 동참했다. 일상적인 욕구, 진짜 배고픔을 강하게 느끼며 다시 자연스러운 상태로, 나 자신으로 되돌아오는 것을 느꼈다.

나뭇가지에 리아나 덩굴로 다리가 묶인 채 느긋하게 기다리고 있는 회색 염소는 아직 어린 새끼였다. 염소는 우리를 똑바로 쳐다보며 귀를 튕겼다.

"래리, 우리 그냥 카사바 먹어야겠는데."

"그래." 래리가 고개를 돌리며 말했다.

앙투안이 돌에 마체테 날을 갈더니 관객들이 다 모인 듯하자,

팬히 억지웃음을 띠고 염소 얼굴에 마체테를 흔들었다. 염소는 고개를 들고 '음매' 하고 울었다. 앙투안은 부끄러워하며 몸을 돌리고 염소를 무릎으로 못 움직이게 붙잡고 단칼에 비스듬하게 염소의 목을 갈랐다.

모여 있던 사람들은 침묵 속에 뿔뿔이 흩어졌다. 발이 하얀 검은 개만 입을 벌리고 혀를 축 늘어뜨린 채 뒤를 돌아보았다. 턱 밑에 난 검은 털에 하얀 침이 점점이 묻어 있었다. 마르셀랭이 평소대로 그의 복장과 장비를 다 갖추고 우리 옆에 서 있었다. 머리에는 정글 모자를 쓰고 헤드폰을 끼고 쌍안경을 목에 걸고 소니 워크맨, 버밍엄 마체테, 서류 주머니, 물병 두 개를 벨트에 끼워 채우며 이렇게 속삭였다. "저걸로는 안 돼요, 전혀요."

"안 된다고?" 래리가 걱정스러운 투로 물었다.

마르셀랭이 고개를 저었다. 그는 입술을 쑥 내밀어 뒷다리가 묶인 채 죽어 있는 염소 위에 구부정하게 서 있는 앙투안을 가리키며 말했다. "나중에 말해줄게요."

앙투안은 망고나무에서 염소를 툭 떼어 마체테로 가죽을 벗기기 시작했다.

"박사님들!" 바그가 그의 오두막 뒤에서 나오며 소리쳤다. "내 피그미가! 내 피그미 중 하나가! 좀 도와줄 수 있어요?"

앙투안에게서 멀어져 오두막 쪽으로 걸으며 래리가 말했다.

---

* porterhouse. 어깨 등심살로 만든 스테이크
** tournedos. 연한 허릿살을 이용한 스테이크.

"말라리아 약이 필요하겠군. 두통이거나 요통, 아니면 발톱이 잘렸거나."

가느다란 콧수염과 턱수염을 기른 품위 있게 생긴 중년남자가 바그 뒤에 서 있었다. 원래는 하얀색이었겠지만 지금은 흙으로 뒤덮인 샅바만 걸치고 있었다. 더러운 사각의 면 조각 두 개를 앞뒤에 대고 허리에 끈을 묶은 것이었다. 바그가 말했다. "내 농장에서 일하는 사람인데 몸이 좋질 않았어요." 남자의 눈은 빨갛고 이마에는 땀이 맺혀 있었다. 바그가 그에게 뭔가를 카카어로 말하자 남자가 샅바의 앞부분을 내렸다.

치골 바로 위에 궤양이 생겨 벌어져 있었다. 10센티미터 정도의 감염된 부분이 불룩 불거져 있었고 검은색에 반질반질했다. 1센티미터 정도 움푹 들어간 곳의 분홍색 살이 남자가 숨을 쉴 때마다 조금씩 움직였다.

"오, 세상에." 래리가 뒷걸음치며 말했다. "이 사람 더 이상 일 못해. 가서 플루클록사실린을 가져올게. 조금 숨겨둔 게 있어." 래리가 허둥대며 텐트로 갔다.

"자비에 바그, 이 피그미는 일하면 안 되는 상태입니다." 마르셀랭이 말했다.

"자기가 일하고 싶다고 했소. 이 사람은 카사바가 필요해. 가족이 있잖아." 바그가 이렇게 말하고 어깨를 으쓱했다.

래리가 눈을 돌리고 마르셀랭에게 작은 검은색 병을 건넸다. 입술을 비틀며 래리가 말했다. "식사 한 시간 전, 아니면 밤에 잠들기 전에." 마르셀랭이 번역해주었다. 아무 표정 없이 잠자코 고통을 견디는 데 온 힘을 쏟고 있던 피그미 남자가 병을 받았다.

래리가 주머니에서 살균 연고와 붕대를 고정시킬 옷핀을 꺼냈다.

"드레싱이 다 떨어졌어. 네가 만푸에테에서 다 줘버려서 그래. 매종이야. 자, 네가 해." 래리는 목이 멘 듯 말했다. 그는 울고 있었다. 그는 아무 말 없이 눈물을 흘렸다. 커다란 눈물방울이 볼을 타고 턱수염까지 흘러내렸다. "이 사람만 문제가 아니야." 계속 눈물 흘리며 말했다. "아이들도 그래, 피그미 아이들. 매종에 걸린 애들은 피부가 문드러져 죽어가고 있어. 너무 비참해. 아무것도 아닌데…… 스피로헤타*…… 빌어먹을 40페니만 있으면 없앨 수 있는 스피로헤타 때문에! 레드소, 나는 모르겠어. 내가 더 이상 견딜 수 있을지 모르겠어. 사람들이 사방에서 죽어가는 게 어떤 느낌일지 짐작은 했어. 그래도 누군가는 와서 도와줄 거라고 생각했지……." 이렇게 말하고 강 쪽으로 걸어갔다.

남자 몸에 난 구멍에서는 생선 썩은 냄새가 났다. 나는 그 안에 살균 연고를 채우고 붕대를 감아 녹슨 옷핀으로 고정시켰다.

남자는 더러운 샅바를 끌어올리고 약병과 살균 연고를 들고 짧고 잰 피그미 걸음으로 다시 농장으로 걸어갔다.

바그가 그의 뒤를 따라갔다.

"죽을 거예요. 3주 안에 죽을 거예요." 마르셀랭이 말했다.

---

* spirochaeta. 나선 모양의 세균으로 매종 감염의 원인이다.

그날 밤 저녁식사로 나온 음식을 보며 래리가 말했다. "이게 뭐지?"

기다란 창자가 위장 내벽(안팎이 뒤집혔고 노란색의 조그만 혹들이 울퉁불퉁 튀어나온) 주변을 가지런히 감싸고 있었고, 그 옆에는 카사바 덩어리가 있었는데 한쪽 끝이 들려 래리를 향해 윙크하고 있는 것 같았다.

마르셀랭이 말했다. "별미예요. 내장이죠. 염소 내장을 먹는 거예요."

"양tripe이군." 내가 거들었다.

래리가 보랏빛이 도는 회색에 구불구불한 한 조각을 먹으며 말했다. "여기서는 전혀 알 수가 없어. 인생이 자잘한 놀라움으로 가득하지. 음식도 그냥 아무거나 샘플로 주어지는 거야. 목 위로 올라올지 아니면 아래로 내려갈지, 실험해보는 거지."

위인지 아래인지 방향을 결정했는지 래리가 접시를 밀어놓았다. 그는 야자술로 입을 씻어낼지 말지를 생각하다가 계산을 마치고 팔짱을 끼고 말했다. "그런데 앙투안은 어디 있는 거야? 누가 고기를 먹은 거야? 그리고 마누는? 마누는 어디 있어? 보고 싶은데. 난 마누가 좋아."

마르셀랭이 말했다. "앙투안은 자기 나름의 목적을 위해 고기로 뭔가를 했어요. 뭔지는 모르겠지만 아마 의식 같은 거겠죠. 그리고 사라졌어요. 여기 사람들은 염소 이야기, 희생 제물 같은 건 믿지 않아요. 그들은 앙투안이 바그를 죽일 때를 기다리고 있다고 생각해요."(자기 이름을 들은 바그가 접시에서 고개를 들더니 우리를 보고 끄덕거리며 한 사람씩 돌아가며 차례로 미소를 지어 보였다.)
"피에르 웰리아가 앙투안에게 경고했어요. '앙투안, 여기서 하룻밤만 더 지체하면 다시는 네 마을에 못 올 줄 알아라.' 하지만 내 생각에 앙투안은 삼촌을 위한 복수를 하지 못할 거예요. 앙투안은 나약한 남자예요. 그는 마카오 추장이 보내서 여기 온 거예요. 그런데 여기서 하는 게 뭐예요? 바보같이 마리화나나 피우고. 그것도 마누하고요! 닭 한 마리도 못 죽이는 마누하고요! 그리고 또 그 염소라니! 앙투안은 염소를 죽이고 싶어 하지도 않았어요! 누구라도 알 수 있었어요! 앙투안은 그의 명예를 회복할 수 없을 거예요. 지금으로서는요. 그는 끝났어요."

그날 밤 텐트 안에서 손전등 빛에 책을 읽던 래리는 《마틴 처즐위트》에서 눈을 들어 나를 보고 물었다. "몸은 좀 어때?"
"훨씬 나아졌어. 고마워." 나는 《아프리카의 나비》를 옆으로 치우고 말했다.
"있잖아, 마리화나, 그건 해로움이 지속되는 건 아닐 거야. 가벼운 환각 증세 정도일 거야. 잠깐 단기간 정신병자 흉내를 내는 거지. 하지만 내가 널 아는데, 넌 아마도 위험할 정도의 양을 피웠을 거야. 아마 아무것도 섞지 않은 위스키를 일주일 동안 매일, 하루 종일 마시고 멈춘 정도일까? 눈앞에 이상한 게 보일 정도? 주변이 시야에 제대로 안 잡히고 너만 볼 수 있는, 너만을 위한 귀신이 보이는 정도?"
"모르지."

"나도 그런 비슷한 걱정을 하고 있어."

"그래? 누군가 널 불러? 밤에? 그랬어?" 나는 과도하게 반응하며 말했다.

"우습게 굴지 마. 당연히 그런 건 아니지. 나는 그런 타입이 아니야. 그게 아니고 이 기침이 문제야. 레드소, 나 아무래도 결핵에 걸린 것 같아. 기침이 가시질 않아. 네 항생제도 먹어봤지만 효과가 없어. 폐에 결핵 구멍이 생긴 사람은 누구나 24시간 안에 침을 통해 40억 개의 균을 퍼뜨릴 수 있어. 모든 균 하나하나가 새로운 감염을 일으킬 수 있어. 박테리아의 관점에서 봤을 때 대단한 능력 아니야? 침방울이 마르면 먼지 입자에 붙어 퍼져나갈 수 있어. 그런 점에서 이 홍토는 최적의 조건이지. 버니언John Bunyan이 말한 대로 결핵균은 '모든 사자死者의 우두머리'야. 에스키모인, 인도인, 아프리카인들이 어떤 유전적 이유로 최소의 저항력을 갖고 있지. 그래서 아마 결핵이 처음 유럽에 가장 크게 번졌을 거야. 자연선택이 아직 진행될 충분한 시간이 없었던 거지. 결핵은 전염병이야. 그런데 내가 정말 원치 않는 한 가지 타입이 있어. 폐로 들어가 밭은기침을 하게 하는 거야, 약간의 열과 함께. 그리고 신장에 자리 잡는 거야. 겉으로 나타나는 증상은 없어. 말라리아와 비슷하지. 그냥 일을 만족스럽게 잘 못하는 정도? 좋은 결과를 못 내는 정도인 거야. 그러면 사람들이 그러겠지. '불쌍한 우리 섀퍼. 콩고에 다녀오더니 예전 같지가 않아. 모두들 가지 말라고 말렸건만, 지금 그의 모습을 봐! 강단이 없어졌어. 이제 막 임명된 저 젊은 신임 교수한테 부탁해보

자. 그 근사한 이름 들어봤지? 이 일을 근사하게 잘 이끌 수 있을 거야. 간호사들도 가르칠 수 있을 거야.' 그리고 점점 기력이 쇠하고 결핵균은 행복해하겠지. 그들은 일어나서 퍼져 나와 방광으로 번져가는 거야. 그리고 고환에서 터져 성기에서 폭발하는 거야. 성기에서 참을 수 없는 최상급의 고통을 느끼겠지. 소변에 피와 고름이 섞여 나와. 10분에 한 번씩 소변을 보고. 기계식 자동 체처럼 몸이 떨리게 될 거야. 곡식 탈곡기에 있는 그런 거 말이야."

"이봐, 래리." 나는 몸을 떨기 시작하며 말했다. "그런 생각은 떨쳐버리게. 잠이나 자자. 좀 자도록 하자, 알았지?"

다음 날 아침, 래리는 이제 우리가 베란조코에 영원히는 아닐지라도 한 달은 살아야 한다는 사실을 이해하고 남자답게 받아들인 후 일상 스케줄을 짜기 시작했다.

"수영!"내가 검은 바탕에 흰 띠를 두른 2센티미터 정도 되는 커다란 벌을 관찰하고 있을 때 래리가 말했다. 어리호박벌(죽은 나뭇가지나 나무둥치에 턱으로 바스락대며 굴을 파는 단생벌*)이었다. 이들은 텐트 바로 밖에서 흐드러지게 핀 분홍 꽃 주변을 돌고 있었다. "먼저, 씻고 수영! 두 번째, 역겨운 카사바로 아침을." 그리고 세 번째는 래리의 속보에 맞추어 가느다란 카사바 관목, 파인애플, 옥수수, 바나나, 오렌지, 파파야 나무가 있는 부분을 통과

---

* 집단생활을 하지 않는 벌.

해 농장 전체를 걷기였다.

네 번째는 점심(바그, 마르셀랭과 함께 오두막에서 카사바와 닭고기 먹기. 웅제와 마누는 어딘가로 사라졌다. 버려졌거나 살해됐거나 영혼이 빠져나갔거나)을 먹고, 마을 회관의 그늘 아래 바그의 가죽 접의자에서 낮잠을 잤다. 깨어나서 (마르셀랭을 카카어 통역사로 앞세워) 모여 있는 사람들의 경미한 상처와 찰과상을 치료하고 기다리는 사람들에게 키니네, 비타민을 나눠주거나 우리가 진단하기에는 충분치 않은 질병에 대한 복잡한 설명을 들어주었다. 바그, 마르셀랭과 함께 오두막에서 저녁식사(카사바와 닭고기)를 하고 어두운 텐트로 돌아가 머릿전등을 쓰고 30분간 책을 읽었다. 첫째 날 저녁에 래리가 말했다. "하느님 맙소사, 여기 안 왔다면 바로 지금 내가 어디에서 뭘 하고 있었을지 생각해봐."

"어디에 있었을 건데?" 내가 의무적으로 물었다.

"뉴욕, 사라토 스프링스에 있는 주립 공연예술센터! 우리는 거기 진짜 풀로 잘 가꿔진 잔디밭에 앉아 필라델피아 오케스트라 연주나 뉴욕 시립 발레단의 공연을 보고 있겠지. 왜냐하면 둘 다 사라토 스프링스에서 여름 공연을 하거든. 생각해봐, 나는 일상적으로 제공되는 공연, 샤갈이 만든 의상과 세트로 공연되는 〈불새〉를 보고 있었을 거야⋯⋯."

다음 날 아침 규칙이 정립되고 래리는 이전보다 행복해 보였다. 하지만 정해진 낮잠 시간에 곁눈질로 살짝 보니 래리는 자는 척을 포기하고 처음으로 링이 네 개 달린 가로세로 30, 50센티미터 크기의 검정 공책을 폈다. 덜 힘든 시기였다면 공책은 배낭의 오른쪽 옆주머니에서 그렇게 함부로 다뤄지지 않았을 것이다. 뭘 발견한 걸까? 그 한 가지 본질적인 비밀? 모든 것을 설명해주는 어떤 비밀? 애니미즘을 관통하는 주요 원리? 나는 궁금함을 참지 못하고 뜨겁게 달구어져 끽끽 소리가 나는 가죽에서 최대한 소리 내지 않고 몸을 일으켜 그에게로 살금살금 기어갔다.

래리는 그림을 그리고 있었다. 수직선, 수평선, 십자선. "철제 밧줄." 래리가 내 쪽을 보지도 않고 말했다. "허공에 다는 철제 밧줄. 존 로블링John Augustus Roebling, 1806년 출생, 1869년 사망. 영웅, 내 영웅이야. 뮐하우젠에서 태어난 독일계 미국인이야. 명문 베를린 폴리테크닉 대학을 나와 미국으로 왔지. 뉴저지의 트렌턴에 철제 밧줄 공장을 세웠고, 나이아가라 폭포에 긴 경간의 현수교를 세웠어. 처음에 사람들은 그를 비웃었어. 사슬 닻줄은 일반적으로 받아들여졌지만 철제 밧줄은 아니었어. 그런데 그게 가능해졌어! 그의 설계가 미국 이스트리버의 맨해튼과 브루클린을 잇는 교량 건축에 선정된 거야. 그런데 그 다리를 세운 인부들은 물속의 이 거대한 철근 콘크리트 상자 속으로 들어가야 했어."(페이지 아래에 두 개의 상자가 그려져 있었다.) "하나가 축구장 두 개를 붙여놓은 것 같은 크기의 이 잠함은 소나무 지붕이 얹혀 있고 두께가 9미터나 됐어. 이들이 물속에서 숨을 쉴 수 있도록 위에서 옛날식 펌프로 산소를 보냈어. (두 개의 기다란 줄이 페이지 위에서부터 고리 모양으로 늘어지게 그려져 있었다.) "그런데 그 이전에 아무도 그런 깊이와 압력에서 작업해본 적이 없었던 거야. 용감한 사람들이지. 나는 상상해봐. 그 열기, 그 공포! 그 생각을 하면 위로가 돼, 안 그래? 상당히 위로가 돼."

"그래서 어떻게 됐어?"

"그 사람들은 죽었어. 많은 사람들이 죽었지. 기압이 높아진 공기를 들이마시며 이들은 주요 지지대를 세우는 데 필요한 기반을 파기 위해 강바닥까지 내려가야 했어. 그들은 관절에 극심한 통증을 느꼈고 위통, 두통, 어지러움, 마비를 겪었어. 아무도 문제가 뭔지 몰랐지. 의사들이 병명을 붙였어. '오, 잠수병이다.' 그 인부들이 잠수병을 보인 첫 사례인 거야. 체내에 축적된 질소가 기포를 만들지. 질소가 만든 거품 욕조 안을 걸어 다니는 거나 마찬가지지. 데이비드 맥컬러프의 《위대한 교량The Great Bridge》에 나와. 한번 읽어봐."

"그럼 베른트 하인리히와 뒤영벌의 메커니즘, 존 로블링과 브루클린 다리, 그리고 또 누가 있어?"

"이삼바드 킹덤 브루넬Isambard Kingdom Brunel, 들어봤어?" 래리가 끝이 뚫린 염소 내장처럼 생긴 그림을 그리면서 말했다.

"영국의 영웅인데 물론 알지. 동족의 역사지. 브루넬은 스물일곱 살에 그레이트웨스턴 철도회사의 수석 엔지니어가 됐지. 그리고 그레이트웨스턴 철도 연장을 제안하고 축조했어. 브리스톨까지 운행하는 그레이트웨스턴 증기기관차를 준공했고, 대서양을 횡단해서 뉴욕까지 갈 수 있는 그레이트웨스턴 증기선을 건조했어. 그런 다음 나선형 프로펠러가 달린 규모가 훨씬 더 큰 그레이트브리튼 호도 건조했고, 1858년에는 그레이트이스턴 호 진수에 성공했어. 하지만 그 과정에서 온갖 스트레스로 건강이

악화되어 그레이트이스턴 호가 처녀항해를 떠나기 전에 죽고 말지⋯⋯."

"그래." 래리는 끝이 뚫린 검정색 염소 내장 오른쪽에 바퀴를 반으로 자른 모양의 부속돌기를 그려 넣었다. "그런데 그 사람이 시인이었던 건 알고 있어?"

"시인?"

"그래, 브루넬은 박스 모양 터널*을 만들 때, 자기 생일에 터널 끝에서 해가 떠오르는 모습을 볼 수 있도록 설계했어."

셋째 날, 뱃사공과 노 젓는 사람 세 명, 그리고 지금까지 보지 못했던 커다란 통나무배가 선가대에 정박했다. 그리고 넷째 날 새벽, 우리는 처음 도착했을 때처럼 자비에 바그의 기다란 형체의 배웅을 받으며 떠났다.

---

* rectacgular shaped tunnel. 터널 단면의 형상이 상자 모양을 하고 있다.

27

미국인 목사 부부

"잊지 말아요!" 바그가 왼손에는 숙박료로 준(하루에 닭 네 마리 값을 쳐서) 지폐를 쥐고 오른손에는 약속했던 세 개의 탄환통을 들고 흔들며 떠나는 우리에게 소리쳤다. "프랑스 대통령에게 말하는 것 잊지 말아요! 프랑스가 여기로 다시 돌아와야 한다고 자비에 바그가 말했다고 전해줘요!"

바그의 목소리가 점점 멀어지는가 싶더니 나무에 리아나 덩굴에 우리를 둘러싼 갈대밭에 묻혀 더 이상 들리지 않았다.

삼십대 후반쯤으로 보이는 뱃사공은 유연한 몸짓에 무뚝뚝한 사람이었다. 갈색 면셔츠와 반바지를 입고 손잡이가 긴 노를 들고 선미에 서 있었다. 그의 십대 아들 두 명은 아버지와 비슷한 옷차림이었지만 강물에 비치는 직사광선을 피하기 위해 갈색 천을 머리에 둘러 터번처럼 쓰고 아버지 앞쪽의 좌현과 우현 사이에 서 있었다. 막내인 셋째 아들은 뱃머리에서 노를 저으며 배가 물살을 타고 바로 갈 수 있도록 장애물이 없는지 조용히 살폈다. 그 뒤에서 마누가 건널판에 누워 이제 거의 속이 빈 약품 가방으로 머리를 받치고 설핏 잠들어 있었다.

래리는 배의 중간 부분 내 옆자리에 배낭에 기대고 누워 모자 챙을 내려 눈을 가리고 이렇게 말했다. "마누는 분명 마리화나를 피웠을 거야. 흑인이 아니었다면 지금쯤 저 피부가 초록색이 되었을걸. 마누의 뇌는 비늘 벗듯 껍질이 벗겨지고 그 염소처럼 가죽이 벗겨졌을 거야." 래리는 눈을 감고 어깨를 아래로 좀 더 내려 자세를 편안하게 한 다음, "염소 내장…… 내장……" 이렇게 중얼거리더니 잠이 들었다.

나는 몸을 돌려 내 배낭 위로 마르셀랭을 쳐다보며 물었다. "저 사공들은 아는 노래가 없나?"

식료품 주머니에 몸을 기대고 누웠던 마르셀랭이 고개를 들었다. (응제는 양손을 군복 바지 지퍼 쪽에 올리고는 눈은 감고 입은 벌린 채 마르셀랭 옆에 누워 있었다.) "노래요? 저 사람들은 노는 저을 수 있지만 정식 사공은 아니에요. 저 사람들은 농사꾼이에요. 농사꾼이자 사냥꾼이죠. 게다가 보탕가어로 말해요." 그는 이렇게 말하고 옆으로 돌아누워 팔베개를 하고 눈을 감았다. "나는 프랑스어, 스페인어, 영어를 할 줄 알고…… 카카어도 할 줄 알지만, 보탕가어는 못해요. 그리고 사실 말하자면, 나는…… 결코 보탕가어를 하고 싶지 않아요." 이렇게 말하고는 마르셀랭 역시 낮고 고르고 편안한 숨을 천천히 쉬었다.

외부인에게 베란조코 마을 생활은 힘들고 불안하고, 알 수 없는 문제와 부담으로 가득하다는 생각이 들었다. 비단 나만 그렇게 느낀 게 아니었다. 모두들 베란조코를 벗어나자마자 저렇게 다 쓰러졌다. 그래서 나도 배낭에 몸을 기대고 눈을 반쯤 감았다. 하지만 코발트블루와 밤색이 섞인 것이 눈앞에 채찍을 치듯 휙 스치자 잠이 깼다. 물총새군, 나는 속으로 중얼거렸다. 그래서 나는 배낭 옆주머니에서 서를과 모렐의 《서아프리카의 조류》(지금은 군용 테이프로 책등을 붙여놓은)를 꺼냈다. 메모를 휘갈겨 쓴 흔적이 있고 주석을 달아놓았고 곰팡이가 덮개처럼 생긴 한 페이지를 넘겼다. '회색머리물총새…… 사바나에 널리 서식하는 흔한 종이다.' 우기에는 남쪽으로 이동해 밀림으로 날아가는 곤충을 먹는 물총새라고 되어 있었다. 이 강이 특별해서 잠이 오지 않는 거라는 생각이 들었다. 아무도 이곳에 오지 않을 거고 어부도 없고 게다가 여행 기간 중 처음으로 거의 침묵 속에 있었다. 선체 밖에서 끊임없이 주고받는 귀신을 쫓으려는 고함 소리도 없었다. 네 개의 노가 물속에 참방참방 들어가는 소리, 웅제가 불규칙하게 코를 고는 소리, 래리가 가수면 상태에서 기침하는 소리 이외에는, 우리 주변을 둘러싼 생명체들을 방해하는 소리는 없었다.

부레옥잠과 갈대숲이 강둑을 장식하는 술처럼 늘어져 있고,

때때로 커다란 나무와 무성한 리아나 덩굴이 울창하게 수면 가까이까지 내려와 있었다. 더디게 지나가는 시간 속에 우리는 끽 끽거리는 망가베이 무리 거의 바로 아래를 미끄러지듯 조용히 지나갔다. 담쟁이가 듬성듬성 덮인 커다란 나무에는 붉은콜로부스 무리가 이른 아침식사를 마치고 쉬고 있었는데, 코커스패니얼처럼 털이 복슬복슬했고 노인처럼 생각이 깊어 보였다. 높은 곳에 있는 가느다란 나뭇가지에는 두 마리가 아래로 다리를 늘어뜨리고 나란히 앉아 있었다. 쌍안경으로 보니 그보다 더 아래에 더 굵은 나뭇가지에는 한 마리가 옆으로 누워서 마르셀랭처럼 오른팔에 머리를 받치고 반쯤 잠들어 있었다. 그리고 무리에서 떨어져 나온 늙은 수컷 한 마리가 착생식물들 사이에 앉아 있었다. 턱은 가슴팍에 대고 팔꿈치는 무릎에 얹고 뿌루퉁한 표정으로 우리를 내려다보고 있었다.

모타바 강에 있었던 새들, 강독수리, 야자민목독수리, 회색앵무, 가마우지, 물총새, 흰얼굴기러기 무리가 여기에도 있었지만, 그 숫자가 더 많았고 전에 보지 못했던 새들도 있었다. 댕기흰죽지오리보다 몸집이 작은 피그미거위 한 쌍이 물 위에 핀 수련에 아늑하게 앉아 있었다. 수컷의 하얀 얼굴과 목, 금속성의 초록빛 머리가 보라, 파랑, 초록이 섞인 귀털, 황갈색과 흰색이 섞인 옆면, 밝은 노랑의 짤따란 부리 등과 어우러져 있었다. 지구상에서 가장 눈에 띄는 작은 거위일 거라 상상했던 것과는 달리, 금속 느낌의 초록색 수련 잎과 활짝 핀 수련 꽃, 물살에 반사돼 불투명하게 어른거리는 꽃의 하얀색 사이에서 마치 보호색을 띤 것처럼 보였다. 내 눈에 먼저 띈 것은 오히려 칙칙한 초록과 갈색이 섞이고 큰 굴곡 없이 둥그스름한 형체의 암컷이었다.

하류로 더 내려가면서 역시 거의 연구가 안 된 새 한 마리를 스쳤다. 갈까마귀 크기 정도의 노란부리뻐꾸기로, 10미터쯤 떨어진 강둑 위에 리아나 덩굴이 커튼처럼 양 옆에 늘어진 낮은 가지에 앉아 있었다. 보랏빛이 도는 푸른 몸은 꼿꼿하게 세우고, 기다랗고 푸른빛이 도는 층진 초록색 꼬리를 똑바로 내리고 있었다. 매의 부리처럼 생긴 두툼하고 아래로 휜 선명한 황색 부리를 한쪽으로 휙 돌리고 주홍색 눈으로 우리를 보았다.

늪지가 펼쳐진 곳의 강둑에는 라피아야자나무가 드문드문 있고 작은 콩고왕관위버새 한 마리가 보였다. 선홍빛의 목과 머리에 광택 나는 검은 몸이 우리 앞을 스쳐 지나갔다. 초록과 갈색의 야자나무와 옅은 파란색 하늘에 대비되어 터무니없을 정도로 두드러져 보였다. 다시 키 큰 나무들이 있는 숲으로 접어들자 오른쪽 강둑의 높다란 임관이 펼쳐진 곳의 고목 꼭대기에 새 한 마리가 앉아 있었다. 넓적한 노란 부리에 목은 파랗고 밝은 갈색이었다. 파란목롤러카나리아였다. 래리처럼 정해진 일상을 중시하는 밀림의 진정한 롤러카나리아였다. 이 새는 매일, 온종일 자기 영역의 중앙 높은 곳에서 다른 롤러카나리아류나 매, 코뿔새, 앵무새 같은 침입자를 막기 위해 경비를 서고 지나가는 곤충을 세 마리에서 열 마리 정도 잡아먹는다. 매일 오후 5시가 되면 이들은 홰를 치고 있던 자리를 떠나 주변 영역의 다른 롤러카나리아들과 합류해 200~300마리가 무리를 이루어 임관 위로 날아다니며 새로 부화한 날개미나 흰개미 떼를 찾기 시작한다. 이들은 밤이 될 때까지 나무 꼭대기 위를 소리 없이 길고 빠르게 곡선을 그리며 활발하고 불규칙적으로 미끄러지듯 선회하며 먹이를 잡아먹는다.

마침내 나는 배낭에 다시 기대 몸을 죽 뻗고 모자로 얼굴을 덮은 다음 눈을 감고 생각에 잠겼다. 롤러카나리아를 봤다……. 어린 시절 부엌과 정원을 잇는 벽 위의 비밀스러운 통행로였던 바스석의 평평한 곳에 누워 기다렸던 그런 아름다운 롤러카나리아는 아니었지만. 내가 기다리던 새는 아버지가 여름 하늘빛보다도 더 밝은 색이라고 말했던 유럽파랑새였다. 가운데에 난 길을 따라 죽 늘어선 사과나무들 사이에 내려앉을 거라고 기대했던 그런 새였다. 그런데 누군가 그 가운데에 난 길을 따라 걸어오고 있었다. 검은 재킷을 입은 체구가 큰 남자였다.

나는 담벼락 꼭대기를 네 발로 기어 겨우 상수리나무 가지로 가 땅으로 뛰어내린 다음, 연못을 지나 마구 뛰어 자전거를 세워둔 창고, 달개지붕을 지나 뒷문으로 들어갔다. 지하실로 가는 잠긴 출입문을 지나 오른쪽으로 돌아 어두운 복도를 내려가 두려움에 잔뜩 가슴을 졸인 채 양손으로 허둥지둥 아버지 서재의 뻑뻑한 문손잡이를 잡았다. 그곳에는 다른 목표와 편안함을 주는 것이 있었다. 페넌트쏙독새가 배너먼의 책 제3권 173쪽에 깃털을 날리며 달을 가로지르고 있었던 것이다. 하지만 문을 열어보니 그 낯선 남자가 잔디밭이 내다보이는 내리닫이창 앞에서 몸을 웅크리고 아버지의 의자에 앉아 있었다. 그 잔디밭에서는 초록딱따구리가 날아와 나무에 구멍을 뚫고 개미를 핥아먹곤 했다. 그 남자는 체구가 너무 커서 빛을 반은 가리고 있었다. 그가 의자를 돌려 나를 향해 손을 내밀 때 나는 그의 손톱을 보았다. 그러자 내 작은 세계는 깜깜해졌고 나는 의식을 잃었다.

"밈푸투Mimpoutou!" 마르셀랭이 큰 소리로 나를 깨웠다. "여자들이 있어요. 래리, 치킨이 있어요!" 갈색 진흙 해안가가 눈앞에 나타났다. 중앙에 차양이 달리고 선미에 40마력 선외 모터가 장착된 나무널판으로 만든 배가 정박하고 있었다. 마르셀랭은 리비도가 마구 솟구치듯 빠르게 말했다. "토머스 목사가 와 있나 봐요. 임퐁도에서 사역하러 온 모터보트예요. 여기서 뭘 하는 거지?"

짐을 물가로 옮기는데 래리가 낮은 목소리로 말했다. "미국인이다. 나는 미국인하고 말하러 가는 거야."

뱃사공과 그의 아들들은 강 초입에 있는, 아마도 손님용 오두막인 듯한 작은 초벽집으로 짐을 날라주었다. 우리는 그 옆에 텐트를 쳤다. 남자아이 여섯 명이 우리를 구경하고 있었다. 그중 한 아이는 양손으로 불에 탄 검은투구코뿔새의 머리를 들고 우리를 향해 캐스터네츠를 치듯 부리를 딱딱거렸다.

"응제, 마누! 불을 지피고 음식을 준비해. 닭고기하고 푸푸, 파인애플로 준비해라! 오늘 밤에는 우리하고 손님용 오두막에서 지내도록 해. 내일 아침 떠날 거다."

"닭고기? 파인애플?" 응제가 말했다.

"가서 닭 한 마리하고 파인애플 한 통 사와. 레드몬드가 1,000세파프랑을 줄 거다. 마리화나는 안 된다."

응제가 툴툴거리며 돈을 받았다.

"그리고 래리와 레드몬드는 나와 같이 갑시다. 토머스 목사를 방문할 거예요. 진 토머스 목사요." 마르셀랭이 이상하게 긴장된 목소리로 크게 말했다.

뱃사공과 그의 아들들은 가족과 밤을 보내러 가고 우리는 어스름한 무렵에 마을로 들어갔다. 피그미 야영지가 있었다. 반투족의 커다란 직사각형 오두막을 흉내 내 지은 허물어져 가는 작은 오두막들과 기묘하게 생긴 원뿔형 거처가 나왔다. 네모진 빈 터 같은 곳을 여러 차례 지나고 툭 튀어나온 서까래가 있는 오두막도 지났다. 서까래 중 하나에는 뭔가 형체를 연상시키는 리아나 덩굴이 늘어져 있었다. 얼굴처럼 생긴 둥그런 구멍에 원통형의 가슴, 기다란 치마 같은 형체였다.

"마스크다. 춤출 때 입는 의상!" 내가 기분 좋게 소리쳤다.

"바보." 마르셀랭이 킥킥대며 한바탕 웃다가 진정한 후 말했다. "어망이에요! 어망을 만들고 있는 거라고요."

"그럼 물고기 춤이겠지." 래리가 말했다.

"토머스 목사는 북미의 통조림 공장에서 일했어요. 그러다가 신앙을 갖게 됐고 여기로 오게 됐죠. 여기서는 왕이에요. 임퐁도의 빅맨이죠. 다이아몬드를 거래하고 사람들의 영혼을 구하고 사역을 하고 있어요. 그는 전도사예요. 여기서는 유명한 사람이에요."

"미국 사람이야." 래리가 행복한 표정으로 활짝 웃으며 데님 셔츠의 소매를 내리고 단추를 잠갔다.

작은 갈색 사냥개가 토끼 꼬리처럼 짧고 하얀 꼬리를 위로 말고 우리 20미터 앞에서 타박타박 걸어가다가 왼쪽에서 뭔가 음식 냄새를 맡고 코를 바짝 세우고 옆길로 갔다.

발전기 돌아가는 소리가 들리기 시작했을 때 마르셀랭이 말했다. "토머스 목사는 여기서 34년을 살았어요. 링갈라어, 상고어, 그리고 여러 부족의 말을 말할 수 있죠. 의지가 대단한 사람이에요."

토머스 목사는 강인한 사람으로 보였다. 단단한 가슴 근육, 다부진 체구, 검게 그을린 피부에 티끌 하나 없는 하얀 러닝셔츠와 분홍색 바지를 입고 있었다. 오른쪽 주머니에 빗이 비죽 나와 있었다. 그는 학교 축구경기장 옆에 있는 기다란 오두막 밖에서 반투족 여성들과 이야기하고 있었다.

그는 여자들을 돌려보내고 우리를 향해 걸어왔다. "방문자들이 오셨네! 여긴 방문자들이 잘 없는데." 그는 마르셀랭과 악수를 하더니 래리 쪽을 보며 물었다. "어디서 오셨소?"

"플래츠버그요."

"나는 플로리다 세인트 피터스버그 출신이오. 유나이티드 월드 미션에서 일해요. 진 토머스 목사요." 토머스 목사는 래리의 어깨를 툭툭 치고 래리가 다이아몬드 광석이라도 되는 것처럼 바라봤다.

"샌디! 여기 미국인이 왔어." 그가 소리쳤다.

샌디 토머스는 분홍색 상의에 분홍색 치마를 입고 슬리퍼를 신고 있었다. 그녀는 오두막의 돌출부 아래 있는 초록색 금속 트렁크에 뭔가를 분류해서 넣고는 몸을 쭉 펴더니 양손을 허리에 문지른 뒤 선글라스를 머리 위로 올렸다. "안녕하세요. 들어오시라고 하고 싶은데 너무 피곤해서요." 그녀가 말했다. 우리는 서로 인사를 나누었다. 조금 전 본 초록색 트렁크와 검정색 트렁크 안에는 커다란 검은 병과 하얀 통에 든 약품이 가득했다. 주사액이 든 병들, 사용한 주사기, 드레싱, 비닐봉지 등이 접이식 테이블 위에 널려 있었다. 오두막 문을 통해 슬쩍 들여다보니 지붕에서 내려온 전기등, 빨간색 작은 발전기, 이동용 냉장고, 식사를 하려고 펼쳐놓은 테이블 등이 보였다. "이것 좀 치워야겠어요." 샌디가 한 손은 널려 있는 의약품들을 가리키고, 다른 한 손은 허리에 얹으며 말했다. "내일 다시 시작하죠."

"여기 있는 사람 전부를 치료하시는 거예요?" 래리가 말했다.

"주로 매종이죠. 매종 아시오?" 토머스 목사가 물었다.

"물론 알지요." 래리가 손으로 콧수염을 슥 닦으며 말했다.

"저주예요! 피그미들이 걸리죠. 끔찍해요! 그래서 우리가 브라자빌에 있는 라이온스 클럽에 상황을 호소했어요. 거기서 의약품들, 모든 것들을 기증해주죠."

약병들을 트렁크에 넣으며 샌디가 말했다. "유일한 길은 상류로 가는 수밖에 없어요. 힘든 여정이죠. 녹초가 될 거예요. 하지만 할 수 있는 한 많은 피그미들에게 주사를 놓아줍니다. 첫날마을 사람들에게 할 수 있는 건 다 해줘야 해요. 질병, 상처, 골절, 모든 것들을요. 안 그러면 추장이 피그미들을 아예 보내주지 않아요. 어려운 일이죠. 그런데도 정부의 의학팀이 브라자빌에서 오면 약은 임퐁도에 있는 약국에 팔아버리고 술이나 마시죠. 돈을 주면 그냥 없어져버리거나."

"신께 맹세코 그건 사실이라네, 마르셀랭. 프랑스인들이 수면병, 나병, 결핵, 매종, 이런 것들을 다 척결했지. 추장은 마을 사람 전부를 내보내야 했고 안 그러면 끔찍할 정도로 매를 맞았어. 그래도 그렇게 해서 질병을 뿌리 뽑았어. 신께 맹세코 프랑스인들이 질병을 일소했어."

마르셀랭이 땅을 보며 말했다. "그 수면병, 결핵, 매종, 콜레라, 그런 것들이 다시 생겨나고 있어요."

토머스 목사가 래리에게 물었다. "여기는 무슨 일로 오셨소?"

래리가 설명했다.

"조류! 모켈레음벰베! 모켈레음벰베에 대해서라면 나도 한두 가지 아는 게 있죠! 75년 전 텔레 호수에서 모켈레음벰베 한 마리가 죽임을 당했소. 사람들은 귀담아 들었어야 했죠. 로이 맥컬 박사가 이곳에 오기 전까지 아무도 그 괴물을 진지하게 생각하지 않았소. 아무도 관심 갖지 않았죠. 마르셀랭, 만일 그 괴물을 발견한다면 정말 대단하겠지? 나도 맥컬 박사하고 같이 갔었지. 강에 있는 깊은 웅덩이인 몰리바moliba에 거대한 물결이 일었어. 우리는 아무것도 보지 못했지. 하지만 그게 뭐였겠나? 그게 뭐겠어? 사람들 말이 그 괴물이 일어서면 쉭 하는 엄청난 소리가 나고 강은 뒤로 흐른다고 하지. 텔레 호수 주변의 피그미들에게 막대기를 주면서 모켈레음벰베를 그려보라고 하면 주저 없이 모래 위에 공룡을 그린다네. 그 사람들이 그걸 학교에서 배웠겠나? 마르셀랭, 지금 오카피를 그려보게. 얼른 그려봐! 쉽지 않지. 여기 피그미들은 북부 밀림에 크고 줄무늬가 있는 영양들이 산다고 말해. 전에 본 적 없는 영양들 말이야. 다섯 마리가 집단을 이루고 있대. 틀림없이 오카피일 거야. 그러니 마르셀랭, 콩고에 오카피가 산다고 하면 분명 다른 뭔가가 있지 않겠어? 안 그래?"

"여보, 검정 트렁크 열쇠 어디 있어요?" 샌디가 말했다.

"여기 있어요." 토머스 목사가 오른쪽 주머니에서 맹꽁이자물쇠와 열쇠를 꺼내 샌디에게 주었다. "내 아내는 간호사예요. 전문적인 훈련을 받았죠." 토머스 목사가 래리에게 말했다.

래리가 물었다. "모든 걸 다 하실 것 같은데요, 간단한 간호 일보다 훨씬 많은 걸 하시지요?"

"임퐁도에 수술실도 있어요. 콩고 전역에서 시설이 제일 좋지요. 미대사관이 1만 달러를 줬어요. 영국과 프랑스에서 수술 기구를 줬고요. 그리고 미국의 고향에서 조명을 기증해줬어요." 샌디가 대답했다.

"수술도 하세요?" 래리가 모자를 벗으며 말했다.

"뭐 그렇게 대단한 수술은 아니에요. 간단한 걸 하지요. 절단 같은 거 말이에요." 샌디가 통증으로 얼굴을 찡그린 채 허리를 주무르며 말했다.

"시신도 처리해요. 샌디와 내가 강에서 죽은 사람을 끌어내요. 라피아 치마만 걸친 피그미들이 많이 있어요. 참혹하죠. 어부들이 와서 시체가 어디 있는지 우리한테 알려줘요. 그 사람들은 다시 가까이 가려 하지 않죠. 겁을 잔뜩 먹어요. 우리가 가서 배에 시신을 실어와요. 몇 년 전에는 젊은 금발머리 여자를 발견한 적도 있죠. 목이 베인 채로 강에 둥둥 떠 있었어요. 우리는 그녀를 땅에 묻었어요. 그 여자가 누구였는지 끝내 알아내지 못했죠."

"죽은 백인이라…… 심각하네요." 마르셸랭이 말했다.

"미안하네, 마르셸랭. 정말 미안해." 토머스 목사가 얼른 마르셸랭의 팔에 손을 얹고 말했다. "하지만 자네가 자네 부족 사람을 발견한 것이나 마찬가지 아니겠나." 그렇게 말하고는 내 쪽을 향해 말했다. "레드몬드, 잊어버리고 있었소만, 당신이 말한 조류 말인데, 여기에는 거대한 독수리가 있어요. 영양도 낚아서 날아가죠. 날개 쪽에 발톱이 달렸어요." 그는 이렇게 말하며 양 팔꿈치를 들어올렸다. 그러고는 팔꿈치를 맞붙여 누르는 시늉을 하며 말했다. "그리고 이렇게 먹잇감을 없애는 거예요. 그러니 당연히 엄청나게 커야겠죠. 전에는 사람들이 그런 독수리 발을 나한테 팔려고 가져왔어요. 몸집이 어마어마하죠. 발톱 하나가 당신 엄지만큼 두꺼워요. 나도 봤지요. 내 머리 위로 날아가는데 하늘이 컴컴해졌어요. 사람들 말이 큰 나무에 둥지를 짓는답니다. 외떨어져 있는 나무에다가요. 그 둥지 가까이 가지 말아요, 레드몬드. 당신을 휙 채갈지도 몰라요. 피그미한테 물어보면 독수리가 있는 곳을 알려줄 거예요. 하지만 그런 독수리가 지금은 거의 남아 있지 않죠. 거의 없어요. 표범은 또 어떻고요. 여기 처음 왔을 때만 해도 가죽 하나당 300프랑만 주면 원하는 양만큼 얼마든지 살 수 있었죠. 지금은 아무도 그런 걸 가져오는 사람이 없어요. 가져온다 해도 말도 안 되게 비싼 값을 부르지요."

"그건 불법인데요." 마르셀랭이 말했다.

"아, 마르셀랭, 자네가 말한 모켈레음벰베도 잊고 있었군. 레드몬드, 마르셀랭은 모켈레음벰베를 실제로 봤다고 하는 사람 중 내가 유일하게 믿는 사람이에요. 그 괴물은 거기 잘 있을 겁니다. 당신 같은 사람들을 기다리면서 말이죠. 지도를 한번 봐요. 세상에! 늪지대가 끝도 없이 펼쳐져 있어요. 아무도 밟지 않은 땅."

"여보, 늦었어요. 나 피곤해요." 샌디가 말했다.

"상류 쪽에도 매종이 돌아요. 끔찍한 환자를 봤어요. 베란조코에 있는 피그미인데 치골 바로 위에 구멍이 뚫렸어요. 파열된 거예요. 장 내벽까지 보일 정도였어요. 목사님이 구할 수 있으면 좋을 텐데."

"여보, 상류 쪽으로 가봐야겠소. 지금 충분히 쉬고 힘이 좀 나면 가보도록 합시다." 토머스 목사가 아내를 향해 말했다.

나는 등골이 서늘한 느낌에 새벽 3시에 잠에서 깼다.

"참호를 팠어야 했는데." 래리가 손전등을 켜며 중얼거렸다.

"어?"

"비가 와." (천막 위로 규칙적으로 세차게 북을 치는 듯한 소리가 들렸다.) "물이 2센티미터 정도는 찼어. 네 옷, 양말, 그리고 지저분

한 것들이 다 홀딱 젖었어!"

"래리, 넌 영락없는 독일놈이야."

래리가 방수포 모서리 깊은 곳에 고인 물을 곰팡이 슨 수건으로 닦으며 말했다. "바흐, 베토벤, 슈베르트, 슈만," 다른 한 손으로 텐트 덮개창을 열며, "로베르트 코흐, 파울 에를리히," 수건을 짜며, "고틀리프 다임러, 카를 벤츠, 루돌프 디젤," 텐트 안 웅덩이에 고인 물을 젖은 수건으로 다시 닦으며, "카를 폰 프리슈, 에른스트 마이어. 그리고 이야기가 나와서 말인데 토머스 목사, 그 사람도 아마 독일계 미국인일 거야. 샌디도 그렇고. 이들 모두 우리의 영웅이야."

"그들은 전도사야."

"그래서? 그게 뭐가 문제야? 그 사람들도 내 관심의 전부인 에덴동산의 동화나 믿을 수도 있었어. 그런데 그 사람들은 뭔가 하고 있잖아. 집중하고 있어. 의지를 가지고 일하고 있어. 이 나라에서 행동할 수 있을 만큼 집중하고 있는 유일한 사람들이야. 매종을 치료하고 있잖아!"

우리는 머리에 전등을 쓰고 얼얼할 정도로 차가운 비가 세차게 퍼붓는 밖으로 기어나가 마체테로 진흙땅에 수로를 파기 시작했다.

동이 트자 우리는 작은 손님용 오두막으로 몸을 피해 닭뼈로 끓인 수프와 카사바 덩어리를 삼켰다. "우린 여기 갇혔어요. 이 빗속에 뱃사공이 가려 하지 않을 거예요." 마르셀랭이 말했다.

하지만 정오쯤 되자 폭풍이 걷히고 해가 나왔다. 입고 있는 옷에서 김이 나기 시작했고 진흙탕 개울의 유속도 느려졌고 염소들도 처마 밑에서 나왔다. 작은 새 두 마리가 텐트 옆 낮은 덤불 속으로 날아들었다.

개똥지빠귀보다 몸집이 작은 디드릭뻐꾸기Didric cuckoo였다. 배는 하얗고 흠뻑 젖은 꼬리는 초록색, 등은 노란빛이 도는 초록색, 머리는 적갈색이었다. 위버새의 둥지에 알을 낳는다는 이 뻐꾸기가 가장 높은 가지에 홰를 치고 앉아 있었다. 아래로 손이 닿을 만큼 가까운 곳에, 위는 청회색, 아래는 하얀색 가로 줄무늬가 있는 '프레이저의 밀림딱새Fraser's forest fly catcher'가 깃털이 젖은 채 얌전히 앉아 있었다.

밤새 물이 1미터쯤 불어났다. 우리는 몇 시간 동안 급물살에 밀려 하류로 계속 내려갔다. 쓰러진 나무가 덮인 곳을 도끼로 쳐내기 위해 멈추었고, 닭 세 마리, 파인애플 네 개, 플랜테인 한 송이를 사기 위해 작은 마을에 잠깐 멈추었을 뿐 계속 나아갔다.

늦은 오후에 위는 청회색에 아래는 밤색인 독수리만 한 크기의 새 한 마리가 우리 앞을 낮게 날아 빠르게 휙 지나갔다. 꼬리는 기다랗고 회색에 흰 점이 있고 흰 테를 두른 띠처럼 생겼다. 긴꼬리매였다. 밀림의 모든 매 중 가장 쉽게 볼 수 있는 종이었다. 습성은 전혀 알려진 바 없고 둥지를 본 사람도 없었다.

나무들이 점점 드물어지고 갈대밭이 많아졌다. 해질녘에 우리는 지류로 접어들었다. 강줄기가 굽이치는 사이에 수로가 마구 뒤엉킨 곳이었다. 마르셀랭이 지름길이라고 말했다.

어두워지고 한참 지나 본류로 다시 들어섰고 밈벨리Mimbéli라는 마을에 이르렀다. 선가대 위의 평평한 빈터에 텐트와 차양을 쳤다. 마르셀랭은 가장 가까이 있는 오두막에 사는 가족의 가장과 링갈라어로 협상하고 있었다. 밈벨리 사람들은 멤벨리어로 말했기 때문에 몇 시간이 걸려—아니면 그렇게 느껴진 건지도 모르지만—겨우 닭 세 마리, 파인애플 네 개, 사탕수수 네 줄기, 바나나 한 송이에 대한 협상을 끝냈다. 우리는 기진맥진해 잠자리에 들었다.

새벽에 떠나려고 할 때, 나뭇가지에 늘어진 거미줄이 새벽안개에 은빛으로 반짝였고, 커다랗고 텁수룩한 검은투구코뿔새 한 쌍이 우리 머리 위를 날며 요란하게 울어댔다. 굽이진 곳을 돌아 강둑에 가까이 다가가다가 초록색 등에 배가 하얀 물뱀이 갈대 위에 몸을 척 늘어뜨리고 개구리를 노리고 있는 것을 보고 깜짝 놀랐다.

흑백콜로부스 무리가 강둑에서 20미터쯤 위서 있는 나무에서 아침식사를 하며 그 아래로 우리가 지나가는 것을 유유히 품위 있게 내려다보았다. 가끔 불안한 기질의 신경이 예민한 녀석은 독수리처럼 몸을 활짝 펴서 갈기와 꼬리를 잔뜩 부풀려 세우고 긴 포물선을 그리며 피신처나 무성한 덤불로 뛰어내렸다.

래리와 내가 관찰한 결과에 따르면, (꼬리가 길고 다리가 길쭉한 검은색의) 회색뺨망가베이는 새벽에 키가 작은 나무와 리아나 덩굴에서 먹이를 먹고 컹컹, 끽끽, 우우, 낄낄거렸다. 아침이 되면 임관 속으로 올라가서 여전히 혼자서, 아니면 우리를 향해 컹컹 대다가 함성을 지르는 데도 시큰둥해졌고, 재잘대는 소리는 너무 높이 있어서 잘 들리지도 않았다. 정오가 되어 견과와 씨앗을 깨고 나무껍질을 씹는 데도 지치고 애벌레의 부드러운 속살에도 질리면, 나무 하나에 가까이 붙어 앉아 있었다. (쌍안경으로 보니 잠든 듯한 어미 망가베이는 아기 망가베이를 줄에 매어둔 것 같았는데, 꼬리를 아기 꼬리에 감고 있었던 것이다.) 오후 2시와 3시 사이에는 서로 이를 잡아줄 에너지를 회복했다. 그러나 4시가 되었을 때 뱃사공이 왼편 강둑에 버려진 작은 거처에 우리를 데려갔다. 그래서 래리와 나는 회색뺨망가베이의 밤 생활이 미스터리로 남을 수밖에 없다고 결론 내렸다.

강을 향해 나 있는 빈터에 기다란 오두막 네 채가 정사각형의 절반 모양으로 세워져 있었다. 여기저기에 덤불과 무릎까지 오는 작은 나무들이 있었고, 지붕 위의 야자나무 잎들은 하나같이 회색으로 시들어 있었다.

웅제와 마누는 불을 피우기 위해 나무를 주우러 가고, 래리와 나는 텐트와 천막을 오래된 나무막대에 줄을 묶어 세웠다. 뱃사공과 아들들은 30미터쯤 떨어진 곳에 군용 방수포로 그들의 잠자리를 만들었다.

래리가 마르셀랭에게 물었다. "왜 저렇게 고생을 하지? 그냥 오두막에서 자면 안 되나?"

"안전하지가 않아요." 마르셀랭이 젖은 땅에 텐트 못을 치며 말했다. "그 사람들한테 물어보면 저 오두막들이 귀신에 씌었다고 말할 거예요. 여기서는 아무도 버려진 오두막에서 안 자요. 일종의 금기예요. 하지만 내 생각에 이유는 간단할 것 같아요. 저 사람들이 알든 모르든요. 바로 질병이죠. 아마 여기서 사람들이 죽기 시작했을 거고, 이 장소가 저주받았다고 생각했을 거예요. 지붕 이엉의 벌레 때문이든 열병 때문이든, 누가 알겠어요?"

"조녀선 킹덤도 그렇게 생각했지." 텐트 주위로 도랑을 파는 래리를 도우며 내가 말했다. "텔레 호수 주변 지역처럼 잠들지 못한 귀신들이 가득하다고 하는 지역이 사실은 발견되지 않은 바이러스의 온상이라는 거야. 부시베이비 몸에 서식하는 바이러스나 서식지가 제한된 어떤 박쥐 몸에 사는 바이러스나."

래리가 빗물에 파인 구멍으로 빗물이 흐르도록 도랑을 만들며 말했다. "그렇지. 그렇게 해서 인간한테도 빈대가 생긴 거야. 다른 모든 빈대는 박쥐 몸에 살고. 우리가 동굴에 너무 오래 산 거지. 빈대 한 마리가 히치하이크를 한 거야." 그는 나를 쳐다보고 활짝 웃으며 계속 말했다. "레드소, 얼마나 많은 곤충들이 아직 발견되지 않았는지, 그리고 그 바이러스가 얼마나 작을지 한번 생각해봐. 그럼 텔레 호수 주변에 요충처럼 똬리를 틀고 홰를 치고 앉아 너를 기다리고 있을 레트로바이러스가 얼마나 많을지 상상이 될 거야."

"보마아!" 잘 붙지 않는 불을 피우려고 쭈그리고 앉아 훅훅 입김을 불어넣고 있는 마누에게 응제가 두 걸음 떨어진 곳에서 소리쳤다. 마리화나 흡연 이후 잠잠했던 날이 지나자 다시 원기를 회복하고 수다쟁이가 된 응제와 평소의 수줍음 많고 명랑한 기분으로 돌아간 마누가 뭔가를 놓고 논쟁을 벌였다. "삼촌! 삼촌이 결정해줘요." 응제가 마르셀랭에게 말했다.

"뭘 결정해?" 마르셀랭이 흩어져 있는 통나무 중에서 하나를 골라 불가로 가져오며 물었다. 래리와 나도 따라 했다. "구운 플랜테인이라! 고급스러운데!" 래리가 말했다.

"삶은 닭고기에 삶은 카사바, 삶은 플랜테인도 있어요. 남기지 말고 다 먹어요." 마르셀랭이 말했다.

응제가 말했다. "여기 이 애 같은 마누가 중앙아프리카공화국에 살고 싶다는 거예요. 방기에 살고 싶어 하는데 그 이유가 보카사가 자기 영웅이기 때문이래요. 마누는 그 사람을 황제 장 베델 보카사Jean Bedel Bokassa 1세*라 불러요. 마누는 보카사를 빅맨이고 철인이라 불러요. 하지만 나는 거기 안 살 거예요. 거기 사람들은 어떻게 옷을 입어야 하는지도 모른다고요."

래리가 말했다. "보카사는 식인종이야. 어린 학생들을 먹었다고."

마누가 불 위에 솥을 걸며 말했다. "그래요, 어린아이 몇 명 먹었어요. 하지만 국민들에게 투명한 정부가 되어줬어요. 나라를 잘 통치했어요. 게다가 어린 학생들을 먹은 사람은 많아요. 그 사람들은 잡혀가지도 않고 텔레비전 보며 잘 있어요."

---

* 1966년에 국가 원수에 올라 1979년 프랑스 정부에 의해 체제가 전복될 때까지 중앙아프리카공화국를 지배했던 독재자.

"가택연금 중이겠지. 자기 집에 살면서 텔레비전 보는 거야." 마르셀랭이 말했다.

"텔레비전과 저녁이라." 래리가 말했다.

"옥스퍼드에 내가 아는 생물학자가 있어." 내가 말했다. "윌마 조지라는 사람이야. 그녀는 사하라와 에티오피아에 사는 작은 설치동물인 군디gundi에 대해 연구했어. 군디는 사막의 암석 노출지 위에 앉아 휘파람 소리를 내는데 분첩처럼 생긴 동물이래. 아무튼 그 기회에 아프리카 요리책을 쓰고 있었다나 봐. 기말시험이 끝나고 학생들과 같이 윌마가 만들어준 저녁을 먹으러 간 적도 있었지. 그녀가 방학을 남편과 중앙아프리카공화국에서 보냈는데 보카사하고 같이 저녁을 먹게 되었나 봐. 돼지고기가 하도 연해서 요리사한테 돼지고기를 어떻게 요리했냐고 물었대. 그러자 보카사가 손님들을 지하에 있는 커다란 냉장고로 데려갔대. 보카사가 냉장고 문을 열고 선반을 끄집어냈는데, 거기 그의 장관 중 한 명이 누워 있었대."

밀림에서 뭔가가 신음하는 소리가 들려왔다.

"무슨 소리지?" 래리가 말했다.

"귀신." 응제가 말했다.

"밀림악어예요. 수컷 밀림악어가 짝을 찾는 소리예요." 마르셀랭이 말했다.

래리가 생각에 잠겨 손을 모자 아래 얹더니 말했다. "목덜미가 서늘해지는데. 사실 겨드랑이 털도 쭈뼛 섰어."

"윌마 조지와 학생들은 보카사에 대해 어떻게 생각한대요?"

"윌마는 그 이야기를 아무렇지도 않은 일화처럼 들려줬어. 아무도 그 일을 그렇게 대단하게 생각하는 것 같지 않아. 학생들은 모두 젊은 동물학자들인데 이렇게 말했다는군. '그렇군요. 어차피 장관들을 죽일 거라면 단백질도 모자라는데 먹는 게 이치에 맞죠. 뭐가 문제예요?'"

"학생들 말이 맞네요." 마르셀렝이 무릎을 탁 치며 놀라운 확신을 갖고 소리쳤다. "훌륭한 학생들이네! 괜히 옥스퍼드가 아니네. 최고의 학생들이에요! 그들 말이 맞아요!"

마누가, 대화가 도를 넘어섰다는 듯 위엄 있는 목소리로 말했다. "황제 장 베델 보카사 1세는 남자 열을 합친 것만큼 힘이 세요! 백 명은 될 거예요! 황제가 먹은 사람들 만큼이요!"

"알겠네." 래리가 한눈에 봐도 마누한테 실망하고, 학생들 전체에 실망하고, 앙상한 털이 반쯤 뽑힌 굶주린 듯한 늙은 닭을 시무룩한 표정으로 조각내서 냄비 속에 집어넣고 있는 응제에게 실망한 표정으로 말했다.

"조 발라드Djo Ballard!" 응제가 닭의 꼬리뼈 부분과 발을 냄비에 넣고 손을 바지에 쓱쓱 문지르며 말했다. "내 영웅은 조 발라드예요. 보마아! 당신한테 맞는 콩고인도 있어요. 그 사람은 어떻게 옷을 입어야 하는지 알죠. 직접 봐야 해요! 지금 파리에 살고 있어요."

래리가 말했다. "조 발라드? 그 대량학살자?"

마르셀렝이 래리의 어깨에 손을 얹고 웃으며 말했다. "그 사람은 모델이에요. 여기서는 유명하죠. 파리에 살고 있어요. 콩고에서 우리는 옛날식을 버렸죠. 이제 우리는 좀 더 발전했어요.
이제 우리도 어떻게 옷을 입어야 할지 알아요."

이렇게 말하고 자리에서 일어나 오두막을 향해 사위어가는
빛 속으로 걸어갔다.

28

래리의 귀국

다음 날 이른 오후, 강은 몇 평방미터는 되는 갈대밭에 밀려 왼쪽으로만 물길이 난 좁은 수로로 바뀌었다. 우리 앞의 가까운 강둑에 작은 둔덕이 나타났다. 작은 변경 도시인 에니엘레Enyélé 에 도착했다. 뱃사공에게 돈을 지불하고 배낭들과 반쯤 빈 가방 들을 공안사무실로 옮겼다. 콘크리트 벽과 함석지붕으로 된 낮 은 건물이었고, 오른편에 딸린 부속건물은 감옥이었다. 노란 티 셔츠를 입은 젊은이 두 명이 창살에 얼굴을 대고 응제를 향해 소 리쳤다.

몸짓과 웃음으로 볼 때 응제가 아마 농담과 조롱 섞인, 예의 그 인사 세례를 퍼부은 것 같았지만 들어본 적 없는 언어였다.

"상고어예요. 중앙아프리카 언어죠. 동구의 언어이기도 하고. 응제의 언어예요. 하지만 여기서는 에니엘레어로 말해요. 강 남부, 자이르에서 온 말이죠." 마르셀랭이 말했다.

콘크리트 복도에서 기다리며 내가 말했다. "응제, 아까 그 사람들은 왜 감옥에 있나?"

"심각한 건 아니에요. 노파 한 명을 죽였어요. 일주일 안에 풀려날 거예요." 응제가 한쪽 입꼬리를 올리고 크게 웃으며 말했다.

작은 사무실에는 가구가 거의 없었고 정돈 잘 된 책상 앞에 정치위원이 앉아 있었다. 큰 체구의 중년남자로 막 다린 듯한 군복을 입은, 깔끔해 보이는 사람이었다. 뒤쪽 벽에는 빗자루와 칼라슈니코프 소총이 세워져 있었다. 왼쪽 천장 모서리에는 고기를 걸어두는 갈고리가 달려 있고, 여기에 매듭을 지은 밧줄이 걸려 있었다.

마르셀랭이 책상 앞에 있는 두 개의 철제의자 중 하나를 잡아당겼다. "아냐냐 박사, 거기엔 앉지 마시오. 더럽혀지잖소."

마르셀랭이 몸을 비틀어 바지 엉덩이 부분을 살피며 말했다. "우리는 밀림에 있었어요. 몇 달간 밀림에 있었죠."

"그러거나 말거나 여기서는 머물 수 없소. 정부청사에서는 잘 수 없소. 여기는 아무것도 없어요. 말벌들도 있어요!" 위원장이 초조해하며 책상 서랍을 열어 수갑을 꺼내며 말했다.

마르셀랭이 불안한 눈초리로 수갑을 보며 말했다. "도장을 꺼내셔야지요."

에니엘레의 행정 구역으로 들어온 날짜가 우리 여권과 통행증에 무사히 찍혔다. 우리는 짐과 가방을 진흙바닥에서 지붕이 높은 콘크리트 벽의 정부청사로 옮겼다. 서로 3미터쯤 떨어진 두 개의 전등이 천장 가운데에 있었는데 각각 창백한 흰 종이 같은 작은 벌집이 걸려 있었다. 중앙에서 동심원을 그리듯 번져나간 모양에 아래는 뚫려 있었다. 각 벌집에는 2센티미터 정도 되는 길이의 허리가 잘록하고 정교하게 생긴 갈색 말벌 다섯 마리가 머리를 아래로 해서 내려다보고 있었다.

"가까이 가지 말아요. 옆으로 붙어 있어요. 쏘일 수 있어요. 지독하죠." 마르셀랭이 말했다.

"아이고, 안녕. 콘크리트 침대." 래리가 말했다.

"여기서 잘 수 없어요." 응제가 고개를 한쪽으로 기울이고 가까이 있는 벌집을 바라보며 말했다. 그의 시야에 들어온 말벌은 앞다리를 올리고 더듬이를 다듬고 있었다. "친구들 집에서 자요!"

"여기서 잘 거야. 너는 짐을 지켜." 마르셀랭이 짜증난다는 듯 한숨을 내쉬며 말했다.

래리는 먼지가 낀 콘크리트 바닥 위에 오른쪽 벽에 기댈 수 있게 자기 방수포를 펴고 있었다.

"그럴 시간 없어요. 가서 제라르를 찾아야 해요, 제라르 뷔를리옹이요. 우리는 그의 트럭이 필요해요. 그리고 쾌속정도요. 그는 프랑스 사람이에요, 백인이죠. 국립삼림공사에서 일해요. 삼림감독원이에요. 나한테 신세 진 것도 있고 나를 좋아해요. 잘될 거예요." 마르셀랭이 이렇게 말하고 마누에게 말했다. "괜찮을 거야. 여기 올 사람 아무도 없어."

진흙길로 나와 걸을 때 래리가 나한테 속삭이듯 말했다. "귀신에 씐 곳일 거야. 열병, 지붕의 말벌."

마을 꼭대기에서 왼쪽으로 돌아 기계로 만든 홍토길로 들어섰다. 숲을 가로질러 가는 지름길을 통해 커다란 발전기와 양수기를 지나니 쑥 들어간 자리에 방갈로들이 있었다. 모든 방갈로에는 주차장이 있었고, 모든 주차장에는 도요타 랜드 크루저 트럭이 세워져 있었다.

"와!" 래리가 말했다.

제라르 뷔를리옹이 쇠격자를 두른 유리문으로 다가왔다. 삼십대 후반쯤으로 보이는 단단한 체구에 금발머리로, 행동이 민첩한 사람이었다. 단정하게 깎은 턱수염과 콧수염에 "Courier pour une fleur(꽃 배달부)"라는 문구가 적힌 티셔츠를 입고 파란색 스키 바지, 파란색과 흰색이 섞인 운동화를 신고 있었다. 에어컨 바람이 시원하고 상쾌했다. 언뜻 보니 진짜 안락의자, 책장에 꽂힌 책들, 니스 칠이 된 테이블에 놓인 신문과 잡지가 눈에 들어왔다. "마르셀랭, 내 친구! 미스터 코끼리! 잘 지냈어? 이 친구분들은 누구신가?"

마르셀랭이 소개했다.

"좋아요!" 제라르가 손마디에서 소리가 날 정도로 악수를 하며 말했다. "문제없어요. 지금 현장 주임을 보러 가는 길입니다. 마을까지 같이 걸어갑시다. 내일 임퐁도에 가려고 하는데 마침

운이 좋군요. 내일 아침에 데리러 가지요. 네 시 정각에."

우리는 육상선수의 속도, 래리의 속도로 언덕을 올라갔다. 작은 갈색 비둘기 세 마리가 길바닥을 부리로 쪼다가 낮게 원을 그리며 돌아 숲으로 날아갔다.

"마르셀랭, 그동안 지시 사항을 수행해봤네. 마르셀랭을 위해서 몰래 염탐해봤지. 그런데 최소 일주일에 2~3톤의 야생 고기가 에니엘레를 빠져나가고 있어. 미친 짓이야. 영양이고 코끼리고 곧 남아나지 않을 거야. 가봉에서 삼림감독원을 할 때는 매일 표범, 침팬지, 고릴라를 볼 수 있었네. 그렇지만 피그미들의 숫자는 적었지. 여기는 피그미가 너무 많아. 상인들이 피그미들한테 총을 빌려주고 담배 몇 갑을 주면 고기를 가져온다네!"

"여기 얼마나 살았나요?" 나는 뒤처지지 않으려고 애쓰며 물었다.

"나요? 아프리카에서요? 24년 됐어요! 이곳이 좋습니다. 나는 아프리카 사람입니다. 나한테 기쁨을 주죠. 식상하게 들릴지 모르겠지만 난 현실적인 사람이에요. 지독히 현실적이죠. 첫째는 삼림감독관이고, 둘째는 엔지니어예요. 프랑스에서는 모든 걸 기계가 대신하죠. 그리고 그걸 고치는 전문가가 있고. 하지만 여기서는 내가 모든 걸 합니다." 그는 손으로 양수기와 발전기를 가리켰다. "보이죠? 저걸 다 내가 만들었어요. 수도가 고장 나면 내 책임이에요. 다른 사람을 탓할 수가 없죠. 나는 그게 좋아요." ("그렇지!" 래리가 속도를 높이며 말했다.) "그런데 마르셀랭, 코끼리 조사는 어떻게 되어 가나?"

"거의 다 됐어요." 마르셀랭이 답답한 오후의 열기에 땀을 삘삘 흘리며 말했다. "케임브리지 대학교 펨브로크 스트리트의 국제야생동물보호국 응용생물학과 반스R. F. W. Barnes 박사가 연구 결과를 책으로 출간할 거예요. 자기 이름으로요."

"그것에 대해 생각해봤는데 말이야, 아무래도 큰 문제가 생긴 것 같아. 여기 내가 알고 지내는 피그미가 있는데, 좋은 친구지. 내 목재소에서 일해. 그런데 사냥을 갈 때 원하면 언제든지 코끼리 모습을 해. 언젠가 코끼리 변장을 하고 사냥 가서 모자지간의 코끼리를 죽였어. 그런데 내 목재소로 돌아와보니 피그미 두 사람이 죽어 있는 거야." 제라르는 손가락으로 딱 소리를 내며 말했다. "바로 그런 일이 벌어진 거야. 그래서 이 피그미가 몸서리를 치며 코끼리로 변장해서 반투족에게 보복하러 갔어. 그에게 총을 빌려준 밀렵꾼이었지. 그 반투족의 농장에 가서 카사바 덩굴을 마구 짓밟고 옥수수 위를 구르고 플랜테인과 바나나 나무를 다 쓰러뜨렸어. 자, 이게 컴퓨터에 어떻게 기록되겠나? 컴퓨터가 어떻게 하겠어?"

"무슨 의미예요?"

"마르셀랭, 뻔하지 않나! 코끼리가 사방에 흔적을 남겼어. 그걸 마르셀랭의 조사에 포함시킨 거야. 모두들 코끼리 흔적을 봤다고 하는데 그게 다 피그미였어."

"그걸 정말 믿어요?" 내가 물었다.

제라르가 멈춰 섰다. "저기가 가장 빠른 지름길입니다." 그가 우리가 걷던 길에서 벗어난 길을 가리키며 말했다. "나는 이제가 봐야겠어요. 바빠서요." 그러고는 나를 갑자기 경멸한다는 표정으로 쳐다봤다. 그는 셔츠 주머니에서 선글라스를 꺼내 쓰고는 말했다. "당신은 아프리카에 온 지 얼마 안 됐죠? 척 보면 알 수 있어요. 여기 심지어 일 년만 살아도 그런 바보 같은 질문은 안 할 만큼 이해할 수 있게 되죠." 그렇게 말하고는 그가 만들었다는 길을 따라 성큼성큼 걸어갔다.

새벽 3시, 콘크리트 바닥에서 몸이 뻣뻣해진 몸을 일으켜 닭고기와 카사바를 먹고 짐을 싸서 콘크리트 베란다에서 4시부터 7시까지 기다렸다. (래리는 손으로 머리를 괸 채 조용히 있었다.) 제라르는 7시에 트럭을 타고 도착했다. 마르셀랭과 응제는 안에 타고 래리와 나, 마누는 덮개 없는 짐칸에 배낭을 놓고 앉았다. 제라르는 늦게 온 시간을 벌충하려고 그러는지, 아니면 전에 카레이서였는지, 아니면 둘 다 때문인지 간담이 서늘할 정도로 속도를 높여 숲을 지나 좁은 먼지 길을 내달렸다. 먼지바람을 마구 일으키며 사각지대로 돌진했다가 바퀴를 치켜들며 모퉁이를 돌아서 트럭 짐칸에 앉은 우리와 짐들이 공포와 함께 내팽개쳐졌다.

우방기 강 옆에 있는 작은 부두 옆에 톱으로 벤 나무들이 쌓여 있었다. 우리는 그 앞에서 아직 트럭에 탄 채 잠시 쉬었다.

"이제 안전하다고 느낀 바로 그 순간에 말이지……" 래리가 트럭 강판 위에 떨어진 모자와 주머니에서 흘러나온 물건들을 주우며 말했다. "나무들을 돌보고 있는 한 사람을 만났다고 생각한 바로 그 순간에 이런 일이……."

우리는 짐을 들고 검은 디젤 탱크, 견인 트레일러, 윈치 트랙터, 낡은 대형 트럭을 지나 작은 하얀색 쾌속정 옆에 묶어놓은 커다란 통나무배로 내려갔다. 헛간 뒤에서 남자 세 명이 나타났다. 그중 한 명은 파란 작업바지를 입고 있었다. 제라르가 지시를 내리자 그들은 휘발유통을 통나무배로 옮겨 커다란 선외 보트에 연료를 채우고 우리 짐을 배에 실었다.

파란 작업바지를 입은 남자는 선미에 앉고 마누와 웅제, 래리가 차례로 앉았다. 마르셀랭과 나는 십자널판 옆에 쭈그리고 앉고 제라르가 뱃머리 쪽으로 훌쩍 뛰어내려 우리를 마주보고 앉았다.

제라르는 평상복을 입고 있었다(초록색 줄무늬 셔츠에 초록색 리넨 재킷을 입고, 엷은 황갈색 바지에 두른 벨트에 지갑과 칼집을 차고 있었다). 그는 시계를 흘끗 보더니 말했다. "늦었군! 아침에 문제가 좀 있었어. 집안일." 마르셀랭이 잘 안다는 듯이 고개를 끄덕였다.

뱃사공이 선외 모터의 줄을 잡아당기고 조절판을 올리자 배가 갈색의 넓은 우방기 강으로 미끄러지듯 들어갔다. 남쪽으로 방향을 돌려 이제 강 하류의 동구로 향했다. "보마아!" 웅제가 주먹을 쳐들고 소리쳤다.

"레드몬드! 어제는 무례하게 굴어서 미안합니다." 제라르가 말했다.

"무례하지 않았어요, 전혀요." 나는 여전히 조금 언짢은 듯 말했다.

"이해해주셔야 할 것이…… 여기는 세 유형의 백인들이 있어요. 돈을 안 받고 가르치는 학교 선생님들. 이들은 그 일이 좋아서 여기 살아요. 소명으로 생각하는 거죠. 두 번째 유형은 거주자예요. 부지런한 사람들로 여기 살기로 선택한 사람들이죠. 열심히 일하는 국외자들이에요. 그리고 마지막으로 프티 블랑*이 있어요. 이들은 순전히 돈 때문에 여기 온 사람들이죠. 돈이 절실히 필요하거나 회사가 발령을 내서 오게 된 사람들이에요. 이들에게는 상상력이라곤 없죠. 여기 있는 모든 걸 끔찍이 싫어해요. 기후도 싫어하고 콩고인들도 싫어해요. 그런 사람들하곤 대화가 안 통하죠. 불가능해요."

"화이트 쓰레기." 마르셀랭이 흡족한 듯 활짝 웃으며 영어로 말했다.

거대한 잿빛 하늘 아래 멀리 누런 모래톱이 보였다. 그 위에 아마도 볏부리거위처럼 보이는 흑백색의 거위 네 마리가 물가에 앉아 쉬고 있었다.

"저는 두 번째 유형의 백인에 속하죠." 제라르가 몸을 웅크리고 빠른 속도로 말했다. "아버지는 교사였어요. 법을 가르치셨죠. 12년을 브라자빌에서 보내셨어요. 논문을 쓰고 박사학위를 받고 마다가스카르에서 치안판사가 되셨죠. 브라자빌에서의 생활은 우리 아이들한테는 행복한 시간이었습니다. 작은 배도 있

---

* petits blancs. 직역하면 '작은 백인'이라는 뜻으로, 프랑스 식민지 시절 아이티에서 부자 농장주나 흑인 노예 모두에게서 무시당했던 가난한 백인들을 일컫는 말에서 유래했다.

었고 강에서 수영도 했죠! 저한테는 여섯 명의 여자 형제와 한 명의 남자 형제가 있어요. 우리는 모두 아프리카에서 살았어요. 성장기 시절이었죠. 그러고 나서 13년을 프랑스에서 살았어요. 거기서 혼란에 빠졌죠. 뭘 해야 할지 갈피를 잡지 못했습니다. 열다섯 살에 호텔에서 접시를 닦으면서 돈을 벌었어요. 건설 현장에서도 일했죠. 바로 거기서 목공일을 발견한 거예요. 내가 나무를 사랑한다는 걸 알게 됐죠."그는 부드럽게 닳은 뱃전을 쓰다듬으면서 계속 말했다. "그래서 보르도에 있는 삼림 대학교에 갔어요. 그리고 가봉에서 대형 기계를 다루며 실무 경험을 쌓았어요. 그러고 나서 도로 건설 감독이 되고, 그다음에는 토지 개발 감독이 됐어요. 저는 평생 갈 관심거리를 찾은 거예요. 내가 좋아하는 직업을요! 온 마음을 사로잡는 관심거리를요! 그래서 지금 행복합니다. 저는 새벽 4시부터 밤 10시까지 일하죠. 매일요."

"쿠바 같아요!" 마르셀랭이 말했다. "옛날 쿠바요! 하루에 열여섯 시간을 일했어요. 밥도 직장에서 먹었어요. 집은 그냥 잠만 자는 곳이었죠. 성실히 일하면 차나 세탁기를 살 수 있는 권리를 얻었어요. 아파트를 원하면 공사장에서 일해야 했어요. 쿠바에는 병원과 학교를 세우기 위한 돈이 있었죠. 우리 어머니처럼 자식이 아홉이나 딸린 어머니들을 위한 돈도 있었고요. 옛날 쿠바에서라면 우리 어머니는 국가에서 주는 메달도 받았을 거예요. 훌륭한 어머니상이요. 정부에서 우리 어머니 같은 사람을 지원해줬을 거예요."

"여기서도 그럴 수 있을까?" 제라르가 물었다.

"아니죠. 알잖아요. 콩고 사람들은 일하는 걸 싫어해요. 밤 11시까지 일하는 사람도 있지만 많지 않아요."

"그게 한 가지 문제야. 그러니 산업 기반이 생기지 않는 거지. 게다가 아프리카인은 돈을 많이 벌면 아내를 많이 거느리잖아. 유럽인이나 미국인들과 달리 사업을 하면서 가족 왕조를 세우는 거지."

"제라르, 당신은 어떻소? 아내가 있어요?" 내가 물었다.

"1979년에 내 인생을 망쳐버렸어요. 쉽지 않은 결정이었죠. 아내는 자이르 출신이고 우리는 아이가 하나 있어요. 하지만 1979년에 아내와 아이를 프랑스로 보냈어요. 니스로요. 아이가 제대로 된 교육을 받았으면 했거든요. 여기서 통신 강좌를 시도해봤는데 잘 안 됐어요. 아주 어려웠죠. 사실상 어머니가 교사가 아닌 이상 불가능한 일이에요. 여기서 가족한테 돈을 보냅니다. 그리고 10개월에 한 번씩 휴가를 얻어 프랑스로 가죠."

"그럼 그 나머지 시간 동안은 보통 아프리카인처럼 사는 거죠?" 마르셀랭이 이렇게 말하고 나한테 눈을 찡긋했다.

"아마도."

"어떤 점에서는 나도 제라르가 말한 두 번째 유형에 속합니다! 밤 11시까지 일하죠. 열심히 일합니다! 임퐁도에서는요. 레드몬드, 내가 보여줄게요. 우리는 쉬지 않아요! 하루면 이 정부 탐사대를 재공급할 수 있어요. 하루면 충분합니다. 이틀이면 벌써 서부로 향하고 있을 겁니다."

"어디로 가는 중인가?" 제라르가 마르셸랭에게 물었다.

"제케Djéké, 보아Boha, 텔레 호수요."

"텔레 호수라고? 마르셸랭, 제정신인가? 거기 다시 갈 수는 없어!"

"압니다. 그 사람들이 나를 죽일 거예요." 마르셸랭이 건널판을 응시하며 말했다.

동구의 부잔교에서 제라르의 임퐁도 운전사가 빨간 랜드 크루저를 타고 기다리고 있었다.

옹제가 우리 가방을 싣는 것을 도와주고 아내와 가족을 보러 출발했다. 여행용 가방을 든 작은 몸이 선인장 울타리가 쳐진 길로 걸어가고 있었다. 마르셸랭이 그 뒤에다 대고 소리쳤다. "파르티 호텔이다! 이틀 후! 아침 6시!"

제라르가 운전석에 타고 마르셸랭과 운전사가 제라르 옆에 앉았다. 래리와 마누, 나는 뒷좌석의 짐가방들 사이에 끼어 앉았다. 제라르는 브라질이 건설한 타맥으로 포장한 부드러운 도로—전에는 너무도 흔한 길로 생각했던—를 임퐁도에 이를 때까지 쉴 새 없이 내달렸다.

파르티 호텔에서 우리는 제라르와 작별인사를 나눴다. 마르셸랭이 호텔 주인(아직 취해 있는)을 찾아, 뇌문세공을 한 난간이 있는 콘크리트 베란다와 콘크리트 기둥 뒤 별채의 방을 안내받았다. 전에 우리가 묵은 방이었다. 우리가 없는 사이에 방은 더 커지고 습기가 없고 화려하게 바뀌어 있었다. 창에는 유리가 끼워져 있었고 그 위로 커튼도 내릴 수 있고 문에는 잠금 장치도 있었다. 복도에는 기름통으로 만든 물탱크와 물을 담아갈 수 있는 양동이가 있었다. 양동이에 물을 담아 방 뒤편에 있는 콘크리트 우리 같은 곳에 서서 머리 위로 물을 붓는다. 그렇게 냉수 샤워를 할 수 있었다.

그래서 우리는 샤워를 했다. 래리는 부쩍 말라 있었다. 얼굴에는 주름이 더 깊어지고 뚜렷해졌다. 마치 마법사가 그의 이마와 눈가에 칼로 그어놓은 것 같았다.

우리는 랑글루아 부인의 작은 가게(같은 주인에 똑같은 진토닉 병이 있는)에서 조니워커 레드 라벨을 한 병 사서 한 모금씩 돌려 마시고 마르셸랭과 함께 이베트의 식당으로 향했다. 바큇자국이 깊이 난 부들이 자라고 있는 길을 따라 녹슨 브라질산 노란 트럭과 불도저가 세워져 있었다.

나뭇조각을 이어붙여 벽을 만든 작은 오두막에서 우리는 생선 수프와 카사바 덩어리, 프라이머스 맥주를 먹었다. 마르셸랭은 제라르의 에너지를 가득 받은 채 말했다. "내일은 일합시다! 래리의 표를 구합시다. 활주로를 쓸 수 있답니다. 비행기에 연료도 채웠고 이번 주말에 브라자빌에서 출발할 거랍니다. 그리고 조지프의 도요타를 타고 시장에 가서 물품을 살 겁니다. 카사바, 식용유, 정어리, 커피, 오트밀, 분유, 설탕, 소금, 비누, 라이터, 타바코, 담배, 와인 두 병, 위스키 두 병, 그리고 신발을 사야 해요. 보아 추장을 위한 신발과 옷이요. 텔레 호수에 가면 발에 문제가 많이 생겨요. 늪지대라서 발이 잘 썩어요!"

"그리고 초, 화장지, 땅콩버터." 내가 말했다.

"약도 사야죠. 임질과 매독용 항생제." 마르셀랭이 말했다.

"매종용 익스텐실린과 주사기." 래리가 말했다.

"그리고 다음 날 아침 6시에 래리에게 작별인사를 합니다. 조지프가 레드몬드와 나, 웅제, 마누를 에페나Epéna로 데려다줄 겁니다. 거기 위원장하고 통나무배로 우리를 제케로 데려다줄 선장을 알아요. 제케에서부터 걸어서 습지림을 지나 비밀의 마을까지 갈 겁니다. 여자 마법사들이 살고 있는 마을이죠. 이 마을은 호수 옆에 있어요. 지도에도 안 나오는 호수예요!"

마르셀랭이 프라이머스를 세 병째 비웠다.

"그리고 레드몬드가 원한다면 브라자빌에서 약속을 했으니까 우리는 걸어서 보아에 갔다가 걸어서 텔레 호수에 갈 거예요. 하지만 경고하건대 보아는 지금까지 본 어떤 마을하고도 달라요. 괴상한 사람들이 가득한 곳이에요. 사악한 사람들이죠. 폭력적이고요. 보아에는 만푸에테와는 비교도 안 될 만큼 문제가 많아요." 마르셀랭은 이렇게 말하고 의자를 뒤로 빼고 일어섰다. "보아에서는 당신의 안전을 보장해줄 수 없어요. 내 안전도 물론이고. 이제 어머니한테 작별인사를 하러 가야 해요. 그러고 나서 나는 플로랑스하고 하룻밤을 보낼 겁니다. 플로랑스가 날 위로해줄 거예요! 플로랑스가 나에게 용기를 줄 거예요!"

그날 밤 우리는 모기장 아래 방수포에 몸을 감싸고 누워 위스키를 비웠다. 래리가 손전등을 끄고 중얼거렸다. "집에 간다고 하니 이상해. 알다시피 손꼽아 기다렸잖아. 몇 년은 지난 것 같군. 내 삶 전체가 바뀐 것 같아. 걱정돼, 레드몬드. 설명할 수는 없지만 마음 한구석이 어쩐지 몹시 불안해. 하지만 스스로에게 이렇게 말하지. '섀퍼, 이제 집으로 간다. 해냈어. 약속을 지켰어. 이상.' 이렇게 생각하면 아드레날린이 마구 분출돼. 케네디 공항! 미국! 크리스! 믿기지가 않아. 그런데 그러고 나면 속이 뒤틀릴 것 같은 불안이 엄습해와. 지금 에니엘레에 갇히게 될 거라고, 그리고 다시 이 길의 끝을 영원히 볼 수 없을 거라고 생각했을 때처럼 말이야."

"좀 더 있으면 안 되나? 한 달? 두 달? 세 달?"

"안 돼!" 래리가 벌떡 일어나 손전등을 획 켰다. "안 돼!" 작은 바퀴벌레가 왼쪽 벽의 손전등이 비춘 원 안에 납작 엎드려 꼼짝도 안 했다. "나는 돌아가야 해! 수업을 해야 한다고! 안 그러면 직장을 잃을 거야! 수백 번도 더 말하지 않았나. 북동부 여행, 그걸로 충분하네. 텔레 호수, 그건 네 여행이야. 넌 다른 사람이 필요할 거야."

"보고 싶을 거야."

"그래, 나도 보고 싶을 거야." 래리는 이렇게 말하고 손전등을 끄고 다시 누워 깊은 한숨을 쉬었다. "하지만 어쩔 수 없는 일이야. 있잖나, 나는 희미하게 기억한다네. 저기 다른 행성에, 다른 인생에, 백만 년쯤 떨어진 어딘가에 나의 직업이 있었다는 걸. 교수였다는 걸. 아니, 그랬던 것 같다는 걸……. 하지만 오해는 마. 배움의 차원에서 본다면 엄청나게 풍부한 경험이었어. 평생 말하고도 남을 이야깃거리가 됐어. 항상 재밌었던 건 아니지만…… 사실 재밌었던 적이 있기는 했는지 모르겠지만…… 내 평생 그렇게 무서웠던 적은 없었어. 하지만…….” 래리는 천천히 몸을 쭉 뻗더니 한숨을 푹 쉬고 잠이 들었다.

마음속에 뭔가 따뜻한 것이 차오르며, 조니워커 레드 라벨과 감사와 애정이 뒤섞인 기분에 취해 나도 잠이 들었다.

다음 날 회색빛 임풍도 하늘 아래 뜨겁고 축축한 대기 속에서 우리는 동식물보호부의 도요타 트럭을 타고 작은 마을을 돌며 필요한 물품을 사기 시작했다. 추가로 탄환 두 박스와 마르셀랭의 농구화, 응제와 마누의 운동화, 마누의 노트와 볼펜, 그리고 쌀 한 포대를 샀다(하지만 약국에 항생제와 페니실린 주사액, 주사기는 없었다). 항공 사무를 보는 작은 오두막에서 래리의 비행기표를 샀다(콩고를 무사히 벗어날 수 있도록 비상금으로 8만 세파프랑도 주었다). 그다음 날 새벽 마누가 4시에, 응제는 5시에, 조지프는 6시에 트럭을 타고 도착했다. 조지프는 여전히 걱정스러운 얼굴에 아랫입술이 축 처지고 열이 있는 것처럼 약간 몸을 떨고 있었다.

우리 짐과 새로 산 물품으로 가득 채운 가방들을 트럭에 싣고 나자 마르셀랭이 말했다. “래리! 걱정 말아요! 조지프가 도와줄 거예요. 조지프 옆에 바싹 붙어 있어요. 쉽지 않을 거예요. 북미 같지 않아요. 군인들이 서류를 검사할 겁니다, 짐가방도 수색해 보고. 조지프 없이는 미아가 될 거예요! 그리고 비행기까지 냅다

달려야 해요. 좌석을 차지하려면 싸워야 해요!"

"알았네. 괜찮을 거야. 고맙네." 래리가 말했다.

래리와 나는 앵글로색슨식으로 어색하게 꼭 껴안았다.

눈가가 촉촉해진 래리가 포옹을 풀고 긴장한 채 말했다. "자, 여기다 서명해." 그는 오른쪽 주머니에서 링이 네 개 달린 노트를 꺼내더니 볼펜을 꺼내 들었다. "여기다 서명하시죠." 래리가 펼친 페이지에는 그레이트웨스턴 철도의 박스 모양 터널 입구가 그려져 있었다. 그리고 그 그림 옆에 이렇게 쓰여 있었다. "나, 레드몬드는 기꺼이 죽음의 덫 텔레 호수로 갈 것이며, 이에 래리의 도피를 용서한다."

3부

/

환상의 공룡
모켈레음벰베

환상의 공룡 모켈레음벰베가 산다고 추정되는 텔레 호수

자이언트악어가 사는 음부쿠 호수

음부쿠 호숫가의 지주근

마체테를 들고 있는 비키

나무 덩굴을 베어 물을 마시는 마르셀랭

활 모양의 하프를 연주하는 장 몰랑기

보아 마을의 추장

새끼 고릴라에게 우유를 먹이는 레드몬드

브라자빌에서 새끼 고릴라와 재회

❖ 두 번째 여정

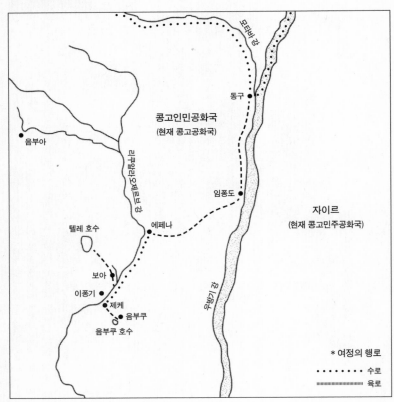

29

제케 마을에서 출발을 기다리다

소년은 오두막 옆 오렌지 나무 아래, 낮은 나무 단상에 몸을 죽 펴고 누워 있었다. 해진 하얀 천이 소년의 턱을 가로질러 그의 목 아래 나무에 단단히 묶여 머리를 똑바로 받쳐주고 있었다. 소년의 아버지는 아들 옆 스툴에 앉아 몸을 앞으로 숙여 소년의 이마 위 공기를 손으로 가르며 목청 높여 다음과 같은 말을 반복했다. "나는 아이를 잃었다. 불쌍한 내 아들. 내 아들은 죽었다." 그가 말을 멈출 때마다 그의 옆에 놓인 깔개에 앉아 있던 20여 명의 여자들과 아이들이 몸을 앞뒤로 흔들며 동시에 곡을 했다.

마르셀랭, 응제, 마누와 나는 선인장 울타리를 친 구역으로 들어가는 입구 근처, 망고나무 뿌리 위에 웅크리고 앉아 있었다.

우리를 위해 임시로 보미타바어를 프랑스어로 통역해주는 제케의 인민민병대 사령관 레오나르 봉구 라미Léonard Bongou-Lami도 함께 있었다.

제케는 우리가 본 마을 중에서 단연 가장 크고 정돈이 잘된 곳이었다. 카사바, 바나나, 카카오와 플랜테인 농장을 통과하려면 족히 2킬로미터는 걸어야 했다. 작은 가게도 있었다. 우리는 애도하는 사람들을 위해서는 커피와 설탕을, 아버지를 위해서는 염소와 시신을 쌀 천을 사주었다. 나는 질문을 해도 괜찮겠다고 생각했다.

"무슨 일입니까? 소년이 왜 죽었지요?"

사령관이 벌떡 일어나더니 아무 말도 하지 않고 팔짱을 끼고 시선을 돌렸다. 마르셀랭이 나를 보고 입술에 손가락을 가져다대며 고개를 흔들었다.

애도를 위해 또 다른 사람들이 속속 도착했다. 나는 사령관 옆에 서 있었다.

무례를 범했든 아니든, 나는 어떻게든 만회하려고 변변찮게 말했다. "그렇게 하는 게 맞아요. 모든 이들과 슬픔을 나누는 게 옳아요. 영국에서는 죽음을 이렇게 다루지 않아요."

사령관이 나를 보더니 입을 뗐다. "저 아버지가……" 그러더니 침을 뱉고는 말했다. "자기 아들을 죽였습니다. 직접 죽였다고요."

"그게 무슨 말입니까?"

"모두 알고 있습니다. 그 아버지는 여기서 훌륭한 마법사입니다. 모두가 그를 두려워하지요. 그는 자기 아내와 다섯 명의 아이들을 모두 죽였어요."

사령관은 뒤도 돌아보지 않고 울타리 안 구역의 맨 끝까지 걸어가더니 다른 구경꾼들과 합류했다. 2미터가 훌쩍 넘는 거대한 북을 든 남자들이 우리를 밀치고 지나갔다. 그 뒤를 시끌벅적한 한 소년의 무리가 나무 조각을 들고 따라갔다. 나는 화장을 위한 장작더미를 만들려나 보다 생각했다. 그들은 가운데에 작은 모닥불 세 개를 피웠다. 땅거미가 지자 새만 한 크기의 검은 잎코박쥐가 나타나 진흙 오두막, 바나나와 사포 나무 위의 공기를 갈랐다. 부지런히 움직이는 동안 잎코박쥐는 날개가 바드득거리는 소리를 냈다. 우리 오른편에서 불이 활활 타올랐다. 남자들이 시신 옆에 놓아두었던 북을 들어 올려 가죽을 덥히려고 불꽃 위에 댔다.

밤이 찾아왔다. 마르셀랭은 바지 주머니에서 파이프를 꺼내 마지막 남은 담배를 채우고는 불을 붙이고 깊이 들이마셨다. 나도 모르게 불빛 사이로 마르셀랭의 파이프를 뚫어지게 쳐다봤다……. 부러지지 않은 것 같았다. 마르셀랭이 풀로 붙였을지도…… 아니면 그보다 대를 돌려서 빼내고 응제나 마누의 것을 대신 끼웠을지도……

마르셀랭과 이틀 밤을 함께할 정부가 우리 사이에 앉았다. 젊고 혈기왕성하고 아름다운 여자였다. 그녀는 마르셀랭을 빤히 쳐다보며 손으로 그의 허벅지 안쪽을 빠르게 쓸고 내려가며 킬킬 웃었다.

한 노인이 울타리 안으로 걸어오더니 머리를 뒤로 젖히고 팔을 들어 올리면서 숲의 어둠을 향해 소리를 질렀다.

"누구를 부르고 있는 거야?" 마르셀랭이 여자에게 물었다.

"자기 손자가 춤추는 걸 아주 좋아했다고 말하고 있어요." 그녀가 속삭였다. "그래서 우리가 춤을 춰서 신이나 정령들한테 우리가 얼마나 그 아이를 그리워하는지 보여줘야 한대요. 그리고 숲에 있는 귀신들을 부르고 있어요. '만일 신께서 별명이 무르가스mourgas였던 제 어린 손주 코텔라Kotela를 데려가신 거라면 그리 하셔도 되지만, 만일 마법 때문에 죽은 거라면 정령들이 마법사를 찾아 바로 지금 죽일 것이다'라고 하시네요."

마르셀랭이 말했다. "레드몬드, 여기는 좀 달라요. 보미타바의 마법사들은 조직적이에요. 비밀스러운 관례가 있어요. 가족들은 마법사에게 아들이나 딸을 바쳐야 하는데, 아이가 죽으면 가끔 시신이 없어져요. 마법사가 아이들을 게걸스럽게 먹어치워요. 그들은 아이들을 먹어요."

"상상으로? 영적인 방식으로 말인가?"

"글쎄요." 마르셀랭이 파이프를 감싸 쥐며 말했다. "그것에 대해 많이 생각해봤어요. 사람들 말이 마법사에 의해 죽은 사람을 묻을 때 항상 알 수 있대요. 속을 파먹어서 비어 있다는 것을요. 여기 마법사들은 부자가 될 수 없어요. 하지만 마법사로서 한 일에 대해서 뭔가를 대가로 얻어야겠지요. 공짜로 그렇게 할 것 같지는 않아요. 그러니 가끔 고기라도 먹어야죠."

이제는 칠 준비가 되었는지 북은 중앙에 세워졌고 고수를 위한 무리가 들어왔다. 남자들이 반원 모양으로 서고 여자들도 하나의 반원 형태로 섰다. 웃음과 춤이 시작됐다. 고수는 엄청난 소리를 내며 둥둥 북을 쳤고, 또 다른 남자는 짧은 막대기 두 개로 북의 몸체를 치며 날카로운 소리를 냈다. 응제와 마누는 자리를 떠나 밤을 보낼 여자를 찾아 여기저기 돌아다녔고, 마르셀랭과 그의 정부, 그리고 나는 함께 춤을 추었다. 앞으로 다섯 스텝, 왼쪽으로 반 바퀴, 오른쪽으로 반 바퀴, 뒤로 다섯 스텝, 한 바퀴 돌기. 두세 시간 춤춘 후에 마르셀랭이 우리가 춘 춤이 '모잠비크, 모방가, 에코고'라고 말했다. 마르셀랭은 정부와 잠깐 떨어져서 나와 함께 달빛을 받으며 우리의 손님용 오두막으로 되돌아가기로 했다. 우리는 선인장 울타리를 친 구역들 사이에 난 교차로를 통해 걸었다. 온통 진흙인 정원에는 빵나무, 만다린, 사포, 아보카도, 레몬, 망고 나무들이 깊은 어둠을 드리우고 있었다. 레몬을 든 아이들은 늦게까지 자지 않아도 된다는 기쁨에 들떠 눈을 왕방울만 하게 뜨고 우리를 지나쳐 재빠르게 뛰어갔다. 하늘에는 달과 낯선 별들이 떠 있었고, 마르크스주의 콩고인민공화국 상공에 떠 있는 러시아 관측 위성이 작은 오렌지빛으로 반짝거렸다. 춤과 웃음으로 들떠서인지 나는 잠깐 동안 제케가 결코 어떤 일도 일어날 것 같지 않은 목가적인 마을로 느껴졌다.

손님용 오두막에서 마르셀랭이 초를 켰다. 나는 그날 오후에 산 야자술 한 병을 꺼냈다. 응제와 마누는 문 역할을 하는 함석판을 밀고 들어와 우리와 합류했다.

"레드몬드! 삼촌!" 쿠바 군복 차림에 동구 민병대의 천 모자를 쓴 웅제가 한껏 들떠 사팔뜨기 눈을 하고는 땀을 뻘뻘 흘리며, 당당하게 똑바로 서서 말했다. "나 500세파프랑 필요해요."

"아직 아냐. 먼저 우리 저녁을 만들어." 마르셀랭이 말했다.

웅제가 마누의 어깨에 팔을 두르며 말했다. "여기 꼬마 마누는 나보다 싸요, 레드몬드. 오늘 밤에 아무도 마누를 원하지 않아요. 마누는 너무 어렵습니다."

"제케는 병이 득시글해. 여자들이 전부 병을 갖고 있어." 마누가 투박한 의자에 앉으며 말했다.

나는 가방에서 500세파프랑(1파운드)을 꺼냈다. 제케에서는 하룻밤에 1파운드가 현행 요금이었던 것이다. "하지만 웅제, 마카오에서 임질에 걸렸었잖아. 그때 준 아목실이 마지막 남은 거였어."

"당신네들 약은 전혀 들질 않았어요." 웅제가 야자술을 한 번에 마시고는 테이블에 있는 남은 망가베이 스튜가 든 솥을 갖고 밖으로 나가 불 위에 올려놓았다. "그다음 사흘 동안 계속 고름을 쌌어요." 웅제는 이렇게 말하고 더 강조하기 위해 몸을 돌리고 한 손으로 사타구니를 튕기며 고름이 콸콸 쏟아지는 것을 손짓으로 표현했다. "그러고 나서 베란조코의 마법사가 준 나무껍질 물 한 병을 마시고는 싹 나았어요. 마법사는 우리 할아버지가 가르쳐준 것하고 같은 방식으로 그 물을 만들었어요. 그걸 먹고 나았다고요!" 그는 쪼그리고 앉아 불을 살피고 어깨 너머로 소리쳤다. "우리 할아버지는 동구의 가장 훌륭한 마법사였어요. 모르는 사람이 없어요. 다들 그 이야기를 알아요. 동구 추장도 영험한 사람이에요. 그리고 매일 밤마다 마을의 모든 남자들, 남자아이들한테 키스를 하곤 했어요. 모르는 사람이 없었죠. 아침에 일어나서 똥 누러 가서 똥에 정자가 섞인 걸 보면 이렇게 말하죠. '아하, 추장이 다녀갔구나!'"

우리는 다 같이 웃었다.

"잠깐." 응제가 일어나서 연기를 하듯 손을 올리며 말했다. "아직 안 끝났어요. 한번은 추장이 우리 할아버지를 찾아왔어요. 하지만 할아버지가 그날 밤 싸움에서 이겼어요. 그래서 동구 추장의 옷을 벗겨서 아침에 홀딱 벗은 채 비몽사몽간에 마을의 한쪽 끝에서 다른 쪽 끝까지 걸어가게 만들었어요. 거시기가 빨딱 선 채로 말이에요. 그렇게 혼쭐난 거예요."

"네가 생각하는 것처럼 그렇게 다 재미있는 일만은 아니야." 마누가 말했다. "그 불쌍한 아버지를 생각해봐. 그 사람이 잘못한 건 오래전 삼촌 결혼식에 술이나 돈 같은 선물 없이 빈손으로 간 것뿐이야. 그래서 그 마법사 삼촌이 말했지. '좋아, 네가 결혼해서 자식을 낳으면 그 아이들을 다 죽여주마. 그 아이들이 모두 열네 살, 열다섯 살이 돼서 네가 세상에서 그 무엇보다 아이들을 사랑할 때 네 눈앞에서 서서히 죽어가도록 만들어줄 테다.'"

"그건 내가 들은 이야기하고 다른데." 마르셀랭이 말했다. "틀림없이 그 아버지가 자기 자식들을 죽였던 거야. 그럴 의도는 아니었지만 말이야. 그 아버지는 자기 안전을 위해 주물을 받으려고 주술사를 찾아갔어. 거기까진 괜찮았지. 그런데 훌륭한 어부로 만들어줄 주물도 달라고 한 거야. 그게 실수였어. 주술사가 '병에 이것저것 넣고 당신이 정말 아끼는 것을 넣어 강에 던져'라고 한 거야. 첫째 아이가 죽자 그 아버지는 두 번째 주술사를 찾아갔어. 그러자 그 주술사가 이렇게 말했지. '그럼 어떻게 될 거라고 생각했나? 당신이 모든 아이들의 머리카락을 잘라 병에 넣고 강에 던졌을 때는 아이들의 미래를 던져버린 거야. 간단해. 가서 다시 병을 찾아오면 한 번에 해결돼. 그렇지 않으면 당신 아이들은 다 죽을 거야.' 하지만 그렇게 간단하지 않았지. 여기 강은 검은 물이라 안을 들여다볼 수 없어. 그 남자는 3개월이나 어망으로 진흙을 훑고 다녔지만 아무것도 찾지 못했어. 그리고 지금은 막내도 죽었어."

"그럼 진짜로 뭐였을까? 유전적인 백혈병? 혈우병? 뭐 그런 거?" 내가 말했다.

"서양 사람의 질문이라니. 지금 그런 얘기가 아니잖아요. 당신도 이미 잘 알고 있잖아요. 그건 그냥 메커니즘이에요. 정말 무슨 병인가는 중요한 게 아니에요." 마르셀랭은 이렇게 말하고 야자술을 한 잔 더 따랐다.

응제는 우리에게 원숭이 스튜와 카사바를 돌렸다.

"그런데 마르셀랭, 왜 보아와 텔레 호수에는 가고 싶어 하지 않는 거지? 마법 문제인가?"

"당신은 이해 못 해요, 레드몬드. 당신은 내가 감수해야 할 위험이 뭔지 모른다고요. 그 사람들이 나를 죽일 거예요. 내가 말했잖아요. 보아는 다른 어떤 곳하고도 다른 마을이에요. 보아 사람들은 고릴라하고 침팬지를 사냥해요. 그 사람들은 다른 어떤 고기보다 고릴라와 침팬지를 좋아해요. 그들은 특별한 창으로 사냥해요. 창 길이가 3미터는 훌쩍 넘어요. 젊은 남자들이 수컷 고릴라를 자극해서 자기들 사냥 지점으로 달려오게 만들어요." 마르셀랭은 휴대용 식기를 내려놓고 계속 말했다. "물론 갖은 문제들이 있어요. 전통적인 추장에게 충직한 젊은이들은 인민마을위원회에 입단하고 회장에게 충성한 남자들을 죽여요. 그들은 양날이 달린 단도로 서로 죽이죠. 보아의 거의 모든 남자들이 한두 번은 살인죄로 감옥에 갔다 오죠. 에페나의 경찰들이 순찰을 돌 인력이 있으면 군대와 함께 살인자 무리를 한 번씩 잡아들이곤 하죠."

"그러면 어떻게 되는데?"

"에페나에 있는 감옥에 끌려가서 닷새 동안 수감돼요. 가정에서 벌어진 것이든 마법 때문이든 살인에 대한 징벌은 닷새간 투옥이에요. 그리고 언제나 살인은 가정에서 벌어지거나 마법 때문에 벌어지죠. 한번은 에페나 지역 인민정치위원장이 경찰관 한 명을 보아에 배치시켰죠. 그런데 그 경찰관이 도망가버렸어요."

"놀랄 일도 아니네."

"우리도 그래요. 우리도 도망갈 겁니다."

"왜 그 사람들이 마르셀랭을 표적으로 삼는 건가?"

"왜냐하면 그 사람들이 내가 자기들 추장을 감옥에 넣었다고 생각하니까요. 누군가 추장을 잡아갔다는 건 그 사람들한테는 남자로서 가장 큰 모욕이에요. 그래서 그 사람들이 내가 다시 보아 땅에 발을 들이면 죽이겠다고 피의 맹세를 한 거예요. 나는 보아에 아는 사람이 있어요. 브라자빌의 정부 부처에서 내 밑에서 일했던 젊은 남자의 어머니죠. 그분이 임퐁도에 있는 우리 어머니한테 와서 조심하라고 알려줬어요."

"왜 그 추장을 감옥에 넣었나?"

"내가 안 그랬어요. 맹세컨대 나하고는 아무 관계없는 일이에요. 그 일은 마지막 탐사 후에 일어났는데 모두 콩고 사람들로만 이뤄진 탐사였어요. 그때 공룡을 봤어요. 내가 한 거라곤 그 추장이 우리한테 자기들 삼림지에 들어가려면 7만 5,000세파프랑을 내라고 했다고 보고한 것뿐이에요. 하지만 그럴 수밖에 없었어요. 내가 쓴 모든 비용에 대해 브라자빌의 부처에 보고해야 하니까요. 그리고 에페나 지역 인민정치위원장이 그 보고를 확인하고 불법이라고 했죠. 보아 추장이 그 삼림지를 소유한 게 아니고 당이 소유한 거라고 하면서. 그 위원장은 보아 추장이 독립된 국가를 운영하고 있는 게 아니라는 걸 가르쳐줘야 한다고 했어요. 그래서 군대를 소집해 커다란 선외 모터를 단 배에 군인 40명을 태우고 하류로 가서 새벽에 추장이 아직 부인들과 자고 있을 때 체포했어요. 그리고 에페나로 끌고 가 사흘간 인민교도소에 가두었죠."

"하지만 마르셀랭, 그건 말이 안 돼. 자네는 콩고인민공화국 동식물보호부의 수장이 아닌가? 중요한 자리를 책임지고 있으면서 무서워서 못 가겠다고 하는 건 말이 안 되지. 우리는 자네가 봤다는 공룡을 보러 가야 해……."

"됐어요. 이제 그만 해요." 마르셀랭은 자리에서 벌떡 일어났다. 술잔이 넘어졌다. 그는 단단히 화난 것 같았다. 잠깐 그가 나를 한 대 치지 않을까 생각했다. "이제 여자 만나러 갈 겁니다." 마르셀랭이 말했다.

응제가 놀라서 쳐다보며 함석문을 옆으로 밀었다. 하지만 마르셀랭은 그 와중에도 열정적인 밤을 보낼 필수적인 준비를 잊지 않았다. 그는 가방 옆주머니에서 애프터 셰이브를 꺼내더니 셔츠 안쪽에 뿌리고 다시 가방에 넣은 후 온통 향기를 풍기며 어둠 속으로 사라졌다.

"마르셀랭을 화나게 하면 안 돼요." 응제가 문 사이를 내다봤다. 오른쪽으로 고개를 살짝 기울이고 성한 눈으로 똑바로 왼쪽을 쳐다봤다. 그는 마르셀랭이 사라진 것을 확인하고는 마르셀랭의 가방으로 돌진해 마술의 애프터 셰이브를 낚아채듯 꺼내 몸에 뿌려댔다. 너무 많이 뿌려 재채기를 해대며 다시 가방에 넣고 벽에 대고 몇 번 사타구니를 밀어붙이는 시늉을 한 후 이렇게 말했다. "마르셀랭만 여자 있는 몸이 아니라고요!" 그러고는 마르셀랭이 간 길을 따라 어둠 속으로 사라졌다.

마누는 손으로 머리를 괴고 앉아 있었다. 야자술은 입도 대지 않고 그대로 두었다.

"걱정 있어? 마누도 믿는 건 아니지? 그렇지? 거기가 위험할 거라고 생각하는 건 아니지?"

"당연히 위험해요." 마누가 평소보다 더 조용하게 말했다. "그 사람들은 당신도 죽일 거예요.”

“왜 나를? 나는 아무 관계도 없는데.”

“왜 관계가 없어요? 문제는 백인이라고요. 당신 같은 백인들이 이 모든 문제를 일으킨 거예요.”

“무슨 말인지 못 알아듣겠네.”

“간단해요. 마르셀랭은 백인들이 여기 와서 텔레 호수를 보러 가는 걸 원해요. 마르셀랭 말이 자기 부서 장관이 국립공원을 세울 거고 그러면 부자가 될 거라고 했어요. 마르셀랭이 보아 사람들한테 만일 그걸 원하지 않으면 군대를 소집해서 마을을 다른 곳으로 이주시킬 거라고 했어요. 하지만 보아 사람들은 이주할 수 없어요. 호수는 숲속을 사흘은 걸어야 나와요. 그 호수에 자기들 조상의 정령이 살고 있어요. 마을 사람들이 그보다 더 멀리 이주해버리면 모두들 다 죽게 될 거예요. 조상들이 더 이상 마을 사람들을 보호해주지 않을 거니까요.”

그 순간 북소리와 노랫소리 사이로 뭔가 다른 소리가 들려왔다. 신음 같기도 하고 비명 같기도 한데 짧게 반복적으로 터져 나왔다. 견딜 수 없는 고통으로부터 나오는 소리 같았다.

“걱정 안 해도 돼요.” 마누가 소리 나는 쪽으로 고개를 까닥하고는 야자술을 마셨다. “사람들 말이 그 사람이 깨어나면 저렇게 소리를 지른대요. 오늘 아침 레드몬드가 숲에 갔을 때도 들렸어요. 사람들이 마을 끝자락에 있는 농장 옆 오두막에 그 사람을 가둬놓은 거예요. 움직일 수 없게요. 그렇게 해놓고 부인만 가서 볼 수 있게 했어요. 아무도 못 들어가게 방벽을 쳐놓았어요. 그 사람은 친구 한 명을 죽였는데 그 아들이 이렇게 말했대요. '네가 내 아버지를 죽였으니 너도 고통을 겪으며 죽게 될 거다. 죽기 전 몇 년 동안 네 집에서 고통을 당하게 될 거다. 오줌도 눌 수 없을 거다. 밤이고 낮이고 울부짖게 될 거다.' 지금 그 사람은 허벅지와 성기, 고환, 배에 종기가 났어요. 관절은 다 부풀어 올랐고요. 그 사람은 움직일 수 없어서 이렇게 소리 지르는 거예요. 예를 들면, '내가 마누를 죽였다! 내가 레드몬드를 죽였다! 용서해줘, 마누! 용서해줘, 레드몬드! 나는 내가 마법사인지 몰랐어! 결코 몰랐어!'"

"하지만 너무 끔찍해. 꼭 심한 임질에 걸린 사람의 비명처럼 들려. 내가 갖고 있는 건 페니실린뿐인데…… 가서 데리고 오세. 병원에 데려가자고."

"임퐁도에 있는 병원에 세 번 갔었어요. 세 번이나요, 레드몬드. 소용없어요. 마법 때문이니까요. 이해 못하겠어요? 정말 전혀 이해가 안 가요?"

"응, 안 가네. 트리메소프림Trimethoprim 한 통 남은 게 있네. 아마 도움이 될 거야. 그걸 줘야겠어. 내일 아침 그 부인한테 줘야지."

"괜히 약만 낭비하는 거예요." 마누는 이렇게 말하고 일어나서 방수포를 펴둔 옆방으로 가서 모기장을 달았다. "하루 이틀이면 죽을 거예요. 차라리 그 약은 나를 주세요. 내 딸을 위해 갖고 있을게요. 딸한테 무슨 일이 생기면 어떻게 해요?"

모든 것으로부터 벗어나 잠자리에 들기 위해 나는 초를 끄고 진흙바닥에 누웠다.

북소리와 노랫소리는 점점 커지는 것 같았지만 비명은 점점 드문드문 들리다가 더 이상 들리지 않았다. 나는 갑작스러운 밤의 한기에 스웨터를 입고 셔츠를 말아 매트리스 삼아 허리에 대고 바지를 말아 벴다. 방수포를 내 위로 잡아당겨 모벵가 합창 소리—500세파프랑이 없는 남자들의 항의 소리—를 들으며 잠들었다.

Oyo mama oyo mama oyo alouka mbogo ya ofe le

(여자여, 여자여, 너는 아무것도 아닌 것에 돈을 요구하는구나)

30

음부쿠 마을의 은혜로운 숲

동이 트자 묶어놓은 우리 어린 수탉이 내 머리 1미터쯤 위에서 울어댔다. 그러자 그 지역 챔피언 닭이 문 반대쪽에서 분개하며 곧바로 도전에 응수했다. 북소리는 멈췄고 비명도 들리지 않았다. 등에서 엉덩이까지 얼얼해서 감각이 돌아오도록 문질렀다. 그러고 나서 부츠를 신고 쌍안경을 목에 걸고 카사바 몇 스푼과 원숭이 스튜를 들고 덜그럭 소리를 내며 나갔다. 발로 수탉을 한곳으로 밀쳐놓고 심호흡으로 아침 안개를 들이마셨다. 어떤 미친 여자가 나를 향해 웃었다. 화들짝 놀라 히스테릭한 웃음소리가 나는 나무 위를 쳐다봤다. 사방으로 뻗은 가지에 물총새가 앉아 있었다. 잿빛의 새벽 기운 속에 보는 각도에 따라 색이 달라지는 하늘색이 작은 반점처럼 눈에 들어왔다. 오렌지색 부리는 붉은빛이 돌았고, 머리는 잿빛에 날개 윗부분은 검었다. 틀림없이 콩고파란가슴물총새일 거라고 생각했다. 다른 물총새처럼 물고기 사냥은 하지 않고 숲에 살면서 높은 나무에 있는 흰개미 둥지에 구멍을 뚫고 개구리, 전갈, 게, 전갈붙이, 바퀴벌레, 딱정벌레, 사마귀, 두꺼비, 거미, 노래기 같은 것만 잡아먹는, 물총새계의 이단아였다. 물총새 입장에서 흥미를 갖기엔 내가 너무 크다고 결론을 내렸는지, 실망 섞인 듯한 저음으로 한 번 더 웃은 후 나무에서 훌쩍 내려와 낮게 멀리 재빨리 날아갔다.

갑작스러운 설사 때문에 카사바 농장 옆 덤불 뒤에 쭈그리고 앉아 있는데 마침 머리 위로 흑백의 거대한 나방 같은 새가 강을 내려다보는 게 보였다. 야자민목독수리였다. 불모지를 가로질러 돌아오는 길에 교미하고 있는 천인조 한 쌍을 방해하고 말았다. 천인조는 크기는 제비만 하고, 하얀 배에 남색 등, 밝은 빨간색 부리를 가진 새였다. 자기 몸집의 두 배는 되는 기다란 깃털 두 개가 꼬리였다. 천인조는 꼬리를 수직으로 세우고 앞뒤로 빠르게 몸을 움직여 절정에 올라 사정의 마지막 단계에서 깃털이 뭉친 작은 날개를 푸드덕거렸다. 칙칙한 갈색의 암컷 세 마리가(이 암컷들도 뻐꾸기처럼 자기 알을 다른 새의 둥지에 몰래 갖다 놓는다) 1미터 위에서 벌어지고 있는 필사적인 구애 행위에 아무 감흥도 받지 못한 채, 수컷 아래의 땅 주변을 쪼아대고 있었다. 암컷들은 나를 보더니 나무로 푸드덕 날아올라갔고 수컷은 꼬리를 경련하듯 씰룩거리며 그 뒤를 따라갔다.

오두막으로 돌아와 보니 밤새 사랑을 나누고 다시 행복해진 마르셀랭이 응제와 마누를 도와 엿새 동안 필요할 물건들을 챙기고 있었다. 마르셀랭은 내 짐의 무게를 가늠해보며 말했다. "레드몬드, 레오나르가 우리와 함께 가겠다고 했어요. 음부쿠Mboukou는 하루만 걸으면 돼요. 쉽죠. 우리 짐은 우리가 들 거예요. 가벼운 건 응제와 마누가 들 거고. 두 사람은 땅꼬마에 늘 아프니까요. 무거운 건 레드몬드하고 내가 들어요. 레오나르도 들 거고요. 튼튼한 사람이에요. 마음에 들어요. 몸이 무너질 정도로 무거운 건 레오나르 몫!"

우리는 짐을 밖으로 옮기고 오두막 벽에 나란히 줄지어 섰다. 레오나르는 편한 복장—하얀색 사선이 그어진 빨간색 면셔츠에 검정 면바지를 입고 운동화를 신은—을 하고 왔다. 우리는 어린 수탉과 남아 있는 물품 가방 등을 레오나르 오두막에 보관해두고 서로 짐을 메는 것을 도운 다음 지도에 나오지 않는 호수 옆 비밀의 마을을 찾아 출발했다.

마지막 카카오 농장을 지날 때 마르셀랭이 말했다. "레드몬드, 아프리카 여자들이요, 그들은 진짜 몸을 움직일 줄 알아요. 백인 여자들하고는 달라요! 언젠가 브라자빌에서 승무원 여자하고 잔 적이 있어요. 그 여자는 내가 검은 인형이라도 되는 것처럼 밤새도록 안아줬어요. 끔찍했죠!"

그런 모욕적인 생각에 자극을 받은 탓인지, 아니면 제라르 뷔를리옹에게서 받은 영감이 아직 작용하는 것인지, 마르셀랭은 레오나르 민병대 사령관의 속도에 맞춰 빨리 걸었다. 응제와 마누와 나는 말하기도 힘에 부쳐서 겨우 앞에 가는 두 사람을 놓치지 않으려 시선으로 좇으며 왕관독수리가 긴급하게 휘파람을 불어댈 때만 멈춰서 귀를 기울였다(큰회색코망가베이가 끽끽대며 응수하는 소리, 나뭇잎 부스럭거리는 소리, 비명 소리, 그다음에는 침묵이 이어졌다). 여섯 시간 후에 우리는 음부쿠에 도착했다.

　작은 호수 입구에 있는 개간지에 일곱 채의 오두막이 있었다. 작은 관목과 윗가지, 야자나뭇잎으로 만든 오두막들이 덤불숲의 일부로 보였다. 작은 정착지 한가운데에 오래된 망고나무가 있었다. 그 아래에 통나무배의 움푹한 옆면을 평평하게 펴서 짧은 막대 네 개로 받쳐 만든 벤치가 있었고, 왼편 단 위에는 뱃머리 부분을 자른 선체를 뒤집어서 만든 닭장이 있었다. 외따로 있는 파파야나무에는 초록색 열매가 아래로 갈수록 점점 커지는 일곱 개의 원을 그리며 매달려 있었다. 파파야나무 너머로 사람들 손길이 닿지 않은 숲으로 향하는 길이 구불구불 나 있고, 그 길을 따라 다른 오두막보다 훨씬 작은 오두막 한 채가 있었다. 오두막 벽은 나무널판을 촘촘하게 이어 붙여 빛이 들어오지 못하게 해놓았고, 관목 나뭇가지를 리아나 덩굴로 묶어 만든 문은 입구에 튼튼하게 세워져 있었다. 사람들 발자국으로 다져진 문 앞에는 하얀 에나멜 그릇 두 개가 놓여 있었다.

　저녁 햇살 속의 마을은 조용하고 평화로웠다. 하늘이 잿빛으로 뿌연데도 햇살은 투명했다. 아마도 호수에 반사되어 그런 것 같았다. 오두막들은 들쑥날쑥하고 길은 온통 구불구불해 어디에도 뾰족한 끝이나 곧은 직선, 사각형 모양이 없었다. 개양귀비같이 생긴 커다란 붉은 꽃이 밀림의 풀들 위로 늘어져 있었다. 떼지어 우리를 공격하는 사람도 없었고, 뭔가를 요구하는 사람도 없었다. 홀딱 벗은 작은 남자아이 두 명이 구멍을 움푹 파낸 마른 진흙바닥에 쭈그리고 앉아 차례로 한 움큼의 야자열매 껍질을 허공에 던졌다. 허공에 던진 껍질을 다 잡아 구멍에 아무것도 들어가지 않게 하는 사람이 이기는 게임이었다. 소년의 작은 손이 어찌나 빨리 움직이는지 잡는 게 거의 보이지 않았다. 아이들은 게임에 몰두해서 우리를 바라볼 여력이 없었다.

우리는 공동 벤치 왼쪽에 짐을 부려놓고 텐트를 치기 시작했다. 맨발에 웃통은 벗은 채 흰 바지를 입고 허리를 덩굴가지로 묶은 젊은 남자가 길이가 1미터는 되는 메기의 아가미를 잡아들고서 강의 길목을 어슬렁거렸다.

"장! 장 몰랑기! 내일 같이 밀림에 갈 거지?"

장 몰랑기는 마치 한 주 내내 마르셀랭을 매일 만나기라도 한 것처럼 쳐다보며 고개를 주억거렸다.

"그 물고기는? 얼마? 1,000세파프랑?"

장 몰랑기는 씩 웃었다. 내가 돈을 내고 마르셀랭은 고기를 받았다. 레오나르와 장 몰랑기는 아무 말 없이 같이 걸어갔다. 마르셀랭은 응제에게 소리쳤다. "자, 저녁과 아침. 생선하고 밥이야!"

"조용히 해요, 삼촌." 응제가 수염이 길고 꼬리는 창머리처럼 납작한 두툼하고 회갈색이 도는 미끌미끌한 생선을 받아들며 말했다. "소리 너무 크게 내지 마요."

"왜? 무슨 일인데?" 내가 물었다.

"조용히요. 그들이 깬다고요." 웅제가 생선을 철퍼덕 내려놓으며 말했다.

"누가 깬다는 건가?"

부지런히 불을 피우던 마누가 일어나더니 내 귀에 대고 소곤거렸다. "정령들요."

"어?"

"저기요, 정령들이 저기서 잔다고요……. 자기들 집에서요. 잠들었어요." 마누가 조용조용 말했다. 오른팔을 평평하게 펴고 집게손가락으로 따로 떨어져 있는 작은 오두막을 가리켰다.

"어떻게 아나? 누가 말해준 건가?" 내가 소곤거렸다.

"제케의 여자들이 말해줬어요. 다들 알아요. 그 여자들이 우리한테 조심하라고 했어요."

"사실이에요." 마르셀랭이 목소리를 낮춰서 말했다. "여기 사는 모든 사람들이 정말 그렇게 믿어요. 제케의 모든 사람들도요. 무아단카, 테레즈 무아단카라는 할머니가 마법사예요. 영험하죠. 딸이 일곱인데 그들 모두 영험한 힘을 나눠가졌어요. 그 딸들이 이 일곱 채의 오두막에 살아요." 마르셀랭이 옆으로 휘 긋는 손짓을 하며 말했다. ("조용히 해요!" 웅제가 뒤로 물러서며 사팔 뜨기 눈을 뜨고 어깨너머로 쉬쉬거렸다.)

"레드몬드, 밀림으로 가려면 먼저 그 할머니의 허락을 받아야 해요. 안 그러면 길을 잃어요. 완전히 잃어요. 영원히요." 마누가 커다란 갈색 눈을 크게 뜨고 말했다.

"그리고 그 호수는 최악이에요. 심지어 나, 웅제 우마르도 할머니의 허락과 축복 없이 혼자서 음부쿠 호수로 낚시를 가면, 풍덩! 그리고 사라지는 거예요. 절대로 찾을 수 없어요. 밤낮으로 어망으로 나를 건지려고 찾아요. 하지만 절대로 찾을 수 없어요. 흔적도 없어요." 웅제는 이렇게 말하고 잠깐 생각하는 듯하더니 "심지어 신발도요"라고 말하고는 슬픈 표정으로 새 운동화를 바라봤다. "이 마을은 여자들이 다스리는 곳이에요."

내가 말했다. "그럼 웅제한테 제격이잖아."

"아니에요, 농담 아니에요. 여기서는 아니에요. 여기서는 몸이 산산조각 나요. 그들은 소리도 안 내요. 만일 숲에 나갔다가 아름다운 여자들을 보면 조심해야 해요. 발부터 먼저 봐야 해요. 글로시나가 그렇게 말했어요. 당신을 향해 여자들이 걸어올 때 여자들의 발이 땅에 닿아 있지 않으면 줄행랑을 치라고. 최대한 빨리 달리라고. 여기는 그런 여자들이 셀 수 없이 많아요. 여자 정령들이요. 제케보다 훨씬 많아요. 왜냐하면 여기에 자기들의 근원이 있어서 그래요."

"글로시나! 체체파리 같은 여자!" 마르셀랭이 말했다.

"삼촌, 글로시나는 커요! 뚱뚱해요! 나를 좋아해요." 웅제는 정령 이야기는 잊어버리고 팔 위쪽을 옆구리에 파닥파닥 부딪히며 말했다.

"사실이든 아니든 저 정령들의 집에는 가까이 가지 말아요. 쳐다보지도 말고 거기에 대해 말도 하지 말아요. 그리고 행여나 사진 같은 건 찍을 생각도 말아요! 오늘 밤에 무아단카의 오두막에 갈 거예요. 우리의 존경을 표할 겁니다. 와인 한 병과 담배한 보루를 선물할 거예요. 그리고 내가 정어리캔 일곱 개를 샀어요." 겁을 먹었거나 뭔가 죄를 지었거나 살해라도 모의하는 사람들처럼 옆 사람과 바싹 붙어 있는 와중에 마르셀랭이 말했다. "그런데 이렇게 저녁 내내 서 있을 수는 없잖아. 자, 서둘러! 가서 나뭇가지를 모아와! 불을 피워! 그런 다음 우리는 호수에 가서 수영할 거야."

"난 안 가요. 마누도 안 가요." 응제는 다시 자기 운동화에 신경을 집중했다. "우리는 여기서 기다릴 거예요. 우리는 제케에 있는 강에서 수영할 거예요."

텐트 뒤편 숲으로 45미터는 들어가서 나무 아래에 떨어진 나뭇가지를 슬슬 찾다가 희끄무레한 갈색빛이 도는 뭔가가 진흙에 반쯤 묻혀 있고, 그 위에 나뭇잎이 흩어져 있는 것을 발견했다. 나는 무릎을 꿇고 앉아 잡아당겼다. 코끼리 이빨이었다. 16센티미터 길이에 가장 큰 폭이 5센티미터는 되었다. 표면에는 구불구불한 하얀색 에나멜 선 열두 개가 십자형으로 나 있었다. 근관에 뚫린 네 개의 구멍은 새끼손가락 끝이 푹 들어갈 정도로 넓었다. 본격적으로 찾아보니 또 다른 치아가 나왔다(좀 더 작은 크기에 에나멜 줄무늬가 다섯 개 나 있었다). 텐트 좀 더 가까운 곳에서는 12센티미터 정도의 소용돌이 모양이 새겨진 빈 달팽이집도 찾았다.

"여기 사람들은 사냥을 잘해요." 마르셀랭이 벤치에 앉아 코끼리 이빨을 살펴보며 말했다. "숲을 잘 알지요. 이들은 농부가 아니고 사냥꾼들이에요. 제케와 보아 사람들은 이들을 피그미라고 불러요. 그렇지만 실은 반투족이에요. 누구든 한눈에 알아요. 코만 봐도 알 수 있어요! 나만큼이나 반투족에 가까워요. 피그미라는 말은 사실 모욕적이에요. 밀림에 사니까 원시적이라 생각하고, 그래서 피그미라고 부르거든요. 아마도 피그미들은 프랑스인들을 피해 도망간 것 같아요. 밀림에 숨어들어가 다시는 나오지 않은 거죠. 그게 아니면 나도 잘 모르지만 도망간 노예들, 반투족의 노예들, 전투에서 포로로 잡힌 노예들의 후손일 수도 있어요. 물어봐야 해요. 레드몬드, 나이든 사람들한테 한번 물어봐요!"

"이 이빨은 어떻게 된 건가?"

"그들이 코끼리 몇 마리를 잡아서 먹고 남은 뼛조각을 버린 것 같아요." 마르셀랭은 이렇게 말하며 에나멜 선을 세어보았다. "이건 선이 열두 개 있네요. 코끼리는 젖니가 세 군데 나요. 그리고 네 개의 하얀 선이 있는 첫 영구치가 스무 해에서 스물다섯 해 사이에 나요. 그다음 하얀 선이 여덟 개 있는 두 번째 영구치들이 스물다섯 해에서 서른 해 사이에 한 번 나고, 세 번째로 하얀 선이 열두 개 있는 영구치들이 나요. 이 치아는 아마도 서른다섯 해에서 마흔 해 사이에 난 걸 거예요. 하얀 선이 열여섯 개 있는 그다음 영구치들은 오래 가야 하는데 예순이나 일흔이 될 때쯤 다 닳아서 아무것도 먹을 수 없게 되면 죽는 거거든요. 그러니 이 두 마리 코끼리는 적어도 번식할 기회는 있었어요. 음부쿠 사람들은 진짜 밀렵꾼들이 아니지만 적어도 자기들 영역의 숲에 사는 모든 코끼리들을 알아요. 그래서 필요한 것 이상 사냥하지는 않아요. 수단에서 온 사람들 같지는 않은 거죠. 사냥할 수 있다고 해서 다 잡지는 않아요."

"그리고 무아단카가 외부인들이 못 들어오게 막는 거고."

"두려움! 공포! 그것만큼 좋은 방어책이 없으니까요. 최상의 방어죠. 하지만 그래서 일부러 만들어낸 건 아니에요. 무아단카가 두려움이 그렇게 작용한다는 걸 알고 그러진 않는 것 같아요. 정말 그녀 자신의 힘을 매일 매순간 믿고 있다고 생각해요. 그래야 해요. 만일 그냥 주물의 집에서 숲과 호수를 지배하는 척하면 그 마법은 작동하지 않을 겁니다."

커다란 파란 잠자리가 우리 앞을 이리저리 돌다가 갑자기 진흙땅과 잎이 넓적한 풀 위를 낮게 날았다. 산비둘기보다 작은 코뿔새가 파파야나무에 잠깐 앉았다. 깊게 구부러진 밝은 빨간색 부리에 등과 꼬리는 갈색이고 배는 순백색이었다. 습지림을 좋아하는 빨간부리난쟁이코뿔새였다.

"피그미 코뿔새!" 마르셀랭이 코끼리 이빨을 벤치 위, 우리 두 사람 사이에 놓인 달팽이집 옆에 놓고 말했다. "자, 이제 수영하러 갑시다."

"이 마을이 마음에 드네. 뭔가 달라. 평화로운 곳이야."

"남자들이 사냥을 나가서 그래요. 하지만 레드몬드 말이 맞아요. 조용한 곳이죠. 어떤 문제도 없어요. 음부쿠는 여자들이 다

스려요. 정말 그렇죠. 뭔가 걱정거리가 있으면 무엇이든 '큰 어른'에게 갖고 가면 돼요. 그러면 그녀가 당신을 위해 결정을 내려주죠. 그녀는 모든 문제를 모아 보살피는 거예요. 원한다면 인생을 그녀에게 맡길 수도 습니다. 이렇게 말하는 거죠. '자, 여기요. 테레즈 무아단카, 내 인생을 가지고 가세요.' 그러고 나서 당신은 모든 걸 싹 잊을 수 있어요. 그러니 모두들 평화롭고 그녀만 그렇지 않아요. 오늘 밤에 보게 될 거예요. 그녀는 완전히 망가져 있어요. 그리고 그녀의 딸들은 모두 결혼했어요. 모두 남자를 찾았죠. 하지만 이 남자들은 두려움 속에 살아요. 무서워서 감히 아내 이외의 다른 여자하고는 섹스를 안 하죠. 왜냐하면 큰 어른의 딸들도 모두 마법사거든요. 이 남편들은 심지어 제케에 가서도 다른 여자하고 자지 않아요. 큰 어른은 제케에서 벌어지는 일도 다 볼 수 있거든요."

마르셀랭은 마누가 불 위에 솥을 거는 것을 멍하니 보다가 응제가 마체테로 원통형으로 조각난(등뼈는 그대로 붙어 있는) 메기의 내장을 대충 잘라내는 것을 바라보았다.

"장 몰랑기는 조용한 사람이에요. 행복한 것 같아요." 마르셀랭이 조각난 생선을 바라보며 말했다. "장은 음악을 만들어요. 어떤 걸로도 음악을 만들 수 있어요. 여기 있는 모든 남자들은 음악을 연주해요. 여자들이 좋아하거든요." 마르셀랭이 말했다.

"예술, 음악, 과학…… 남자들은 오로지 여자들을 기쁘게 하려고 그런 것들을 하지. 그게 핵심이야. 공작의 꼬리처럼. 모든 성취는……."

"상상해봐요! 섹스도 없고 문제도 없고! 난 차라리 죽어버릴 거예요." 마르셀랭이 벤치에서 벌떡 일어나며 소리쳤다.

우리는 수영하러 갔다(그렇게 생각했다). 나는 쓰러진 나무 끝에서 옷을 훌훌 벗고 검고 깊은 차가운 물속으로 첨벙 뛰어들어 헤엄치기 시작했는데, 꾸르륵하는 물소리 사이로 무언가가 들려왔다. "돌아와요!" 마르셀랭이 목청을 있는 대로 높여 미친 듯이 소리를 지르고 있었다. 그는 나무 위에 서서 양팔을 마구 휘젓고 있었다. "내가 본 중에 가장 큰 악어예요! 여기 모서리에 살고 있어요! 악어라고요, 악어!"

나는 물고기 미끼처럼 덜렁거리는, 그대로 드러난 하얀 성기가 의식됐다. 나무둥치는 검고 불투명한 물 너머 20미터는 되는 먼 곳에 있었다.

내가 겨우 안전한 곳까지 이동해 몸을 떨고 있을 때 마르셀랭은 너무 화가 나서 욕도 나오지 않는 모양이었다. "몰랐어요? 아무도 말 안 해줬어요? 수영은 절대 안 돼요. 그냥 씻기만 하는 거예요. 수영이란 씻는다는 말입니다. 그리고 물이 검고 깊으면 강둑에서 한 발자국만 떨어져서 씻어야 해요. 그 이상 가면 안 된다고요." 그는 머리를 적시고 비누를 문지르더니 내 발 아래까지 얼굴을 담갔다. 그러더니 푸 하고 물 밖으로 나오면서 소리쳤다. "멍청이!" 그때 나는 마르셀랭이 나를 걱정하고 있구나, 하고 생각했다. 정말 걱정하는구나, 우리는 친구였구나……. 그는 일어나서 곰팡이가 슨 수건을 쥐고는 말했다. "멍청이! 멍청이!"

　메기 수프를 먹고 나서 마르셸랭과 나는 큰 어른의 오두막을
향해 걸었다. 텐트 맞은편에 있는 작은 오두막으로, 우리 쪽에서
는 검은 벽이 보였다.

　앞쪽으로 돌아가니 테레즈 무아단카가 입구 쪽에 웅크리고
앉아 우리를 기다리고 있었다. 그녀 뒤로 화롯불이 비쳤다. 그녀
앞에는 세 개의 라피아 깔개가 펼쳐져 있고, 그 위에 여자 세 명
과 10여 명의 어린아이가 반원 모양으로 둥그렇게 앉아 있었다.
작은 남자아이 하나가 등을 대고 누워 앞뒤로 구르면서 다리를
허공에 차며 낄낄거렸다. 장 몰랑기와 레오나르, 그리고 다른 남
자 세 명이 뒤에 멀찍이 떨어져 각자의 깔개에 앉아 있었다. 어
둠 속에서 형체만 겨우 보였다.

　마르셸랭이 무릎을 꿇고 카베스코 레드 와인과 말보로 담배
한 보루를 큰 어른의 발치에 놓았다. 그리고 셔츠와 바지 주머니
를 탈탈 털어 정어리캔 일곱 개를 꺼내 쌓아놓았다. 그러고는 뒤
로 물러나 몸을 웅크리다시피 하고 가장 가까이 있는 깔개 사이
진흙바닥에 앉았다. 나도 마르셸랭 옆 빈자리에 앉았다.

　라피아 치마 외에는 아무것도 입지 않은 테레즈 무아단카는
늙고 머리는 벗겨지고 뼈만 앙상하게 남았지만 강렬한 인상을
풍겼다. 길게 축 늘어진 쪼글쪼글한 가슴은 납작하게 달라붙었
고 뾰족한 팔꿈치를 뾰족한 무릎에 올려놓고 있었다. 뭔가를 표
현하는 듯한 긴 손가락은 그녀의 턱 아래 접혀 있었다. 허공에

발을 차던 남자아이는 양팔로 머리를 감싸고 배를 대고 몸을 앞
뒤로 굴렀다. 정적이 흘렀다.

테레즈 무아단카가 마르셀랭을 향해 고개를 끄덕였다.

마르셀랭은 우리가 큰 어른께 존경을 표하러 왔고 당으로부
터 밀림에 무단 침입하는 모든 외국인과 밀렵꾼을 죽이라는 명
령을 공식적으로 받았다고 설명했다. 그리고 콩고인민공화국 동
식물보호부의 수장 마르셀랭 아냐냐가 그의 조수인 응제 우마
르, 마누 뷔롱, 제케 민병대 사령관 레오나르 봉구 라미, 그리고
여기 있는 이 백인 남자와 그녀의 호수 끝과 숲을 방문하려고 하
니 허락을 청한다고 했다. 백인 남자가 이곳 사람들의 역사를 알
고 싶어 한다고 덧붙였다.

테레즈 무아단카는 나를 바라봤다. 아니, 그보다는 내 쪽으로
머리를 약간 돌렸다. 불빛이 그녀의 얼굴에 음영을 드리워 그녀
의 눈빛을 볼 수 없었다. 그녀의 낮은 음성은 육신을 떠난 듯한
소리로 들렸다. "음부쿠 마을을 세운 사람은 토코메네Tokoméné
라 한다." 그녀는 무시하는 듯 손가락을 흔들며 말했다. "음부쿠
를 세운 후 그는 밀림에 버려진 마을 무켄덴다Moukendenda로 옮
겼어. 음부쿠 사람들은 무켄덴다 사람들이야. 음부쿠 사람들은
보콜루족Bokolou에 속하지. 이 부족 사람들의 모든 언어는 서로
닮아 있고, 서로의 말을 이해할 수 있지. 지금은 제케 마을에 있
는 모칼라 구역의 추장인 만벵구엘라Manbenguela도 제케에 있는
다른 부족 사람들의 일을 관할하지. 그는 피그미가 아니라 보콜
루 사람이다."

"음부쿠 사람들은 숲에서 나오지 않았다. 백인들, 식민지 지배자들이 두려워서였지. 그들은 밀림 깊숙한 곳까지 도망가 최근까지도 나오지 않았어. 그러는 사이 노예제도 생겼지. 어떤 집단들이 힘이 더 센 결과였어. 그 힘으로 자기들보다 약한 부족들을 하인으로 부릴 수 있었지. 분쟁이 발생한 동안 승리한 부족들은 패배한 부족민들을 인질로 붙잡아 노예로 삼았지. 음부쿠 호수 마을은 마을이 생긴 이래로 그 모습 그대로 유지됐지. 모습이 하나도 변하지 않았어. 제케에 살고 있는 다른 반투족들이 우리를 피그미로 여긴다면 그건 우리가 밀림에 속해 있기 때문일 거다. 우리는 우리 조상들이 숲에 살고 있기 때문에 숲을 사랑한다. 우리 조상은 정령들을 잘 다듬어진 마을이 아니라 숲에 두었지만 피그미들처럼 야영지에서 산 적은 없어. 우리 조상은 잘 관리된 마을에서 문명인들처럼 살았어. 그러니 우리는 피그미들이 아니야."

테레즈 무아단카는 여전히 손가락을 같은 모양으로 접은 채 입을 다물었다.

"다 끝난 거야?" 내가 마르셀랭에게 귓속말로 물었다.

마르셀랭이 "쉿!" 하고는 이렇게 말했다. "테레즈 무아단카, 음부쿠의 큰 어른이시여, 당신의 호수와 숲으로 방문하는 것을 축복해주시겠습니까?"

"마르셀랭 아냐냐, 내 허락을 내리겠네. 하지만 축복은 아니네. 자네와 장 몰랑기, 그리고 저 백인 남자는 호수와 숲에 들어갈 수 있네. 낮에는 어떤 위험도 없을 걸세. 하지만 밤에 숲속에 머무는 것은 위험하네. 자네와 백인 남자는 보호해줄 수 없네. 당신들은 강한 정령들 때문에 곤란을 겪을 걸세. 하지만 그 정령의 이름을 말해줄 수는 없어. 그러니 그 정령을 다룰 수 없겠지. 그 정령은 표범의 형상으로 나타날 걸세. 그러니 안전을 위해 당신들 각자 조상의 힘을 믿어야만 하네. 마르셀랭 아냐냐 당신과 백인 남자 당신, 당신들만 가야 하네!"

"그럼 다른 사람들은요?" 마르셀랭이 조금 흔들리는 목소리로 말했다.

"다른 사람들은 여기, 음부쿠에 나와 함께 머물러야 하네. 그 작은 사람들이 밀림에 가게 된다면 그들의 존재는 멈추게 될 거야. 영원히."

테레즈 무아단카가 일어났다. 마치 닭 무리를 쫓듯 청중들에게 손짓을 하고는 진흙바닥에 놓인 선물들을 그대로 둔 채 오두막으로 들어갔다.

이튿날 아침 일찍 장 몰랑기는 마르셀랭과 내가 타고 있는 통나무배에 우리의 짐을 실은 후, 선미에서 웃통은 벗은 채 진흙묻은 하얀 바지만 입고 맨발로 노를 저어 짙고 검은 호수를 건넜다. 그가 젓는 노를 따라 하얀 물거품이 천천히 따라왔다.

마르셀랭과 나는 낚싯배 가운데에 앉아 뱃전을 붙잡고 서로 얼굴을 마주보았다. "마르셀랭, 어젯밤에 그 고함 소리 들었어? 여자들이 밴시*처럼 새벽 2시까지 여기저기 오두막에서 소리를 지르던데? 조용하다고 하더니 그게 다 뭐지? 정령들이 깨면 어쩌려고?"

"고함친 게 아니에요. 소리 지른 게 아니에요. 말하는 거예요. 그리고 바보 같은 소리하지 마세요. 밤에 정령들을 어떻게 깨워요, 벌써 깨어 있는데. 정령들은 당신 영혼과 함께 숲으로 가기고 하고, 꿈에 모습을 바꿔 나타나기도 하고, 사냥을 하기도 하고, 멀리 떨어져 있기도 하고 그런 거예요. 게다가 레드몬드가 자고 있는 동안 장이 와서 불가에 앉아 있었어요. 내가 '저 여자들 무슨 이야기하는 거야? 뭐가 저렇게 재미있지?' 이렇게 물어보니까 장이 들어보고 보미타바어로 번역해줬어요. 그런데 여자들이 무슨 이야기하고 있었는지 알아요? 뭐가 그렇게 재미있었는지 알아요?"

"전혀 짐작이 안 되는데."

"당신이에요."

"나?"

"네, 레드몬드 당신요. 여자들 말이 당신 턱수염이 너무 길대요. 그리고 냄새 난대요."

"냄새? 백인 냄새?"

"아니요." 마르셀랭이 몸을 떨기 시작하며 말했다. "그냥 냄새 난대요. 아마 당신이 게으른 것 같다고, 옷 좀 더 자주 빨아 입어야겠다고 말했대요."

---

* Banshees. 아일랜드 민화에 나오는 여자 유령으로, 구슬픈 울음소리로 가족 중 누군가가 곧 죽게 될 거라고 알려준다.

"아, 그렇군." 나는 겸연쩍어서 겨드랑이 냄새를 킁킁 맡으며 말했다.

"여자들은요, 깨끗이 씻는 남자를 좋아해요. 때가 긴 남자 말고요."

"아무렴, 그렇겠지. 결례를 했군. 미안."

"결례라고요? 결례! 근데 사실이에요." 마르셀랭이 배를 잡고 웃으며 말했다.

"뭐가 사실이라는 건가?" 내가 약간 부아가 나서 말했다.

"냄새가 나긴 난다고요." 마르셀랭이 뱃전을 잡았던 손을 놓고 숨넘어갈 듯 웃으며 말했다. "백인 냄새가 나요! 항상 그렇죠. 강멧돼지처럼 고약한 냄새가 나요!"

장은 노 젓는 속도를 늦추더니 선미에서 몸을 휘청거리며 박장대소했다. 그러고는 뿌리가 튀어나오고 비틀어진 커다란 나무 사이의 낮은 진흙 제방에 배를 세웠다.

"갑시다! 강멧돼지 잡으러 갑시다! 강멧돼지는 모를 거예요. 우리가 다가가는 냄새를 못 맡을 거예요!" 마르셀랭이 말했다.

장은 엽총을 오른손에 짧은 창처럼 들고 한 시간 동안 축축한 숲속을 빠르게 앞장서 걸었다(걸음이 너무 빨라서 내 바로 발밑과 튀어나온 뿌리, 갑자기 나타나는 발이 움푹 들어가는 진흙지대 외에는 아무것도 볼 수 없었다). 규모가 작은 사바나 지대(물소 흔적이 있는)를 지나 다시 밀림을 거쳐 장의 사냥 캠프가 있는 높은 지대로 올라 갔다.

"자, 도착했어요. 여기가 내 캠프예요. 내가 직접 만들었어요."
장은 성긴 콧수염 아래로 수줍은 미소를 지으며 마치 우리가 천
국에라도 도착한 것처럼 말했다.

나는 짐 위에 풀썩 주저앉아 물병을 꺼내 물을 벌컥벌컥 마시
고 모자를 벗고 땀 밴드를 짜낸 후 셔츠 자락으로 안경을 닦았
다. 그런 다음 물병을 제자리에 넣고 모자, 땀 밴드, 안경을 다시
썼다. 그러고 나니 내 관심사가 서서히 모습을 드러냈다.

둔덕에 서 있는 지주근이 튀어나온 키 큰 나무 아래 내 오른
편으로는 커다란 프라니엄 잎으로 만든 이엉을 얹은 경사진 지
붕이 보였다. 그 아래로는 장대를 리아나 줄기로 묶어 만든 나지
막한 침상이 있었다. 내 앞에는 훈제 선반이 있고 썩어가는 나무
가 쌓여 있었다.

"내 캠프예요. 내가 직접 만들었어요." 장은 여전히 서서 이마
에는 땀방울의 흔적도 없이 어린아이처럼 뿌듯한 얼굴로 같은
말을 반복했다.

"잘 만들었네. 훌륭해." 마르셀랭이 나처럼 가방에 기대 반쯤
드러누운 채 거친 숨을 몰아쉬며 말했다. "지금껏 내가 본 캠프
중 최고야. 내 말 믿어도 돼. 지금까지 꽤 많은 캠프를 봤다고."
이렇게 말하고는 나를 보고 땀에 젖은 눈을 찡긋했다.

우리는 표범이 오지 않도록 불을 피우고 장대로 만든 침상 위
에 방수포를 깔고 가방은 그 아래 내려놓고 느긋하게 사냥을 나
갔다. 우리는 캠프 바로 바깥 진흙땅 사방에 찍힌 코끼리 발자
국 흔적을 살피기 위해 멈췄다. ("무게가 많이 나가겠군. 다 자란 코

끼리예요. 개체 수가 많은 무리군요. 그렇지만 어린 코끼리는 없어요." 마르셀랭이 말했다.) 장과 마르셀랭이 소곤거리며 방금 찍힌 듯한 발가락 마디 자국과, 발뒤꿈치 자국, 그리고 삼엽식물이 섞인 배설물에 대해 이야기했다. 고릴라 가족의 것이었다. 두 그루의 작은 나무 사이에서 밤을 보낸 것 같았다(땅 위에 나뭇잎들이 납작하게 눌린 크고 둥근 흔적이 있고, 우리 머리 1미터쯤 위에 나뭇가지, 잔가지, 나뭇잎들이 엉킨 작은 보금자리 세 개가 있었다). 큰흰코원숭이들이 우리 왼편 어디에선가 끽끽거리기 시작했다. 장이 마체테를 내려놓고 엽총은 나무에 기대놓은 채 나뭇잎 하나를 뜯어 두 엄지로 쥐고 손을 그 주위로 동그랗게 오므린 다음, 엄지를 입술에 가져다 대고 원숭이 먹는 독수리처럼 휘파람 소리를 내기 시작했다. 정적. 이번에는 손가락 두 개를 콧구멍에 넣고 큰흰코원숭이처럼 끽끽대기 시작했다. 침묵. 그는 마체테를 다시 집어 들고 작은 가지를 획 치고 땅을 쳤다. 눈에는 보이지 않았지만 원숭이들이 다른 나무 위에서 끽끽대는 소리가 들렸다. 하지만 가까이 오지는 않았다. 장은 어깨를 으쓱했다.

우리 뒤 관목 꼭대기가 흔들렸다. 장은 엽총을 획 들어 돌려 잡았다. 뭔가 커다란 것이 우리를 향해 땅으로 다가왔다.

"표범이다!" 장이 소리쳤다. 그는 한쪽 무릎을 꿇고 앉아 총을 어깨에 올렸다. "고릴라다! 고릴라! 저기! 저기!" 마르셀랭이 소리쳤다.

나는 열심히 두리번거렸지만 햇빛이 점점이 비치는 것 외에는 주위가 온통 검은 그림자에 뒤덮여서 나뭇잎 사이로 아무것도 보지 못했다. 괴상한 모양의 나무뿌리, 덤불, 물웅덩이만 보일 뿐이었다. "일어섰다! 내 얼굴을 똑바로 쳐다보고 있어." 마르셀랭이 누군가가 그의 어깨를 잡고 흔드는 것처럼 몸을 떨며 말했다.

"고릴라가 호기심이 생긴 모양이지." 장이 일어서며 멋쩍은 투로 말했다. "네가 뭐 하나 보러 왔나 봐. 난 또 표범인 줄 알았지…… 그 할머니가 말한……." 장은 마체테를 들었다.

30분 후쯤 장이 멈췄다. 그는 튀어나온 나무뿌리와 작은 나무의 늘어진 수염뿌리 옆에 쭈그리고 앉아 작은 나무를 베어 다듬은 후 그 끝을 캄캄한 구멍 속에 집어넣었다. 물과 노란색, 갈색 나뭇잎이 곤죽이 된 나무 밑동 위에서 구멍의 입구가 보였다. 나무는 주변의 다른 나무들과 다를 바 없이 둥치는 이끼, 작은 양치식물, 암녹색 식물로 덮여 있고, 납작한 화살촉처럼 생긴 황록색 잎이 회갈색 나무껍질에 난 구멍에서 나온 가지 하나에 매달려 있었다. 장은 막대기를 살살 더 안쪽으로 집어넣었다. 낮게 그르렁거리는 소리가 들려왔다.

"집에 있군. 저기 있어." 마르셀랭이 바짝 주의를 기울이고 소곤거렸다.

"뭐가 있다는 거야?" 내가 뚫어지게 쳐다보며 물었다. (구멍 크기에 비해 그르렁대는 소리가 너무 큰 것 같았다.)

"물론 숲악어 말이죠." 마르셀랭이 고개를 한쪽으로 기울이며 집중해서 말했다. "다른 게 뭐가 있겠어요? 콩고난쟁이악어죠. 아마 두 마리일 거예요. 가끔 암수 한 쌍을 발견할 때가 있어요."

장과 마르셀랭이 마체테로 튀어나온 뿌리의 반원을 잘랐더니 나무가 쓰러졌다. 마르셀랭은 나무를 잘라내며 장을 도와 입구를 넓혔다. 장은 막대기로 구멍을 쑤셨다. 그르렁거리는 소리가 더 강해지더니 막대기가 옆으로 휙 움직였다. "막대기를 물었어!" 장이 말했다.

장과 마르셀랭은 몸을 뒤로 기울여 막대기를 잡아당기기 시작했다. 1미터쯤 되는 악어가 딸려 나왔다. 막대기 끝을 꽉 물고 있었다. 어두운 갈색에 머리 쪽에 약간 붉은 기가 있었다. 놀랍도록 하얀 이빨 사이는 넓게 벌어져 있었다.

"작은 놈이네! 숲악어에는 두 가지가 있는데, 다른 종류는 훨씬 더 크고 검어요."

"뭘 먹지?"

"개구리, 노래기, 곤충, 새, 그리고 잡을 수 있는 건 뭐든요. 밤에 나와서 여기저기 돌아다녀요."

"맛있지. 오늘 밤에 먹자." 장은 기다란 리아나 덩굴줄기로 앞다리를 움직이지 못하게 등에 붙여 묶고 십자막대기에 턱을 올려 주둥이를 단단히 동여맸다.

"안 돼. 내가 데려갈 거야. 내 수집품으로 살려둘 거야." 마르셀랭이 말했다.

장은 몸을 일으키더니 입을 벌리고 마르셀랭을 뚫어지게 쳐다봤다.

김이 빠져나가듯 치직거리고 웅웅대는 소리와 함께 우리 머리 위로 벌떼가 지나갔다.

마르셀랭이 슬쩍 위를 보더니 말했다. "유럽과 북미에서는, 백인들이 벌을 위해 작은 집을 만들어줘. 작은 오두막에 벌을 길러."

긴장을 푼 장이 말했다. "마르셀랭! 무슨 그런 말도 안 되는 소리를! 벌을 위한 오두막이라니!" 장은 웃으면서 묶여 있는 육중한 악어를 마르셀랭의 품에 안겼다. "벌을 위한 오두막이라니!" 그러더니 마체테와 엽총을 들고 콧노래를 부르며 우리 앞으로 걸어갔다.

깊은 밀림에 오면 항상 듣게 되는 크고 그윽한 소리가 들려왔다. 열다섯 개에서 스무 개의 음으로 높게 시작했다가 높이와 크기가 줄어들며 점차 사라져갔다. 그리고 그보다 일정한 톤으로 '툭 툭 툭' 하는 금속성의 소리가 정확히 어느 방향인지 판단하기 어렵지만 같은 장소에서 고른 간격을 두고 들려왔다. 아무 증거도 없이 어떤 것도 눈으로 보지 않은 상태에서(더구나 악어도 저렇게 그르렁거릴 수 있다는 걸 알게 됐는데도) 나는 '저건 분명히 새야' 하고 혼잣말을 했다. 그러고는 내 안의 갈등을 단번에 정리하기 위해 저 소리는 둘 다 붉은부리난쟁이코뿔새일 거라고 결론 냈다. "와 와 와" 하는 또 다른 소리가 어렴풋이 들려왔다. 마치 저 멀리 어느 마을에서 여자들과 아이들이 소리를 지르며 응원하는 것처럼 들렸다.

"침팬지다! 레드몬드, 침팬지예요!" 마르셀랭이 멈춰 서서 입을 헤벌리고 귀를 기울였다.

"멀리 있어. 사냥하기에는 너무 멀어. 시간도 늦었고." 장이 말했다. 그러다가 "이것 봐!"라고 말하며 허리를 굽혔다. "그럴 줄 알았어. 소리가 들린 것 같았어!"

보라색과 흰색이 섞인 버섯 머리를 베어 물고 있던 커다란 갈색 거북이 잡혔다. 가죽 느낌의 머리를 쏙 넣고 땅에 바짝 엎드려 있었다. 장은 기다란 리아나 덩굴줄기를 잘라 거북을 단단히 묶고는 나한테 들고 가라고 했다. 대충 45센티미터 정도의 길이에 폭이 30센티미터 되는 등껍질은 가운데가 갈라져 가장자리와 같은 높이로 짓눌려 있었다. 오른쪽 앞다리는 없었다. "전에 본 적 있어요. 코끼리예요! 코끼리한테 밟힌 거예요. 등껍질이 눌리니까 발이 나왔겠죠." 마르셀랭이 말했다.

딱딱하게 마른 둔덕으로 다시 돌아왔다. 마르셀랭은 악어를 침상 옆에 내려놓았다. 장은 거북을 마체테로 단번에 찔러 죽였다. 그러고는 내장을 파고 살이 껍질 안에서 익을 수 있도록 뒤집어서 불 속에 던져 넣었다.

마르셀랭이 내 옆에 있던 통나무를 끌면서 말했다. "장, 이 숲은 동물로 가득하군. 코끼리, 고릴라, 침팬지 같은 큰 동물들로 가득해. 세 가지 다른 종류의 원숭이 소리도 들었어. 레드콜로부스, 볏망가베이, 흰코원숭이 말이야. 그런데 말이야, 여기는 마을에서 겨우 반나절 정도 걸으면 올 수 있는 곳이야. 보통 사람들이 사냥을 안 하는 건가? 그 고릴라는 와서 나를 쳐다보기까지 했어!"

장은 막대기로 거북을 불 가장자리로 끌어냈다. 그는 마르셀랭을 처다보지 않고 말했다. "여긴 우리 숲이야. 우리가 돌봐야지. 숲은 우리 거니까."

"하지만 여기 사람들이 안 오는 건가?"

"여자들과 아이들은 오지. 일 년에 두 번. 남자들도 오고. 우리는 웃어. 파티도 해. 모두 다 같이 낚시도 하고. 모두 다 같이."

"낚시?"

"연못에서 물을 퍼내. 하지만 큰 물고기만 죽여. 생선을 많이 먹고 나머지는 훈제해서 바구니에 담아 다시 마을로 가지고 가지. 그런 식으로 하면 좋아."

"하지만 사냥은?"

장은 4분의 1쯤 익은 그을린 거북을 불 속에서 꺼내며 말했다. "마르셀랭, 우리는 여기서 잘 살고 있어. 우리의 어머니들도 잘 살았어. 할머니들도 잘 살았어. 그들은 우리에게 뭘 해야 하는지 가르쳐줬어. 우리는 뭘 할지 알아. 우리는 정령들에게 복종해. 그리고 이 장소를 존중해. 우리에게 속한 곳이니까. 물론 우리 조상들에게 속한 곳이기도 하고. 그 외에는 누구에게도 속하지 않아. 어느 누구에게도."

나는 내 가방에서 휴대용 식기를 가지고 왔다.

"하지만 사냥은? 사냥은 왜 안 하는 건가?"

장은 마체테로 거북을 조각내며 말했다. "그야 분명하지 않나. 우리는 제케 사람들하고 달라. 우리는 그냥 가서 보이는 대로 아무것에나 화살을 쏘지 않아. 우리는 기다려. 우리는 문화가 있는 사람들이야. 우리는 늙은 동물을 죽여. 우리는 아프거나 상처 입은 동물들을 죽여, 이 거북처럼." 그는 고기 한 조각을 씹었다. "마르셀랭, 네 눈으로 봤잖아. 이 거북은 정령들이 내린 선물이야. 조상들이 준 선물이라고! 우리는 거북을 찾지도 않았어. 사냥을 한 것도 아니야!"

마르셀랭은 거북의 탄 다리와 발톱을 손가락으로 잡고 말했다. "그럼 침팬지, 고릴라도 죽이나? 특별한 창으로?"

"침팬지? 고릴라? 특별한 창? 에이, 아니야. 왜냐고? 힘드니까. 위험해. 사람을 공격해. 우리는 영양, 원숭이, 물고기, 그리고 강멧돼지를 잡아. 강멧돼지, 그게 최고지!"

"침팬지는 먹어봤나?"

"그럼, 맛있어. 먹고 싶나? 침팬지 사냥하러 가고 싶어?"

"아니야, 장 몰랑기. 그러고 싶지 않아. 그건 불법이야. 게다가 침팬지는 우리하고 비슷해. 우리가 침팬지를 먹으면 식인종인 거야."

"침팬지가 어떻게 우리하고 비슷해? 심지어 피그미하고도 비슷하지 않아. 침팬지들은 나무에서 산다고!"

"우리하고 비슷해. 우리 모두는 유인원이야."

장은 웃었다. "마르셀랭! 마르셀랭! 거짓말하지 마!" 그는 고개를 저었다. 그러다가 문득 무슨 생각이 났는지 나를 똑바로 쳐다봤다. 웃음을 멈추고 미소를 지었다. "식인종, 백인은 전부 식인종이라는 걸 우리는 다 압니다. 모든 백인이 다 식인종이라는 걸." 장은 자기 식기를 보며 말했다.

"어?" 나는 훅 죄책감이 몰려와 물었다.

"그게 무슨 말이야?" 마르셀랭이 말했다.

"깡통 안에 들어 있잖아. 깡통 안에 손가락이 많이 들어가잖아. 소시지하고 손가락이 같이 있잖아."

"그건 실수로 들어간 거지. 공장에서 실수로." 마르셀랭이 말했다.

장은 자기 식기를 내려놓고 일어섰다. "마르셀랭, 그건 실수가 아니야." 그러고는 마체테를 집어 들고 빈터 끝까지 걸어가 어린 관목의 강도를 체크하려는 듯 자기 쪽으로 잡아당겨 봤다가 다른 나무로 옮겨갔다. 모닥불 옆의 통나무에 앉아 그를 바라보니 100년 전 로저 케이스먼트*가 발표한, 벨기에의 레오폴드 왕이 소유했던 콩고 강 남부 지역의 일상적 관행에 대한 보고가 떠올랐다. 원주민들이 교역소에 할당받은 양의 고무, 아니면 잘린 손 무더기를 바치지 못하면 받게 되는 응징에 대한 것이었다.

"기운 내요. 식인종이라 칩시다. 그래서 그게 뭐 어때요? 장이 당신한테 활과 화살을 만들어주려나 본데요. 좋을 것 같아요? 활쏘기에 일가견이 있어요? 옥스퍼드에서 학생들 몇 명 쏴봤어요? 괴팍한 여학생? 섹시한 여학생? 어린 애는? 먹으려고?"

"활과 화살을 한 번 갖고 있었던 적이 있지. 화살통도 있었고. 닭을 쐈어. 달려가는 닭."

---

* Roger Casement(1864~1916). 영국 영사로 페루와 콩고에서 자행된 인권 유린 현장을 보고했다. 이 보고를 통해 19세기에서 20세기 초까지 개인 영지로 콩고를 소유했던 벨기에의 국왕 레오폴드 2세의 만행이 알려졌다. 레오폴드 2세는 콩고인에게 할당량을 정해 고무를 채취해오게 하고, 할당량을 채우지 못하면 팔다리를 자르고 아이들까지 손목을 자르게 했다.

"닭이라니! 미쳤군요." 마르셀랭이 소리를 질렀다.

"잠깐만요." 장이 리아나 덩굴줄기를 감은 것과 얇게 다듬어
진 대략 2미터 정도의 나무를 갖고 돌아왔다. "잠깐만요." 장이
모닥불에서 멀찍이 자기 통나무를 옮기고 말했다. "이제 제대로
이야기할 거요, 당신의 언어로. 백인의 언어, 모두의 언어로." 장
은 자리에 앉아서 리아나 줄기 끝을 나무 끝에 단단히 묶었다.
"고릴라하고 침팬지들도 좋아해요. 그들도 이해할 수 있소. 마르
셀랭, 고릴라하고 침팬지들도 여기 와서 내 음악을 들어."

장은 리아나 줄기로 묶인 나무 끝을 땅에 놓았다. 이두박근이
파파야 열매처럼 울룩불룩 튀어나온 채 그는 나무를 활 모양으
로 구부렸다. 오른손으로 압력을 버티면서 왼손으로 리아나 줄
기 한쪽 끝을 아치형 활의 4분 3 정도 되는 지점에 감았다. 그러
더니 나무 막대기를 집어 들고 주머니에서 나뭇조각을 꺼냈다.
그리고 그의 통나무에 앉아 다리를 반쯤 펴고 발목을 교차했다.
힘이 들어간 맨발의 발가락은 쭉 뻗은 채. 그는 왼손으로 리아나
줄기로 묶은 활 끝을 잡고(역시 왼손에 나뭇조각도 든 채) 활의 아
치를 왼쪽 무릎 위에 댔다. 그러자 활의 나머지 부분이 그의 오
른쪽 어깨 위로 툭 튀어나왔다. 그는 나무에 묶인 줄 끝을 오른
쪽 귀에 기대놓았다.

그는 막대기로 줄을 가볍게 두드리고 이빨로 뜯고 왼손바닥
에 있는 나뭇조각으로 눌러 멈추고 오른손 엄지와 집게손가락
으로 줄을 튕겼다. 그는 내가 들어본 음악 중에 가장 구슬픈 음
악을 연주했다. 슬픔이 가득한 조용하고 섬세하면서도 간드러진

멜로디였다.

밤이 찾아왔고 우리는 여전히 장의 연주를 듣고 있었다. 올빼미 한 마리가 울었고 쏙독새 울음소리 같은 괴상하게 신경을 긁는 소리가 가까이에서 들려왔다. "그만 됐어." 마르셀랭이 목이 잠긴 듯한 목소리로 불쑥 말했다. "장, 이제 그만해 제발. 그건 죽은 자의 소리야. 다 그들에 대한 거잖아. 지금 넌 죽음을 연주하고 있어." 마르셀랭이 비틀거리면서 침상으로 가더니 방수포를 얼굴 위까지 잡아당기고 등을 돌리고 누웠다.

새벽에 뭔가 경고하는 듯한 큰 불협화음에 잠에서 깼다. 왼편 어디에선가 솜털깃뿔닭 무리가 모여 떨어진 나뭇잎 사이를 긁다가 뭔가에 놀랐는지 '카카카' 하고 우는 소리였다. 고대의 새들이군, 나는 생각했다. 그래, 너희는 그런 소리를 내지. 초조해진 아줌마가 따발총처럼 내는 소리. 4,500만 년 전 화석의 새들. 일어나는데 침상이 덜컹거렸다. 장이 내 왼쪽에서 마르셀랭은 오른쪽에서 뒤척거렸다. 춥고 몸이 뻐근했다. 침상의 막대기 때문에 등에 자국이 났고 손과 얼굴은 모기에 물려 통통 부어 있었다. 아줌마 새가 저기서 울고 있구나. 그래도 1억 5,000만 년 된 화석에 깃털이 납작하게 눌린 시조새—오늘날 조류의 조상일 수도 아닐 수도 있는—에 비한다면 너는 햇병아리에 불과하지, 그런 생각을 했다. 마르셀랭이 고개를 들었다. 두 눈에는 눈곱이 잔뜩 붙어 있었다. 손가락으로 더듬거려보니 내 눈도 역시 그랬다. 눈곱이 더덕더덕 붙어 있었다. 지붕의 마른 잎에서 내려온 먼지 때문이거나 흰개미 배설물이거나 곰팡이 포자 때문이거나…… 나는 혼자 중얼거렸다. 이번에는 다리에 집중해 세차게 문지르자 얼얼했던 감각이 다시 돌아오기 시작했다. 하지만 새들이 오래되었다고 생각한다면 공룡들, 모켈레음벰베의 가장 가까운 계통인 파충류는 어떤가. 민물악어, 우리의 악어 말이다. 악어는 2억 3,000만 년 동안 거의 변하지 않았다. 가장 오래되고 가장 체구가 작은 공룡보다 겨우 500만 년 어린 나이다. 게다가 다른 어떤 파충류보다 뇌와 심장이 발달되어 있다. 심장은 심실이 완전히 분리되어 있어 동맥과 정맥의 혈액이 섞이지 않는다. 뇌에는 진짜 대뇌피질이 있어 학습이 가능하다. 본능으로만 움직이는 것이 아니라 학교에도 다닐 수 있는 것이다. 하지만 그렇게 영리하다면, 나는 이렇게 발가락을 움직일 수 있다는 사실에도 안도하는데 어떻게 그렇게 얕은 구멍에서 살아갈 수 있단 말인가, 나는 이런 생각을 했다. 그리고 집에 있을 때 그르렁거리지 않는 법을 배워야 하고, 누군가 우편함으로 나무 막대기를 집어넣었을 때 그렇게 심하게 물지 않는 법을 배워야 할 것이다. 나는 오른쪽 발등에 난 종기와 왼쪽 발목 아래에 난 두 개의 베인 상처에서 묵직한 통증이 다시 느껴지는 데 안도했다. 그리고 이 모든 것에도 불구하고 내 중추신경계가 또 다른 하루 동안 기능할 것을 결정해준 데 대해, 내가 완전히 잠에서 깨어난 것에 대해 안도하며 60센티미터 정도 되는 침상에서 몸을 일으켰다. 장과 마르셀랭은 더 이상 뒤척이지도 않았다. 마비라도 온 것 같았다.

그래도 적어도 나는 누군가가 막대기를 내 입에 집어넣지도 않고, 내 팔과 다리를 등 뒤로 돌려 묶지도 않고, 땅에 그대로 두지도 않았다. 악어를 잡아두는 더 나은 방법이 있을 텐데…… 아마 그냥 말뚝 같은 데 묶어둘 수 있을지도 모르겠다. 나는 마르셀랭 옆의 마른 진흙땅을 봤다. 아마도 다른 쪽을 본 모양이다. 그래서 장이 누워 있는 쪽의 침상 끝을 봤다. 거기도 없었다. 그렇다, 악어는 영리했다. 탈출한 것이다!

"마르셀랭! 악어! 악어가 도망쳤네!"

마르셀랭이 벌떡 일어났다. "악어요?"

장도 벌떡 일어났다. "도망이라고요?"

"악어가 사라졌어! 도망쳤다고!"

마르셀랭이 침상 끝을 꼼꼼히 살펴보며 천천히 흐리멍덩하게 말했다. "악어가 사라졌어요. 악어가 사라졌어."

그때 장이 전갈에라도 물린 것처럼 방수포를 옆으로 치우고 벌떡 일어섰다. 그는 내 옆 땅바닥에 네 발로 기듯이 몸을 낮추었다. 마르셀랭한테서 1미터 정도 떨어진, 악어가 있었던 자리를 만져봤다. 그는 이상하게 떨리는 작은 목소리로 숨도 쉬지 못하고 말했다. "흔적도 없어."

"당연히 그렇겠지. 진흙이 말랐으니까." 마르셀랭이 아직도 유심히 주변을 살피며 말했다.

장은 다시 등을 구부리고 앉아 눈을 감았다. 그는 이마가 땅에 닿을 때까지 천천히 상반신을 앞으로 구부렸다.

"장?" 마르셀랭이 말했다.

장은 일어섰다. 그 장소를 노려보며 팔을 가슴 앞에서 접고는 손으로 어깨를 잡고 앞뒤로 몸을 흔들었다.

"괜찮아. 가버린 거야. 도망친 거야." 마르셀랭이 눈을 크게 뜨고 말했다.

장은 침상의 다른 쪽 끝으로 걸어갔다. 그리고 마체테와 총을 집어 들었다. "도망갔다고? 나무막대기도 같이? 아무 흔적도 안 남기고?"

"그럼 무슨 일이 일어난 거지? 밤에 누가 왔었나?" 내가 말했다.

"맞아요." 장이 총과 마체테를 다시 내려놓고 방수포를 접으며 불안하게 말했다. "그건 보통 표범이 아니에요. 아무 흔적도 안 남겼어요. 우리는 가야 해요. 이 장소를 떠나야 해요."

"간다고? 지금 떠난다고? 막 도착했는데? 하루 더 있으면 안 돼? 이틀? 사흘?" 마르셀랭이 말했다.

"안 돼." 장은 방수포를 내 가방 안에 넣으며 말했다. "우린 가야 해, 지금. 할머니가 나한테는 가면 안 된다고 말했어. 지금 여기를 떠나야 해. 여기에 데려오는 게 아닌데. 마르셀랭, 백인은 불길해. 아주 불길해. 그리고 할머니가 나한테 꿈을 보내줬어. 악몽이었어. 끔찍한 꿈."

장은 내 방수포를 땅바닥으로 휙 내팽개쳤다. 내가 주워 들며 말했다. "어떤 꿈인데?"

"아들을 가지는 꿈." 그는 침상으로 몸을 뻗어 마르셀랭의 방수포를 잡아당겼다. "내가 항상 원했던 아들이에요. 내가 원한 거라고요! 내 꿈에서 그 아들이 나를 보고 미소를 짓더니 죽었어요. 불길해, 마르셀랭. 불길하다고."

"그래서 어떻게 했어?" 마르셀랭이 서둘러 방수포를 접으며 말했다.

"그냥 차분하게 있었어, 조용히. 소리소리 지르고 울면 나도 완전히 지쳐 죽게 되니까." 장은 기름기가 묻은 휴대용 식기를 마르셀랭의 가방에 쑤셔 넣으며 말했다.

내가 가방을 메려는데 가방에 있는 망에 손이 걸려 허둥대니까 마르셀랭이 와서 도와주었다. 그때 나는 그에게서 개인적인 무언가를 느꼈다. "레드몬드, 만일 그게 진짜 표범이었다면 나한테서 1미터 떨어져 있었던 거예요. 머리를 덥석! 나는 죽을 수도 있었어요!"

응제와 마누는 가라앉은 표정으로 아무도 없는 텐트 옆 벤치에 앉아 있었다. 우리 모습을 본 응제는 벤치에서 펄쩍 뛰어내려와 양손을 마구 흔들어댔다. 아드레날린과 기쁨, 안도감이 마구 솟아나는 모양이었다. "마르셀랭! 삼촌! 박사님! 마르셀랭! 우리 가야 해요!"

"나는 씻어야 해. 옷을 빨아야 해." 내가 말했다.

"제케에 가서요. 텐트를 접고 레오나르를 찾아서 가야 해요." 마르셀랭이 단호한 표정으로 말했다.

장은 마르셀랭에게 총을 주고 그의 어깨를 잠깐 잡았다가 놓았다. 나는 장에게 작별인사와 고맙다는 말을 했다. 장은 나에게 슬픈 미소를 살짝 짓고 오두막들이 흩어져 있는 곳으로 걸어갔다.

텐트를 걷고 있을 때 자기 몸보다 몇 사이즈는 커 보이는, 색깔이 바랜 분홍 원피스를 입은 한 소녀가 병을 들고 큰 어른의 오두막 앞 빈터를 지나 걸어왔다. 소녀는 마르셀랭을 쳐다보지 않고 우리 머리 위 파파야나무 열매를 뚫어져라 보며 마르셀랭에게 병을 건넸다. 소녀의 피부는 유난히 매끈하고 상처 하나 없었다. "테레즈 무아단카 할머니가 당신의 어머니와 할머니, 그리고 그들의 어머니와 할머니를 봤대요. 착하고 친절하고 강하며 선의에 넘친 사람들이었대요. 안 그랬으면 표범이 당신을 잡아먹었을 거래요."

소녀는 자기가 걸어온 흔적을 따라가듯 조심조심 마른 진흙길을 되돌아갔다.

"꿀이 가득 담긴 병이에요." 마르셀랭이 말했다.

31

리쿠알라오제르브 강을 가다

제케의 손님용 오두막으로 돌아온 이튿날 아침 일찍 마누가 시무룩하게 솥과 휴대용 식기들을 오래된 카사바 포대 안에 담고 있었다. 짐과 가방 정리를 거의 마쳤을 때 밖에서 예의 그 "코코!" 인사가 들려왔다. 그리고 늘 그랬듯이 헤라클레스의 주먹으로 쳐도 멀쩡한 것들이라면 무엇이든 내리치는 소리도 이어졌다. 이번 경우는 함석지붕이었다. 그리고 보통 그렇듯 뭔가 요구하는 고함 소리가 오두막을 가득 채웠다. 내가 만난 거의 모든 반투족은 격앙된 감정을 쏟아내는 듯한, 마치 신음하듯 노래하는 블루스 가수 머디 워터스Muddy Waters 같은 목소리를 갖고 있었다. 두통이나 치료해야 할 종기가 있거나 최소한 말라리아에 걸린 아내가 있는 사람들 같았다. 사공들이 도착했다. 레오나르와 그의 친척 젊은이 세 명이었다. 나는 해열 진통제, 붕대, 그리고 반짝거리는 하얀 키니네 알약 열다섯 개씩을 모두에게 나눠줬다. 레오나르는 인민공화국 민병대의 이름으로 항생제 트리메소프림을 그 죽어가는 남자의 아내에게 주겠다고 맹세했다. 레오나르가 돌아오자 우리는 짐을 들고 리쿠알라오제르브 강의 본류로 나가는 하천의 상류장이자 씻는 곳으로 내려갔다.

레오나르가 우리 짐을 그의 통나무배에 싣고 마누가 어린 수탉이 들어 있는 고리버들로 만든 닭장을 뱃머리에 놓은 후 우리는 발에 밟혀 짧아진 강둑 풀 위에 앉아 웅제와 마르셀랭을 기다렸다. 하류 쪽으로 조금 떨어진 곳에 젊은 엄마가 반쯤 물에 잠긴 뒤집힌 통나무배 선체에 앉아 있었다. 선체의 회색 나무는 빨래를 치대고 문질러 반질반질 닳아 있었다. 그녀는 근육이 탄탄한 등 쪽으로 깊게 파인 쪽빛 면드레스를 젖꼭지 바로 위에 단단히 동여매 입고 있었다. 양쪽으로 돌돌 만 머리가 뾰족하게 튀어나와 있었다. 오른쪽에 쌓아둔 솥과 팬을 씻고 왼쪽에 쌓아둔 옷을 빤 후 서너 살 된 아들을 무릎 사이에 끼고 포동포동한 팔로 안은 채 다른 손으로는 물을 떠서 머리에 뿌렸다. 아이는 세상이 다 끝날 것처럼 울어댔다. 비누가 눈에 들어가자 비명을 지르고 마지막 헹굴 때는 푸푸거리며 숨을 쉬었다. 마침내 다 끝나자 엄마는 아들에게 뽀뽀를 했고 아이는 눈을 뜨고 우리를 보더니 환하게 웃으며 박수를 쳤다. 우리도 모두 박수를 쳐주었다. 그렇게 성취감을 맛본 후 아이는 얼굴을 엄마 가슴에 파묻었다. 엄마는 미소 지으며 레오나르에게 뭔가를 말하더니 아들을 물이 얕은 곳으로 보내 수영을 시켰다. 더 큰 웃음소리와 보미타바어로 주고받는 말소리가 이어졌다. 레오나르가 나에게 말했다. "저 여자 말이 당신이 춤출 줄 모르는 것 같대요. 개가 물에서 나와 몸을 털듯이 그냥 온몸을 흔들어대기만 한다고. 매너 있는 남자답게 다리를 쓰는 법을 배워야 해요, 레드몬드. 그렇게 커다란 부츠를 신고 다른 사람을 마구 밟으면 안 되죠."

"맞는 말이에요." 마누가 등을 대고 누워 풀을 빨며 졸린 듯한 목소리로 말했다. "그리고 팔도 그렇게 마구 흔들어대면 안 돼요."

길 꼭대기에서 고함 소리가 들렸다. 응제였다. "500세파프랑에 다섯 번! 한 번에 100세파프랑! 그리고 나한테 이걸 줬어요!"

응제는 승리감에 차서 팔을 들어올렸다. 양손에는 파인애플이 하나씩 들려 있었다.

마르셀랭이 도착하자 웃음소리가 뚝 그쳤다. 마르셀랭은 평소의 그답지 않아 보였다.

그는 나치처럼 크게 짖어대듯이 질문을 쏟아 부으며 길을 내려왔다. "왜 이렇게 일찍 오두막을 떠나야 하는 거지? 내 아침식사는 어디 있는 거야?" 그리고 통나무배에 올라타며 계속 질문을 던졌다. "도대체 왜 내 가방을 짐 제일 아래 놓아둔 거야? 건널판은 왜 없어? 셔츠가 젖으면 어쩌려고? 누가 이런 거야?

"마누예요. 마누가 다 그랬어요." 응제가 성한 눈으로 나에게 윙크하며 말했다.

아마도 젊은 애인을 떠나기가 싫었던 걸까, 아니면 내가 또 뭔가 기분 나쁜 일을 했나, 그런 생각을 했다. 그러다가 마르셀랭이 자기 가방을 획 잡아 빼더니 주머니를 마구 뒤져 워크맨을 꺼내고 밥 말리 테이프를 거칠게 끼워 넣고 헤드폰으로 귀를 막고 가방에 기대 눈을 감는 동안 나는 이런 생각이 들었다. 마르셀랭은 무서운 거다. 그는 정말로 보아에서 문제가 생길 거라고 믿는 거다.

마누와 웅제는 짐 뒤에 자리를 잡았고 세 명의 사공은 선미에 섰다. 레오나르는 내 바로 앞에, 어린 수탉 바로 뒤에 자리를 잡았다. 젊은 엄마는 아들을 물 밖으로 안아 올려 우리에게 손을 흔들게 했다. 우리는 강 본류를 향해 나아갔다.

리쿠알라 호수의 범람원은 좁은 사바나 지역이었고 우리 양옆으로 1미터 이상 높은 숲이 다시 시작되고 있었다. 우리는 반시간 정도 마르셀랭처럼 누구도 말하지 않았다. 그러다가 노 젓는 세 남자가 처음으로 노동요 비슷한 걸 부르기 시작했다. 기다란 노가 물살을 가르며 물속으로 들어갈 때 무릎까지 반쯤 웅크려 앉는 데 따라 리듬이 느려지고 다음 노를 젓기 위해 몸을 쭉 펼 때 빨라졌다. "우리는 건기에 풀을 태워요. 동물을 잡기 위해서도 아니고, 카사바 농장을 만들기 위해서도 아니고, 숲으로 가는 길을 내기 위해서지요." 레오나르가 말했다. 그는 뱃전에 자기 노를 잠깐 기대놓고 강 옆에 있는 키가 큰 풀과 따로 서 있는 나무, 수련 전체를 손으로 가리켰다. 나는 여기가 좋아요. 브라자빌에 있을 때 이 모든 게 그리웠어요."

"왜 브라자빌에 있었소?"

"부자가 되고 싶어서요. 빌딩 부지에서 일자리를 구했죠. 하지만 나 같은 가난뱅이는 도시에서 부자가 될 수 없어요. 그때 고향 마을에서 내가 부자였다는 걸 깨달았어요. 여기서는 흙으로 집을 짓고, 어디든 골라서 카사바를 심을 수 있고, 배와 어망도 만들 수 있고, 강에서 물고기를 잡을 수 있죠. 나는 여기서 행복해요. 나는 바로 돌아왔습니다."

"그리고 지금은 인민민병대의 사령관이잖소."

"오, 그거요." 레오나르는 웃으며 말했다. "제케에서 그건 그냥 농담일 뿐이에요. 정부에서 바지 하나 얻어 입으려고 지어내는 거예요. 질베르 바딜디Gilbert Badiledi는 명예 사령관이지만 나는 현역 사령관이에요. 그래서 중대의 사령관과 준위에게 뭘 할지 말할 수 있고, 당이 뭘 원하는지 알고 있는 정치 보좌관에게 내 뜻을 주장할 수 있어요. 그리고 원하면 언제든지 추장과 인민공화국 마을위원회장을 만날 수 있습니다. 그리고 많은 민병대원들이 있는데 웅제만큼 거의 쓸모없는 사람들이죠. 나한테는 그들에게 소리 지를 권한이 있어요."

"동구에 와서 그런 말을 해보시지." 짐가방 뒤에서 웅제가 말했다. "동구에서 여자들을 데려와서 그렇게 말해봐요. 우리는 곧 당신을 가려낼 수 있어. 우리는 제대로 된 군복, 제대로 된 집, 술집이 있어. 다른 모든 것들도." 웅제는 이렇게 말하고 돌아눕더니 다시 잠들었다.

"보아는 장난 아니에요. 보아 사람들은 관리들도 죽였어요. 보아에는 민병대원이 없어요." 레오나르가 말했다.

"레오나르 봉구 라미, 너하고 네 조카 세 명은 첫째 밤에 우리와 보아에서 보낼 거야." 마르셀랭이 이야기를 죽 듣고 있었는지 이렇게 말했다.

"안 돼, 마르셀랭 아냐냐. 네가 가방에 있는 돈을 다 준다고 해도 안 돼. 네가 좋아하는 여자들을 전부 준다고 해도 안 돼. 나는 생각이 있는 사람이야. 게다가 나한텐 아직 어린 아들도 있어. 곧 아버지가 필요해질 나이야."

"나는 여기 정부의 공식 대표자로 와 있어. 그리고 하룻밤을 머물기를 명령한다." 마르셀랭은 몸을 일으켜 앉으며 말했다.

"네가 원하는 대로 다 명령할 순 없어." 레오나르 사령관은 새로이 힘을 잔뜩 모아 노를 저으며 말했다. "나는 한 시간 머무는 걸로 충분해. 그다음에는 너는 등 뒤를 조심해야 할 거야. 보아에서 복수의 칼을 갈고 있으니까."

우리는 길게 펼쳐진 새하얀 모래사장을 건넜다. 햇살 속에 너무 밝게 빛나 눈이 시릴 정도였다. 2억 2,500만 년 전에는 콩고 분지를 가득 메웠을 거대한 호수 아래 형성됐던 잘 부서지는 하얀 사암의 일부일 것이다. 그때는 이곳에서 매일 공룡을 볼 수 있었을 것이다. 상류로 가자 진회색 토양의 낮은 돌출부와 관목 나무 덤불이 나왔다. 아래로 갈수록 얇아지다가 끝이 두 갈래로 갈라진 긴 꼬리를 가진, 푸른빛이 도는 작은 초록 새들이 나뭇가지에 앉아 있었다. 푸른뺨벌잡이새였다. 이들은 부산을 떨며 날개를 다듬더니 제비처럼 낮게 날아 물을 가로지르거나 우리 위 사바나 가장자리의 거친 풀 위로 날아갔다. 햇빛에 반사돼 배가 오렌지빛으로 빛났다. 활공하듯 미끄러지거나 회전하며 앉았던 나뭇가지로 다시 돌아와 나무에 부리를 문질러댔다. 아마도 잡아온 말벌이나 꿀벌을 먹기 전에 억지로 독을 빼려는 것 같았다. 같은 나무 좀 더 아래쪽에는 그보다 크기가 작고 전전긍긍하는, 초록 등에 노란 목을 가진 쇠벌잡이새 몇 쌍이 드문드문 앉아 있었다. 쌍안경으로 보니 한 마리가 다리를 날개 위로 올리고 발로 머리 뒤쪽을 긁더니 문제를 해결했는지 지나가는 곤충을 딱새처럼 고리 모양의 발로 잡아 곤충의 담황색 뒷날개를 언뜻언뜻 보이며 홰를 치고 있던 곳으로 내려갔다. 그리고 사바나를 불태울 때 둥치가 시커멓게 그을린 죽은 나무 한 그루의 가지에서 아주 작은 원형의 새빨간 형체가 눈에 띄었다. 처음에는 어떤 기생식물의 꽃이려니 했지만 쌍안경으로 보니 작은 새의 목이었다. 홰를 치고 있는, 불에 그을린 나무처럼 새까만 검은벌잡이새였다. 우리가 다가가자 꼬리를 까닥까닥하더니 휙 날아올라 높은 띠처럼 생긴 풀숲 너머로 사라졌다. 몇 백 미터는 되는 강둑에는 간격을 두고 새 둥지 구멍이 나 있었다. 커다란 것은 불규칙적으로 모여 있고 작은 것은 더 넓게 거리를 두고 있었다.

레오나르는 우리 왼편에 가느다란 가지와 작은 이파리가 수면 위까지 늘어진 커다란 나무를 향해 고개를 까딱했다.

"낚시나무 fishing tree 예요. 열매가 익으면 노란색으로 변해 강물로 떨어져요. 그러면 물고기가 모여들어요. 모든 물고기에게 작은 열매 하나씩은 돌아가죠. 그럼 그때 어망을 가지고 오면 됩니다." 레오나르가 말했다.

우리는 높은 둔덕 위 오일야자나무 뒤에 있는 작은 마을을 지나갔다. 레오나르는 이퐁기Ypongui 마을이라고 말했다. 풍경 속에서 인기척이 조금이라도 느껴지거나, 하천을 건너는 배의 노젓는 소리가 조금이라도 들리거나, 가족들이 한바탕 물고기를 잡고 말리는 강둑 위에 외따로 있는 오두막들 중 하나에서 연기가 조금이라도 보이면 레오나르와 세 사공들은 보미타바어로 고함을 지르며 인사했다. 만일 누군가 대답이라도 하면 족히 수백 미터 이상씩 떨어진 곳의 사람과 소식을 주고받듯이, 심지어 반투족에게도 벅차다 싶을 때까지 점점 목청을 높여 소리를 질러 댔다.

비교적 조용한 백사장 옆에 있는 새 한 마리를 한눈에 알아볼 수 있었다. 얕은 물가를 조심스럽게 걷고 있는 이 새는 떼까마귀 크기에 몸통이 온통 갈색이었다. 두드러지게 발달한 머리, 크고 넓적한 부리, 뒤에서 툭 튀어나온 삼각형 모양의 볏이 균형을 이루어 그 모습이 모루와 비슷했다. 망치머리해오라기였다. 발을 질질 끌며 수면에 집중해 천천히 걷다가 모래를 파헤쳐 작은 물고기, 연체동물, 딱정벌레 같은 것을 찾아내고 있었다. 우리가 가까이 다가가도 그대로 있더니 갑자기 획 날아올라 놀라울 정도로 커다란 날개를 펼치고 머리는 쭉 뻗은 채 우리를 지나 올빼미처럼 아무 소리도 내지 않고 조용히 날아갔다. 단독으로 하나의 속屬을 이룬 새로, 과학계에서는 신화적인 존재이다. 한때는 왜가리나 홍학, 넓적부리황새와 관련이 있는 것으로 여겨졌다. 그리고 최근에 알의 흰자위 분석으로 황샛과에 가깝다고 판단됐지만, 피부와 깃털의 기생충을 분석한 결과 물떼새와 도요새와 관련이 있는 것으로 밝혀졌다. 행동 면에서는 고유한 특성을 갖는다.

긴 굽이를 돌자 망치머리해오라기가 오랫동안 아프리카 자연사에서 그렇게 특별한 위치를 차지하는지 한눈에 이해할 수 있는 장면이 펼쳐졌다. 10미터 높이의 나뭇가지에 기이해 보이는 구조물이 있었다. 나무막대기와 부스러기들로 만들어진 거대한 공 같은 모양에 지붕이 드리워졌고 옆면에 구멍이 있었다. 망치머리해오라기의 둥지였다. 아프리카 어디에서든 사람들은 망치머리해오라기를 건드리지 않는다. 그 이름을 언급하는 것조차 금기시되기도 한다. 조류계의 마법사인 셈이다. 크기도 얼룩무늬까마귀만큼 크지 않은 새가 그렇게 공들여 큰 둥지를 만드는 것에 대해 평범하게 설명하기는 어렵다. 이런 식으로 이해됐다. 망치머리해오라기는 다른 새들을 동원해 둥지를 짓게 한다, 날아가는 제비를 불러들여 마무리 작업을 하게 하는데 입구 쪽을 진흙으로 칠하게 할 것이다, 라고.

하지만 에드워드 윌슨Edward O. Wilson과 말리의 망치머리해오라기를 연구한 트레버 윌슨Trevor R. Wilson의 관찰에 따르면, 이 새들은 누구의 도움도 받지 않고 수컷과 암컷이 함께 둥지를 만든다. 이들은 하루 종일 물고기와 개구리를 잡으러 다니고 마치 모범적인 래리식으로 조금씩 규칙적으로 일해 엄청난 결과를 이루는 성취가인 것이다. 말하자면 이런 식이다. 이들은 매일 아침 새벽부터 오전 10시까지 둥지를 짓고 돌아와 정확히 오후 4시부터 6시까지 조금 더 일한다. 나뭇가지 위에 둥그렇게 몸체를 만들고 그 위에 나무막대기, 갈대, 풀, 진흙을 섞어 올리는 과정은 일주일이 걸린다. 이 단계에서 거대한 흰수리부엉이—고슴도치의 껍질도 벗기고 원숭이며 흙멧돼지 새끼, 긴털족제비, 왜가리, 오리, 또는 심지어 다른 점박이수리부엉이도 찢어발길 수 있는—가 둥지를 짓는 암수를 쫓아내고 둥지를 훔칠 수도 있다. 하지만 그런 불상사 없이 일이 순조롭다면 그다음 단계를 완수하는 데 한 달 이상이 걸린다. 작은 나무막대기를 꼬아 테두리를 세우고, 1미터 이상의 기다란 막대기들을 고리버들처럼 엮어 테두리 끝까지 올려, 중앙을 향해 기울여놓은 막대기들과 꼬아 서서히 지붕을 얹는다. 암수는 한 마리는 안쪽에서 다른 한 마리는 위에서 둥지를 오가며 이 일을 해나간다. 지붕이 완성되면 그 위에 갈대와 풀, 막대기를 더 쌓아올린다(이제 둥지는 단단하게 만들어져 사람이 올라설 수 있을 정도다). 그리고 마지막 작업은 진흙으로 입구와 내부를 매끈하게 바른다. 이때가 원숭이올빼미가 들어와 살거나 왕도마뱀이 통로 쪽에 몸을 척 들여놓거나, 아니면 제넷고양이가 안에서 몸을 돌돌 말고 있을 수도 있는 단계다. 커다란 뱀, 특히 스피팅코브라Spitting cobra가 슬쩍 들어와 낮잠을 잘 수도 있다. 하지만 망치머리해오라기가 상당히 쾌적한 둥지(단열이 잘 되어 있어서 내부는 일정 온도를 유지한다)를 별 탈 없이 지켜냈다면, 이들은 둥지에 홰를 친 후 낮게 날다가 마지막 순간에 소위 역방향 다이빙을 하듯 날개를 접고 휙 날아올라 입구로 들어간다.

하지만 이 모든 일은 끔찍할 정도로 힘이 드는 과정이다. 그래서 이 새들은 둥지가 완성되면 아침에 여덟 번에서 열 번 교미하며 긴장을 해소하는 것은 물론, 상당히 개방적인 호화판 파티를 연다. 여덟 내지 열 마리의 망치머리해오라기가 초대된다. 미혼도 있고 기혼도 있고 이혼한 새들도 있다. 이들은 하루 중 어느 때고 모래 제방이나 평평한 바위 위, 풀 위에 세워진 둥지 근처에 나타난다. 모든 새들은 각각 짝을 짓는다. 수컷은 날개를 축 늘어뜨리고 암컷에게 달려간다. 하지만 뒤통수의 깃털은 흥분으로 인해 바짝 섰다가 평평하게 누웠다가를 반복한다. 짝을 이룬 새들은 나란히 원을 그리며 달린다. 그러다가 가짜로 올라타는 식의 (엄밀히 말해) 난교가 벌어진다. 실제로 공개적으로 수컷의 외번한 생식기와 이를 받아들이는 암컷의 구멍 사이의 접촉은 허용되지 않지만 불평할 수는 없다. 유혹하는 새는 몸을 웅크리고 다른 새는 등에 올라타 날개를 활짝 열고 그 위에서 균형을 잡는다. 그러고 나면 잔뜩 흥분되어 아래에 있는 새가 꼬리를 번쩍 들고, 위에 있는 새는 휘어진 꼬리를 아래로 내려뜨린다. 그리고 둘은 꼬리를 서로 맞대고 누른다. 서로의 아랫부분을 향하게 몸을 반대편으로 돌리고 있는 이들은 흡사 식스티나인 체위를 취하고 있는 것 같다. 파티 내내 크게 듀엣으로 노래하거나 가르릉 소리를 내며 합창한다. 수컷이 암컷 등에 올라타기도 하고 암컷이 수컷 등에 올라타기도 하고 수컷이 수컷 등에 올라타기도 한다. 레즈비언은 손해를 본다.

이처럼 끝도 없이 계속되는 일상과 실망의 연속에도 불구하고(때때로 이들은 일 년에 세 번 둥지 틀기를 시도하는데, 하나도 성공 못하는 경우도 있다), 망치머리해오라기는 이러한 취미 생활을 계속하며 장수한다. 평균적으로 매년 교미기에 있는 망치머리해오라기 중 교미에 성공하는 확률은 0.13퍼센트로 낮다고 한다. 그럼에도 개체수는 증가하는 것처럼 보이는데, 이는 망치머리해오라기가 평균적으로 적어도 20년은 산다는 뜻이 된다.

나는 망치머리해오라기의 교미에 대해 생각하다가 내가 기억하는 조류들 중에서 왜 레아*, 에뮤**, 화식조**, 티나무**, 오리, 스크리머 수컷들만이 성기를 갖고 있을까 궁금하던 차에, 망치머리해오라기가 역방향 다이빙을 해서 둥지의 시원하고 부드러운 시트 위로 헤드 슬라이딩했다가 바로 스피팅코브라의 똬리 속으로 들어가게 되면 어떻게 될까 하는 생각에 빠졌다. 그때 레오나르가 뱃머리를 왼쪽의 지류로 획 돌렸다. 곧 보아에 도착할 참이었다.

---

* rhea. 남아프리카산으로 날지 못하는 새.
** emu. 오스트레일리아에 분포하는 주조류走鳥類(날개가 퇴화하여 다리를 이용해 빨리 달리는 새).
•• cassowary. 뉴기니에서 발견되는 타조 비슷한 새.
•• tinamous. 중남미에서 발견되는 메추라기 비슷한 새.

166

32

보아 마을,
그리고 브루스 채트윈과의 추억

　잔잔한 물결의 작은 강을 오른쪽으로 돌자 우리 왼쪽 절벽 위로 보아 마을의 야자나무들이 보였다. 어부 두 명이 물가로 내려가는 첫 길목에서 어망을 씻고 있었다. 한 사람은 우리를 향해 손을 흔들었고 다른 사람은 돌아서서 강둑을 서둘러 내려갔다.

　우리는 물가로 들어가 부잔교에 배를 댔다.

　마르셀랭이 통나무배 바닥에 있는 총을 집어 들고 나를 지나치며 말했다. "서둘러! 마을로 들어가서 여자들과 아이들 사이에 있어. 따로 떨어져 있지 말고." 마르셀랭의 하얀 농구화 아래 사암에서 나온 자갈들이 부서져 흩어졌다.

　마르셀랭은 어깨 너머로 외쳤다. "응제! 마누! 내 옆에 바싹 붙어 있어! 레오나르! 사공들, 자네들은 짐을 들고 따라와. 여기 한 시간 동안 머물 거야. 한 시간이면 돼. 레드몬드가 한 시간 후에 돈을 지불할 거야. 내가 보증하지."

용제와 마누, 나는 마르셀랭을 따라 높은 길 위로 올라갔다. 마르셀랭은 부엌 오두막의 달개 밖에서 한 노인에게 어깨동무를 하고는 말했다. "보베Bobé!" 마르셀랭은 노인을 놓아주지 않고 꽉 부여잡으며 외쳤다. "보베! 내 오랜 친구!"

보베는 당혹스러운 듯했지만 잇몸을 드러내고 행복한 미소를 지었다. 맨발에 때가 탄 찢어진 면바지를 정강이까지 걷어 입고, 위에는 빨간색과 흰색 줄무늬 잠옷을 입고 있었다. 뼈가 앙상한 가슴과 주름이 쪼글쪼글한 배가 드러나도록 앞섶을 열고 있었다. 노인은 멍한 표정으로 사냥용 그물 두 개—하나는 강멧돼지용으로 크고, 다른 하나는 작은 숲영양용으로 작은—가 널려 있는 달개 지붕의 대들보를 가리켰다.

"맞아, 보베! 보베는 대단한 사냥꾼이었지!" 마르셀랭이 그들 사이에 있는 사각지대인 맞은편에 있는 오두막 두 채의 문과 자기 전후방의 길을 모두 한꺼번에 살펴보느라 흰자위를 드러내고 큰 소리로 말했다. "하나는 강멧돼지용이고 하나는 영양용이군!" 마르셀랭은 왼팔로 보베의 어깨를 세게 잡아당겨 더 가까이 끌어안았다. 치아가 다 빠진 입속을 드러내고 희미하게 짓던 노인의 미소는 고통으로 일그러졌다. 마르셀랭의 오른손에는 엽총이 권총처럼 들려 있었고, 손바닥으로 개머리판 뒤를 잡고 손가락은 방아쇠울에 얹고 있었다. 마르셀랭의 시선을 따라 총부리가 오두막들의 문과 앞뒤로 난 창문 구멍에서 흔들거렸다. 그렇게 마구 움직이다가 잠깐씩 규칙적 간격을 두고 응제의 코앞 30센티미터도 안 되는 곳에서 왔다 갔다 했다. 응제는 최면에 걸린 것처럼 성한 눈으로 우측으로 총부리를 따라갔다가 총신이 다시 제자리로 돌아와 그의 눈앞에서 쇠 테두리의 검정 구멍이 되면, 턱을 떨구고 오리처럼 고개를 한쪽으로 갸우뚱한 다음 다른 눈을 고정시켜 또다시 좌측으로 총부리를 따라갔다.

떠드는 소리에 한 무리의 아이들이 오두막들 사이의 사각지대에 모여들었다.

"몬델레Mondélé! 몬델레! 몬델레!" 아이들이 소리쳤다.

응제는 갑자기 오른발을 쿵 구르더니 마르셀랭에게 다가가 총을 뺏었다.

"그래, 그게 좋겠다, 응제. 총은 네가 갖고 있어라. 그리고 내 옆에 붙어 있어." 마르셀랭이 최면에서 깨어난 것처럼 정상으로 돌아온 목소리로 말했다.

그는 보베를 놓아주었다. 보베는 비틀거리며 달개 기둥에 몸을 기댔다가 왼쪽 어깨를 주무르기 시작했다.

아이들은 우리 주변에 바싹 다가왔다. 그중 가장 대담한 대여섯 살쯤 되어 보이는 남자아이가 메뚜기 한 마리를 나한테 가까이 들이댔다. 아이는 메뚜기의 뒷다리를 교차시켜 집게손가락과 엄지로 잡고 있었다. 내가 몸을 수그려 밝은 초록의 꽁지 부분, 살짝 덮인 거품 아래의 노란 등, 노랑과 빨강과 검정이 섞인 머리에 난 하얀 점을 신기해하며 감상하고 있을 때, 아이가 메뚜기를 내 콧구멍에 쑤셔 넣었다. 나는 화들짝 놀라 뒷걸음쳤다. 내 코곁굴 안은 담비 사체의 악취 같은 매캐한 사향 냄새로 가득 찼다. 나는 경계색warning color을 보면 틀림없이 식물 화학물질을 만들어내는 숲메뚜기의 일종일 거라고 뒤늦게 생각하며 재채기를 해댔다. 제정신인 포식자라면 가까이 오지 않도록 고약한 냄새를 풍기는 것이다. 아이들은 펄쩍펄쩍 뛰며 좋아했다. 메뚜기를 들이댔던 아이는 고개를 돌리고 보통 개인적 성공을 거뒀을 때 슬그머니 짓게 되는 미소를 지었다. 그러다가 아이들이 갑작스레 일제히 오두막 사이로 뿔뿔이 흩어졌다.

어깨가 떡 벌어진 청년 네 명이 오른편 길을 내려와 우리 쪽을 향해 거들먹거리며 왔다. 나는 악수를 하려고 갔지만 그들은 나를 스치고 지나가 마르셀랭을 둘러쌌다. 응제가 어깨에서 휙 총을 내려 총열을 그들 발을 향해 겨누고 개머리판을 쓰다듬었다. 마르셀랭은 편해 보이지 않았다. 누구도 미소 짓지 않았다.

"우리랑 같이 좀 가줘야겠는데. 인민공화국 마을위원회 부회장의 테이블에서 이야기하지." 청년들 중 리더가 말했다.

마르셀랭은 침묵 속에서 그 제안을 생각해보는 듯했고 나는 나도 모르는 새 청년들이 입고 있는 티셔츠에 눈이 갔다. 심각한 표정의 리더는 넓은 가슴 쪽에 세계자연보호기금의 'NE TUEZ PAS LES GORILLES ET LES CHIMPANZÉS(고릴라와 침팬지를 죽이지 마세요)'라는 구호가 새겨진 티셔츠를 입고 있었다. 그의 면바지에 두른 줄에는 옆구리 쪽에 38센티미터 정도의 나무 손잡이가 달린 단도가 꽂혀 있었다. 대충 만든 나무

칼집도 철사로 묶여 있었다. 그의 부하들은 'WOODS HOLE OCEANOGRAPHIC INSTITUTION(우즈홀 해양학 연구소)'라는 로고가 앞면에 선명하게 새겨진 파란 티셔츠, 초록색 배경에 'HARLEY-DAVISON(할리 데이비슨)'이라고 새겨진 티셔츠를 입고 있었다. 마지막 사람이 입은 티셔츠가 가장 특이했는데, 수영장에서 한 남자가 팝콘을 먹으면서 옆에 누워 있는 여자의 커다란 가슴을 눈이 튀어나올 정도로 곁눈질하고 있고, 여자의 남편이 왼쪽에서 다가오는 한 컷의 만화가 그려져 있었다. 이와 함께 'It's a nice afternoon for bill. But be careful, fight maybe come. (행복한 오후를 보내는 빌. 하지만 조심하라고, 싸움이 시작될지 몰라.)' 라고 쓰여 있었다.

보아도 이미 많은 사람들이 다녀갔다는 데 실망한 나는 침입자들과 각각의 티셔츠를 매치해봤다. 첫 번째 티셔츠는 우즈홀 해양학 연구소의 미국인 필립 로벨Philip Lobel―마르셀랭에 따르면 텔레 호수에서 새로운 생물 45종을 발견했다고 하는―에, 두 번째 것은 1988년 공룡의 흔적을 찾는 일본인 탐사대에 연결해보았다. 그때 레오나르와 그의 조카들이 짐을 지고 나타났다. 마르셀랭이 고개를 끄덕했고 우리는 칼을 든 남자를 따라 마을로 들어갔다.

마을은 제케보다 훨씬 작았고, 채소밭도 적었다. 짧고 폭이 넓은 길에서부터 구불구불 오솔길이 나 있었고, 진흙과 짚으로 만든 오두막들 사이로 회색과 흰색 벽돌로 지은 집이 드문드문 보였다.

머리를 삭발한 중년남자가 눈에 띄어 잠깐 멈췄다. 남자는 가마에서 일하고 있었다. 진흙집을 보수하고 집터에 새로운 집을 지을 모양이었다. 맨발에 다 해진 반바지를 입고 땀을 뻘뻘 흘리고 있었다. 오두막의 4분의 1 정도 크기인 직사각형 점토 벽에 난 두 개의 구멍으로 나무를 더 넣고 불을 피우고 있었다. 가마는 열이 빠져나가지 않도록 진흙으로 전체를 발라놓았다. 남자는 내 쪽으로 돌아보고 손으로 눈가를 쓱 닦으며 연기 속에서 사이가 벌어진 하얀 이를 드러내며 정겹게 활짝 웃었다. 바로 그때 뒤에서 작은 손이 내 손을 슥 감는 듯한 느낌을 받았다.

그 대범한 소년이었다. 이번에는 메뚜기가 없었다. 아이는 나를 보고 환하게 웃었다. 아직 어떤 종류의 병마도 스치고 가지 않은, 이제 막 인생을 시작한 신선함이 느껴졌다. 아이는 보미타바어로 무언가를 빠른 속도로 재잘거렸다. 너무 특별하고 긴급한 내용이기에 내가 그에 대답할 능력이 없다는 것은 문제가 되지 않는 듯했다. 마르셀랭과 다른 사람들은 가고 없었으므로 나는 새로운 가이드가 이끄는 대로 오른쪽 샛길을 따라갔다. 이제 스무 명 이상의 패거리로 늘어난 소년들이 공손하게 조금 거리를 두고 따라오며 입으로는 아직도 다같이 "몬델레! 몬델레!"를 외치며 그것을 증명해보이려는 듯 나를 가리켰다.

아이가 여전히 내 손을 놓지 않고 재잘거리면서 오일야자나무에 앉아 있는 검은머리베짜는새 무리의 밑을 살피기 위해 멈춰 섰다. 땅에 떨어져 있는 둥지들 가운데 무엇이 메뚜기를 위한 것인지 어떤 것이 어린 새나 딱정벌레, 뱀을 위한 것인지 알아볼 수 없었다. 우리 머리 위에서는 제비 크기의 수컷 새들—샛노란 가슴에 검은 머리, 밝은 노랑의 배를 가진—이 둥지를 틀고 맹렬히 힘을 과시하고 다투면서 소란을 떨고 있었다. 이들은 강을 건너 사초莎草가 핀 곳으로 날아가더니 둥지를 엮을 풀을 물고 돌아왔다. 부리에 대롱대롱 매달린 풀의 느슨한 한쪽을 휙 끌어당겨 훔치려는 이웃 새들과 싸우기도 하고, 아래쪽이 튀어나온 자신들의 둥지 입구에 매달리거나 벌새가 꽃에서 꿀을 따려는 것처럼 날개를 부채처럼 활짝 펴고 칙칙한 올리브갈색의 작은 암컷 새를 유혹했다.

조금 더 걸어가 아마도 우리가 여기까지 온 목적이 있을 곳에 이르렀다. 소년은 내 손을 끌어당겼고 우리는 모두 함께 오두막이 있는 작은 집터로 들어갔다. 오두막 입구에는 짚으로 만든 지붕 처마 밑에 새장이 매달려 있고, 그 안에는 진흙투성이의 초록 과일비둘기가 앉아 있었다. 소년은 비둘기에게 뭐라고 말했고 비둘기는 고개를 한쪽으로 기울이고 듣고 있었다. 아이들 중 한 명이 파파야 조각을 떼어 새장 창살 사이로 살짝 밀어 넣어주었다. 비둘기는 전체적으로 초록색이지만 어깨는 보라색, 날개에는 검은빛이 돌았고, 꼬리는 파란색, 다리는 노란색이었다. 가장 놀라운 것은 부리의 모양이었다. 윗부리가 약간 휘어진 모양으로 아랫부리를 덮고 있었다. 부리의 끝은 파란색이었는데 이마까지 윤기 나는 선홍색이 이어졌다. 조용하고 평생 한 마리하고만 짝짓기 하는 비둘기로, 매우 예민해서 총소리만 들려도 그 충격으로 죽는다고 한다. 그런 점을 안쓰러워할 찰나에 아이가 내 손을 홱 잡아끌었다. 우리는 모퉁이를 돌아 다른 오두막의 약간 경사진 곳을 내려갔다. 아이 다섯 명과 아이를 무릎에 앉힌 여자와 다른 한 여자가 오두막 옆 라피아 깔개에 마치 전시품처럼 앉아 있었다. 여자들이 올려다보며 미소 지었다. 그들 뒤에 마르셀랭, 응제, 마누, 레오나르와 그의 조카들이 서 있었다.

"도대체 어디 있었어요?" 마르셀랭이 말했다.

소년이 내 손을 놓아주더니 다른 아이들과 함께 떼를 지어 우리 뒤로 난 길을 따라 냅다 달렸다.

마르셀랭이 내 귀에 대고 말했다. "내가 단독 행동하지 말라고 했잖아요. 내가 말하는 대로 해요, 알았죠? 이해를 못하시는 것 같아요. 이해 범위를 넘어서나 봐요."

제정신을 넘어선 건 너지, 내가 삐딱하게 이런 생각을 하고 있을 때 진짜 공포 한 자락이 내 위에서 꿈틀댔다. 이질이 오고 있다는 첫 징조 같은 거였다. 괴상한 모양의 찢어진 위장 군복을 입은 젊은이 네 명이 경사면에서 스무 발자국쯤 떨어진 곳의 사포나무 아래 미동도 없이 서 있었다. 그들은 오른손에 말도 안 되게 기다란 창을 들고 있었다. 쇠를 벼른 날은 바닥 쪽으로 기울어 있었다. 자루는 그들의 어깨 위로 훌쩍 올라가 있었다.

"저 군복은 어디서 난 건가?"

"지난번 탐사 때 일본 사람들이 준 거예요. 하지만 레드몬드, 제발 더는 묻지 마세요." 마르셀랭이 돌아보지 않고 말했다.

깡마르고 초조해 보이는 중년남자가 오두막에서 걸어 나왔다. 그의 오두막 문 맞은편에 있는 주방용 달개에서 병, 금속 냄비,

팬, 커다란 나무절구와 공이, 나무 위에 돌들이 복잡한 무늬로 놓인 카사바 강판 등이 보였다.

"준비 됐소?" 남자가 머리가 아픈 것처럼 손을 머리칼 사이에 넣어 앞뒤로 문지르며 말했다.

"네, 부회장님. 준비됐습니다." 마르셀랭이 말했다.

응제는 그답지 않게 진지한 표정으로 총을 약간 기울여 잡고 문 옆에서 경비를 서고 있었다. 레오나르와 사공들은 달개 부엌의 그늘 속에 앉아 있었다. 창잡이들은 사포나무 아래 입 다물고 가만히 서 있었다.

마르셀랭과 마누, 나는 부회장 뒤를 따라 차례로 오두막으로 들어갔다. 짧은 통로를 지나자 침실이 두 개 나오고 주실이 나왔다. 주실에는 테이블 하나와 의자 여덟 개가 있고, 왼편의 다른 방으로 들어가는 입구에는 핀으로 커튼을 고정해놓았다. 뒷문은 열려 있었다.

안쪽 벽을 따라 라피아 깔개가 머리 정도 높이에 걸려 있었다. 그 위에는 고리 모양의 라피아 줄기에 색이 바랜 가족사진이 걸려 있었다. 사진은 곰팡이가 슬어 흐릿했고, 구멍을 파는 벌레나 흰개미 같은 것이 만든 하얀 흔적들이 남아 있었다. 하지만 최근에 찍은 듯한 폴라로이드 컬러 사진은 아직 선명했다. 콧수염을 기른 젊은 보아 남자의 사진이었다. 사포나무 아래 서 있는 병사들 중 한 명임을 알 수 있었다. 렌즈 밖을 응시하는 청년의 오른손에는 피 묻은 마체테가, 왼손에는 잘린 침팬지 머리가 들려 있었다. 가슴에 대고 있는 침팬지의 머리는 그의 머리보다 약간 컸다. 얼굴은 매우 창백하고 입은 벌어져 있고 콧구멍 부근에 피가 튀어 있었다. 침팬지의 눈은 이쪽을 바라보고 있었다.

"침팬지한테 저렇게 할 수 있다는 건 사람한테도 그럴 수 있다는 말이겠군요." 마르셀랭이 말했다.

"물론 그렇소." 부회장이 말했다.

나는 열린 문 맞은편에 놓인 탁자의 가운데 의자에 앉았다. 바싹 마른 바깥 땅 위에는 햇빛이 밝고 뜨겁게 내리쬐고 있었다. 문으로 비치는 경관은 15미터쯤 떨어진 곳에 있는 망고나무에 가려 있었다. 왼편 벽에는 잡지에서 뜯어낸 독사진 한 장이 걸려 있었다. (모든 인민마을위원회를 포함한) 콩고인민공화국의 대통령 사진이었다. 드니 사수 응게소 장군이었다. 붉은색 낙하산 공수부대 베레모를 쓰고 선글라스에 군복을 입고 양손은 발코니 난간을 잡고 있었다. 벨트에 커다란 권총을 찼다. 나는 그 총이 대통령 자리를 차지하게 한, 바로 그 군용 리볼버일지 한가로이 궁금해하고 있었다. 그가 대통령 만찬실에서 총으로 당시 재임 중이던 대통령의 머리와 사방의 벽을 다 박살냈다는 말이 있었다. 신기한 것은 사람들이 그 이야기를 존경의 마음을 담아 말한다는 점이었다. 두 사람이 아침을 먹으러 들어갔다가 한 사람만 살아서 나왔다. 어쨌든 마리앵 응구아비Marien Ngouabi 대위는 암살당한 것이다. 내 뒤편으로 그보다는 덜 난감한 사진이 있었다. 로터스Lotus라는 상표의 화장지를 만드는 소시컴Socicom 회사의 잡지 광고 사진이었다. 분홍 살결의 아기가 커다란 두루마리 화장지 위에 변기에 앉는 포즈로 앉아 있었다.

마르셀랭은 내 옆자리에 앉았고 마누에게 문 옆에 서 있으라고 말했다. 특이한 티셔츠를 입은 남자들이 입구 쪽으로 나타나 마누한테는 눈길도 주지 않고 걸어가 우리 맞은편 의자에 나란히 앉았다. 고릴라와 침팬지를 보호하자는 호소문을 가슴팍에 새긴 티셔츠를 입고 단도를 허리춤에 찬 거구의 리더가 마르셀랭의 왼편 테이블 상석에 앉았고, 부회장은 내 오른편 테이블 끝자리에 앉았다. 거구는 팔꿈치를 테이블에 얹고 팔을 교차한 채 커다란 손으로 그보다 더 커다란 이두박근을 쓰다듬었다. 그는 우리에게 서류를 보여 달라고 했다. 마르셀랭은 그의 벨트 앞쪽에 달린 서류와 돈을 넣어두는 주머니의 지퍼를 열고 삼림경제국의 사무국장이 발행해준 위임장과, 과학연구부와 환경부 장관이 발행해준 허가증을 보여주었다. 이 서류는 테이블 위에서 손에서 손으로 옮겨 다녔다.

통행로에서 뭔가 바삐 휙휙 움직이는 소리가 들리더니 한 노파가 방으로 뛰어 들어와 마르셀랭의 오른팔을 잡고 의자에서 끌어내리더니 문밖으로 마구 밀어내며 데리고 나갔다.

거구는 눈꺼풀이 무겁게 내려앉은 눈으로 내 쪽을 바라보며 더 이상 할 말이 없다는 듯 말했다. "서류는 제대로군요."

"여기에 오게 돼서 영광입니다." 내가 말했다.

마르셀랭이 돌아와 자리에 앉았다. 눈이 사납게 번득거렸다.

"이게 다 당신 때문이에요." 마르셀랭이 영어로 나에게 쉿소리를 내며 소곤거렸다. "브라자빌에 있는 내 친구의 어머니예요. 놈들이 나를 죽일 거래요. 지금 당장 도망가야 한다고 말하러 온 거예요. 칼라슈니코프를 갖고 왔어야 했는데. 여기 오자고 할 줄은 몰랐잖아요. 보아에 갈 필요 없다고 했잖아요. 나한테 거짓말한 거예요. 내 어린 딸은 이제 어떻게 해요? 어떻게 하냐고요? 나한테 권총이라도 줬어야지. 권총이 있었다면 나았을 거예요, 안전했을 거라고요."

부회장이 서류를 돌려주며 말했다. "마르셀랭, 인민마을위원회 부회장의 이름으로 묻는데, 왜 우리 추장을 투옥한 거요? 지금 추장은 몸을 숨기고 있소. 엄청난 굴욕이오. 당신이 우리 마을에 다시 왔기 때문에 추장은 부인들을 데리고 지금 숲에 숨어 있소."

"왜요? 아니 무엇 때문에? 그렇게 해서 뭘 얻겠다는 겁니까?" 마르셀랭이 깜짝 놀란 표정으로 말했다. 목소리가 점점 높아져 고함 소리로 변했다.

마누가 벽을 따라 미끄러져 내려가 쭈그리고 앉더니 무릎 사이에 얼굴을 파묻었다.

"왜 우리 추장을 투옥한 거요?" 거구가 부자연스러울 정도로 저음으로 물었다.

"내가 그런 게 아니오." 마르셀랭이 이상한 표정으로 나를 보며 말했다. 멍한 눈으로 내 얼굴을 살펴보고 있었다.

"마르셀랭 아냐냐, 인민마을위원회의 질문에 대답할 때는 백인이 아니라 인민마을위원회의 부회장을 보고 대답하시오." 거구가 말했다.

마르셀랭이 부회장을 쳐다보며 반복했다. "내가 그런 게 아니

오. 나는 군인이 아니오. 정치가도 아니오. 나는 과학자일 뿐이
오. 에페나에서 무슨 일이 일어났든 나와는 무관하오."

"과학자라." 거구가 굳은살이 박인 손가락으로 마르셀랭의 머
리를 가리키며 말했다. "그래서 여기 폭탄을 가져와서 우리 호
수에 있는 물고기를 깡그리 죽여 우리를 굶겨 죽이려는 거요?"

"그건 폭탄이 아닙니다. 그건 소나sonar라는 거요. 수심을 측
정하는 기계예요."

"그거야 당신 말이고." 거구가 마치 권총을 쏘듯 팔뚝에 있는
모기를 찰싹 때려잡으며 말했다.

"당 내부에 나를 질투하는 사람들이 있소." 마르셀랭이 자기
옆에 있는 위원회 멤버를 획 보더니 말했다. "이들은 엄청난 소
란을 떨며 나를 부당하게 비난하고 있소. 나한테는 아무 말도 하
지 않고 당 정치위원에게 아냐냐가 고릴라를 밀거래한다고 말하
는 식이오. 그건 사실이 아니오. 나는 결코 그런 불법 행위에 가
담한 적이 없소. 나는 법의 테두리 안에서 행동하는 사람이오.
나는 강하게 행동해야 하오. 진실을 말하면 우리는 사고방식이
다른 사람들이오. 나는 당신의 세계에 속해 있지 않소. 그러니
나를 질투하는 거고. 나는 사냥꾼에게 새끼 고릴라를 찾아달라
고 했소. 브라자빌에 있는 동물원에 고릴라가 필요하기 때문이
오. 도시 사람들이 와서 고릴라를 볼 수 있도록 하려는 거요. 훌
륭한 나라에는 어디에나 동물원이 있소. 당신들의 추장과 이야
기하고 싶은데 숨었다고 하니, 그게 문제인 거요."

"당신은 고릴라를 죽였소. 우리가 사냥하지 말라고 한 침팬지

와 고릴라를 죽인 거요." 거구가 말했다.

"그건 늙은 수컷 고릴라였소. 우리 카누 바로 위에 있는 나무에 있었소. 우리를 공격하려고 했소." 마르셀랭은 자제하려고 했지만 다시 흥분하기 시작했다. "우리 배로 뛰어내려 우리를 물 밖으로 던지려고 했소. 그래서 발포한 거요." 마르셀랭은 총을 드는 시늉을 하며 계속 말했다. "고릴라는 나무에 그대로 매달린 채 피를 흘렸소. 피가 물 위로 마구 떨어졌지. 그렇게 피가 많이 흐를 거라곤 상상도 못했소. 아무튼 그건 정당방위요."

"믿을 수 없소." 거구는 테이블 위로 몸을 숙이며 말했다. 그의 가슴이 열려 있는 문의 시야를 반쯤 가렸다. "우리는 당신이 그 피부가 노란 작은 남자들과 같이 왔을 때 호수에서 죽은 거북도 발견했소. 숲에서는 죽은 영양도 발견됐고. 그 영양과 거북은 우리들 거요."

"나는 탐사대를 데리고 이곳에 세 번 왔소." 마르셀랭이 다시 목청 높여 말했다. "나는 추장에게 많은 선물을 주었소. 인민마을위원회에도 그렇고. 당신은 나한테 고마워해야 하오. 나는 당신 마을을 유명하게 만들어주었소. 먼 곳에도 당신 이름이 알려졌소. 당신에게 묻겠소. 이럴 때 내가 어떻게 할 수 있겠소? 나와 같이 있는 사람들이 밤에 동물로 변장해 내가 볼 수 없는 데서 사냥을 하고 돌아다닌다면 그게 내 잘못이오? 그게 내 책임이오?"

"그거야 뭐……." 거구는 갑자기 반격을 당했다는 듯 몸을 쭈그리고 의자 뒤로 기대앉으며 말했다. "하지만 우리 추장은 숲에 숨어 있소. 추장은 당신하고 할 말이 없소."

"여기 이 백인이 추장에게 줄 선물을 갖고 왔소. 영국제 파이프와 칼, 추장의 부인들을 위한 옷, 그리고 신발도 두 켤레 있소."

잠깐 침묵이 흘렀다. 마침내 거구가 말했다. "지금 있는 곳에 있도록 하시오. 당신을 어떻게 할지는 나중에 결정하겠소. 그는 자기 의자를 들고 밖으로 나갔다. 나머지 청년들과 부회장도 그를 따라 문밖에 의자를 둥그렇게 놓았다. 창잡이들이 조용히 나타나 의자로부터 먼 곳에 자리를 잡고 섰다.

"일어나, 마누. 우리는 한배에서 나온 아들들이야. 남자답게 굴어." 마르셀랭이 말했다.

"말라리아에 걸렸어요. 온몸이 덜덜 떨려요." 마누가 한 손으로 벽을 잡고 비틀거리며 일어났다.

"무서워서 떨리는 거야. 나는 어머니한테 너를 남자답게 만들겠다고 약속했어." 마르셀랭이 자기 앞의 탁자를 노려보며 내게 말했다. "당신은 도움이 안 됐어요, 레드몬드. 군인들과 와야 했어요. 정부가 군인들을 데려가라고 했을 때 거절하는 게 아니었어요. 여기서는 칼라슈니코프도 필요해요. 여기 사람들은 배운 사람들이 아니에요. 그들은 고릴라, 침팬지를 죽이고 서로를 죽여요. 오늘 밤에 우리도 죽일 거예요. 남부 어느 마을에서는 우리가 마욤베에 국립공원을 만든다는 이유로 문제가 생겼던 거 알아요? 우리는 군인들을 데리고 가 마을 전체를 옮겼어요. 여기서도 그렇게 해야 할 판이에요. 만일 내가 살아서 돌아간다면 보고서에 그렇게 쓸 거예요. 이 살인자들을 옮겨야 한다고. 텔레 호수는 그런 사람들에게 맡겨두기에는 너무 소중한 곳이에요. 이 사람들을 이주시키고 관광객을 끌어와 돈을 벌고 동물을 보호해야 해요. 나는 계획을 세웠어요. 삼림경제국이 내 계획을 허가했어요."

작은 남자아이가 코를 훌쩍거리며 우리 뒤에서 문을 통해 엿보고 있었다. 손에는 노란색 축구공을 들고 있었다. 아이는 한 손으로 코를 쓱 문질러 닦으며 다른 손으로 나에게 공을 던졌다. 나는 공을 톡 쳐서 돌려주었다.

"아이한테 말하지 마요. 스파이예요." 마르셀랭이 말했다.

거구가 우리 앞에 있는 다른 문에 기대서서 햇빛을 가렸다. "우리는 결정을 내렸소. 우리는 추장하고 이야기할 거요. 추장은 어떻게 해야 할지 알고 있을 거요. 부회장이 교장의 집으로 당신들을 데려다줄 거요." 그는 쩌렁쩌렁한 목소리로 말했다.

밖에서는 레오나르와 사공들이 달개에서 푸푸 덩어리를 먹고 있었고 응제는 라피아 깔개 위에 앉아 여자 두 명과 시시덕거리고 있었다. 응제는 아이들을 향해 갖은 표정을 지으며 총을 어떻게 쓰는지 시범을 보이고 있었다. 우리가 쳐다보자 응제는 엄지손가락으로 레버를 밀어 카트리지를 꺼내 교체하고, 총신을 어깨에 멘 후 야자나무 한 그루를 향해 겨누더니 오른쪽 눈을 찡그려 총열 꼭대기에 조준한 채 소리쳤다. "탕!" 그리고 다른 한 손을 휘저어 군인 전부가 폭격에 맞아 일제히 쓰러지는 모습을 흉내 냈다. 아이들은 "꺅!" 하는 비명과 함께 깔개 위에서 풀쩍 튀어 올랐고, 일렬로 뒤로 쓰러지는 흉내를 내며 "으윽" 단말마를 지르더니 몸을 꼬았다. 그러다가 더 보고 싶다는 생각이 들었는지 반듯하게 누웠다가 일어나 앉았다.

마르셀랭은 앞으로 몸을 기울여 응제가 입고 있는 전투복 상의 칼라를 잡았다. "내가 보초 서라고 했잖아. 그렇게 웃는 데 이제 신물 난다. 넌 항상 그렇게 실실 웃어!"

"지금 신병 모집 중이에요." 응제가 웃으며 몸을 마르셍랭의 손아귀로부터 빼며 말했다.

우리는 가방을 집어 들고 부회장을 따라 사포나무를 지나 잡초가 없는 큰 공터에 다다랐다. 학교 운동장이었다. 멀리 한쪽 끝에는 짚으로 지붕을 얹고 흰색과 갈색 점토 벽돌로 지은 교실들이 낮게 줄지어 있었다. 그 뒤에는 높은 숲이 받치고 있었다. 역시 점토 벽돌로 지었지만 함석지붕이 덮인 교장의 집은 우리 오른편에 있었다. 그 옆에는 염소를 위한 헛간이 있고 원뿔형으로 덮어놓은 변소가 있었다.

"마르셀랭, 우리는 어디에 텐트 쳐야 하지?" 내가 말했다.

"레드몬드, 난 밤에 텐트 안에서 도끼로 토막 나고 싶지는 않아요. 레드몬드를 위해서라도요. 당신이 모기하고 진드기를 얼마나 싫어하는지 알지만, 오늘 밤 우리는 문이 하나만 있는 벽돌집에서 잘 거예요. 응제와 마누가 문간방에서 잘 거고요."

"레드몬드, 제케 기억나요? 거기서 행복했잖아요. 내가 그렇게 말했죠, 보아 사람들이 어떻게든 당신이 다시는 리쿠알라로 돌아오고 싶지 않게 만들 거라고요." 레오나르가 우리 짐을 내려 벽에 기대놓으며 말했다. 그는 손을 내 팔에 얹고 불안한 표정으로 내 눈을 보며 말했다. "당신은 우리 강 이름을 다시는 떠올리고 싶지도 않게 될 거예요."

나는 몸을 떨면서 내 바지 주머니에 넣어둔 작은 지폐로 가득한 투명한 비닐봉지를 허둥지둥 꺼내 레오나르에게 1만 2,000세파프랑을 지불했다. 레오나르와 사공들은 다른 말은 덧붙이지 않고 뒤도 안 돌아보고 가버렸다. 부회장은 쭈뼛쭈뼛 웃으며 주저하는 듯한 손짓으로 우리를 공용 방으로 안내했다. 오두막은 갑자기 외따로 떨어진 것 같았고 불길한 정적에 휩싸였다.

마르셀랭과 나는 흔히 보는 투박한 탁자와 의자 뒤 흙바닥에 짐을 쌓아놓고, 응제와 마주는 창구멍을 막는 셔터 구실을 하는 판자를 끌어내렸다. 문 왼쪽에 하나, 뒤편에 두 개, 총 세 개의 침실이 있었고, 모든 방에는 커다란 판자침대가 있었다. 텐트 칠 공간은 없었다.

"진짜 침대네! 진짜 침대에서 할 수 있겠는데!" 응제가 소리쳤다.

"너, 어디서도 못해. 넌 문 옆에서 잘 거야. 레드몬드는 나하고 같이 잘 거고." 마르셀랭은 이렇게 말하고는 오른편 뒷방의 침대를 있는 힘껏 걷어찼다. 안에서 낙엽이 바스락거리는 소리가 들렸다. "벌레예요."

나는 무릎 꿇고 침대 아래의 마른 진흙바닥을 꼼꼼히 살펴봤다. 5밀리미터의 얇고 납작한 암갈색 벌레들이 바닥에 난 기다란 두 개의 틈으로 후다닥 들어갔다. 마르셀랭은 한 번 더 침대를 걷어찼다. 부슬부슬 먼지 같은 것이 바닥으로 떨어졌다. "빈대들. 나는 물려도 아무렇지 않아요. 어떤 사람들은 별 느낌이 없어요."

'그래, 이거다.' 나는 생각했다. 내 비밀스러운 두려움. 보아 사람이 내 콩팥을 단도로 찌르는 것보다 더 생생한 두려움이 바로 이거다. 어디서 읽었는지 기억나지 않았지만 빈대가 그들의 혈액주머니에 정확히 한 시간 동안 인간 면역결핍 바이러스HIV를 갖고 있다고 했다. 바로 이런 이유로 세 살짜리 아이도 할머니도 인간 면역결핍 바이러스에 감염되는 것이다. 이 벌레들은 숙주가 침대에서 나가면 너무도 실망한 나머지 피하주사기, 그러니까 코끝에 달린 대롱에서 피를 한 방울 내뿜는다. 그리고 누군가 다시 침대로 오면 너무 흥분한 나머지 흡혈 빨대를 꽂을 때 거기에 또 한 방울의 피를 토해낸다. 옥스퍼드 래드클리프 병원의 열대의학 전문의가 내게 한 말, "콩고는 참 흥미로운 곳이에요. 정말이지 아주 흥미로워요. HIV-1형과 HIV-2형이 공존하는 곳이란 말입니다. 나한테 신선한 혈액 샘플 좀 가져다주면 정말 고맙겠는데 말입니다. 정말 고마울 거예요." 그는 몽상에 잠긴 듯한 눈빛으로 말했다.

나는 마르셀랭이 과연 그의 원기 왕성한 일생 동안 얼마나 많은 여자들하고 잤을까, 500명일지 1,000명 이상일지 궁금해하며 불안한 목소리로 말했다. "마르셀랭, 당신은 여기서 자고 나는 뒷방에서 자는 건 어떤가? 그리고 마누와 웅제는 평소처럼 같이 자고."

마르셀랭이 내가 한 50미터는 떨어져 있는 것처럼 고래고래 소리 질렀다. "나는 혼자 죽기 싫어요! 겁쟁이만이 나를 혼자 죽게 내버려둘 거예요! 게다가……" 그는 흥분을 가라앉히고 말했다. "이건 다 당신 잘못이에요. 당신이 아니었으면 나는 여기 안 왔을 거예요. 그 놈들이 창문으로 창을 쑤셔 넣을 거예요. 당신이 아니었다면 나는 결코 여기 돌아오지 않았을 거예요. 절대로요."

"나한테 고마워하게 될 거야." 나는 순간적으로 마르셀랭이 꼴도 보기 싫다는 생각을 하며, 왜 그의 고름 나는 다리의 궤양은 플루클록사실린을 두 통을 먹고도 아직 낫지 않는지 의아해하면서 말했다. "이번 여행은 마르셀랭이 공룡을 발견하는 탐사가 될 거야. 사진도 찍을 거야."

마르셀랭은 침대 가장자리에 앉아 무릎을 끌어안았다. 그러고는 몸을 앞뒤로 천천히 움직였다. "심지어 두블라도 백인은 창으로 찌르지 않을 거예요. 그도 백인을 죽이면 얼마나 끔찍한 곤욕을 치를지 알고 있다고요. 공평하지 않아요. 옳지 않다고요. 하지만 원래 그런 걸 어쩌겠어요." 마르셀랭은 혼잣말하듯 중얼거렸다. 아직도 걱정 많은 어린아이처럼 몸을 앞뒤로 흔들고 있었다. 그러고는 어깨를 한 번 으쓱하고 나를 바라보며 무기력한 웃음을 지었다.

"물론 마르셀랭 옆에서 잘 거야. 창문과 가장 가까운 데서 잘게." 나는 조금 미안해하며 말했다. 그리고 두려움을 떨치지 못하고 이렇게 물었다. "여기 에이즈 환자가 많나?"

"르 시다Le sida?" 그는 다시 힘을 되찾고 말했다. "우리나라에? 콩고에? 에이, 없어요. 잘은 모르지만 항구도시인 푸앵트 누아르Pointe-Noire에서 서너 사례가 있었을 거예요. 미국 배가 들어왔을 때요. 믿지 못하겠지만 레드몬드, 한두 명의 아프리카 소년이 돈을 위해서 그걸 하기도 해요. 빌리 사람들이죠. 해안에 사는 빌리족이요."

'아마 빈대는 동트기 직전에 피를 먹을 거야. 그러니 밀림에 있을 때처럼 일찍 일어나야겠어. 4시에 일어나자.' 나는 이런 생각을 하고 있었다. "그런데 두블라가 누군가?"

"보아에서 제일 위험한 사람이에요. 뭘 하든 돈을 두 배로 줘야 하기 때문에 두블라Doubla라고 불러요. 강한 사람이에요. 일가는 어부에 사냥꾼이죠. 친구같이 굴다가도 버럭 화를 내요. 여기서 세 사람을 죽였어요. 아마 그 이상일 거예요."

"그 사람을 만날 건가?"

"물론이요. 우리는 두블라를 데려가야 해요. 당신이 일거리를 주지 않으면 보복할 거예요. 두블라는 위험한 사람이니까 데려갈 거예요. 비키는 추장이 가장 아끼는 아들이니까 데려갈 거고, 그 외에 두 명 더 데려갈 거예요. 모두들 같이 가고 싶어 해요. 모두 돈을 원하니까요."

"돈으로 뭘 하는데?"

"배를 타고 하류로 가서 에페나에서 맥주를 사죠."

그때 문을 쾅쾅 두드리는 소리가 들렸다. 마르셀랭이 벌떡 일어났다.

"꺼져!" 응제와 마누가 앞방에서 동시에 말했다.

"코코!" 금색 티셔츠를 입고 파란색 수영바지를 입은 건장한 젊은이였다. 선글라스가 얼마나 새까만지 앞을 보고 걸을 수 있다는 사실이 놀라울 정도였다. 그는 입구 쪽에 서서 나한테 말했다. "대장, 목이 아파요."

나는 보통 그렇듯 약을 달라는 모양이라고 생각하고 파라세타몰을 가지러 약가방이 있는 곳으로 갔다. "봐요." 그는 자기 티셔츠를 끌어당기고 몸을 구부려 나한테 목을 보여주었다. 목덜미에 온통 물집이 덮여 있었다. 모닥불에라도 들어갔다 나온 것처럼 진물이 나오는 노란 딱지가 점점이 박혀 있었다.

"무슨 일이 있었던 거예요?"

그는 손을 가슴에 모으고 손바닥을 앞으로 해서 내 질문을 밀어내는 손짓을 했다.

나는 상처 치료 연고를 발라주고 별 소용없을 거란 걸 알면서도 그에게 연고를 건넸다. 그는 쭈뼛거리며 옆으로 걸어 나갔다.

마누와 응제는 앞방에 잠자리를 폈다. 응제는 침대에 방수포를 폈고 마누는 바닥에 폈다. 두 사람은 누워서 내가 짐꾼들을 위해 사둔 담배 한 갑을 나눠가며 다 피우고 있었다. "가서 야자술 좀 사다 줘요." 응제가 입꼬리를 올리고 웃으며 말했다.

"벌레한테 물릴 거야. 침대에 벌레가 득시글해."

"집에서도 물리는데요, 뭘. 집에도 침대 있어요." 응제가 자랑스럽게 말하며 담배 연기를 고리 모양으로 내뿜었다.

입구 쪽에 부회장이 겸연쩍은 표정으로 나타났다. "내 여동생이 말라리아에 걸렸소." 나는 알약 열다섯 개를 세어 그의 손바닥에 얹어주었다. "추장이 기다리고 있소. 지금 당신을 만날 거요. 날 따라오시오."

"옹제, 총 갖고 와. 마누, 넌 여기서 짐 지켜." 마르셀랭이 말했다.

"나 아파요. 혼자 두고 가지 마요." 마누가 바닥에 누워서 말했다.

"남자답게 굴어." 마르셀랭은 자동적으로 벨트에 카세트플레이어를 차고 목에 헤드폰을 걸쳤다. 부와 직위의 표식이었다.

마르셀랭은 선물 가방을 뒤져 임퐁도에서 내가 사둔 운동화 두 켤레를 꺼냈다. 하나는 추장을 위해, 다른 하나는 추장의 첫째 부인을 위해. 나는 팔 안쪽에 빨간 천을 끼고 스위스 군용 칼을 주머니에 넣고 마지막 남은 옥스퍼드 사보리 파이프와 마지막 남은 발칸 소브레니 연초 한 통을 넣었다.

이른 오후 열기 속의 운동장을 가로질렀다. 잡초가 우거진 구역 가장자리에 거친 풀이 나 있고, 그 바로 위에 마치 불가사리처럼 뻗은 오렌지색 꽃이 핀 관목을 지나갔다. 태양새가 꽃송이 주변에서 노닐고 있었다. 금속성이 느껴지는 초록색과 보라색이 허공에서 곡선을 그렸다가 원을 그렸다가 갈지자로 날면서 잠깐씩 선홍색과 푸른색을 언뜻 비치기도 했다. 두 가지 종이 있는 것 같았다. 크기는 비슷하지만 갈색과 흰색, 올리브색이 섞인 새들은 휠휠 나는 굴뚝새이고, 이들은 태양새의 친구였다.

"그만 좀 해요. 지금은 그렇게 넋 놓고 있을 시간이 없어요." 마르셀랭이 내 셔츠를 잡아끌며 말했다.

부회장이 어깨를 축 늘어뜨리고 아무 말 없이 오솔길을 따라 내려갔다.

"무슨 문제 있나?" 내가 물었다.

"내가 골백번 말했잖아요. 여기서는 어딜 가나 똑같다고요. 인민공화국 정치위원회에서 태생이 비천한 사람 중 학교에 다녔고 자기를 공산주의자라고 하는 사람을 골라 마을의 부회장을 시켜요. 정부는 추장의 권위를 깨고 싶어 해요. 다른 비천한 태생의 사람들이 부회장 편에 서고, 그래서 모든 마을은 지금 분열돼 있어요."

길을 따라가자 폭이 6미터쯤 되고 깊이는 2미터쯤 될 것 같은 원형의 웅덩이가 나왔다. 반쯤 내려가니 거무튀튀한 토양이 노란색 점토로 변해 있었다. 랩스커트를 입은 여자 두 명이 치마는 허벅지까지 올리고 무릎까지 오는 진흙바닥에 서서, 한 명은 진흙탕을 앞뒤로 흔들고 다른 한 명은 나무 가래로 진흙을 떠서 웅덩이 주변에 쌓아둔 더미에 올려놓았다. 멀리 기둥 위에 지붕을 덮고 가로로 촘촘하게 막대기를 댄 구조물이 진흙이 채워지기를 기다리고 있었다. 진흙이 다 채워지면 웅덩이 위에 널빤지를 덮고 중앙에 구멍을 뚫어 짚으로 가림막을 만들어 치면, 가족들에게 새로운 변소가 생기는 것이다.

우리는 마을로 들어갔다. 오두막들은 대부분 초벽에 야자수 잎 지붕을 덮은 것으로 제케의 집들보다 더 낡아 보였다. 다른 집들보다 훨씬 큰 집이 하나 있었는데, 벽면을 진흙으로 회반죽 바르듯 발라놓았고, 길을 향한 벽면에 커다란 흰색 페인트로 '보아 파일럿 공룡'이라고 써놓았다.

"저기 누가 살지? 마르셀랭하고 같이 모켈레음벰베를 봤다는 그 사람인가?"

"그 사람은 그렇게 진지한 사람이 아니에요. 그리고 이제부터 조용히 해야 해요. 준비를 해야 할 때예요. 우리는 마음의 준비를 해야 해요. 추장을 만날 때 마음을 강하게 먹어야 한다고요."

우리는 넓은 중심 도로를 걸어 오른쪽에 있는 광장 비슷한 곳에 멈춰 섰다. 우리 앞에 기다랗고 창문이 없는 낡아빠진 초벽에 야자수 잎으로 지붕을 얹은 집이 보였다. 입구 쪽에 놓인 스툴에 보아 추장이 앉아 있었다.

추장은 내가 생각했던 것보다 훨씬 젊었다. 삼십대 후반쯤으로 보이는 잘생긴 남자로 강하고 단정한 모습이었다. 콧수염은 윗입술 바로 위까지 깨끗하게 정리돼 있었다. 붉은 물감으로 이마에 두껍게 한 줄, 털이 없는 가슴 근육 아래에 두 줄을 칠했다. 헐렁한 황토색 샅바를 입었는데, 성기 부분에 빨강, 노랑, 푸른빛 도는 초록색 꽃이 수놓아져 있었다. 그리고 아디다스 운동화를 신고 있었다.

추장은 오른손으로 창의 끝은 바닥에 대고 자루는 허벅지 안쪽에 기대놓고 있었다. 날개처럼 달린 창날은 그의 머리 한참 위에 있었다. 왼손은 왼쪽 허벅지에 올려놓고 오른쪽 어깨에는 커다란 리아나 덩굴로 만든 가방을 메고 있었다. 그 안에는 필시 추장의 주물들이 가득할 것이라는 생각이 들었다. 그는 미동도 없이 우리를 근엄한 표정으로 바라보았다. 귀, 눈썹, 주둥이만 까만 누렁이 한 마리가 그의 발치에서 자고 있었다.

추장 앞에는 열두 명의 창잡이들이 일정 간격을 두고 세 개의 의자를 둘러싼 채 둥그렇게 서 있었다. 갈색 셔츠에 찢어진 회색 바지를 입고 빨간 플라스틱 샌들을 신은 노인이 추장의 왼편에 서 있었다. 그는 창을 살짝 우리와 비어 있는 의자 쪽을 향해 기울이고 있었다. 노인은 창을 더 멀리 기울여 응제 쪽을 가리키며 광장 한편에 모여서 지켜보고 있는 여자들과 아이들 무리로 물러서라고 손짓했다. 우리는 자리에 앉았다. 부회장이 왼쪽에, 마르셀랭이 가운데, 나는 노인에게서 가장 가까운 곳에 앉았다. 창잡이들이 원을 더 좁혀 우리 뒤를 에워싸고 섰다.

추장은 머리를 왼쪽으로 기울였다. 추장의 대변인인 노인은 몸을 숙여 그의 오른쪽 귀가 추장의 입술에 가까이 닿을 수 있게 했다. 추장은 부드럽게 말했다. 이야기가 끝나자 노인은 등을 쭉 펴고 창을 똑바로 들고 원 가운데로 성큼성큼 걸어가 숨을 크게 들이쉬고 보미타바어로 연설하기 시작했다.

잠에서 깬 누렁이가 파리를 잽싸게 잡더니 다시 몸을 웅크렸다. 그리고 뒷다리로 옆구리를 미친 듯이 긁더니 그 자리를 코로 문질렀다. 기분이 좀 나아졌는지 흥미를 잃고 다시 누워 눈을 감았다.

노인의 연설이 끝나자 창잡이들 중 몇 명과 광장 부근에 있던 병사들이 소리를 질렀다. 노인이 누군가에게 말할 기회를 허락할 때는 창을 그 사람 쪽을 향해 낮추었다. 말을 멈추게 하고 싶을 때는 창을 수평으로 들었다. 토론이 끝나자 노인은 추장의 옆자리로 가 그의 지시를 받았고 다시 원 가운데로 돌아왔다.

"백인은 보아의 추장에게 7만 5,000세파프랑을 줄 것이고, 인민위원회 부회장에게 2만 세파프랑을 줄 것이다. 정부가 군대를 끌고 와 우리 추장을 에페나에 투옥시킬 생각이라면 부회장도 함께 데려가야 한다. 백인은 우리의 관습적 권리를 지켜주어야 한다."

"너무 많습니다!" 내가 말했다.

노인이 고개를 까딱했다. 내 뒤편 오른쪽에 있던 병사가 창을 내려 내 견갑골을 살짝 찔렀다.

"협상하는 겁니다!" 내가 말했다.

노인은 미소를 짓더니 모여 있던 사람들에게 고개를 숙여 인사하고 두 명의 창잡이에게 선물을 가져오라고 손짓했다. 세 사람은 몸을 돌려 추장에게 다시 인사하고 추장이 있는 쪽으로 몇 미터 나아갔다. 두 명의 창잡이는 무릎을 꿇고 추장 앞에 선물들을 늘어놓았다. 추장은 격식을 차리지 않고 왼손으로 칼과 파이프, 연초를 집어 가방에 넣었다. 그러고는 일어나 창을 지붕에서 내려온 이엉에 받치고 몸을 수그려 신발과 천을 모아들고 컴컴한 입구 쪽으로 사라졌다. 노인은 스툴을 집어 들고 추장을 따라 안으로 들어갔다. 추장의 개는 요지부동으로 누워 있더니 강멧돼지를 잡는 꿈을 꾸는지 꼬리가 아래에서부터 끝까지 불규칙하게 파도치듯 움직였다.

"의자 갖고 와요." 마르셀랭이 제케를 떠난 이후 처음으로 웃으며 말했다. "이제 다 괜찮을 거예요. 돈을 내고 나면 안전할 거예요."

"의자는 왜?"

마르셀랭은 챙이 펄럭이는 모자를 벗어 다시 말쑥하게 각을 잡았다. "필요할 거예요. 아직 두 번 더 교섭할 게 남았어요. 프랑스인들이 떠나고 밀림에 있던 세 개 마을 사람들이 모여 보아를 만들었어요. 그래서 전통적인 추장이 세 명 있어요. 하지만 나머지 두 추장은 위험하지 않아요. 권위가 없거든요. 그냥 예의를 지키기 위해 추장의 이야기를 들어주면 돼요. 선물은 안 줄 거고요. 돈을 지불하지 않아도 돼요."

팔꿈치 쪽에서 함성이 들렸다. "하지만 나한테는 돈을 줘야해요, 삼촌!" 응제가 한 손에는 총을 들고 다른 손은 손바닥을 위로 쭉 뻗으며 다시 함성을 질렀다. "이제 안전해! 응제를 죽이지 않을 거야!" 응제는 가슴을 들썩이며 숨을 내쉬었다. "아무도 응제를 못 죽여. 내 할아버지는 동구의 가장 위대한 마법사니까. 그래서 여러분도 살아난 거예요! 그 덕분에 우리가 지금까지 살아 있는 거라고요!"

"물론이지."

응제의 얼굴이 일그러지더니 얼굴이 터져나갈 듯 미소가 번졌다. 부러진 치아, 쭈글쭈글한 흉터 자국, 팽창된 콧구멍, 삐뚤어진 눈이 한데 모여 행복으로 빛났다. "당신은 내 삼촌이에요. 그러니 나한테 돈을 줘야 해요. 파인애플을 사고 우리를 위해 요리해줄 노파를 구해올게요. 그리고 야자술 두 동이, 아니 세 동이, 네 동이 사올게요."

나는 그에게 작은 지폐를 잔뜩 주었다.

그는 총을 바닥에 내려놓더니 눈을 감고 오른손을 왼쪽 겨드랑이에 낀 다음 이두박근 아래쪽을 찰싹찰싹 치면서 자기를 껴안았다.

"그런데 그건 뭐야? 왜 그렇게 찰싹거리는 거야? 날갯짓이라도 하는 건가?" 나는 몸을 숙여 총의 안전장치를 밀어 잠갔다. 내가 안전장치를 잠그는 것은 불안해서 생기는 틱 장애 비슷한 거였다.

"나는 주물 같은 건 가지고 다니지 않아요." 응제가 내 앞에서 옆으로 깡충깡충 뛰며 말했다. "우리 할아버지가 주물을 바로 여기에 꿰매놓으셨어요." 그는 왼쪽 손목의 흉터를 가리키며 말했다. "그리고 여기도 하나." 그의 왼팔 이두박근 아래에 더 큰 흉터를 가리켰다. "그리고 그렇게 하는 건"(이두박근을 찰싹 치며) "소원을 비는 거예요. 꼭 이루어지라고." 응제는 손가락으로 딱 소리를 내며 말했다. "우리 할아버지가 나한테 주셨죠. 이렇게 말씀하셨어요. '응제야, 그렇게 할 때마다 너는 열 사람의 기쁨을 가질 것이며, 그 기쁨이 오롯이 너한테 갈 것이다.'"

"그래서 소원이 뭔데?"

"젊은 여자! 젖퉁이 엄청 크고 엉덩이도 큰 여자. 보아에서 제일 예쁘고 젊은 엉덩이. 그게 내 소원이에요, 삼촌." 그는 여전히 깡충거리며 말했다.

나는 응제에게 500세파프랑을 주었다.

"어서 이리로 와요." 마르셀랭이 말했다.

"아, 그리고 마누를 위해서도 한 명." 응제는 그런 관대한 생각에 마음이 부풀어 그에 걸맞은 춤을 춰야겠다고 느꼈는지 내 주위를 빙빙 돌며 춤추기 시작했다. "마누를 위해서는 수줍음 많고 유순한 여자로 구해줘야지. 젖통이 자그맣고 다리가 긴 여자. 마누는 그런 여자를 좋아하거든요. 남자 얼굴을 절대로 똑바로 쳐다보지 않는 여자. 자기 발을 쳐다보며 미소만 짓는 여자." 응제는 상상의 파트너를 붙잡고 말했다.

나는 500세파프랑을 더 주었다.

응제는 총과 내 의자를 집어 들고 내 옆에서 펄쩍펄쩍 뛰며 따라왔다.

"레드몬드는 이중적인 사람이 아니에요." 응제가 빙글빙글 돌면서 말했다. "당신은 모든 걸 나눠요. 당신은 노동자들과도 이야기해요. 그들과 농담도 해요. 그리고 밀림에서는 하루 종일 자빠지지만 언제나 다시 일어나요. 발을 어디다 둬야 할지 모르지만 언제나 다시 일어나요. 나는 이제 당신을 삼촌이라고 부르기로 했어요. 레드몬드는 내 삼촌이에요!"

나는 그를 빤히 바라봤다. 내가 몇 달간 들은 말 중 가장 친절한 말이라고 생각했다.

집으로 돌아가는 염소들 사이를 비집고 나가 또 다른 다 쓰러져 가는 집터로 들어섰을 때 응제가 말했다. "그러니까 삼촌, 내 아들의 이름을 당신 이름을 따서 짓는다면, 내가 아들을 '응제 장 펠릭스 웅콤베 마르셀랭 마누 레드몬드 우마르'라고 부른다면, 나한테 7만 5,000프랑, 내 아내 두 명한테 2만 프랑을 주실 건가요? 네? 주실 거예요?"

오두막으로 돌아오니 마누가 일어나 있었다. 내가 준 머릿전등을 쓰고 자기 또래쯤 되는 젊은 남자 두 명과 테이블에 앉아 담배를 피우고 있었다. 램프는 꺼져 있고 그의 머리에 페즈*처럼 얹힌 머릿전등 불빛만 천장을 향하고 있었다. "마르셀랭 형, 어린 짐꾼들이 왔어요. 니콜라하고 장 폴랭이 왔어요. 이 사람들말이 빅토로 앙뱅기 씨와 두블라로 알려진 앙주 무타봉구 씨도 해가 지면 올 거래요." 마누가 거창하게 말했다.

우리는 악수를 나눴다. 마르셀랭은 자리에 앉아 오랫동안 보수에 대해서 협상했다. 나는 짐을 들고 뒷방으로 게걸음으로 들어가면서, 배낭 윗부분 덮개 속 방수 주머니에 숨겨놓은 마지막지폐 뭉치를 꺼내 추장에게 줄 7만 5,000세파프랑과 부회장에게 줄 2만 세파프랑을 센 다음, 다시 밀봉하면서 어떻게 하면 칼로베이거나 도둑맞거나 창으로 뚫리지 않을지, 부회장의 침팬지처럼 참수당하지 않을지 고민하고 있었다.

마누가 살금살금 나를 따라왔다.

• fez. 터키 사람들이 즐겨 쓰는 붉은 원통형에 술 달린 모자.

"저리 가!" 내가 말했다.

"쉿! 밖으로 나와요. 할 말 있어요." 마누가 내 옷소매를 잡아 당기며 이렇게 말했다. 그리고 다른 사람들 들으라고 큰 소리로 "나는 레드몬드한테 학교 보여주고 와야지"라고 하더니 나를 오두막 밖으로 데리고 나갔다.

해는 열기가 사그라지고 학교 너머 커다란 나무 어디에선가 아프리카회색앵무새들이 모여 지저귀는 소리가 들려왔다. 운동장에는 호루라기 소리, 함성 소리, 새된 웃음소리가 가득했다. 휴일은 아직 시작되지 않았고 아이들은 아직도 게임을 하고 있는 것 같았다.

마누는 뭔가 모의하는 듯한 분위기를 풍기며 마지막으로 주변을 한 번 더 살핀 뒤 나에게 오른쪽에 있는 교실로 들어오라는 손짓을 했다. 우리는 창문에서 가장 먼 첫 줄 가운데 있는 숲의 나무를 잘라 만든 길고 투박한 책상에 앉았다. 마지막 수업 시간 내용이 아직도 칠판에 적혀 있었다. 내가 이해할 수 없는 방정식 같은 것이었다.

마누는 내가 준 수첩과 볼펜을 꺼내 책상 위에 놓았다. 그의 얼굴은 평소보다 한층 더 초조해 보였다. 마누는 이렇게 소곤거렸다. "니콜라, 장 폴랭하고 이야기했는데요. 그 사람들 말이 이텔레 호수의 일은 전통적이랍니다. 보아의 추장은 그 호수에서 벌어지는 일을 영적으로 다 알고 있다고 해요. 하지만 호숫물이 부는 시기에는 당신과 나처럼 평범한 사람들이 낚시하러 가면, 우리도 모켈레음벰베라는 괴물을 볼 수 있다는 겁니다. 추장 말은, 과거에는 두 마리의 괴물이 호수에 살았대요. 호숫가에 살던 피그미들이 이 괴물 중 한 마리를 죽였대요. 그때 수컷 한 마리, 암컷 한 마리가 있었는데, 이 괴물을 공격하는 데 일조했던 모든 피그미들이 죽었답니다. 죽은 괴물 고기를 안 먹겠다고 한 피그미 한 명만 빼고 전부 다요. 그리고 몇몇 사람들 말이 그 피그미가 아직 살아 있다고 해요. 호숫가에 살던 첫 거주자들은 피그미들이었는데, 이 피그미들이 낚시를 가서 테를 두른 어망을 칠 때마다 이상한 울음소리가 들리고 땅이 흔들리고 호수 중앙에서 거대한 파도가 쳤다는 거예요. 그래서 텔레 호수에 괴물이 있다는 걸 알게 된 거죠. 지금도 매년 한 번씩 그 괴물이 호수를 한 바퀴 빙 도는데, 멀리 보아 마을까지 전 영역에서 땅이 흔들리는 듯하고 괴상한 울음소리가 들린다는 겁니다. 그 소리는 마치 토네이도가 다가올 때 땅에서 들리는 굉음, 허공에서 바람이 세차게 부는 소리와 아주 흡사하대요."

마누는 그의 작은 콧수염 끝에 매달린 침방울을 닦고 일어나서 숲에서 가장 가까운 창턱에 기대 좌우를 살피더니 다시 자리에 앉았다. "1982년 마르셀랭 박사가 맞은편 물가에 있는 괴물을 봤지만, 작은 니콘 카메라밖에 갖고 있지 않았어요. 게다가 너무 놀라서 카메라를 떨어뜨렸고, 진흙 속에서 카메라를 찾았을 때 이미 괴물은 사라지고 없었다는 겁니다. 처음에 이 괴물은 피그미들이 연못에 낚시하러 갔을 때 알려졌어요. 숲에 있는 이 연못에서 건기에 물을 퍼내고 진흙 속에서 물고기를 줍는 방식이에요. 그런데 나무가 쿵! 쿵! 무너지는 소리가 들리는 거예요.

그리고 물이 막 차올라서 고기를 낚던 연못이 다 합쳐져서 하나의 호수가 된 겁니다. 모켈레음벰베가 원을 그리며 걸었어요. 걸어가면 그 뒤로 나무가 무너졌어요. 이렇게 해서 호수를 만든 거예요. 호수의 물이 피그미들이 만든 카사바밭 위로 넘쳤어요. 그래서 피그미들은 자기 마을을 위해 싸워야겠다고 결심했죠. 피그미들은 괴물이 호수에서 왔다 갔다 하는 길, 아침에 일하러 갔다가 밤에 돌아오면서 만들어지는 길에 괴물을 죽이기 위한 여섯 개의 바리케이드를 차례로 세운 거예요. 괴물이 호수 아래서 일을 끝내고 보통 잠이 드는 곳으로 돌아오는 길에 여섯 개의 바리케이드를 봤어요. 다섯 개까지는 아무렇지도 않게 그냥 밟고 지나갔어요. 다 망가뜨렸죠. 그렇지만 여섯 번째 바리케이드에서 피그미들이 창으로 괴물을 찔렀어요. 괴물은 피를 흘리기 시작했어요. 괴물은 자기 뒤에 있는 암컷을 보고 소리를 질렀어요. 암컷은 도망갔고 괴물은 죽었어요."

칠판에 쓰인 방정식이 더 이상 보이지 않았다. 앵무새들도 잠잠했다. 매미가 맴맴거렸다. 칼에 찔린 아이가 비명을 지르는 듯한 소리도 들렸다.

아마 그래서 부시베이비*라는 이름이 붙여졌나 보다, 생각했다. 눈 앞에 내가 비밀스럽게 보고 싶어 했던 모습이 그려졌다. 다람쥐처럼 털이 많지만 구부러진 긴 꼬리, 박쥐처럼 커다란 귀에 올빼미처럼 커다란 눈, 촉촉한 코, 그리고 사람 손처럼 생겼지만 거미 같은 손. 난쟁이 부시베이비가 무리와 함께 같이 자고 있던 구멍에서 나와 나방이나 딱정벌레, 애벌레나 새 알을 찾으러 다니다가 밤에 돌아갈 길을 표시할 셈으로 손바닥에 오줌을 싸다가 나무 꼭대기에 있던 사향고양이나 수리부엉이를 만나 놀란 건가?

마누가 나를 쿡쿡 찔러서 몽상에서 깼다. 마누는 머릿전등을 켜고 공책을 펼쳤다. "여기 봐요, 내가 지도를 만들었어요." 마누가 내 귀에 대고 소곤거렸다.

왕풍뎅이처럼 생긴 작고 빨간 풍뎅이가 머릿전등 불빛에 들어와서 공책에 그려진 텔레 호수 한가운데에 부딪혔다. 반짝이는 껍질에 날개를 집어넣고 북동쪽을 소란스럽게 돌아다니며 공룡을 조사하다가 다시 등껍질을 열고 지그재그로 어둠 속을 날아갔다.

"여기 보여요? 옆에다 표시를 해뒀어요, 여기. 어떤 항공기도 텔레 호수 위를 날 수 없어요. 어떤 조종사도 살아날 수 없어요. 인공위성도 하늘에서 떨어져요. 그 어떤 것도 그렇게 센 힘을 견딜 수 없어요." 마누는 잔뜩 흥분해 내 얼굴에 격한 숨을 뱉었다.

그는 자리에서 일어나 공책과 볼펜을 주머니에 집어넣었다. 그러더니 차분한 목소리로 말했다. "모켈레음벰베는 성스러운 동물이 아니에요. 신비의 동물이에요. 텔레 호수 근처에 또 다른 호수도 있는데 텔레 호수보다 훨씬 작지만 성스러운 곳이에요. 조상들의 혼령이 살고 있는 곳이에요. 거기서는 누구도 낚시를

---

* bushbaby. 아프리카에 서식하는 눈이 크고 꼬리가 두툼한 야행성 영장류. 갈라고원숭이라고도 불린다.

해서 혼령을 방해하면 안 돼요. 거기서 잡은 물고기를 먹으면, 한 입이라도 먹으면 죽어요. 마르셀랭 박사가 지난 탐사 때 가이드 도콤보와 그 호수에 갔어요. 니콜라와 장 폴랭이 말해줬어요. 그 사람들 말이, 그게 마르셀랭 박사가 저지른 또 다른 범죄고 그래서 곧 보아 사람들이 마르셀랭 박사를 죽일 거라는 겁니다. 조상들의 복수를 해야 하니까요. 그들은 도콤보를 마을에서 추방했어요. 도콤보는 다시는 보아 마을을 볼 수 없을 거예요."

우리는 달빛 아래 운동장을 가로질러 다시 돌아갔다. "레드몬드, 웅제는 텔레 호수에 가는 걸 무서워해요. 웅제는 겁을 먹었고, 나도 그래요."

"그렇지만 대단한 모험이 될 거야."

"그렇겠죠. 내 아내들한테 말할 거예요. 그러면 아마도 나를 대단하게 보겠죠." 마누가 느릿느릿 말했다.

그러다가 걸음을 멈추고 섰다. "레드몬드가 목을 치료해준 남자 있잖아요."

"그 남자가 왜?"

"그 남자는 강력한 주물을 가지고 있어요."

"그래서?"

"아무도 그를 좋아하지 않아요. 그 사람은 부회장 편이거든요. 마법사가 밤에 영적으로 그를 죽이려고 했어요. 그런데 죽지 않았죠. 동이 트기 전에 그는 카누를 타고 에페나로 가서 그 선글라스를 샀어요. 그래서 지금은 마법사가 그의 눈을 볼 수 없어요. 밤에 잘 때는 선글라스를 병에 숨겨놓아요. 그래서 니콜라하고 장 폴랭이 그 사람이 자기 집에서 선글라스를 벗고 자고 있을 때 잡았어요. 그를 끌고 가서 나무에 목을 매달았어요. 그런데 죽지 않은 거예요. 겁 먹은 그들은 그를 나무에서 내려주고 도망갔어요."

마누가 이렇게 말하고는 내 팔을 잡고 15센티미터 정도 떨어진 곳에서 내 얼굴을 들여다보았다. 갑자기 말도 안 되게 《서아프리카 여행Travels in West Africa》에서 메리 킹슬리가 한 말이 떠올랐다. "인간의 눈동자, 특히 백인의 눈은 강력한 주문 같다."

"레드몬드, 그 사람들이 레드몬드한테 물어봐달라고 했어요. 백인으로서 어떻게 생각해요? 마체테로 죽이면 될까요?"

"하느님 맙소사!"

"그 사람들은 하느님을 믿지 않아요. 프랑스인들의 정령이잖아요."

오두막은 촛불과 웃음, 여자, 음식으로 가득했다.

"삼촌!" 행복한 얼굴의 응제가 땀을 흘리며 테이블 옆에 서 있었다. "야자술!" (그는 함석통에 담긴 술을 따라 나에게 한잔 가득 건넸다.) "사카사카!" (응제는 자기 왼편에서 솥에 담긴 으깬 카사바 잎과 생선 조각을 국자로 떠서 휴대용 식기에 담고 있는 노파에게 거만하게 고갯짓을 하며 이렇게 말했다.) "파인애플!" (테이블에 파인애플 네 개와 잘 익은 파파야가 두 개 놓여 있었다.) "여자!" (응제는 그의 오른쪽에 앉은 거대한 체구의 여자에게 팔을 둘렀다. 그녀는 나를 보고는 킥킥 웃었다. 그녀가 입고 있는 밝은 노랑과 초록이 섞인 랩드레스는 그녀의 가슴이 흘러넘치지 않게 겨우 막고 있었고, 엉덩이는 의자에 차고 넘쳤다.) "이 아가씨는 부자예요!" 웅제는 잔뜩 흥분해 소리를 내지르며 오른쪽 눈썹 아래로 눈을 마구 구기듯 윙크했다. "이 아가씨의 아버지가 배를 가지고 있어요! 에페나에 왕래해요! 잘 먹고 자란 것 좀 봐요, 삼촌!" 웅제는 여자의 팔뚝 살을 꾹 눌렀다. "이 아가씨랑 자면 한 번에 두 여자를 갖는 거예요."

"소리 좀 그만 질러!" 마르셀랭이 테이블 끝에서 소리쳤다. 마르셀랭은 자기 왼쪽 옆에 앉은 남자 쪽으로 고개를 돌렸다. 얼굴이 기름하고 눈이 움푹 들어가고, 우묵한 얼굴에 구레나룻이 거뭇거뭇하고, 인중과 턱 밑에 가느다란 수염이 있었다. "레드몬드, 여기는 두블라로 알려진 양주 무타붕구예요. 내일 우리를 데리고 텔레 호수로 갈 거예요. 텔레 호수에서는 무슨 일이든 일어날 수 있어요. 그래서 오늘 파티를 하는 거예요."

내가 두블라와 악수를 나누고 옆자리에 앉을 때 웅제가 평소보다 두 배는 쩌렁쩌렁한 목소리로 말했다. "마누! 잊어버릴 뻔했네. 네 짝도 찾았어, 봐!" 웅제는 먼 모서리 쪽에 앉아 있는 젊은 여자를 가리켰다. 여자는 술잔을 양손으로 꼭 쥐고 앉아 무릎을 뚫어져라 보고 있었다. 그녀는 마누 쪽을 안 보는 척하며 흘끗 보고는 미소 짓더니 다른 쪽을 바라봤다. 마누는 갑작스러운 상황이 부끄러운지 문 옆에 있는 의자에 앉았다. 모두들 웃음을 터뜨렸다.

웅제가 단숨에 술잔을 비우고 다시 따르고는 벽 옆에 있는 그의 육중한 새 애인에게 갔다. "나는 펠라 아니쿨라포 쿠티Fela

Anikulapo Kuti가 되고 싶어요." 그는 갑작스럽게 심오한 생각에 압도되기라도 한 것처럼 흥분을 가라앉히고 차분히 말했다.

"그게 누군데?" 내가 물었다.

마르셀랭이 함박웃음을 지으며 말했다. "나이지리아 가수예요. 스물일곱 명의 정식 부인과 라고스에 살고 있죠. 그리고 자기 집 옆에 있는 특별한 거주지에 부인이 250명 더 있다고 해요. 하지만 그는 부자인 데다가 저렇게 아무것도 아닌 일에 실실 웃으며 거리를 활보할 것 같진 않아요."

웅제는 성급하게 받아쳤다. "나는 걸어 다닐 필요가 없을 거예요. 다들 내 집 앞에 와서 줄을 설 텐데요, 뭘. 그리고 샤워기도 있고 세면기도 있고 원하는 만큼 야자술도 마실 거예요."

"위스키를 마셔야지. 조니워커 블랙 라벨로." 마르셀랭이 말했다.

그때 큰 체구에 어깨가 떡 벌어진 남자가 문을 세게 치며 느릿느릿 오두막으로 들어왔다. "코코!" 그가 말했다.

"비키! 술 좀 들어! 내 옆에 앉아! 비키! 너 또 마누라 때렸지! 그렇지? 비명 소리 들었어. 끔찍하게도 소리를 지르더군. 모두들 놀랐어. 말해봐, 왜 그러는 거야? 옳지 않아. 만날 그러면 안 되지. 왜 그래? 왜 그러는 거야?" 마르셀랭이 말했다.

"마누라가 아직 어려. 버릇을 고쳐야지." 비키는 만면에 득의양양한 미소를 띠고 말했다.

"어서요, 레드몬드. 노인들 이야기 듣는 거 좋아하잖아요. 보베 영감을 만나러 가요. 보아 역사를 알고 있는 사람이에요. 오늘 저녁에 이 음식을 보내준 사람이 보베 영감이에요. 이 분은 그 노인의 부인이고요. 찾아가는 게 예의예요." 저녁식사 후에 마르셀랭이 말했다.

우리 두 사람은 비키, 웅제, 마누와 그들의 새 여자친구들을 남겨두고 오두막을 나왔다. 그들은 짐꾼을 주려고 산 담배를 나눠 피며 거나하게 취해 있었다. 우리는 노파를 사이에 두고 느린 걸음으로 마을을 통과했다. 노파는 가느다란 흰머리가 뒤통수에만 났고, 어깨에 주름 장식이 달린 파티용 드레스를 입고 있었는데 전에는 몸에 맞았겠지만 지금은 가슴팍이 휑하니 비어 있었다. 내가 솥을 들어주겠다고 했지만 거절했고, 그녀 앞으로 손전등을 비추자 그것도 손사래를 치며 못하게 했다. 누구에게도 도움 받기를 원치 않는 것 같았다. 그녀는 보미타바어로 낮고 빠르게 뭐라고 혼잣말로 투덜거렸는데, 그 소리가 어둠 속에서 매미의 울음소리와 섞여들었다.

"내가 먹어본 사카사카 중에서 제일 맛있었다고 전해주게."

"이분은 링갈라어나 프랑스어를 할 줄 몰라요." 마르셀랭이 사과하는 투로 말했다. 나는 이렇게 사방 어디로 가나 한두 마을만 지나면 서로 의사가 통하지 않는 곳에 살다 보면 자기 생각이나 꿈이 얼마나 폐쇄적이고 벅차게 느껴질지 다시 한 번 상상해 봤다.

보베는 아직 빨간색과 흰색 줄무늬 잠옷 상의를 입고 발치에 랜턴을 켜놓고 그의 달개에 앉아 우리를 기다리고 있었다. 그가 앉은 자리 위에는 사냥용 그물, 원통형 고리버들 통발, 들고 다니는 바구니, 그리고 크고 작은 호리병 모양의 병들이 대들보에 걸려 있었다.

"어서 와요!" 그가 벌떡 일어나더니 손을 내밀었다. "제 집에 오신 걸 환영합니다."

"보베 영감! 부인이 우리 때문에 짜증났어요." 마르셀랭이 말했다.

"내 생각에는 특별히 두 사람 때문에 짜증이 난 것 같지는 않은데." 그는 랜턴을 들고 구부정한 몸으로 우리에게 집을 보여주었다. "마누라는 자주 짜증을 내요. 이제 늙었다고 불평이지. 내가 결혼했을 때만 해도 마누라는 보아 마을에서 제일 예뻤는데 지금은 늙었지. 이제는 자기를 여자로 바라봐주는 사람이 나뿐이지. 마누라는 우리 아들 두블라를 걱정하고 있어요. 그러면 내가 두블라도 이제 자기 아들들이 있는 남자라고 말하지. 두블라는 강인하고 강단 있는 사내예요. 내가 그 애 애비라는 게 자랑스러워요. 하지만 마누라는 늘 걱정만 하지. 군인들이 와서 에페나로 끌고 갈까 봐 걱정하는 거예요."

그가 아내에게 팔을 두르고 보미타바어로 뭔가 말하자 그녀의 신경질적이던 얼굴에 미소가 활짝 번졌다. 그러고 나서 그녀는 커튼을 열고 뒷방으로 들어가버렸다. 보베는 우리를 낮은 테이블 주위를 빙 둘러싼 우묵한 안락의자로 안내하고 자리에 앉았다. 늪영양의 나선형 뿔이 벽에 둘러진 석고에 박혀 있었다.

마르셀랭 옆 모퉁이에는 다리가 세 개 달린 커다란 북이 놓여 있었다.

"보베 영감이 만든 거예요." 마르셀랭이 손가락으로 북의 옆면 이음새 부분을 쓸며 말했다. 속을 파낸 나무둥치 두 개를 붙여놓은 것이었다.

"여기 있는 모든 걸 내가 만들었다오." 보베는 앞니를 다 드러내고 느긋하게 미소 지으며 말했다. "의자들, 테이블, 그리고 전부 다."

보베 부인이 돌아와 테이블 위에 '노르웨이산 고등어'라고 쓰인 빈 캔 세 개를 놓고 보베에게 야자술병을 건네고는 다시 사라졌다. 보베는 아무 말 없이 캔을 채웠다. 우리는 하얀 거품에 띄엄띄엄 떠 있는 벌, 파리, 애벌레를 건져 바닥에 툭툭 털어내고 야자술을 마셨다.

"나는 늙은 게 좋소." 보베가 의자에 기대앉으며 말했다. "나는 항상 행복했어. 나는 보아 마을 전체에서 제일가는 사냥꾼이었고 물고기 잡는 통발을 어디에 두어야 하는지도 알았지. 지금은 나이가 들었고 현명해졌고 다른 일로 자부심을 느낀다오. 나는 내가 우리 부족의 역사를 알고 있는 게 자랑스러워요. 나는 우리 이야기를 전부 다 알고 있지. 내 손자들은 나를 만나러 와요. 보아에 있는 모든 남자아이들이 나를 보러 와. 나는 아이들에게 우리가 어떻게 살았는지, 식민지 시절에 프랑스인들이 어땠는지, 공산주의자들이 어떻게 우리가 학교를 짓는 걸 도와주었는지 이야기해준다오. 그리고 매달 어디서 사냥하는 게 좋은

지, 어디에 통발을 두는 게 좋은지도 알려준다오. 아이들은 보베 영감을 좋아하지. 마법사를 찾아가면 돈을 내야 하지만 보베 영감을 찾아가면 우정 외에는 아무것도 달라고 하지 않지. 그래요, 나는 언제나 행복하오. 아이들과 손자들이 죽을 때만 빼면 말이오. 그렇게 된다면 나도 마누라만큼 슬프겠지. 그럼 우리는 함께 슬퍼할 거요. 보아에는 죽는 사람이 많으니까."

"우리한테 보아 사람들 이야기를 해줄 수 있으시겠군요." 마르셀랭이 보베를 보고 말했다. "제대로 말해줄 수 있을 거예요. 여기 레드몬드는 백인이지만 전통적인 방식을 존중하지요. 레드몬드는 통상적인 금액을 지불하는 데 동의했어요. 다 드릴 거예요."

보베는 나를 돌아보며 말했다. "듣기론 내 아들 두블라에게 일을 맡기셨다고. 어디 보자, 우리는 긴 역사를 갖고 있어요."

보베는 북이 있는 곳 뒤 어딘가에 시선을 두는 듯했고, 목소리도 머뭇거리는 노인의 목소리에서 주문을 거는 듯한 낮은 음성으로 바뀌었다. "보아에 처음으로 정착한 사람들의 기원은 봉고예Bongoye에 있소." 그는 계속해서 읊조리듯 말했다. "그곳은 사쿠아Sakoua 평원에서 가까운 곳이지. 응겔로Nguelo 길이 마을을 텔레 호수로 연결하지. 봉고예 사람들은 이주해 봄볼로Bombolo라는 마을을 세웠어. 봄볼로 후에는 응구아문칼레Ngouamounkale라는 마을을 만들었어. 응구아문칼레는 '오래된 보아'로 알려진 곳이기도 해. 호수로 이어지는 길은 마라와Marawa 하천으로 나오지. 첫 번째 추장은 문텔롤라Mountelola라 불렸어."

"그럼 그렇게 버려진 마을에는 가까운 곳에 성소가 있었나요?" 내가 마을의 이름을 나열하는 틈에 얼른 끼어들어 물었다.

보베는 눈에 띄게 힘을 들여 정신을 차리고 처음으로 진짜 흥미를 느끼며 나를 바라보았다. "옛날에 보아 사람들은 에토호 Etoho라는 성소를 갖고 있었어요." 평소의 그의 목소리로 돌아왔다. "그곳은 다산을 북돋는 곳으로 잘 알려졌지. 사람들이 이곳에 가서 이야기를 했어요. 아이를 달라고, 마을의 규모를 더 크게 해달라고 했어요."

"그럼 우리는 모두 어디에서 왔나요? 그게 알고 싶습니다. 생명의 기원은 뭔가요?" 내가 재미를 느끼며 말했다.

"그건 매우 간단하지요." 보베는 몸을 앞으로 기울여 전에 고등어캔 잔에 술을 채우고 의자에 편안하게 기댔다. "궁금증을 가라앉혀 드리리다. 생명의 기원은 볼로Bolo라는 이름의 상징에 있어요. 볼로는 모든 창조력의 화신이지요. 마법도 볼로라는 상징에서 옵니다. 이 상징은 어떤 이에게는 힘으로 나타납니다. 보통 꿈을 통해서 전달되는 힘이지요. 그리고 꿈에 대해서라면 의미는 항상 주어집니다. 어떤 꿈이든 항상 메시지가 있으니까요. 꿈을 이해하는 힘은 소수의 재능을 타고난 사람, 마을의 추장이나 어떤 마법사들만 갖고 있어요. 우리 마을 전통에는 각각의 꿈을 설명해주는 체재는 없어요. 어떤 부족들은 그렇다고 들었어요. 하지만 추장들이 마을의 모든 사람들에게 꿈에 대해, 좋은 꿈인지 나쁜 꿈인지 알려주는 게 보통이지요. 어떤 경우에는 다른 마을 사람들이 추장에게 와서 꿈 이야기를 하고, 그럼 추장이 꿈을 해석해 우리 식의 신문을 통해 그 내용을 전달합니다. 한 사람이 추장의 말을 머릿속에 다 기억했다가 꿈의 메시지를 마을 전체 구석구석 다 들리도록 소리쳐 말하는 거예요."

그는 두 번째 야자술을 비우고 캔에 다시 술을 채웠다. 오른손에 캔을 쥐고 입에 반쯤 가져가다가 문득 멈추었다. 북 뒤에 있는 뭔가에, 혹은 누군가에 홀린 것처럼 보였다.

"보베 영감, 내 오랜 친구. 우리 여기 있어요. 괜찮아요?" 마르셀랭이 부드럽게 물었다.

"마르셀랭, 나 괜찮네. 그냥 듣고 있었어. 나는 두 사람의 연구를 도와주라는 지시를 받았어. 말해야 할 새로운 소식이 있네. 우리의 최근 역사에서 가장 중요한 일이지. 나는 우리 역사를 글로 남기는 게 좋을 거라는 말을 들었네. 다른 사람들이 우리의 지식을 나눌 수 있도록 말이지. 그 지식은 정부에서 2년마다 다른 젊은이들을 에페나로부터 보내 우리에게 전하는 지식하고 다르지. 학교의 공기를 채우는 그런 정부의 지식하고는 다른 것이지."

마을의 이주거나 새 농장을 만드는 일이거나 공동 환금작물 재배 계획 같은 것일 거라고 생각하며 나는 호리병의 매끈한 표면을 양손으로 만졌다. 오두막에서 피우는 불의 연기 때문에 서까래에 저장된 모든 물건들이 새까맣게 그을린 것처럼 병의 표면도 마찬가지였다.

보베가 눈을 게슴츠레 뜨고 북을 뚫어지게 쳐다보며 다시 나지막이 읊조렸다. "우리는 보아 숲에 살고 있는 성스러운 동물,

욤베Yombé를 알게 되었지. 이 동물은 침팬지와 고릴라를 닮았지만 팔이 매우 길고 초식을 하고, 무엇보다 우리 숲에서 나는 두 종류의 식물을 먹지. 이 동물은 이미 여러 번 목격되었지만 신비로운 건 이거야. 그의 눈을 결코 똑바로 쳐다봐서는 안 된다는 것. 10년 전 마을의 사냥꾼 두 명이 이 동물 중 하나를 활이 아니라 총으로 쏘았어. 나무에 앉아 있다가 떨어졌어. 그리고는 사라졌어. 일말의 흔적도 남기지 않고 사라져버린 거지. 두 사냥꾼은 마을로 돌아와 이 이상한 현상에 대해 이야기했고 이야기를 마치자 그들은 죽었어. 나, 보베는 지금 여기 여러분 앞에서 단언하건대, 나도 그 동물을 보았지. 나 역시도 그 동물이 나무에 앉아 있을 때 만났지. 그 동물이 고개를 돌리기 시작했어. 하지만 그 두 사냥꾼의 혼령이 나를 구해줬지. 그들이 내 머릿속에서 조용히 나를 불렀어. 나는 그 사람들이 어떻게 그 이야기를 했고 어떻게 죽었는지 기억해냈지. 나는 눈을 길 쪽으로 떨구고 아내와 아이들에게 돌아갔어. 그래서 나, 보베는 아직 살아 있는 거야. 그리고 지금 내 집에서 경고하건대, 레드몬드 씨, 당신이 우리 전통을 존중한다고 하고 내 친구 마르셀랭 박사와 잘 아는 사이라고 하니 죽음을 각오하고 경고하리다. 숲에서 이 동물을 마주치게 되거든 절대 눈을 쳐다보지 말아요."

보베는 마치 눈앞에 보이는 어떤 것을 막으려는 것처럼 피부가 처진 늙은 손을 들어 손바닥을 눈에 가져다 댔다. 그리고는 느긋한 미소를 지으며 우리를 보았다. 목소리도 평소대로 돌아왔다. "피곤하군요. 그런 이야기를 말하는 데는 용기가 필요하다오. 지금은 몹시 피곤하니 다음에 이야기합시다. 다시 찾아오시오."

나는 내가 여전히 호리병을 꼭 쥐고 있다는 것을 의식하고 놀랐다.

"그 이야기를 어떻게 이해했나?" 우리 오두막으로 돌아가는 길에 내가 물었다.

떠돌이 개 한 마리가 그늘 속에서 나타나 우리를 졸졸 따라왔다. 추장의 개하고 약간 닮았지만 노란 등에 옴 자국이 있었다. 내가 돌아보고 "꿩!"이라고 말할 때마다 그 개는 꼬리를 흔들며 귀를 까딱했다. '왜 가서 나를 위해 아프리카의 유일한 꿩을 찾아오지 못하니, 아니면 콩고공작이었던가.' 콩고공작은 정말 드문데, 1913년에야 발견되었다(벨기에령 콩고를 조사한 미국의 위대한 조류학자 제임스 채핀James P. Chapin은 콩고공작의 깃털 단 하나만을 발견했다. "이투리 강 지역의 아바쿠비에 사는 원주민의 모자에서 나온…… 암컷의 가로줄무늬가 있는 속 깃털이었다." 23년간이나 이 깃털에 매혹되었던 채핀은 1936년 드디어 이 새를 발견하고 이름을 지어주었다). "네가 그렇게만 할 수 있다면 얼마나 똑똑한 개가 되겠니?" 내가 말했다.

"알아야 할 것 같은데 링갈라어로 볼로는 질vagina을 뜻해요." 마르셀랭이 말했다.

나는 웃었다.

"그게 뭐가 웃겨요?" 마르셀랭이 버럭 화를 냈다.

"미안해." 나는 그의 목소리에 담긴 살벌한 독기에 놀랐다. 행복했던 내 발걸음은 자연스럽게 질질 끄는 느린 걸음으로 바뀌었다. "나는 보베 영감이 나를 놀리려고 한 말인 줄 알았지."

"그런 거 아니잖아요. 그래서 웃은 게 아니에요." 마르셀랭이 내 발걸음에 맞춰 속도를 늦추면서 대뜸 말했다. "도대체 왜 보베 영감이 레드몬드를 놀리겠어요? 그런 이야기를 한 후에 보베 영감이 얼마나 지쳤는지 못 봤어요? 그런 말을 하는 게 보베 영감한테는 위험한 일일 수 있어요. 그가 얼마나 두려워하는지 눈치 못 챘어요? 그런데도 그렇게 웃어요? 어떻게 보베 영감을 비웃을 수 있어요?"

"아무튼 그 모든 게 당신들 백인의 미신과 다를 게 뭐예요? 그렇게 말하면 당신들이 하나같이 목에 걸고 다니는 그 주물은 뭐예요? 그 작은 십자가 말입니다. 주머니에 넣고 손가락으로 돌리며 주문을 외는 그 구슬은 또 어떻고요. 그리고 이루 말할 수 없이 많은 그 의식은요? 카니발리즘의 상징물은 또 어때요? 말해봐요. 당신들은 일주일에 한 번씩 종족 백인 추장의 살과 피를 마치 온당하고 이성적인 것인 양 먹지 않나요? 안 그래요? 오, 말도 안 되죠. 당신에게는 우리를, 보베 영감을, 아프리카인들을 비웃을 권한이 없어요. 전혀요." 마르셀랭은 길에서 진흙 덩어리를 걷어차며 큰 소리로 말했다.

"사과하겠네. 하지만 내가 말하지 않았나, 나는 기독교인이 아니야. 나는 그런 거 믿지 않아. 내 평생 십자가 목걸이를 한 적도, 묵주라는 말을 해본 적도 없네."

"묵주라는 말을 해본 적도 없네." 마르셀랭은 내 말을 흉내 내며 낄낄거렸다. "당신들이 그럴싸하게 부르는 말이죠, 안 그래요? 우리에 대해서 말할 때는 주물이고요. 아니면 '주주*'나 '그리그리**'라고 하거나. 하지만 당신네들 말은 매우 격조 있고 상당히 다르죠. 묵주라거나 십자가라거나. 그렇게 말하면 괜찮은 거군요, 안 그래요? 그렇게 우아하게 부르면 모든 게 다 괜찮은 거죠?"

"말하지 않았나, 난 안 믿는다고."

"믿든 안 믿든, 당신 머릿속에 그렇게 입력되어 있잖아요. 도쿠에서의 그날 밤 이후 나는 계속 생각해왔어요. 당신은 그게 정상이라고 했어요. 당신들 문화의 일부고 완전히 이성적인 거라고요. 당신은 당신들이 이성과 과학의 인간들이며 낮은 백인의 것이고 밤은 흑인의 것이라고 했어요. 당신들은 자동차를 만들고 선외 모터를 만들고 항공기를 만들고, 우리는 못 만들었어요. 거기에는 동의해요. 하지만 세 신이 하나로 합쳐진 삼위일체는 어때요? 어디나 갈 수 있는 그 위대하고 성스러운 신, 날개가 달리고 머리에서 빛이 나와 반짝거리는 수천의 정령들은 뭔가요? 염소 발에 끝이 두 개로 갈라진 긴 꼬리가 달린 사악한 동물은 또 뭔가요? 말해봐요. 왜 아프리카 사람들을 비웃어요? 어째서 그런 게 다 볼로보다 우월한 겁니까? 그게 과학적인 이유는 뭐

---

* ju-ju. 서아프리카의 주물.
** gris-gris. 아프리카 원주민의 부적.

예요? 다른 신은 사람으로 태어나 나뭇조각에 매달려서 창에 찔렸는데, 그게 왜 우리 모두를 구원하는 거죠? 그게 도대체 무슨 의미예요? 그게 왜 일리 있는 거예요?"

"일리가 전혀 없어. 그건 그냥 믿음일 뿐이야. 믿음이란 이성과 과학에 작별 인사를 하는 거야. 그게 믿음이라고. 믿음을 가질 때는 스위치를 내리고 마개를 막고 일부러 머릿속을 말랑말랑하게 하는 것 아닌가. 그렇게 하는 게 더 편하니까."

마르셀랭은 내 말을 못 들은 체했다.

"백인들이 여기 총을 들고 들어와서 우리를 죽이고 신의 살을 먹니 마니 온종일 떠들어대는데 무서워하는 게 당연하죠. 우리가 당신들을 식인종이라고 생각한 것도 무리는 아니에요. 다른 문제도 있어요. 당신들의 신은 여자를 취한 적이 없어요. 있잖아요, 누구도 나보다 피부가 검지는 않을 거예요." 그는 전등을 팔에 비추고 말했다. "나는 내가 아는 아프리카인들 중에서 제일 까매요. 그리고 내가 아는 누구보다 성욕이 강해요. 그건 유전적인 거예요. 피부 속에 있는 거죠. 나는 온종일 섹스 생각을 해요. 매일 밤 여자랑 안 자면 아파요. 그래서 지금 아파요. 생명의 위험을 무릅쓰고 당신을 위해 이 밀림에서 이 사람들하고 같이 있으니까 나한테 두 배로 돈을 지불해야 해요. 게다가 하루 종일 걸어야 하고 밤에는 텐트에서 여자 없이 혼자 자야 하니까 또 돈을 두 배로 줘야 해요. 그것도 몇 달 내내 그러고 있잖아요! 당신 백인들이 어떻게 번식을 하는지 우리는 몰라요. 당신들한테는 섹스도 하지 않고 태어난 신이 있잖아요! 그리고 그 신도 여자를 취한 적이 없어요. 그 신의 어머니는 또 어떻고요. 어디에나 있는 그 주물상 말이에요. 얼굴에 멍청한 웃음을 띠고 아기를 안고 있는, 남자하고 자본 적도 없는 여자죠. 그게 그냥 바보 같은 게 아니라면 뭐가 바보 같은 거예요?"

그때 마을 한쪽 끝에서 갑자기 세찬 북소리가 들려오더니 본격적인 연주가 시작됐다.

마르셀랭은 잠시 침묵하더니 이렇게 말했다. "네 이웃을 네 몸과 같이 사랑하라." 그러더니 손전등을 세차게 흔들어댔다. 불빛이 길을 벗어나 우리 양옆의 선인장 울타리를 비췄다.

"네 이웃을 네 몸과 같이 사랑하라고! 어쩌면 그렇게 위선적일 수가!" 마르셀랭은 목청을 있는 대로 높였다. 목소리가 점점 높아지더니 진짜 분노에 차 내지르는 가성으로 변했다. 개가 돌아보더니 놀라 도망갔다.

"네 이웃을 사랑하라고! 그러더니 여기 총을 들고 와서 가족들을 떼어놓고 우리를 노예로 보냈지. 남편, 아내, 아이들을 다. 당신들한테는 그게 전혀 이상하지 않았던 거야! 당신 백인들은 겨우 1, 2년 만에 유대인들을 다 불태워 죽였어. 그래봐야 고작 600만 명이지. 당신들은 그걸 심각한 범죄라고 하고. 사실 심각해. 그러면 우리가 당한 홀로코스트는 어때? 백인들은 콩고에서만 1,300만 명을 노예로 팔아넘겼어. 그게 몇 세기 동안 지속됐어. 몇 세기 동안 남자들은 자기 아이들이 자라는 걸 볼 수나 있을지, 아들이 사냥을 배우는 걸 볼 수 있을지, 아들하고 같이 밭을 가꿀 수 있을지도 확신할 수 없었어. 자, 말해보시죠. 우리가 왜 그런 일을 당해야 했습니까? 백인들은 마법사를 악마라고 하죠. 그럴지도 모르죠. 하지만 말해보시죠. 도대체 어떤 신이 우리가 그렇게 고통을 당하게 내버려뒀던 겁니까?"

우리는 아무 말 없이 오두막으로 들어갔다. 두블라와 비키는 가고 없었다. 테이블 위에서 초는 깜빡거리며 타고 있었고 식기와 야자술통은 텅 비어 있었다. 담배꽁초가 진흙바닥에 널려 있었다. 웅제와 마누는 두 개의 작은 침실 입구에 방수포를 펴서 걸어놓았다.

"여기서 못 견디겠어!" 마르셀랭은 서 있던 곳에서 빙빙 돌며 중심을 잡더니 몸을 내던지듯이 회전했다. 그러는 모습은 처음 봤다. "당신들한테 화가 나 죽겠어요. 보베 영감 집에서 잘 거예요." 마르셀랭은 자기 짐을 들고 나가버렸다.

"쳇! 갔어요?" 웅제가 커튼 뒤에서 말했다.

"응, 갔어. 나한테 불만이 많은가 봐."

"나는 불만 없어요. 레드몬드가 이번에 준 500세파프랑은 최고였어요." 웅제가 소곤거렸다.

"어땠는데?"

"새 침실 문 안으로 머리를 밀어 넣어보세요, 삼촌. 잠깐 보기만 하세요. 넘어지거나 소리를 내면 안 돼요. 제발, 삼촌. 자제해야 해요."

나는 커튼 옆으로 고개를 들이밀었다.

"끝내주지 않아요?" 웅제가 옷을 홀딱 벗고 수건으로 성기만 가린 채 침대에 앉아 득의만만한 표정으로 손가락 끝을 입술에 대고 환하게 웃었다. "삼촌, 이 여자 잘 익은 파파야 같아요. 위스키 한 병보다 나아요."

여자는 돌돌 말린 응제의 티셔츠를 베고 침대 위에서 방수포를 덮고 자고 있었다. 노랑과 초록이 섞인 랩드레스는 바닥에 떨어져 있었다.

"끝을 모르는 여자예요. 봐요." 응제가 살짝 방수포를 걷으며 말했다.

오른쪽 옆으로 누운 여자의 가슴이 앞으로 쏠려 있었고 왼팔은 젖가슴에 얹혀 있고 손은 침대 가장자리에 닿아 있었다. 촛불빛에 땀에 젖은 그녀의 젊고 매끈한 피부가 반들반들 빛났다. 수년 동안 그렇게 평화로운 얼굴을 본 적이 없는 것 같았다.

"학교에서 처음 그녀를 가졌어요." 응제가 카멜레온처럼 눈알을 빙그르르 돌리며 승리감에 취해 말했다. "비키하고 두블라 때문에 학교에 가야 했거든요. 이 아가씨가 너무 흥분한 거예요! 그래서 '진정해, 진정해'라고 말해야 했죠."

"그런 다음에는?"

"집에 데려와서 침대에서 했죠. 그런데 있잖아요, 내가 최고라는 거예요. 그렇고말고요. 할아버지가 내게 주신 선물이죠! 그녀는 녹초가 됐어요. 내가 완전 나가떨어지게 만들었죠. 섹스만 한 게 또 있을까요, 삼촌."

"당연히 없지."

"이따가 깨워서 춤추러 갈 거예요. 그리고 돌아와서 한 번 더

할 거예요! 삼촌도 올 거예요? 춤추러 올 거예요?"

"아니, 난 안 가. 오늘 밤은 안 내켜. 하루가 몇 달은 흐른 것 같아. 수영하고 와서 잘 거야."

"그럼 큰 가방에서 이것저것 찾느라 쨍그랑대고 부스럭대서 마누를 방해하지 말아요. 지금 여자랑 대화 중이에요. 대화라니! 마누는 용기를 내는 데 시간이 한참 걸려요. 나 같지가 않아요. 조금도 비슷하지 않죠. 저기서 뭐 훔치러 온 사람처럼 벌벌 떨고 있어요."

나는 뒷방으로 가서 벌레가 득시글거리는 침대 위에 손전등을 던져놓고 미끈거리는 방수 비닐가방이 마구 뒤엉켜 있는 배낭 속을 소리 나지 않게 조심하며 뒤져 곰팡이로 덮인 수건과 남아 있는 비누 조각을 찾아 지름길을 통해 강 쪽으로 내려갔다.

강둑을 따라 개구리들이 청둥오리처럼 꽥꽥거렸다. 나는 흔히 볼 수 있는 뒤집힌 배의 선체 옆에서 씻을 장소를 발견하고는 부츠를 벗고 왼쪽 부츠에 안경을 조심스레 넣고 오른쪽 부츠에는 머릿전등을 넣었다. 그리고 옷을 벗어 부츠 위에 올려놓고 물속으로 들어갔다. 걸음을 뗄 때마다 발목에서 진흙이 꿈틀댔다. 조금 더 들어가자 물이 가시금작화 덤불처럼 성기를 콕콕 찔렀다. 뭔가 있는 것 같은 느낌이 들어 다시 안경을 쓰고 머릿전등을 쓰고 물속으로 들어갔다.

15센티미터 정도의 작은 메기 한 마리가 수면 가까이 나무 선체 옆에 마련된 잔잔한 웅덩이에 둥둥 뜬 채 잠들어 있었다. 수염이 빳빳하게 뻗어 나와 있었고, 아가미, 등, 가슴지느러미에는 가시가 돋아 있는 것 같았다. 잠이 깨지 않도록 내버려두고 나는 다시 전등과 안경을 벗어두고 하루 동안 쌓인 두려움의 냄새를 씻어 하류로 흘려보냈다. 공룡을 본다는 것이 갑자기 너무도 자연스러운 일처럼 느껴졌다. 마치 서구의 성취처럼. 백악기의 작은 용각류 동물에 대해 기록한다는 건 또 얼마나 과학적으로 느껴지는지. 반면 리아나 덩굴 사이에 축 늘어진 욤베—보아 마을의 미지의 유인원—의 두 팔을 흘낏 보고 눈을 마주친다는 것은 너무도 놀라운 일처럼 여겨졌다. 뇌가 터지기 전에 작은 놀라움들로 미리 단련하는 게 좋을지도 모른다. 눈구멍 속이 뒤집혀 눈알이 툭 튀어나와 완벽한 쌍둥이 포물선을 그리며 날아가 마법사의 오두막 지붕에 얹힌 야자수 잎을 뚫고 마법사가 열어놓은 주물 가방 속으로 살포시 떨어질지도 모른다.

호수에 뭔가 이상한 게 있어, 나는 곰팡이 슨 수건으로 몸을 마구 문지르고 옷을 입고 오두막으로 천천히 걸어오며 생각했다. 따뜻한 밤공기 속에 북소리가 강물에 생기는 잔잔한 파동처럼 들려왔다. 맥컬은 호수에 진짜 공룡이 살고 있을 거라고 생각했다. 지구상에서 이 밀림만큼 오랫동안 원상태를 보존하고 있는 곳도 없다고 생각한 이유도 일부 있었고, 공룡이 피그미들이 보고한 내용의 주제이기도 했고, (반투족을 놀라게 할 생각이 아니라면) 피그미들의 말은 신뢰할 만하다고 생각한 이유도 있었다. 밤부터 피그미들이 계속해서 전하는 말들 때문에 결국 영국인 식민지 정부 관료이자 박물학자인 해리 존스턴 경이 탐사에 나섰다. 이 일은 그의 경력에 큰 획을 그었는데, 밀림의 기린인 오카피Okapi를 발견하는 성과로 이어졌기 때문이다(사실 피그미들이 벨트로 차고 있던 오카피 가죽 두 조각을 발견했다고 하는 편이 더 정확할지도 모르지만). 존스턴도 맥컬처럼 멸종 동물을 찾는 데 집착했다. 그는 그 동물 가죽이 말의 조상인 고대 생물 히파리온Hipparion의 것일 거라 생각하고, 그 가죽을 런던동물원 원장인 필립 슐레이터Philip Lutley Sclater에게 보냈다. 슐레이터는 1901년 2월 10일 그 가죽에 예의상 에쿠스 존스토니Equus johnstoni라는 이름을 붙였다. 그러나 콩고자유국의 스웨덴 출신 에릭슨 부관이 그 동물의 두개골 두 개와 완전한 가죽을 입수했다. 그 동물은 발굽이 갈라져 있고 두개골은 기린과 관련이 있다고 드러났다. 그리고 1901년 6월 10일 레이 랭케스터 경이 피그미 이름인 오카피아를 따서 그 동물에게 오카피라는 새로운 속屬을 부여했다. 존스턴은 멸종 동물의 최초 발견자가 되리라 마음먹고 즉시 그 동물의 이름을 헬라도세리엄 티그리엄Helladotherium tigrium이라 명명했다(헬라도세리엄이라는 화석 기린이 있기는 하다. 하지만 두개골과 이빨이 살아 있는 오카피와는 차이가 있다. 오카피는 구절*과 앞다리 무릎 부근에 불그스름한 부드러운 가죽, 둔부에 하얀색 줄무늬를 갖고 있긴 하지만, 호랑이의 줄무늬처럼 생기지는 않았다. 아무튼 존스턴의 의견을 진지하게 받아들인 사람은 없었다).

하지만 이제야 알게 된 사실이지만 콩고의 공룡 이야기는 피그미와 상관은 없었다. 피그미의 땅은 텔레 호수에서 훨씬 북쪽에 있었다. 여기서 피그미라는 말은 프랑스인이 점령하러 왔을 때 밀림으로 도망간 반투족을 경멸조로 부르는 말이었고, 이들이 다시 밀림에서 나오기까지는 너무 긴 시간이 흘렀다. 보아와 제케 사람들은 자존감이 있는 반투족이라면 밀림에서 살지 않을 거라는 걸 알고 있었다. 진짜 반투족들은 제대로 된 집을 만들고 강 주변에 커다란 농장도 세웠다. 이들은 햇빛 속에서 살았다. 피그미와 동물들만이 거대한 나무가 둘러싸인, 언제나 어두컴컴한 밀림에 숨어 살았다. 중앙아프리카공화국의 독재자 앙드레 콜링바 장군이 최근에 내린 결정도 떠올랐다. 그는 이제부터 피그미들을 사람이 아니라 동물로 간주한다는 칙령을 내렸다.

응제와 여자친구는 춤추러 갔는지 학교에 갔는지 오두막에 없었고 마누와 그의 수줍음 많은 여자친구도 어디론가 가고 없었다. 나는 혼자 오두막에 남았다. 너무 피곤해서 부츠도 벗지 않고 방수포 하나를 침상에 펴고 하나를 더 끌어와 덮고 잠을 청했다. 하지만 잠이 오지 않았다. 호수에 가지 말라고 했던 제케의 레오나르 목소리가 귓전에 울렸다. 모켈레음벰베를 보는 것뿐만 아니라 길게 끄는 울음소리를 듣게 될 거고, 그 고음의 쩌렁쩌렁 울리는 울음소리를 한번 들으면 그 순간부터 영원히 정신의 균형을 잃게 될 거라고 말했다.

그때 빈대가 나타나 이미 정신의 균형 상태를 깨뜨린 것 같았고, 짜증이 밀려왔다. 나는 손으로 더듬거려 전등을 켜고 일어나

---

* 말굽 바로 윗부분 뒤쪽 돌기.

방수포를 침대에서 걷어 진흙바닥에 깔았다. 어둠 속에서 다시 자리를 잡고 누웠는데, 내 무의식 속에 떠돌아다니던 달링턴C. D. Darlington이《인간과 사회의 진화The Evolution of Man and Society》에서 했던 말이 낚싯줄에 물고기 낚이듯 갑자기 튀어나왔다. "아프리카는 인간이 유래한 곳인 동시에 인간에게 가장 위험한 질병 또한 유래한 곳이다." 게다가 달링턴이 생각한 질병이란 소아마비, 디프테리아, 뇌염 1·2종, 한센병, 황열, 폐렴, 빌하르츠 주혈 흡충증*, 수면병, 임질, 말라리아 정도였다. 그러자 콩고바닥 애벌레가 생각났다.

이제 망고파리는 인간의 습성에 상당히 익숙해졌다. 암컷은 소변이나 배설물로 오염된 모래땅에 알을 낳는데, 가끔은 말리려고 널어놓은 옷이나 통풍을 위해 펼쳐놓은 침구에도 알을 낳는다. 이렇게 옮긴 작은 애벌레는 피부 속에서 알을 깨고 나와 끓어오를 때 생기는 기포처럼 부풀게 만들고, 제일 위쪽에 거무죽죽하고 습기가 있는 작은 공기구멍을 만들어놓는다. 이들은 특히 아기를 좋아하는데 그중에서도 목 부위를 좋아한다. 이들은 쥐나 고양이, 개, 원숭이에게도 알을 낳는다. 망고파리와 가장 가까운 친척이 콩고바닥애벌레일 텐데, 이들은 망고파리와 달리 사람에게만 집중하는 충실한 애벌레다. 암컷 파리(청파리와 아주 비슷하게 생겼지만 갈색이다)가 오두막 바닥 먼지 속에 알을 낳으면 애벌레가 낮에는 진흙 속에 잠복해 있다가 밤에 꿈틀꿈틀 빠져나와 사람의 피를 빤다.

내가 아는 한 콩고바닥애벌레는 병을 옮기지는 않는다. 거머리만큼 떳떳하다. 나는 다시 일어나 불을 켜고 혹시 내 팔의 털 사이에 하얀 애벌레가 매달려 있지는 않은지 살펴보았다. 누군가라도 봐줘야 하니까.

너는 사기꾼이야, 나는 혼잣말을 했다. 너는 하루 종일 두려움에 억눌려서 점점 미쳐가는 거야. 네가 만일 마르셀랭을 죽이고 싶어서 칼을 들고 있던 그 거구를 처음 봤을 때 정상적으로 행동했더라면, 길바닥에 앉아 소리를 질러댔다면, 너는 지금 강멧돼지처럼 곤히 잘 수 있었을 거야. 만일(학교 칠판에 뭔가를 쓰고 있는 내가 보였다) 인간 면역 결핍 바이러스가 말라리아 기생충에 펴져 있을 가능성이 조금이라도 있다면(자이르의 환자 520명을 조사한 자료에 의하면, 인간 면역 결핍 바이러스 항체 발생이 열대열 말라이아원충의 항체 발생과 밀접한 관련이 있다고 밝혀졌기 때문에), 그리고 그 바이러스가 빈대—B형 간염을 옮긴다고 알려진—를 통해 옮겨질 가능성이 크다면, 콩고바닥애벌레가 인간 면역 결핍 바이러스로 채워져 있을 가능성은 100퍼센트가 아닌가.

"애벌레한테 피를 빨리느니 차라리 빈대한테 물리는 편을 택하겠어. 그리고 거기에 어떤 이상한 점도 없어. 사실 매우 정상적인 결정이야." 나는 큰 소리로 이렇게 말하고 일어나 방수포를 다시 침대에 깔았다. 부츠를 벗고 이렇게 말했다. "정상적인 사람이라면 잠자리에 애벌레가 있기를 누가 바라겠어? 빈대라면 그건 어쩔 수 없는 거지."

---

* 작은 기생충이 혈관 속으로 파고드는 질병.

그렇게 해서 나는 침상에 누워 평화로운 무언가를 떠올리려 애썼다. 어린 시절의 목사관, 내 방 창문 아래 자전거를 넣어두는 헛간 지붕 위에 앉아 여름 저녁 매일 자장가를 불러주던 찌르레기, 마로니에나무에 앉아 있던 산비둘기…… 하지만 아무것도 소용없었다. 어떤 것도 오랜 시간 생각 속에 머물지 않았다. 꿈속으로 인도하기에는 내 머릿속에 잡다한 생각이 너무 많았다. 내 상상력은 막무가내로 브루스 채트윈*에 대한 생각으로 채워졌다. 내가 알고 있는 사람 중 유일하게 에이즈로 사망한 사람이었다.

"레더스Redders!" 매우 이른 아침에 수화기 너머로 익숙한 목소리가 들려올 것이다. (예를 들어 이렇게 말한다.) "어제는 부닌** 도 흥미롭지 않았어. 이제 더 이상은 조금도 못 견디겠어. 글 쓰는 데 진절머리가 나. 질렸어! 질렸어! 질렸어!" (고막이 터질 정도의 에너지가 넘치는 목소리다.) "글 쓰는 데 질리면 걸어야 해." (오, 세상에) "지금 데리러 갈게." (공포) "지금 뭐하고 있어?"

"나 자고 있어."

"그럼 일어나! 녹차 두 잔 마셔. 30분 후에 봐."

나는 부닌이 누군지 혹은 뭔지 궁금해하기 시작할 것이다. 브루스와 함께라면 무슨 일이 일어날지 예측할 수 없다. 알바니아 출신으로 제2의 스트라빈스키인가? 아니면 말리의 마지막 노예의 별명? 아니면 파타고니아의 등대지기 이름? 네게브 사막 동굴의 238B 벽화? 아니면 잠깐 차를 마시러 들른 망명자 톰스크Tomsk 왕인가? 여전히 이런저런 궁리를 하며 집에서 휘청거리며 나왔다.

하얀색 시트로엥 2CV가 진입로로 터덜거리며 들어왔다. 차 지붕 위에 윈드서핑 보드가 끈으로 묶여 있었다. 채트윈이 차에서 내렸고 그의 아내 엘리자베스의 개 두 마리가 발치에서 꼬리를 흔들어댔다.

"어서 서둘러! 새벽이 다 됐잖아! 개들을 웨일즈에 있는 힐 농장에 데려다줘야 해. 킬펙에 있는 세인트 메리 앤드 세인트 데이비드 성당의 남문에 있는 생명의 나무를 보러 갈 거야. 개를 데려다주고 내 오랜 친구 레이디 베처먼을 보러 들렀다가 블랙 힐까지 걸어갈 거야."

"그럼 이 윈드서핑 보드는 왜 가져가?" 내가 미심쩍어하며 물었다.

"아, 그거. 그건 요즘 내 새로운 취미야. 네 차도 가지고 가서 오늘 밤 돌아올 땐 너 혼자 와. 나는 내일 아침에 브리스톨 만에 서핑하러 갈 거야."

그럼 저녁은 더블린에서 먹겠군, 나는 생각했다.

우리는 블랙 마운틴의 첫 산마루 아래서 트랙 옆에 차를 세우고 부츠를 꺼냈다. 내 건 검정색 웰링턴 부츠고, 브루스 건 매우 고급스러운 가죽으로 만든 에르메스 부츠였다. 누군가와 선물로 교환했을 것이다. 나는 내 배낭(빵 한 조각과 와인 두 병만 담긴)을

---

*   Bruce Chatwin(1940~1989). 영국의 소설가이자 여행 작가로 남미 여행기인 《파타고니아》를 썼다.
** Ivan Alekseevich Bunin(1870~1953). 러시아 시인, 소설가.

메고 브루스는 진한 고동색 송아지가죽으로 만든 작은 잡낭(몽 블랑 펜, 유포로 묶은 진짜 몰스킨* 검정색 공책, 에일머 머드가 번역한 《전쟁과 평화》, 스트린드베리의 《대해에서By the Open Sea》, 지금까지 내 가 본 중에서 가장 우아한 쌍안경만을 넣은)을 멨다.

브루스의 파란 눈이 열정적으로 밝게 빛났다. 그가 말했다. "베르너 헤어조크**가 준 배낭이야. 헤어조크 감독이 《위다의 총 독The Viceroy of Ouidah》**을 영화로 만들고 싶어 했어. 장 루이 바 로**가 이 가방을 나를 위해 디자인해줬어. 그런데 레더스, 너 캐 나다 모카신 컴퍼니에 가서 내 친구라고만 말해. 괜찮은 부츠를 권해줄 거야."

브루스는 야생화와 빌베리가 핀 언덕을 큰 보폭으로 힘차게 성큼성큼 걸어 올라갔다. 진짜 유목민의 걸음걸이 같았다. 얼마 안 가 나는 뒤처져서 기관차고처럼 헉헉거리지 않으려고 애쓰고 있었다.

"내가 썼던 쌍둥이 이야기의 주인공이 저기 살아."브루스는 보폭을 좁히지 않고 돌아보며, 우리 아래로 펼쳐진 골짜기에서 뒤로 물러나 있는 슬레이트 지붕의 기다란 농가를 가리키면서 말했다.

"그리고 저기는……"브루스의 말이 내 옆을 획 지나 흩어져 바람에 묻혔다. 오르막길을 오르는 것만으로도 충분히 힘들어서 그의 격렬하고 끝도 없는 독백에 대답하기는 불가능했다. 차라 리 잘된 일이었다. 그가 쓴 《파타고니아》는 정말이지 좋았지만 《블랙 힐 위에서On the Black Hill》는 읽다가 졸았다는 사실을 고백하기에는, 우리 우정을 고려할 때 이미 너무 늦었기 때문이었다.

"저 아래 히피 캠프가 있어." 비를 몰고 오는 북서쪽의 먹구름을 향해 고갯짓하며 소리쳤다. "사람들은 모두 히피를 두려워해. 자다가 목 졸려 죽을 거라 생각하지. 아프가니스탄 왕과 머물 때 궁정에 영국 대령이 있었는데, 그 사람이 이렇게 말했어. '왕이시여, 이 나라에서 모든 히피들을 제거할 수 있도록 허락해주십시오. 트럭에 모든 히피를 다 싣고 국경으로 가도록 허락해주십시오.'" 브루스가 웃음을 터뜨리며 말했다.

우리는 우박을 맞으며 랜서니 마을로 내려갔다. 브루스는 북쪽을 향해 날아갔다가 반대쪽 반구에 길을 잘못 들어 셰틀랜드에 둥지를 짓고 오지 않는 수컷을 기다렸던 암컷 알바트로스에 대해 이야기했다. 그 새를 보러 킹스 크로스에서 기차를 타고 가다가 침대칸에 있는 유일한 다른 승객이었던 티에라델푸에고 제도 사람("그 사람은 북해의 석유 굴착장으로 가는 길이었는데 티에라델푸에고 제도 사람들은 배를 매는 밧줄을 던져 부표의 고리에 넣을 수 있는 유일한 사람들이야.")을 만난 이야기도 했다. 나중에 《파타고니

---

* 몰스킨은 원래 프랑스의 한 가족이 운영하는 작은 문구회사에서 만든 노트였다. 그런데 브루스 채트윈이 그의 저서 《송라인Songlines》에서 이 노트에 대해 언급하고 난 뒤 정식으로 만들어졌다. 그가 책에서 붙인 별칭 몰스킨을 따서 회사 이름이 만들어졌다.

** Werner Herzog(1942~). 독일의 영화감독이자 영화배우.

:* 브루스 채트윈의 소설을 원작으로 헤어조크 감독이 〈코브라 베르데Cobra Verde〉라는 제목으로 영화화했다.

:: Jaen-Louis Barrault(1910~1994). 프랑스의 배우이자 연출가.

아》라는 책으로 나온 여정에서 그의 거주지에 들렀다고 했다.

그는 수단의 목동들에 대한 애정, 터키에서 이루어지는 로마 동전 밀반입, (내 생각에) 아일랜드인들을 코카서스 지방의 소수 민족 집단과 연결시켜주었던 선사시대의 바퀴 디자인, 그의 진짜 꿈인 언젠가 러시아 소설을 쓰는 것에 대해 이야기하고 있었다.

그때 엔진이 조각날 듯이 덜컹거리는 소리를 내더니 세 번 세찬 폭발음이 들렸고 녹이 슬어 구멍이 난 밴이 요동치며 우리를 향해 달려왔다. 나는 울타리 아래 제방으로 훌쩍 뛰어내렸지만 브루스는 생각에 잠긴 채 아직 길을 걷고 있었다. 놀라울 정도로 서서히 밴이 장 루이 바로가 디자인한 배낭을 밀었다. 브루스는 개의치 않고 계속 이야기를 하며("톨스토이처럼 스토리를 밀고 나가기. 속임수 없이!") 공중제비를 돌았다. "속임수 없이!" 이렇게 말하며 브루스는 바람개비가 돌 듯 배수로로 날아가며 말했다.

"멍청한 자식! 그럴 필요 없었잖아." 그는 땅에 착지하며 소리쳤다.

긴머리를 뒤로 하나로 묶은 젊은 청년이 운전석에서 내리면서 말했다. "미안합니다. 정말 미안해요. 뭐라 사과해야 할지 모르겠습니다. 실은 자동차에 브레이크가 없어요."

"오, 신나겠군! 우리 태워줄 수 있어요?" 브루스가 말했다.

오리노코 강*과 아마존 사이에 있는 정글에서 몇 달을 보내고 돌아온 뒤 런던의 한 레스토랑에서 따뜻한 가리비로 자축했다고 생각했는데, 6개월 치의 A형 간염에 걸려버렸다. 옥스퍼드의 처칠 병원에서 가수면 상태로 눈을 감고 혼자 누워 있는데 익숙한 목소리가 들렸다.

"쉿, 아무한테도 내가 여기 왔었다고 말하면 안 돼."

나는 눈을 떴다. 그 말은 사실이었다. A형 간염은 섬망을 유발하는 것이다. 환영도 보였다.

"쉿, 나는 지금 프랑스에 있는 거야. 빌 버포드**가 나를 쫓아올 거야. 나는 지금 《그랜타Granta》에 실을 기사를 써야 해. 나 여기 없었던 거야. 하지만 너도 여기 있으니 그냥 로이터에 전화해서 그만둔다고 할까 봐."

"너를 위해서 간염 약 가져왔어. 인도에 사는 엘리자베스의 구루**한테서 얻은 거야. 나는 얼굴에 난 호주 원주민 점묘화 같은 사마귀를 떼어낼 거야. 나는 바로 옆 병실에 있어. 있잖아, 네가 먼저 죽는다면 나도 그렇게 해줄 텐데, 내가 죽으면 내 유저遺著 관리자가 돼줄 수 있어?"

"네가 시키면 뭐든지 할게. 나 좀 자고 싶어."

"네가 알아야 할 게 있어. 여기 처음 왔을 때 의사들이 내가 죽을병에 걸렸다고 하는 거야. 골수에 곰팡이가 있다는 거야. 아마도 중국 동굴에서 감염됐던 것 같아. 엄청 드문 거래! 너무 드물어서 의료 기록상 나는 세계에서 열 번째 환자래나! 그러고 나서 의사가 하는 말이, 내가 그 병에 걸리게 된 이유가 에이즈

---

* 남미 북부에 있는 강.
** Bill Buford(1954~). 미국의 작가, 저널리스트. 문예잡지 《그랜타》의 편집자였다.
** guru. 힌두교의 스승이나 지도자.

에 걸려서 그렇다는 거야. 6개월이나 1년쯤 살 수 있대. 그래서 생각했지. 그래, 브루스는 지독한 놈이다, 그런 일이 일어나도록 그냥 두진 않겠다. 지금처럼 해서는 내 유목민 책을 쓸 수 없어. 내 공책에 있는 자료만을 끌어다 쓸 순 없어. 그냥 시간을 흘려 보내고 머릿속은 텅 빈 채 여기저기 똥이나 지릴 순 없다고.

그래서 제네바로 갔어. 그곳은 늘 머릿속을 떠나지 않았던 알프스 산맥이 있는 곳이고, 그곳에 융프라우 가까이 황홀한 절벽이 있어. 나는 그 절벽에서 뛰어내리고 싶었어. 그렇게 못할 경우 니제르*에 가서 그냥 옷을 벗고 샅바만 걸친 채 사막으로 들어가서 태양이 내 몸을 태워버릴 때까지 기다려야겠다고 생각했지. 그런데 골수가 먼저 탈을 일으켰지. 나는 길에서 쓰러졌고 누군가 나를 택시에 태워 병원으로 데리고 갔어. 엘리자베스가 와서 나를 구해줬고 이 병원으로 데려온 거야. 나는 기력이 너무 쇠해 소곤거릴 힘도 없었어. 내가 병원으로 들어온 건 금요일이었고 의사들은 내가 월요일쯤이면 죽을 거라고 생각했어. 그런데 주엘 젠슨이 나에게 항진균 항생제를 투여하고 엘리자베스가 나를 밤낮으로 보살펴 회복할 수 있었어. 모두 두 사람 덕분이지. 나는 내 야심작을 이제 거의 끝냈네. 거기에는 배알이 꼴린 끔찍한 인물이 하나 등장하는데, 이름은 한론Hanlon이야. 그리고 지금 공책에서 또 한 편의 소설이 자라고 있다네. 전체 틀은 나왔어. 배경은 프라하고, 제목은 '우츠 우츠Utz-Utz!'로 하려고 하네. 아무튼 지금 말고 언젠가 사람들에게 이렇게 말해줘. 그것은 우화라고. 거기 다 만들어져 있다고. 교훈은 자기 자신을 죽이지

232

마라. 어떤 상황이 와도 그런 짓을 하지 마라. 설사 에이즈에 걸렸다고 해도 그러지 말라는 거야."

내가 브루스를 마지막으로 본 것은 남쪽의 옥스퍼드셔 밸리가 내다보이는 햇빛 가득한 엘리자베스 집에서였다. 브루스는 두 번째 침실에 누워 있었다. 침대보 위에는 책이 놓여 있고, 침대 옆 상자에는 브루스가 우정을 나누고 지지해준 젊은 소설가의 원고가, 협탁에는 그가 후원했던 젊은 음악가의 카세트테이프가 침대 옆 탁자에 쌓여 있었고, 벽에는 새로 산 러시아 성상이 걸려 있었다.

너무도 허약하고 여위어 팔에 하얀 뼈가 두드러져 보일 정도였지만, 그의 전화기는 여전히 연결돼 있었다. 그는 전 세계의 친구들과 전화를 주고받고 대화를 나누고 있었다.

"레더스, 지금은 펜을 잡을 수도 없어. 지금 쓰기 시작한다는 것은 말도 안 되고, 그렇다고 누군가한테 받아쓰라고 하는 건 질색이야. 하지만 좀 나아진다 싶으면 그 러시아 소설을 시작할 거야. 쓰고 말 거야. 전체 구상은 다 되어 있어. 속임수 없이!"

브루스는 크게 웃다가 기침을 터뜨렸다. 떠날 때가 되었을 때 태양은 벽을 환히 비추고 있었다. 나는 그의 양손을 꼭 잡았다. 그때 어떤 생각이 번득 들었는지 브루스가 웃음을 터뜨렸다.

"레더스! 손이 이게 뭐야? 손이 이렇게 부드러워서야 어디 돌아다닐 수나 있겠어? 그냥 침대에 누워 다 해버려."

---

* Niger. 아프리카 중서부의 공화국.

그게 브루스가 내게 한 마지막 말이었다. 그리고 꽤나 맞는 말이라고 생각했다. 이제 '부닌'을 읽고 서핑용 보드도 사야겠다.

물론 예전 같지는 않겠지만.

함석지붕에서 쟁그랑거리는 소리가 들려 퍼뜩 정신이 들었다. 나는 긴가민가하며 내가 어디에 있는지 기억해냈다. 그때 누군가 밖에서 비명을 질렀다. 무언가 침대를 치더니 내 팔을 긁었다. 세상에, 덧문을 뚫고 들어온 창? 나는 옆으로 몸을 기울여 배낭 위에 있는 손전등을 얼른 켰다.

침대 위에서 털이 보송보송 나고 배는 하얗고 등은 회색인 거대한 쥐 한 마리가 얼어붙은 것처럼 미동도 없이 나를 내려다보고 있었다. 쥐의 눈도 내 눈만큼 커졌고 볼은 불룩하게 부풀었고 숟가락처럼 생긴 귀는 앞으로 쫑긋 서 있었다. 끝이 하얀 꼬리는 너무 길었다. 우리는 둘 다 가쁜 숨을 몰아쉬며 서로 쳐다봤다. 쥐의 가슴팍 털이 펌프질하듯 오르락내리락했다. 흉부에서 내 심장이 고치에서 떨어진 애벌레처럼 마구 비틀거렸다.

"괜찮아. 너는 쥐야." 나는 벌벌 떨며 말했다.

쥐는 한밤중인데 사방이 갑자기 환하게 밝아진 데 아연실색해 벽으로 뛰었다가, 몸을 지탱하려고 발톱으로 마구 벽을 긁다가 바닥으로 떨어지더니 문밖으로 줄행랑쳤다.

"저렇게 깨끗할 수가. 넌 좀 본받아야 해. 그리고 이제 혼잣말은 그만."

나는 배낭에서 헬트노스와 딜러의 책을 꺼냈다. 삽화 26번에 그가 있었다. 여전히 놀란 표정으로 한쪽 발을 복서처럼 들고 있는 모습이었다. 자이언트감비아쥐였다.

아프리카에서는 비단 공룡만 괴상한 습성을 가진 게 아닌 모양이었다. 쥐들도 이상한 짓을 한다. 예를 들어 자이언트감비아쥐는 몸을 거꾸로 뒤집고 배설하는 것을 좋아한다. 핼트노스와 딜러에 따르면 "이들은 주로 삼림지에서 건조한 사바나 지역, 산악지에서 3,500미터쯤 올라간 곳, 또는 사람들의 정착지나 건물 안에 서식한다"고 한다. 집은 스스로 파거나 이미 파인 구멍, 혹은 많은 방으로 나뉘었고 입구가 여러 개인 흰개미 둔덕, 떨어진 나무나 속이 빈 나무, 바위 틈, 건물 등에 짓는다고 한다. 집에서 먹이가 있는 길까지 물구나무선 채 오줌 방울과 배설물을 떨어뜨리고, 옆에 있는 물건에 표시하기 위해 뒤집힌 엉덩이를 문지른다.

이 자이언트감비아쥐는 침실 벽이 있는 곳 위에서 물구나무서다가 삐끗해 뒤집힌 엉덩이를 함석지붕에 꽝 부딪히고 침대로 고꾸라진 게 분명하다. 별맛 없는 물건들(못, 동전, 병뚜껑, 볼펜 등등)을 지하 방에 쟁여두기 위해 일단 바구니 대신 볼에 물건을 담아서 볼이 그렇게 빵빵하게 부푼 게 아니라면 말이다.

볼펜이 무사히 배낭에 있는지 확인하고 싶은 마음을 억누르고 있는데 밖에서 또 비명 소리가 들렸다. 비키의 아내였다. 밤의 교정 시간을 견디고 있는 소리였다. 그 소리를 들으니 난쟁이부시베이비가 떠올라 책을 찾아봤다.

난쟁이부시베이비는 삽화 48번에서 나를 빤히 쳐다보고 있었다. 쳐다보는 모습이 앙완티보* 같았지만 몸집이 더 크고 육중하고 털이 두껍고 풍성했으며, 귀는 더 작은 데다 꼬리는 없었다. 내 보르네오 여행의 동반자였던 제임스 펜턴James Penton이 쓴 시가 떠올랐다.

> 저기 카피바라가 자전거를 타고 오네.
> 나무가 무성한 친숙한 광장으로 방향을 틀더니
> 세발자전거를 타고 있던 앙완티보를 쓰러뜨려
> 누트리아의 조상에게 심한 상처를 주었다네.
> 번개 같은 험악한 공격은 이들의 전공.
> 은행과 채소가게를 싹쓸이하고
> 거들먹거리며 술집 문을 열고 들어가
> 어떤 술집에도 없는 술을 달라고 하네.

진짜 앙완티보에 대한 학술적인 묘사도 또 그것대로 묘미가 있다. "성기에는 뼈가 있다. 음경 포피에는 뾰족하지 않은 돌기만 있고, 음낭에는 작은 분비선이 있는 딱딱한 표면까지 털이 나 있다. 클리토리스는 길고 두꺼우며 뿌리처럼 두껍고 순무처럼 생겼다. 외음부 모퉁이에는 작고 딱딱한 판이 있고 거기에 냄새 분비선이 있다."

앙완티보는 우리의 조상인데, 그렇다면 우리 성기의 뼈가 없어진 걸까? 진화생물학자 리처드 도킨스Richard Dawkins 말대로, 소위 '정직한 신호 보내기honest signalling'의 결과인가? 즉 짝을 잘 골라야 하는 암컷의 고충에서 생긴 일일까? 새끼를 위한 최고의 아버지를 찾아야 할 필요성에서? 예를 들어 리본꼬리극락조의 터무니없이 긴 꼬리(일상생활을 할 때는 두말할 필요 없이 장애가 될)가 암컷에게 설사 증세도 없고 기생충도 없다는 것을 보여주려는 목적인 것처럼, 남자도 혈액으로 발기할 수 있다는 것을 보여주어 영양 상태가 좋고 스트레스나 질병이 없으며 다만 조금 변태적이라는 것을 증명하려는 것일 수 있다. 반면 나이든 수컷은 뼈를 흔들 수 있다면…… 나는 그것이 기발하고 매우 재미있는 아이디어라 생각했지만, 이런 데서 길고 하얀 꼬리를 갖고 있다면 얼마나 불리할까, 라는 생각이 금세 들었다. 카사바가 얼마나 빨리 소화되는지를 감안했을 때나 만일 내가 '정직한 신호 보내기'를 조금 한다고 치면, 즉각적으로 그 신호는 '완전 겁먹음'이라고 나올 것을 생각하니 그랬다.

결국 머릿속이 복잡해졌다. 나는 잠이 들었다.

---

* angwantibo. 영장목 로리스과의 포유류.

33

습지 밀림을 가다

동이 트고 한참 지나서 일어났다. 온몸에는 빨갛게 물린 자국 투성이였다. 추장과 부회장에게 줄 지폐를 챙기고 가려움을 가라앉힐 생각으로 수영을 하러 갔다. 오두막으로 돌아왔을 때 마누가 눈을 반짝거리며 평소보다 두 배는 빠른 속도로 움직이고 있었다.

"그녀는 나를 좋아해요." 마누가 말했다.

"당연히 그렇겠지. 마누가 얼마나 강하고 숲에서 빨리 걷는지 알아본 거지."

"그런 게 아니에요. 그녀가 내 몸이 좋댔어요. 내 모자도요." 마누가 자랑스러운 미소를 살짝 지으며 말했다.

응제가 커튼 뒤에서 나타났다. 머리를 한 대 맞은 것처럼 핑그르르 도는지 탁자 가장자리를 잠깐 붙잡았다. "내 여자는 자기 엄마한테 가버렸어." 그는 그릇에 담긴 푸푸를 한 손으로 쑤셔 넣고 다른 손으로 눈곱이 낀 눈두덩을 문지르면서 음식을 우물거리며 말했다. "엄마 집에서 자겠다고 갔어. 이렇게 말했지. '응제, 내 인생 최고의 밤이었어.' 그래서 내가 이렇게 말했어. '그런 것 같았어. 행복에 겨운 것 같았지. 학교 책상에서 보낸 시간은 내 인생에서도 최고였어.'"

마르셀랭은 침울한 표정으로 두블라와 비키, 니콜라와 장 폴랭 형제, 부회장과 함께 들어왔다. "지금 뭐하는 거야?" 마르셀랭은 마누와 응제에게 소리를 질렀다. "왜 아직 준비가 안 된 거야? 왜 밖에 짐을 챙겨놓지 않은 거야? 추장이 기다리고 있잖아! 짐꾼들도 벌써 왔고."

우리는 필요한 것들을 전부 주머니와 배낭에 쓸어 담고 오두막 벽에 기대놓았다. 두블라와 비키, 니콜라와 장 폴랭 형제 모두 맨발인 게 눈에 띄었다. "여기서 신발은 귀한 거예요. 누구도 숲에 갈 때 신발을 신지 않아요." 마르셀랭이 말했다. 비키가 제일 작은 가방을 어깨에 둘러멨다. "두블라, 맹세코 이게 제일 무거워." 비키는 이렇게 말하며 오른 집게손가락으로 목을 긋는 시늉을 하고는 손을 옆구리에 딱 붙이고 손가락을 튕겼다. 두블라가 씩 웃더니 비키의 어깨끈을 잡고는 가방을 내려 커다란 가방 중 하나를 메게 했다. 나는 부회장에게 돈을 주고 짐꾼들에게 약속한 돈의 절반을 선불로 주었다. 응제는 총을 집어 들고 제대로 된 군인처럼 어깨에 비스듬하게 멨다. 우리는 부회장을 따라 마을을 가로질러 추장의 집으로 걸어갔다.

추장은 오두막 앞에 서 있었다. 빨간색 칠과 주물 가방이 없는 격식 없는 차림새였다. 해진 갈색 면바지와 새 운동화를 신고 오른손에 창을 들고 있었다. 그의 대변인이 왼편에 대기하고 있었다. 비키가 우리를 추장의 오른쪽에 세웠다. 추장의 집이 있는 곳으로부터 먼, 다 쓰러져가는 오두막에 기대 서 있는 세 명의 창잡이들이 아이들을 둘러싸고 있었다. 내 콧구멍에 메뚜기를 들이밀었던 소년이 앞으로 밀고 나와 내게 손을 흔들었다. 나도 손을 흔들어줬다. "그러지 말아요." 마르셀랭이 작은 소리로 말했다.

추장이 몸을 돌려 자기 뒤에 있던 숲을 마주하고 창을 가로로 쥐고 부동자세로 서 있다가 나무를 향해 소리를 질렀다. 비키, 두블라, 그리고 두 형제는 고개 숙여 절을 했다. 추장은 고함을 멈추고 왼손을 오므려 귀에 대고 입을 벌린 채 귀를 기울였다. 정적 속에서 각시오색조 한 마리가 목청 높여 지저귀었다. 깊은 숲에 사는 누군가가 칼로 병을 탁탁 치는 것 같은 소리였다. 추장은 무슨 소리를 들었는지 몰라도 만족스럽다는 듯이 다시 돌아서서 여유 있는 얼굴로 대변인에게 고개를 끄덕했다. 대변인은 창을 내 쪽으로 낮췄다. 그게 무엇을 뜻하는지 잘 알게 된 나는 돈을 그의 손에 쥐어주었다. 그는 다시 추장이 서 있는 쪽으로 돌아가 추장에게 지폐를 건넸다(추장은 지폐를 바지 왼쪽 주머니에 넣고 오두막 안으로 사라졌다). 대변인은 느린 걸음으로 숲 쪽으로 안내했다. 추장 집의 지붕 모서리에 창이 일렬로 세워져 있었다. 대변인이 지나가자 짐꾼들은 차례차례 오른손으로 창을 하나씩 잡아 자기 몸 앞에 45도로 쥐어 창날이 자기 왼쪽 땅을 가리키게 했다.

우리 오두막 맞은편 덤불 사이에 있는 공터의 제일 끝에서 대변인이 자기 창을 수평으로 들고 우리가 가는 길을 가로막더니 자기가 원하는 대로 우리의 배열을 바꿨다. 비키를 선두로 해서 그 뒤에는 나를, 그다음에는 마르셀랭, 두블라, 폴랭 형제, 마누, 그리고 웅제를 제일 마지막으로 세웠다.

"웅제가 두 번 총을 쏠 것이다." 그가 말했다.

"그건 미친 짓이에요. 탄환만 낭비하는 거예요." 내가 즉각적으로 반응했다.

"추장이 동의한 일이오! 추장이 호수에서 당신에게 일어나는 모든 일을 감독하고 관리하겠다고 했소!" 노인이 소리를 질렀다. 그는 창 손잡이를 매우 빠르게 돌리기 시작했다. 창날이 햇살에 번쩍하고 빛을 발했다. "정령들에게 당신 추장의 축복을 받고 왔다고 말해야 하오. 당신은 추장의 보호가 필요해요. 탄환보다 추장의 도움이 더 필요하오!"

웅제가 허공에 대고 총을 쏘았다. 우리 오른편 멀리에서 아프리카회색앵무새가 빽 소리를 지르며 욕을 했다. 웅제는 다시 총을 장전하고 한 발 더 쏘았다. 마침내 우리는 길을 떠났다.

우리는 오른편으로 카사바가 어지럽게 나 있는 곳을 지났다.

길은 버려진 농장에 난 울창한 덤불과 키 작은 관목들을 따라 구불구불 나 있었다. 곧 온전한 밀림이 나타났다. 마을 생활에서 계속되는 긴장감을 덜어주는 낯익은 나무 아래로 이동하기 시작했다. 밀림에 들어서면 언제나 도피하는 것처럼 느껴진다. 마르셀랭은 매우 다르게 느낄 것이다. 내가 기회 있을 때마다 몰래 훔쳐보았던 그의 일기에 적고 밑줄 그은 대로 "밀림에 가는 것은 군인이 전쟁에 나가는 것과 같다. 돌아올 수 있을지 확신할 수 없는" 여정일 것이다.

마르셀랭이 두려워하는 것은 뭘까? 표범? 질병? 뱀한테 물리는 것? 다리가 부러지는 것? 아니면 그보다 더 흥미로운 뭔가가 있을까? 아바나에서 쿠바 마르크스주의 교육을 받고 프랑스 몽펠리에서 약학과 생물학을 공부했지만 그 근저에는 뭔가 억눌린 공포 같은 것이 있는 걸까? 이제 복수할 줄 알았던 보아 사람들로부터도 안전해진 마당에 저렇게 긴장하는 이유가 지독한 밀림 지대에 영적인 동물, 욤베가 출몰하기 때문인가? 아니면 메리 킹슬리의 《서아프리카 연구West African Studies》(1899)에 등장하는 사사본섬* 같은 존재에 대해 한두 가지 강박에 사로잡혀 괴로운 것일지도 모른다.

> 우리가 이 귀신에 대해 싫어하는 면은 그의 한쪽 면은 썩어 문드러지고 있고 다른 한쪽은 아무 이상 없이 건강하다는 것이다. 그리고 당신이 새벽을 다시 볼 수 있을지 없을지는 그의 어느 쪽을 건드리느냐에 달려 있다. 그런데다가

아프리카의 덤불길은 좁아 사람들은 저녁에 돌아다니는
것을 꺼리게 된다…….

그것도 아니면 (이 생각은 꽤 유쾌하지 않지만) 마르셀랭은 두블
라와 비키, 폴랭 형제가 밀림에서 우리를 죽이라는 은밀한 지시
를 받고 왔다고 의심하고 있는지도 몰랐다.

비키가 앞장서서 걸었고 나는 그의 왼편 옆구리에 묶인 칼집
에 든 단도에 정신 팔리지 않으려고 애쓰며 그 뒤를 쫓아갔다.
찢어진 위장 군복을 입은 그의 팔은 헐렁하게 축 늘어져 있었고
그의 어깨에 배낭은 아무렇게나 얹혀 있었다. 오른손에는 마체
테를 들고 있고, 3미터가 훨씬 넘는 창은 길이 좁아서 날을 아래
로 한 채 왼손에 쥐고 있었다. 창의 손잡이가 그의 팔을 지나 등
뒤로 툭 튀어나와 거칠게 흔들리면서 리아나 덩굴을 끊어놓기도
하고 관목 줄기를 찰싹찰싹 때리기도 했다. 내가 조금만 가까이
가면 눈을 푹 찌를 것만 같았다.

나는 왼손을 슬며시 내려 벨트의 홀더에서 물병을 꺼내 벌컥
벌컥 마시고는 다시 넣고 비키의 속도를 따라가려 애썼다. 그는
맨발로 땅 위를 빠르고 잰걸음으로 가볍게 타닥타닥 걸어가고
있었다.

얼굴 위로 땀이 흘러내리기 시작했다. 축축하고 답답한 공기
속에 나는 가수 상태에 빠져들었다.

• Sasabonsum. 서아프리카 민간신앙에 나오는 흡혈귀와 비슷한 귀신.

아프리카에서 고함을 지르는 식의 대화에서 자유로울 수 있고, 진정 혼자 있는 게 가능한 때는 이렇게 걷거나 한밤중에 방수포 안에서 깰 때뿐이다. 이곳에서는 누구든 혼자 있으면 위험에 처하고, 외로움은 광기로 이어지며, 혼자 있는 사람은 떠도는 혼령에 쉽게 먹잇감이 된다. 항상 친구들과 함께 있어야 하고 이야기를 나누어야 한다. 그런데 나는 눈을 길에 고정시키고 엉뚱하게 이런 생각을 했다. 주물이 어떤 다른 세상을 우리가 알고 있는 세상에 연결시키려 할 때는 이론적인 이점이 있다는 것이다. 그래서 기독교나 이슬람교가 강 상류 쪽 마을에서는 거의 전혀 전파되지 못했다. 기독교는 가장 간단한 질문에 답을 주지 못한다. 왜 만물을 만들고 전지전능하며 어디에든 주재한다고 하는, 만인을 사랑한다는 신이 우리 아이를 죽도록 내버려두셨을까? 그런 점에서 피부병 하나만 봐도 그 종류가 2,000개나 있어야 하는 이유는 뭘까? 하지만 주물을 믿는다면, 그런 게 당연하다. 고통은 놀라운 일이 아니고 죽는 아이들은 항상 있다. 왜냐하면 신은 보시다시피 자기 자신 외에는 아무도 사랑하지 않기 때문이다. 살아 있는 동안 할 수 있는 최선은 스스로를 보호하는 일뿐이다. 그러니 그들에게 물건을 바치고 금전을 주고 가능하다면 최대한 피하는 게 상책이다. 예를 들어 아샨티족*의 높은 신 탄도Tando처럼 마을 전체에 벌을 가하기 위해 폭풍과 기아의 형태로 나타나기도 하고(메리 킹슬리의 보고에 따른 것으로, 이걸 보면 그의 연구는 최소한 구시대적인 것은 아니다), 도와달라고 우는 부모 없는 작고 무력한 소년의 모습으로 나타나기도 해 자기를 데려다 키운 가족에게 죽을병을 옮겨 없애버리기도 한다.

그렇게 꼬리에 꼬리를 무는 생각을 멈추고 나는 주변을 돌아보기로 했다. 조금 작은 나무들에 튀어나온 뿌리가 있었고 하층부에는 덤불이나 식물이 거의 드물었다. 심지어 잎이 넓은 풀들도 드문드문 있었다. 그 바람에 우리는 정글 늪지를 향해 무난하게 나아갈 수 있었다.

비키가 갑자기 가던 길을 멈추고 창을 관목에 기대놓고 배낭을 푼 후 몸을 숙여 요리용 사과 크기만 한 노란색 과일을 주웠다. 같은 과일이 주변 20미터 반경 여기저기 떨어져 있었지만 눈으로 땀이 흘러내려 알아보지 못했다.

"고릴라와 침팬지가 좋아하는 과일이죠. 하나 먹어봐요." 비키가 땀이 줄줄 흘러내리는 넓적한 갈색 얼굴에 하얀 이를 드러내고 활짝 웃으며 내게 말했다.

그는 마체테로 과일의 윗부분을 잘라내고 내게 건넨 후 자기 것을 골랐다. 쭈글쭈글한 노란색 껍질 아래 하얀 솜털이 있고 그 안에 오렌지색 과육이 담겨 있었다. 비키는 과일에서 갈색 씨 덩어리를 파냈다. 나도 비키를 따라 씨를 버리고 한입 가득 달콤함을 베어 물었다.

"모켈레음벰베." 비키가 이렇게 알 수 없는 말을 하고 눈을 찡긋했다.

"말롬보." 마르셀랭이 내 뒤에서 나타나 이렇게 말했다. 다른

---

* Ashanti. 서아프리카에 사는 원주민.

사람들도 모두 도착해 과일을 먹기 시작했다.

"응제, 지금부터 내 뒤에서 총을 갖고 걸어 와." 마르셀랭이 말했다.

말롬보malombo는 맥컬에 따르면 모켈레음벰베의 주식이었다. 나는 기린 같은 기다란 목 위에 물렁물렁한 갈색 피부의 머리가 달린 용각류 동물이 스르르 다가와 내 과일에 주둥이를 들이대는 것을 상상했다(입술은 차가울까, 아니면 공룡은 정말 온혈동물일까, 궁금했다). 적어도 우리를 미처 날뛰게 할 고음의 길게 울부짖는 소리라도 들을 수 있지 않을까 기대했다. 하지만 그 순간에 모켈레음벰베 대신 돼지가 꿀꿀거리고 까치가 깍깍거리고 큰흰코원숭이가 놀라서 꽥꽥대는 소리만 들렸다. 원숭이들은 우리 머리 바로 위 나무에 몰려 있었다. 잎이 부스럭대는 소리로 봐서는 열 마리쯤 있는 것 같았다. 늙은 수컷 한 마리가 아직 덩굴에 매달린 말롬보를 먹고 있는 모습이 보였다.

두블라가 앞으로 달려들어 응제가 갖고 있던 총의 개머리판을 붙잡았다. 응제는 양손으로 총구를 붙잡고 놓아주지 않았다. 큰흰코원숭이가 나뭇가지 위에서 민첩하게 몸을 돌리더니 엄청나게 긴 검은 꼬리를 죽 펴고 옆에 있는 나무로 훌쩍 뛰어 넘어가더니 눈앞에서 사라졌다.

"그렇지, 응제. 총을 단단히 붙잡고 있어." 마르셀랭이 말했다.

"하지만 응제는 사시잖아. 원숭이를 막대기에 묶어놓아도 맞추지 못할 거란 게 뻔하잖아."

"두고 봐." 응제가 확신 없는 목소리로 말했다.

숲은 점점 습하고 뿌리가 튀어나온 나무가 많아졌다. 큰흰코원숭이 몇 무리가 울부짖는 소리가 들려왔다. 하지만 보아 사람들은 보미타바어로 이런저런 잡담을 큰 소리로 주고받았고, 옹제는 동구 이야기를 마르셀랭과 마누에게 링갈라어로 소리쳐 말했다. 마누는 힘을 아끼느라 한마디도 하지 않았다. 보통은 가는 길에 캐나다세신wild ginger과 자이언트 프라니엄을 볼 수 있었지만, 길옆에 회색고릴라의 섬유질 많은 배설물이 가끔 쌓여 있는 것 외에는 볼 만한 게 거의 없었다. 가다가 배설한 지 얼마 되지 않은 것 같은 기다란 쥐처럼 생긴 배설물을 조사하기 위해 멈춰 섰다. 두블라가 몽구스 배설물이라고 알려줬다. 나는 비키가 멘 배낭의 옆주머니에서 헬트노스와 딜러의 《아프리카의 포유동물Mammals of Africa》을 꺼냈다. 삽화 33번부터 37번까지, 바삐 움직이는 주둥이와 발, 두꺼운 털과 북슬북슬한 긴 꼬리를 가진 스물일곱 마리의 몽구스 중에서 늪몽구스를 골랐다. 설명을 보니 분명히 감정적일 것 같은 몽구스였다. ("목소리: 만족스러울 때 가르랑거리기, 위협을 받을 때나 방어할 때 으르렁거리며 코로 컹컹대고 침 뱉기, 흥분했을 때 짧게 높은 소리로 짖기, 화났을 때 털 바짝 세우기.") 하지만 번식과 성장에 대해서는 알려진 게 없었다. 그리고 귀에 노란 기가 도는 테두리가 없는 것만 빼면 콩고 북부 습지림에 서식한다고 알려진 긴코몽구스와 생긴 모습이 똑같았다. 그러나 몽구스에 대해서는 "젖꼭지와 분비샘의 수, 성기의 뼈 여부" 등에 대해서는 자세히 나와 있지 않았고, "지금까지 30종만이 알려진 상태로…… 열대우림에서만 서식하고, 습성에 대해서는 자세히 알려진 바 없음"이라고 되어 있었다.

"그러니 이것도 몽구스가 아니란 법이 있겠어? 30종만이 알려져 있다고 하지 않나." 내가 흥분해서 물었다.

"그럴 수 있겠죠. 그렇게 생각하고 싶으시다면." 두블라가 어깨를 으쓱하고 말했다.

"하지만 레드몬드, 과학자로서 말하겠는데, 꼭 그렇지 않을 수도 있잖아요? 안 그래요? 여기 있는 건 겨우 똥 덩어리 하난데." 마르셀랭이 발끈해서 말했다.

그래, 좋아. 나는 책을 가방에 넣고 다시 행군을 시작할 때 이렇게 말하고 싶었지만 참았다. 모켈레음벰베에 관해서라면 그 흔한 똥 덩어리도 없지 않나, 안 그래? 게다가 제대로 된 공룡 배설물이라도 있으면 우리가 얼마나 자세히 들여다보고 감탄할지 안 봐도 뻔했다. 사실상 공룡 엉덩이에서 떨어진 딩글베리*의 8분의 1이라도 있다면 그걸로 만족할 것이다. 아니면 진짜 용각류 동물의 콧물이라도. 아니면 발톱 조각이라도. 아니면 심지어 버려진 담배꽁초라도. 그게 그렇게 무리한 바람이 아니라면 말이다.

우리 주변에 널린 큰흰코원숭이에 대해 생각하다가 나는 모켈레음벰베가 지난 6,700만 년 동안 겪었을 힘든 시간에 대해 생각했다. 맥켤이 다음과 같이 말한 것처럼.

아프리카에서 가장 흥미로운 것 중 하나는 적어도 백악기의 마지막 시기인 6,500만 년 전 이래로 콩고 분지는 더 이상 기후나 지질 변화를 겪지 않았다는 점이다……. 동물들은 환경 변화에 적응하며 진화하고 생존한다. 그런데 역으로 그렇게 긴 기간 동안 환경 조건이 같은 상태로 머문다면 환경에 잘 적응한 종은 계속해서 생존하고 신체적, 행동적 변화도 거의 겪지 않는다. 그리고 이것이 서아프리카 중앙의 밀림 늪지대에서 벌어진 일이다. 예를 들면 악어는 지난 6,500만 년의 시간 동안 거의 변화를 겪지 않고 종을 유지해왔다. 또 어떤 고대생물이 세월도 변화를 겪지 않은 그 거대한 미답의 원시 숲에서 어슬렁거리고 있을까?

하지만 큰흰코원숭이는 긴꼬리원숭잇과에 속하며, 염색체 분석 결과 긴꼬리원숭이는 길게 보더라도 1만 8,000년 전으로 거슬러 올라가는 마지막 빙하기 때 여러 종으로 분파되었다. 당시 아프리카는 지금보다 더 기온이 낮고 건조한 곳이었다. 주요 밀림지대는 적도 해안지대 주변과 지금 우리가 있는 곳에서 더 서부로 간 카메룬 산 주변과 동쪽의 루웬조리 산지**에 흩어져 있는 몇몇 구역에 불과했다. 선조 긴꼬리원숭이는 서로 다른 방향으로 밀림을 따라 더 안으로 들어갔고 그렇게 흩어져 고립되어 약 27종에 이를 정도로 진화가 진행되었다(흰 코, 노란 코, 빨간 코, 파란 코를 가진 원숭이, 검은색의 긴 콧수염이나 완전히 하얀 턱수염, 아

---

* dingleberry. 월귤나무의 일종.
** 자이르와 우간다 국경지대.

니면 염소 같은 턱수염, 오렌지색 귓집, 노랗거나 초록색 구레나룻, 새의 깃털처럼 밝은 원색을 가진 원숭이 등으로). 비가 다시 시작되어 열대 우림이 확대되자 긴꼬리원숭이는 서로 다른 얼굴 표정, 약간씩 다른 먹이 습관과 몸 크기로 다시 만나게 되었다. 이렇게 해서 어느 멋진 날 밀림 어디에서든 여섯 종의 서로 다른 원숭이들이 한 나무 위에서 먹이를 찾다가 우연히 마주치게 되는 일이 발생하는 것이다.

다른 동물들의 진화도 이와 마찬가지로 다양하게 나타난다. 1,000만 년 동안 콩고 분지의 사바나와 밀림은 적어도 스무 번 이상은 변화를 겪었을 것이다. 하지만 깊은 산악지대 가장자리에 있는 거대한 강들은 계속해서 빗물을 받아 물이 줄었을 때도 결코 마르지 않고 칼라하리 사막을 가로질러 흐르다가 북부에서 넘어온 사하라 사막과 만나게 되었다.

그렇다면 지금 우리가 있는 거대한 중앙 습지림 지대는 항상 바로 여기에 있었을 것이다. 사실상 처음으로 돌아가 모켈레음벰베의 시선에서 보자면 맥컬의 주장은 심지어 더 설득력이 있다. 나는 몽유병 환자처럼 물병의 물을 들이키고 비키의 창에다 얼굴을 거의 박을 뻔하면서도 다시 흥분해 이런 생각을 했다. 용각류 동물은 2억 2,500만 년 전에 진화했다. 그러니 우리의 모켈레음벰베의 조상이 텔레 호수나 그 부근에 그 후 몇 백만 년 동안 살았다면 바다가 숲을 한두 번 뒤덮었을 것이고, 그들 역시 자기들한테서 나온 괴상한 소수집단을 만나 아침식사로 말롬보(말롬보 자체가 아직 진화되지 않았을 수도 있지만)를 먹다가 소름 끼치는 놀라움을 경험했을지도 모른다. 하지만 백악기 마지막 시기인 7,200만 년 전 네스 호수의 괴물* 같은 목에 작은 머리, 등 그렇게 솟은 등을 수면 밖으로 내놓고 햇볕을 쬐고 있는 모켈레음벰베의 모습을 상상할 수 있다. 그리고 그 주변에는 지금 우리가 알아볼 수 있는 식물들, 참나무, 히코리, 목련이 흩어져 있었을 것이다. 아니면 좀 더 텔레 호수 가까이에는 낙엽송, 거대한 세쿼이아나무, 넓은잎삼나무들이 있을 것이며, 갈매기, 오리, 섭금류 새들이나 왜가리들이 그 주변을 돌아다닐 것이다. 뱀과 개구리, 도롱뇽도 주변을 어슬렁거릴 것이고 민물 악어들도 입을 쩍 벌리고 있을 것이다. 물론 지금과는 전혀 딴판인 곳일 수도 있다. 예를 들어 스피트파이어**처럼 생긴 날개를 가진 익룡 케찰코아틀루스가 나타날 때마다 갈매기, 오리, 섭금류는 한두 방울의 똥을 쌌을지도 모른다.

하지만 모켈레음벰베의 삶은 600만 년 전까지는 평화로웠다. 600만 년 전 무렵 콩고 분지의 가장자리가 튀어 오르고 콩고 강이 거대한 호수로 채워졌다. 이 호수는 500만 년 동안 다양한 모양의 연안선에서 눈부신 백사장을 만들어내며 찰랑거리다가 오늘날의 스탠리 풀✢ 바로 아래까지 물이 줄어들고 바다로 흘러드는 32개의 급류로 그 규모가 줄어들게 된 것이다. 그리고 그때의

---

* 스코틀랜드의 네스 호수에 산다고 여겨지는 공룡처럼 생긴 괴물을 말한다.
** 제2차 세계대전 때 영국 전투기.
✢ Stanley Pool. 자이르공화국의 서부와 콩고인민공화국 남부의 국경에 있는 큰 체수역滯水域.

거대한 호수의 흔적을 지금 우리가 서 있는 곳에서 찾아볼 수 있다. 우방기 강과 콩고 강이 만나는 지점의 습지림, 남쪽에 있는 툼바Tumba, 마인돔베Maindombe 같은 수심이 얕은 호수들, 그리고 하루 만에 걸어서 돌아볼 수 있는 텔레 호수 자체가 그 흔적일 것이다.

하지만 너무 늦게 도착한 것이 애석하고 운이 나빴다는 생각이 들었다. 6,700만 년은 너무 늦었다. (속에서 빛나던 기쁨이 일시에 사라지며 피곤하고 땀에 전 데다 체체파리한테 물린 발에 다시 염증이 생기고 있었다.) 안타까운 점은 직경 10미터의 운석이 유카탄 반도에 떨어져 다른 세계에서 온 명백한 징표인 이리듐iridium을 퍼뜨리고 수분을 폭발시키며 공중에 분쇄된 것이다. 이 때문에 몇 달간 햇빛이 가려져 하늘이 어두워지고 모든 것이 얼어붙었다. 그다음에는 끔찍하게 온도가 올라갔다(입자들은 가라앉았지만 상공의 수분은 온실효과를 만들어 햇빛이 빠져나가지 못하게 가두었다). 이로써 익룡과 공룡, 그리고 모켈레음벰베의 조부모도 다 죽었다(아마도 열을 견디지 못해서).

그래도 대규모 멸종이라는 측면에서는 공룡의 멸종이 엄청난 영향을 초래한 대재앙은 아니었다고 자위했다. 25킬로그램 이상 나가는 육지 생물들, 암모나이트 같은 주요 무척추 해양 동물들만 큰 피해를 입고 사라졌다. 1만 년 동안만 해양의 수면에서 생명이 사라졌을 뿐이다. 라우프Huge M. Raup와 셉코스키Jack Sepkoski의 대량 멸종 저울에 비교해보면, 즉 화석에 있는 흔적 중 3,800개의 표본을 골라 그중 몇 퍼센트의 해양동물군이 멸종했는지를 측정해보면, 공룡의 멸종은 11퍼센트에 불과하다. 이것은 페름기* 말기, 즉 2만 4,500만 년 전에 신이 던진 또 다른 돌멩이가 초래한 피해로 해양동물 96퍼센트가 멸종한 것과 비교해보면 아무것도 아닌 셈이다.

머리 위에서 케찰코아틀루스가 날갯짓을 하는 듯했고 공룡이 우는 것 같았다. 검은투구코뿔새 한 쌍이 나를 현실로 되돌려놓았다. 몸집이 가마우지만 하고 꼬리 끝이 하얀 것만 빼고 온몸이 검은 코뿔새가 우리 오른편 높은 나뭇가지 위에 앉아 커다란 부리를 양옆으로 흔들며 우리를 뚫어지게 쳐다보고 있었다. 쌍안경으로 보니 목에 드리운 육수肉垂가 목젖처럼 덜렁거렸고, 연체동물이나 파드** 껍질처럼 생긴 투구는 윗부리에 생뚱맞게 얹혀 있었다.

"강멧돼지다! 엄청 많아. 새끼도 있어!" 앞쪽에 가고 있던 비키가 몸을 수그리고 트랙을 쳐다보며 말했다. "강멧돼지만큼 맛있는 것도 없지. 고릴라보다 맛있어." 비키는 자기 배를 쓸며 말했다.

내 눈에는 강멧돼지의 흔적이라고 하기에는 이상하게 커 보였다. 아마도 덤불멧돼지(붉은 기가 도는 갈색 털에 하얀 갈기가 등을 따라 죽 내려오고 귀에서 하얀 깃털 같은 털이 치렁치렁 흘러내리는)가 아니라, 덜 유난스러운 외형에 온통 검고 몸집이 두 배는 되

---

* 고생대 최후의 지질시대.
** pod. 콩과 식물의 하나.

는 자이언트숲멧돼지가 만든 흔적인 것 같았다. 자이언트숲멧돼지는 오카피가 발견된 지 3년이 지난 1994년에야 보고되었다(오카피가 알려지게 된 방식과 매우 비슷했는데, 리처드 마이네츠하겐* 장군이 동아프리카에서 그 가죽과 두개골 일부를 발견해 런던동물원으로 보냈다). 아, 아니다. 모켈레음벰베가 가까이 오고 있는 것이다, 그런 생각이 들었다. 밀림의 모든 것이 마법에 걸려 희한한 모습으로 변해가고 있었다. 이렇게 더 가다가 어쩌면 욤베를 흘낏 볼 수 있을지도 모른다. 꿈속으로 미끄러지는 것을 여기서 멈춰야 하는데……

"녀석들이 어제 여기 있었군." 두블라가 마르셀랭과 함께 뒤에서 나타나 파헤쳐진 진흙땅을 보며 말했다. "여자같이 재잘거리기나 하는 웅제하고 강멧돼지를 뒤쫓는 건 아무 의미 없어. 누구라도 웅제가 사냥꾼이 아니란 건 척 보면 알아. 자기 집 마당에 있는 염소도 쏘지 못할걸." 두블라는 내 오른편 주머니에 든 물병을 꺼내 벌컥벌컥 쏟아 붓듯이 마시고, 거칠게 뚜껑을 닫고 물병을 제자리에 돌려놓은 다음 손등으로 입을 쓱 닦았다. 그러고는 정확히 마르셀랭의 왼쪽 부츠 끈에다가 요란한 소리를 내며 가래를 뱉고는 이렇게 말했다. "마르셀랭 아냐냐, 경고하겠는데 나한테 총을 주지 않으면 문제가 발생할 거야. 보아 사람들은 말이야, 배곯는 걸 좋아하지 않아."

세 시간 후에 우리는 길에서 벗어난 작은 빈터에 야영지를 마련했다. 옆에는 음식을 해먹기 위해 불을 피웠는지 검게 그을린 자리가 있었다. 남은 재에서는 진주광택이 났는데 밀림악어의 비늘 밑면이었다. 수백 마리의 벌과 네 종류의 나비가 그 가장자리에서 먹이를 먹고 있었다. 나비는 계속 날개를 접었다 폈다 하며 서로 난폭하게 밀치고 있었다. 구리빛호랑나비로, 이들의 검은색 날개에는 각도에 따라 달리 보이는 초록색 반점이 밝게 빛났다. 그보다 더 작은 종인 아크라이아호랑나비는 갈색 날개에 선홍색 원형 무늬가 있었다. 큰 나비는 갈색이 도는 검은 날개에 노란 띠 모양과 작은 무늬가 흩어져 있었다. 아마도 네발나비의 일종인 것 같았다. 이 나비는 진흙이 섞인 음식 찌꺼기 물과 악어 육수를 얼마나 열중해서 빨고 있는지 내가 엄지와 집게손가락으로 날개를 쥐었는데도 모르고 있었다. 터질 정도로 배가 부푼 채 나비는 천천히 갈지자로 날아가 그늘 속으로 사라졌다가 쏟아지는 햇살을 가로지를 때 눈부신 모습을 드러냈다. 그러고는 지주근 뒤로 날아가 보이지 않았다.

비키, 두블라, 폴랭 형제는 관목에서 가지와 가로대를 잘라내 빈터 한쪽에 움막을 세우고 방수포를 놓았다. 마르셀랭과 나는 다른 쪽에 텐트를 쳤다. 응제는 마체테로 썩은 통나무를 잘랐고 마누는 음식을 할 불을 피우기 위해 나무토막들을 배열했다. 그러자 먹이를 먹던 벌들이 우리에게로 주의를 돌렸다.

두블라와 비키는 두 개의 큰 관목을 뾰족하게 다듬어 막대로 만든 다음 물이 나올 때까지 진흙 구덩이를 더 넓게 파서 물병을

• Richard Meinertzhagen(1878~1967). 영국의 군인이자 조류학자.

채우고 응제의 솥에도 물을 부었다. 해가 기울자 벌들은 떠나고 내 텐트 옆 나무둥치에는 작은 초록빛이 점점이 켜졌다. 암컷 반딧불이들이 흩어져 야간 비행을 하는 수컷의 커다란 눈을 향해 초록빛을 비춘 것이다.

응제는 시큼한 카사바죽과 한 사람당 정어리 두 조각을 휴대용 식기가 넘치도록 나눠주었다. 우리는 불 주변의 튀어나온 나무뿌리에 각자 걸터앉았다. "니콜라! 장!" 응제가 입 한쪽을 올리고 크게 웃으며 말했다. "보아 아가씨들은 아마 그런 애인을 가져본 일이 없는 것 같아! 그런 데 익숙하지 않은 거지! 아가씨들이 그렇게 말하더군. 나한테 뭘 줬는지 한번 보라고!" 이렇게 말하고는 식료품 주머니에 팔을 쑥 집어넣어 나뭇잎으로 주둥이를 막은 작은 야자술병을 꺼냈다. "두블라, 너한테도 줄게. 응제를 보아의 추장처럼 대우해주겠다고 약속하면 말이야."

"난 아무것도 약속하기 싫은데." 두블라가 뚱하게 말했다.

"기운 내!" 응제가 우리 잔에 야자술을 따르며 말했다. "마지막으로 한잔씩 하자고. 하루 이틀 후에 텔레 호수에 도착하면 무슨 일이 생길지 알 수 없는 거잖아. 내가 뭘 할지 말해줄까? 나는 모켈레음벰베를 직접 쏠 거야. 사실……" 응제는 잠시 말을 멈추고 깊은 생각에 잠긴 것처럼 고개를 갸우뚱하다가 계속 말했다. "아마 한 번 이상 총을 쏠 거야. 그러고 나면 응제는 동구의 영웅이 되는 거지!"

"그렇게 말하는 거 아니야. 그런 농담은 좋지 않아. 무슨 일이 일어날지 모르잖아." 마누가 조용히 말했다.

"난 알아. 게다가 난 내가 원하면 언제든 널 웃게 할 수 있어. 그럴 힘이 있거든. 그러면 너도 웃지 않고는 못 배길걸."

응제는 이렇게 말하고 잔을 내려놓았다. 그러고는 일어나 오른쪽 눈을 내게 고정한 채 허세 가득한 표정으로 바라보다가 기울어진 어깨를 똑바로 세우며 말했다. "나는 여기 있는 레드몬드에게 사내답게 말하는 법을 가르칠 거야. 링갈라어를 가르칠 거야." 응제는 몸을 숙여 교실에서 어린아이한테 하듯 손가락을 내 얼굴에 대고 까딱까딱 흔들며 소리쳤다. "나는 음식이 먹고 싶어요. 마카타 엘로코 몰로무MAKATA ELLOKO MOLOMOU."

"마카타 엘로코 몰로무." 나는 또박또박 열심히 따라했다.

모두들 폭소를 터뜨렸다. 심지어 두블라조차도 힘이 들어간 쩌렁쩌렁한 소리로 짖듯이 웃었다. 비키는 허벅지를 찰싹 때리며 웃다가 술을 흘리고 발을 진흙바닥에 쿵쿵 굴렀다.

"응제, 그만해. 레드몬드가 그 말을 마을에서 하면 어쩌려고 그래? 어? 사람들이 나를 어떻게 보겠어?" 마르셀랭이 말했다.

"그럼 사람들이 레드몬드 머릿속이 이상하다고 생각할 거고 그건 꽤 맞는 말이잖아요." 응제가 나를 보고 기괴하게 윙크하며 말했다.

"레드몬드, 정말 배우고 싶으면 링갈라어는 내가 가르쳐줄게요. 믿어도 돼요. 신뢰해도 된다고요. '나는 음식이 먹고 싶어요'는 '나 리키코 리야 빌리야Na likiko liya biliya'예요. 반면 '마카타 엘로코 몰로무'는 응제가 온 마을을 돌아다니며 온갖 여자들한테 하는 말이에요. '내 거시기는 아름다워요'라는 뜻이에요." 마르셀랭이 큰 소리로 말했다.

나는 작은 텐트 안의 안온함 속에서 방수포 위에 몸을 편안하게 쭉 뻗었다. 삔 발목을 이쪽저쪽으로 움직여보고 멍든 발톱도 꼬물꼬물 움직여보고 욱신거리는 종아리 근육도 펴보았다. 콩고에 오고 나서 몸무게가 20킬로그램은 빠진 것 같았다. 과거 어느 때보다 몸 상태가 좋았고 말도 안 되게 행복했다. 나는 오른편 견갑골에 닿는 나무뿌리 몇 개를 피해 자세를 조금 바꿔 누웠는데, 그 순간 뜨거운 물을 넣은 작은 주사기 두 개가 등을 푹 찌르는 듯했다.

벌레 확인하는 일과를 깜빡한 나를 욕하며 손전등을 켜서 안경을 찾아 쓰고는 핼트노스와 딜러의 《아프리카의 포유동물》이 놓인 이부자리에서 벌 두 마리를 찾아 짓이겼다. 배낭에 달린 땀 찬 그물주머니를 가로질러 기어오는 또 한 마리를 죽이고 왼쪽 부츠 위에서 배터지게 먹고 쉬고 있는 세 마리를 더 죽였다. 나는 셔츠를 벗고 레슬링을 하듯 팔을 뒤로 고정시키고 스위스 군용 칼에 달린 집게로 가시가 잘 빠져나오기를 바라며 집어냈다. 부풀어 오른 곳에 약을 바르고, 오늘 행군으로 다시 벌어진 오른쪽 발목 상처에 깨끗한 거즈를 대고, 등에서 즉각적으로 느껴지는 통증이 가라앉기를 기다리며 핼트노스와 딜러의 책 표지에 놓인 죽은 벌을 손가락으로 튕겨 날려버린 후, 자이언트숲멧돼지가 나오는 부분을 폈다.

그 소리를 들어봐야 알 수 있을 텐데 자이언트숲멧돼지는 안정된 상태의 여느 돼지처럼 꿀꿀거릴 뿐만 아니라 으르렁대기 때문에 영락없이 표범이라 생각하기 쉽다. 또한 높은 소리를 내기도 해서 부시벅*으로 오인하기 쉽다. 게다가 서로 싸우는 수컷은 마치 트럼펫을 있는 힘껏 크게 부는 듯한 소리를 내는데, 그래서 틀림없이 둥근귀코끼리일 거라고 생각할 수도 있다. 또 이 트럼펫 소리는 저음의 포효로 끝을 맺기 때문에 의심할 바 없이 머리를 다친 사자가 밀림에서 길을 잃고 울부짖는 것으로 들릴수도 있다. 하지만 그렇게 생각할 때쯤이면 이미 늦다. 싸우는 자이언트숲멧돼지는 몹시 격분해 눈꼬리에 거품을 문다. 이쯤 되면 설사 표범이라고 해도 감히 가까이 갈 엄두를 내지 못한다.

텐트 위로 잔잔한 빗방울이 계속해서 타닥타닥 소리를 내며 떨어졌다. 나는 배터리가 아까워 얼른 전등을 끄고 곰팡이에 찌든 셔츠를 옆구리에 대고 바지는 돌돌 말아 베고 모로 누워 꿈을 꾸듯 다윈의 사촌 프랜시스 골턴Francis Galton에 대해 생각했다. 선구적인 유전학자에 통계학자였으며, 고기압 기상과 지문 채취의 효시이며, 프로이트보다 먼저 무의식을 예측하기도 했다. 그가 발명한 기술, 단어 연상 테스트는 일단 사전에서 'a'로 시작하는 단어 100개를 추려 종이에 하나씩 쓴다. 이것을 종이 끝자락만 살짝 볼 수 있게 책 아래 감추고 한 장씩 무작위로 뽑게 한 다음, 스톱워치를 켜서 4초 동안 가능한 한 많은 단어를 말하게 하는 것이다. 스스로 이런 실험을 해보면 그 과정이 놀라울 정도로 어렵고 성가시다는 걸 알게 된다. 그는 이 실험 결과를 1879년

---

* bushbuck. 아프리카 대륙 중북부 지역에 분포하는 영양.

잡지 《브레인》에 기고할 때 자신이 실제로 단어를 떠올린 연상 작용의 세부적인 내용, 신사라면 공개할 수 없는 이미지에 대해서 묘사하는 것은 피했다. 왜냐하면 그런 이미지는 "어느 한 사람의 생각을 독특한 개별성으로 드러나게 할 것이며, 세상에 발표하고 싶은 정도 이상의 정확성과 진실성으로 자신의 정신적 해부도를 노출시킬 것이기" 때문이었다. 골턴은 이러한 실험 내용을 다음과 같이 결론짓는다.

> 이러한 실험 결과가 남긴 가장 강한 인상은 우리의 정신 상태가 절반은 무의식 상태에 있을 때 매우 잡다하고 다종다양한 작용이 벌어질 수 있다는 것이다. 그리고 이는 우리 의식의 층위 맨 밑에 더 깊은 정신 작용의 층위가 존재한다는 것을 믿어도 좋을 이유가 된다. 이를 통해 그러한 정신 작용의 층위가 아니라면 설명할 수 없는 정신적 현상을 이해할 수 있을지 모른다.

골턴의 이러한 생각은 프로이트가 프로이트식의 무의식을 발견, 혹은 창조, 또는 발명해내기 위해 자유연상이라는 개념을 사용한 것보다 10년이나 앞선 것이었다(프로이트는 잡지 《브레인》을 구독하고 있었고, 1879년 1월과 10월 호에 실린 신경학자 존 헐링 잭슨 John Hughlings Jackson의 논문을 참조했다. 하지만 아마도 프로이트는 골턴의 기고문은 놓친 모양이었고, 그래서 골턴이 앞섰다는 사실을 결코 인정하지 않았다).

하지만 잠이 들 때 내 머릿속을 가득 채운 것은 골턴이 했던, 겉으로 보기에는 그보다 더 하찮을 수 없는 한 가지 실험이었다. 소위 우상 숭배에 흥미를 느낀 골턴은 그 메커니즘을 연구하기로 한다. 그래서 전혀 적절하지 않은 이미지 하나를 찾아 '미스터 펀치Mr. Punch'라고 이름을 붙인다. 그는 잡지의 표지 하나를 서재에 걸어놓고 매일 아침 일부러 고개 숙여 절을 하고 자신의 불안을 상세히 고백하고 소원을 빌었다. 그러다가 실험이 너무 잘 되기 시작해 거기서 멈추어야 했다. 사교클럽에 갈 때마다 미스터 펀치가 간행물을 쌓아놓은 테이블 위에 안치돼 있는 것을 보아야 했고, 그때마다 입이 바짝 마르고 다리에 힘이 풀리면서 어깨에서 식은땀이 났던 것이다. 그러고 보면 미스터 펀치가 가지는 위력이 여기 이 밀림에서는 그리 미스터리한 것은 아니라는 생각이 들었다.

벌을 피하기 위해 우리는 새벽 4시 30분에 야영지를 정리하고 날이 밝자마자 길을 떠났다. 비는 멈췄지만 구름은 아직 나무 위에 걸려 있었고 숲은 차분해졌다. 망가베이가 끽끽대는 소리 외에는 조용했다. 한 시간에 한 번씩 머리 위로 전기기차가 지나가는 소리가 들렸다. 약속 시간에라도 늦었는지 급히 서둘러 가는 벌 떼 소리였다. 가끔 열다섯 개 아니면 그 이상의 음이 일정한 간격을 두고, 서글픈 느낌으로 늘어지는 '후 후 후' 하는 소리를 내며 메아리치듯 들렸다. 멀리서 정령이 우는 소리 같았다. 나는 그 소리가 가장 키가 큰 나무들의 꼭대기까지 올라가 사는 은비둘기가 지저귀는 소리라고 결론을 내렸다. 그리고 그것만큼이나 시끄러운 똑같은 소리도 들렸는데 점점 아래로 내려가는 음조였다. 유령의 웃음소리처럼 들렸다. 높은 음으로 시작했다가 음을 떨어뜨리며 길게 빼는 소리였다. 아마도 붉은부리난쟁이코뿔새(숲이 젖어 질퍽질퍽한 것을 좋아하는)의 소리일 거라 생각했다. 그다음에는 조류학자들이 논쟁할 만한 소리도 들렸다. 틀림없이 우리 조상 중 한 명의 혼령이 들어간 새가 차분한 쏙독새 울음을 흉내 내는 듯한 소리였다.

정오쯤 우리는 마체테로 나무를 베어놓은 것 같은 작은 공터에 도착했다. 모두 멈춰 서서 짐을 내렸다.

"뭐하는 거지?" 내가 물었다.

"아무것도 아니에요. 그냥 일종의 미신이죠. 우리하고 여기 있어요." 마르셀랭이 말했다.

두블라는 창을 부드러운 땅에 똑바로 꽂았고, 보아 남자들은 그 창 너머 오른편에 난 길로 일렬로 걸어갔다. 나도 따라갔다.

"돌아와요! 금기예요. 당신은 창 너머로 갈 수 없어요!" 마르셀랭이 소리를 질렀다.

나는 줄 맨 뒤, 니콜라 뒤에 바짝 따라붙어서 나무를 고르게 베어놓은 길을 따라 빠르게 걸어 올라가 울창한 덤불과 2차 생장식물들이 있는 곳을 거쳐 500미터 정도 걸어갔다. 그리고 사포나무 아래 개간지의 가장자리에 멈춰 섰다. 오래된 마을이 있었기 때문이다.

비키, 두블라, 폴랭 형제는 사포나무를 가운데 두고 반원 모양으로 둘러서서 고개를 숙여 절했다. 나는 비키 옆에 서서 모자를 벗고 다른 사람들처럼 고개를 숙이고 등 뒤로 손을 맞잡았다.

비키는 창을 자기 앞에 수직으로 들고 집중하고 서서 마치 두세 오두막 떨어진 곳에 있는 사람과 대화를 나누기라도 하는 것처럼 덤불과 우산나무를 향해 소리를 질렀다. 가끔씩 소리를 멈추고 사자死者의 짧은 대답에 귀를 기울였다.

암적색 개미가 가느다랗게 일렬로 서서 윤기가 반질거리는 풀잎에서부터 내 왼발 부츠를 거쳐 개간지를 직선으로 지나 먼 곳의 풀숲으로 사라져갔다.

비키가 내 팔을 잡더니 진심에서 우러난 미소를 띠고 말했다. "이제 가도 돼요. 당신이 여기 있으니 좋군요. 우리 모두 기쁩니다."

"덤불에 대고 뭐라고 말했나요?"

"백인을 텔레 호수로 데려가기 위해 여기 왔다고 말했습니다. 그리고 우리에게 음식을 주시고 돌봐달라고, 무엇을 보게 되든 보호해달라고 했습니다."

"모켈레음벰베 말인가요?"

비키가 웃었다.

두블라가 마치 내 질문을 토막 내려는 것처럼 정면의 허공에 빠르고 짧게 주먹을 획획 날리며 말했다. "당신은 그걸 침팬지나 고릴라 정도로 생각하는 것 같은데 그건 위험한 거예요. 그 이름을 함부로 말하는 건 좋지 않습니다."

"여기는 옛날에 살던 마을인가요?"

"내 아버지의 아버지가 뛰어놀던 곳이에요. 형제들과 뛰어놀던 곳이죠. 할아버지가 자라고 남자가 된 곳이에요. 할아버지는 훌륭한 추장입니다." 비키가 말했다.

"그럼 왜 여기를 떠나 강으로 간 겁니까?"

"두려워서죠. 이 밀림에서 일어나는 이상한 일에 두려움을 느꼈던 거예요. 이 숲에서 이상한 소리가 들리거든요." 비키는 팔에 앉은 모기를 찰싹 때리며 말했다.

"질문은 그만 하시죠. 그걸로 충분합니다. 더 이상 그들을 방해하면 안 됩니다." 두블라가 말했다.

개간지로 돌아오니 마르셀랭이 거대한 나무의 표면으로 드러난 뿌리에 앉아 있었다. 뿌리는 중간 크기의 나무둥치만큼이나 컸고 뿌리 폭의 반은 땅 속에 묻혀 있었다. 나뭇잎이 쌓인 곳으로 살짝 경사지게 내려가 족히 7미터 이상 뻗어가다가 흙 속으로 사라졌다. 마르셀랭은 다리를 쩍 벌리고 앉아 무릎 위에 손을 얹고 구시렁거리면서 기다리고 있었다. 나무에는 네 개의 서로 다른 종류의 리아나 덩굴이 엉켜 있었다. 하나는 두껍고 한 줄로 나무를 감고 있었고, 다른 것들은 가느다랗게 이중나선을 그리며 마르셀랭의 머리 뒷부분에서 내려와 땅 위로 부드럽게 포복하다가 밀림 바닥을 비비꼬며 기어가고 있었다.

우리 모습이 보이자 마르셀랭은 영어로 소리를 질렀다. "레드몬드! 난 이런 생각을 했어요. 만일 우리가 살아서 여기를 빠져나갈 수 있다면, 보아의 추장이 정말 우리를 용서해준다면, 당신은 나한테 진 빚을 갚아야 해요." 마르셀랭은 발을 좌우로 흔들면서 부츠 뒤축으로 뿌리의 둥그스름한 옆면을 찼다. 발로 찰 때마다 연한 회색의 작은 이끼 조각들이 바스러지며 떨어졌다. "이번 탐사는 내가 한 밀림 탐사 중에서 제일 길게 하는 거예요."(발차기) "이 탐사 전에 여덟 번을 했어요."(발차기) "나는 콩고에서 둥근귀코끼리 개체 수 조사를 했어요. 모켈레음벰베에 대한 조사 연구로 영국과 북미에 많이 알려졌고요. 나는 과학자예요. 여기에 있을 사람이 아니에요. 나는 콩고에서 더는 시간을 보내고 싶지 않아요. 무슨 미래가 있어요? 내 딸은 또 어떻게 하고요. 딸이 여기서 어떻게 교육받을 수 있겠어요? 레드몬드, 당신은 나한테 진 빚을 갚아야 해요. 옥스퍼드에 내 자리 하나 만들어줘요. 나는 옥스퍼드 대학 교수가 되고 싶어요."

"하지만 그게 그렇게 간단한 게 아니야." 나는 당황해서 말했다. 갑자기 마르셀랭이 가엽게 생각됐다. 이거였구나, 이게 마르셀랭을 인도해온 비밀, 계속된 환상이었구나 싶었다. "나는 옥스퍼드에서 눈곱만큼의 영향력도 없다네. 전혀 없어. 그리고 설사 영향력이 있다고 해도 마르셀랭이 생각하는 만큼 그렇게 쉬운 일이 아니네. 영국에는 지금 일자리가 없는 상태야. 200만 명이 일자리를 찾고 있어."

"안 믿어요. 그런 말 안 믿는다고요. 내가 흑인이라 그렇게 말하는 거예요. 그런 당신 마음을 이해 못하는 것도 아니에요. 200만 명이라! 콩고 전체 인구보다 많은 수예요. 당신 말은 한마디도 안 믿어요."

마르셀랭은 발차기를 그만두고 내 머리 위 어딘가 어두운 그늘이 진 먼 곳을 뚫어지게 바라보았다. 그는 애석해하는 표정을 지었다. 지금까지 그가 그렇게 슬픈 표정을 짓는 것을 본 적이 없었다. 어깨가 점점 무너져 내려 가슴 쪽으로 쪼그라드는 것처럼 보였고, 손은 무릎 위에 축 늘어져 있었다. "그래도 시도는 해볼 수 있잖아요." 이렇게 말하는 그의 목소리는 너무도 작아 소곤대는 것처럼 들렸다.

"아마 장학금은 있을 거야." 나는 자신 없게 말했다. "보조금을 받을 수 있을지 몰라. 박사과정을 끝낼 수 있을 거네."

마르셀랭은 발을 바라보다가 "난 학생이 아니에요!"라고 소리를 지르고 마체테를 꺼내며 몸을 옆으로 휙 돌려 일어섰다. (나는 풀쩍 뛰어 두 걸음 뒤로 물러났다. 자신이 바보같이 느껴졌다.) 마르셀랭은 단칼에 자기 머리 위 30센티미터쯤 떨어진 곳에 있는 두꺼운 리아나 고리를 툭 끊어냈다. 물이 손가락 굵기 정도로 왈칵 흘러내렸다. 마르셀랭은 줄기를 잡아당겨 목을 젖히고 물을 마셨다. 마르셀랭이 물을 다 마시자 두블라도 따라 했다. 그의 머리와 목으로 물이 튀었다. 모두 돌아가며 물을 마셨다. "나는 섬세한 것들도 알아요. 어떤 덩굴 물은 마셔도 되는지, 어떤 덩굴 물은 마시면 죽는지." 마르셀랭이 부드럽게 말했다.

비키가 창을 땅에 쑥 꽂았고(우리 뒤의 길을 막기 위해서? 조상들에게 돌아올 수 있게 해달라고 기원하는 의미인가?) 우리는 길을 떠났다. 마르셀랭이 선두에 섰다. 뱀에 물리듯 부끄러움이 길에서 올라와 마르셀랭의 말도 안 되게 빠른 걸음걸이의 리듬과 솟구치는 땀과 함께 내 두개골 속으로 들어왔다. 머릿속에 맴돌던 말이 또 떠올랐다. '너, 배가 터질 것 같지? 안 그래? 네가 노력해서 얻지도 않았는데 네게 와주었던 특권과 네가 그 나라에서 태어난 덕분으로 얻게 된 그 모든 이점을 취하고 배가 불렀지?' 그러고는 여름날 아침 옥스퍼드 보들리 도서관 안뜰의 황갈색 돌에 비치던 햇살, 중간 문설주를 단 기다란 창문과 사람이 필요로 하는 모든 책을 모아놓은 것 같은, 천장까지 층층이 쌓여 있고 오래된 포장용 돌과 반질반질한 자갈들 아래의 지하까지 몇 킬로미터에 이르도록 쌓아놓은 책장의 책들을 떠올렸다. 그리고 《신비동물학저널》 잡지 두 권만 덩그러니 놓여 있던 브라자빌에 있는 마르셀랭의 브라자빌 오두막 사무실이 떠올랐다. 나는 어린 마르셀랭과 아내를 버리고 임퐁도 상류로 가서 수도로 갔던 마르셀랭의 아버지를 떠올렸다. 그들은 판잣집 앞의 하수가 덮개도 없이 그대로 흐르는, 도시의 빈민지대 중에서도 가장 가난한 곳에 살았다. 자신을 쿠바로 데려다 줄 장학금을 타기 위해 매일 저녁 시외곽으로 걸어가면서 가로등 불빛에 숙제를 하던 어린 소년을 상상해봤다. 그때 허리까지 잠기는 검은 물속으로 길이 푹 꺼졌다. 나는 황급히 생각을 멈추고 내 발목을 채고 정강이를 쩍 갈라놓거나(만일 생각보다 높이 있다면) 나를 뒤로 나자빠지게 하거나(아니면) 앞으로 고꾸라지게 할, 눈에 안 보이는 물속에 잠긴 나무뿌리들에만 정신을 집중했다.

화가 난 마르셀랭은 속도는 조금도 늦추지 않고 팔다리를 마구 휘저으며 내 앞으로 걸어갔다. 나는 잎 안으로 가득 들어온 썩은 나뭇잎을 뱉어내고 떨어진 모자를 줍고 땀이 흘러내린 밴드 아래 안경이 단단히 고정되도록 안경다리를 밀어 넣는데, 비키가 내 앞을 물을 휘젓고 지나가면서 미소를 머금고 말했다. "여기서는 수영 안 해요. 수영은 강에서 할 거예요. 거기가 더 깨끗해요." 그는 쓰러져 있는 커다란 나무의 부드러운 껍질에 발을 디디고 나무 위로 몸을 끌어올리더니 나를 잡아 끌어주었다.

우리는 천천히 물을 헤치며 한 나무에서 다른 나무로 옮겨가며 함께 나아갔다. 가만 보니 어떤 나무들은 다리를 삼으려고 쓰러뜨려놓은 것이었다. 마침내 수심이 무릎 정도 이르는 곳에 닿았다. 땅이 살짝 올라가 있어 발목까지만 진흙에 잠겼다. 눈에 익은 길이 나타났고 돌아볼 여유가 생겼다. 밀림의 거대 나무가 적어지고 지주근도 줄어들었다. 풀도 드물고 나무의 몸집도 작아진 것 같았다. 마치 같은 종류의 나무를 일렬로 심어놓은 듯했다. 그중 많은 나무의 뿌리가 몸통에서 1미터는 족히 올라간 곳에서부터 위로 튀어나와 있었고, 뿌리 때문에 자리를 잃은 나뭇가지들은 아래로 휘어져 땅 속에 박혀 고리버들을 뒤집어놓았을 때의 버팀대 같은 모양을 이루고 있었다. 스무 그루 가운데 한 그루는 나무가 밀림 바닥에서 완전히 붕 떠 있고, 밖으로 튀어나온 뿌리가 1미터 높이 정도에서 떠받치고 있는 모양이었다. 어떤 뿌리들은 옆으로 평평하게 자라거나 빙빙 꼬여 있거나 서로 엉켜 다른 뿌리 안으로 자라고 있었다. 당장에라도 나무를 자기들 등에 높이 쳐들고 몸을 쭉 펴고 진흙땅을 게걸음으로 걸어 다른 곳으로 옮겨갈 기세 같았다. 고리처럼 생긴 여러 종류의 뿌리들이 낙엽이 쌓인 곳에서 가끔 꼬여 있던 내장처럼 불쑥 튀어올랐다. 기근*이라는 것으로 호흡근, 기포체, 무릎뿌리라고도 한다. 무릎뿌리라고 하는 이유는 리아나 줄기에서 갑자기 터지듯 피어 있는 옅은 색깔의 꽃—지나가는 박쥐를 유인하기 위한—에 정신을 팔고 있을 때 갑자기 예고 없이 뿌리가 몸을 칭칭 감아 크리켓 방망이로 무릎을 얻어맞는 것 같은 충격을 주기 때문일 거라고 생각했다. 플라잉박쥐, 과일박쥐, 크리켓 방망이**, 브라이튼 해변가를 티타임을 함께할 파트너가 없을까 어슬렁거리는, 하늘을 나는 박쥐 날개를 단 늙은 게이……. 골턴이 말한 연상 작용에 의한 낱말들이 내 텅 빈 머릿속을 몇 시간이고 떠돌아다녔다. 그러다가 누군가 우리 앞에 서 있는 나무에 거울을 비춘 것처럼 환한 빛이 눈앞에 어른거렸다. 그 빛이 점점 합쳐지더니 나무둥치들 사이에서 머리 정도 높이에 이어진 하나의 층으로 나타났다. 그리고 우리 앞에 직경 3~4킬로미터는 되는 호숫가 펼쳐졌다. 탁 트인 물과 몇 달 만에 처음으로 보는 진짜 수평선으로 눈이 시원해졌다. 텔레 호수에 도착한 것이다.

---

* 氣根. 뿌리가 땅 속에 있지 않고 밖으로 나와 있는 것. 공기뿌리라고도 한다.
** 박쥐와 방망이의 영어 철자가 'bat'로 동음이의어인 것에서 비롯된 연상 작용.

34

드디어 텔레 호수로

"왜 그렇게 오래 걸렸어요?" 마르셀랭이 거대한 뿌리에 편안히 걸터앉아 말했다.

"레드몬드가 넘어졌어." 비키가 말했다.

"뚱뚱한 용병." 마르셀랭은 이렇게 말하고 혼자 웃었다. "그래도 나는 약속을 지켰어요, 레드몬드. 안 그래요? 어떻게 생각해요?"

아프리카물수리 한 쌍이 아마도 200미터는 떨어진 곳에서 검은 날개를 펼치고 뭉툭한 꼬리를 뻗고 호수 위로 날아올랐다. 머리와 목은 놀라울 정도로 밝은 흰색이었다. 이들은 높고 낭랑하며, 매우 맑은 소리로 서로를 불렀다. 이들 아래에는 햇빛이 띠 모양으로 물살을 따라 뻗어 있었다. 숲에 갇혀 있다가 보는 호수는 신비하게 느껴졌다. 지금까지 본 곳과 너무도 다르고 탁 트여 있어서, 우리와 저 멀리 반대편 호숫가—거대한 나무와 축축 늘어진 식물들이 한 줄의 이끼처럼 쪼그라들어 보이는—사이에 펼쳐진 완벽해 보이는 이 원 안에서는 무슨 일이 일어나도 이상할 것 같지 않다는 생각이 잠시 들었다. "아름다워." 내가 멍하니 말했다. 내 주의는 이미 우리 앞에서 물을 건너고 있는 긴꼬리가마우지 무리에 뺏겨 있었다. 펠리컨만큼 커 보였지만 원래는 홍머리오리만큼도 크지 않다고 알고 있었다. 호수 안에는 섬도 없고 어떤 표식도, 부표도 없고 떠다니는 통나무도 없어 거리를 가늠하기가 불가능했다. 이런 곳이라면 수달의 꼬리가 물속으로 참방 들어가는 모습이 공룡의 목처럼 보일 수도 있겠다는 생각이 들었다.

두블라와 다른 일행도 도착했다. 진흙투성이의 응제는 마치 물속에 몸을 던지기라도 할 것처럼 바로 낮은 제방으로 달려갔다. 그러자 두블라가 무시무시한 힘으로 달려들어 응제의 팔을 잡았다. 얼마나 세차게 잡았는지 응제가 마치 세게 얻어맞은 개처럼 비명을 질렀다. "기다려! 우리 모두를 해칠 셈이야? 우리 아이들도?" 두블라가 말했다.

비키가 한 발 앞으로 나가 호수를 향해 고개 숙여 절을 하고 뭐라고 소리쳤다. 보라빛등태양새 한 쌍—수컷은 자주색과 흰색이 섞인 작고 허둥대는 모습이고, 암컷은 흰색과 갈색이 도는 푸른색이 섞인—이 덤불 속에서 나타나 그의 왼쪽으로 빠르고 낮게 날더니 뒤에서 갑자기 센 바람을 맞은 것처럼 곡선을 그리며 오른편 리아나 덩굴 속으로 사라졌다. 논의한 후에 이유 없이 불쑥 놀라기로 결정하고는 다시 왔던 곳으로 되돌아간 것 같았다.

비키는 우리를 향해 서더니 진지한 어조로 낮게 말했다. "호수의 정령들이 우리를 환영한다고 했습니다." 그러더니 그 특유의 활짝 웃는 미소로 엄숙함을 깼다. 응제는 이제 긴장을 풀고 총을 내려놓더니 몸을 질질 끌며 앞으로 걸어가 낮은 제방에 몸을 죽 펴고 엎드려 손으로 물을 떠서 자이언트숲멧돼지처럼 벌컥거리며 마셨다.

우리는 야자나무와 뿌리가 튀어나온 나무와 리아나 덩굴들을 뒤로하고 물가를 따라 조금 걸어 나무 네 그루를 베어 공간을 탁 트이게 만든 곳에 도착했다. 마르셀랭의 옛날 야영지였다. 나무한 그루는 호수로 쓰러뜨려 임시 둑으로 만들어놓았고 거기에 두 개의 작은 낚싯배를 물속에 반쯤 잠기게 기대놓았다.

"내가 만든 거예요. 내가 여기에 만들었어요." 두블라가 갑자기 다정하게 말했다.

"두블라! 총을 가져가. 우리는 고기를 먹어야 해." 마르셀랭이 두 사람 사이에 총을 놓고 다툰 일이 전혀 없었던 것처럼, 두블라가 총을 가져가지 않을 수도 있다고 생각하는 것처럼 명령조로 거만하게 말했다.

응제는 너무 피곤해 반항할 힘도 없다는 듯 순순히 먼저 총을 내주고 쿠바 군용 재킷 윗주머니에서 탄약통까지 몇 개 내주었다. 두블라가 진심에서 우러난 미소를 지으며 마르셀랭 쪽은 눈길도 주지 않고 내 등을 툭툭 치더니 우리 뒤편의 밀림 속으로 사라졌다.

비키와 폴랭 형제는 곶의 한가운데에 움막을 세우기 시작했고 마누와 응제는 불을 피웠다. 마르셀랭이 둑에서 3미터 정도 떨어진, 남아 있는 유일한 공간에 텐트를 쳤고 나도 그 옆에 내 텐트를 쳤다. 아마존 숲이라면 누구도 이렇게 하지 않으리라, 나는 하릴없이 이런 생각을 했다. 누구도 이렇게 물 가까이, 아나콘다가 어슬렁거리는 곳에서 자고 싶어 하지 않을 것이다. 아나콘다가 되었다고 한번 생각해보라. 꼬리를 물속 나무뿌리에 단단히 감고 고정시키려면 1미터 정도의 몸길이가 필요하다. 그리고 둑에서부터 따뜻하고 시큼한 포유류 냄새가 나는 텐트 입구까지 뒤에서부터 슬며시 나타나려면 3미터 정도가 필요하고, 시궁쥐 색깔의 머리를 들이밀려면 (최소한) 30센티미터 이상이 필요하다. 그다음에 할 일은 뒤로 기울어진 50개 이상의 뾰족한 이빨로 내 머리를 덥석 물고 1~2초간 거대한 근육을 잡아당기기만 하면 된다. 그러면 나를 물속으로 안전하게 휘감고 돌아갈 수 있다. 그러니 만일 세계에 기록된 아나콘다 중 몸길이가 가장 긴 게 11미터라면 7미터 이상이 남는다. 심지어 그냥 평범한 정도의 평균 아나콘다라고 해도 6미터가 남는다. 보고된 바 있듯이 2미터나 되는 아메리카산 악어 카이만을 삼킬 수 있을 정도라면 나 하나쯤 삼키는 것은 아무것도 아닐 것이다. 부츠, 안경, 카메라,

쌍안경, 주머니에 꽉 찬 상처 치료 연고들까지 통째로 삼킬 것이다. 그렇다면 비단뱀은 어떤가. 마르셀랭이 비단뱀에 대해 얼마나 알고 있을지 궁금해졌다.

"마르셀랭! 여기 비단뱀도 있나?" 내가 물었다.

"비단뱀? 물론 있죠!" 마르셀랭이 텐트 창으로 고개를 삐죽 내밀고 활기를 띠며 말했다. "콩고 전역에서 여기만큼 비단뱀에게 최적인 데가 없어요! 지난번 여기 있었을 때 호수 주변에 득시글했어요. 나무를 칭칭 감고 물속에 매달려 있었죠. 뭐 500미터마다 한 마리씩 보였어요. 몸집이 엄청나요. 6미터? 7미터? 기록에 의하면 10미터쯤 되는 것도 있어요! 표범도 꿀꺽 삼키죠! 악어도 삼킬 수 있다고요!"

두블라는 파란다이커를 어깨에 둘러메고 개선장군처럼 돌아왔다. 다이커의 다리가 허벅지뼈와 뒷다리 힘줄 사이에 끼워져 두블라의 가슴팍에 열십자로 겹쳐 있었다.

"자, 어때? 탄환 하나! 음볼로코 하나!"

"그래서 뭐?" 응제가 기분이 상해서 말했다. "우리 할아버지는 탄환을 쓰지도 않았어. 밤에 표범으로 변장하고 나가면 다음 날 아침 우리는 강멧돼지를 먹을 수 있었어. 원할 때면 언제나."

놀랍게도 아무도 웃지 않았다.

응제와 마누가 다이커를 손질했고 보아 남자들은 불 주변에서 보미타바어로 종잡을 수 없는 대화를 나누고 있었다. 마르셀랭은 떨어진 자리에 놓인 통나무에 앉아 턱을 괴고 땅바닥을 바라보고 있었다. 우리 쪽 숲의 나무뿌리에 머물고 있던 어둠이 첫 번째로 닿는 높이의 가지로 점점 뻗어 올라갔다가 나무 꼭대기까지 삼키고 제방에 있는 들쭉날쭉한 그루터기를 타고 내려와 부러진 나무둥치를 거쳐 죽은 나뭇가지를 지나 호수까지 뒤덮었다. "느낌이 안 좋아요. 지난밤에 끔찍한 악몽을 꿨어요. 집에 막 도착해서 안으로 들어가자마자 냉장고가 펑 하고 터지면서 날아갔어요. 내 딸이 피범벅이 되고 아내가 울부짖고 나는 딸을 품에 안았지만 이미 죽어 있었어요. 그런 일이 생기면 내 인생에서 이제 어떤 일도 할 이유가 없어요. 어떤 것도 딸을 대신하지 못해요. 아무것도 의미 없어요." 마르셀랭이 말했다.

"냉장고는 폭발 안 할 것 같은데." 내가 말했다.

"그 냉장고는 폭발했어요. 나한테 아주 좋은 냉장고가 있어요. 최신형이에요. 프랑스제예요."

"나도 나쁜 꿈을 꿨어요." 응제가 웅크리고 앉아 대충 가죽을 벗기고 찢어놓은 다이커 사체를 발치에 놓고, 마체테로 근육과 심장, 비장, 간, 내장을 마구 발라내 왼편에 있는 솥에 던져 넣었다. 풍성한 먹을거리를 보고 다시 그의 내면에 자리 잡은 천국이 힘을 얻었는지 찡그렸던 얼굴이 환해졌다. "내 거시기가 펑 터지는 꿈을 꿨어요."

"드디어." 두블라가 말했다.

"그 병을 또 옮은 거예요. 삼촌이 준 약은 듣지도 않고 내 거시기가 압력을 견디지 못하고 한밤중에 엄청난 소리를 내며 터졌어요. 동구 전체가 울릴 정도였어요. 동구에 있는 모든 아가씨들이 이렇게 혼잣말을 했죠. '아, 행복할 수 있는 마지막 기회가 사라졌구나.'"

모두들 환호했다.

"그런 병은 치료하기 쉬워. 어린 소녀만 있으면 돼. 숫처녀하고 해야 해. 돈이 많이 들긴 하지만 그럴 만한 가치가 있지." 두블라가 말했다.

"끔찍해요." 마르셀랭이 내게 영어로 말했다. "여기 사람들은 정말 저렇게 믿어요. 그래서 여기 여덟, 아홉, 열 살짜리 여자아이들이 매독, 임질에 걸리고 성기에 상처를 입어요. 교육받지 못한 남자들이라 그래요."

저녁을 먹고 텐트로 가서 머릿전등을 가지고 나와 텐트 밖에서 있었다. 텐트의 천 지붕이 온통 새하얗게 된 걸 보고 깜짝 놀랐다. 수천 마리의 투명한 작은 나방들이 텐트 위에 바글바글했다. 전등 불빛에 나방의 눈이 담뱃불처럼 빨갛게 빛났다. 왜 텐트 꼭대기를 저렇게 좋아할까? 저기서 뭘 하는 걸까? 먹이를 먹는 걸까? 아니면 짝짓기? 아니면 이동 중? 게다가 나방이라면 밤에도 훤히 보이는 하얀색이 웬 말인가. (독이 있나? 하얀색은 경고 신호인가?) 어쩌면 아프리카에서 제일 이상한 나비인 수도폰티아 파라독사pseudopontia paradoxa(오랫동안 나방이라고 믿어 왔지만 지금은 수도폰티아 나비의 하위 집단으로 분류된다)가 쉬고 있는 것일까? 이런 궁금증이 생겼다. 그러자 이번에는 나는 왜 이렇게 아는 게 없을까, 하는 생각이 들었고 비참한 기분마저 들었다. 갑자기 왜 이렇게 끔찍하게 피곤하고 늙고 지친 기분이 들까, 하고 있는데 늘 그렇듯이 마누가 조용히 내 옆으로 다가와 있었다.

"할 말이 있어요. 물가로 가서 앉아요. 아무도 들으면 안 돼요. 중요한 얘기예요." 마누가 말했다.

나는 전등을 끄고 마누와 둑에 있는 나뭇가지에 앉아 갑자기 활기가 솟는 걸 느끼며 과도하게 열의에 차 물었다. "무슨 일이야?"

"나도 꿈을 꿨어요. 뱀이든 꿈이든 주물이든 그 의미는 같아요."

"주물?"

"모든 일은 어제 일어났어요. 비가 오는 중에요. 우리 바로 옆에서요. 응제와 내가 자고 있는 곳에서요. 두블라와 비키와 니콜라와 장 폴랭 형제는 다른 쪽에 누워 있고요. 그들은 비에 대해 너무 많이 말한 거예요."

"그게 왜?"

"비의 신인지 뱀이었는지 그건 몰라요. 그게 나뭇잎 아래서 자고 있었어요. 두블라와 나머지 사람들 모두 계속해서 떠들며 요란하게 소리를 내서 우리는 그것에 대해 물어볼 수 없었어요. 그 이름은 밤중에 조용한 가운데서만 물어볼 수 있어요."

"그래서 무슨 일이 일어났는데?"

"그로부터 얼마 지나서 우리는 레드몬드가 준 방수포 아래서 그걸 느꼈어요. 정말 거기 있었어요. 아니면 꿈이었는지 몰라요. 어둠 속에서 그게 계속 움직였어요." 마누는 어깨를 쭉 펴더니 누군가 등을 밀친 것처럼 척추를 둥그렇게 말았다. 그러고는 호수 위에 뜬 달을 올려다봤다. 그의 눈은 영양의 눈만큼 커다랬다. "응제는 할아버지한테 기도했어요. 하지만 응제의 할아버지도 도와줄 수 없다고 말했어요. 비의 신은 너무 강해요."

"천공비단뱀이야! 바로 그거야! 천공비단뱀은 콩고 밀림 지하에 서식해. 굴을 파고 살면서 쥐, 생쥐, 뒤쥐를 잡아먹어."

"그게 뭐든, 진짜든 아니든 그건 우리한테 경고하기 위해 보내진 거예요."

"경고?"

"여기 오지 말라고요. 이 장소에 오면 안 된다고요. 물살 봤어요?"

"물살?"

"물살이 호수 중앙에서 일고 있어요. 모두 알아봤어요. 마르셀랭도 봤어요. 뭔가가 호수 중앙 아래에서 물을 들어 올리고 있는 거예요. 비의 신이 밤에 우리 등을 끌어올린 것처럼요. 그 물살은요, 바람하고 아무 관계가 없는 거였어요."

나는 아무 말도 하지 않았다.

"응제와 나는 무서웠어요. 레드몬드, 여기 오게 된 건 대단한 영광이에요. 마르셀랭을 제외하고 우리 가족 중 누구도 이렇게 성스러운 장소에 와본 적 없어요. 나는 우리 아이들에게 내가 텔레 호수에 갔었다고 말할 거예요. 그리고 그 아이들이 그 자손들에게 이야기를 전할 거예요. 하지만 이만하면 됐어요. 우리는 내일 여길 떠나야 해요."

"나도 꿈을 꿨네." 나는 거짓말을 하기 시작했다. 어떻게 해야 할지 감을 잡자 신이 났다. "나는 모켈레음벰베를 봤어. 우리 운이 좋을 거야."

마누가 일어섰다. "나한테는 진지하셔야 해요." 마누가 넌더리가 난다는 표정으로 말했다. "마르셀랭은 속일 수 있을지 몰라도 난 아니에요. 나는 당신 얼굴에서 영혼을 볼 수 있어요." 마누는 이렇게 말하고는 돌아서서 모닥불을 향해 걸어갔다.

나는 텐트 안으로 기어 들어가 텐트 창을 단단히 묶고 부츠와 머릿전등, 안경을 벗고 방수포 안으로 들어갔다. 내가 누운 자리 아래에는 나무뿌리도 천공비단뱀도 없고 땅은 내가 돌아누울 때마다 질퍽거렸다. 몇 달 만에 처음으로 매트리스만큼 푹신한 땅에 누운 거였다. 불가에서 중얼거리는 소리가 들려왔고 호수의 물이 둑에 부드럽게 부딪히는 소리가 들렸다. 개구리들이 합창을 하는 중에 여기서 처음 듣는 소리가 들려왔다. 마치 윌셔에서 11월 밤에 듣던 암여우의 울음소리가 두 가지 톤으로 들려오는 듯했다.

누군가 코를 골기 시작한 것이다. 하지만 그렇게 깊고 길게 울리는 큰 소리는 아무리 보아 남자라도 낼 수 있을 것 같지 않았다. 소리의 진동이 깊은 콧김 소리와 함께 사라졌다가 세 번 더 짧고 높은 소리로 이어지는 것을 듣고 모켈레음벰베가 맥주통만큼 커다란 고환을 덜렁거리는 모습을 상상했다. 하지만 그때 그 소리는 '펠의 고기잡이올빼미Pel's fishing owls(머리가 크고 둥글며 거대한 갈색 몸집을 가진)' 한 쌍이 캐노피 안에 숨어 이제 높은 가지에서 결혼생활을 알콩달콩 마냥 즐길 때가 아니라(이들은 평생 같은 짝하고만 짝짓기를 하고 꼭 붙어서 잠이 든다), 그들의 영역을 선언하고 낚시를 하러 갈 때(이들은 얕은 수면의 물살을 지켜보다가 발로 물고기를 낚아챈다)라는 데 합의하는 소리였다는 걸 알았다.

수컷이 다시 소리를 내자(수컷의 코 고는 소리는 2킬로미터 밖까지 들린다고 한다) 나는 내가 콩고베이올빼미 소리를 들을 수 있을 정도로 오래 살 수 있을까, 생각했다. 콩고베이올빼미는 1951년 채취된 단 하나의 표본으로 알려져 있다. 나는 스스로 그건 통계상으로 불가능한 일이라고 생각하며 펠 씨는 어떤 삶을 살았을지 궁금했다. 펠은 19세기 중반 네덜란드령 황금해안*에서 10년간 총독을 지냈으며 귀여운 암갈색 날다람쥐에 '펠의 하늘다람쥐Pel's flying squirrel'라는 이름을 붙여준, 바로 그 사람일 거라고 추정된다. 이 다람쥐는 70센티미터쯤 되는 몸에 코끝에서부터 하얀 꼬리 끝까지 흰색 줄이 한 줄로 나 있다. 이들은 어두워지면 나무둥치 구멍 안에 있는 둥지에서 나와 솜털이 난 익막을 쫙 펼치고 한 나무에서 다른 나무로 최대 50미터는 활공한다. 아마도 구름 한 점 없는 청명한 밤에 하루의 고된 행정 업무를 마치고 돌아온 네덜란드령 황금해안의 총독 각하는 석궁을 들고 느긋하게 숲으로 들어가 개간지에 등을 대고 누워 머리 위에서 움직이는 것들은 무엇이나 그저 바라보았을 것이다. 고양이만 한 크기로 하늘을 나는 다람쥐, 메기를 들고 나는 올빼미, 대가 긴 빗자루에 고양이를 태우고 박쥐의 날개 같은 망토를 걸친 마녀, 방황하는 네덜란드선**, 케찰코아틀루스, 헬캣기** 같은 날개를 펼친 공룡이 튀어 오르는 텔레 호수.

하지만 그렇지 않다. 펠 총독이 그 10년간을 제대로 살았을 리가 없다. 취미는 보통 사람들을 보호해주지만 과한 열정은 병으로 이어지기도 한다. 벨기에령 콩고의 백인 관리들의 사망률은 77퍼센트였다. 브라자빌에서 내가 래리에게 경고한 대로(그런데 래리는 지금 어디에 있을까? 괜찮을까? 아프리카를 빠져나갔을까? 지금 플래츠버그에서 크리스와 함께 있을까? 이런 생각은 안 하는 게 나을 텐데……) 서아프리카에 살았던 영국의 무역상들과 정부 직원들 중 85퍼센트가 죽거나 쇠약해져 고국으로 돌아가 영영 건강을 회복하지 못했다. 그러니 늦은 오후 펠 씨는 관저의 넓은 베란다에 놓인 탁자에 앉아 물수리처럼 발에 가시 돋친 작은 비늘이 덮인 이상한 올빼미에 대한 소고를 쓰며, 30센티미터 되는 네덜란드 수마트라 시가를 피우며, 오래 묵은 네덜란드 진이 담긴 기다란 갈색 병을 옆에 두고, 암스테르담 크롬 왈 22번지(나는 상당히 그럴 듯한 주소를 지어냈다)의 편안한 방에서 단 1분도 향수병 같은 데 빠질 여유 없이 자연사를 정리한 가죽 장정된 한 질의 도서(손으로 색깔을 입힌 석판인쇄 도판이 있는)에 지나치게 몰두해 있거나, 창밖으로 보이는 부두의 조용한 운하에서 스케이트를 탄 날을 생각할 것이다. 해가 지면 펜과 공책을 흑단으로 만든 장 안

---

* 서아프리카 기니 만의 북쪽 해안.
** Flying Dutchman. 유럽 어부들에게 전해지는 유령선. 희망봉 주변 바다에 폭풍 치는 밤에만 나타나며 이를 본 자는 불운을 맞게 된다고 한다.
** Hellcat機. 제2차 세계대전 당시 사용된 미국의 대표적인 함상 전투기.

에 넣어두고 시가를 모래 재떨이에 눌러 끄고 사저 침실로 간다. 침실에는 가슴이 위로 탄탄하게 올라붙고 섬세한 쇄골에 손목이 가느다랗고 엉덩이가 볼록 튀어나온, 최소한 두 명의 젊은 흑인 여성이 정부에서 공급한 몸에 딱 달라붙는 젖은 하얀 실크 테니스 셔츠만 입고 그를 기다리고 있을 것이다. 그렇게 올빼미의 낚시, 다람쥐가 나는 상상을 하며 그 모든 행복감에 취해 나는 머릿속의 퓨즈를 끄고 잠이 들었다.

동이 트기 전 어스름한 빛에 아침으로 삶은 다이커 고기와 밥을 먹고 마르셀랭과 나, 두블라(군용 셔츠에 해진 갈색 반바지를 입은)는 제방의 나무에 앉아 휴대용 식기로 낚싯배의 물을 퍼내고 있었다. 짙은 안개가 호수 위에 움직임 없이 걸려 있었다.

"그럼 공룡을 어디서 본 건가?" 내가 물었다.

마르셀랭은 내가 무례한 질문을 하기라도 한 것처럼 잠깐 멈칫하더니 "저기요" 하며 휴대용 식기로 왼편을 가리켰다. "여기서 300미터쯤 떨어진 곳이에요. 하지만 누가 알겠어요? 허깨비가 나타났던 것일지도……." 그는 말끝을 흐렸다. 그러고는 낚싯배 바닥에 있는 자귀 자국이 무슨 의미라도 되는 것처럼 꼼꼼하게 살펴보았다. "어쨌거나 나는 레드몬드하고 같이 가지 않을 거예요. 난 여기가 정말 싫어요. 몸도 안 좋아요. 이만하면 충분해요. 말라리아에 걸린 것 같아요. 텐트에 머물 거예요. 하루 종일 텐트 안에 있을 겁니다."

마르셀랭은 이렇게 말하고 노인처럼 천천히 나무둥치를 돌아가 몸을 숙여 진흙바닥에 휴대용 식기를 던져놓고 텐트 안으로 들어가 덮개를 닫았다.

두블라는 나에게 눈을 찡긋하더니 오른손으로 코 옆을 만지더니 나에게 비키처럼 활짝 미소를 지어 보였다. 빠진 치아 하나 없이 깨끗했다. 여기서 누군가 입을 강타당한 사람이 있다면 두블라는 아닐 것이라는 생각을 했다.

"우리 추장은 정말 영험해요." 두블라가 믿을 수 없다는 듯 고개를 설레설레 흔들며 말했다. "추장이 마르셀랭을 아프게 한 거예요. 추장은 복수를 하고 말 거예요. 두고 보세요. 마르셀랭이 우리 추장을 에페나에 있는 감옥에 보냈어요. 이제 추장이 마르셀랭을 자기 텐트 안에 있는 감옥으로 보낸 겁니다. 게다가 마르셀랭의 텐트에 비하면 에페나의 감옥은 더 크고 시원하죠. 추장은 여기 이 호수에서 벌어지고 있는 모든 것을 지켜보고 있어요. 이곳은 우리 호수예요. 우리 농민들 것이죠."

나는 배낭에서 모자, 쌍안경, 물병을 다는 벨트들을 꺼냈다. 그러고는 언뜻 한 가지 생각이 떠올라 배낭 제일 윗주머니에 넣어두었던 1,000세파프랑 지폐가 든 마지막 비닐 가방을 꺼내 바지주머니에 넣고 둑에서 기다리고 있는 비키와 두블라와 합류했다. 웅제와 마누, 폴랭 형제가 배웅해주었다.

비키는 곶 끝에 있는 지주근 나무 덤불에 숨겨 놓은, 손잡이가 긴 노 두 개를 가져왔다. 두블라는 창을 통나무배 우현 쪽에 내려놓고 민첩하고 가볍게 훌쩍 배 안으로 들어갔다. 나도 아무 생각 없이 따라 했다. 작은 배가 좌현 쪽으로 기우뚱하더니 물을

3리터는 꿀꺽 마시고 다시 균형을 잡았다. 나는 한 발 더 내디뎠다. 그러자 뱃머리가 번쩍 올라가더니 휘청거리며 물을 두 번 더 마셨다. "앉아요!" 두블라가 소리쳤다. 그의 몸이 기우뚱하더니 다리 한쪽과 팔을 앞으로 쭉 뻗은 채 빙그르르 돌았다. 그러면서도 입술을 내밀어 배 위에 있는 작은 나무토막을 가리켰다.

나는 겨우 그 통나무 위에 앉아 무릎을 귀 가까이까지 올렸다. "하지만 나는 노를 젓고 싶네!"

"노를요?" 두블라가 말렸지만 단단한 몸을 장의 화살 모양 하프처럼 팽팽하게 아치형으로 구부리고는 그의 발치에 떠다니는 휴대용 식기를 잡았다. 그는 손을 뻗어 식기를 나에게 건넸다. "그냥 거기 그대로 있어요! 물이나 퍼요! 움직이면 우리 다 가라앉고 말 겁니다. 이건 내 배예요. 내가 만들었다고요. 어서 물을 퍼요!"

둑에서 응제가 나귀처럼 시끄럽게 웃다가 잽싸게 차렷 자세를 취하더니 경례를 부쳤다. "물 퍼요! 삼촌! 안 그러면 가라앉아요! 모켈레음벰베는 배가 상당히 고플 거예요!"

마누가 걱정스러운 표정으로 쳐다보고 있었다. "가만히 있어요!" 마누는 비키가 배를 밀며 출발하자 소리쳤다. "왜 그렇게 항상 넘어져요? 다리에 문제가 있는 것 같아요!"

마르셀랭의 텐트 쪽에서는 아무 소리도 들리지 않았고 기척도 나지 않았다. 저 안에서 목이라도 땄나, 생각했다. 그때 배가 놀랍도록 빠른 속도로 물 위로 미끄러지면서 곧이 우리 뒤 안개 속으로 멀어져갔다. 나는 행여 그런 마르셀랭의 이미지가 머릿속에 떠오르지 않도록 애쓰며 물을 퍼내는 데, 한편으로는 내 앞 뱃머리에 서 있는 두블라를 보는 데 정신을 집중했다. 두블라는 거칠게 물을 튀기며 노를 호수 속으로 집어넣고 재빨리 무릎을 구부려 갈색 물과 하얀 포말을 일으키며 노를 뒤로 밀었다가 다시 노를 앞으로 휙 돌려 척추를 곧게 펴고 노를 고쳐 잡은 다음, 이 전체 과정을 되풀이했다. 그의 다리 뒤쪽의 털이 띄엄띄엄 덩어리지게 나 있었다. 마치 잘 자랄 수 있도록 충분한 공간을 두고 최근에 심어놓은 것처럼 보였다. 나는 나무토막 위의 엉덩이가 얼얼해지는 것을 느끼며 속으로 말했다. 물론 나한테 화날 만도 하지. 욕조에서도 안전하지 않을 것 같은 이 작은 구르는 통나무를 손수 만들었다잖아. 자랑스럽게 생각하는 거야.

두블라와 비키는 보미타바어로 이야기를 시작했다. 이야기라기보다 내 머리에서 앞뒤로 1미터 떨어진 게 아니라, 마치 보아 마을 끝과 끝에 서 있기라도 한 것처럼 서로 소리를 질러대기 시작했다. 나는 생각했다. 이들은 아무것도 보고 싶어 하지 않는 거야. 모켈레음벰베가 물속 깊숙이 들어가 호수 바닥까지 내려가 있기를 바라는 거야. "제발 부탁인데!" 나는 머리 위에서 저음의 듀엣이 소리를 던지고 맞받아치는 잠깐의 틈을 겨우 잡아 필사적으로 소리쳤다. "만일 우리가 고릴라를 보게 되면 5,000세파프랑을 주겠소! 비단뱀도 마찬가지요. 진짜 큰 비단뱀 말이오. 그리고 침팬지도! 침팬지는 어떤 것도 괜찮아요."

두블라의 노가 허공에 멈췄다. 그는 고개를 돌리더니 "5,000세파프랑?"이라고 되물었다. 뒤에서 비키가 물에 젖은 노의 날로 내 오른팔을 찰싹 치며 물었다. "나도?"

두블라와 비키는 더 이상 소리를 지르지 않았다. 그들은 첨벙거리는 소리 없이 노를 물속으로 미끄러지듯 밀어 넣으며 소리가 나지 않게 뒤로만 밀었다. 노를 배 옆으로만 밀었기 때문에 수면에 물살도 거의 일어나지 않았다. 두 사람은 소곤거리며 말하기 시작했다.

5,000세파프랑을 그렇게 순식간에 날려버리다니…… 나는 속으로 질겁했다. 하지만 겨우 닭 열 마리 값이 아닌가!

해가 뜨자 안개가 점점 옅고 하얗게 흩어지면서 증발했다. 체체파리 세 마리가 통나무배에 날아와 두블라 다리 위에서 빠른 속도로 갈지자를 그리며 윙윙댔다. 그리고 그의 오른다리 장딴지 근육에 있는 털 뭉치 사이에 내려앉았다. 머리가 크고 길이가 1센티미터 정도 되는 갈색 파리가 날개를 가윗날처럼 접고 그를 물었다. 두블라의 다리가 앞으로 움찔했다. 그는 돌아가고 있는 노에서 오른손을 떼서 돌아보거나 노를 젓는 리듬에 변화도 주지 않고 세차게 찰싹 때려 파리 두 마리를 죽였다. 내 다리도 살펴보니 바지 위에 여섯 마리가 앉아 있었다. 통나무의 뾰족한 가장자리 때문에 허리 아래가 마비된 것 같았다. 하지만 어떻게 할 도리가 없었다. 그러니 파리 주둥이가 내 바지를 뚫고 들어와도 감각이 없을 것이고 한두 시간 안에 물린 자리가 부풀어 오를 것이다. 번식 속도가 토끼보다 느린 곤충이 이렇게 성공적으로 증식해나가는 건 참 신기한 일이라는 생각이 들었다. 게다가 체체파리는 아프리카의 제일가는 환경보호가였다. 암수 모두 오직 혈액(강가에 사는 포유동물, 악어, 왕도마뱀의)만을 먹고 살며, 암컷은 알(수명이 6개월인 동안 겨우 열두 개)을 한 번에 하나씩 자기 몸 속에서 부화시킨다. 그리고 애벌레를 입 주변에 있는 젖꼭지와 비슷한 것을 통해, 유선 같은 기관에서 영양분을 공급해 키운다. 애벌레는 어미의 난관 꽁무니에 달린 두 개의 검은색 마디를 통해 숨을 쉰다. 애벌레가 충분히 자라면 어미는 숲 땅바닥의 축축하고 어두운 곳을 찾아 새끼를 낳는다. 이렇게 나온 애벌레는 땅에 몸을 묻고 번데기로 변화해가며 한 달쯤 후에 성충이 되어 나온다.

내리쬐는 햇빛을 바로 받으려고 호숫가에 늘어서 있는 덤불과 리아나 덩굴이 이룬 장막 뒤로, 강변에서 자라는 나무들 또한 리아나 덩굴, 고비, 난 같은 것들이 주렁주렁 매단 채로 햇빛을 받기 위해 놀라우리만치 똑같은 높이로 빽빽이 자라고 있었다. 가끔씩 이들 머리 위까지 가지를 곧게 뻗은 야자나무나 일정 간격을 두고 불쑥 솟아오른 이상한 나무—어떤 기생식물로부터도 자유로워 보이는, 높은 가지들이 소나무의 가지처럼 임관 위를 가로로 쭉 뻗어 있는—집단만이 이들에게 그늘을 드리웠다.

수면병을 일으키는 트리파노소마라는 편모충을 옮겨 사람과 가축을 죽이는 체체파리야말로 이 거대한 밀림을 오랫동안 지켜왔다는 생각이 들었다. 하지만 채찍 끝 같은 꼬리(아마도 박테리아를 가진)가 달린 단세포 동물 트리파노소마 자체는 '선구적 생물의 시대'인 25억 년 전 원생대 초기부터 여기 존재했을 것이다. 이는 식물이 텔레 호수 같은 민물 호수에서 열에 강한 씨앗과 강한 피부, 하중을 견딜 수 있는 강한 가지를 성장시켜 물가로 나오게 되는 것보다 20억 7,500만 년 앞선 일이다.

그렇지, 지금 당장은 물리는 아픔을 느끼지 않는 게 좋고 장기적으로는 체체파리가 생존해준 것에 감사해야지, 나는 이렇게 생각했다. 하지만 마음속의 작은 목소리가 이렇게 말했다. 체체파리로부터 병을 얻게 된다면 그것을 보는 시각이 변하지 않겠어? 그리고 말이 나왔으니 말인데, 이미 병에 걸린 건 아닌지 어떻게 알아? 일레인 정Elaine Jong의 《여행과 열대의학 매뉴얼The Travel and Tropical Medicine Manual》에 나열된 증상이 지금 네가 느끼는 것하고 비슷하지 않아? 밀림에 만연한 수면병의 서구식 증세는 체체파리에 물리고 5~10일 안에 따끔거리는 부스럼이 생기기 시작해 궤양이 생기고 2~3주 후에 사라졌다가(그리고 여러 차례 그런 증상을 겪는다), 그다음에는 간헐적인 발열과 두통, 불규칙한 심장박동을 느끼고 일시적으로 피부발진이 생긴다. 그런 증세가 있고 나서는 점점 무기력감, 졸음, 그리고 수면 주기가 뒤바뀐다. 그런 다음 근육운동 불능, 강직, 파킨슨병 증세(옥스퍼드에서 매일 밤 과음했음)가 나타나고, 곧 이어 성마른 태도와 조증, 마비와 무기력감(거의 아침마다)이 나타난다. 그리고 마침내 사망한다(지금으로부터 어느 때고 가능).

병원에 가는 성가심을 감수한다면 치료는 가능하겠지만 병원에 도착했을 즈음에는 될 대로 되라는 식이 돼서 과연 치료를 받고 싶어질까? 수라민Suramin이 괜찮기는 하지만 특별히 효과가 뛰어나지는 않고 단백뇨, 발열, 쇼크를 유발하기도 한다. 아마도 멜라소프롤Melarsoprol이 나을 수도 있겠다. 인체에 해롭지 않은 약간의 비소 합성물로 뇌중추신경계에 바로 침투해 부작용이 있다고는 해도 시력 감퇴나 급성 뇌염일 것이다. 하지만 모든 걸 고려했을 때 펜타미딘Pentamidine이 낫다. 복부 경련, 무균성 농양, 자연유산 정도를 일으킬 수 있기 때문이다.

"쉿, 조용히!" 내가 루이스식 경기관총처럼 탕 하고 내 다리를 치는 순간 두블라가 말했다.

두블라는 몸을 아래로 수그리고 노를 살며시 배 바닥에 놓고 오른손을 뒤로 보내 창을 잡고 비키에게 뭐라고 소곤거렸다. 배는 소리 없이 앞으로 나아갔다. 방패처럼 둥그런 모양의 갈색 원반 같은 것이 평평한 호수 위에 떠 있었다. 두블라는 연속 동작으로 자리에서 일어나 그의 등을 동그랗게 오므리고 전방을 향해 세차게 창을 던졌다. 배가 아니라 발이 땅에 닿아 있었다고 해도 놀랄 만한 솜씨였다.

거북이 있었던 자리에 작은 물결이 이는가 싶더니 물살이 동심원 모양을 그리며 번져갔다. 중심에서 1미터쯤 떨어진 물에서 비죽 튀어나온 창의 손잡이가 약간 진동했다. 창의 2미터 정도가 보였다. 그때 생각했다. 창끝이 진흙에 30센티미터쯤 들어갔다고 가정해보자. 그럼 물가에서 100미터쯤 떨어진 호수의 수심은 약 1.2미터쯤 된다는 말이다. 그러니 아마도 호수의 중앙 부분은 더 깊어야 한다. 그렇지 않으면 모켈레음벰베는 아주 작은 공룡이라는 말이 되니까. 아니면 그냥 아주 납작한 공룡이거나.

두블라가 거대한 싱고늄이 뭉쳐 있는 곳으로 배를 저어가더니 줄기에서 씨가 들어 있는 꼬투리를 잘라내 반으로 가르더니 씨를 제거하고 내게 주며 "이걸로 물을 퍼요"라고 말했다. 그러고는 다시 노를 저어 배를 물가 가까운 곳으로 이동시켜 모든 작은 곳들을 돌았다. 발목까지 넘실거리는 물을 퍼내다가 내 옆의 갈대밭에 있던 얼룩백로를 놀라게 했다. 얼룩백로는 너도밤나무 숲의 가을 낙엽 같은 암갈색과 붉은색을 흩뜨리며 훌쩍 허공으로 날아오르더니 숲속에 자리를 잡았다. 기다랗고 노란 다리가 대롱거리는 것 같았다.

얼룩백로는 매우 보기 드문 새다(위대한 조류학자 제임스 채핀도 그의 모든 콩고 강 여행과 동쪽으로의 탐험에서 겨우 두 번 목격했을 뿐이다). 해질녘이나 한밤중에 마치 뱃고동처럼 몇 분간 반복해 '뚜' 하고 우는 소리를 처음으로 듣는다면, 이렇게 수줍어하는 갈색 새라기보다 괴물의 모습을 상상하게 될 것이다. 하지만 여기 뱃사람들인 두블라와 비키는 그런 소리를 노상 들었을 것이다. 두블라와 비키에게 서를과 모렐의 책에 나와 있는 얼룩백로의 사진을 보여줘야겠다고 현학적인 톤으로 중얼거리며 울음소리를 흉내 낼 수 있는지 봐야겠다고 생각했다.

머리 위에서 물수리 다섯 마리가 보였다. 숲에서 큰흰코원숭이들이 서로에게 경고하는 듯 끽끽대는 소리가 들려왔다. 익숙해서 편안한 소리였다. 옅은 분홍의 작은 꽃무리를 피운 진달래속 식물 덤불을 지날 때 검은 바탕에 노란 반점이 난 1미터 정도의 볼비단뱀이 나무 잔가지에 똬리를 틀고 있다가 마치 호리병에서 꿀이 흘러나오듯 스르륵 물속으로 미끄러져 들어갔다.

이만하면 거의 만족스럽다는 생각이 들었다. 얼얼하던 엉덩이와 감각을 잃은 다리, 때려잡지 못했던 체체파리에 대해 이젠 잊을 수 있겠다고 생각할 즈음, 배가 쓰러진 나무들이 엉켜 있는 곳을 돌아갔고 두블라가 무언가를 보고 놀라더니 오른손에 창을 쥐고 사냥할 때처럼 몸을 웅크렸다. 늪영양이었다.

다이커보다 몸집이 훨씬 큰 늪영양은 50미터쯤 떨어진 곳에 무릎 높이까지 오는 물속에 서 있었다. 물에 반사된 빛이 옅은 갈색 복부와 목 부위의 하얀 부분을 비추고 있어서 마치 호수 위에 둥둥 떠 있는 것처럼 보였다.

우리는 좀 더 가까이 다가갔다. 비키가 부주의하게도 노를 찰싹거리며 저었다. 늪영양은 고개를 돌리고 기다란 귀를 우리를 향해 쫑긋거렸다. 커다란 갈색 눈이 더 커졌다. 나선형의 뿔이 뒤로 획 당겨지고 털 아래 어깨 근육이 울룩불룩해지더니 늪영양은 가느다란 다리로 물속을 펄쩍 뛰었다. 물보라 속에서 꼬리가 하얗게 반짝하더니 둑으로 달려가 그대로 사라졌다.

두블라가 보미타바어로 거칠게 욕을 퍼붓더니 자기 뒤에 창을 놓고 손바닥에 침을 퉤 뱉어 양손을 비비고는 다시 노를 잡았다. 나는 텔레 호수의 늪영양이 보통의 방어 방식을 바꿨다는 사실이 기뻤다. 보통 이들은 늪지대에 살면서 물이 스며들지 않는 털에, 진흙에서도 잘 달릴 수 있도록 벌어진 발굽을(암컷은 갈대밭의 풀을 밟아 평평하게 은신처를 만들어 그곳에 갓 낳은 새끼를 한 달 이상 눕혀 놓는다) 가지고 있다. 보통은 표범이나 사람이 나타나면 코만 밖으로 내놓고 물속에 잠수해 숨는다. 그러다가 눈에 빤히 보이는 파문이라도 일으키면 통나무배에서 날아온 창에 손쉽게 찔린다. 하지만 텔레 호수의 우리 늪영양은 나이 지긋한 현명한 수컷이었다. 사람들이 둥둥 떠다니는 통나무를 탔을 때는 악어나 비단뱀이나 마찬가지라는 것을 분명히 알고 있었던 것이다.

우리는 밀림에서는 보기 드문 꽃이 만개한 덤불 여러 곳을 지나쳤다. 분홍 꽃이 핀 관목과 그것만큼 흔히 보이는 꽃차례가 삐죽삐죽 튀어나온 오렌지색 꽃이 핀 키 큰 관목들이었다. 두 종류 다 암적색 반점이 튄 것 같은 모습인데 처음 봤을 때는 다른 덩굴 기생식물의 꽃인 줄 알았다. 그러나 조용히 물가로 다가가 보니 꽃이 아니라 나뭇잎, 그것도 새로 난 나뭇잎이었다. 나는 빨간색이 애벌레를 막는 보호색일까 궁금해졌다. 암컷 나비들이 초록색 위에 알을 낳도록 프로그램화되었을까? 그때 저음의 포효가 들려왔고 우리 옆의 갈대밭을 흔드는 듯한 진동이 느껴졌다. 수컷 고릴라가 위협하는 소리였다.

비키와 두블라는 얼른 배를 싱고늄이 우거진 곳 아래에 댔고 우리는 거의 무릎으로 기다시피 해 살금살금 물가로 갔다(그럴 수밖에 없었던 것이 내 다리는 아직 움직이라는 신호를 받지 못할 만큼 얼얼했고, 눈에는 호수의 강한 햇살이 아직 가득해 시야가 어른어른했다). 모든 게 정지 상태였다. 그때 우리 오른편 캐나다세신이 자라고 있는 곳에서 식물들을 마구 분지르는 소리가 났다. "저기! 저기!" 비키가 우리 위에 있는 나뭇가지를 가리키며 소리를 질렀다. "수컷의 마누라 중 하나인가 봐! 남편은, 남편은 도망가고 있어! 저기! 그 마누라야!"

암컷 고릴라는 높은 나뭇가지에 정면이 보이게 앉아 있었다. 나는 쌍안경으로 그녀의 반짝이는 검은 얼굴을 정면으로 쳐다봤다. 툭 튀어나온 눈두덩이 아래 시선을 피하고 있는 눈, 낮고 넓적한 코, 두 개의 편자를 이어놓은 것 같은 콧구멍, 얇고 커다란 입술…… 유난히 더 사람 같은 모습이었다. 가서 손을 잡아주며 다 괜찮다고 말해주고 싶은 바보 같은 충동이 불쑥 일었다.

그녀는 어떻게 해야 할지 몰라 별로 움직이고 싶어 하지 않는 것 같았다. 한 손으로 자기 위에 있는 나뭇가지를 잡고 일어서더니 다른 한 손으로 몸을 감싸고 다시 자리에 앉았다. 그녀는 품에 뭔가를 안고 있었다. 작고 까만 두 팔이 그녀의 가슴에 꼭 매달려 있었다. 새끼를 안고 있었던 것이다.

"총이 필요해요. 탕!" 두블라가 내 귀에 대고 말했다.

"하지만 아이가 있어요. 그냥 내버려둡시다." 고릴라가 쌍안경을 보고 커다란 눈이 쳐다보는 것 같은 위협의 신호로 알까 봐 나는 쌍안경을 내리고 말했다.

"하지만 맛있단 말이에요. 원기를 준다고요." 두블라가 고릴라에게 창을 던지는 시늉을 하며 말했다.

"먹으면 안 됩니다." 내가 감정이 격해져 그의 팔을 잡고 뒤로 잡아당기며 말했다. "보호 동물이에요."

"보호 동물! 역시 백인들이란. 백인들이 하는 생각이라니. 영국에서 고릴라 안 먹습니까? 당연히 먹겠죠. 당신네들은 부자니까. 당신들 숲은 고릴라로 가득할 거요."

"영국이든 어디든 고릴라는 없어요. 여기하고 아프리카 동부에만 있어요. 보호해야 합니다."

"흥!" 두블라가 내가 잡고 있는 손에서 힘줄이 단단한 팔을 비틀어 뺐다.

비키는 통나무배 옆 덤불에서 분홍 꽃잎을 뜯어내 냄새를 킁킁 맡고 입맞춤을 하더니 물에 휙 던졌다. "우리한테 돈을 줘야 해요." 비키가 말했다.

나는 바지 주머니에 넣어둔 비닐봉지에서 1,000세파프랑을 꺼내 500씩 나눠 주었다. 통나무배로 돌아왔을 때 심지어 체체파리를 반사적으로 내리치는 소리까지 멈췄다. 노 젓는 속도는 빨라지고 두 사람은 소곤거리며 이야기했다. 침팬지 소리를 들으려고 규칙적으로 한자리에서 멈춰 서던 것도 그만두었다. 그렇게 극도로 집중해서 듣고 있는 것을 지켜보는 것도 지치는 일이었다.

또 다른 커다란 늪영양 한 마리가 보였다. 하지만 적어도 200미터는 떨어져 있었고 공중제비의 반원 모양 포물선을 그리며 뛰어 둑 쪽으로 안전하게 도망갔다. 긴꼬리가마우지 여덟 마리―아마도 어제 본 것과 같은 무리일―가 뿔뿔이 흩어져 우리 옆을 스쳐갔다. 아지랑이 속을 날개를 푸드덕거리며 지나가자 쭉 뻗은 목과 뻣뻣한 쐐기 모양의 꼬리와 검은 날개의 가장자리가 색이 번지듯 흐릿하게 보였다. 어른어른 편두통을 일으키는 호수의 열기로 땀은 줄줄 흐르고 피부가 쩍쩍 갈라지는 것처럼 손등이 따가웠다.

우리는 라피아야자나무 옆의 물가로 다가갔다. 라피아야자나무는 몸을 앞으로 내던지듯 둑에서 튀어나왔고, 나무 꼭대기는 거대한 수상식물처럼 수면에서 바로 솟아난 것처럼 보였다.

비키가 뭔가 판단을 내려 결론에 도달하고 있는 것처럼 무표정한 얼굴로 내 얼굴을 몇 분간 살펴보았다. (나도 비키의 얼굴을 보며 생각했다. 뭉친 머리털의 길이가 적어도 8센티미터는 되겠다. 눈은 부시베이비처럼 크고 갈색이고 촉촉하군.) "여기 피그미들이 살았습니다. 피그미 마을이었죠. 피그미들이 여기 살다가 죽었습니다. 전부 다 한꺼번에 죽었습니다. 우리는 피그미들의 보호가 필요한데 말이에요. 도와달라고 할 수 있었을 텐데." 비키가 조용히 말했다.

나는 모자를 벗고 뒤로 손을 맞잡고 고개 숙여 절을 했다. 거꾸로 뒤집힌 시야 속 내 둥그런 오른손 위로 비키의 전투복 재킷이 부풀어 오르는 게 보였다. 그러다 그가 갑자기 쩌렁쩌렁 소리를 질러 그 음파의 충격에 뒤로 나자빠져 하마터면 균형을 잃을 뻔했다. 결국 침팬지를 찾아 닭 열 마리를 버는 것보다는 다른 사람들의 조상에게 기도를 올리는 게 더 중요했던 것이었다. 텔레 호수에서는 명백히 자연의 법칙이 작용하지 않는 것 같아 보였다. 그것은 수면 위의 아지랑이 빛처럼 굴절돼 있었다. 텔레 호수는 아프리카에서 유일하게 뇌물이 통하지 않는 곳이었다.

열정적인 기도가 끝나고 우리는 다시 항해를 시작했다. 물에 떠가는 나무둥치 위에 혼자 앉아 있는 도요새 외에는 아무것도 보이지 않았다. 우리가 가까이 다가가자 도요새는 고개를 까딱

까딱하고 꼬리를 획 움직이더니 마치 공룡의 땅에 방문한 게 아니라 풀하버*에 있는 것처럼 무게 없이 야단스럽게 날개를 퍼드덕거리며 짧게 활공하듯 낮게 날아갔다. 우리는 다시 멈췄다.

"좋아요, 레드몬드!" 물가로 갔을 때 비키가 내 얼굴에서 겨우 50센티미터 떨어진 곳에서 내 등을 찰싹 때리며 커다란 이를 번쩍 드러내며 소리를 질렀다. "조상들에게 기도하니 좋군요! 정령들께 우리의 전통을 존중하는 백인과 함께 왔다고 말했습니다. 그랬더니 좋다고 하셨어요. 우리는 고릴라도 침팬지도 보게 될 거예요. 우리 동물들을 보게 될 겁니다. 당신이 우리 전통을 존중한다니 좋습니다. 조상님들도 그렇게 말씀하셨어요!"

우리는 관목 사이를 몇 미터 걸어 작은 나무들이 쓰러져 시야가 트인 곳에 도착했다. "이곳은 두블라 조상들의 땅이에요." 비키가 마치 나를 어떤 음모에 끌어들이려는 사람처럼 크고 넓적한 엄지를 코앞에 들어 올리고 말했다. "물고기를 잡기 위해 이곳에 왔죠."

두블라는 수염을 짧게 깎은 턱과 짧은 콧수염을 손으로 쓸고 들쭉날쭉한 구레나룻을 잡아당기고, 평소보다 더욱 완강한 표정의 가면을 쓰듯 눈과 입에 표정을 잡고는 소리 지르고, 듣고, 대답하고, 또 듣고 고개를 젓고 나무둥치에 자리 잡고 앉았다. 우리는 그와 함께 앉았다. 나는 벨트에서 물병을 꺼내 비키에게 건넸다. "누가 아버지나 할아버지보다 더 당신을 사랑하겠어요?" 비키가 한 모금 들이키고는 말했다.

"어머니나 할머니?" 나는 이렇게 말하고는 질문의 본질을 잘

못 파악했다는 것을 깨달았다.

"백인들이란." 두블라가 이렇게 말하며 물병에 손을 뻗었다. "어머니는 당신이 자기 아들이라서 사랑하지만 아버지는 당신이 한 일 때문에 사랑하는 거예요."

나는 19세기 민속지학자라도 된 듯한 기분으로 물었다. "두 사람은 이 성지에 대한 진실을 내게 말해줄 수 있으리라 확신해요. 내가 정말 알고 싶은 것이 있어요. 모켈레음벰베를 본 적이 있나요?"

"뭐 그런 바보 같은 질문이 다 있어요?" 두블라가 물을 마시려다가 진심으로 놀란 듯한 표정으로 말했다. "모켈레음벰베는 고릴라나 비단뱀 같은 동물이 아닙니다. 모켈레음벰베는 성스러운 동물도 아니에요. 사람들한테 나타나지 않아요. 그건 신비의 동물이에요. 그것은 우리가 상상하기 때문에 존재해요. 눈으로 보는 것? 절대로 아니에요. 볼 수 없어요."

30분 후쯤 우리는 관목을 잘라 만든 막대기를 십자 모양으로 땅에 박아놓은 장소에 배를 댔다. 또 기도라니, 나는 부아가 치밀었다.

하지만 비키가 이렇게 말했다. "두블라가 발견했어요. 아마 지금쯤 다 나았겠죠. 악어 알! 오늘 밤에 포식할 수 있겠어요!"

우리는 갈대숲을 헤치고 들어가 젖은 둑에 올라서 풀이 눌린

---

* Poole Harbour. 영국 남부에 있는 만.

좁은 길을 따라 걸어 올라갔다. 1미터 정도 높이에 잎과 나뭇가지, 흙이 쌓인 직경 2미터쯤 되는 둔덕이 나왔다. 하지만 누군가 우리보다 먼저 왔다간 모양이었다. 둥지의 둔덕이 파헤쳐지고 나뭇잎 사이에 부스러진 하얀 알껍데기 조각이 여기저기 흩어져 있었다. 커다란 조각으로 추정해볼 때 알은 8센티미터 정도의 길이에 타원형이고 아프리카긴코악어의 알인 것 같았다. 두블라가 손으로 둔덕을 파보았다. 아무것도 없었다.

"조코가 우리 저녁을 먹어치웠어요." 비키가 말했다.

"그게 뭐요? 늪몽구스?" 내가 신이 나서 물었다. 긴코몽구스('습성: 거의 알려진 바 없음.')가 악어 알을 먹은 거라면 심지어 더 좋겠지.

비키가 고개를 저었다.

"서발린제넷고양이?"(고양이 정도 크기에 등이 움푹 들어가고, 황토색 바탕에 검은 반점이 있고, 길고 북슬거리는 검은색 테두리가 있는 꼬리를 가졌다. '서식지: 빽빽한 삼림지대와 원시림. 습성: 세부적인 것은 알려지지 않음.')

두블라가 황소개구리처럼 가슴과 볼을 불룩하게 부풀렸다.

비키가 뱀처럼 쉭쉭 소리를 냈다.

"콩고민발톱수달?"('습성: 거의 알려진 바 없음.')

비키는 오른팔을 엉덩이에 대고 좌우로 흔들며 입을 벌리고 서른두 개의 이를 드러내고는 손가락을 갈고리 모양으로 오므린 채 내게 덤비는 시늉을 했다.

"모켈레음벰베?"

"모켈레음벰베보다 더 무서운 거예요." 두블라가 그의 짧고 메마른 웃음소리를 내며 말했다(개가 상대의 다리를 물어뜯기 전에 경고의 뜻으로 짓는 소리 같았다). "조코는 진짜 괴물이에요. 조코는 보통 남자보다 크고 더 빨라요. 그리고 화나게 하면 공격하죠."

비키는 팔을 접어 앞에서 감싸고 뭔가 육중한 것이 숲 바닥을 가로질러 걸어가는 흉내를 냈다. 혀는 앞으로 쭉 내밀고.

"왕도마뱀! 나일왕도마뱀!"(나일왕도마뱀은 몸길이가 2미터 정도 되고, 알을 낳기에 안전한 곳을 찾는 감각이 뛰어나다. 저절로 밀봉되어 있는 흰개미집 옆면에 구멍을 파 알을 낳는다.)

희미하게 우우 하는 소리가 들렸다.

비키가 도마뱀처럼 쉭쉭 소리를 냈다. "내가 뭐라 그랬어요? 침팬지를 볼 거라고 했죠?"

비키와 두블라는 간헐적인 소리가 들리는 방향으로 세차게 노를 저었다. 이윽고 작은 만에 도착했다. 호수에서 눈에 잘 띄지 않는 후미진, 물살이 잔잔한 만으로 수련이 수면을 덮고 있었다. 두블라는 노를 상앗대 삼아 흰 꽃이 빽빽하게 핀 울창한 덤불 옆 갈대숲으로 밀고 들어갔다. 산사나무와 카우파슬리*의 교배종이었다. 진흙에 무릎까지 잠겼다.

우리는 침묵 속에 버둥거리며 물가로 나왔다. 침팬지가 서로 외치며 대화를 나누는 소리가 점점 더 커지더니 우리 바로 머리 위에서 들려왔다. 나는 진흙을 한 움큼 떠서 셔츠와 얼굴에 치덕

---

* cow-parsley. 작은 흰 꽃이 많이 피는 유럽산 야생화.

치덕 발랐다.

우리는 늪 같은 하천 두 군데를 건넜다(발로는 관목을 꽉 밟고 3미터 정도 길이의 창을 손잡이로 사용했다). 좀 더 단단한 땅이 나오자 우리는 네 발로 기어 건넜고 늙은 수컷 침팬지가 앉아 있는 나무 밑동은 엎드려서 미끄러지듯 지났다. 침팬지는 나무 중간쯤 있는 큰 가지에 앉아 천천히 작은 가지를 잡아당겨 놀랍도록 빠르게 움직이는 입술로 가져가 꼼꼼하게 좋은 나뭇잎만 골라 입으로 떼어내더니 깊은 생각에 잠겨 조물조물 씹었다. 그는 거의 민머리에 귀가 크고 갈색 눈은 움푹 들어가고 얼굴은 까맸다.

우리는 진흙바닥에 배를 깔고 누웠다. 두블라가 손가락으로 양 콧구멍을 막고 다이커를 부르는 것처럼 높게 코로 컹컹거리는 소리를 냈다. 늙은 침팬지는 씹는 것을 멈추고 몸을 앞으로 수그려 나뭇가지 사이로 더 잘 보기 위해 고개를 양옆으로 흔들며 내려다봤다. 그러더니 우리를 보고 오줌을 쌌다. 그러더니 발꿈치를 나무둥치에 대고 한 손으로 민머리와 얼굴을 쓸더니 약간 생각에 빠진 듯하다가 다른 곳을 봤다.

"우우우!" 침팬지가 소리를 냈다.

그 즉시 다른 침팬지들이 우리 주변에 나타나기 시작했다. 진흙 속에 무릎을 꿇고 볼 수 있는 한에서는, 눈에 보이는 모든 침팬지들의 귀와 얼굴이 까맸고 손바닥부터 손, 발뒤꿈치까지 까만 피부로 덮여 있었다. 다 자란 치체고스*라고 확신했다. 서부 저습지 밀림 지역에 사는 유인원으로 아주 어린 개체만이 백인 같은 얼굴을 지닌다.

이들은 더 낮은 곳으로 휙 내려와 우리를 향해 몰려들었다. 한 놈은 10미터 정도 떨어진 곳까지 왔고, 다른 한 놈은 우리 머리 바로 위에 있었고, 다른 두 마리가 우리 뒤에서 조금씩 다가오고 있었다.

늙은 수컷이 나뭇가지 위에 서서 입을 크게 벌렸다. 그러자 그의 평화롭던 얼굴이 놀랍게도 드라큘라 송곳니를 드러낸 무서운 얼굴로 변했다. 녀석은 짧고 빠르게 귀청을 때리는 소리로 비명을 질렀다. 나뭇가지 위에서 쿵쿵 발을 굴렀다. 나무둥치를 철썩철썩 때렸다. 양손에 작은 나뭇가지를 쥐고 한 가지 목표에 경이로울 정도로 집중한 기세로 흔들어댔다.

그러자 다른 녀석들도 모두 동참했다. 분노의 표시로 목구멍은 공기가 잔뜩 들어가 있었고 털도 꼿꼿하게 섰다. 이들은 다함께 '우-우-우' 소리를 내기 시작했다. 그 소리는 점점 더 빨라지고 커져 광기어린 비명과 가지 흔들기로 변해갔다. 우리 위에 있던 수컷은 우리 머리 위로 작고 동그란 대변을 쏘아대기 시작했다. 배설물이 엽총 탄알처럼 날아왔다. 그렇게 집중적인 증오의 대상이 된다는 것은 의기소침해지는 일이다. 심지어 사회적인 감각을 지니지 않은 표범조차도 이쯤 되면 고개를 돌리고 도망가는 것이 놀랍지 않을 것이다. 그러고 보면 매우 효과적인 방법이라고 나는 거만하게 생각했다. 그러다가 이들의 몸집이 크다는 생각이 (덜 거만하게) 들었다. 그런 다음 이들이 생각하는 최고의

---

* Tschegos. 서아프리카에 서식하는 고릴라와 침팬지와 유사한 유인원 종류.

기분 좋은 흥분 상태에 대한 제인 구달Jane Goodall의 설명이 떠올랐다. 이들에게 기분이 최고인 날이란 어린 개코원숭이나 콜로부스의 발을 붙잡고 나무에 골이 튀어나올 때까지 머리를 쾅쾅 내리쳐 찢어발긴 다음 먹는 것이다. 그런 생각을 하는 동안에도 발을 구르고 땅을 내리치는 소리가 우리 뒤에서 들려왔다. 나는 갑자기 겁을 먹었다. 그렇게 큰 소리로 요동치는 아수라장 속에서 이성적으로 마음을 누그러뜨리기는 불가능했다.

두블라와 비키도 내 생각을 공유한 것 같았다. 두 사람은 자리에서 벌떡 일어나 소리를 지르고 나무둥치에 마체테의 평평한 날을 있는 힘껏 세차게 두드렸다.

침팬지는 바닥으로 우르르 내려오더니 도망가버렸다.

어두워지고 한참 지나서야 우리는 야영지로 돌아왔다. 응제와 마누와 폴랭 형제는 우리를 반기러 나왔지만 마르셀랭은 불가에 말없이 앉아 있었다.

"그 소리 들었어요?" 배에서 내리자마자 마누가 내 팔을 잡더니 어느 때보다도 불안한 표정으로 내 얼굴을 똑바로 바라보며 물었다.

"뭘 들어? 왜 무슨 일 있어?"

"오늘 오후에 그 소리가 들렸어요. 우리 다 들었어요." 마누는 이렇게 말하고 가늘고 높은 울음소리를 흉내 냈다. "응제도 놀랐어요. 아무래도 조짐이 안 좋아요. 아무래도 레드몬드가 준 돈으로 자전거를 살 수 있을 때까지 살아 있지 못할 것 같아요. 모켈레음벰베 울음소리를 들으면 그 길로 죽는 거예요."

"그거 침팬지였어!" 나는 반투족처럼 소리를 지르며 말했다. 오늘날의 과학에 기여할 수 있는 뭔가 대단한 발견을 한 것 같은 기분이 들었다. "그거 침팬지가 내는 소리였다고! 탁 트인 공간에서 침팬지 소리를 듣는 게 익숙지 않아서 몰랐을 뿐이야. 그럴 만하지. 여기는 수백 킬로미터나 되는 가장 넓은 물이 있는 곳이니까."

"우리는 모켈레음벰베 소리를 들었다니까요." 마누는 내 논리에 전혀 영향을 받지 않고 말했다. "우리는 죽을 거예요."

저녁식사를 마치고 나자 호수 위에 남십자성이 밝게 빛났다. 어쩌다 보니 두블라와 나, 둘이서만 통나무배 옆에서 식기를 씻고 있었다.

"그런데 두블라, 왜 마르셀랭은 자기가 공룡을 봤다고 말하는 거죠?"

"그걸 몰라요?" 두블라가 처음으로 진심에서 우러난 미소를 지으며 말했다. "그거야 당신 같은 바보들을 여기로 데려오기 위해서죠. 돈을 벌기 위해서."

펠의 고기잡이올빼미가 우-우-우 울기 시작했다.

35

새끼 고릴라의 엄마가 되다

다음 날 아침 마르셀랭은 텐트 안에서 자고 있었고, 폴랭 형제
는 엽총을 들고 사냥을 가고, 응제와 마누는 두려움을 달래고 있
었고, 두블라와 비키, 나는 통나무배를 타고 새벽안개를 뚫고 비
단뱀을 찾아 남쪽으로 향했다.

두블라와 비키는 아무 말도 하지 않고 물가에서 3미터 정도
노를 저어 나아갔다. 물가에는 야자나무와 흰 가루가 덮인 암녹
색 잎이 무성한 덤불이 늘어져 있고, 파피루스 무더기와 자이언
트 프라니엄 잎들이 하나의 가지에 떠받쳐 2미터 높이까지 올라
가 있었다. 물가에 죽 나 있는 많은 나뭇가지와 잎에 3센티미터
쯤 되는 잠자리 애벌레의 작달막하고 마디가 진, 바스라질 것 같

은 암갈색 껍질이 여전히 식물 조직에 매달려 있었다. 애벌레들은 호수에서 기어 나와 발견한 최종 쉼터인 이 식물 조직에서 껍질을 깨고(가슴에 있는 삼각형 모양의 구멍을 열고) 하늘색 잠자리가 되어 날아간 것이다.

두블라가 햇볕에 하얗게 탈색된 쓰러진 나무 끝을 돌아 노를 젓고 있는 사이 나는 생각했다. 잠자리의 화석은 3억 3,000만 년 된 바위에서 처음 발견됐다. 이 시기는 용각류 동물이 진화하기 1억 500만 년 앞선 때이다. 그러니까 이 애벌레들의 조상은 늘일 수 있는 턱을 이용해 모켈레음벰베가 딱딱하고 질긴 가죽으로 덮인 다섯 발가락 발(아마도 뼈가 툭툭 튀어나온)로 물가에 핀 식물들을 훑으며 진흙바닥을 밟고 걷는 와중에 치인 벌레나 곤충을 잡았을 것이다. 하지만 마르셀랭이 본 것으로 추정하면 모켈레음벰베는 작은 공룡일 것이다. 마르셀랭의 주장에 따르면 코를 위로 구부려 앞으로 향한 채 호수를 건너가는 둥근귀코끼리처럼 진흙바닥을 걸어서 호수를 건널 수 있을 정도의 크기일 것이다. 코끼리 코처럼 목을 앞으로 쭉 빼고 등의 볼록한 부분만 수면에 내놓은 채 말이다. 아무튼 용각류 동물을 볼 작정이라면 왜 좀 더 기억에 남는 걸 택하지 않았을까? 예를 들어 브레비파로퍼스 Breviparopus, 47미터의 용각류 동물이 남긴 흔적을 따서 이름 붙인 공룡은 어떤가. 아, 그런데 이 거미집은 어떤가. 안개 속 죽은 나무 위로 곧게 뻗은 나뭇가지 두 개 사이에 드리운 은빛의 큰 접시그물은 정말 기억할 만하지 않은가, 나는 그물의 직경을 가늠해보며 생각했다. 가까이에서 보니 100마리 이상의 거미들이

각 그물에 앉아 기다리고 있었다. 그러니 이들은 사회적 거미들이다. 거미계에서는 비정상적인 삶의 방식으로 매우 드문 사례다. 3만 종의 거미 중에서 겨우 4종의 거미만이 실제로 사회적이라고 알려져 있다. 거미들이 언제 진화되었던가…… 아마도 3억 9,500만 년 전…….

안개가 걷히고 맑아졌다. 우리는 자두처럼 생긴 과일 나무 아래를 지났다. 다섯 마리의 거대한 갈색 수궁류 파충 동물 서랩시드˚가 뼈가 있는 막을 덮고 있는 질긴˚ 가죽 피부를 죽 늘여 나뭇가지 사이에서 빠져나와 나무 꼭대기 위로 걸어가고 있었다……. 하지만 이들 서랩시드는 모두 2억 4,500만 년 전에 떨어진 운석에 의해 사라졌다. 이 운석은 모든 해양 동물의 96퍼센트를 멸종시켰고, 고생대를 종식시켰고, 중생대(모켈레음벰베의 시대)를 열었다. 나는 이내 스스로에게 말했다. 모든 자연 법칙이 멈춘 이 선사시대 같은 호수에서도 저들은 서랩시드일 리가 없고, 아프리카에서 가장 큰 박쥐인 망치머리박쥐, 즉 괴물박쥐로 추정해야 한다. 발이 세 개 달린 날개를 가진 과일박쥐는 수컷이 집단으로 모여 암컷들에게 구애하는 장소에서 짝짓기를 한다. 30마리에서 150마리 정도의 수컷이 강이나 호수를 따라 임관 끝의 나뭇잎에 서로 1미터 이상 떨어진 채 매달려 후두를 크게 부풀리고 볼주머니를 팽창시키고 콧구멍과 입을 깔때기처럼 크게 부풀려 찾아온 암컷들에게 소리를 내서 경쟁적으로 구애한다. 크게 소리를 내는데 멀리서 들으면 금속 같은 것이 부딪히는 소리로 들린다. 수컷 크기의 절반 정도 되는 암컷은 얼굴과 가슴이 여우같이 정상적으로 우아하게 생겼으며 박쥐들이 내는 소리에 깊이 동요한다. 음악애호가인 이들은 수컷들이 줄지어 노래하는 곳을 며칠 밤을 오르락내리락하다가 그중에서 가장 큰 후두를 가진 수컷을 선택한다. 그리고 암컷들은 거의 만장일치로 같은 수컷을 선택하기 때문에 두세 마리의 수컷이 모든 암컷을 상대한다. 이런 선택 결과 더 큰 후두와 소리통을 가진 육중한 체구의 수컷이 생겨나고 이들은 더 크게 음악 소리를 내는 데 에너지를 소모하기 때문에 수명이 짧을 수밖에 없다.

두블라가 창을 던지자 통나무배가 앞뒤로 흔들거렸다. 우리 앞쪽 물속에서 소용돌이가 일며 뭔가가 요동치는 게 보였다. 비키가 배를 앞으로 저어가자 두블라가 떠 있는 창 손잡이를 잡고 들어올렸다. 1.2미터 정도 되는 메기가 옆구리가 찔린 채 끌려나왔다. "두 마리!" 두블라가 위가 확장되는 걸 느끼며 말했다. "한 번에 두 마리! 물고기를 삼켜서 잠수할 수 없었던 거야."

비키가 통나무배를 둑에서 5미터 정도 떨어진 작은 섬에 댔다. 섬에는 커다란 라피아 야자나무와 분홍 꽃이 핀 가지가 마구 뻗은 덤불이 있었으며, 짧은 막대기둥과 야자나무 잎으로 지붕을 얹은 옆면이 뚫린 움막이 있었다. 두블라가 호수를 향해 기도인지 연설인지를 하고는 나를 보고 어정쩡하게 미소 지으며 "환영합니다"라고 말했다. "여기는 두블라의 섬이에요. 내 거예요." 두블라가 이렇게 말하고 훈제 선반 옆에 놓인 통나무에 앉았다.

---

* Therapsid. 포유류의 원조로 지목되는 파충동물.

나도 두블라 옆에 앉았고 맨발에 군복을 입은 비키는 기우뚱한 라피아야자나무의 튀어나온 뿌리 위에 걸터앉았다. 두블라가 말했다. "레드몬드, 여기 비단뱀은 없어요. 우리는 그냥 여기로 피신 온 거예요. 마르셀랭으로부터요. 마르셀랭은 지금 상태가 안 좋아요. 보아의 추장이 마르셀랭에게 복수를 하고 있어요. 그리고 이 앙주 무타붕구의 말을 믿어도 됩니다. 보아의 추장이 복수를 할 때는 그 희생자 옆에 가까이 가지 않는 게 안전해요. 설사 친구라고 해도 못 본 체해야 해요."

"그럼 비단뱀이 없다고?" 내가 말했다.

"1월, 2월, 3월, 4월은 건기예요. 밀림의 강과 못이 마르는 때죠. 이때 강멧돼지, 영양, 버펄로, 코끼리 모든 것들이 여기로 물을 마시러 오죠. 그리고 이때 비단뱀, 진짜 큰 비단뱀이 포식하러 와요. 아니면 새끼를 만들러 오기도 하고. 오늘이 건기라면 노를 조금만 저어서 가도 50~60마리의 비단뱀을 볼 수 있었을 거예요. 비단뱀이 위험할 때죠. 하지만 지금은……" 두블라는 무겁게 내려앉은 회색 하늘을 바라보며 계속 말했다. "지금은 비가 다가오고 있어요. 우기예요. 내 생각에 오늘 밤이면 비가 올 것 같아요. 그러니 거북알을 줍고 오늘 밤 마르셀랭을 위해 악어를 잡을 거예요. 내일 비가 시작되면 우리는 갈 거예요. 왜냐하면 비가 올 때 여기 머물다간 물이 불어나서 절대 빠져나가지 못해요. 밀림은 늪지예요! 나무에서 살아야 할 거예요."

"비키, 아버지하고 할아버지보다 누가 더 당신을 사랑하죠?" 내가 물었다.

"조상들이요. 정령들, 조상들!" 비키가 일어나며 큰 소리로 말했다. 비키는 왼손을 깔때기 모양으로 만들고 오른손 바닥으로 깔때기 끝을 세게 치며 펑펑 소리를 냈다. "조상들은 당신을 엄청 사랑하죠!"(펑) "엄청, 엄청!"(펑펑)

"하지만 항상 그런 건 아니에요. 다 그런 것도 아니고." 두블라가 엄숙하게 말했다. "이 부근에 다른 호수가 하나 있어요. 작은 호수인데 출입 금지된 곳이죠. 그곳의 정령들은 우리 조상이 아니에요. 우리 사람들이 아니죠. 그 마을 사람들 모두가 죽었어요. 영원히 죽어버린 거예요. 그래서 그 호수의 물고기를 먹으면 그 즉시 죽어요." 두블라는 오른 집게손가락으로 목을 긋는 시늉을 하고 팔을 옆구리에 탁 치며 손가락으로 딱 소리를 냈다.

돌아오는 길에 우리는 막대기로 십자형 표시를 해둔 곳에 멈춰 나뭇잎으로 덮어놓은 둥지에서 솜털이 보송보송 난 작고 하얗고 동그란 거북알을 꺼내 껍질을 조금 깨서 한 사람에 두 개씩 먹은 다음(계란과 비슷했지만 좀 더 기름졌다), 나머지는 셔츠와 재킷 앞섶에 싸가지고 배로 가져갔다.

마르셀랭은 텐트에서 나오며 열이 난다고 했다. 눈은 충혈되고 몸은 떨고 있었다. 거의 침묵 속에서 저녁(거북알과 메기탕)을 먹고, 비키는 기다란 관목을 잘라서 다듬고, 두블라는 리아나 덩굴로 올무를 만들었다. 마르셀랭은 전등을 들고 비키가 막대기로 통나무배를 출발시켜 두 사람은 함께 물가를 따라 악어 사냥을 떠났다.

어둠이 내리자 호수 쪽으로 난 내 텐트 창으로 매 다섯 마리가 보였다. 목은 짧고 아래로 점점 좁아지는 모양의 날개는 길었다. 꼬리는 끝이 살짝 갈라져 있었다. 박쥐가 나는 것처럼 재빠르게 퍼덕거리며 날았다. 그들은 잔잔한 수면으로 재빨리 고개를 담그고 물을 마셨다. 쌍안경으로 보니 한 마리 한 마리가 뒤통수(꼭짓점), 윗날개의 우비깃과 어깨뼈(옆면), 그리고 엉덩이와 윗꼬리의 우비깃(밑면)으로 된, 삼각형 모양의 계피처럼 보였다. 그렇다면 이들은 매가 아니다. 그들은 롤러카나리아였다. 내 어린 시절의 그 롤러카나리아에 거의 가까웠다. 파랑새였던 것이다. 그때 나는 깊은 곳에서 반사적으로 행복감이 솟구치는 것을 느끼며 바보 같은 생각에 빠졌다. 파랑새가 나를 보러 와준 것이다. 그렇다면 그 밤의 방문객, 검은 재킷을 입은 사말레, 그 긴 팔을 가진 존재가 있는 이런 곳에서도 그로부터 벗어나 안전한 곳이 있다는 말이다……. 하지만 이런 식으로 생각하는 것이 좋지는 않았다. 강박적으로 오른손을 주머니에 찔러 넣어 털과 뼈, 힘줄의 작은 주머니, 그 주물이 잘 있는지 확인하는 것(혹시 잃어버리기라도 하면 어쩔 것인가)이 싫었다. 이렇게 말도 안 되는 짓이 싫다는 생각이 들었다. 이런 건 갖고 있지 않을 거야. 이건 마술적 사고나 마찬가지야. "당연히 그렇지." 짙어가는 어둠 속에서 텐트 뒤편으로부터 검은 재킷을 입은 남자의 낮고 부드러운 목소리가 들려왔다. "그리고 그에 대해서는 어쩔 도리가 없는 거야." 그의 목소리가 텐트 천을 뚫고 들려왔다. "왜냐하면 친구, 내 소중하고 순진무구한, 새로운 친구여, 심지어 지금도, 당신이 말한 그 마술적 사고가 당신의 잠재의식 속에서 자라고 있기 때문이지. 당신은 이미 감염된 거야. 그리고 그 표식은 영원히 사라지지 않을 거네. 그냥 지금 차라리 당신 등을 찢어 상처를 내는 게 나을 것 같은데!" 그렇게 말하고 사내는 웃었다. 지붕 이엉에서 바퀴벌레가 움직거리는 듯한 메마른 웃음소리였다. "그런데 도대체 왜 그렇게 불안해하지? 뭐가 그렇게 마음을 불편하게 해? 내 소중한 새 친구여, 그건 주물의 언어야. 아니면 다르게 표현해야 하나?" 그때 밖에서 땅을 부드럽고 뭉근하게 규칙적으로 구르는 소리가 들렸다. 마치 그가 부츠 뒤축을 들어 올리고 발가락 힘만으로 서서 종아리 근육을 단련시키는 운동을 하는 듯했다. "아마도 다른 용어를 써서 이렇게 말해야 할 것 같군. 당신 백인들이 이해할 수 있는 용어로 말이야. 당신도 알다시피 나는 나무 비행기를 타고 파리를 다녀오곤 하네. 물론 밤에. 도서관에 가서 책을 읽지. 독서를 몹시 좋아한다네! 그러니 이 주물의 언어는 톨스토이가 묘사한 결혼의 언어와 비슷하지. 오랜 세월 지속된 결혼 말이네. 그 언어는 논리가 전혀 통하지 않고 전제나 연역, 귀납과도 관련이 없지. 그것은 그냥 꿈의 언어네, 친구. 비현실적이고 비일관된. 그건 그 자체로 줄곧 모순적이지. 그리고 꿈의 기저에 있는 감정을 제외한 모든 것에서 그 느낌은 매우 강렬하고 명징하고 진실되지. 물론 지금으로서는 친구여, 당신은 이곳에 초대받지 않고 온 사람이고, 그러니 다른 모든 사람처럼 나하고 결혼한 사람이라네."

사내가 낙엽을 밟고 멀어져 가는 소리가 들렸다. 그는 발로 넙적한 이파리가 난 풀들을 밀치며 걸어가고 있었다. "레드몬드!" 뒤에서 웅제가 불렀다. "원숭이예요!" 괜찮을 거야, 나는 텐트를 기어 나가면서 생각했다. 열…… 약간의 열이 있네, 마르셀랭한테 옮은 걸까? 폴랭 형제가 사냥을 끝내고 야영지로 오고 있었다. 맨발로 낮은 풀들을 타박타박 밟으며 걸어왔다. 장은 총을 들고 있었고 니콜라는 죽은 원숭이를 들고 있었다.

장은 웅제에게 총과 사용하지 않고 남은 두 개의 탄약통을 건넸다. 니콜라는 죽은 원숭이를 나한테 주었다. 두 사람은 몹시 피곤해 보였다. 아무 말 없이 침상에 나란히 누워 오른팔로 눈을 덮었다.

"드브라자원숭이군." 내가 원숭이의 눈을 보며 말했다. 아직 눈빛이 살아 있는 눈은 검은 머리와 오렌지색 눈썹, 하얀 코, 콧수염에 둘러싸여 있었고, 기다란 하얀 턱수염은 이제 막 빗질한 것처럼 보였다.

"만지지 말아요, 삼촌." 웅제가 튀어나온 나무뿌리에 총을 기대놓으며 말했다. "원숭이들은 더러워요. 벼룩을 옮기고 병도 옮길 수 있어요." 웅제는 마누가 앉아 있는 통나무에 같이 앉으며 이제는 찢어진 민병대 재킷의 가슴주머니 단추를 열어 새 담뱃갑을 꺼내 껍질을 벗겨 자기 앞에 있는 모닥불 속에 던지고 타닥거리는 불꽃을 지켜본 후, 깨끗하고 하얀 담배 두 개비를 꺼내 하나는 마누에게 주고 하나는 불을 붙였다. "끔찍해요, 삼촌. 그걸 그렇게 만지다니."

나는 원숭이(털이 마치 새끼 고양이처럼 부드러운)를 훈제 선반에 내려놓았다. 몸은 올리브색, 꼬리는 검정색, 성기는 분홍색, 음낭은 푸른색이었다. 다 자란 수컷 원숭이로 번식하고 있음을 나타내는 색이었다. 암컷과 새끼들로 이뤄진 작은 무리를 거느린 우두머리 수컷이었다(이들은 습지림에 살며 물을 좋아하고 수영도 잘한다). 수컷 원숭이는 만일 무리 중에 우두머리가 있다면 그에게 복종해야 하며 심리적인 이유로 이들의 신체 발육은 더디게 된다. 또한 실제로 몇 살이든 새끼 때의 갈색 털을 계속 가지고 있다. 이때 갈색은 암컷의 회음부 색깔을 닮았다. 나는 원숭이 등을 쓰다듬으며 그러니 이제 적어도 무리 중 다른 원숭이가 진짜 자기 색을 드러내고 번식할 수 있게 될 것이라는 생각을 했다.

"그만 해요, 삼촌! 호수에 가서 손 씻어요. 원숭이는 더럽다고요!"

나는 통나무 끝에 앉았다.

응제가 담배를 길게 한 모금 빨더니 말했다. "나는 결정했어요, 삼촌. 나, 응제 우마르는 사람들에게 기쁨을 주기로 했어요. 당신네 백인들, 기독교인들이 말하는 대로 남에게 잘 해주기로 했어요. 남에게……."

"남에게 대접받고자 하는 대로 남을 대접하라." 마누가 말했다.

"바로 그거야. 내가 몇 주를 고심했다고 해도 그보다 더 잘 표현하진 못했을 거예요. 그래서 나는 이제 모든 마을의 모든 아가씨들에게 그렇게 할 거예요. 정부 탐사단의 선행을 아가씨들에게 베풀 거예요. 당을 위해서 그렇게 할 거예요! 인민공화국 정부를 위해서 그렇게 할 거예요! 그런데 그렇게 하면 어느 누구보다도 많은 병을 옮을 거예요. 그건 공평하지 않아요. 왜 나만 고통 받아야 하죠? 그게 내가 알고 싶은 바예요." 웅제는 이렇게 말하고 마누의 얼굴에 담배 연기를 내뿜었다. "그런 반면, 삼촌, 여기 이 꼬마 마누는 기독교인이 아니에요. 그래서 거시기를 절대 내주지 않아요."

"나도 보아에서 한 아가씨한테 줬어, 정말이야." 마누가 분개해서 말했다.

"아니, 아니. 내가 줄곧 해줬지. 마누, 너는 너보다 나이 많고 현명한 사람 말을 들어야 해. 모든 가족들이 우러러보고 존경하는 남자, 이 웅제 우마르 말을 말이야."

"아무도 형을 존경하지 않아. 심지어 스탈린도 존경하지 않아!"

"스탈린? 걔는 너무 어리잖아. 그 아이가 어떻게 이런 문제에 대해, 이처럼 정말이지 중요한 일에 대해 의견을 가질 수 있겠어?"

마누가 나를 쳐다보더니 눈을 치키고 어깨를 으쓱했다.

"그래요, 삼촌. 이제 마누가 정부 참사대의 선행을 위해, 당을 위해 희생할 차례예요. 가서 우리를 위해 병을 옮아야 해요. 작은 병이라도요. 그러니 마누가 원숭이 가죽을 벗길 수 있을 거예요."

"안 벗길 거야. 불에 그슬릴 거야. 불에 털을 태울 거라고. 통째로 요리할 거야." 마누가 샐쭉해져서 땅을 바라보며 말했다.

응제가 담배꽁초에 불을 붙이며 말했다. "그래, 항상 희생하는 건 나지. 그렇게 희생해서 얻는 건 뭐지?"

"파인애플." 내가 말했다.

"맞아요, 삼촌!" 응제가 불만은 싹 잊고 오른팔을 옆구리에 탁 치며 소리쳤다. "그리고 사카사카도! 훈제 물고기도! 파파야! 푸푸! 하룻밤을 보내고 나면, 여자들은 몹시 기뻐하고 행복해해요. 보마아! 내가 다 먹을 수 없을 만큼 많은 음식을 준다니까요!"

"악어요!" 마르셀랭이 물가로 걸어 나오며 둑에 있는 나무에서 소리쳤다. "큰 놈들은 헤엄쳐 도망갔지만 작은 걸 잡았어. 아프리카긴코악어. 레드몬드! 이 아이 좀 봐요." 마르셀랭은 모닥불이 동그랗게 비추는 원 안으로 걸어 들어오며 말했다. 품에는 얇고 곧은 턱이 덩굴로 묶인, 1미터가 조금 넘는 악어를 안고 있었다. 마르셀랭은 악어를 땅에 내려놓고 검정색 등뼈 있는 곳을 꼼짝 못하게 누르고 있었다. "아프리카긴코악어예요. 예쁘기도 하지! 올가미로 잡았어요!" 올리브갈색의 옆면에는 검은색 반점이 있었고 뒷발에는 물갈퀴와 발톱이 있었다. 수직으로 편편한 60센티미터 정도의 꼬리 끝에는 미색 바탕에 검은 테두리가 있었고, 공룡 스테고사우루스 등에 난 삼각형 판처럼 생긴 미색과 검은색이 섞인 비늘이 뒤로 경사진 모양으로 튀어나와 있었다. 악어는 미동도 없이 동그란 눈을 들어 우리를 쳐다보았다. 비키가 그 옆에 23센티미터 정도 되는 새끼를 눕혔다. "어린 녀석은 물고기를 먹어요." 마르셀랭이 고개를 좌우로 움직이며 말했다.

"이 녀석들은 코를 좌우로 휘둘러요. 왜냐하면 똑바로 정면을 보지 못해서 그래요. 그리고 이 작은 녀석은 모기 유충을 먹어요!"

"마르셸랭, 오늘 밤에 바구니를 만들게. 내일 장이 운반할 수 있을 거야. 비가 올 것 같아. 내일 여길 떠나야 해."

"하지만 모켈레음벰베는?" 내가 말했다.

침묵이 흘렀다.

"그건 나도 몰라요." 마르셸랭이 내게 눈길을 주지 않고 악어의 옆면을 손으로 쓸면서 말했다. "계속 생각해봤는데요, 모켈레음벰베는 가끔만 여기로 오는 것 같아요. 아마도 상가 강에 살지도 몰라요."

나는 텐트로 가서 머릿전등을 쓰고 배낭 제일 위 주머니에서 지폐를 넣어둔 비닐봉지를 꺼내 두블라와 비키, 폴랭 형제들에게 줘야 할 돈 중 남은 절반을 셌다. 하지만 정확한 금액을 줄 수 있을 만큼의 작은 지폐가 충분치 않았다. 장은 1만 세파프랑을 가져가서 동생과 나누면 될 것이고, 두블라가 1만 세파프랑을 4등분해서 나머지 사람들과 나누면 될 것이다. 잔돈을 구할 수 있겠지? 당연히 그럴 수 있을 것이다. 뱃사공이 에페나에서 보름에 한 번씩 맥주를 팔러 오니까. 안 되면 제케에도 가게가 있으니까…… 기온이 뚝 떨어졌다. 피부로 느낄 수 있게 추워졌다. 바람도 거세지고, 텐트 위 나무에서는 나뭇잎들이 바스락거리며 서로 이야기를 나누었다. 멀리서 천둥소리도 들렸다. 호수 끝 먼 곳에서 천천히 거닐고 있는 모켈레음벰베…… 나는 잠이

들었다.

　우리는 새벽에 그칠 것 같지 않은 비가 쏟아 붓는 가운데 길
을 떠났다. 그리고 이틀 후 늦은 오후까지도 계속해서 비가 내렸
다. 흠뻑 젖은 채 아무 말도 없이 물이 차오르는 못과 수로를 헤
치고 점점 깊어지는 진창을 힘겹게 걸어 지친 몸으로 겨우 보아
마을의 농장에 도착했을 때 우리는 추장의 대변인과 마주쳤다.
맨발의 노인은 초록 잎으로 새로 엮은 샅바만 입은 채 내리는 비
에 고개를 떨구고 천천히 걸어가고 있었다. 오른손에는 기다란
창을 들고 왼손에는 칼자루가 나무로 된 양날의 쇠 단검을 들고
있었다. 허리 쪽에 리아나 덩굴과 나무껍질, 나뭇잎으로 엮어 만
든 바구니를 지고 있었고, 바구니 안에는 퍼치*처럼 생긴 생선
한 마리와 돌로 된 머리 부분을 리아나 줄기로 손잡이에 묶은 도
끼 하나가 들어 있었다.

　"돌도끼에 나뭇잎 샅바라!" 나는 생각 없이 재미있게 느껴져
마르셀랭에게 영어로 말했다. "쇠로 만든 검과 창날에는 안됐지
만 거의 구석기시대 사람 같군."

　"구석기시대라뇨, 바보 같은 소리 말아요." 마르셀랭이 기분
이 상해서 모자에서 땀을 짜내며 말했다. "불쌍한 사람. 불알이
아플 거예요. 바지를 입으면 아파요. 고환이 부어 있는 상태예
요. 거대해졌어요. 고환류라는 병이죠. 상피병象皮病이라고도 하

---

* perch. 농어류의 민물고기.

고. 연로하니까 곧 고환 때문에 죽게 될 거예요."

모기 때문에라도 모두 죽게 될 거라고 생각하고 있을 때 노인이 웅제에게 돌아왔다는 의미로 허공에 두 번 발포하게 했다. 반크로프트사상충의 아주 작은 유충이 모기 침에 들어간다. (노인이 우리를 떠날 때와 같은 순서로 줄을 세웠다.) 그리고 다 자란 흰색의 가느다란 모양의 성충—암컷은 4인치, 수컷은 1.5인치 길이의—은 림프관에 기생하며 사지와 음낭의 혈액을 빨아먹는다. (우리는 노인의 뒤를 따라 추장의 집으로 걸어갔다.) 다리와 음낭에 감염되는 일이 가장 흔하다. 상피병이 발병하고 나면 피하조직과 피부가 비대하게 자라 주름이 지고 접힌 음낭은 다른 감염 부위보다 더 무거워지게 된다. (창잡이들이 모이고 추장은 집 입구에 모습을 드러냈다. 추장과 같은 혈통의 비키가 먼저 우리 여행 전말을 보미타바어로 큰 소리로 말했다.) 음낭 피부에서 림프액이 빠져나오고 따뜻하고 습기가 많고 접혀 있는 부분에 박테리아—주로 연쇄상구균—가 자리 잡고 영양분을 충분히 섭취한다. 나는 지금도 디온 벨Dion R. Bell의《열대의학에 대한 강의 노트Lecture Notes on Tropical Medicine》에 나오는 마음을 심란하게 하는 문장을 기억한다. 상피병이 진행되면 외과적 수술로 치료할 수밖에 없는데 그렇더라도 사지에 감염되었을 경우는 수술로 회복되기 어려울 수 있으나 음낭에 대한 수술 예후는 상당히 좋다. 고환을 살릴 수 있는 것이다. "성기가 완전히 묻혀 있다고 해도 증식된 음낭의 조직을 제거하면 정상적으로 기능할 수 있다."

비키가 그의 보고를 끝내고 편한 자세로 서 있었다.

민낯의 추장은 그의 스툴에 앉아 오른손에 날개 모양의 날이 달린 창을 수직으로 들고 대변인의 뭉긋한 귀에 대고 중얼거렸다. "보아의 추장님이!" 대변인이 프랑스 말로 소리쳤다. "모두 보셨다고 말씀하신다! 당신들이 묘사한 바 그대로 호수에 있는 모든 것을 보셨다. 추장님은 비를 늦추셨다! 그것은 매우 힘든 일이었다! 이제 해산해도 좋다고 하신다!"

우리는 비어 있는 교장의 오두막 벽에 짐을 기대놓은 후(교장의 오두막은 이제 내 집처럼 편안하고 익숙했다) 두블라, 비키, 폴랭 형제와 악수를 나누며 잠시 이별을 고했다.

"몸은 어때요?" 짐을 집 안으로 옮길 때 웅제가 내 옆에 붙어 물었다.

"조금 안 좋아."

"조금 안 좋다고요? 나는 아파요." 그렇게 말하고는 재킷을 들어 올렸다. 양쪽 갈비뼈가 있는 부위의 피부가 쓸려서 군데군데 피가 나고 있었다. 아무리 이틀간의 강행군이 힘들었고 하루는 비가 왔다고 해도 다른 외부적 이유 없이 그렇게 되지는 않을 것 같다는 생각이 들었다. 임질이 피부를 예민하게 만든 것일까? (나는 웅제에게 약품 가방에서 꺼낸 사블론 연고를 주었다.) 아무튼 의학 책을 읽고 데이비드 워너David Werner의 《건강한 생활Where There Is No Doctor》 같은 책에 나온 조언을 배우려고 애쓴 것은 잘했지만 여기서는 제대로 알아야 한다. 아니면 적어도 매종이나 익스텐실린에 대해서만큼은 알고 있어야 했다.

"있잖아요, 나도 아파요. 나도 그만큼 상태가 나빠요! 다만 소란을 떨지 않았을 뿐이에요. 징징거리지 않은 거예요!" 마누가 셔츠를 들어 올리며 말했다.

"그런데 그건 뭐지? 왜 그렇게 살갗이 벗겨진 거야? 임질인 건가?"

"저요? 임질이라뇨, 그렇게 더러운 건 걸려본 적도 없어요. 우리가 당신 같은 줄 아세요? 우리는 교양 있는 사람들이에요. 나와 응제는 숲에서 재미 보려고 그렇게 힘들게 행군한 게 아니에요. 게다가 그렇게 비가 쏟아지는 중에요. 그런 건 피그미들이나 할 수 있는 거예요. 우리는 익숙하지 않다고요. 우리는 도시 사람들이에요. 우리는 집도 있어요!"

응제는 문 우측에 있는 방을 다시 유혹의 방으로 꾸몄다. 축축한 방수포를 커튼으로 걸고 촛불을 켜고 콧노래를 흥얼거렸다. 마누는 쌀 포대 제일 아래에서 다리가 세 개 달린 캠핑 스토브를 꺼내서 솥에 물을 붓고 푸푸를 끓이기 시작했다. 마르셀랭은 두 블라가 바구니에 리아나 덩굴로 묶은 매듭을 풀고 커다란 악어를 꺼내 테이블에 올려놓았다. 내가 악어의 기다랗고 차갑고 비늘이 있는 턱을 붙잡고 마르셀랭이 낙하산 줄로 악어용 마구를 만들었다. 앞다리 뒷면의 몸체에 고리를 하나 만들고 뒷다리 앞부분에 고리를 하나 만들어 두 배 길이의 줄로 둘 사이를 연결하고 뒤의 매듭에서 줄을 끌 수 있도록 연결했다. 마르셀랭은 문에서 가장 먼 쪽의 모서리에 나무의자 하나를 놓고 그 위에 무거운 짐을 얹었다. 평화롭게 옛날 생각에 잠긴 악어는 우리가 의자 다리에 그를 묶어두도록 가만히 있었다.

웅제가 거친 테이블 중앙에 초 두 개로 왁스칠을 했고 마누가 휴대용 식기에 음식을 담았다. 우리는 자리에 앉아 푸푸와 마지막 남은 정어리를 저녁으로 먹었다.

마르셀랭이 물병에 남은 물을 마저 잔에 따르며 말했다. "에페나의 뱃사공 피나시에 몽베테가 일주일 후에 여기 올 거예요. 그날은 몽베테의 날이죠. 에페나에서 맥주를 가지고 올 거예요. 몽베테는 통나무배도 있고 작은 엔진도 있어요. 우리는 몽베테와 함께 돌아갈 거예요."

"에페나! 도시! 우리 파티해요! 레드몬드 삼촌, 맥주 사주세요. 우리 춤추고 취하고 파티해요! 왜냐하면 우리는 살아남았으니까요! 아무도 안 죽었어요. 밀림에서 아무도 안 죽었어요!" 웅제가 말했다.

마르셀랭은 눈은 문 쪽에 두고 정어리를 푸푸에 으깨면서 말했다. "아직 안 끝났어. 아직 자유로운 게 아냐. 잠자코 있어. 이제 우리가 다 친구인 것처럼 됐으니까 두블라와 비키가 와서 총을 빌려달라고 할 거다. 그리고 보아의 추장이 보복을 할 수 있어." 마르셀랭은 자기 휴대용 식기를 응시하며 계속 말했다. "그렇지. 그렇지. 그렇게 하면 되겠다." 그러더니 갑자기 '팩' 하고 소리를 질렀다. "웅제! 먹을 때 소리 좀 내지 마! 내가 말했잖아! 지겨워 죽겠어. 음식 먹을 때 입 열지 말라고. 음식 씹을 때는 입을 다물라고."

"그럴 수 없어요, 삼촌. 입을 닫고 먹으면 숨을 쉴 수 없어요!"

응제가 깜짝 놀라 말했다. 앞니 사이에 정어리의 꼬리지느러미가 끼어 있었다.

"숨은 당연히 쉴 수 있어. 그리고 아무나 그렇게 삼촌이라고 부르는 것 좀 그만 해. 그리고 너희 둘, 응제, 마누, 이제 다른 오두막에 가서 여자들하고 자는 거 금한다. 너희는 내가 책임져야 할 사람들이야. 너희들을 안전하게 데려오겠다고 약속했단 말이다. 너희들 어머니께 약속했어. 너희가 자는 여자들은 누군가 들어올 수 있게 문을 열어둘 거다."

"나한테는 안 그럴 거예요, 삼촌! 보마아! 여자들은 나를 사랑한다고요!"응제는 쩍쩍거리며 이 사이에 낀 꼬리지느러미를 빼내고 오른손으로 허공에 주먹질을 하며 말했다.

내가 말했다. "마르셀랭, 이왕 여기 왔으니 북부로 가보면 안 될까? 음부아Mboua로 말이야. 여기서 가는 길이 있다고 하지 않았나. 베네 투쿠Bene Toukou 호수에서 가는 길, 피그미들이 다니는 길 말이야. 전에 그렇게 말했던 것 같은데. 베네 투쿠 호수에서 응도키Ndoki 강을 따라 갈 수 있다고 말이야, 밀림을 통해서. 그리고 우에소Ouesso로! 어떤가? 한 달 아니면 두 달쯤 걸릴까? 어떻게 생각하나? 상가 강으로 다시 가면 어때?"

"당신은 미쳤다고 생각해요."마르셀랭이 나를 바라보며 카사바를 질겅질겅 씹으며 말했다.

"삼촌, 난 안 돼요. 지금은 안 돼요. 아파요. 마음도 아파요. 이제 충분해요."응제가 말했다.

"난 아내가 있어요. 어린 아들도 있어요."마누가 말했다.

"이러지들 마. 겨우 한 달 아닌가? 여기까지 왔는데 한 달 늦는다고 큰일이야 나겠어?"

"레드몬드는 지쳤어요. 우리 모두 지쳤어요. 그리고 당신은, 미쳤어요. 내 생각을 물었죠? 이게 내 생각이에요. 전에도 본 적 있어요. 당신 같은 백인들은 밀림에만 가면 무슨 일인가가 일어나요. 항상 그래요. 거기서 뭔가 광기 같은 게 옮아요. 그래서 떠나질 못해요. 절대 안 나오려고 한다고요!" 마르셀랭이 손가락을 빨며 말했다.

"그런 게 아니야."

"한 달 더요? 미쳤어요. 두 달 더요? 거기는 습지림이에요. 우기가 오고 있어요. 벌써 시작됐을 거예요."

나는 입을 다물었다.

"그건 그렇다 치고, 그럴 만한 돈은 있어요?"

"그게…… 아니 없어. 하지만 보내줄 거야! 돈하고 선물을 보내줄게. 선물 많이!"

"보내준다고요?" 마르셀랭이 이렇게 말하고 웃었다. "정부가 생각을 바꾸면 어쩔 건데요? 브라자빌에 돌아갔는데 정부에서 당신을 스파이로 몬다면요? 자본주의 스파이요. 그럼 당신을 감옥에 가둘 거예요. 브라자빌 감옥에요!"

"코코!" 누군가 밖에서 소리치며 문을 열었다.

검은 선글라스를 쓴 남자가 촛불이 켜진 곳으로 들어섰다. 자그마하고 검은 무엇이 그의 티셔츠에 매달려 있었다.

"선생님, 내 목이 다 나았습니다. 그래서 찾아왔어요. 감사의 말을 전하려고요." 그가 나에게 이렇게 말하고 내 가슴팍에 검은 물체를 세게 밀었다.

자그마한 두 팔이 나를 꼭 껴안았다.

"새끼 고릴라예요, 수컷." 그가 마르셀랭 쪽을 돌아보며 말했다.

새끼 고릴라는 슬퍼 보이는 작고 검은 얼굴을 내 목 뒤로 밀어 넣었다. 나는 정수리에 입을 맞추었다. 싱그러운 나뭇잎 냄새가 났다.

"마르셀랭 아냐냐, 당신이 데려온 백인이 나를 치료해줬어요. 그건 사실입니다. 하지만 보아에 골칫거리가 생기기도 했어요. 보아의 추장은 화가 났어요. 모두 그 사실을 알고 있어요. 마르셀랭 아냐냐, 밀림에서 당신의 백인이 별명이 두블라인 앙주 무타붕구한테 빅토르 앙뱅기, 폴랭 형제하고 나눠가지라고 1만 프랑을 줬어요. 그런데 두블라가 지금 온 마을을 돌아다니고 있어요. 창과 칼을 들고 있답니다. 그리고 이렇게 소리친대요. '누구든 내 돈을 원한다면, 나하고 싸워야 할 것이다. 그 돈은 나 앙주 무타붕구의 돈이니까!' 이렇게요."

"뱃사공이 들어오면 잔돈을 바꿀 거예요. 다음 주에 에페나에서 뱃사공이 오면요." 내가 말했다.

"당신의 백인이 니콜라 폴랭에게도 동생하고 나눠가지라고 1만 프랑을 줬답니다. 하지만 니콜라는 동생 장에게 5,000프랑을 안 주겠다고 했대요. 그래서 장이 형을 공격했어요. 늘씬하게 때려줬어요. 니콜라가 죽었다는 말도 있어요. 어떤 사람들은 의식을 잃고 잠든 거라고 하고요. 지금 오두막에 누워 있습니다."

"정말 끔찍하군요. 미안합니다. 나는 정말 그럴 의도는……."
내가 말했다.

"아냐냐 동지, 이건 당신이 처리할 일이에요. 당신은 인민공화국 정부에서 왔고 공산주의자입니다. 나도 공산주의자예요. 그러니 나에게 2만 프랑을 줘요. 나는 신뢰해도 됩니다. 내가 공평하게 나눌게요. 그러면 이 사소한 문제는 해결될 겁니다."

"당신이? 당신이 공산주의자라고?" 마르셀랭이 의자를 밀치며 일어섰다. "당신은 인민당 마을위원회에 소속도 되어 있지 않소. 당신은 아무것도 아니오. 고릴라를 죽여놓고 여기 와서 돈을 요구해? 당신을 감옥에 처넣을 수도 있어. 당장 나가! 나가라고!"

선글라스를 낀 사내는 뒷걸음치다가 너무 빨리 고개를 획 돌리는 바람에 머리를 문 가장자리에 박고 도망갔다.

시끄러운 소리에 놀란 새끼 고릴라가 내 가슴팍을 물었다.

"아주 잘하셨네요, 삼촌." 응제가 깜짝 놀라 입을 헤벌리고 말했다. 그의 목소리에서 경탄의 기미가 사라졌다. "그 사람이 다시 돌아올 거예요. 친구들을 데려올 거예요. 아마 총도 갖고요."

"보아에는 총이 없어. 이 사람들이 너무 위험해서 군대에서 총을 다 압수했어."

"그 사람은 친구도 없어. 모두들 그 사람을 없애고 싶어 해."
마누가 휴대용 식기를 씻으며 말했다.

"하지만 아무튼 안 좋은 일이에요. 어미를 죽이지 않고 새끼 고릴라를 데려올 수 없어요. 이건 나쁜 신호예요. 만일 그들이 고릴라 사냥을 한다면 고릴라 고기를 먹는다는 말이고, 그건 뭔가를 준비하고 있다는 뜻이에요. 무언가를 위해서 몸을 강하게 만들고 있는 거죠." 마르셀랭이 자리에 앉아 팔꿈치를 테이블 위에 얹고 머리를 괸 채 말했다.

웅제는 내 품에 있는 고릴라를 가리키며 말했다. "우리도 이 새끼 고릴라를 먹어야겠네요. 그럼 우리도 강해질 테니까."

나는 새끼 고릴라가 행여 그 말을 알아들을까 봐 품에 더 꼭 안았다.

마르셀랭이 웃었다 "새끼 고릴라를 먹어서는 강해질 수 없어! 커다란 수컷 고릴라를 먹어야지! 실버백*을 먹어야지. 실버백은 어떤 남자보다도 심지어 보아의 남자보다도 열 배는 힘이 세. 하지만 암컷은, 보아에는 암컷 고릴라보다 큰 남자들이 많아. 하지만 그렇다고 이 사람들이 가만있지 않아. 이들은 암컷 고릴라, 어미 고릴라들을 잡아먹어. 그러고는 새끼들을 죽을 때까지 발로 차면서 마을을 돌아다니지." 마르셀랭은 고릴라의 작고 동그란 머리를 쓰다듬었다(고릴라는 나를 또 물었다). "레드몬드, 새끼 고릴라를 가지고 있을 필요는 없어요. 새끼 고릴라를 돌보는 일은 끔찍해요. 침팬지 새끼보다 더 힘들죠. 레드몬드를 가만히 놔두지 않을 거예요. 비명도 질러대죠. 그래 봐야 소용없어요. 그게 진실이에요. 구하려고 해봐야 아무 소용없어요. 힘만 뺄 뿐이에요. 아무것도 아닌 것에 말입니다."

"내가 데리고 있겠네."

"그래요?" 마르셀랭이 미소를 지었다. "그럼 몇 달 더 있자는 건 어떻게 되는 거예요? 한 달? 두 달? 베네 투쿠 호수는? 응도키 강은? 우에소는? 상가는?"

"못 들은 걸로 해."

"그래요, 레드몬드. 어차피 당신이 간다고 했어도 우리는 안 갔을 거예요. 불가능한 일이에요. 지금 몰골을 좀 봐요. 얼굴 좀 보라고요. 아무것도 남아 있지 않은 얼굴이에요. 몸이 쪼그라들 었어요. 젖 먹던 힘까지 다 쓴 모습이라고요. 마지막 한 방울까지 다요. 당신은 아파요. 나도 아파요. 그리고 고릴라는 돌볼 필요 없어요."

"우리가 구해줘야 해. 여기서 나갈 수 있게 할 거야. 르루아 부인한테 데려갈 거야. 고아원으로 말이야."

"그래 봐야 무슨 의미가 있어요? 어차피 살아남지도 못해요. 생존율이 7퍼센트라고요!"

"그렇다면 해볼 만하지."

마르셀랭은 오른손으로 턱수염을 쓸다가 털을 뽑았다. "좋아요. 가서 보베 영감을 만나보죠. 보베 영감이 상자를 만들어줄 거예요. 작은 우리요."

"우리에 넣지 않을 거야."

"우리에 안 넣다니요? 그게 무슨 말이에요? 그럼 어디서 자요?"

---

* silverback. 등에 은백색 털이 나 있는, 나이 많은 수컷 고릴라.

“나하고 잘 거야.”

“같이 잘 거라고요? 레드몬드하고?” 마누가 의자를 뒤로 빼며 말했다.

“물론.”

“하지만 레드몬드.” 마르셀랭이 부드럽게 말을 꺼냈다가 잠시 멈추더니 다시 말했다. “그 아이는 똥을 쌀 거예요. 침대에 쌀 거라고요. 레드몬드 몸에 똥칠을 할 거예요.”

“괜찮아.”

“그건 동물이에요. 더러워요. 냄새 나요.” 응제가 말했다.

“나도 더러워. 냄새도 나고.”

“그건 사람이 아니에요. 만약 레드몬드가 밀림에서 길을 잃는다면 걔네들이 당신을 보살펴줄까요? 당신 셔츠를 빨아줄 것 같아요? 아니요. 그냥 죽여버려요. 그냥 버려요.” 응제가 가슴팍을 긁으며 말했다.

“레드몬드, 당신은 미쳤어요. 모르겠어요. 그냥 좀 미친 것 같아요. 하지만 아무튼 가서 보베 영감을 만나볼게요. 보베 영감은 어떻게 해야 할지 알 거예요. 보베 영감은 그 사람들이 왜 우리한테 고릴라를 줬는지 말해줄 거예요. 난 모르겠어요. 하지만 보베는 우리가 어떻게 해야 할지 말해줄 거예요.”

“악어는?” 마누가 말했다.

“마누, 네가 강에 가서 물병에 물을 담아 와. 넌 지금 안전해. 오늘 밤에는 아무것도 안 할 거야. 두블라는 취해 있을 거야. 그리고 싸움질을 할 거고. 그러니 큰 악어의 피부를 물로 적시고 작은 건 바구니에서 꺼내서 솥에 물을 담고 거기에 떨어뜨려. 괜찮을 거야. 문제없을 게다. 거기서 오늘 밤을 보낼 거야. 그리고 아침에 아이한테 돈을 줘서 바퀴벌레, 메뚜기, 노래기, 야자 애벌레를 잡아오라고 할 거야. 그게 새끼 고릴라가 제일 좋아하는 것들이거든!"

웅제가 내게 말했다. "그건 동물이에요, 삼촌. 그러니 우리는 그걸 죽여야 해요. 그게 있으면 마누와 내가 어떻게 아가씨들을 데리고 오겠어요? 여기 오지 않을 거예요. 고릴라가 있는 오두막에는 안 와요. 우리 가까이 안 오려고 할 거예요! 죽여요!"

"아무도 고릴라를 안 죽여."

마르셀랭이 자리에서 일어나 딱딱한 목소리로 말했다. "백인들이란 정말, 백인들은 끔찍해요. 이곳에 총을 들여온 게 누군데 이제 와서 야생동물을 죽이지 말라고 하니. 잔인하게 굴었다가 다음 순간엔 감상적이 되는 거야. 토할 것 같아." 그는 문 입구 쪽에 멈춰 섰다. "감상적이 될 셈이면, 그 고릴라하고 같이 잘 셈이면, 난 웅제 방 바닥에서 잘 거예요." 그는 문을 쾅 닫더니 다시 문을 잡아당겨 활짝 열고 오두막으로 들어와서 파란 가방을 획 채듯 들고는 다시 나가려고 몸을 돌렸다. "보베 영감 집에서 잘 거예요. 그러니 레드몬드는 당신 한 몸이나 잘 챙겨요!"

"우유 좀 구해와! 분유로! 그리고 과일도!" 나는 그의 등에 대고 소리쳤다.

나는 일어서서(고릴라는 작은 검은 발과 손으로 나를 꽉 움켜잡았다) 손전등을 가져와 불을 켠 후 입으로 물고 배낭을 들고 오른편 작은 뒷방으로 갔다. 나무로 만든 셔터를 반쯤 내린 창문과 갈라진 틈새를 게걸음으로 걸어 다니는 수천 마리의 빈대도 이제 더 이상 그렇게 무섭지 않았다. 나는 배낭을 침대 옆에 던져 두고 전등을 침상 위에 놓고 왼손으로 배낭 덮개의 끈을 풀어 두 개의 방수포와 셔츠 하나를 꺼냈다. 오른팔로는 여전히 고릴라를 안고 왼손으로는 겨우 방수포 하나를 시트로 펴고 셔츠를 베개로 만들었다. 그리고 조심스럽게 침대에 누웠다. 너무 피곤해 부츠를 벗을 기력도 없었다. 그리고 내가 팔을 놓으면 고릴라가 내 가슴팍에서 내려와 문 쪽으로 얼른 달려갈 거라고 생각하며 잡고 있던 팔을 놓았다.

고릴라는 꾸물거리며 올라와 내 턱에 고개를 파묻었다. 나는 안경을 벗어 배낭에 올려놓고 두 손을 고릴라의 거친 털이 빽빽하게 난 등에 놓았다. 고릴라는 떨고 있었다. 무서워서 그런 건지 추워서 그런 건지 알 수 없었다. 도마뱀붙이가 함석지붕 아래서 울어대기 시작했다. 아니면 도마뱀붙이가 아니라 그 거대한 숲메뚜기 중 하나인가? 알 수 없었다. 모르는 게 당연하지, 나는 생각했다. 처음 엄마가 되면 무엇에 대해서도 똑바로 잘 생각할 수 없다는 걸 누구나 안다. 어디든 보금자리를 만들기 시작한다. 그게 엄마가 되면 원하는 전부다. 그래서 나는 두 번째 방수포를 잡아당겼다. 고릴라는 고개를 들었다. 그리고 암갈색 눈동자로 나를 꼼꼼히 살피기 시작했다. 암갈색 눈동자의 가장자리는 우윳빛 같은 흰색이었다. 낮은 이마 중앙의 까만 피부에는 세 개의 걱정 주름이 파여 있었다. 불안이 부채꼴 모양으로 퍼져 있었다.

"괜찮아. 우린 이걸 방수포라고 불러. 커다란 나뭇잎 같은 거야."
내가 말했다. 조금 열린 그의 입속은 분홍색이었고 입 냄새는 갓 태어난 송아지처럼 달착지근했다. 검은 주름이 그의 납작한 코 윗부분에서 아래 옆면까지 퍼져 있었다. 나는 내 유인원 코(길고 뾰족한) 끝을 고릴라의 크고 넓적한 콧구멍에 문질러보았다. 따뜻하고 건조했다. "코가 건조하구나. 차갑고 축축해야 하는 거 아닌가? 괜찮은 거니?" 고릴라는 내 말에 싫증이 났는지 고개를 다시 파묻었다. 나는 집게손가락과 엄지로 고릴라의 작고 납작하고 검은 귀를 꼬집었다. "그런데 우리는 어떻게 자야 하지?" 나는 이렇게 말하고는 잠이 들었다.

얼굴에 어른거리는 불빛에 잠이 깼다. "전등을 켜고 잤어요." 마르셀랭의 목소리가 들려왔다. "배터리 아깝게." 그는 침대 가장자리에 앉았다. 가슴이 무겁고 뜨겁고 축축한 느낌이 들었다. 나는 돌아누워 안경에 손을 뻗었다. 무언가가 나를 물었다. "아, 고릴라! 고릴라하고 같이 잤지!" 내가 말했다.

마르셀랭이 내 셔츠를 살펴봤다. "오줌을 쌌어요." 마르셀랭은 이렇게 말하고 나에게 안경을 건네주었다. 고릴라는 눈을 뜨고 심통 난 얼굴로 나를 쳐다보더니 하품을 했다.

"거의 동 틀 때가 됐어요. 일어났어요? 듣고 있어요?" 마르셀랭이 목소리를 낮춰 말했다.

"응."

"어젯밤에 보베 영감하고 오랫동안 이야기했어요. 그런데 두블라가 왔어요. 나는 곤란에 빠졌어요."

"우리는 언제나 곤란에 빠져 있잖아."

"여기만 그래요. 여기 보아에서만요. 이 나라 어디든 다른 곳은 다 안전해요. 여기는 자이르 같지 않아요. 통치가 잘 되어 있어요."

"그렇겠지."

"하지만 들어봐요. 지금 시간이 많이 없어요. 서둘러야 해요. 나는 지금 떠날 거예요."

"떠난다고?" 나는 벌떡 일어나 앉았다. 오른팔로 고릴라를 감쌌다. 마르셀랭의 파란 가방이 그의 발치에 놓여 있었다.

"어젯밤에 보베 영감이 다른 마을로 사람을 보냈어요. 보베 영감 친구인 어부에게요. 이 어부가 나를 제케로 데려다줄 거예요. 한 시간 후에 그를 만날 거예요. 둑을 한참 지나 눈에 띄지 않는 강의 본류가 있는 곳에서요. 보아의 추장은 복수를 다짐하고 있어요. 나를 도와주는 사람은 누구든 죽이겠다고 공표했어요. 하지만 당신은 괜찮아요. 두블라가 당신하고 당신의 고릴라를 건드리는 사람은 누구든 창으로 찔러 죽이겠다고 했어요. 왜냐하면 당신은 보베, 그의 아버지 친구니까요. 레드몬드는 그의 집에서 야자술을 마셨잖아요. 게다가 보베 영감이 당신이 좋다고 했고요."

"그랬어?"

"네, 보베 영감이 레드몬드를 좋아한다고 말했어요. 왜냐하면 당신이 미쳤으니까. 그리고 모두들 알아요. 모두들 당신이 강력한 주물을 갖고 있다고 말해요. 텐트 안에서 주물한테 이야기한 다고들 해요."

"내가? 자면서 그러는 건가? 내가 잠꼬대를 하나?"

"아뇨, 낮에 텔레 호수에서. 니콜라와 장이 레드몬드 텐트에 서 두 사람 목소리가 들렸다고 했어요. 그런데 텐트 안에는 당신 밖에 없었어요. 당신 혼자 있었다고요!"

"그럼 마누하고 응제는 어떻게 하고?"

"걔들은 그냥 조무래기들이에요. 쓸모가 없어요. 응제는 요리 도 할 줄 몰라요. 쓸모없는 녀석들이에요. 아무도 건드리려고 하 지 않을 거예요."

"악어는? 내가 어떻게 악어를 돌보겠어?"

"데려갈 거예요. 응제가 도와줄 거예요. 응제가 악어를 통나 무배까지 옮겨줄 거예요. 먼 길을 돌아와야겠죠. 마누하고 레드 몬드는 여기 있어요. 내가 악어와 총을 가져갈 거예요. 누군가 악어를 갖고 있다고 하면 쉽사리 죽이진 못하죠. 악어를 가지고 있다면 그건 대단한 거예요."

"마르셀랭이 그렇다면야."

"자, 이거. 레드몬드를 위한 거예요. 보베 영감이 줬어요." 마 르셀랭은 가방 지퍼를 열더니 두 개의 작고 빛나는 낡은 깡통을 꺼내서 내 배낭에 얹어놓았다. "분유예요. 지금으로선 그게 최상 이에요. 그게 보베 영감의 아내가 구할 수 있는 전부예요. 그리 고 레드몬드, 나한테 4만 세파프랑을 빚졌어요. 내가 잔돈으로 2만 세파프랑을 줄게요. (그는 돈을 분유 깡통 아래에 밀어 넣었다.)

내 돈이에요. 마을에서 과일하고 카사바, 파파야, 파인애플을 사 먹어요. 세 사람 분하고 고릴라 몫으로요. 그리고 나한테 빚진 2만 세파프랑은 내가 보베 부인에게 미리 줬어요. 보베 부인이 카사바하고 생선수프, 사카사카를 하루에 한 번씩 어두워지고 나면 갖고 올 거예요. 사카사카 좋아하잖아요! (마르셀랭은 내 어깨에 살짝 손을 댔다.) 기억해요. 그리고 나머지 돈은…… 이거 봐요. 여기 온 건 순전히 레드몬드 잘못이에요. 당신이 아니었다면 난 여기 절대 안 왔을 거예요. 보아로는요. 군인 없이는 안 왔을 거예요. 죽었다 깨도요! 그리고 그 돈은 뱃사공한테 줄 거하고 제케에서 내가 쓸 돈이에요. 음식과 야자술 값으로요."

"야자술?"

"이렌이 야자술을 좋아해요."

"이렌?"

"내 애인이요. 제케에 있는 내 여자. 만난 적 있잖아요. 이렌은 브라자빌에서 나하고 같이 일하고 싶어 해요. 내 부서에서요. 하지만 그녀는 너무 어려요, 돈도 없고. 불가능한 일이죠."

"자, 그럼 지금 계산하자." 내가 조심스럽게 배낭 위로 몸을 숙이며 말했다. "나한테 1만 세파프랑 지폐 네 장이 있어."

"아니에요." 마르셀랭이 전등을 끄고 일어났다. "아니에요. 날 위해 그 돈은 가지고 있어요. 여기가 더 안전해요. 레드몬드, 나는 걱정돼요. 잘 모르겠어요. 무슨 일이 벌어질지 나도 모르겠어요. 보베 영감은 늙었어요. 보베 영감의 계획이 항상 제대로 된 건 아니에요. 레드몬드도 봤잖아요. 보아 남자들이 얼마나 큰지.

정말 커요. 강하고요. 싸움도 잘해요. 우리를 뒤쫓아오면 어쩔 거예요. 우리를 잡으러 오면 어쩔 거냐고요. 자기들 기다란 통나무배를 타고요. 수영을 해야 할지도 몰라요. 둑까지 헤엄쳐서 밀림으로 도망가야 할지도 몰라요."

"삼촌, 얼른요. 서둘러요." 웅제가 앞방에서 쉿쉿 하며 말했다.

"잠깐만!" 내가 다시 전등을 켜고 말했다. "그럼 언제 또 보는 거야? 어디서 만나는 건데?"

"엿새 후에. 이른 아침! 선착장에서!"

오두막의 앞방, 어스름하게 밝아오는 빛 속에서 마누는 진흙 바닥에 올려놓은 캠핑 스토브 앞에 몸을 웅크리고 앉아 아침으로 쌀을 끓이고 있었다. 나는 머그잔을 가져와 마누 옆에 쪼그리고 앉았다. 고릴라가 한 팔을 내 목에 두르고 가슴팍에 매달려 있었다. 나는 물에 분유와 설탕을 넣고, 천국의 완벽한 모유란 이럴 것이다, 라는 생각이 들 때까지 저었다(타피오카처럼 걸쭉하고 벨기에 초콜릿처럼 풍부한 느낌이 날 때까지).

마누가 슬쩍 보더니 얼굴을 찡그리며 말했다. "그렇게 주면 탈 날걸요."

나는 분유를 마르셀랭의 파란색 큰 플라스틱 머그잔 두 개에 나눠 따르고 물을 조금 더 붓고 탁자에 올려놓았다. 그리고 여느 바람직한 초보 엄마처럼 아기를 무릎에 앉힌 후 머그잔을 조심조심 들고 북돋우는 소리를 내면서 입에 대고 살살 기울였다.

아기는 짧은 다리와 기다란 팔을 앞으로 쭉 뻗고 달려들더니 작은 손가락과 발가락으로 머그잔을 깜짝 놀랄 만한 힘으로 각각 위와 아래를 붙잡고 우유를 튀기며 마시기 시작했다. 꿀꺽꿀꺽 마시다가 간헐천이 터지듯 우유를 뿜었다.

바지가 끈적끈적하게 젖었다. "방수포를 깔아두고 해야겠다." 말이 절로 나왔다.

마누는 얼굴에 튄 우유를 닦아내며 말했다. "밖에 나가서 해요."

머그잔의 4분의 3은 비어 있었다. 아기는 잔의 바닥 가장자리를 잡고 있던 발을 풀고 이번에는 내 허벅지에 발을 올리고 머그잔을 두 손으로 잡고 높이 올렸다. 그러고는 남아 있는 우유를 그의 머리 너머로 다 쏟아버렸다.

마누가 웃었다.

새끼 고릴라는 목표물이 어떻게 됐나 확인하려고 하얀 털이 뭉친 작은 엉덩이를 바닥에 대고 빙그르르 돌아봤다. 그는 일단 우유가 잔뜩 튄 내 안경을 보고 그다음 우유가 뚝뚝 떨어지는 내 얼굴을 봤다. 고릴라의 눈이 반짝이는가 싶더니 분홍색 입속이 보이도록 입을 벌리고 몸을 위아래로 빠르게 구르면서 웃었다. 빠르게 숨을 헐떡이는 소리를 내며 "하하하하!" 하고 웃었다.

"너도 웃겨." 내가 이렇게 말하며 안경을 벗어 테이블에 놓고 두 번째 머그잔의 우유를 먹이기 시작했다.

마누가 못 참겠다는 듯 새된 소리로 말했다. "또 그럴 거예요."

"그만 해, 마누! 그만 웃으라고! 웃으면 더할 거야. 훈련만 시키면 돼. 게다가 난 상대할 준비가 됐어." 나는 우유가 반쯤 든 머그잔을 꼭 붙들고 말했다.

새끼 고릴라는 재빠르고 힘이 셌다. 팔을 죽 뻗더니 내 가슴팍을 붙잡았다.

"좋아!" 나는 다급하게 말했다. "그래, 됐어. 우리는 강으로 갈 거야. 씻으러 갈 거야." 고릴라는 우유로 질퍽해진 내 무릎 위에서 발을 구르며 말했다. "하하하하하!"

"씻는다고?" 마누가 몸을 접고 포복절도하며 의자 위로 무너졌다. "씻기도록 놔둘 줄 알아요? 고릴라들이 물을 얼마나 싫어하는데! 그래서 더러워요. 냄새도 나고요. 레드몬드도 그렇게 될 거예요!"

내 옷은 이제 고릴라의 기준에서 보자면 맛이 썩 괜찮은 모양이었다. 외국인의 고약한 땀 냄새가 우유와 설탕과 잘 섞였는지 고릴라는 내가 품에 안고 가는 길에 내 셔츠를 빨았다. 어둑어둑한 새벽에 제멋대로 자라난 풀들이 있는 운동장을 가로질러, 대숲을 지나 오렌지 꽃이 핀 키가 작은 관목들을 지나 암녹색 잎과 분홍색 열매가 달린 사포나무를 지나 갈대숲을 통과해 강으로 이어지는 좁은 진흙길에 이르렀다.

깡마르고 신경질적으로 보이는 부회장이 맞은편에서 걸어오고 있었다. 고릴라를 보자 주저하던 태도도 불안해하는 기색도 사라졌다. "코코!" 그가 문밖에 있는 것처럼 소리치며 노크하듯 고릴라의 머리를 두 번 세게 쳤다. 고릴라는 갑작스러운 통증이 온몸을 뒤흔드는 것처럼 경련하며 나를 물었다.

나는 부회장에게 소리를 질렀다. "그러지 말아요! 도대체 왜 때리는 거요? 왜 그래요?"

"고릴라들이 좋아해요." 부회장은 미소를 지으며 이렇게 말하고 어깨를 으쓱했다. "집에 고릴라가 있어요? 당신 마을에?

"아뇨, 아니에요." 나는 화가 나서 그를 밀치고 지나가며 말했다.

나는 그슬린 나무둥치에 앉아 기분을 진정하며 부회장이 사디스트 같다고 생각했다. 사실 저렇게 불안해하는 유형의 사람들 중에는 사디스트가 많다. 살의가 느껴지는 외톨이들은……

처음 보는 젊은 남자가 씻으러 강 쪽으로 오고 있었다. 맨발에 웃통을 벗고 카키색 바지를 입고 어깨에는 붉은 천을 두르고 있었다. 그는 내 옆에 멈춰 섰다. "고리옹!" 그는 이렇게 말하고 내 쪽으로 몸을 기울였다. 하지만 나는 놓치지 않고 얼른 내 오른손을 고릴라의 정수리에 얹었다. "코코!" 그가 외쳤다. 그의 손가락 마디가 장도리의 갈퀴처럼 내 손을 딱 내리쳤다.

"맙소사!" 나는 아픈 오른손을 흔들면서 왼손으로 정수리를 덮었다. "왜 그러는 거예요? 이유가 뭐예요?"

"고릴라들이 좋아해요. 고릴라 없어요? 당신 마을에? 고릴라 없어요?" 그가 놀라서 물었다.

"없어요."

"고릴라들이 좋아해요. 그렇게 하는 거예요. '안녕하세요, 고릴라 씨, 좋은 아침이에요'라는 뜻이에요. 고릴라가 없다니" 이렇게 말하고는 금이 안 간 멀쩡한 머리를 흔들며 씻으러 갔다.

"저 돼지 같은 놈. 저 돼지새끼 같은 놈이 내 손을 부숴버리는 줄 알았어." 나는 오른 손가락을 하나씩 조심스럽게 움직여보면서 고릴라에게 말했다. "이 뼈를 손허리뼈라고 한단다. 너도 가지고 있어. 여기 이 다섯 개의 뼈." 나는 가죽 느낌이 드는 고릴라의 작은 손에 내 손을 가져다 댔다. "여기 손목하고 손가락 사이에, 어때? 보이지?" 고릴라가 사팔뜨기 눈으로 나를 쳐다봤다. "그 돼지 같은 놈이 이렇게 만든 거야. 내 손허리뼈를 으스러뜨려놨어." 고릴라는 오른손을 자기 정수리에 얹었다. "그래, 불쌍한 것. 두통이 심하지? 뇌진탕일지도 몰라. 거기 피떡이 생기는 거야. 그럴 만도 해. 이 길로는 다시 오지 말아야겠다, 그렇지? 우리가 떠날 때까지 말이야. 밤에 와서 횃불 켜놓고 씻도록 하자, 어때? 그럼 함께 산책하는 건 밀림에 가서 하자, 알았지?"

나는 적당히 거리를 두고 그 젊은 청년을 뒤따라갔다. 하지만 강이 보이자 고릴라가 나한테 더 세게 매달려서는 낑낑거리기 시작했다. 처량하게 낮게 울더니만 점점 소리가 높아져 비명이라도 지를 기세였다. 나는 뒤로 돌아 빠른 속도로 오두막을 향해 걸었다.

마누와 응제가 테이블에서 잔뜩 긴장한 채 서로 바짝 붙어 앉아 밥을 먹고 있었다. 음식을 가득 채운 휴대용 식기와 스푼이

* gorillon. 프랑스어로 새끼 고릴라를 뜻한다.

나를 기다리고 있었다.

"지금 마누한테 말하고 있는 중인데요, 삼촌. 내가 해냈어요!"

"그랬어?" 고릴라가 반쯤 죽처럼 끓인 밥을 좋아할까 생각하며 자리에 앉았다.

"내가 우리를 구했어요!" (나는 고릴라에게 밥을 한 숟갈 떠서 주었다. 고릴라는 주름진 코에 주름을 더 만들었다.) "우리는 안전해요!"

"그거 듣던 중 반가운 소리군."

"맞아요, 삼촌. 반가워야죠. 내가 사람들한테 말하고 다녔어요. 돌아오는 길 내내 온 마을에다가요. 그리고 속으로 말했죠. '웅제 우마르, 네 할아버지를 기억해. 남자답게 굴어!' 삼촌, 할아버지는 나한테 이렇게 말씀하시곤 했어요. '얘, 웅제야. 만약 친구하고 문제가 생기거든 친구의 가슴팍을 쳐라. 절대 등을 치지 말고. 남자답게 굴어라!' 나는 마을 모든 사람들에게 말했어요. '우리 백인 있잖아. 아마 이건 미리 경고해둬야 할 것 같은데, 그 백인은 주물을 가지고 있어. 강력한 주물이지. 그 백인은 주물에 말을 걸어. 도쿠가 그에게 주물을 준 거야. 그 위대하고 유명한 도쿠가 말이지! 도쿠는 북부에 있어. 아주 먼 곳이지."

"여기 사람들도 도쿠를 알아?"

"당연히 모르죠, 삼촌! 하지만 나는 이렇게 자신에게 말했어요. '웅제 우마르, 너는 동구에서 왔다. 너는 여기 사람들하고는 달라. 너는 똑똑해.' 그래서 그렇게 시작해놓고 입을 닫아버릴 거예요. 비밀은 그렇게 다루는 거잖아요. 그리고 이렇게 말하는 거예요. '이 주물은 평범한 주물이 아니다. 그런 것과는 전혀

거리가 멀다. 우리 백인의 주물은 도쿠가 준 것이다. 내가 누구를 말하는지 알지? 도쿠 말이야. 북부에서 가장 영험한 마법사. 누구도 도쿠와 대적할 수 없어. 누구도 도쿠만큼의 위력을 갖지 못해. 만일 도쿠에 대해서 모르는 사람이 있다면 진짜 시골뜨기야!' 이렇게요. 그럼 그 사람들이 이렇게 말할 거예요. '도쿠! 물론 알지!'"

"잘했어!"

"하지만 몇 가지에 대해서는 입을 다물었죠. 그 사람들한테 말하지 않았어요. 왜냐하면 난 똑똑하니까. 난 이렇게 말하지 않았죠. '그런데 이건 못 믿겠지만 북부에서는 램프에 등유를 사용해.'"

"그건 왜? 여기서는 뭘 쓰는데?"

"야자유요! 하지만 등유를 쓰는 척한다고요. 교양 있는 사람들은 그걸 사용하거든요, 등유. 우리 집에는 등유가 있어요."

"그럼 우리가 이제 안전하다는 건 무슨 말이야? 우리가 어떻게 안전하다는 거지?"

"그 주물이요, 삼촌! 내가 만나는 사람마다 다 말했어요. '이봐, 나는 여기 보아가 좋아. 당신들은 나를 친절하게 대해줬어. 특히 보아의 아가씨들! 보아의 아름답고 풍만한 아가씨들! 그러니 내가 호의를 베풀지. 비밀을 하나 말해주겠어. 위험하긴 하지만 그래도 나한테 잘해줬으니까. 들어봐! 충고 한 마디. 비밀 하나. 만일 당신이 우리 백인에 대해 악의를 품는다면, 우리 백인을 해친다면, 그건 곧 마누와 내게 한 행동이나 마찬가지야. 왜냐하면 우리가 그를 돌보고 있으니까. 그런데 특히 나, 웅제 우마르에게 하는 거나 마찬가지야. 내가 백인 돌보는 일을 다 하고 있으니까. 이건 무서운 일인데 말이야. 내 말 믿어. 특히 밤에 숲에서 그가 모습을 바꾸면…… 아, 내가 무슨 말을 하고 있었지? 아 그래, 경고. 만일 우리 백인을 해칠 생각을 한다면, 그다음에 벌어질 일로 내 마음이 아플 거 같은데, 왜냐하면 백인 몸에 손을 대는 그 순간, 당신은 백인으로 변할 거야. 시체처럼. 그 백인처럼."

"잘했어!"

"네, 삼촌. 누구도 당신처럼 되기를 원하는 사람은 없어요. 그건 끔찍해요!"

식사와 계략으로 기운을 되찾은 마누와 웅제는 웃으며 여자들을 찾으러 나갔다.

밥으로 배를 채우고 고릴라는 가슴팍에 안고 엿새 동안 침상에 앉아 도대체 뭘 할까, 라는 생각을 했다. "우린 뭐하지?" 내가 말했다. "엿새를 어떻게 버티지? 수영도 못하고, 씻지도 못하고, 네 머리를 부술 각오가 아니라면 마을을 돌아다닐 수도 없는데. 사람들이 네 골을 부숴버릴 거야. 지금으로선 '라운드 앤드 라운드 더 가든' 놀이는 할 수 있겠다." 나는 고릴라의 오른손을 펴서 그의 넓적하고 주름진 검은 손바닥 위에서 내 손가락을 움직였다. "테디베어가 걸어갔어." 고릴라는 극도로 집중해서 내가 그리는 원을 자세히 살펴보았다. 힘든 인지 전前 단계인 것이다.

"여기로, 저기로."(고릴라의 위팔은 아래팔보다 훨씬 더 길었다.) "간질간질."

세 번째 반복할 때 고릴라가 눈을 반짝이며 입을 열고(이빨이 보일 만큼 크게는 아니고) 나를 바라봤다. 입술 양끝을 쭉 올려 미소 짓고 있었다.

"그래." 나는 의기소침해져서 말했다. "나는 불량 엄마야. 벌써 지루하니!"

고릴라의 엄지는 너무 짧아서 집게손가락 밑에 닿지 않았다. 그의 손가락은 래리의 손가락처럼 짧고 통통했다. "사실 말이야. 나는 래리가 여기 있었으면 좋겠어. 래리가 있었다면 도움이 됐을 텐데, 그랬겠지? 응? 래리라면 뭘 했을까?" 새끼 고릴라가 다시 미소를 지었다. "그렇지! 정해진 일과대로 했겠지!"

"독서하고 산책하고 먹고 자고. 처량하게 들리겠지만 여기서는 그게 할 수 있는 최선이야. 다른 선택지는 없어."

그래서 나는 배낭에서 온전하게 살아남은 마지막 문고본을 꺼냈다. 지금은 곰팡이가 슬어 망가진 펭귄북스 문고판 이반 곤차로프의 《오블로모프Oblomov》였다. 표지에는 밤을 배경으로 거대한 초록색 얼굴을 한 바이올리니스트가 러시아 마을의 나무집과 석조 교회 위에서 바이올린을 연주하는, 샤갈의 그림이 그려져 있었다. 나는 책을 바지 주머니에 넣었다. 고릴라를 데리고 집밖으로 나가면서 말했다. "첫째, 학교로! 오붓한 시간을 보낼

---

* Round-And-Round-The-Garden. 영어 동요로 노래를 부르며 손가락놀이를 한다.

수 있는 최상급의 레저 시설! 그리고 망할 놈의 야외 운동장. 둘째, 숲에서 자전거 타기. 셋째, 그랜드 유니언으로. 그건 운하 이름 아닌 거 알지? 알아야 한다. 디종 머스터드 어쩌고저쩌고 샌드위치를 살 수 있는 곳이지. 넷째, 우리는 집을 지을 거다. 미국식 기준으로. 아마 그보다 더 높은 수준으로. 우리는 가로세로 8대 25 목재를 주요 지지대 조이스트*로 쓸 거다. 그렇지, 그건 좀 아닌 것 같은데…… 캔틸레버** 지붕으로 하자. 그건 다리에 쓰는 건가, 아니면 벽?"

"스누시" 고릴라가 재채기를 하며 말했다. "하하!"

학교 오두막에서 가까운 공터 끝에 붉은부리산비둘기처럼 보이는 작은 갈색 새 두 마리가 풀숲에서 먹이를 먹으며 땅을 가로지르고 고개를 주억거렸다. 우리가 다가가자 날카롭게 날개를 부딪는 소리를 내며 적갈색 날개를 번득거리면서 공중으로 날아올라 낮고 빠르고 조용히 숲으로 날아갔다.

우리는 문 오른편에 있는 첫 번째 벤치책상에 앉았다. 앞에는 커다란 직사각형의 창문이 있었다. 여기가 위스키 한 병보다 낫다는 웅제의 애인이 쾌감에 겨워 흐느꼈다는 곳일까? 아마도 아닐 것이다. 저쪽 뒤편 어두운 모서리가 더 맞겠지? "진정해." 내가 고릴라에게 말했다. "스누시" 고릴라가 이렇게 말하고 재채기를 했다.

"그냥 먼지 때문이면 좋겠구나. 폐렴이 아니었으면 좋겠다." 나는 책을 꺼냈다. "왜냐하면 너희들은 인간이 걸리는 모든 질병에 걸리고 우리도 너희 질병에 걸리기 때문이지. 온갖 종류의

344

기생충, 말라리아, 황열, 매종, 심지어 관절염, 심장 질환, 간경변증까지! 그리고 간경변증 이야기가 나왔으니 말인데······" 나는 고릴라 귀에 대고 소곤거렸다. 나를 위로할 셈으로. "불쌍한 래리. 지금쯤 그 젊은 간호사 아가씨 크리스하고 샤워하면서 사랑을 나누고 있을 것 같진 않단다. 제대로 된 비누와 샴푸, 섹스, 따뜻한 물, 그런 건 없을 거야. 너도 그렇게 생각하지? 게다가 뽀송뽀송한 수건으로? 절대 아니지! 물린 자국에 따가운 상처, 열대 궤양에서 완전히 자유로울 거라고 생각 안 해. 곰팡이, 끈적끈적한 점액질, 고릴라 오줌 이런 거로부터 완전히 자유로울까? 절대 아니지!" 고릴라가 작고 둥근 머리를 흔들었다. 그리고 고개를 돌리고 창밖을 응시했다. "암, 아니고말고. 그렇지? 우리 지금 광적인 질투에 사로잡힌 건 아니지? 아니고말고! 그래 나도 너와 같은 생각이란다. 래리는 지금 대학병원 병상에 누워 있을 거야. 플래츠버그에 대학병원이 있다면 말이야. 래리는 가벼운 콩고 질병이나 걱정할 필요 없는 어떤 병에 걸렸을 거야. 예를 들면 신종 내성 결핵 같은 거 말이다. 몹시 흥미로운 사례지. 의학자들에게 그런 게 주어진다면 선물이나 마찬가지야. 우리가 주는 진짜 선물인 거지. 역시 신종인 이상한 극미세 기생 붉은 지렁이bloodworm에 감염됐을지도 모르지. 전혀 알려지지 않은 신종. 심지어 전에는 상상도 못했던 걸로 말이다." 나는 고릴라의

---

* joist. 대들보나 벽 사이에 여러 개를 평행하게 걸치는 소형 받침대. 그 위에 바닥이나 천장을 마감한다.

** cantilever. 한쪽만 지지되고 한쪽 끝은 돌출시킨 구조물 형식.

털이 무성한 머리를 돌렸다. "어떠냐?"

고릴라는 대롱 모양의 눈썹을 올리고 입술을 오므리더니 낑낑댔다.

"미안하구나. 그건 좀 저열했지? 사과한다. 너희 고릴라들은 특히 도덕심이 깊다는 걸 깜빡했구나. 정말 그렇지." 그래서 나는 곤차로프를 폈다. 내가 오블로모프를 좋아하는 이유는 그가 나처럼 침대에서 일어나기 몹시 싫어하는 사람이기 때문이다.

고릴라가 낑낑거렸다. 가슴팍에서 고릴라를 떼어내 책상에 나를 마주보게 올려놓았다. 그는 입술 빠는 소리를 내며 입을 다물었다. 고개를 뒤로 젖히고 불안하게 교실 안을 둘러봤다. 발을 내 셔츠 안에 걸더니 두 팔로 내 목을 껴안았다. "그래, 그래. 책을 읽어주마. 엄마라면 그렇게 해줘야지!"

"자, 들어봐라. 이번에는 그렇게 많이 읽지 못했단다. 어린 오블로모프는 너처럼 아기 방에 있었어. 그런데 나이든 유모—나 같은—가 이야기를 들려주고 있어. 유모는 '인간이 생명과 자연이 갖고 있는 위험과 신비에 아직 맞설 능력을 갖지 못했던 먼 옛날 우리의 호메로스들에 의해 만들어진 러시아판 《일리아드》들로 소년의 기억과 상상력을 가득 채웠지.' ……그런데 우리는 여전히 그럴 능력이 없어. 더 많이 이해할수록 죽음은 더 두렵지. 너희도 아직 발견하지 못했니? 너와 나 우리는 40억 년도 훨씬 전에 무작위의 자기복제(그리고 이상한 박테리아의 절도)가 축적되어 만들어진 원시 수프*의 산물이란다. 그리고 다름 아닌 자연과 성sex 선택에 의해 발달된 형태지. 비극적이지 않니? 어떻게 보면 가장 흥미로운 이야기이기도 하고. 아니면 둘 다일 수도. 어떻게 보느냐에 따라 다르겠지. 하지만 날 보렴. 나는 네가 자랐을 때 되도록 빨리, 성호르몬이 일시적으로 미친 상태로 만들기 전과 후에, 과학, 예술, 문학, 음악, 심지어 종교사까지 모든 건 다 덤으로 주어지는 보너스라는 걸 깨달았으면 좋겠구나. 그러니 즐겨야 해. 네가 가진 단 1분까지도. 그렇게 하겠다고 약속할 수 있겠니?"

고릴라는 시선을 내게 고정하고 뚫어지게 쳐다보다가 책상으로 시선을 옮겼다. 그러고는 강아지처럼 작게 으르렁거렸다.

"기분 상했구나! 너 지금 소리 지르는 거지? 삐쳤다 이거지? 그럴 만도 하지. 네가 옳다. 네가 엄마의 헛소리나 들으려고 학교에 온 건 아니니까. 시도 때도 없이 듣는 말일 테니까. 돌아버리겠다는 거지. 그래, 이해해. 이제 이야기를 들을 때가 됐다, 이거지? 어디까지 말했더라? 그렇지, 생명과 자연의 신비. '그—여기서 그는 사람일 수도 있고 고릴라일 수도 있어. 유인원을 의미하는 거야—가 늑대인간과 나무 악령 생각에 몸을 떨고 사방에서 위협하는 역경에 알료샤 포포비치**의 도움을 간구할 때, 공기, 물, 숲, 그리고 평원이 온갖 놀라움으로 가득할 때, 그럴 때의 인간의 삶이란 불안정하고 혹독하다. 자기 집 현관만 넘어가도 위험이 가득하고 야수가 언제라도 덮칠 수 있다.'" 야수의 검은

---

* primordial soup. 지구상에 생명을 발생시킨 유기물의 혼합액.
** Alyosha Popovich. 러시아 우화에 나오는 영웅.

손이 그 페이지의 오른쪽을 붙잡았다. "아니면 강도에게 죽을 수도 있고, 사악한 타타르족˚에게 가진 것을 몽땅 뺏길 수도 있다. 아니면 아무 흔적도 없이 훌쩍 사라질 수도 있다. 아니면 하늘에서 불기둥이나 불덩어리 같은 신호가 나타날 수 있다.' (이건 번개를 말하는 거야. 밀림에서 너를 놀라게 할 거야.) '아니면 새로운 무덤 위에서 빛이 번쩍일 수도 있다.' (메탄가스를 말하는 거야. 우리 몸이 부패할 때 방출되지.) '아니면 어떤 생물체가 끔찍한 웃음소리를 내며 랜턴을 흔드는 것처럼 어둠 속에서 눈을 번득이며 숲을 돌아다닐 수도 있다.'" (어떤 생명체의 빽빽한 갈색 머리가 내 시야를 가로막았다.) "그만해! 그렇게 하면 내가 어떻게 책을 읽을 수 있겠니? 그렇게 머리를 들이밀면. '그리고 많은 신비한 일들이 사람들에게도 일어난다. 어떤 사람은 사고 없이 행복하게 몇 년을 살 수 있다. 그러다가 갑자기⋯⋯'" (야수가 페이지 위쪽을 물었다.) "'사나운 목소리로 이상하게 말하고 비명을 지르기 시작할 수 있고 자면서 걸어 다닐 수도⋯⋯'" 야수가 사나운 목소리로 비명을 질렀다. 그는 곤차로프의 《오블로모프》를 집어 들더니 내 어깨 뒤로 획 던졌다. 갈색 곰팡이가 핀 작고 얇은 페이지가 위버나무 위로 사정없이 넘어가더니 5미터도 넘게 떨어진 진흙바닥에 툭 떨어졌다.

"그래." 나는 화가 나서 고릴라도 진흙바닥에 내려놓고 말했다. "재미있니? 그래, 가서 놀아! 자, 어디 놀아봐!" 고릴라는 평평한 손바닥을 마른 진흙에 찰싹 댔다. 눈을 까뒤집고 입술을 뒤집어 하얀 이를 드러내 보였다. 분홍색 입속이 드러나도록 입을 크게 벌리고는 비명을 질렀다. 3초간 계속해서 귀청이 찢어지도록 크게 날카로운 소리를 질렀다.

나는 고릴라를 들어 올려 품에 꼭 안았다. 오른팔은 고릴라의 등 뒤를 감고 왼손으로는 턱 아래에 있는 그의 머리를 꼭 눌렀다. 고릴라는 비명을 멈추고 팔과 다리로 나를 단단히 껴안고는 몸을 바짝 긴장시켰다가 내 셔츠와 바지로 줄줄 일정한 흐름으로 똥을 쌌다.

"그거였구나! 그래서 그렇게 화가 난 거였어. 똥을 눠야 했던 거야!" 나는 새끼 고릴라의 어떤 행동의 비밀을 풀어낸 게 기뻐 이렇게 말했다.

"우우우."

"엄마한테 딱 붙어서 안정감을 느낄 때만 그렇게 대변을 볼 수 있는 거구나. 그렇겠지, 덤불 숲 뒤로 가서 볼일을 볼 수는 없잖아. 표범들이 돌아다닐 텐데 말이다." 나는 독한 냄새를 풍기는 노란 설사로 뒤범벅된 내 허리춤을 보며 말했다. "그런데 네 엄마는 보통 이걸 어떻게 하시니? 그냥 모른 체하시니? 나뭇잎으로 닦아내니? 뭐 당연히 그렇게 하시겠지? 토론 거리는 아닌 것 같다. 그래서 너는 지금 밤낮으로 내 온몸에 똥칠을 할 생각인 거지?"

"스누시." 고릴라가 이렇게 말하며 웃었다. "하하!"

"기분 좋지? 내가 이야기해주니까 좋은 거야, 그렇지? (고릴라

---

* Tatar. 우랄 산맥 서쪽, 볼가 강과 그 지류인 카마 강 유역에 사는 투르크계 민족.

는 오른손을 내 목에서 떼더니 왼쪽 겨드랑이를 긁었다.) 하지만 내가 계속 그렇게 할 수 있을지는 모르겠구나. 하루 종일은 할 수 없단다. 그리고 내가 잊어버렸는데 네 어머니는 잘 해결했겠지. 엄마는 일어나서 걷지 않지. 짧은 거리만 그렇게 하겠지. 너무 위험하니까. 엄마는 그걸 배운 거지. 그래서 엄마는 네가 자기 목 아래, 땅 바로 위에 매달려 있도록 하셨겠지."

고릴라는 내 가슴팍에 네 발을 대고 반쯤 몸을 일으키고는 어딘가로 가자고 졸랐다. "우리 산책!" 내가 이렇게 말하며 고릴라의 정수리에 입을 맞추었다(아직도 싱그러운 풀 냄새가 났다). 나는 책을 가지고 와 주머니에 다시 넣고 고릴라를 밖으로 데리고 나갔다.

나는 오두막 있는 곳을 쓱 훑어봤다. 이상하게도 문 앞에서 약을 달라고 기다리는 사람이 아무도 없었다. 창구멍에 서로 얼굴을 들이밀며 들여다보는 아이들도 없었다. 누구 하나 보이지 않고 적막했다.

우리는 둥치가 하얀 껍질로 덮인 혼자 서 있는 커다란 나무 아래 숲으로 들어갔다. 자작나무 껍질보다 더 하얗다. 꼭대기의 나뭇잎은 색이 짙었지만 회색 하늘을 배경으로 흐릿하게 보였다. 가장 낮은 가지에는 코뿔새 한 마리가 앉아 있었다. 가슴과 등은 군청색이고 배는 하얗고 부리는 노랬다. "피리코뿔새란다." 하지만 코뿔새는 피리 소리는커녕 고개를 까딱이며 우리를 내려다보고 날카로운 소리를 냈다. 코뿔새는 웃음소리와 탁탁 소리를 내며 나무에서 뚝 떨어져 나왔다. 하얀색을 번뜩거리며 날개를 미친 듯 푸드덕거렸다(텁수룩한 날개를 쉭쉭거리는 소리도 안 내고 코뿔새치고는 으스스할 정도로 조용했다). 그러고는 길게 활공해 한 번에 운동장의 반을 가로지르더니 날개를 마구 푸드덕거리며 다시 한 번 활공하고는 빠르게 물결치듯 너울거린 후 곧장 텔레 호수로 향하는 숲으로 날아갔다.

"오늘 우리는 식물들에 이름 붙이기를 할 거야." 숲 가장자리의 덤불을 지나며 내가 말했다. "너는 물론 모든 식물 이름을 알고 있겠지. 아무튼 저 나무는 우산나무란다. 저건 기름야자나무 묘목, 그리고 저건…… 글쎄, 저건 아마 라틴식 이름만 갖고 있을 거다……. 도서관에서 5분만 뒤져보면 나올 거야. 내 옛날 선생님이 어려운 게 나오면 그렇게 하라고 말씀하셨지. 하지만 저건 2차림*이란 걸 구별할 수 있겠지? 아마도 20년 전쯤 농장을 짓기 위해 벌채했겠지? 아니면 오두막이나 배, 아까 그런 학교 책상을 만들기 위해 큰 나무들을 벴거나." 고릴라는 내 귀에 대고 트림을 했다. "그 반응은 뭐냐? 어떻게 알 수 있냐고? 저 한두 그루의 큰 나무, 저기 회색 껍질이 있는 거하고 키가 큰 지주근 나무를 제외하면 거의 다 키가 작잖니, 그렇지? 그리고 모든 나뭇잎들이 옅게 색이 바랜 초록색이고 모양도 불규칙적이야. 그러다가 갑자기 리아나 덩굴이 엉켜 있고." 나는 넝쿨손 가시에 바지가 걸린 것을 떼어내느라 멈춰 섰다. "그리고 나무가 빽빽하게 서 있는 아래에 깊은 그늘이 나오지. 그곳은 처녀림을 걸을

---

* 원시림이 재해나 벌채 같은 인위적 행동에 파괴되어 그 대신 군락으로 발달한 산림.

때처럼 쉽게 걸을 수 있단다. 하지만 그래, 네가 옳다. 진실을 말하자꾸나. 너는 언제나 보이는 대로, 네 능력이 닿는 한 항상 진실을 말해야 한다, 알겠니? 약속해주겠니? 그런데 나는 절반쯤은 속임수를 썼단다. 왜냐하면 오래된 마을 가까이에 있는 이런 숲은 언제나 2차림이기 쉽단다. 하지만 흥미롭지 않니? 여기 있는 나무들은 공통점이 있어. 이들은 빨리 자라고 오래 살지 않고 20년에서 50년이면 사라진단다. 그래서 그 사이에 모든 에너지를 다 쏟아 붓는 거야. 뭐? 뭐라고?"

"하!"

"그렇지! 잘했다! (나는 고릴라를 껴안았다.)"네가 맞췄구나! 종자 분산!"(고릴라가 꺽 하고 트림을 했다.)"이들은 엄청난 양의 씨앗을 만들어내고 그걸 새나 박쥐들이 먹지 않고는 못 배기게끔 열매로 둘러싼단다. 그렇게 자기들 유전자를 숲 전체에 퍼뜨리는 거지. 반투족이 여기 들어와(나무들의 시각으로 본다면 겨우 어제 일이겠지) 마을과 농장을 짓기 위해 숲의 넓은 부분을 개간할 때까지 햇빛을 사랑하는 나무들과 관목들은 자연적인 시간의 간극이 생기도록 기다려야 했단다. 커다란 나무가 쓰러지거나 토네이도가 휩쓸고 가거나 모켈레음벰베가 이곳을 어슬렁거리며 돌아다니고 둥근귀코끼리가 계절에 따라 먹이를 먹기 위해 한 장소에서 다른 장소까지 길을 만들며 성큼성큼 걸어 다닐 때……."

고릴라가 내 가슴팍을 깨물었다.

"왜 그러는 거야?"

"하하!"

"하나도 안 웃겨. 계속 들어봐. 이들 나무의 씨앗들을 1차림에서 발견할 수 있어. 거의 어디서든 토양 표본을 채취하면 심지어 단 한 번도 외부의 방해나 개입이 없었던 숲에서조차 그 씨앗을 찾을 수 있어. 반면에 1차림의 거대한 나무들은 천천히 자라고 수백 년을 살며 종자 분산 같은 문제로 노후한 머리를 썩일 필요가 없단다. 이들은 대부분 커다란 씨앗을 만들어내는데, 이런 씨앗들은 바닥에 저절로 떨어져 튀어 오르거나 굴러서 1미터 내외는 간단다. 몇몇 나무는 사람들이 좋아하는 열매를 만들어내기도 하고, 그러면 강멧돼지들이 그걸 먹고 대략 1.5미터는 떨어진 곳에 씨앗을 품은 배설물을 남겨놓지. 그런 식으로 씨앗이 퍼지는 거야."

머리 위에서 아프리카회색앵무새 무리가 서로를 부르는 소리를 냈다.

"하!" 고릴라는 이렇게 말하고 다시 나를 깨물었다.

"하지 마! 그거 싫어. 아프다고." 나는 몸을 구부려 고릴라의 오른쪽 귀를 살짝 때렸다.

고릴라는 놀란 눈으로 나를 쳐다봤다. 눈썹은 올라가고 우윳빛 흰자위가 드러났다. 우리 우정의 본질을 근본적으로 재평가하고는 귀를 문지르며 얼굴을 내 목덜미에 파묻었다.

"뭔가 원하는 게 있는 거지? 그게 뭐니? 응? 내가 너무 바보 같지?"

고릴라는 조그맣게 이상한 소리를 냈다. 낮게 노래를 흥얼거리는 것 같기도 하고 낑낑거리는 것 같기도 했다.

"너는 보통 하루 중 이 시간에 뭘 하니?"

고릴라는 나에게 더 세게 매달리더니 몸을 평평하게 펴고 기대왔다.

"아, 알겠다! 낮잠 시간이구나! 지금쯤 무리 전체가 여기저기 누워 있겠구나. 그거니? 엄마가 대충 잠자리도 만들어주겠지. 몇 시간을 자고 일어나서 오후 늦게 다시 밥을 먹는 거지? 내 말이 맞니?"

"스누시."

"좋아! 그럼 평화로워 보이는 나무를 찾자. 나는 잠자리는 만들어줄 수는 없단다. 내 나이에는 무리야. 그러니 우리 다 큰 남자인 척하자. 나무 아래에 원 모양으로 풀을 눕히고 그 위에 누워 있자. 괜찮겠지? 그 정도면 되겠지?"

"우프."

그래서 나는 지주근과 튀어나온 뿌리가 없는 중간 정도 크기의 나무 아래 풀들을 발로 밟아 납작하게 만들었다. 나무의 암갈색 껍질에는 회색 이끼가 덮여 있었고 나무등치에서는 작은 초록색 열매들이 10~15개씩 송이를 이뤄 튀어나와 있었다. 제일 위에 있는 열매부터 오렌지색으로 변해가고 있었다. "이거 보이니?" 나는 1.5미터 정도의 풀(아니면 분재 나무인가)을 한 손 가득 모으고 말했다. "이걸 간생화*라고 한단다. 내 생각엔 그런 것 같아. 꽃이나 열매가 저렇게 나무등치나 매우 짧은 곁눈에 튀어나와 자란단다. 아니면 등치에서만 자라는 종류인지도 몰라." 나는 몸에 묻은 똥을 닦아냈다. "아무튼 무슨 말인지 이해했지? 공기가 이렇게 갇혀 있고 바람이 없는 숲 가까운 곳에서는 나무를 통한 종자 분산에 의지해봐야 소용없단다." 나는 바닥에 똑바로 누웠다. 우리는 낮은 곳의 나무둥치와 우리 위의 임관을 바라봤다. "그리고 저 열매들이 오랜지색으로 변하면 아마도 새들이 와서 먹겠지. 박쥐가 오도록 하기 위해서는 색을 바꿀 필요는 없단다. 냄새만 피우면 되지. 냄새가 강할수록 좋단다. 우리처럼 이렇게 고약한 냄새를 풍겨야 해."

고릴라는 행복한 새끼 돼지처럼 꿀꿀거렸다.

"이럴 때 엄마는 뭘 하니? 같이 잠을 자니? 아마도 그렇겠지. 하지만 네가 덩치가 큰 수컷 실버백이라면, 특히 암컷이 발정기라면(아기를 가질 준비가 됐다면 말이야) 위험할 수 있어. 다이앤 퍼시**가 실버백 마운틴고릴라를 연구했는데(네 경우도 마찬가지일 것 같아) 하렘**의 암컷 두 마리가 발정기라서 몸이 달아올랐거나 흥분했거나 아무튼 그런 상태인데, 지금 같은 시간쯤에 그 수컷이 할 일을 다 끝내고 지쳐서 무릎을 꿇은 채 잠이나 한숨 자고 싶다고 생각하고 있을 때 다른 몸집이 큰 수컷이 나타난단다. 교미 소리 때문이지. 암컷이 땀을 흘리고 흥분해 신음 소리를 내고 한참 끙끙대고 숨을 헐떡이고 우우 아우성치고 마침내 절정에

---

* 幹生化. 식물의 원줄기나 오래된 가지의 곁눈에서 꽃이 피는 것.
** Diane Fossey(1932~1985). 미국의 동물학자로 18년간 광범위하게 고릴라 연구를 했다.
**• Harem. 번식을 위해 한 마리의 수컷과 다수의 암컷으로 이루어진 집단.

이르러 승리의 울부짖음을 내지를 때, 이 모든 소리는 어슬렁거리던 젊은 실버백 수컷을 미치게 만드는 거야. 그 소리가 들리는 범위 내에 있는, 짝짓기를 꿈꾸며 숲속을 혼자서 어슬렁거리는 모든 어른 수컷이라면 미쳐 날뛰게 되는 거지. 그때가 가장 힘든 시험에 드는 순간이지. 그냥 나가떨어져 자고 싶은 생각밖에 들지 않을 때니까."

"하." 가수면 상태의 고릴라가 얼굴을 내 가슴에 묻고 말했다.

날개에 밝은 초록 줄이 있는 검은 호랑나비 한 마리가 지면 위를 어지럽게 낮게 날고 있었다.

"아니야, 이건 전혀 장난이 아니란다. 대부분의 시간 동안 너는 친절하고 평화롭게 지낼 수 있어. 너의 암컷 중 하나가 상처를 입었거나 늙었거나 병들었다면 느릿느릿 걸어도 되고, 설사 네가 낮잠을 자더라도 어린 녀석들이 네 위에서 마구 뛰어놀고 코를 비틀고 네 귓속에 손가락을 집어넣어도 그대로 내버려둬도 된단다. 그렇지만 침입자가 온다면 침대에서 벌떡 일어나 나와야 해. 그때는 침입자 앞에서 재빠르고 거침없이 당당하게 뽐내며 걷고 팔은 밖으로 구부리고 힘을 딱 주고 있어야 한다. 털도 빳빳하게 세워야 해. 그날 어떤 일이 있었는지 알게 해서는 안 되고 네 발 쭉 뻗고 자고 있었다는 것도 표시 내면 안 된다. 침입자에게 네가 얼마나 강하고 경계를 잘 하며 자신감에 차 있는지 보여줘야 해. 너는 고개를 돌리고 옆면을 보여줘야 한다. 그리고 슬쩍 상대를 훔쳐봐. 왜냐하면 상대도 역시 힘을 과시하며 보조를 맞출 테니까 말이다. 하지만 상대는 지금 젊고 활기가 넘치는 상태야. 몇 년간의 절망이 힘의 원천이 되고 욕망으로 부글부글 끓고 있기 때문이지."

"우프"

"그렇지, 끔찍하지! 왜냐하면 과시만으로 안 된다면 진짜 힘을 내야 하니까. 너는 상대의 눈을 똑바로 응시해야 해. 할 수 있는 한 가장 크게 입을 벌려 네 거대한 송곳니가 아직 날카롭고 멀쩡하다는 것을 보여줘. 네 가슴통도 쿵쿵 때려줘야 한다. 그런 다음 조지 셸러*가 마운틴고릴라에 대해 말했던 것처럼 너는 '자연에서 가장 폭발적인 소리'로 포효해야 한다. 그래도 상대가 물러서지 않으면 힘을 끌어모아 싸워야 해. 할 수 있는 한 가장 맹렬하게. 어떻게 해서든 상대의 머리를 물 수 있을 만큼 가까이 다가가야 한다. 이 싸움은 매우 중요해. 만약 지게 되면 가장 원기 왕성한 때의 젊은 침입자가 너를 하렘에서 쫓아내고 네 새끼들을 죽일 수 있단다. (새끼를 보호하려는 어미는 다 공격해버리지.) 왜냐하면 그는 발정기에 있는 모든 암컷들이 자기를 위해서 가능한 한 빨리 번식을 해주길 원하기 때문이야.

(날개에 흰 반점이 있는 커다란 딱정벌레가 더듬이를 세우고 내 옆에서 뛰다가 멈추고 다시 뛰면서 뭔가를 사냥하고 있었다. 턱이 갈고리처럼 생겼고 내가 본 딱정벌레 중 가장 컸다.)

"너는 어떻게 되느냐고? 안전하겠다 싶은 곳에 가서 상처를

---

* George Schaller(1933~). 아프리카, 아시아, 남아메리카 등의 야생동물을 연구한 미국의 생물학자, 포유동물학자.

돌봐야지. 아마 어슬렁거리며 네 사랑하는 가족들을 잠깐이라도 보려고 하겠지. 하지만 상처의 타격이 너무 크단다. 네 자신감은 바닥나고 세로토닌 수치는 거의 제로에 가깝게 되지. 우울해지고 뭔가를 할 능력도 바닥나지. 그렇게 너는 누구에게도 친절을 기대할 수 없는 늙은이가 되어 여생을 혼자서 숲을 어슬렁거리며 보내게 된단다."

"우프." 고릴라가 투덜대듯 말했다.

"그럼 어떻게 해야 하느냐고? 해결책, 그걸 묻는 거야?"

"우프."

"미안한 얘기다만, 제대로 된 어미를 고르는 수밖에 없어. 젊은 실버백 수컷과 짝을 이룬 첫 암컷의 첫째 아이가 되는 게 가장 확실한 방법이란다. 신혼부부의 첫째 수컷 자손이 되는 거지. 네 어미가 항상 지배적인 위치에 있고 실버백 그룹에서 가장 사랑받는 암컷일 때 말이다. 그렇게 되면 너는 많은 특권을 갖게 되고 네 자신감은 점점 커지지. 왜냐하면 결국 자기 확신이 가장 중요하기 때문이야. 자신을 어떻게 보고 있느냐가 네가 여러 암컷을 가질 수 있을지 없을지, 있다면 얼마나 오래 유지할 수 있을지를 결정하게 될 거다. 프로이트는 이렇게 말했단다. '어떤 남자가 어머니의 사랑을 듬뿍 받고 자랐다면 일생을 승리감을 갖고 성공할 수 있다는 자신감을 가질 것이다…….' 그런 사람은 세계를 정복할 수도 있을 거야. 하지만 얼마나 많은 남자들이 그렇게 말할 수 있겠니? 제정신이라면 누가 세계를 정복하고 싶어 하겠니? 하지만 네 말 또한 옳구나. 나도 확실히는 모르겠지만,

내가 틀렸다면 고쳐주렴. 프로이트도 자기 엄마가 눈앞에서 창에 찔려 죽고 스테이크용으로 잘리는 걸 목격한 아들에 대해서는 별로 할 말이 없을 것 같구나."

"후후후" 붉은부리난쟁이코뿔새가 아주 가까운 곳에서 울었다. 혹은 붉은눈비둘기인가? 아니면 붉은가슴뻐꾸기? 새는 붉은색을 번뜩거리며 숲으로 사라져갔다. 눈에 잔영이 남아 붉은 반점이 눈꺼풀 밑에서 번쩍거리다 춤추며 사라져갔다.

"그래, 너는 네 어머니를 내면화해야 할 거야. 네 어머니를 네 마음 깊은 곳에서 완벽한 어머니상으로 만드는 거지. 언제나, 네가 무엇을 하든 너를 지지해줄 사람으로 말이다. 그렇게 하면 너는 아마 정상적인 섹스는 불가능해질 수도 있단다. 하지만 난 꼭 그럴 거라고는 생각하지 않는단다. 다윈도 틀림없이 그런 식으로 극복해냈을 거다. 다윈이 여덟 살 때 어머니가 돌아가셨지. 다윈의 기억 속에 남은 어머니 모습이라곤 어머니의 검은 벨벳 가운과 '신기하게 만들어진 작업대'뿐이었다. 다윈이 그렇게 말하긴 했지만 나는 단 한순간도 이상화된 어머니가 다윈의 곁을 떠난 적이 없을 거라 생각해……."

작고 검은 부드러운 손은 내 오른쪽 귀 아래로 다가오더니 턱수염과 볼을 지나 내 입을 꼭 쥐었다.

나는 커다란 군청색 파리들과 작고 검은 땀벌들에 둘러싸인 채 잠에서 깼다. 파리와 땀벌 들은 내 셔츠와 설사가 묻은 미끈거리는 바지에 앉아 있었다. 고릴라는 내 오른쪽 귀 밑에서 빠르고 낮게 숨을 쉬며 자고 있었다. "그래, 계속해라." 나는 최대한 몸을 움직이지 않고 누워 파리와 땀벌에게 소곤거렸다. "계속하렴. 먹을 수 있는 한 실컷 먹으렴. 그리고 누가 좀 가서 쇠똥구리도 좀 데려오고." 나는 나무등치에 낀 잿빛이 도는 초록 이끼를 쳐다봤다. 이끼가 곰팡이와 조류, 혹은 곰팡이와 시아노박테리아, 즉 박테리아와 밀접하게 연관되는 남조류藍藻類―바위에서 발견된 화석이 30억 만 년 전으로 거슬러 올라가며 공기와 빛만 있으면 광합성을 하며 산소를 배출하는―의 합성물이라는 것을 처음 밝혀낸 사람이 누구인지 떠올리려 애썼지만 실패했다. 다 네 덕분이구나, 네가 처음 만들어낸 산소 덕택에 우리가 여기 있는 거구나, 나는 생각했다. 일생을 이끼 연구에 바치는 삶은 얼마나 평화로울까. 아니, 과연 그럴까? 심지어 이끼 과학 연구사에도 라이벌이 있을 거고 질투와 살인적인 논쟁이 있을 거고, 그런 것은 어떤 연구든 동기 부여의 필수적인 일부로 작용할 것이다. 만일 이끼를 연구했던 모든 식물학자들의 뇌를 조사해보면, 남성 중 74퍼센트가 심각한 두뇌 손상일지도 모른다.

햇빛이 점점 사그라들었다. 얼마나 잔 걸까? 아니면 폭풍이라도 다가오는 걸까? "일어나! 어두워지고 있어!" 고릴라를 살짝 흔들어 깨우며 말했다.

고릴라는 고개를 들어 눈을 뜨더니 손등으로 눈두덩을 문지르고 나를 뚫어지게 쳐다봤다. 자기에게 무슨 일이 일어났고 자기가 어디 있는지 감지하려는 것 같았다.

"괜찮아. 우리는 지금 돌아갈 거야. 보베 부인이 음식을 가져왔을지 몰라. 널 위한 바나나가 있을지도 몰라. 심지어 파파야도 있을지 모르지!"

고릴라는 내 가슴팍에 대고 몸을 쭉 펴 하품을 하고 코를 훌쩍이며 짧게 깊은 한숨을 쉬었다. 그래, 이제 기억이 난 거다. 모든 게 다 끝났고 무의미하며 인생은 그저 혼란과 고통에 다름 아니라는 것을.

"얘야, 사람들은 엄마 없이도 살아간단다. 그렇게 모든 게 텅 빈 것은 아니야. 죽음처럼 그렇게 엄숙하지는 않단다. 다른 방도도…… 바나나! 파파야!"

나는 고릴라의 콧구멍 위 넓적하고 부드러운 타원형 피부에 입을 맞추었다.

"우우우"

"그렇지! 용기를 내야지!"

일어나서 오른팔을 고릴라의 엉덩이에 난 하얀 솜털 뭉치에 받치고 길을 나섰다. "이 하얀 꼬리 같은 건 뭐니? 무슨 의미가 있는 거지? 좀 현학적으로 말하면 이게 자연선택에서 어떤 우위를 갖는 거지? 이걸 보면 누구나 네가 새끼라는 것을 알 수 있도록 하기 위해서? 네가 수풀에서 고개를 숙이고 딱정벌레 냄새를 맡고 있을 때 네 엄마가 널 찾을 수 있도록 하는 거니?"

고릴라가 낑낑거렸다.

"배가 고픈 거지? 아마 엄청 고플 게다. 그래, 거의 다 왔어. 그리고 이 코는……" 나는 왼손으로 부드러운 코끝을 쓰다듬으며 말했다. "이 콧구멍 모양과 주름 패턴은 아마도 우리에게 지문이 그렇듯 너에게 고유한 것인 모양이구나. 그럼 네 아빠의 하렘에 가서 여자들의 코 모양만 확인하면 누가 네 엄마인지 알 수 있겠네. 아무튼 우리 인간과 상당히 비슷한 거 같아."

고릴라가 본격적으로 낑낑대기 시작했다.

"미안하구나. 용서하렴. 내가 네 엄마에 대해 계속 얘기하면 안 된다는 걸 깜빡했어. 몇 분만 참으면 짠, 파파야가 있을 거야! 다만…… 잠깐…… 그건 농담이고…… 우리가 얼마나 멀리 걸은 거지? 100미터, 200미터? 내가 너를 브라자빌에 있는 고아원에 데려다 줄 수만 있다면 거기에는 아마 다른 새끼 고릴라들, 네 나이 또래의 친구들이 있을 거고 같이 놀아줄 사람들도 있을 거야……."

나는 셔츠 소매에 달라붙은 리아나 덩굴을 떼어내기 위해 멈췄다. 넝쿨손 가시는 아니고 짧은 가시들이 있는 뭉치였다. 사실상 나는 나무나 덤불, 리아나 덩굴 등을 구분할 수 없었다. 그러다 혼잣말을 했다. '넌 구분할 수 없지, 안 그래? 그래, 네 또래의 친구들 말이다.' 그러자 19세기 사진에서 본 고아들의 지친 얼굴이 떠올랐다. 몸에 맞지 않는 옷소매 밑에 보일 듯 말 듯한 작은 손가락에 비해 커다란 슬픈 눈은 너무 어른스러워 보였다. 아마도 내가 가장 좋아하는 조류 도감에 나오는 많은 판화에 기계적으로 색깔을 입힌 것도 그 아이들이었으리라. "여기가 어디지? 혹시 알겠니?" 고릴라가 낑낑댔다. "물론 알 리가 없지. 우리는 길을 잃었구나. 하지만 두려워 마. 왜냐하면 나한테 좋은 게 있으니까. 너도 좋아할 거다. 갖고 놀 수 있어." 그렇게 말하며 내 벨트 주머니에 손을 뻗어 나침반을 찾았다.

반쯤 남은 상처 치료 연고가 손에 잡혔고, 젖은 나뭇잎, 약간의 진흙, 바닥에는 물이 빠져나가는 쇠로 된 눈알 같은 구멍이 느껴졌다. 손가락에서 공포가 일었다. 나는 고무를 입힌 안쪽 면을 앞뒤로 마구 뒤져보고 옆면의 그물망까지 뒤졌다. "없잖아! 떨어졌나 봐!" 나는 고릴라를 한 팔로 잡고 다른 손으로 어디에도 없을 거라는 걸 알면서도 주머니란 주머니는 다 뒤졌다. "바보같이 호수에서 빨리 걷다가 그렇게 됐어! 숲을 지나왔고, 거기 습지림! 그때 떨어진 거야. 잃어버렸나 봐!"

생각을 해야 한다. 진정해야 한다. 몸이 떨려오기 시작했다. "괜찮아, 우리한텐 물이 있어." 나는 이렇게 말하고 벨트를 내려다봤다. 캔버스 천으로 된 홀더가 늘어져 있었다. 물병을 오두막에 두고 온 것이다. "우리는 모든 규칙을 어겼어! 모든 규칙을! 네 잘못이야. 정말 네 잘못이야. 엄마 노릇을 하느라. 사람들 말이 맞아. 머리를 잃으면 목숨을 잃는 거라고 했어. 나는 지금 제대로 생각할 수 없어. 똑바로 생각할 수 없다고!"

고릴라가 울었다. 큰 소리로 흐느끼며 얼굴을 내 셔츠에 대고 눌렀다.

"세상에, 미안하다." 나는 두 팔로 고릴라를 껴안았다. "너한테 책임을 돌리다니 말도 안 되지. 그래, 이성적으로 행동하자. 다 괜찮을 거야. 보아는 우리 오른쪽에 있어. 그리고 해는……" 하지만 우리 머리 위에 겨우 보일까 말까 한 작은 톱니 모양의 하늘은 온통 어두운 잿빛이었다. "만일 이곳이 북부 온대성 우림이라면 우리는 이끼와 지의류地衣類가 난 곳을 따라가면 될 게다. 왜냐하면 이끼류는 북쪽을 향해 더 축축하고 더 그늘진 곳을 따라 나니까. 하지만 이곳에서는…… 네 눈으로 직접 한번 보렴. (고릴라는 쳐다보지 않았다.) 여기는 이끼류가 어디에나 나 있어. 사방 어디에나!"

"그렇다면 명백하지 않니? 우리는 둥치에서 열매가 튀어나와 있는 우리 나무로 다시 돌아가야 해. 그 나무를 찾을 수 있을 거야, 그렇지? 왜냐하면 그곳은 우리가 만든 고릴라 보금자리니까. 바닥에 수풀이 납작하게 누워 있을 테니까. 식은 죽 먹기지!" 하지만 내가 바로 그 말을 하고 있는 순간에도 초록색과 오렌지색 열매가 불규칙하게 덩어리를 이뤄 둥치에서 바로 튀어나와 있는 나무가 보였다.

우리는 어딘지 알 수 없는 개간지에 도착했다. 커다란 지주근의 몸통이 땅에서 6미터 위에서 무너져 있었고, 그 바람에 리아나 덩굴과 다른 나뭇가지도 끊어져 있었다. 우리는 으스러진 한 가지의 끝에 걸터앉았다. 1미터 정도 떨어진 곳에 서로 마주 보고 있는 한 쌍의 나무가 리아나 줄기로 함께 묶여 있었다. 왼쪽 나무는 부드러운 밝은 갈색 껍질에 하얀 이끼가 덮여 있었고, 오른쪽 나무는 거친 붉은색 껍질에 초록색 이끼가 덮여 있었다. 여기서 보이는 하늘은 다른 곳보다 더 어둡다는 생각이 들었다. 밤이 찾아오고 있었다.

"마체테도 없는데, 마체체도 놓고 나왔어! 가는 길을 표시하기 위해 관목을 칠 마체테도 없어. 수치스러운 일이야. 부끄러운 일이야. 그리고 바로 이런 생각이 사람들을 위험에 빠뜨리지. 자존심이 너무 강해서, 너무 수치스러워서 야영지에 있는 동료들을 소리쳐 부르지 못하는 거야. 그래서 이들은 보통 이렇게 생각하지. '흥분하지 마. 진정해. 나한테 이런 일은 있을 수 없어. 쉬운 일이야. 야영지는 틀림없이 저기 있을 거야. 걸어가면 돼.' 그래서 그들은 그렇게 걷기 시작하지. 한쪽 방향으로 가는 거야. 그런데 길을 찾을 수 없어. 이들은 자기들이 온 길을 되밟아갈 수 있다고 생각하지. 그래서 다른 길을 시도해. 그들은 그렇게 길을 찾는 방식이 매우 체계적이라 생각하지. 하지만 이미 그들은 소리를 지르면 들릴 수 있는 범위를 벗어나게 돼. 이들은 구불구불 돌아가고 지그재그로 걷고 원을 그리며 점점 밀림 속 깊이 들어가게 되는 거야. 이 숲은 두 팔 벌려 이들을 환영하지. 숲에는 사람과 그 사람의 문제들이 길을 잃게 될 여지가 매우 많아. 8만 평방킬로미터의 공간, 거기에 8만 평방킬로미터의 미지의 가능성이 있는 거야."

조금 떨어진 곳에서 부시베이비가 빽 소리를 질렀고, 올빼미가 우는 소리가 들렸다. 마치 사방에서 들려오는 듯했다. "우우" 고릴라가 내 셔츠 안에서 말했다.

"그래, 나도 네 말에 동의해. 잠자리를 만들어야겠다. 여기 머물 거야. 밀림의 밤은 우리를 해치지 않을 거야, 안 그래? 표범이 우리 냄새만 맡지 않는다면…… 그런데 너도 인정해야 해. 우리는 고약한 냄새를 풍겨. 우리가 불을 피울 수 없다는 건 알지? 나한테 성냥이 없으니까. 벽돌을 쌓고 드릴로 박는 것도 안 할 거야. 그건 래리가 있어야 해. 하지만 래리라면 절대 길을 잃을 리 없어. 래리는 바보가 아니거든. 나침반 없이 길을 나서는 일은 결코 하지 않을 거야. 그리고 설사 그렇다 해도 부끄러워서 도와달라고 소리치지 못하는 사람이 아니야."

그때 응제의 말이 떠올랐다. '그 고릴라는 그냥 동물이에요, 삼촌. 그게 도움이 될 것 같아요? 그게 삼촌의 셔츠를 빨아줄 것 같아요? 버려버려요! 고릴라가 삼촌한테 무슨 도움이 되겠어요? 밀림에서 길을 잃었을 때 도와줄 수 있을 것 같냐고요?'

아까 소리가 들렸던 곳에서 부시베이비가 또 비명을 질렀다.

"여기서 밤을 보내는 건 그렇다 치고, 너 지금 배가 고프지? 게다가 상처를 입었으니 내 가슴팍에서 떨어질 줄을 모르는구나. 그런데 나는 네 엄마가 네게 어떤 나뭇잎을 먹였을지 모르겠구나. 어떤 걸 먹으면 안 되는지, 세신도 통 못 본 것 같고…… 그런데 저 부시베이비는 움직이지 않는 거지? 어떻게 생각해? 그건 불가능한 일인데. 하지만 소리만 들어보면…… 정말 그런가…… 그럴 리가. 우리 뒤에서 나는 소리인데. 방향이 잘못됐어. 정말 그런 것 같아. 다 잘못된 거야. 잊어버려. 그건 불가능해…… 하지만…… 저건…… 저건 비키의 아내야!"

나는 고릴라를 꼭 잡고 달리기 시작했다. 헐렁하게 늘어진 리아나 덩굴에 걸려 넘어지고 튀어나온 나무뿌리에 넘어지고 늘어진 리아나 덩굴 가시에 셔츠가 걸려 찢어졌다. 나는 숨을 헐떡거리며 사력을 다해 뛰면서 말했다. "비키, 제발. 이번 한 번만. 계속해줘. 계속 때려줘……" 우리는 빽빽한 식물과 덤불, 관목, 작은 나무들, 리아나 덩굴을 뚫고 계속 달렸다. 그러자 평평하고 흐릿하고 기다랗게 빛이 낮게 반사된 강물이 왼편에 나타났다. 검은 그림자 조각이 나타났고 동그마니 있는 오두막이 보였다. 그리고 길고 절망스러운 마지막 비명 소리가 들렸다. 비키의 집이었다. 그리고 정적이 흘렀다.

"으악!" 내가 오두막, 우리 집 문을 밀고 들어가자 웅제가 비명을 질렀다. "으악!" 웅제는 테이블 뒤에서 펄쩍 뛰었다. 테이블에는 밝은 촛불과 온기, 음식과 휴대용 식기, 커다란 구리 양동이, 반질거리는 커다란 검은 호리병, 파파야 두 개, 초록색 바나나 한 송이가 놓여 있었다. "그러지 마. 그러지 말라고!" 웅제가 소리를 질렀다. 그는 오른팔을 왼쪽 겨드랑이에 끼고 이두박근을 찰싹 때리며 자기 몸을 감싸 안고는 서 있는 자리에서 몸을 좌우로 흔들다가 다시 자리에 앉아 아무것도 없는 검은 창문을 바라봤다.

"미안해." 테이블 가장자리, 내가 앉던 자리에 내 머그잔을 갖고 있던 마누가 말했다. 왼손으로는 내 머그잔 손잡이를 만지작거리고 오른손으로는 콧수염을 잡아당겼다. "미안해." 마누가 애써 미소 지으며 말했다. "내가 당신을 여기로 불렀어요. 그래서 우리가 놀란 거예요. 우리는 마을에서 얘기를 했어요. 그리고 다른 얘기도 들었죠. 그래서 놀란 거예요."

마누의 이마가 넓고 쑥 들어가 보였다. 촛불 때문인가? "난 마누가 부르는 소리 못 들었는데. 조금도 듣지 못했어." 나는 두 사람 사이에 있는 의자를 잡아당겨 문을 등지고 앉았다.

"그런 게 아니에요." 마누가 자기 앞의 테이블 위를 쳐다보며 부끄러워하면서 말했다. "당신한테 큰 소리로 말했어요. 당신 물건을 가지고 영혼한테요."

나는 가장 가까이 있는 파파야 껍질을 벗겨 폭삭 익다 못해 반은 썩은 속 한 조각을 고릴라에게 주었다. "영혼? 무슨 일이야? 마누, 날 봐. 도대체 무슨 말을 하는 거야?"

마누는 테이블에서 여전히 눈을 떼지 않고 초록색 사카사카가 들러붙은 내 휴대용 식기를 쳐다보며 말했다. "사람들 말이 당신 고릴라가…… 사람들이 고릴라를 레드몬드라고 불러요. 임퐁도처럼요." 마누는 웃으려고 애썼다. 작은 웃음이 나오다가 말았다. 응제는 미동도 없이 조용히 앉아 창문 밖의 어둠을 응시했다. 응제에게서는 좀처럼 볼 수 없었던 모습이었다. 마누는 다시 웃는 건지 숨이 막히는 건지 알 수 없는 소리를 내며 말을 이어갔다. "마을에서 시골 사람들이 하는 말이에요. 레드몬드, 우리는 그 사람들 말 듣지 않고 신경도 안 써요. 왜냐하면 그 사람들과 다르니까요. 우리는 똑똑해요. 그런 말은 믿지 않아요. 정말이에요. 하지만 사람들이 이렇게 말하는 거예요. '응제 우마르, 마누 뷔롱, 그 고릴라가 왜 그렇게 너희 백인을 좋아하는지 알아? 우리한테 그 이유를 말해 줄 수 있어? 말해줄 수 없어? 그건 이런 이유야. 밤에 네 백인이 영적인 방법으로 주물을 가지고 끔찍한 목소리로 뭔가를 말해. 그러고는 고릴라로 변해 숲으로 가는 거지. 그래서 고릴라가 백인을 좋아하는 거야. 그래서 네 백인이 숲을 좋아하는 거고. 숲을 걸어 다니는 걸 좋아하는 거야.' 두블라는 우리에게 이렇게 말했어요. '그 백인은 사람들을 바로 늪지를 통해 숲을 걸어 다니게 만들어. 그것도 빗속에서.'"

응제가 의자 위에서 몸을 휙 돌렸다. 두 눈을 커다랗게 뜨고 둘 다 한꺼번에 내게 초점을 맞추려고 했지만 실패했다. "그런데 문제는 당신이 하얀 고릴라라는 점이에요. 그래서 당신은 밤에만 숲에서 고릴라들과 머물 수 있어요. 다른 고릴라들이 당신을 볼 수 없을 때만요! 왜냐하면 그 검은 고릴라들이 당신이 하얀 고릴라라는 걸 알면 당신을 싫어하게 될 테니까요. 그들은 당신이 죽은 영혼이라고 생각해서 공격할 거니까요! 그래요, 그들은 잔뜩 흥분해서 달아나는 당신 뒤를 쫓아올 거고 당신을 붙잡아 물 거예요. 그들이 당신을 물어버릴 거라고요! 당신 다리에서 살을 뚝 뜯어낼 거예요!"

내 품에 있던 고릴라는 응제가 뭐라고 하든 말든 긴 팔을 쭉 뻗어 통통한 손가락으로 파파야를 집어 베어 물었다.

"그리고 우리가 돌아왔을 때 날은 어두워졌어요." 마누는 내 얼굴을 똑바로 쳐다보며 말했다. "보베 부인이 왔다 갔어요. 이 모든 음식과 야자술을 놓고 간 거예요. 응제 말이 이게 다 제물이라는 거예요. 그리고 보베 부인은 달아나듯 가버렸어요. 그리고 당신도 없었어요. 숲으로 간 거예요. 밤에요!"

응제가 말했다. "그리고 당신 얼굴은 그냥 하얀 게 아니에요. 보통 때 같지 않아요. 낮에 당신 얼굴은 때가 탄 하얀색이에요. 그런데 지금은 진짜 하얘요."

"그리고 손등이 검잖아요!" 마누가 말했다.

"그건 멍이 들어서 그래."

"그리고 이건 뭐예요?" 마누가 일어나 내 위로 몸을 기울이고 말했다. "당신 등! 셔츠! 피가 흐르고 있어요! 피요!"

"삼촌." 응제가 목을 죽 빼고 말했다. "피가 나요. 피를 흘리고 있다고요. 게다가 팔은⋯⋯ 봐요! 찢어졌잖아요!"

"바보 같은 소리 마." 나도 덩달아 무서워져서 말했다. "가시 때문이야. 진정해! 리아나 가시 때문이라고!"

"그럼 숲에 갔었다는 말이군요!" 마누가 자리에 앉지 않고 문 쪽을 향해 살금살금 걸어가며 말했다.

"마누, 바보처럼 굴지 마."

"바보라고요?" 마누는 한 손을 문의 함석 끝에 대고 말했다.

응제도 일어섰다. "사람들 말이 당신이 마법사래요, 백인 마법사. 백인 마법사는 죽이기 힘들대요. 그건 가시가 아니에요. 누구나 다 알아요. 가시에 걸리면 멈춰서 뽑아내죠. 그건⋯⋯ 그건⋯⋯ 사말레라는 징표예요!"

"말도 안 되는 소리 하지 마. 사말레는 여기 살지도 않아. 여기로 오지도 않는다고."

"그래서요? 그럼 당신은 숲을 그냥 걸어 다녔어요? 그것도 밤에? 그런데 길도 잃지 않았잖아요!"

"물론 길을 잃지 않았지. 나는 특별한 감각이 있어. 방향감각이 좋아. 우리 모두 방향감각이 있어. 비둘기처럼 자철석처럼.

뇌에 자철석이 있어. 물론 어떤 사람들은 다른 사람들보다 더 많이 있지."

"네, 맞아요." 웅제는 반쯤 음식을 남긴 식기를 내버려두고 게걸음으로 마누가 있는 문가로 갔다. "늦었어요. 이제 가봐야겠어요. 안 그래, 마누? 우리 더 지체해서는 안 되지 않아? 삼촌, 우리는 더 있고 싶은데 약속이…… 여자들을 만나기로 약속을……."

그러고는 둘 다 나갔다.

나는 어둠 속에서 가슴에 묵직한 느낌이 사라진 것 같아 잠이 깼다. 전등을 켰다. 고릴라가 내 가슴에서 떨어져 있었다. 고릴라는 팔과 다리를 쭉 뻗고 똑바로 누워 있었다. 왼손은 내 셔츠에 걸치고 눈은 감고 있었다. 깊이 잠들어 있었다. 고릴라의 작은 배를 만져봤다. 파파야 두 개와 우유, 바나나 두 개 반을 먹고 배가 탱탱하게 부풀어 있었다. "기분 좋지? 그렇지?" 나는 소곤거렸다. 보베 부인의 양동이에 남은 생선 사카사카를 거의 다 먹어 내 배도 가득 차 있었다. 하지만 야자술은 아니었다. 그 생각을 하자 기분이 상했다. 웅제와 마누, 그 모든 변신술을 부르는 영혼의 의식에 정신을 기울이고 밀림에서 영혼, 즉 나를 부르는 야단법석을 떨었다면서 술병에 있는 술을 비울 시간은 남아 있었던 것이다.

온몸이 가렵고 쓰라렸다. 하지만 빈대 때문인지, 모기 때문인지, 리아나 가시에 찔렸기 때문인지, 그냥 설사 자국 때문인지, 우유나 파파야 때문인지는 더 이상 중요하지 않았다. 나는 고릴라의 작은 손을 셔츠에서 내려놓고 고릴라 쪽으로 몸을 돌려 돌돌 만 셔츠를 베고 있는 고릴라 옆에 누웠다. "네 손가락도 잠들어 있구나. 편안하고 느슨해 보여. 여기 끝에도 털이 있구나. 두번째 마디까지 딱 반이 털로 덮였구나. 그런데 나도 그렇단다." 나는 왼손으로 전등을 가까이 잡아당겼다. "여기를 자세히 보면 그렇단다. 한노Hanno, 아마도 그가 네 손 같은 손을 최초로 발견한 사람이란다. 2,500년 전에 말이다. 진짜 역사로 치면 겨우 어제와 같은 일이지. 그는 돛을 달고(바람이 적절치 않았다면 노를 저어) 카르타고를 떠나 서쪽 해협을 지나 육지를 발견하고 남쪽으로 항해했단다. 그리고 지금은, 우리가 카메룬이라고 부르는 나라에 도착했던 것 같아. 아마도 가봉까지 갔던 것일지도 모르고. 하지만 내가 잘못된 정보를 주는 것 같구나, 그렇지? 왜냐하면 지금의 내가 너랑 같이 있는 것처럼 한노는 정확히 말해 혼자가 아니었거든."

고릴라의 숨소리 리듬이 바뀌었다. 더 빨라지고 더 얕아졌다. 전등 불빛에(불빛을 고릴라에게서 돌려놓았다) 고릴라의 눈꺼풀이 깜빡거리는 걸 본 것도 같았다. 꿈을 꾸는지 눈이 빠르게 움직였다. "그래, 계속하렴. 꿈꿀 수 있는 만큼 꾸렴. (마음속으로 마르셀랭이 '감상적이긴'이라고 말하는 게 들렸다.) 그래, 그렇게 모든 걸 정리하렴. 할 수 있다면 고통에는 굴껍데기를 덮어두렴……." 고릴라는 잠을 자면서 코웃음을 쳤다. "그래, 그게 네가 할 수 있는 최선이겠지. 왜냐하면 고릴라들은 코를 골지 않으니까. 너도 코를 골 수 없어. 그런데 내 말에 왜 코웃음을 치는 거지? 아무튼 한노는 정확히 말해 혼자가 아니었어. 왜냐하면 3만 명의 군인들, 항해사들, 노 젓는 사람들과 함께였으니까. 그리고 60척의 함대도 함께 갔으니까. 하지만 그게 핵심은 아니지. 너와 관련해 중요한 건 이거야. 오늘날 가봉이 있는 데서 가까운 곳, 지금 우리가 있는 밀림에서 훨씬 서쪽에 있는 곳에서 한노는 털이 덥수룩하고 검은 거대한 사람들과 마주치게 됐어. 이 사람들은 노예가 되기를 거부했어. 이들은 복종하기는커녕 위협하고 덤벼들고 물었어. 훨씬 많은 사람들이 일당백으로 둘러싸도 꿈쩍도 하지 않았어. 이들은 이성적이지 않았어. 한결같이 노예가 되어 일생을 바치느니 죽음을 택했지. 영웅들 아니니? 너도 그렇단다. 네 조상들이 그랬어."

고릴라는 잠을 자면서 몸을 굴려 오른손을 내 왼쪽 어깨에 올려놓고 내 왼쪽 가슴에 몸을 붙이고 한숨을 내쉬었다. 나는 갑갑하고 텁텁하고 진흙 먼지가 가득한 작은 방에서 땀에 전 방수포 위에 살금살금 다시 등을 대고 누워 고릴라를 꼭 껴안았다.

"한노는 네 종족의 가죽을 벗겼단다." 나는 그의 정수리에 대고 소곤거렸다. "이 모든 말들은 다 너를 위한 거였는데 잠들게 하기는커녕 이제 멈출 수도 없구나. 누가 봐도 너는 관심 없어 보이는데 말이다. 너는 심지어 듣고 있지도 않잖니! 그러고 보면 숲에서 정말 내가 공포에 질렸던 모양이야. 아니면 마르셀랭이 옳았는지도 모르지." 그의 말대로 내가 정말 미쳐가고 있는지도 몰랐다. 나는 확실히 이 새끼 고릴라와 사랑에 빠진 것 같았다. 이건 정상일 수 없었다. "하지만 또 옆길로 샜구나. 그러면 안 되지. 우리는 주제에 집중해야 해. 그래서 한노가 그 가죽을 카르타고에 가져갔고 사람들이 가죽을 신전에 널어놓았지. 500년 후로마의 정복자들이 그걸 보게 되었단다. 플리니우스°가 그에 대해 묘사했단다. 지금 내가 젊은 엄마들이 구하지 않아도 갖게 되는 호르몬이 있다면 좋겠구나. 아기를 낳게 되면 자연히 생기는 호르몬 말이다. 진짜 열정을 갖고 아기, 그러니까 너만 바라보게 되고, 다른 모든 어른들에 대해서는 중요한 게 뭔지 이해하는 사람이 없다는 듯 텅 빈 무관심으로 보게 만드는 그 호르몬 말이다……. 그런 일이 있은 후 북부 사람들이 2,000년 동안 너희를 귀찮게 하지 않았지. 그리고 16세기에 이르러 영국 항해사 앤드류 배텔Andrew Battel이 서아프리카에서 포르투갈인들에게 붙잡혀 있는 동안 우리에게 처음으로 너희 고릴라들의 삶에 대해 제대로 알려주었단다."

고릴라는 여전히 눈을 감고 코를 훌쩍거리더니 내 셔츠에 대고 콧구멍을 문질렀다. "지루하니? 당연하겠지. 너는 항상 밀림에 있으니까. 네가 누구인지 아니까. 발견될 필요가 없으니까."

"아무튼 500만 년 전에는, 여기서는 모켈레음벰베만 생각해도 그렇게 오래전도 아니지, 너와 나의 조상이 같았단다. 우리는 같은 부모에게서 태어났어. 너는 내 남동생일 수도 있었고 우리가 진짜 손을 맞잡았을 수도 있었어. 하지만 무슨 이유에서인지, 기후 변화였던 것 같아. 강우량이 달라졌지. 거대한 밀림은 줄어들고 우리는 서로 헤어져 각자 다른 길을 가게 됐단다. 네가 속한 고릴라, 침팬지, 피그미침팬지, 그리고 내가 속한 유인원. 그렇게 오래된 일이 아니란다. 우리는 10만 개의 유전자를 갖고 있어. 한정된 숫자지. 인간은 침팬지하고 전체 DNA 염기서열에서 겨우 1.5퍼센트만이 다를 뿐이야. 나는 너에 대해 잘 모른단다. 언젠가 알아볼 수 있겠지. 하지만 우리가 그렇게 다르지는 않을 거야, 그렇지? 이런 문제에 대해 알고 있는 리처드 도킨스가 그렇게 말했어. 만일 우리가 세대를 따라 손을 잡기 시작한다면, 즉 아버지와 아들, 또는 어머니와 딸, 아니면 두 관계를 섞어 줄을 세운다면 해안에서 시작해 내륙까지 줄이 이어질 텐데 그렇게 되면 우리는 아프리카 중앙, 즉 이곳에 도달하기도 전에 침팬지와 손잡고 있을 거라는 거야."

커다란 파리 한 마리가 불빛에 정신이 없는 듯 침대 옆 배낭이 놓인 마른 진흙바닥을 가로질러 불안하게 기어 다녔다. (나는 콩고바닥애벌레가 알을 낳는 게 아니기를 바랐다. 알은 숨어 있다가 하얀 애벌레로 기어나와 어둠 속에서 피를 빤다…….)

"하지만 보아 사람들은 아마도 우리, 너와 네가 가까운 친척이라는 데 동의하지 않을 거야. 우리 보아 사람들이 북부의 베란조코 사람들처럼 생각하지 않기를 기도하자. 왜냐하면 내가 마법사고 네가 내 견습생인 레드몬드라면, 아니면 그 반대라고 했을 때, 마을에 뭔가 나쁜 일이라도 생기면 어떻게 되겠니? 예를 들어 우리가 있는 동안 추장이 죽기라도 한다면 말이다. 그렇게 되면 보아 사람들이 스스로를 보호하기 위해 우리를 공격하는 게 당연하지 않겠니? 그들이 평소처럼 점잖게 처리하도록 빌어보자. 추장의 오두막 바깥 광장에서 우리에게 독약을 마시게 하는 것 말이다. 왜냐하면 그들이 마르셀랭이 말한 것처럼 무자비해서, 형식을 갖춰 행동을 취해야겠다고 결정한다면, 그래서 밤에 특별한 장대를 가지고 나타나 우리를 끌어내서 발과 다리, 엉덩이, 갈비뼈, 어깨, 그리고 두개골까지 으스러뜨리는 건 별로잖아, 그렇지?"

나는 전등을 끄고 이렇게 말했다. "돌처럼 잠들고 새로운 빵으로 일어나게 하소서." 고릴라는 따뜻하고 부드럽고 털이 복슬복슬했다. 고릴라의 입김이 내 목에 와 닿았다. "하지만 아무도 우리 가까이 오지 않을 거야. 아무도 찾아오지 않을 거야. 보베 부인만 어두워진 후에 음식이 든 양동이를 혼잣말을 중얼거리며 내려놓고 가겠지…… 닷새 밤낮! 나흘인가? 아, 버틸 수 있을 것 같지 않은데……."

하지만 우리는 버텼다.

---

* Lay me down like a stone, oh god, and raise me up like new bread. 톨스토이의 《전쟁과 평화》에 나오는 구절로 러시아 농부의 잠자는 모습을 표현했다.

36

주물 덕분에

닷새째 되는 날 이른 아침, 우리는 안개 속의 선착장에서 마르셀랭을 만났다. 깡마른 에페나 뱃사공은 지난번과 같은 갈색 면바지와 민소매 셔츠에 검은 중절모를 썼고, 기다란 노를 진흙땅에 고정시키고는 선미에 앉아 우리를 태울 준비를 하고 있었다. "서둘러." 마르셀랭은 응제와 마누가 던지는 이제 거의 비어 있는 배낭과 잡낭 들을 받아 배에 실으며 초조하게 말했다. "기다렸잖아. 숨어 있었다고. 왜 이렇게 늦은 거야! 늦었어!"

"괜찮아요, 삼촌. 우리 가까이 아무도 없어요." 응제가 소리쳤다. 마치 매일 밤 와서 보베 부인이 가져다 놓은 자기 몫의 음식을 가져가는 거 외에, 오두막 근처에라도 있었던 것처럼 말했다.

"마누와 내가 사람들을 속였어요. 모두를요! 그들은 겁먹고 있어요!"

"쉿, 조용히 해." 마르셀랭이 이렇게 말하고는 가방들을 옮기고 우리 뒤의 둑을 눈으로 계속 훑었다. "어서! 지금은 공격당하기 쉬워. 지금이야말로 그런 때야. 우릴 잡는 건 식은 죽 먹기야. 어서!"

"보마아!" 응제가 허공에 주먹을 휘두르며 소리쳤다. "삼촌, 내가 해냈어요! 내 아이디어였어요!"

"어서, 어서!" 마르셀랭이 우리를 향해 미친 듯이 손짓했다. "응제, 마누는 여기! 레드몬드는 여기 뱃머리!"

나는 응제와 마누에 이어 오른팔로는 고릴라를 가슴팍에 안고 왼손으로는 고릴라가 물을 보지 못하도록 눈을 가리고 뱃머리로 가서 앉았다. 뒤에는 기다란 원통형으로 생긴 고리버들 가지로 만든 우리가 있었고 안에는 닭들이 가득했다. 위로 갈수록 비스듬해지는 고깔 모양의 나무로 만든 쟁기에는 얼룩덜룩한 염소가 묶여 있었다.

뱃사공은 막대기로 배를 밀었다. 기름야자나무 꼭대기가 시야에 들어왔다. 보베 영감 집의 지붕, 우산나무, 위로 올라가는 길을 숨기고 있는 덤불도 보였다. 마르셀랭의 두려움이 둑 꼭대기에서부터 아래로 내려왔다. 우리는 움직일 틈도 없이 꼭 끼어 배에 갇혀 있었다.

뱃사공이 엔진 줄을 잡아당겼다. 엔진은 가동되는 듯하더니 이내 꺼졌다.

"맥주는? 맥주는 어디 있나?" 내가 통나무 위에서 뱅그르르 돌며 흥분해 마르셀랭을 향해 지껄였다. "에페나에서 온 맥주는?"

"다 끝났어요." 마르셀랭이 길을 숨기고 있는 덤불을 바라보며 소곤거렸다. "보베 영감이 가졌어요. 그들끼리의 거래가 있어요. 모두들 보베 영감은 신뢰하니까요."

뱃사공이 엔진 위로 몸을 숙이고 뭔가를 세밀하게 조작하는 듯했다. 물가를 향해 배가 옆으로 뜨기 시작했다.

"아무도 보베 영감을 죽이지 않을 거예요." 마르셀랭이 소곤거렸다. "아무도 보베 영감 것을 훔치지 않을 거예요. 두블라가 살아 있는 한은…… 그리고 감옥에 가지 않는 한은……." 뱃사공이 다시 엔진 줄을 잡아당겼다. 소리 죽여 덜덜거리더니 정적이 흘렀다. "웅제! 마누!" 마르셀랭이 소리쳤다. 마르셀랭은 배낭 아래 깔린 건널판을 비틀어 뗐다. 너무 빨리 자리에서 일어나 배가 흔들리고 물이 들어왔다. "노 저어! 노"

뱃사공은 줄을 한 번 세차고 깔끔하게 잡아당겨 모터를 작동시켰다.

마르셀랭은 자리에 앉아 건널판을 제자리에 놓고 그 위에 다시 잡낭들을 아무렇게나 쌓아올렸다.

나는 고릴라의 정수리에 입을 맞추고 나서 이렇게 말했다. "굿바이, 보아." 그리고 배가 속도를 내기 시작할 때 천천히 흐르는 진흙탕의 뿌연 수면에 최면이라도 걸린 것처럼 말했다. "뾰족한 수염 난 메기들아, 잘 있어……." 목이 하얗고 꼬리가 뭉툭한 보랏빛 나는 작은 청색 제비가 뱃머리를 빠르게 스쳐 날았다. 그러고는 지독하게 짜증이 일며, 비이성적으로 분노가 불끈 솟았다. ("아무 관련 없는 생각이기는 하지만……" 나는 내 턱 밑에 있는 작고 납작한 검은 귀에 대고 나만 들리게 중얼거렸다. "너 날 못 자게 했지, 그렇지?") 그때 지난 며칠간 나를 괴롭히기 시작한 낮고 쉰 목소리의 주문이 들려왔다. 검은 재킷을 입은 남자의 목소리였다. "나는 작별인사를 안 할 거야. 왜냐하면 넌 곧 날 만나게 될 테니까. 또 봐! 나중에 또 보자고!"

"난 아마 시간 감각을 놓친 것 같아. 하지만 걱정 마. 너는 놓치지 않을 거니까. 너는 꼭 붙잡고 있을 거야." 나는 고릴라를 더 꼭 껴안으며 말했다. "그러니 걱정 마. 여덟 시간 하류를 항해하고…… 임퐁도에서 널 위해 비행기를 타고…… 그러고 나면 네 또래의 친구들을 만날 거야!"

"무슨 말이에요? 지금 무슨 말 하는 거예요?" 배가 강의 본류로 들어설 때 마르셀랭이 모터 소리 때문에 크게 말했다.

뱃사공이 조절판을 열었다.

"아무것도 아니야, 아무것도 아니야!"

염소가 좌현 쪽을 향해 검은 목을 쭉 폈다. 염소는 검은 뿔을 기울이고 검은 머리를 아래로 숙였다. 하얀 코와 턱수염이 거의 발굽 옆으로 밀려오는 파도가 그리는 곡선에 닿을 것 같았다. 물이 뭔가를 말하려는 듯 가만히 있지 않자 불안한 모양이었다.

"무서워 마라. 괜찮아. 모터가 있기 때문에 그래. 뱃머리에 생기는 파도란다. 곧 익숙해질 거야. 그래, 알아. 너는 산양이 아니지. 당연히 아니지. 하지만 그렇거나 아니거나 그걸 작은 폭포려니 생각하렴. 납작한 폭포."

염소는 고개를 들고는 크고 부드러워 보이는 갈색 눈으로 나를 미심쩍은 듯이 쳐다봤다. 그러고는 길고 하얀 코를 치들고 콧구멍을 씰룩거렸다. 마치 이렇게 말하려는 것 같았다. "이거 봐요, 솔직히 말할게요. 납작한 폭포가 진짜 문제가 아니란 말입니다. 그보다 더 나쁜 일이 여기서 일어나고 있어요. 예를 들어 이 공기 중에……." 염소는 검은 귀를 앞으로 까딱이고 고개를 5도 정도 낮추었다. 그러고는 고릴라를 노려봤다.

고릴라는 왼손으로 나를 세게 붙잡고 작은 가슴을 크게 부풀리더니 입을 크게 벌리고 스타카토로 높은 소리를 내며 포효를 시도하다가 포기하고는 절망에 빠져 얼굴을 내 셔츠 안에 파묻었다.

"너도 걱정 마라. 괜찮아. 그냥 저건 네가 본 것 중 가장 큰 물아기사슴이란다."

"우프"

"그래, 끔찍하지. 조금만 기다려라. 네가 한 45킬로그램만 나가게 되면……."

"레드몬드!" 뒤에서 마르셀랭의 목소리가 들렸다. "설마 지금 그 고릴라한테 말하는 거 아니죠, 그렇죠?"

"뭐? 내가?" 나는 고개를 돌려 마르셀랭을 노려봤다. "고릴라한테? 내가? 자네 도대체 문제가 뭐야? 내가 미쳤다고 생각하나?"

"네." 마르셀랭이 이렇게 답하고 펄럭이는 모자챙을 잡아당겨 이마를 덮고 눈을 감았다. "그리고 질문이 하나 있는데요." 마르셀랭은 눈을 감고 손은 납작한 배 위에 겹쳐 올리고 주저하는 기색으로 말했다. "레드몬드, 셔츠 등이랑 죽 그 아래까지 똥으로 떡칠이 돼 있어요. 도저히 눈 뜨고 볼 수가 없네요. 역겨워요. 말해봐요. 어떻게 하면 똥이 셔츠 등에까지 묻는 거예요?

"나도 몰라! 내가 어떻게 알겠어? 등은 보지도 않았어. 씻지도 않았어. 왜 그렇게 됐는지 모르지. 돌아눕다가 그렇게 됐나? 밤에 말이야. 자는 동안. 방수포에서. 방수포는 똥으로 뒤덮였어. 고릴라가 씻게 내버려두지 않아!"

"엿새 동안? 엿새 동안 안 씻었단 말이에요? 그러고도 문명인이라고 할 수 있어요?"

"내가 그렇게 말한 적은 없어……."

마르셀랭은 그 질문에 대해 다시 생각해보기라도 한 것처럼 말했다. "내 문제는요, 이거예요. 레드몬드한테서 악취가 나요." 마르셀랭은 눈을 감고 청바지 주머니에 손을 넣고는 말했다. "지금 당신은 보기도 역겹고 악취가 난다고요." 그는 주머니에서 깨끗한 새하얀 손수건을 꺼내 코를 조심스럽게 덮었다. "이렌, 그녀가 보고 싶을 거예요. 그녀는 날 위해 모든 걸 세탁해줬어요. 심지어 나도 씻겨줬어요. 강에서요. 밤에요. 우리 둘밖에 없었죠. 하지만 나를 재우려고 들지 않았어요. 알잖아요. 젊으니까…… 나 좀 깨워줘요. 에페나에 도착하면 깨워줘요……. 나한테 친절하게 할 작정이라면요. 영어로 뭐라고 하죠. 그렇지, 젠

틀맨이라면요. 그건 영어로 뭐라고 하죠? 가난한 사람, 미친 사람, 메르되[*], 똥통에서 자는 사람이 아니라면요."

"너는…… 너는 몸뚱이뿐이야." 나는 모든 것에 격분해 말했다. 모욕적인 말을 생각해내려 했지만 사실 아무 생각도 안 났다. "넌 그냥 뭔가의 덩어리야. 그게 너라고! 마르셀랭은…… 아무튼 마르셀랭은 틀림없이 나보다는 더 많이 잤을 거야! 마르셀랭보다 내가 더 피곤해. 나는 그동안……."

"하하하!" 고릴라가 기분이 좋아져 주위를 돌아보며 그렇게 말하더니 곧 후회하며 내 오른쪽 젖꼭지를 물었다.

"젠장, 너는……."

마르셀랭이 꿈꾸는 듯한 목소리로 말했다. "그래요, 그래. 발끈하지 말아요. 당신 나이에는 그러면 안 되죠. 이렌이 좋아하지 않을 거예요. 레드몬드가 몸을 씻고 샤워하고 때를 벗고 우방기 강을 두 번 수영해서 왔다 갔다 하면, 그때 이렌에 대해 말해줄게요…… 약속해요…… 이렌에 대해 전부 얘기해줄게요." 그러고는 천천히 손수건을 제자리에 두고 옆으로 돌아누워 부드럽고 푹신푹신한 반쯤 비어 있는 쌀 포대에 몸을 기댔다.

건널판 위에 놓인 작은 통나무에 앉아 강에 비친 강한 햇빛과 열기, 물에 반사된 강렬한 빛을 가려주려고 고릴라 위에 몸을 수그린 채로 염소와 원뿔형 우리 안에 깃털 난 등이 눌린 암탉 세

---

[*] merdeux. 프랑스어로 '똥이 묻다', '불쾌하다'를 뜻한다.

마리와 수탉 한 마리를 쳐다보고, 좁은 갈대밭과 가끔 왜소한 나무와 덤불이 보이는 낮은 강둑을 바라봤다. 어떤 나무와 덤불은 거의 잎이 없었고, 어떤 가지는 선천적인 질병이 있는 것처럼 전체적인 골격이 기형이었고, 어떤 가지는 땅에 너무 낮게 깔린 탓에 마치 나무 없이 혼자서 하나의 형태를 이룬 것처럼 보였다. 그리고 나는 사바나의 평평한 범람원을, 멀리 울퉁불퉁하게 자라난 숲을, 그 숲을 덮고 있는 짙은 보랏빛의 거대한 구름을 바라보았다. 그리고 하얀 구름 꼭대기와 결코 사라지지 않을 것 같은 폭풍을 머금은 먹구름을 바라보았다. 나는 고양이처럼 졸기 위해 애썼다. 그리고 여섯 시간 후 500미터 앞에 에페나 부두가 나타났다.

마르셀랭은 다리를 쭉 뻗고 똑바로 누워 여전히 잠들어 있었다. 하얀 운동화가 갑자기 씰룩거리고 눈꺼풀이 바르르 떨렸다.

나는 몸을 숙여 고리버들 우리에 끼워둔 막대기를 풀었다. 입을 벌리고 실성한 듯한 눈빛의 닭들은 너무 덥고 목이 타 죽을 지경인지 울지도 않았다.

나는 고릴라를 안고 최대한 소리를 내지 않고 막대기로 마르셀랭의 배를 날카롭게 푹 찔렀다.

"레드몬드!" 마르셀랭은 눈을 감고 잠꼬대를 하는 것처럼 다른 세계에서 들리는 것 같은 복화술사의 으스스한 목소리로 비명을 질렀다. "레드몬드! 도와줘요!"

나는 미안한 마음이 들었고, 마르셀랭의 배를 찔러도 기분이 좋아지지 않는 게 의아했다.

"나 총에 맞았어요. 창에 찔렸어요! 그들이 날 창으로 찔렸어요." 마르셀랭의 목소리가 우물에서 올라오는 소리처럼 울렸다.

마르셀랭은 뱃전, 우현, 좌현을 하얀 운동화를 신은 발로 마구 찼다. 배를 움켜잡으며 눈을 번쩍 뜨고 일어나 앉았다. 너무 갑자기 일어난 나머지 나는 몸을 돌릴 생각도 못했다.

"꿈이었어! 끔찍한 꿈이었어! 그 사람들이 날 찔렀어요. 배를 찔렀어요!" 그는 하얀 티셔츠를 말아 올리며 말했다. "두블라였어……." 마르셀랭은 자기 배를 처음 보는 것처럼 보았다. 마치 거기 배가 있으면 안 되기라도 하는 것처럼 쓸어보았다. "그런데 여기 자국이 있어요! 레드몬드! 여기 상처가 났다고요!"

"바보 같은 소리 마."

"봐요, 봐! 여기요. 자국이 있잖아요!" 그러고는 마치 30센티미터의 직장을 포함해 9미터의 내장이 쏟아져 나오기라도 한 것처럼 상처 자국을 보았다. "설명해봐요! 설명해봐요!"

"미쳤군. 자네 미쳐가는 거야."

"미쳤다고요?"

"영혼의 일이야." 나는 침울하게 말했다. "영혼의 세계에서 일어난 거야. 자네 영혼이 여행을 떠난 거야. 누군가 창으로 그걸 찌른 거지. 아마도 실수로."

"아니에요. 아니라고요! 그건……." 마르셀랭이 이렇게 말하고 오른손을 주머니에 찔러 넣었다.

"그래, 그거야. 옳지! 계속해. 주물을 만져보라고."

"주물……." 마르셀랭이 손을 주머니에 가만히 넣은 채 중얼거렸다. "레드몬드, 당신 주물은…… 당신 주물은 어디다 뒀어요?"

"같은 곳에."

"안 좋아요. 느낌이 안 좋아요."

나는 고릴라에게 말하듯 중얼거렸다. "마르셀랭은 총을 맞았단다."

"스누시"

"총을 맞았냐고?"

"그래, 총에 맞았단다. 하지만 무슨 소용이 있겠어?"

마르셀랭이 셔츠를 매만지고 다리를 편 다음 주위를 둘러봤다. 20미터 앞에 에페나 부두가 보였다.

"오, 세상에. 오, 세상에." 마르셀랭은 기분이 좋아 내 말투를 흉내 냈다. "무슨 소용이 있겠어? 아직 우리 안 좋은 거예요?"

뱃사공은 엔진을 껐다.

마르셀랭은 이번에는 래리의 말투를 흉내 내며 말했다. "여기 어떤 사람은 잠을 좀 이용해야 해. 망할 놈의 잠. 믿을 수 없을 정도의 잠. 이상한 일이지만 사실이야. 신이 아직 아이였을 때부터 지금까지 자본 적 없는 깊은 잠. 제기랄. 젠장."

통나무배의 뱃전이 부두에 쌓아놓은 목재 더미 아래 진흙의 선가 위에 소리 없이 미끄러지듯 멈췄다.

"걱정 말아요. 내가 재워줄게요. 폴 드 라 파누즈 자작처럼 푹 자게 해줄게요. 그 사람은 매일 밤 테디베어를 데리고 잤죠." 마르셀랭이 자기 목소리로 말했다.

"에페나! 보마아!" 웅제가 선미에서 소리쳤다.

"에페나! 축제다!" 마누가 남자답게 합세했다.

"임퐁도!" 마르셀랭이 튀듯이 물가로 내려갔다. 티셔츠와 운동화, 손수건의 하얀 빛이 반짝거렸다. "임퐁도!" 마르셀랭은 여섯 시간의 숙면과 이렌의 음식이 가져온 힘과 기대감에 가득 차 소리쳤다. "플로랑스!" 마르셀랭은 자기 머리 위로 손수건을 빙빙 돌리며 지그재그의 가파른 길을 춤추며 올라갔다. "나는 정치위원을 만날 거야! 플로랑스! 나는 그의 빨간색 대형차를 훔칠 거야! 플로랑스!"

"플로랑스는 속물이에요." 웅제가 나를 지나쳐가며 말했다.

"웅제, 마누!" 마르셀랭이 우리 위의 선착장에 서서 소리쳤다. "짐을 내려! 레드몬드, 당신이 담당해요! 닭과 염소가 다치지 않도록 조심해요. 그리고 내 악어가 선미에 있어요! 곧 갈게요! 곧 돌아올게요!"

"그 여자는 속물이에요." 웅제가 같은 말을 반복했다. 웅제는 오직 그 생각에 짓눌린 것처럼 미동도 없이 진흙에 박혀 있었다. "그녀는 은행에서 일해요."

웅제와 마누는 염소와 닭, 악어들(작은 건 녹슨 제케 냄비 안에 들어 있고 큰 건 짧은 통나무에 묶여 있었다), 배낭과 잡낭 들, 보아 아가씨들이 준 송별의 선물—웅제가 받은 파인애플 다섯 개와 야자술 한 병, 마누가 받은 파인애플 한 개와 아직 익지 않은 작은 바나나 한 송이—을 물가로 옮겼다.

나는 뱃사공에게 남은 절반의 돈을 주었다.

"마누, 마누, 꼬마 마누!" 옹제가 염소를 묶은 리아나 덩굴을 닭장에 다시 묶으며 크게 말했다. "하룻밤만 여자들 중 한 명하고 자. 어떻게 해야 할지 여자가 다 알려줄 거야. 제대로 좀 해봐, 마누. 용기를 내! 과감해지라고! 나처럼 말이야! 그러고 나면…… 보마아!"

뱃사공은 뱃머리의 밧줄을 우산나무 몸통에 묶고 건널판에서 기름에 전 붉은 천으로 된 두꺼운 패드를 꺼내 어깨에 대고 그 위에 육중한 모터를 훌쩍 얹었다. 오른손으로 모터 손잡이를 잡아 균형을 잡은 후 등을 곧게 펴고 무릎만 굽혀 왼손으로 노와 작고 팽팽한 작은 주머니를 들고는 마지막으로 빈 배를 한참 바라보았다. 그러고는 작별인사도 없이 돌아서서 비탈길을 힘겹게 올라 꼭대기로 사라졌다.

나는 오른팔로 고릴라를 감싸고(고릴라는 우산나무와 가지가 마구 뻗친 덤불, 높은 둑에 있는 키 큰 풀들을 보고는 긴장하며 잃었던 정신을 되찾았다) 배낭을 한 번에 하나씩 들어 옮겼다. 옹제와 마누는 악어, 닭, 배낭을 릴레이식으로 옮겼다. 리아나 덩굴 줄에 묶인 염소는 드디어 흔들리지 않는 땅에 발을 디디게 되어 기분이 좋은지 껑충거렸다. 그리고 줄을 잡아당겨도 말을 듣지 않고 단단히 버티고 서서 귀를 튕기며 매우 까다롭게 특별한 풀잎—딱히 달라 보일 게 없는데도—을 골라 조금씩 뜯어먹었다.

우리는 흙먼지가 많이 묻은 세 그루의 야자나무 밑에 배낭을 놓고 그 위에 걸터앉아 뙤약볕이 내리쬐는 부두 옆 황량한 광장

끝에서 마르셀랭을 기다렸다. 오른쪽에는 맹꽁이자물쇠로 잠긴 평평한 함석지붕의 방갈로가 하나 있었다. 함석으로 된 옆면 아래는 흰색, 위는 빨간색 페인트칠이 되어 있었다. 왼쪽에는 찌그러진 빨간색 기름통 세 개가 있었고, 그 너머에는 찌그러진 파란색 기름통 여덟 개가 있었다.

우리 뒤로 30미터쯤 떨어진 곳에는 먼지 낀 길 옆에 망고나무 한 그루가 서 있었고, 나무 아래에는 갈색 줄무늬 티셔츠와 찢어진 반바지를 입은 소년이 먼지 속에 앉아 우리를 빤히 쳐다보고 있었다.

고릴라가 낑낑거렸지만 나는 너무 피곤하고 기력 없고 몸 상태가 좋지 않아 고릴라를 돌볼 기분이 아니었다.

갈대밭 어디선가 길고 유유히 흐르는 듯한 새소리가 들려왔다. '부웁 부웁 부웁……' 까만 수컷 뜸부기(작은 쇠물닭을 닮은)로 가장 흔한 콩고뜸부기였다. 그 소리는 생기로 가득하고 두꺼비 알(줄줄이 있는), 도롱뇽알(이파리에 싸인), 수생벌레와 잠자리 애벌레, 물거미와 수서곤충이 풍부하다는 걸 알리는 소리였다. 그리고 구애의 노래이자 수생식물 사이를 몰래 다니는 익숙한 길과 영토, 강에 있는 자기 먹이 구역을 자랑하는 소리였다. 이 소리를 들은 암컷은 그에 화답하고 동의하고 수컷이 하는 농담에 웃어주었다. 수컷과 정확히 시간을 맞춰 소리를 냈다. 서로 번갈아가며 노래를 부르는 평생 동반자의 긴 듀엣 곡이었다.

망고나무 아래 있던 소년이 일어서서 다리를 절뚝거리며 우리 쪽으로 걸어왔다.

응제가 군복 재킷 소매로 이마의 땀을 닦으며 말했다. "저 소리는…… 저 새는 죽은 사람 시체를 먹고 살아요. 익사체를요. 눈을 쪼아먹죠. 우리 아버지가…… 아팠는데……. 저 소리를 들으면 누군가 아는 사람이 죽어요. 너무 오래 떠나 있었어요. 너무 오래요. 좋지 않아요. 저 소리는…… 내가 떠날 때 아버지가 아팠는데……."

소년이 내 옆에 아무 말 없이 팔을 축 늘어뜨리고 서 있었다. 흰 무릎에는 흉터가 있었다. 흉터는 사마귀가 난 것처럼 울퉁불퉁 튀어나와 있었다.

"응제 말이 맞아요." 마누가 이제는 거의 분해된 챙이 넓은 모자를 뒤로 살짝 기울이고 말했다. 하지만 카키색 군복은 말쑥했다. 오른쪽 가슴주머니 위로 수첩과 볼펜이 나와 있었고 단추는 하나도 떨어진 게 없었다. 아마도 몇 달 동안 바로 오늘, 의기양양하게 임풍도로 금의환향하는 모습을 보여주려고 잘 개서 가방에 넣고 다녔으리라. "그 소리를 듣는 건 나쁜 징조예요. '저기 작은 검정 새가 지나간다.' 그 새를 보면 그렇게 말해요. 그 새를 보고는 결코 짐작하지 못해요. 그래서 영리한 거예요. 겉모습만 봐서는 시체를 좋아한다는 걸 결코 짐작할 수 없어요. 죽은 쥐, 죽은 사람. 그 소리를 듣는 건 나쁜 징조예요."

"하지만 저렇게 항상 울잖아."

"아저씨……" 소년이 말했다. 마르고 작은 얼굴에 비해 눈이 비정상적으로 컸다.

응제가 자기 발밑 흙먼지에 마른 침을 획 세게 뱉더니 말했다.

"사람들도 항상 죽죠."

"아저씨, 백인 아저씨." 소년이 말했다. 그는 말을 멈추고 눈을 떨구고 작은 손가락을 배배 꼬고 발을 질질 끌며 앞으로 한 걸음 다가왔다. 흰 무릎이 몸과 분리된 것처럼 보였다. "저를 좀 도와주시겠습니까, 아저씨?" 소년은 멈칫하며 프랑스어로 말했다. 언청이처럼 휘파람 같은 숨소리가 섞인 혀짤배기소리가 났다. "저는 도움이 필요합니다. 저를 좀 도와주시겠습니까?"

"내가 할 수 있는 일이라면 물론이지." 나는 몸을 떨면서 말했다.

"저는 뭔가가 필요합니다. 그냥 딱 하나가 필요합니다." 소년은 비쩍 마르고 슬픔에 차 쪼그라든 작은 얼굴에 커다란 눈으로 나를 바라보았다. 아랫입술은 축 처져 있었다. "하지만 돈이 듭니다. 엄청나게 많이요."

"그게 뭔데?"

"그게…… 엄청나게 비쌉니다."

"네가 갖고 싶은 게 뭔데?"

"축구공이요." 그는 내 눈을 똑바로 쳐다보며 말했다. "친구들하고 같이 축구를 하려고요."

"얼마니?" 나는 일어서서 눈을 어디에 둬야 할지 몰라 허둥대며 물었다. "얼마야?"

"아저씨, 아니에요." 소년은 진흙바닥에 난 구멍을 뚫어져라 쳐다보며 말했다. 껍질을 벗기기라도 할 것처럼 작은 손을 비비 꼬고 있었다. "아니에요, 괜찮습니다. 그냥 해본 소리예요. 축구공 없어도 그럭저럭 잘해나갈 겁니다." 소년은 노인처럼 말했다. "아저씨도 그렇게 더러운 걸보니 우리처럼 가난한 것 같아요. 미안합니다. 우리 어머니가 그러셨어요. '자크야, 축구공? 그건 좋은 생각이 아니야. 백인이? 에페나에? 미국에도 가난한 사람들이 있단다.'"

"얼마니? 축구공이 얼마야?"

"500세파프랑요."

나는 내 손에 있던 꾸깃꾸깃하고 물에 젖은 자국이 있는 1,000세파프랑(2파운드)을 줬다. 앞면에는 보라색과 파란색의 콩고 지도가 그려졌고 뒷면에는 코끼리가 그려진 지폐였다.

소년이 나를 흘낏 올려다봤다. 마치 내가 골드바라도 준 것처럼 눈에는 기쁨이 가득했고 이마에는 초조한 기색이 스쳤다.

"삼촌! 우리한테도 돈 줘야 해요! 여기서 줘야 해요. 지금, 에페나에서요!" 응제가 말했다.

소년이 천천히 몸을 흔들면서 오른쪽 다리를 질질 끌며 흙먼지가 이는 길을 따라 마을로 향하기 시작했다. 오른쪽에는 덤불이 있고 왼쪽으로는 드문드문 폐허가 된 것 같은 오두막이 있는 길이었다.

"우리한테도 지금 돈을 줘요, 삼촌! 나중에 돌아올게요. 마누, 축제로! 우리는 술을 마실 거야, 우리는 춤을 출 거야. 여자들도 있을 거야! 에페나에서 임퐁도까지 가는 트럭, 대형 트럭이 있어요. 그걸 타고 갈게요. 나중에요. 훨씬 나중에요! 일주일 후에요!"

마누가 말했다. "나는 집에 가고 싶어. 나는 가족이 보고 싶어."

"마누, 마누! 꼬마 마누!" 웅제가 오른손 주먹을 치켜들고 흔들면서 말했다.

"아들이 보고 싶어. 로카 왕자가 보고 싶어. 두 살이야. 어떻게 지내는지 몰라. 나는 아내가 보고 싶어!"

웅제가 웃었다. "아내라고? 너는 돈이 하나도 없잖아. 돈을 줘야 아내지! 그 여자는 아내가 아니야. 그리고 마누, 집에 가면 네 가족이나 우리 가족이나 모두 우리 돈을 다 가져갈 거야. 너도 알잖아. 우리가 가진 거 다 가져갈 거야. 심지어 네 전등도! 아무 것도 남지 않을 거야. 우리를 위한 건 하나도 남지 않을 거라고. 맥주도 없고 아무것도 없을 거야!"

"나는 집에 가고 싶어." 마누가 강 건너 먼 숲의 사바나 지대를 멍하니 바라보며 말했다. "로카 왕자…… 내 아들…… 두 살밖에 안 됐어." 그러더니 갑자기 몸을 곧추세우며 정색하고 웅제 쪽을 바라봤다. "임퐁도에 있는 네 아들 생각은 안 해? 그 아이는 배를 주리고 있어. 늘 배가 곯는다고. 그리고 네 가족, 동구에 있는 아이들과 아내, 그리고 래리 우마르는? 아직 아기잖아!"

웅제는 아무 말도 하지 않았다.

마누가 말했다. "지금 우리한테 돈 주지 마세요. 옳지 않아요."

"알았어." 나는 턱을 고릴라의 부드러운 갈색 정수리에 괴고 말했다. "임퐁도에서 줄게. 오늘 밤, 파르티 호텔에서. 그게 더 안전하기도 하고."

에페나 인민정치지구의 공식 정부 차량인 도요타 빨간 트럭이 우리 옆에 섰다. 정치위원과 마르셀랭이 차에서 내렸다. 그들은 보통 관리들이 그러듯이 팔을 크게 위로 흔들며 차 문을 쾅 닫았다.

"좋아요, 그럼." 웅제가 짜증 섞인 낮은 목소리로 얼른 내뱉고는 일어났다. "나도 내가 당신을 어떻게 생각하는지 말할게요. 당신은 미쳤어요. 그리고 냄새 나요."

떡 벌어진 몸집의 정치위원은 자기가 가진 힘을 의식하며 퉁명스럽게 짐과 동물을 깨끗하게 비질된 짐칸에 실으라고 지시한 후 다시 운전석에 타고 문을 쾅 닫았다. 마르셀랭은 옆 자리에 타서는 고개를 빨간 지붕 위로 잠깐 내밀고 나에게 행복한 미소를 크게 지어 보였다. 하얗고 고른 이가 아치형으로 드러났다. "공식 명령이에요, 레드몬드! 정치위원이 내린 지시입니다. 당신과 당신 고릴라는 뒷문 쪽에 있는 짐칸으로. 바람 부는 방향으로. 왜냐하면 냄새가 고약하니까!"

에페나에서 임퐁도까지 브라질 기술로 만들어진 타맥 포장도로를 달리기 시작할 때 운전석에 등을 지고 짐 사이에 끼어 앉아 있던 웅제가 말했다. "힘내요, 삼촌! 너무 늙어 보여요! 너무 늙고 깡말랐어요."

"다 네 그 소스 때문이야!" 나는 후류*를 뚫고 겨우 농담을 던졌지만 웅제는 못 들은 것 같았다.

염소는 웅제의 발치에 누워 하얀 수염을 그래도 익숙한 닭장 위에 늘어뜨렸다. 숨을 가쁘게 몰아쉬며 눈을 감고 있었다. 까만 눈꺼풀, 기다란 속눈썹이 경련하듯 움직이며 작게 떨렸다.

"진심은 아니에요! 진짜 그렇지는 않아요. 냄새가 나긴 해요. 하지만 똥간보다는 덜 해요. 그렇지, 마누?" 웅제는 이렇게 소리치고는 옆에 앉은 마누에게 고개를 돌렸다. "알잖아, 마누. 거기 들어가면 확 나는 냄새. 그 똥간. 네 집에도 있는 거 말이야."

"그거보다 더 심해." 마누가 말했다. 그는 리아나 덩굴로 둘러싸인 나무들이 하나하나가 아니라 모두 한꺼번에 던져지듯 우리를 스쳐 지나자 모자를 움켜잡았다. 나무들은 우리 쪽으로 쓰러지는 게 아니라 서 있는 모양 그대로 있었다. 그게 더 무서웠다. 토네이도라도 몰려오는 것 같았다. 고릴라는 혹시 자신에게 미래가 있을지 없을지 모르지만 그래도 안전하려고 머리를 내 셔츠 안에 파묻었다.

"훨씬 심해요! 하지만 지금은 냄새 안 나요!" 마누가 소리쳤다.

20분 후 트럭은 속력을 낮춰 달렸다. 항구로 이어지는 먼지 낀 활공 장치* 옆에 자라난 부들을 지나, 초벽에 이엉을 얹은 오두막들을 지나, 함석지붕에 콘크리트 벽돌로 지은 집, 잔디밭이 깔린 거대한 프로테스탄트 포교구, 현대식 교회, 술집, 급유 펌프를 지나 파르티 호텔에 도착했다.

정치위원은 후문으로 방향을 틀어 별채 앞에 차를 세우고 경

---

* 고속으로 주행 중인 자동차 뒤쪽에 생기는 저기압의 기류.

적을 울렸다. 목재로 지은 경비실 문이 휙 열리더니 안에서 작은 수류탄이 터지기라도 한 것처럼 주인이 진입로에 픽 쓰러졌다.

"취했군! 또 취했어!" 정치위원이 문을 쾅 닫으며 소리쳤다.

주인은 몸을 일으키고 빨간색 야구 모자를 주워 먼지를 털어 내고 조심스럽게 다시 머리에 쓰고 점잔 빼며 우리 쪽으로 걸어 왔다.

"주인장, 이 호텔 이름이 뭡니까?" 정치위원이 말했다.

"파르티 호텔입니다." 주인이 잠깐 생각해본 후 말했다.

"그렇소! 이 호텔은…… 이 호텔은 당party의 호텔입니다. 정치적 호텔이라는 말입니다! 중대한 일입니다. 그런데 당신은 당을 망신시키고 있어요!" 그는 주인의 벨트에서 열쇠를 빼서 마르셀랭에게 건넸다. "중대한 일이에요. 그리고 이번이 당신의 마지막 기회예요."

주인은 머릿속에 별채로 가는 방향을 고정하고 그곳을 향해 거의 직선을 그리며 걸어갔다. 무사히 집에 당도해 열린 문 안쪽의 커다란 검정 자물쇠를 붙잡다가 문턱에 걸려 넘어져 안으로 고꾸라지듯 쓰러졌다. 그리고 문이 쾅 닫혔다.

"브라보! 브라보!" 정치위원이 손뼉을 치며 소리쳤다.

"마지막 기회라고요?" 마르셀랭이 말했다.

정치위원이 웃었다. "이번이 2,031번째 마지막 기회요." 그는 우리 짐을 나르는 것을 도와주며 말했다. "나는 그럴 권한이 없어요. 전혀 없죠. 게다가 주인 잘못도 아니오. 잘못된 계획 때문이죠. 잘못된 도시계획. 우리가 아니라 프랑스인들이 세운 계획.

호텔이 술집에서 너무 가까운 거지."

우리는 우리가 썼던 옛날 방에 짐을 쌓아놓았다. 마르셀랭은 방문을 잠그고 웅제에게 "오늘 밤에 보자!"고 말했다(웅제는 여행용 가방을 손에 들고 베란다에 서 있었다). 그러고는 마누(짐 가방을 어깨에 둘러메고 이미 출입구를 향해 걸어가고 있는) 뒤에 대고 소리쳤다. "해산한다! 오늘 밤에 레드몬드가 돈을 줄 거다! 할 수 있다면, 레드몬드에게 돈이 있다면 말이야!" 마르셀랭은 차 문을 열었다. "레드몬드, 뒤에 타요. 염소하고!"

정치위원은 바큇자국이 깊이 파인 길을 따라 차를 몰아 이베트의 집을 지나 좌회전해 넓은 진흙길로 접어들더니 높은 철조망이 있는 문을 통과해 수자원과 삼림부의 임퐁도 지역 본부의 콘크리트 마당으로 진입했다. 마름모 격자 모양의 창살이 달린 창문이 있는 커다란 크림색 방갈로가 있었다. 방갈로의 정문 밖에는 노란색 랜드 크루저가 주차되어 있었다.

"조지프가 있군." 마르셀랭이 진심이 담긴 미소를 지으며 말했다. 그는 1미터가 넘는 악어와 짤따란 통나무를 들어냈다. "돈을 세고 있을 거예요. 돈을 매트리스 밑에 숨겨놔요. 정말 그래요. 하지만 뭘 기대해요? 내 신세나 같아요. 정부에서 월급을 받을 때도 있고 못 받을 때도 있어요. 당신 백인들, 서양인들이 고릴라와 밀림과 코끼리를 정말 걱정한다면 돈을 지불해야 해요!"

마르셀랭과 정치위원은 염소와 닭장을 옮겨 그늘진 곳에 놓았다. 정치위원은 양손으로 등을 받치고 허리를 펴더니 윙크하며 이렇게 말했다. "동지! 잘 가시오! 행운을 빌어요! 그리고 동지가 한 말을 명심하겠소! 전부 다." 그는 운전석에 올랐다. "보아 말이오!" 그는 이렇게 말하며 문을 닫았다. 그러고는 차창을 내리고 "하지만 군인에, 연료, 배를 들여 거기까지 가서……" 시동을 걸어 급작스럽게 출발하며 말했다. "문제? 내 부하들이 다 죽을 텐데? 다시는 겪고 싶지 않소! 사양하겠소!" 그는 콘크리트 마당에서 빠르게 차를 후진해 문 앞에서 차를 돌린 다음 바퀴 자국이 있는 길을 가로질러 담장 옆에 나란히 차를 대고 말했다. "고릴라를 위해? 됐다고 봐요. 동물원을 위해?" 그러고는 거리로 차를 몰았다.

늦은 오후 석양이 질 무렵, 정치위원이 가고 나자 조지프가 사저의 문을 열고 나타났다. 아마도 쉬는 날이라 그런지 호수와 강, 숲 동물들의 수호자인 인민공화국 동식물보호부의 암녹색 민병대 군복과 배지가 달린 베레모, 검정 부츠가 아닌 분홍 티셔츠와 하얀 면바지를 입고 슬리퍼를 신고 있었다.

내 품의 고릴라를 본 조지프는 문간에 멈추더니 얼굴을 찡그리고 목에 뭔가 걸린 것처럼 헛기침을 하고는 어깨를 올리고 팔을 옆구리에 딱 붙이고 감정을 누르며 미소를 지었다. "마르셀랭, 드디어 왔군요! 기다리고 있었어요!" 조지프는 진심인 것처럼 말했다. "걱정했어요, 너무 오래 걸려서. 떠난 지 한참 됐잖아요……. 레드몬드, 고리옹을 데려왔군요. 새끼 고릴라!"

조지프는 코로 숨쉬기가 힘든지 입을 반쯤 벌리고 축축한 입술로 우리를 향해 다가왔다. "안녕! 안녕, 고리옹!" 그는 이렇게 소리치며 고릴라 머리를 두드릴 양으로 손을 들어올렸다.

나는 깜짝 놀라서 몸을 옆으로 휙 돌리고 오른손으로 고릴라의 작고 부드러운 정수리를 가렸다. "그러지 말아요! 그러지 말라고요!"

조지프는 뒷걸음쳤다. "하지만 레드몬드! 당신은 몰라서 그래요! 그건 고릴라에게 인사하는……."

"아니! 아니! 안 그래요!" 나는 너무 지치고 모든 것에 진력이나 복받친 감정으로 소리를 질렀다. "고릴라한테 그렇게 인사하는 거 아닙니다! 당신 같으면 좋겠소? 머리를 그렇게 치면 좋겠어요? 좋겠냐고요?"

"이봐요!" 닭장 옆에 염소를 묶은 끈을 잡고 서 있던 마르셀랭이 갑자기 끼어들어 소리쳤다. "진정해요, 레드몬드! 진정해요! 내 직원한테 그렇게 말하지 말아요……." 마르셀랭은 말을 멈추고 나를 뚫어지게 쳐다보더니 열 살짜리 아이한테 말하는 식으로 계속 말했다. "레드몬드, 래리가 여기 있었다면 그렇게 소리 지르지 않았을 거예요, 안 그래요? 래리라면 이렇게 말했을 거예요. '진정해. 멍청이! 망나니!'"

"아, 래리!" 조지프는 입 주변의 근육을 움직여 억지 미소를 지으며 잠깐 동안 내 오른쪽 어깨 너머 1미터는 떨어진 머리 높이의 어떤 곳을 응시하더니 긴장을 풀고 진짜 미소를 지었다. "그 교수님! 래리 교수! 래리는 내가 돌봐줬지요. 우리는 점심을 함께했어요. 맥주는 안 마셨어요. 물만 마셨어요! 우리는 이야기를 나눴어요! 그래요, 내가 래리를 비행장까지 데려갔어요. 내가 돌봐줬어요! 래리는 나한테 친절했어요. 내가 비행기 자리를 잡도록 도와줬어요. 그리고 그 큰 가방, 군용 배낭 같은 큰 가방도요. 마르셀랭, 그건 진짜 어려운 일이었어요. 군인들이 있었죠. 우리는 뛰어야 했고 자리를 잡기 위해 싸워야 했어요!"

"잘했어, 잘했어. 조지프!" 마르셀랭이 말했다.

"네, 래리 교수는 친절한 사람이었어요." 조지프가 그 사실이 아직도 풀리지 않는 미스터리라는 듯 고개를 저으며 말했다. 그는 몸을 내 쪽으로 조금 돌렸지만 여전히 시선은 내 오른쪽 어깨 1미터 너머 똑같은 머리 크기만 한 공간을 응시하며 목을 기울이고, 오른손으로는 누군가 구부린 손가락 마디를 자기 머리 뒤로 잡아당기기라도 하는 것처럼 두개골에 이랑을 파듯 머리칼을 쓸어 올렸다. "친절한 사람이었죠. 매우 친절한 사람. 좋은 사람." 그는 이렇게 중얼거렸다.

"정말 그렇지." 내가 감정을 누그러뜨리고 말했다.

"당신 고리옹!" 조지프는 이제 제정신이 돌아와 평소 목소리로 이렇게 말했다. 그러고는 마름모 격자 모양의 창살이 달린 창문을 지나 건물의 모퉁이로 걸어가더니 뒤로 돌아 오른손을 경례하듯 올리고 소리쳤다. "내가 당신의 새끼 고릴라가 있을 곳을 마련했어요!"

"잠깐, 내가 그쪽으로 가지." 마르셀랭이 조용한 얼룩무늬 염소를 닭장에 다시 묶으며 말했다. "조지프! 내 염소하고 닭들, 나중에 가져갈 테니 내 대신 좀 데리고 있어! 뒤뜰 풀밭에 풀어놓고 좀 돌봐줘." 조지프가 우리를 옆문으로 들여보내줄 때 마르셀랭이 나한테 말했다. "그리고 레드몬드, 돼지 한 마리 사고 싶어요. 암컷으로."

"그렇게 하게. 돼지를 사도록 해." 나는 조지프가 우리를 닫힌 문 두 개를 지나 오른쪽으로 난 복도를 따라 안내할 때 고릴라를 가슴에 더 꼭 끌어안고 그렇게 중얼거렸다.

"교배를 위해서, 과학, 유전학을 위해서 각기 다른 장소에서 동물들을 데려오죠." 마르셀랭이 말했다.

"다른 장소라."

복도 끝에는 왼편으로 콘크리트로 지은 깨끗한 샤워실이 세 개 있고, 각 샤워실에는 밝은색의 함석 양동이가 있었다. 조지프를 따라 콘크리트 계단 두 개를 내려가자 잔디밭이 나왔다. 우리 바로 왼편 벽에 1평방미터 정도 되는 철제 우리가 기대 있었다. 함석판이 지붕처럼 우리에 덮여 있었고, 바닥에는 진흙, 배설물, 바나나 껍질 같은 게 깔려 있고 그 위에 날렵한 모양의 빈 통 두 개가 있었다. 하나는 물그릇이고 하나는 깨져서 끝이 들쭉날쭉한 유리그릇이었다. 그리고 작은 침팬지 한 마리가 팔을 머리 위로 올리고 앉아 있었다.

"조지프, 어떻게 그럴 수 있어?" 마르셀랭이 우리 옆에 쪼그리고 앉아 말했다.

"뭘 어떻게 그럴 수 있어요?" 조지프가 눈썹을 올리며 물었다. "내가 뭘 어쨌다고요?"

"이 침팬지 말이야! 침팬지를 이런 우리에 가두다니!"

"하지만 침팬지가 좋아해요. 거기 있는 걸 좋아한다고요. 내가 갖고 놀라고 깡통을 줬어요. 그리고 마르셀랭, 내가 바나나도 사줬어요. 내 돈으로요!"

침팬지가 턱을 들어 내 품에 있던 고릴라를 보더니 팔을 툭 내리고 빤히 쳐다봤다. 갈색 점이 덮인 침팬지의 작은 얼굴은 누르스름한 흰색이었다(간염에라도 걸렸나, 나는 생각했다. 아니면 동부 변종의 새끼는 원래 저런 색인가……).

고릴라도 목을 쭉 빼고 침팬지를 보다가 시선을 피하고 다시 슬쩍 보았다. 그러고는 고개를 돌렸다. 침팬지는 쑥 들어간 밝은 갈색 눈을 고정시키고 계속 빤히 쳐다보더니 삐죽 튀어나온 커다란 귀를 흔들었다.

"놀고 싶어 하는 거예요." 마르셀랭은 이렇게 말하고 우리의 빗장을 풀었다. "회의실로 데려가야겠어요."

"회의실이라뇨? 거긴 깨끗한 곳인데?" 조지프가 말했다.

"그래." 마르셀랭이 우리 안으로 손을 넣어 작은 침팬지를 꺼내 품에 안았다. "거기서 밤을 보내게 될 거야. 둘이 같이 놀고 책상 위에서 술래잡기도 하고! 아침에 상자 몇 개를 좀 구해오게. 그리고 뚜껑에 구멍을 뚫어. 두 마리를 자네 비행기 화물에 추가하게. 비행기는 내일 오는 거지, 그렇지?"

"네, 그렇지만……."

"보낼 짐이 너무 많은가? 브라자빌에 보낼? 하지만 조지프, 자넨 발이 넓지 않나? 공항의 군인들, 경찰들도 잘 알고, 심지어 조종사도 알지 않나, 그 프랑스 백인 말이야."

"네, 그렇지만……."

"그리고 그 짐들 말이야, 조지프. 내가 자주는 아니고 가끔, 정말 가끔이네. 브라자빌 내 사무실에 있을 때 말이야. 직무가 별로 없을 때 이런 생각을 하지. 그냥 궁금한 거야. 조지프가 저 주머니에 싼 것, 그 커다란 짐들은 도대체 뭘까?"

"네, 알았어요. 그렇게 하죠." 조지프는 슬리퍼를 바라보며 말했다.

"하지만 내 고릴라! 여기 남기고 갈 순 없어. 안 돼, 그럴 수 없어!" 나는 고릴라를 세게 껴안으며 말했다. (고릴라가 '우프!' 하고 말했다.)

마르셀랭은 내 말을 무시하고 단호한 태도로 계단을 올라갔다. 작은 침팬지는 그의 어깨 너머로 고릴라를 쳐다봤다.

"고릴라는 나하고 호텔에서 같이 잘 거야." 내가 조지프를 밀고 지나가며 말했다. "나는 증기선으로 고릴라를 데려갈 거야. 르루아 부인한테 데려갈 거야. 내가 직접 데려갈 거라고."

"직접!" 마르셀랭이 어두운 복도에서 가던 길을 멈추더니 웃었다. 비웃음이었다. "직접이라고! 당신은 당신이 꽤 특별한 줄 알죠, 그렇죠? 당신이 뭐가 그렇게 특별해요?"

"내가 특별하다고 생각한 적 없어."

"진정해요." 마르셀랭이 조용히 말했다. "정신 차리시라고요. 아셨어요? 그리고 그렇게 소리 지르지 말아요. 여기서는 소리 지르지 말아요. 여기는 정부 건물이에요. 내 부처 소속이에요. 내 소관이라고요."

조지프는 불안해하며 입술을 축 늘어뜨리고 입을 벌린 채 벽에 기대 등을 쭉 폈다.

"상관 안 해. 고릴라는 여기 있지 않을 거야. 나하고 같이 갈 거야. 호텔로."

"그렇군요. 영국에서는 호텔에 고릴라를 들여보내나 보죠."

"그건 몰라, 한 번도……."

"그럼 지금 당신이 있는 곳이 어디라고 생각해요? 우리 호텔은 뭐가 특별히 다를 것 같아요? 당신한테는 후진 곳이라는 거죠? 그래요? 그리고 말이 나왔으니 말인데 호텔에서 고릴라가 아니라 당신을 들여보내면 안 되는 거예요. 몰골을 좀 봐요! 셔츠며 바지며 똥으로 덮였어요!" 마르셀랭이 왼쪽에 있는 문을 열었다. 커다란 방이 나왔다. 교실처럼 한쪽 끝에 칠판이 있고 책상이 가득했다.

"그럼 밖에서 캠핑을 하겠네. 강 옆에서 잘게."

"그런 건 못해요. 사람들이 감옥에 가둘 거예요. 외국인 부랑자나 스파이는 안 돼요. 여기 도시에서는 안 돼요. 군인에 경비병들이 있어요." 마르셀랭은 침팬지를 바닥에 내려놓았다. "그리고 고릴라를 증기선으로 데려가는 것 말인데요, 레드몬드. 그건 허용할 수 없어요. 그건 불법이에요. (작은 침팬지는 내 오른쪽 다리를 팔로 꼭 감았다. 검은 털은 길고 거칠고 성글었다.) 사람들이 이렇게 말할 거예요. '저 아냐 좀 봐! 그도 별 수 없이 다른 사람들처럼 썩었어. 백인한테 고릴라를 팔았잖아!" 마르셀랭은 갑자기 나한테서 고릴라를 획 낚아채더니 책상 위에 던지듯 내려놓았다. 그러더니 침팬지를 내 다리에서 떼어내고는 나를 문밖으로 밀더니 문을 쾅 닫았다. "조지프! 문 잠가!"

조지프가 열쇠를 찰칵 돌리자 안에서 비명 소리가 들렸다. 고릴라가 도와달라고 울부짖었다. 3초 동안 믿을 수 없다는 듯, 상처 받고 두려움에 떠는 새된 소리가 계속됐다.

"하지만 작별인사도 못 했어! 작별 키스도 못 했다고!"

"작별인사라고요?" 마르셀랭이 나를 밀어 복도를 따라 내려가며 말했다. "작별 키스요? 미쳤군요! 얼른 가요! 가서 잠 좀 자요!" 마르셀랭은 정문을 열고 나를 밀며 땅거미가 진 바깥으로 나서더니 이어서 말했다. "그리고요, 지금 레드몬드만 피곤한 게 아니에요. 나도 피곤해요. 알잖아요, 나 아파요. 밀림에 있으면 절반은 아파요. 브라자빌로 돌아가면 계속 미열이 나요. 아무도 왜 그런지 몰라요. 몇 주간 아프고 회복하는 데 몇 주 걸려요. 심지어 프랑스 의사도 왜 그런지 몰라요. 그런데 이제 당신을 따라가는 실수를 하는 바람에 앞으로 몇 달간 아플 거예요. 감이 와요. 아플 거예요."

나는 어둠 속 콘크리트 땅바닥에 서 있었다. 뭘 해야 할지 몰랐고 내가 누구인지도 알 수 없었다.

"어서, 조지프! 레드몬드가 붕괴 직전이야. 날 좀 도와줘. 염소를 묶어놔야 해. 닭들을 우리에서 내보내야 해. 그리고 악어는, 악어 놔둘 곳을 찾아야 해. 먹이도 줘야 하고, 물도 줘야 해!"

내가 말했다. "내가 도와줄게."

"아뇨, 아뇨. 가요. 가서 잠 좀 자요! 호텔로 가요! 얼른 좀 가라고요!" 마르셀랭이 넌더리가 난다는 듯 오른팔을 내저으며 소리를 질렀다.

내가 문에 가까이 갔을 때 마르셀랭이 "잠깐요!" 하더니 열쇠를 던져줬다. "열병이 돌아요!" 마르셀랭은 거리로 내려선 내 뒤에 대고 계속 소리쳤다. "열병이 돌고 있어요! 뭔지 모를 열병이요!"

기울어가는 오후 햇빛이 선인장의 가시, 갈대와 부들, 드문드문 보이는 길에서 쑥 들어가 풀숲 사이에 숨어 있다시피 한 오두막의 함석지붕을 따갑게 비추고 있었다. 야자나무 꼭대기와 무선 안테나의 기다란 쇠막대기와 밝은 판에도 햇빛이 걸려 있었다. 그리고 무언가가 15미터 위에서 나를 향해 날아오는 게 보였다. 배 부분이 하얗고 기다란 꼬리…… 두 개의 기다란 꼬리가 있는 새였다. 날개의 바깥쪽 절반은 새의 몸통에서 잘려 분리된 것처럼 느슨하게 풀린 듯 보였고 양쪽에서 평행하게 새를 따라가며 두 개의 꼬리를 따라가고 있는 것처럼…… 아니, 그것은 꼬리가 아니고 기다란 페넌트…… "그래, 정말 그거야." 나는 큰 소리로 말했다. "의심할 여지가 없어. 저건 페넌트야. 맞아, 저건 페넌트쏙독새야!" 그리고 공중에 붕 떠 있는 귀신 같은 새의 모습이 부들 위로 사라졌다.

짝짓기를 위한 화려한 깃털을 보니 저건 수컷이라고, 부들 길에 난 지름길을 발견했을 때 나는 그렇게 생각했다. 그 지름길을 따라가면 축구장이 나오고 브라질의 도로 건설자들이 썼던 차고, 가톨릭 전도관, 파르티 호텔이 나온다. 그리고 길 너머에는 넓은 우방기 강이 보였다. 페넌트쏙독새는 활발한 기력으로 날아가고 있었다. 우기가 시작될 때 북부 사바나에 많은 흰개미들로 배를 채운 탓이리라. 그러고는 이제 거대한 숲을 가로질러 다시 날아가는 중이었다. 남부 우기가 시작되는 첫 몇 달간 교미 비상을 하면서 남부 사바나 땅에서 흰개미를 잡고 번식을 하기 위해서일 것이다. 래리가 할 법한 이런 이야기는 위대한 채핀이 1916년에 처음 발표했고 배너먼이《열대 서아프리카의 새들》셋째 권에 인용했다. 요제프 볼프 Josef Wolf가 그린, 깃털을 길게 늘어뜨리고 달을 가로질러 날아가는 페넌트쏙독새 그림과 함께 말이다.

날개 사이에 있는 틈, 즉 안쪽의 갈색 우비깃과 주익우* 가장 바깥쪽 손가락 모양의 쭉 뻗은 검은 깃털들 사이의 간격은 간격이라 하기 어렵다. (이런 생각을 하는 사이 축구장이 나왔다.) 그러나 순백의 하얀 띠는 페넌트쏙독새만 가진 독특한 것이다. 깃털에 달린 길고 하얀 장식은 가끔 50센티미터가 넘기도 한다.

그리고 내 기억이 맞다면 수컷의 가늘고 긴 삼각기 모양 깃털은 (북부에서) 새가 살아남아서 털갈이를 할 때마다 더 길어진다. (나는 차고의 찌그러진 노란 트럭과 불도저를 지나쳤다.) 그러니 수컷은 나이가 들수록 더 매력 있고 섹시해진다. 사람에 대해서는 그렇게 말할 수 없으니 몹시 애석하다. 나는 파르티 호텔의 황량한 마당에 들어서며 공기를 찌르듯 큰 소리로 말했다. "그래도, 난 봤어! 새 중의 새를 봤어!" 그러고는 오른편으로 별채를 지나고

---

* 主翼羽. 가금류의 날개깃을 형성하는 깃털 중 가장 크고 강한 깃털로 바깥쪽에 있다.

콘크리트 베란다, 주철로 된 난간, 물과 디젤 찌꺼기가 섞여 있는 물탱크—언젠가 그 물을 먹고 몹시 아팠던—를 지나쳤다.

그런데 안 될 게 뭐야? 갑자기 이런 생각이 스쳤다. 벌써 경비원의 오두막도 통과했고 사신死神은 아직 내 방에 와 있지 않으니—적어도 그럴 거라고 생각했다—마침내 페넌트쏙독새, 야행성 황혼의 새를 보게 된 오늘 저녁을 축하 못할 게 뭐가 있겠어? 그러니 나는 그렇게 할 것이다, 나는 이 길로 바로 그곳, 랑글루아 부인의 작은 가게로 갈 것이다. (바로 가고 있었다.) 가서 래리가 여기 있는 척하고 망할 놈의 땅콩버터 한 통을 사고(나는 목재로 만든 카운터를 지나고 그 퉁명스러운 가게 주인을 지나 나무 선반에 값비싼 깡통들만 따로 외롭게 모여 있는 쪽을 손가락으로 가리키고 있었다) 조니워커 레드 라벨 한 병을 살 것이다. 신기하지만 사실인데 현 환율로 30파운드 정도 하겠지만(사실이 그랬다) 그래도 살 것이다. 그리고 나만을 위해서는 특별한 사치품 세트를 살 것이다. 퀘이커 오트밀 한 상자, 분유 한 통, 갈색 설탕 한 봉지…… 이런 생각을 했다.

나는 바지 주머니에서 구겨지고 땀에 절고 살짝 곰팡이 슨 지폐를 지불해야 할 금액에 딱 맞게 꺼냈다. 가게 주인은 사말레가 가게로 걸어 들어오기라도 한 것처럼 나를 뚫어지게 쳐다보며 돈을 받아 금전 등록기에 넣고 손을 바지에 꼼꼼하게 문질러 닦고는 잔돈을 골라 카운터 맨 끝에 아슬아슬하게 밀어놓았다.

옛날에 썼던 호텔 방으로 돌아오니 모든 것이 친밀하게 느

꺼졌다. 의자며 서랍장, 해진 커튼에 침대, 천장 고리에 걸린 먼지 잔뜩 낀 모기장까지. 램프를 켜며(램프는 잘 작동됐다) 책상 위에 내려앉은 먼지에 래리의 포동포동한 손가락 지문이 아직 남아 있을지도 모른다는 생각까지 했다. 그리고 샤워실 뒤 사각형의 콘크리트 가장자리 맨 왼쪽 모서리에, 언제였을지 짐작할 수 없을 만큼 오래된 똥 자국도 같은 자리에 그대로 있었다. 래리가 옳았다. 이곳에는 공식적이든 그렇지 않든 호텔을 찾는 손님이 많지 않은 것이다. 시장조사를 해볼 필요도 없었다. 전망은 좋지 않았다.

나는 샤워실 양동이와 밖에서 발견한 디젤 기름통 두 개에 물을 채워 방으로 옮기고 문을 잠갔다. 혼자다. 나는 침대 가장자리에 앉았다. 잠긴 문…… 마지막으로 진짜 혼자가 되어본 것이 언제인지 기억도 나지 않았다. 아마 옥스퍼드에서겠지? 마치 전생처럼, 천년 전처럼 느껴지는 때…… "그리고 이제 나는……." 나는 소리 내어 말했다. "이제 큰 소리로 혼잣말하지 말아야겠다. 밤낮으로 고릴라한테 말한 것만으로도 이미 충분해. 고릴라도 싫지는 않은 것 같았는데, 나도 좋았고. 지금 어떻게 하고 있으려나. 그 비명 소리, 그 끔찍한 비명 소리라니. 하지만 그게 최선이겠지. 그러니 그만 생각해야겠지……. 그리고 사실 너 자신을 좀 봐." 나는 내 손을 무릎에 얹고 설사 범벅이 돼서 뻣뻣해진 영국 특공대 바지(심지어 열대지역 특수 위장용 군복)를 보며 말했다. "널 좀 보라고. 덥수룩한 수염에 발끈해서는 버럭 화를 내고. 그게 다 엿새 동안 엄마 노릇하느라 잠을 못 자서 그래. 말도 안 되는 짓이야. 옳지 않아. 군인이 아니었던 게 다행이야. 그냥 군장비나 빌려온 게 다행이지. 그랬다가는 모두 보는 앞에서 무기를 압수─혹시 내가 갖고 있었다면─당했을 거야. 내 물병을 발로 짓이겼을 거야. 섬광탄을 터뜨렸을 거야. 내 바지를 패대기 쳐서 두 동강 냈을 거야. 그리고 자대 복귀를 명했겠지. 아마도 취사병으로 보내졌을 거야. 직무 태만으로 말이야. 샤워 불이행을 이유로 말이야……."

하여 나는 냄새가 고약하고 빳빳해진 옷을 벗고, 배낭에서 비누 하나와 미끈거리는 수건을 찾아서 물통들을 샤워실로 옮기고 모든 것에 비누칠을 했다. 그러고는 양동이 물을 하나씩 천천히 내 머리 위로 쏟아 부었다. 10분 후 베개로 사용하던 셔츠와 속옷을 입고 얇은 국방색 면바지를 입고 빨았지만 이미 녹색 곰팡이가 슨 양말은 그냥 신었다. 그러고 나니 심지어 방까지 신선하고 흥미로워 보였다. 벽에는 완전히 새로운 세대의 젊고 윤이 나는, 어디 하나 눌린 흔적이 없는 바퀴벌레들이 사방으로 흩어지는 게 보였다. 아직 마지막 탈피기에 다다르지 않은 어린 것들이었다. 그리고 물론 크고 날씬한 모기들도 있었다. 하지만 친구도 없고 도마뱀붙이도 없었다.

나는 위스키 병을 배낭에 감추고 마누와 응제에게 줄 지폐를 세서 책상 위에 나눠놓았다. 그러고 나자 비닐봉지에 테이프로 붙여 지도 주머니 제일 밑에 넣어두었던 마지막 자금이 거의 남지 않은 것 같았다. "지금은 아니야. 나중에 생각할 거야. 이 문제는 내일 처리할래." 그리고 나는 특대형 땅콩버터 병을 열었다. 래리가 없으니 손가락으로 푹 떠먹었다. 반쯤 비웠더니 속이 메슥거리기 시작했다. 그래서 딱 적당한 때에 멈추고 머그잔과 물병을 꺼내 생 오트밀, 분유, 갈색 설탕을 섞어 250밀리리터 정도 거친 죽처럼 만들어 허겁지겁 먹었다. 한 번 더 만들어 먹고, 또 한 번 더 먹었을 때 문 두드리는 소리가 들렸다.

"참, 조용할 새가 없군. 고독할 새가 없어." 말은 그렇게 했지만 진심은 아니었다. 혼자 있는 게 왠지 불안하던 차에 누군가 찾아와준 게 기뻐서 한 말이었다. 하지만 누가 왔든 그런 일이 벌어지면 얼마나 창피할까, 나는 열쇠를 집어 들며 생각했다. 사람들 앞에서 폭발해 게워내지 않기를, 오트밀, 그것도 팅팅 불은 오트밀이 행성이 폭발하듯, 땅콩버터 유막이 간헐 온천 폭발하듯 폭발해 벽에 줄줄 흘러 망신거리가 되지 않기를 바랐다. 어두운 복도에 마누가 서 있었다. 방에서 나온 흐릿한 불빛에 마누의 커다란 모자와 임퐁도 민병대의 말끔한 금의환향 군복이 빛났다. 마누는 말문이 막힌 것처럼 움직일 의지도 없이 우두커니 서 있었다.

"마누!" 내가 그의 팔을 잡고 방으로 끌며 말했다. "무슨 일이야? 들어와! 무슨 문제라도 생겼어? 여기 자네 돈 있네. 그리고 위스키도 한 병 샀어. 조니워커 레드 라벨, 마누가 제일 좋아하는 거!"

"웨일즈에서 온 거예요? 웨일즈!" 마누는 행복하게 보이려 애썼다.

"그게, 그건 아니야. 스코틀랜드지. 하지만 래리 말이 이건 위

조품이라더군. 중화인민공화국에서 온 거라고. 래리는 그렇게 생각해."

"래리……" 마누가 겨우 웃음 지으며 침대에 앉아 말했다. "미국. 래리는 미국인이죠. 내가 만나본 사람 중 가장 친절했어요."

"그래, 그런데 무슨 일인가? 마누, 표정이 안 좋아 보여. 무슨 문제라도 있어?" 내가 걱정스러운 표정으로 배낭에서 술병을 꺼내고 식료품 주머니에서 머그잔 두 개를 갖고 왔다.

"그건 사실이 아니에요."

"뭐가?"

"당이 했던 나쁜 말들이요. 끔찍한 말들이요. 미국에 대한. 미국인에 대한."

"그래, 하지만……"

"래리는 사람들에게 마음을 써요. 인민당은 아니죠. 진짜 사람, 한 사람 한 사람, 개인들에 대해서요. 그게 차이점이에요. 래리는 나에게 마음을 써줬어요."

"그래, 그랬지. 래리가 마누도 미국에……" (나는 말하려다 그만두었다.) "유럽이 미국으로 갔어. 그래서 다시 젊어졌지. 미국에는 이상도 희망도 있어. 미국인들은 미래를 믿어."

"아프리카인들도 미국에 갔어요. 여기 사람들도 아마 갔을 거예요."

"그래." 나는 무안해져서 말했다. 나는 마누가 마신 양의 두 배로 술을 더 따랐다. "자, 마시게. 다 마시자고. 래리라면 그렇게 했을 거야. 하지만 밤에만이야. 래리는 낮에 술을 마시는 법이 없지. 웅제 같지 않아…….”

마누는 한 모금 마시고 얼굴을 찡그리더니 머그잔을 발치에 내려놓았다. 나는 그에게 돈을 건넸다.

마누는 지폐 다발을 세지 않고 두 개로 나눠서 양쪽 바지 주머니에 집어넣었다. “생각해봤는데요, 웅제 친구는 내 친구가 아니에요. 그 사람들은 춤추고 술에 취하고 여자들하고 자요. 아무 여자하고요. 누구든 상관 안 해요. 하지만 나는 안 그래요.”

“안 그렇지.”

“하지만 여자들이 좋아해요, 레드몬드. 웅제 눈 때문이에요. 웅제는 특별한 힘이 있어요. 그리고 웅제 할아버지, 그 할아버지는 대단한 마법사예요. 그의 삼촌, 내 삼촌이기도 한 마누 에마뉘엘, 밀림에서 본 사람 말이에요. 래리가 내 사진을 찍었던 그 강 옆에서 본 사람이요. 그 삼촌은 콩고에서 제일가는 사냥꾼이에요. 모두 그 사람을 알아요. 사람들 말이 삼촌은 코끼리를 부를 수도 있다고 해요. 노래도 잘하고 밀림에서 음악도 만들어요. 그러면 코끼리들이 삼촌에게 오죠. 그런데 레드몬드, 웅제도 그래요. 웅제도 그렇게 할 수 있어요. 웅제도 음악을 만들어요. 레드몬드도 들어봤잖아요. 웅제는 음악을 만들고, 그러면 여자들이 웅제에게 와요. 웅제는 감미로운 음악을 만들어요. 예상치 못하게…… 깊은 음악이죠. 그런 게 나올 거라곤 생각하지 못할 거예요. 레드몬드, 그건 아름다운 음악이에요. 그리고 그 음악을 듣는 모든 여자들은 하나같이 이렇게 생각하죠. ‘아하, 이제 그가 어떤 사람인지 알겠다. 이 음악은 나만을 위한 거야. 들어보면 알 수 있어. 나를 위한, 나만을 위한 음악. 나만이, 오직 나만이 진짜 웅제를 알아보는 거야.' 그러고는 사랑에 빠지죠. 정말 그래요. 지금까지 수도 없이 많이 봤어요. 그 여자들은 음악을 원해요, 레드몬드. 마음속에서 음악을 원한다고요."

나는 위스키를 들이켰다.

"그리고 방금, 어둠 속에서 이곳에 오면서, 어디선가 이리로 걸어오면서 나는 이렇게 생각했죠. 그래, 그건 사실이야, 마누. 그것에 대해서 네가 할 수 있는 건 없어. 아무것도 없어." 마누는 이렇게 말하고 모자를 벗어 천천히 자기 앞에 놓은 다음 양손으로 모자챙을 주물렀다. 래리가 그랬던 것처럼.

모자를 벗으니 보이는 마누의 눈은 운 것처럼 빨갛고 푸석푸석했다. 하지만 그럴 리가 없다고 생각했다. 마누가 우는 건 한 번도 본 적 없었기 때문이다. 하지만 래리가 말한 것처럼 마누는 수차례 울 수 있었고 울어야 했을지도 모른다.

"왜냐하면 그 여자들 생각이 옳기 때문이에요. 그게 진짜 웅제예요. 그것 외의 다른 면은, 그 나머지 모든 것, 내가 싫어하는 모든 것은 다른 웅제예요. 악마 같은 웅제. 그의 바보 같은 친구들이 따라 하는 웅제요. 그들 눈에 보이는 부분들이요. 술 먹고 춤추고 도둑질하고 소리 지르고 다른 사람의 여자를 훔치는 것, 그 사람들이 내지르는 소리, 그렇게 소리 지르며 만사를 다, 온화한 것은 다 싫어하는 척하는 행동. 그런 것들은 다 거짓이에요, 레드몬드. 그건 일부러 하는 거짓이에요. 그게 내 생각이에요."

"마누!" 나는 어안이 벙벙하고 얼이 빠져서 어떻게 정리해야 할지 모른 채 말했다. "나를 봐!" (마누는 나를 보려고 하지 않았다.) "내가 도와줄 수 있을까?" (마누는 고개를 저었다.)

"그건 다 거짓이에요. 이제 그런 생각이 드는 거예요. 어디선가 여기로 어둠 속을 혼자 걸어오는데 그런 생각이 들었어요. 사방이 조용했어요. 그건 모두 거짓이에요. 하지만 응제는 그런 거짓이 필요한 거예요. 그래서 꾸며낸 거예요, 고의로. 진짜 응제를 안전하게 지키기 위해 그런 거짓이 필요한 거예요. 아름답고 온화한 음악을 연주하는 응제를요. 마카오에서 레드몬드도 본 응제, 가짜 응제가 깨어나면 잠이 드는 응제요. 영혼은 밀림으로 여행을 떠나요. 음악을 수집하기 위해서요. 만일 무슨 일이 있어서 응제가 음악을 연주하는 중에 곡이 다 끝나기 전에 멈추게 하면 응제는 다른 사람처럼 보일 거예요. 응제는 자기가 어디 있는지도 모르고 두려워해요. 정말 두려워하죠. 그래서 그 거짓이 필요한 거예요. 그래서 나한테 그런 말을 했어요. 나는 내가 한 짓을 하면 안 되었다고요. 하지만 이제 너무 늦었어요. 정말 안됐어요. 그 거짓 때문에 보통 사람들이 응제를 멀리하니까요. 다른 사람들이 가까이 오지 못하게 하니까요. 그래야 평화롭게 밀림으로 여행을 떠날 수 있고 안전하게 집으로 돌아올 수 있으니까요."

"알겠네." 나는 이렇게 말했지만 사실 무슨 말인지 알아먹을 수 없었다. 나는 고개를 뒤로 젖히고 위스키를 한 번 더 들이켰다. (그때 진짜 도마뱀붙이가 보였다. 빨판을 딱 붙이고 머리를 아래로 하고 매우 천천히 샤워실 입구 위 천장에 난 틈을 가로질러 기어가고 있었다. 도마뱀붙이는 빙그르르 도는 눈을 위에서 아래로, 뒤쪽 왼편으로 돌려, 아무것도 모르고 더듬이를 세우고 벽 높은 곳 모기장 뒤에서 기어가고 있는 작은 바퀴벌레에 고정시키고 있었다. 저 도마뱀붙이는 어디서 온 걸까? 샤워실 하수구에서? 아니면 정화조에서?) "마누, 난 무슨 말인지 잘 모르겠어. 무슨 일인 거야? 힘든 게 뭐야? 인생에서 원하는 게 뭔가? 자전거? 장사? 동구로 소포를 나르는 것? 우편배달?"

마누는 모자를 다시 눌러 쓰고 손을 비비고 다리를 꼬았다 풀었다 하며 말했다. "웅제! 거짓말! 바보 같아! 그건 웅제한테서 나온 생각이에요. 거짓말! 나는 그렇지 않아요. 나는 단순해요. 대학에 가고 싶어요. 미국에 가고 싶어요. 장학금을 받고 북미, 플래츠버그에 가고 싶어요. 가서 래리 박사하고 공부하고 싶어요." 마누는 나를 날카로운 시선으로 똑바로 쳐다봤다. 마누인지 알아볼 수 없을 정도였다. "나는 온화한 게 좋아요. 래리 박사도 온화한 걸 좋아해요. 우리는 책을 좋아해요. 우리는 웅제 없이 둘이서만 있을 때 그렇게 이야기했어요. 책은 좋은 거예요. 정말 그래요. 하지만 거기에 무슨 희망이 있어요? 게다가 우리의 엄격한 선생님들인 빅맨은 쿠바나 러시아에 공부하러 가요. 심지어 중국에 가는 사람도 있어요! 그러니 알 수 있겠죠? 그건 그냥 꿈이에요. 바보 같은 꿈이요. 거짓말, 바보 같은 거짓말이에요! 아무것도 아니에요. 거짓말일 뿐이라고요!"

래리와 함께 술을 마시고 있는 것처럼 래리의 말이 떠올랐다. "저 아이, 나는 저 아이가 마음에 들어. 똑똑한 애야. 플래츠버그로 와야 해. 내가 가르칠 수 있을 텐데." 그렇지만 마르크스-레닌주의 인민공화국인 이곳에서…… 그것은 불가능했다. 당연히 그랬다. 나는 입을 다물고 있었다. 마누의 얼굴을 똑바로 쳐다볼 수 없었다.

"하지만 레드몬드, 나는 감사하고 싶어요. 래리 박사를 이곳에 데려와줘서 고마워요. 그리고 내 생애 가장 대단했던 모험, 가장 훌륭했던 여행에 대해서도요. 나는 내 아이들과 그 아이들의 아이들에게 이야기해줄 거예요. 레드몬드가 나를 텔레 호수에 데려갔기 때문에 괴물 소리를 들을 수 있었어요. 괴물 소리를 한 번 들은 사람은 그 전과는 전혀 다른 사람이 돼요. 더 좋은 쪽으로요. 그게 내 생각이에요. 왜냐하면 한 번 엄청난 공포의 소리를 들으면 죽을 거라고 생각하게 되죠. 그리고 확실히 곧 죽을 것만 같아요. 하지만 결국 죽지 않고 여전히 살아 있죠. 그러고 나면 두렵지 않게 돼요, 안 그래요? 다른 어떤 것에 대해서도 두렵지 않게 돼요. 적어도 그럴 필요가 없으니까요." 마누는 자기 몸을 꼭 껴안고 매우 부드럽게 몸을 좌우로 흔들었다. "래리 박사를 여기로 데려와줘서 고마워요. 왜냐하면 나는 이제 래리 박사를 본보기로 삼아 살아갈 거니까요. 영원히요! 나는 불평하지 않을 거예요. 나는 절대 거짓말을 하지 않을 거예요. 나는 절대 화내지 않을 거예요. 그리고 내 아내에게 충실할 거예요!"

나는 몸을 앞으로 기울이고 말했다. "마누, 아내는 어떤가? 어뎧게 지내? 집에 돌아오니 어때? 어머니는 어떠신가? 마누를 다시 보고 반가워하시던가? 물론 당연히 그렇겠지! 형제들은 어때? 아이들은? 아내는? 아내는 어때? 그리고 꼬마 로카, 로카 왕자님은?"

마누는 나를 빤히 쳐다봤다. 그의 아랫입술이 떨리더니 커다란 눈물방울이 도마뱀붙이만큼 천천히 조용히 광대뼈를 타고 흘러내리다가 갑자기 속도가 빨라지며 턱 선을 타고 툭 떨어졌다. "가버렸어요. 아내가 떠났어요. 브라자빌로 갔어요. 아이도 데려갔어요. 내 어린 아들도요."

"떠났다고?"

"응제, 응제의 제일 친한 친구하고요. 응제의 제일 친한 친구요!"

"아들도 같이?"

"나는 욕해줬어요. 나는 응제한테 욕을 퍼부었어요. 제대로 해줬어요. 욕을 퍼부었어요, 레드몬드. 여기 오기 전에요."

"하지만 응제한테? 왜 응제한테?"

"왜냐하면 응제는 알고 있었으니까요. 당연히 알았어요. 응제는 모든 걸 다 알았어요. 그런데 나한테 한마디도 하지 않았어요. 응제는 아무것도 하지 않았어요. 그걸 막기 위해 아무것도 안 했다고요."

"하지만 어떻게 알았겠어? 응제는 우리하고 같이 있었잖아! 응제는 텔레 호수에 있었어, 우리하고 같이."

"그거하고 아무 상관없어요! 당신 같은 사람한테 이런 말을 해봐야 무슨 소용이 있겠어요? 전혀 이해하지 못해요! 무슨 소용이 있어요? 응제는, 어디 있든지 그게 상관없는 사람이에요! 응제는 원하는 사람은 누구한테나 얘기할 수 있어요. 당신은 이해 못해요. 응제는 밤에 사람들을 찾아가요. 원할 때는 언제나요. 원하는 곳은 어디나요!"

"알겠네." 그리고 몇 초간 나는 정말 그랬다. 마누의 다른 세계가 나에게 너무 가깝게 느껴져 잠깐 들여다본 그 세계—시공을 초월한, 한계도 없고 막을 수도 없는 증오와 비난의 이유—가 나를 압도하는 느낌이었다. 나는 즉각 내 마음 속의 블라인드를 내리고 눈에 보이는 것을 차단했다……. "마누, 나하고 같이 증기선을 타고 가지, 브라자빌로. 가서 가족을 찾아보는 거야. 아내하고 로카 왕자님을."

"그럴 수 없어요." 마누가 앞 벽에 기대놓은 짐들을 향해 걸어가며 말했다. "그럴 수 없어요. 난 열이 있어요. 느낄 수 있어요." 그는 자기 파인애플 중 하나를 집었다. "게다가 어차피 나를 원하지도 않을 거예요…… 전혀요."

"당연히 원하지! 마누 아들인데……."

"아니요! 틀렸어요! 틀렸어요! 나는 춤도 못 추고 춤추는 걸 좋아하지도 않아요. 응제 친구 같지 않다고요. 응제 친구는 책이라곤 읽은 적이 없어요. 책을 싫어해요! 응제 친구는 춤추는 걸 좋아해요! 춤을 잘 춰요!"

"책도 읽고 춤도 출 순 없나?"

마누는 파인애플을 들고 잠깐 생각해봤다. "아뇨, 레드몬드…… 안 돼요. 그건 가능할 것 같지 않아요."

나는 반쯤 빈 쌀 포대의 입구를 열어 붙잡고 있었다. "자, 여기다 넣어. 다른 것들도, 그리고 바나나도. 마누 물건들을 모아 봐야겠네."

우리는 배낭에 들어 있던 내용물을 방바닥에 다 쏟았다. 마누의 모기장, 방수포 두 개, 머릿전등, 맥라이트 전등, 마체테, 그리고 머그잔이 나왔다. 우리는 남아 있는 쌀 포대에 죄다 집어넣고 낙하산 줄로 입구를 묶었다. 마누가 그걸 어깨에 둘러멨다.

나는 문을 열어주며 말했다. "마누, 브라자빌 이야기 말인데. (아마도 마누가 내 말을 오해했을 거라 생각하면서 말했다.) 내가 브라자빌로 가는 운임료를 내주면 거기서 일자리를 구할 수 있지 않을까? 어떤 일이든? 그러면 거기 살면서 적어도 아들은 볼 수 있지 않겠나. 안 그러면…… 아들을 다시는 못 볼지도 모르는데…… 찾아가볼 수 있지 않겠나. 당연히 그럴 수 있지 않겠어? 만날 수 있게 해주겠지. 그럼 다시 아들을 만날 수 있고 자라는 것도 볼 수 있어. 도와줄 수 있고. 꼬마 로카, 로카 왕자님을……."

마누는 방 입구의 불빛 아래에 섰다. "거기 일자리가 어디 있어요?" 몸을 획 돌려 나를 마주 보고 떨면서 큰 소리로 말했다. "나 같은 사람을 위한 일자리가요? 브라자빌에요? 거기 일자리 같은 건 없어요! 게다가 말해봐요, 내가 어디에 머물 수 있겠어요? 내가 어디로 가면 되겠어요? 마르셀랭 형한테요? 마르셀랭 형 집에요? 아뇨! 형은 인정머리라곤 없어요. 가족을 데리고 있지 않을 거예요. 자기 집에 가족을 데리고 있으려 하지 않을 거예요!"

"하지만 웅제 친구는…… 그 사람도 일자리가 없지 않아?"

"없어요! 없다고요! 그 사람도 일자리가 없어요!" 마누는 잠깐 말을 멈추더니 계속 이었다. "하지만 그 사람은 돈이 있어요, 레드몬드. 그것도 많이요. 여기저기서 이런저런 돈을 모았어요." 마누는 이렇게 말하고 몸을 돌려 걸어가기 시작했다.

"마누! 자네는 똑똑한 사람이야…… 특별하고…… 내가, 내가 추천서를 써줄 수도 있어!"

그는 빛 속으로 뒷걸음쳤다. 그는 나이가 들어 보였다. 내가 알고 있다고 생각했던 마누보다 훨씬 그렇게 보였다. "추천서요! 추천서! 당신이요?" 마누는 웃었다. 그날 밤 처음으로 지은 웃음이었다. "아뇨, 레드몬드, 추천서를 써주려면 빅맨이어야 해요. 당에 있는 사람이어야 해요." 그는 짐을 들지 않은 손으로 내 팔을 꼭 쥐더니 이렇게 말했다. "하지만 고마워요." 그러고는 어둠 속으로 멀어져갔다.

"그래, 그렇겠지. 다음 타자는 웅제겠지. 돈을 받으러 올 거야. 걸을 수 있다면, 걸을 수만 있다면 올 거야." 나는 마누가 마시지 않은 위스키가 담긴 머그잔을 들고 침대에 앉아 말했다. 그때 마을 발전기와 램프가 꺼졌다. "제기랄." 나는 어둠 속에서 일어나 이렇게 말하고 다시 자리에 앉았다가 조심조심 머그잔을 오른쪽 바닥에 내려놓았다. "나는 지쳤어. 완전히 녹초가 됐어……." 그때 저 깊은 기억 속에서 "그렇다"라고 말하는 스털링 라인스 기지 훈련대대장 목소리가 들려왔다. 그는 그해 그날까지 50번째 똑같은 지시사항을 반복했다. "항상 소총과 함께 잠든다. 침대 난간 옆에는 손전등을 둔다. 직각손전등으로. 자신과 소총, 절대 잊지 마라. 언제나 붙어 있어라. 짝짓기하는 두꺼비처럼. 알겠나? 짝짓기하는 두꺼비……."

나는 배낭을 뒤져 국방색의 직각손전등을 꺼내면서 두꺼비 이야기에 한 가지 더 생각을 보탰다. 깊은 기억 속에서 올라온 두꺼비의 포접*이었다. 잠재의식 속 깊이, 원시 수프 속에서 일어나는 일이란 그런 것 아닌가. 직각손전등의 도움을 빌려 머릿전등을 찾아 쓰고 두 손을 자유롭게 했다. 그런데 뭔가 이상했다. 왜 이렇게 배낭이 빈 거지? 아, 도둑이다! 나는 몸을 돌려 둘러봤다. 그리고 이내 겨우 10분 전에 마누와 내가 배낭에 든 내용물을 바닥에 늘어놓았던 것을 기억해냈다. 응제의 모기장과 방수포 한 개가 침대 아래 내던져져 있고 또 다른 방수포 하나는 거의 샤워실 안쪽에 있었다. ("마누! 이상한 일도 아니지. 하지만 응제를 비난할 순 없어. 그런데 그 저주는 제대로 된 저주인가? 진짜 마법사의 저주?" 내가 말했다.) 응제의 맥라이트 손전등과 마체테, 스위스 군용 나이프에는 먼지가 뽀얗게 앉아 있었지만 빈 카사바 포대에 무사히 들어 있었다. 그래서 나는 거기에 모기장과 두 개의 방수포, 솥(왜냐하면 응제는 요리사니까)을 집어넣고 여분의 칼, 포크, 숟가락, 에나멜 접시 두 개, 머그잔, 벗겨질 듯 말 듯한 노란 포장지에 싸인 치킨 고형 육수 한 조각—더러운 방바닥에 떨어졌다가 침대 안쪽 다리쯤에서 쉬고 있었던—을 넣었다. 응제가 만들 수 있는 유일한 소스는 치킨 고형 육수였고—"내 소스를 맛보셔야 해요!"—심지어 나 같은 사람도 응제가 정말이지 형편 없는 요리사라는 걸 알 수 있었다.

아무도 오지 않았다. 그래서 정적 속에서 나는 침대에 누워 잠들지 않으려고 애쓰며 두 개의 전등을 천장에 비춰 보았다. 회색 빛이 도는 초록색 도마뱀붙이가 여전히 있었는데, 더 가까이에 거의 바로 내 머리 위에 거꾸로 딱 붙어 있었다. "그런데 너 거기 붙어버린 건 아니지? 그렇지?" 내가 조용조용히 도마뱀붙이에게 말했다(도마뱀붙이는 별로 개의치 않는 것 같았다). "너한테 빨판 같은 건 없잖아, 그렇지?" 아니지, 너는 그보다 훨씬 복잡한 동물일 거야. 2억 4,000만 년 동안의 무작위 돌연변이를 거쳤을 테니까. 네 구조의 작은 변화, 아주 사소한 변화(그리고 아마도 한두 번의 큰 변화) 하나하나가 일어나기 위해 백만 번의 죽음이 있었겠지. 그때그때 생겨난 필요에 맞추기 위한 변화 말이야. 수많은 짝짓기와 수많은 세대도 거쳤겠지. 네 모든 도마뱀 조상들은 그 하나하나가 다 도마뱀이 이룬 일종의 승리의 표상이지. 모든 상황에도 불구하고 교미를 할 만큼 오래 생존한 거니까 말이야. 그리고 이제 여기 뒷벽과 천장이 만나는 곳에서 60센티미터쯤 떨어진 곳에, 모기장 거는 고리에서 60센티미터쯤 떨어진 곳에

---

* 抱接. 개구리나 두꺼비 암수가 서로 몸을 밀착시켜 암컷이 알을 낳으면 수컷이 즉시 정액을 뿌리는 행위.

네가 있구나. 너는 지금 천장에서도 딱 습기로 얼룩진 곳에 거꾸로 매달려 있구나. 조그맣고 재미나게 생긴 네가 게코도마뱀붙이°와 조금이라도 비슷하다면(물론 너한테 게코도마뱀붙이라는 건 말도 안 되는 인위적이고 터무니없는 것으로 보이겠지만, 왜냐하면 게코도마뱀붙이라는 이름을 갖게 된 건 순전히 좀 더 덩치가 크고 집에 살고 동남아시아 전역에서 젓가락만큼이나 흔하기 때문이니까) 네 개의 손가락과 발가락 옆면에 줄줄이 난 비늘 하나하나마다 있는 작고 부드러운 돌기 15만 개의 도움으로 그렇게 매달려 있었지. 그리고 모든 돌기에 수백 개의 빳빳한 털이 나 있고, 그리고 그 털 대부분 끝에는 주걱 모양의 미세한 판이 있지. 그 모든 판에는 혈액으로 가득 찬 시누스샘이 있어서 네가 올라가는 표면의 미세하게 불규칙한 굴곡의 사이와 그 주변 쪽으로 혈액을 밀어주는 거지.

"쉬잇!" 게코가 제비처럼 말했다. "쉬잇, 쉬잇, 쉬잇!"

"몰랐어? 네 발가락에 대해 몰랐던 거야? 그럴 수 있을 때 그냥 즐기렴. 그렇게 붙잡을 수 있는 발가락으로 매달려 있을 때 너는 스타란다, 다윈의 스타. 하지만 뭔가 좀 하렴." 나는 목소리를 좀 더 높여 말했다. "이 전등을 들고 있는 것도 싫증 나는구나. 게다가 아프기도 하고. 목에 쥐가 난 것 같아. 머릿전등 때문인 것 같아. 그러니 뭔가 좀 해보렴. 나한테 뭔가 좀 보여줘!"

똑똑하고 인정 많은 도마뱀붙이는 분홍색 혀를 길게 빼서 왼쪽 눈을 슥 핥고는 오른쪽 눈도 핥았다.

"그거 썩 괜찮구나." 나는 이렇게 말하고 직각손전등과 머릿전등을 꺼서 침대 위 내 옆에 놓아두었다. "잘했구나. 멋졌어. 이런 걸 물어봐도 될지 모르겠다만 도대체 어떻게 그렇게 할 수 있는 거니? 그것 참, 멋진 도마뱀붙이야. 네 멋진 모습에 홀딱 반했어." 나는 이렇게 말하며 옆으로 돌아누워 왼쪽 무릎을 오른쪽 무릎 위에 놓았다 아래에 놓았다 하며 말갈기로 만든(아니면 강멧돼지털인가) 매트리스 가운데 U자 형으로 움푹 들어간 곳에 넣고 발목을 죽 펴고 등을 구부리고 어깨를 움직여 봤다. (아, 침대! 진짜 침대!)…… 하지만 도마뱀붙이야, 너는 네가 다윈의 스타라고 말하지만…… 아니야, 네가 아니란다. 그래, 바로 내가 다윈의 스타야. 하지만 그렇다고 해도 중요한 건…… 왜냐하면 나도 그렇게 할 수 있다면 좋겠거든. 나도 내 혀를 말아 올려 내 눈알을 청소할 수 있으면 좋겠거든……. 물론 어떤 사람들한테는 영 호감이 안 가겠지만…… 네가 그러는 걸 본 사람이라면 말이야."

그리고 나는 벽에 기대놓은 쇠창살 우리 안에서 새끼 고릴라와 함께 있는 꿈을 꾸었다. 그리고 그건 순간 이전의 순간, 사적이고 공간적으로 광대해지는 그런 순간이었다. 다음 순간이 오기 전, 당신과 당신의 모든 추억에 종지부를 찍는 그런 순간. 하지만 슥슥 긁는 소리…… 우리 바깥에 친구가 있었다. 15센티미터짜리 도마뱀붙이. 도마뱀붙이의 발이 우리 뒤판의 빗장을 단

---

* Gekko Gecko. 나무 위에 사는 야행성의 뱀목도마뱀붙이과로 인도 북부에서 인도네시아 열도, 호주에까지 분포되어 있다.

단히 붙잡고 있었다. 손은 문고리를 쥐고 혈액이 가득한 백만 개의 주걱 모양 판은 모든 틈새와 구멍, 그리고 튀어나온 곳에서 부풀어 있었다. 도마뱀붙이는 당기고 또 당겼다. 그리고 빗장이 긁히는 소리가 났다. 쇠의 녹과 녹이 맞부딪히는 소리.

마르셀랭이 우리 밖에 서 있었다. "레드몬드! 레드몬드! 무슨 일 있어요? 괜찮아요? 이것 좀 열어봐요! 나도 들어갈게요. 나도, 나도!" 그러고는 엽총 개머리판으로 우리의 옆면을 세차게 쳤다. 도마뱀붙이가 아래로 뚝 떨어졌다. 고릴라는 팔로 머리를 감쌌다. 마르셀랭은 개머리판을 자기 오른쪽 어깨 위로 높이 올리더니 포물선을 그리듯 아래로 내리고는 우리 창살을, 우리 문을, 문의 앞면을, 앞문의 창살을 밀어 열었다. "마르셀랭!" 나는 소리를 빽 지르며 침대에서 벌떡 일어나며 직각손전등을 켰다. "잠깐 있어봐! 진정해. 그러다 문 다 부수겠어!"

"레드몬드! 당신은 잠 좀 자야겠어요!" 문을 열어주자 마르셀랭이 소리쳤다. "잠 좀 자야 한다고요! 깨우고 싶진 않았는데! 그래서 문을 긁은 거예요! 레드몬드가 준 칼로요! 창문을 긁었지만 당신이 일어나지 않았어요! 그래서 문을 두드린 거예요."

"알았어."

"괜찮아요? 잠 좀 잤어요? 지금은 괜찮아요?"

"글쎄, 잠을 많이는 못 잤어……."

"이제 많이 잘 거예요! 많이요! 이틀사흘 동안요. 나흘 동안요! 잘 수 있어요. 증기선이 올 때까지 잘 수 있어요. 내일 올 수도 있고 다음 주에 올 수도 있어요!"

"마르셀랭, 앉아. 앉아서 진정해." 나는 침대 가장자리에 앉아 머릿전등을 켜서 그에게 건넸다.

"그래요, 그래요." 그는 의자에 앉았다. "맥주 조금! 그리고 야자술! 어머니한테 맥주를 좀 가져갔어요." 이렇게 말하고는 목소리를 거의 소곤거리는 톤으로 낮췄다. 그러고는 조금 소리를 높여 "근데 레드몬드, 여기 어두운데 괜찮아요? 어두운데 그냥 앉아 있었어요?"

"자고 있었어."

"자고 있었다고요? 왜요? 잘 시간이 어디 있어요? 난 얘기하고 싶어요!"

"마르셀랭, 뭔가 좀 먹어. 자네 뭔가 좀 먹어야 할 것 같아."

마르셀랭은 머릿전등으로 나를 비추며 말했다. "당신 깨끗해졌군요! 옷도 깨끗하고!" 불빛이 내 발쪽으로, 왼발, 오른발로 옮겨갔다. "그런데 이건 뭐예요?" 마르셀랭은 무릎을 구부리고 몸을 앞으로 쭉 뻗어 마누의 머그잔을 잡았다. "위스키잖아요! 술 마시고 있었던 거예요? 위스키!" 마르셀랭은 그걸 두 번에 들이켰다. "조니워커! 레드 라벨!"

"그거 마누 거야. 한 모금만 마셨어. 화가 났던데."

"마누가 말했어요? 로카에 대해?"

"응."

"이거 왜 이래요, 레드몬드! 조니워커를 이렇게 마실 수는 없어요! 이렇게는 안 돼요. 이렇게 어둠 속에서요!" 마르셀랭은 일어나서 식료품 주머니를 뒤졌다. "양초! 여기 있군. 그리고 접시!" 마르셸랭은 책상에 새 양초와 짧은 양초 세 개를 세운 접시를 놓고 초에 불을 붙였다. "뭔가 먹으라고요?" 마르셸랭은 머릿전등을 끄고 바닥에 내려놓은 후 촛불을 등지고 앉았다. 그는 촛불을 받은 책상 위를 슬쩍 훑어보더니 대형 땅콩버터 통을 보았다. "이거요? 이거 먹으라고요?"

"원하는 것 아무거나. 마음대로 먹어. 땅콩버터, 그게 최고지!"

"하지만……"

"하지만 뭐?"

"누군가 이 안에 손가락을 집어넣었잖아요."

"별 걱정은. 나야, 내가 그런 거야. 마음대로 먹어. 어서 들라고."

"걱정이라고요? 당신이 그랬을 뿐이라고요? 씻기 전이에요?"

"음, 글쎄……"

"안 먹어요! 당신 병 있잖아요! 더러워요!"

"병이라고? 나 병 없어!"

"쳇!"

"흠…… 그럼 오트밀 있어. 오트밀 먹어봐. 분유도 있고 설탕도 한 조각 있어."

"머그잔……" 마르셸랭이 초조하게 말했다. "깨끗한 머그잔이?" 그러고는 전등을 켜고 식료품 주머니 쪽으로 가서 파란 머그잔을 꺼냈다. 그걸 보자니 흐뭇했다. 큰 파란 머그잔. 새끼 고릴라의 머그잔이었다. "그래서 마누가 다 말했군요." 마르셸랭이 머그잔 속 오트밀을 저으며 말했다. "아내라고? 그 여자는 마누의 아내가 아니에요! 심지어 여자친구도 못 돼요! 아이는 마누의 아이가 맞아요. 그에 대해선 의심의 여지가 없어요. 하지만 그 여자는 아름다워요, 레드몬드. 아름다운 여자죠. 그러니 뭘 기대해요? 그러니 당신 생각에 그녀가 어떻게 해야 할 것 같아요? 그 여자도 살아야죠! 그리고 마누는 돈이 없어요, 직업도 없고. 아무것도 없어요." 마르셀랭은 자리에 앉아 오트밀을 허겁지겁 먹었다. "마누는 직업도 없고 그래서 비참하죠. 그러니 제대로 먹지도 못하고 말라리아, 열병, 별별 종류의 열병에 다 걸리는 거예요. 마누는 아파요. 항상 골골대요. 레드몬드도 봤잖아요! 이 일, 당신과 함께 이번 일로 문제를 해결할 수 있을 거라 생각했어요. 알다시피 돈을 받을 거니까요. 하지만 어떻게 해요? 마누는 이제 제대로 작은 장사라도 할 수 있을 거라고 생각했어요. 뭔가 물건 거래를 할 수 있잖아요. 카사바라도요. 하지만 이젠, 나도 모르겠어요. 그 여자가 가버렸으니. 그리고 사람들 말이 우리 삼촌, 상류에서 만났던 마누 에마뉘엘, 우리 가족의 가장이 지금 임퐁도에 와 있대요. 그게 사실이라면 삼촌이 정말 임퐁도에 있다면 뭔가 이유가 있어서 왔을 거예요. 레드몬드, 나는 삼촌을 신뢰하지 않아요!"

"그건 왜?" 내가 자리에서 일어나 병마개를 따 우리 머그잔을 4분의 3쯤 채우며 말했다.

"그 삼촌은 최악이에요. 모두들 나에게 기대러 왔어요. 내 가족들 말이에요. 하지만 그 삼촌이 제일 심했어요. 내가 취직하자

마자 마누 에마뉘엘은 내가 일하는 부서에 허가증을 요청했어요. 한 사람한테 허용된 것 훨씬 이상으로요. 모타바 강과 이벵가 강 사이에 있는 모든 코끼리, 모든 둥근귀코끼리를 다 죽이기에 충분한 허가증이었어요. 삼촌은 그렇게 생각한 거예요. 마르셀랭이 이제 정부에서 일한다! 나는 부자다. 상아를 다 수출해야지. 내가 직접 다 팔아야지. 그런데 내가 '아니요, 미안하지만 나는 그런 상황이 못 돼요'라고 말하자 삼촌은 화를 냈죠. 삼촌은 골칫덩어리예요. 불같이 화를 냈어요. 내가 부패를 저지르고 있다고 말했어요. 누군가 다른 사람이 나한테 돈을 줬을 거라고요. 다른 밀렵꾼들, 돈 많은 밀렵꾼들, 중개인들이 나한테 더 많이 주겠다고 했을 거라고요. 더 많은 돈을요. 그는 아주 나빠요. 힘들었죠."

"그래, 이해하네."

"레드몬드, 난 최선을 다했어요. 당신도 알다시피 난 그랬어요. 하지만 내가 그 사람들을 다 보살필 수는 없어요. 이해할 거예요. 그건 불가능해요. 내 진짜 형제와 누이 들이 있어요. (마르셀랭은 손가락으로 수를 헤아렸다.) 내 이복 이부 형제누이들, 그리고 모든 삼촌과 이모, 고모, 숙모…… 다 합치면 100명은 될 거예요! 아마 그 이상일 거예요. 가까운 친족들만 해도 그렇다는 거예요. 당신은 가족 100명을 돌볼 수 있겠어요? 그게 가능하겠어요?" 마르셀랭은 이 질문이 자신의 척추를 돌아가게 하기라도 한 것처럼 의자에서 몸을 비틀어 돌리고 손을 등의 움푹 팬 곳에 얹었다. "자, 말해봐요! 당연히 그럴 수 없죠. 당신 모습을 봐요!

당신 행동을 보라고요! 하지만 당신은 서양인이니 어디 한번 말해봐요! 그렇게 할 수 있겠어요? 그렇게 할 수 있겠냐고요! 래리라고 해도 할 수 있을까요? 내가 묻는데, 래리라면, 모두들 그렇게 감탄해 마지않는 래리라면 할 수 있을까요? 그 모든 가족들이 릴레이로 돌아가면서 당신 집에 머문다면 그렇게 놔두겠어요? 휴식도 없고 평화도 없는데? 모든 걸 다 가져가는데요? 당신이 번 돈을 다 가져가는데요? 그럴 수 있어요? 래리라면 그럴 수 있겠어요?"

"잘 모르겠는데." 나는 그 감정을 외면하려고 자리에서 벌떡 일어나 아무 생각 없이 병에 남아 있던 걸 우리 머그잔에 다 따랐다. "래리에 대해서는 잘 모르겠어. 래리는 하루에 네 시간만 자는데 그렇게 되면 아마 세 시간으로 잠을 줄이겠지. 아무 말도 없이, 야단법석 떨지 않고. 그저 자기 혼자서 집 한 채를 더 짓겠지. 트리플 플러스 목재로 말이야. 그걸 뭐라 부르든 그저 가족을 위해서 말이야. 하지만 난 그렇게 하지 않을 거야. 당연히 그렇게 안 하지." 나는 결연한 자세로 자리에 앉았다.

"나도 물론 안 하죠! 당신도 그럴 테고요! 북미 사람들, 그 사람들은 달라요. 하지만 나는, 빅맨이에요. 나는 부자여야 해요. 왜냐하면 나는 쿠바로 유학갈 수 있는 장학금을 따냈고, 그리고 지금은 정부에서 일하고 있으니까요! 그 사람들이 그걸 믿지 않는다고 해도 상관없고, 일당 겨우 60달러를 번다고 해도 상관없어요. 물론 그것도 돈을 줄 때야 말이지만. 가끔은 몇 달 동안 월급을 안 줘요. 당은 이렇게 말하죠. '미안하네, 동지. 우리는 당과

인민을 위해서 희생해야 하네. 이번 달에는 국가에 돈이 없네. 자네 월급을 줄 돈이 없어.' 하지만 내가 뭘 할 수 있겠어요? 그건 내 직업인데. 다른 건 할 게 없어요."

"있잖아…… 마누가 대학에 갈 수 있겠나? 브라자빌에서?"

"하!" 마르셀랭이 얼굴에 날아다니는 작은 갈색 나방을 손사래 쳐서 날려 보내고 위스키 잔을 들어올렸다. "그 아이는 공부를 더 열심히 해야 했어요. 학교 다닐 때 더 열심히 했어야 한다고요."

"하지만 마누는 대학에 가고 싶어 해. 정말 가고 싶은가 봐. 래리가 마누한테 자극을 줬어. 어떻게 방법이 없겠나…….

"지금 여기가 어디라고 생각해요? 북미? 레드몬드, 여기서는 두 번째 기회 같은 건 없어요." 마르셀랭은 위스키를 한 모금 들이키더니 이라도 닦는 것처럼 입 안에서 오물거리며 빙빙 돌리더니 삼켰다. "그리고 첫 번째 기회조차 극히 드물죠. 조금만 둘러봐도 알 수 있잖아요."

양초 주변을 빙빙 돌며 나는 작은 갈색 나방은 막처럼 생긴 좁은 깃털로 된 날개가 적어도 다섯 쌍은 되어 보였다. 앞과 뒷날개는 기다란 리본 같은 띠와 깃털로 나뉘어 있었다. 아프리카 깃털나방 종류인가 보다, 라고 생각했다. "마르셀랭, 오늘 여기로 걸어 돌아올 때 특별한 걸 보았다네. 페넌트 같은 날개에서 기다란 띠가 나와 있는, 페넌트쏙독새 말이야." 내가 말했다.

"쏙독새라고요? 한 잔 더! 위스키로! 위스키 마시면 잠이 올 거예요. 바로 곯아 떨어질 거예요."

"정말 보고 싶었던 새야. 브라자빌에서 내가 마르셀랭한테 물어봤었지, 기억하나? 그 하마가 있던 장소에서 말이야. 페넌트쏙독새!"

"그 새는 물론 알고 있죠! 페넌트쏙독새! 그렇지만 레드몬드, 페넌트쏙독새는 여기 임퐁도에서 일 년 중 이 무렵에 아무 데서나 볼 수 있는 새예요. 도처에 널려 있어요. 밀림까지 갈 필요도 없죠. 페넌트쏙독새는 밀림을 좋아하지도 않고요. 그 새들은 도로를 좋아해요. 길 위에서 쉬죠. 그 새를 보려면 그냥 트럭을 운전해서 돌아다니기만 하면 돼요."

"그래, 하지만……"

"하지만 이야기나 해요. 난 이야기가 하고 싶어요! 난 레드몬드한테 감사하고 싶어요. 한 가지 일에 대해서요. 단 한 가지 중요한 일이요."

"나한테 감사한다고? 하룻저녁에 두 번이나!"

"아무튼 들어봐요! 지금 이야기하고 그걸로 끝내기로 합시다, 알았죠? 다시는 꺼내지 않기로 해요!"

마르셀랭은 머그잔을 바닥에 내려놓고 팔꿈치를 무릎에 올려놓고 몸을 앞으로 기울였다. 손바닥을 맞대고 그 끝은 나를 향하고 있었다. "알았죠?"

"알았네."

"주물 이야기예요. 그 주물, 도쿠가 내게 준 주물 말이에요. 그게 나를 살려준 것 같아요. 보아에서요. 그 외에는 다른 설명을 할 수 없어요."

"어떤 의미인가?"

마르셀랭은 문 쪽을 한번 흘끗 보더니 목소리를 낮춰 말했다. "어떻게 보더라도 제케에 있는 모든 사람들은 보아 남자들이 우리를 죽일 거라고 했어요. 전부 다 그렇게 생각했어요. 딱 한 사람 두블라만 빼고—그건 보베 영감 때문이었죠—그들은 맹세했어요. 그리고 추장 앞에서 그렇게 맹세하는 건, 그건 매우 진지한 일이에요. 그러니 무엇이 그걸 멈출 수 있었겠어요? 살인을요. 내가 그중 한 명은 총으로 쏠 수 있었겠죠. 하지만 그 이상은 못 해요, 그 총으로는." 마르셀랭은 벽에 기대어 고개를 주억거렸다. "단 한 방! 아무 쓸모없죠! 그리고 충분히 상상할 수 있을 거예요. 마체테를 든 마누가 어땠겠어요?"

마르셀랭은 웃음을 터뜨리다가 멈추고 나를 바라보며 점점 조용해지더니 양손바닥으로 얼굴을 쓸어 올린 뒤 고개를 흔들고 한입 가득 위스키를 마셨다. "그 사람들은 킬러들이에요. 보아 남자들 말이에요. 두블라도 그렇고 모두요. 그들은 노상 싸워요! 응제하고 두블라가 마체테로 붙는다면? 그럼 응제는 뼈도 못 추릴 거예요. 살점 조금은 남겠죠. 닭 먹이로 줄 살점. 내 닭들한테 줄 살점 조금요……."

"제케에서 무슨 일이 있었나? 마르셀랭이 도망갔을 때? 우리 남겨두고 갔을 때?"

"도망이라고요? 남겨두고 갔다고요? 그게 레드몬드가 생각하는 거예요?"

"아니, 물론 아니야." 내가 술을 깨려고 하며 말했다. 물병에 물이 남아 있을지 궁금했다. "아니, 미안하네. 그런 뜻이…… 아니었네."

"하지만 그렇게 말했잖아요! 그랬잖아요! 레드몬드, 그 사람들이 죽이겠다고 이를 가는 사람은 레드몬드가 아니었어요! 그 사람들은 당신을 잡을 생각이 없었어요. 나를 잡으려고 했다고요. 게다가 우리가 다 제케로 갔다면 그 놈들이 우리를 따라왔을 거예요. 그리고 죽였겠죠, 틀림없이. 하지만 당신이 보아에 계속해서 있으니 놈들이 이렇게 생각했겠죠. '기다려보자. 마르셀랭은 돌아올 거야.'"

"알겠네."

"이렌이 내 주머니에서 주물을 발견했어요. 알다시피 이렌은 어리잖아요. 내 주머니에 손을 넣는 걸 좋아하죠. 그리고 이렇게 말하는 거예요. '그렇구나! 이제 알겠어요. 이것 때문에 당신이 돌아온 거예요. 이것 때문에 살아 있는 거예요!' 그래서 내가 비밀을 꼭 지키라고 하고 그녀에게 다 얘기해줬어요. 내 할아버지 도쿠에 대해서요. 그리고 도쿠와 함께 있었던 그날 밤에 대해서요. 그 결혼반지와 다른 모든 것, 할아버지가 보아에서 어떻게 내 목숨을 구했는지에 대해서요. 그래서 이렌이 자기 부모님한테 그 얘기를 다 한 거예요. 그리고 그 부모님이 제케에 있는 모든 사람에게 다 말하고요. 그래서 모두들 이렇게 말하는 거예요. '아하! 그래서 마르셀랭이 목숨을 부지했구나! 이제 알겠네, 이제 확실히 알겠어. 북부에 보아에 있는 마법사보다 더 강력한 마법사들이 있구나. 이들은 보아에 있는 마법사들도 모르는 걸 알고 있구나! 도쿠란 사람이 누구지? 찾아봐야겠군! 사람을 보내 알아봐야겠어. 바딜디, 그 사람은 갈 거야. 우리도 먼 북부까지 사람을 보내서 주물을 얻어와야겠어. 그러면 우리도 무서워할 필요가 없겠지. 보아 사람들을 다시는 두려워할 필요가 없을 거 야!'"

"잘됐군!"

"그리고 그날 밤 이렌은 나한테 여러 가지를 해줬어요. 다른 여자가 한 번도 해준 적 없는 것들을요. 그 작은 손이 내 몸 구석구석 안 닿은 데가 없고, 그 작은 가슴, 오르가슴, 그녀는 나를 완전 녹초로 만들었어요!"

"여러 가지라니? 어떤 걸 말하는 거야?" 내가 머그잔을 비우며 말했다.

"그걸 어떻게 말해요! 어떤 거냐뇨? 말 안 해요! 아뇨, 안 해요! 당신한테 미주알고주알 다 말할 순 없죠. 내가 왜 그래야 하죠? 당신이 이것저것 물어보는 통에 이제 진력이 나요. 질문, 질문, 당신이랑 있으면 하루 온종일 질문이죠. 당신도 부인은 못할 걸요. 이제 그만 됐어요. 당신은 있는 대로 날 쥐어짰어요. 당신 질문에 이제 바닥까지 다 쥐어짜냈다고요. 비쩍 마른 카사바, 지금 내가 딱 그 꼴이에요! 압착기에 눌린 카사바 한 봉지. 쥐어짜고 쥐어짠 카사바요! 레드몬드, 가끔 당신은 어린아이 같아요. 그리고 가끔은, 아니 매우 자주 당신은 내 선생님 같아요. 불어 선생님이요. 브라자빌에 있는 국립고등학교의 그 프랑스인 선생님들이요. 하지만 그런 사람은 여기서 이제 더는 찾아볼 수 없을 겁니다. 콩고에는 더 이상 없죠. 오, 아니다! 이제 생각해보니, 레드몬드는 프랑스 선생님들과 전혀 같지 않아요. 왜냐하면 그 사람들은 좋은 사람이지만 엄격하고 혹독하죠! 우리를 가르쳤으니까요. 뭔가 배울 수 있게 해줬죠. 우리에게 관심을 가져주고 신경을 써줬어요."

"알아. 전에도 그렇게 말하지 않았나."

"내가요? 내가 그랬어요?…… 당신은 참 문제예요. 했던 말을 하고 또 하잖아요. 나만 그렇게 생각하는 게 아니에요. 그러고 보면 했던 말을 반복하는 것도 무리는 아니죠. 당신은 늙었으니까요. 괜찮아요. 그게 정상이에요. 우리같이 젊은 사람들은 그럴 거라고 대충 예상하죠. 그런데 당신 좀 봐요! 머리가 희끗희끗해요. 분홍 살결에 희끗희끗한 머리. 아니 백발, 분홍색에 흰색! 당신 머리는 백발이에요. 당신은 늙었어요!"

"자기는 안 늙을 줄 알아!" 나는 너무 늙어서 맞받아칠 생각은 못하고 버럭 짜증을 냈다. "그리고 내가 언제 같은 말을 반복했어? 게다가 나도 사람들한테 신경 써!"

"문 열어!" 밖에서 뭔가로 입을 틀어막은 소리가 들렸다. "문 열어! 민병대 지시다!"

"웅제군." 마르셀랭이 문 쪽으로 갔다. "웅제도 했던 말을 또 하지만 그건 개가 멍청해서 그래요. 게다가 내내 실실 웃어대죠. 아무것도 아닌 일에……."

"웅제는 멍청하지 않아." 내가 이렇게 말하는데 웅제가 입에 모자를 물고 문턱에 걸려 넘어졌다. "웅제는 다양한 면이 있지.

하지만 확실히 멍청한 건 아니야." 나는 의자에 앉아 있는 노인네처럼 말했다.

"취했군. 응제, 너 취했지?" 마르셀랭이 말했다.

"그래요." 응제가 배낭을 풀고 몸을 일으킨 후 오른쪽 눈, 현세의 눈을 마르셀랭에게 고정하고 말했다. "삼촌도 취했잖아요."

"뭐 하러 왔어? 뭐 하러 왔냐고. 우리 얘기하는데 방해하고 있잖아. 뭐 때문에 왔어?" 마르셀랭이 앉으며 말했다.

"내 돈 빨리 줘요! 여자가 기다리고 있어요. 어디 있어요, 내 돈?"

"몰라. 누가 알겠어? 레드몬드한테 물어봐. 아마 갖고 있겠지." 마르셀랭이 어깨를 으쓱하며 말했다.

"방이 엉망이군요. 난장판이에요." 응제가 나를 향해 배낭을 발로 차며 말했다.

"그렇지 않아도 기다리고 있었어." 내가 이렇게 말하고 일어나 마르셀랭 뒤에 있는 책상 위에서 돈 뭉치를 가져왔다(제일 위에 있는 지폐는 촛농 때문에 끈적끈적했다). "그리고 고맙네. 모두 다 고마워."

"네!" 응제는 이렇게 말하다가 엇갈려서 포개놓은 돈 뭉치를 떨어뜨렸고 다시 주워서 바지 오른쪽 주머니에 마구 쑤셔 넣었다. "여자!" 그렇게 외치고 일어나더니 비틀거리면서 문을 쾅 닫고 나갔다.

마르셀랭은 응제라는 존재가 아예 없어지기라도 한 것처럼 아무 일 없었다는 듯 말했다. "제케에서는 기분이 안 좋았어요. 레드몬드를 버리고 온 것 같아서요. 그래서 생각했죠. 레드몬드가 원하는 게 뭘까, 나한테 뭘 해달라고 할까? 그 노친네는! 물론 그거지! 그래서 에마뉘엘 영감한테 갔어요. 에마뉘엘 망구멜라한테요. 에마뉘엘 오두막에는 커다란 안락의자가 있어요. 그리고 부인도 있었어요. 잘은 모르지만 아마 첫째 부인인 것 같았어요. 가장 중요한 부인이죠. 머리가 약간 이상한 것처럼 보였어요. 잘은 모르지만 아무튼 화관을 쓰고 있었어요. 매일 싱싱한 나뭇잎으로 새 화관을 만들어 써요. 이렌의 말이 에마뉘엘은 오래전에 보아의 마법사한테서 저주를 받았대요. 지금은 그 마법사가 죽었지만 에마뉘엘 망구멜라의 첫째 부인은 여전히 화관을 쓰고 있는 거예요. 그 화관이 저주를 막아주기 때문에 혹시 모르니 쓰고 있다는 거예요. 게다가 그건 그 부인이 아직도 남편을 사랑하고 있다는 걸 보여주죠. 아무튼 레드몬드는 나한테 고마워해야 해요. 아마 나 덕분에 기분이 좋아질 거예요. 나를 용서할 거예요. 왜냐하면 에마뉘엘이 나한테 여러 가지를 말해줬고 내가 정말 성의를 기울여 힘들게 다 적어놓고 당신을 위해 다 기억해뒀어요!" 마르셀랭이 이렇게 말하고는 셔츠 주머니에서 세심하게 접은 종이 한 장을 꺼내 무릎에 올려놓고 평평하게 폈다.

"고맙네. 아주 고마워." 나는 침대 가장자리에 몸을 똑바로 세우고 앉아 감기는 눈을 애써 떠가며 말했다.

"에마뉘엘 말이 음부쿠 마을의 진짜 이름은 문파엘라Mounpaela이고, 문파엘라로 가는 길의 이름은 파엘라Paela 또는 바시문파엘라Bassimounpaela라고 해요." ("쉬잇!" 도마뱀붙이가 내 머리 위에서 부드럽게 말했다.) "모구아의 남동생 에코카가 토코메네라는 피그미를 샀고 자기는 제케에 자리 잡고 자기 노예 토코메네에게는 그 이웃한 영토를 줬대요. 그리고 음부쿠 호수 옆에 지금의 마을을 세운 것이 토코메네예요. 토코메네가 죽자 그 아들 로마가, 그다음에는 무안다파가, 그다음에는 무부세가 그 자리를 이어받았어요. 그 뒤로도 계속 있지만 이름은 잊어버렸어요. 그의 자식들은 에볼레, 모칼라, 딜레 등의 마을 피그미들과 합류했어요. 모구아의 여자형제들은 보렐라, 반딩가, 몸쿠마카였고, 이들은 고모코와 살았어요. 고모코와 보렐라 사이에 자식이 두 명 있었고, 보엘라는 나중에 두 명의 아이들을 더 낳았죠. 그 두 자식은 아직 살아 있고, 그들이 에마뉘엘 망구멜라와 알베르 무아시테아인 거예요. 음부쿠는 이 반투족들의 마을이지 피그미의 마을이 아닌 거예요. 그리고 진짜 이름은 문파엘라입니다. 음부쿠는 호수 이름인 거고요. 문파엘라의 거주민들은 그 마을이 자기들 거라고 하죠. 하지만 그건 맞지 않아요. 그들이 진짜 주인이 아니에요."

"그래서 에마뉘엘은 마을이 자기 것이라고 생각하는군."

"맞아요. 하지만 그들은 음부쿠의 피그미들이 아니에요. 그들은 노예예요. 반투족의 노예."

"마르셀랭." 나는 마음을 놓으며 침대에 몸을 쭉 펴고 누웠다. "이제 끝난 거지? 그게 다지? 이제 우리 그만할 수 없을까? 그만하고 잠자는 건 어때?"

"잠이라고요? 잠깐, 안 돼요. 물론 안 되죠. 레드몬드, 나 아직 조니워커 남았어요! 아직 다 안 마셨다고요. 일어나 앉아요! 그렇게 누워 있는 건 예의가 아니죠. 나는 얘기가 하고 싶어요. 당신과 얘기하고 싶다고요. 일어나 앉아요!"

나는 일어나 앉았다.

"에마뉘엘이 프랑스인들, 식민지 지배자들이 어떤 식으로 들어왔는지도 말해줬어요."

"오, 맙소사."

"식민지 지배자들은 1910년 1월 1일 보미타바 사람들의 땅에 도착했어요. 이들은 리쿠알라오제르브 강에 나타났어요. 그곳 엠밤베Embambé 에 첫 정기 기항지를 세웠죠. 식민 정부의 대장은 마르케티 씨였어요. 두 번째 기항지는 엘론디Elondi라고 불렸죠. 우두머리는 조르주 하사관이었어요. 세 번째이자 중앙 기항지가 제케였고, 우두머리는 조로 조로 가브리엘이었고, 이인자는 피알라, 오노레, 삼인자는 무조롱바였어요. 그리고 네 번째 기항지는 보투마요Botoumayo였고, 여기는 아프리카 사람인 선임 상사 카이바가 관리했죠. 다섯 번째 기항지는 미투부Mitoubou였고, 여기 수장은 장 쥘 오렐리였어요. 여섯 번째는 카카셍구에 Kakasengué 였고, 진짜 프랑스인 카시마타 오메르가 맡았죠. 일곱 번째는 문벨루Mounbelou였고, 장 마리 대위가……"

"마르셀랭, 아침에 하는 건 어떤가? 응? 자는 건 어때? 잠 좀 잘 수 없을까?"

"잠이라고요? 아뇨, 잠깐만요. 지금부터 재미있어져요. 훨씬 재미있을 거예요. 역사예요. 레드몬드, 역사! 역사 좋아하잖아요. 들어보면 좋아할 거예요. 나한테 고마워할 거라고요!"

"하지만, 아침…… 아침에 들으면 왜 안 되는 거야?"

"식민지 지배자들은 제케 골짜기에 있는 에자마Edzama 마을에서 전쟁을 일으켜 대량학살을 했죠. 에자마는 매우 작고 힘이 없어서 이들하고 맞서 싸울 수 없었어요. 그래서 제케로 도망갔죠. 이 소식을 전해들은 제케 사람들은 식민지 지배자들을 감금하고 전쟁을 벌이기로 했죠. 두 명의 군인(식민지 지배자들을 위해 일하던 아프리카인)이 살해당했어요. 첫 번째 군인은 중앙아프리카에서 온 야코마두 사람으로 이름이 코볼레였어요. 두 번째 군인은 이름이 칸데, 중앙아프리카에서 온 얄로말데 사람이었고요. 전쟁의 선두자는 보미타바 사람으로, 앙방베 마을에서 온 미넹구에라는 이름이었어요.

두 번째 전투는 보투무아나Botoumouana에서 벌어졌어요. 어느 날 아침 채소 시장 앞에서 이볼로 사람들이 공격 소대 대열로 섰어요. 이 소대는 창도 총도 없었어요. 이들은 양날의 칼을 들고 접전을 벌였지요. 이들은 채소 시장의 비무장 상태인 군인들을 기습했어요. 군인들은 1914년 7월 25일 오전 8시 이볼로 마을 사람들에 의해 염소처럼 죽어나갔죠. 이 소식이 한 신부에 의해 장마리 대위뿐만 아니라 제케 본부에게도 알려진 거예요. 리랑가의 레옹 신부가 마을 사람들을 도와주고 조언해주러 왔어요. 이 신부는 이 싸움을 중재할 수 있는 유일한 사람이었어요. 이 신부 덕분에 1914년 10월 싸움은 종결됐어요."

"리쿠알라라는 이름은 이 지역의 세 번째 이름이에요."(마르셀랭은 위스키를 아주 살짝 한 모금 마셨다. 무슨 일일까? 나는 생각했다. 무슨 일이 벌어지고 있는 거지? 무슨 일이든 어떤 일이 벌어져도 너무 졸려서 아무것도 할 수 없을 거야…….)"1910년부터 1916년까지 이곳은 우방기 알리마Oubangui Alima라고 불렸어요. 세금은 루세 항에서 납입됐죠. 가봉은 프랑스령 콩고 영토 중에서 인구가 가장 적은 곳이었기 때문에 이곳은 가봉에 주어졌고 그리고 다시 중앙콩고*가 되었어요. 중앙콩고는 우방기 샤리Oubangui Chari의 일부가 되었고 이름은 바우방기Bas-Oubangui가 되었어요. 세금은 음바이키Mbaïki에서 납입됐어요. 같은 해 7월 30일 식민 정부는 우방기가 중앙콩고보다 인구가 세 배는 적다는 걸 알게 됐죠. 그래서 바우방기는 다시 중앙 콩고의 일부가 됐어요."

"마르셀랭……"

"가장 중요한 장소는 임퐁도가 되었고 그 지역 관리자는 오노레 베달레였어요. 이 사람은 자기 밑에 있는 마을의 추장들을 다 모았다가 각자 마을로 돌아가게 했죠. 이들에게 다음과 같은 요구사항을 따르도록 했어요. '나는 당신들을 행정 문제로 여기로 모이게 했다. 당신들의 지역은 우방기 알리마로 불렸고 그다음에는 바우방기로 불렸다. 오늘 안으로 그 지역에 새로운 이름을 만들어오도록 하라.' 이 요구는 세습 추장인 임퐁도의 이봉고와 에페나의 몽다이에게 내려졌고 통역사는 마왕구에였어요. 이봉

---

* Moyen Congo. 콩고인민공화국의 옛 이름.

고는 그 요구사항에 이렇게 답했죠. '처음 두 이름은 식민 정부가 지은 것이다. 그러니 이 지역에 새로운 이름을 붙여야 한다.'"

"행정관 베달레는 예를 하나 들어줬어요. 프랑스 서인도제도에 강이 하나 있었는데, 프랑스인들이 인디언들에게 인디언 말로 그 강을 뭐라고 부르냐고 물었더니, 이들이 그 강은 돌로 경계가 지어져 있기 때문에 '리네Liné'라고 부른다고 했대요. '그럼 그 돌 이름이 뭐냐'고 물었더니 인디언들이 '우리는 돌을 로Roe라고 부른다'고 했고요. 그래서 프랑스 사람들이 그 강에 린스로Linesroe라는 별칭을 붙였다는군요. 에페네에도 사바나와 고리버들이 경계에 난 강이 있어요. '그러니 그곳에 이름을 주겠다'고 오노레 베달레가 말했어요. '그 이름은 리쿠알라오제르브 지역이다.' 이게 세 번째 이름이 됐고 1926년 8월 26일부터 지금까지 이어지고 있어요. 세금은 에페네에서 납입되고 있고요. 그런데 레드몬드 이거 한번 맞춰 봐요."

"뭘?"

"그 늙은 에마뉘엘이 원한 게 뭔지 한번 맞춰봐요. 지불금으로 뭘 달라고 했는지 맞춰보라고요."

"전혀 짐작이 안 가는데."

"약이요. 레드몬드. 약한 정력에 쓰는 약이요. 영국에서는 뭐라고 하죠?"

"임포텐스."

"임포텐스! 끔찍해요! 상상해봐요. 난 안 늙으면 좋겠어요."

"마르셀랭은 안 늙을 거야."

"그래서 내가 레드몬드의 비타민 몇 알을 줬어요. 오렌지색 비타민. 그리고 갈색 가루로 된 효모하고요."

"알게 되지 않을까?"

"하지만 효과가 있을 거예요. 효과가 있다고 생각하면 진짜 약효가 생기죠."

"그럴지도 모르지."

"그리고 레드몬드, 이제 나한테 돈을 줘요."

"돈? 무슨 돈 말인가?"

"물론 역사 정보 전달료요. 이걸 듣고 기분 좋으니 나한테 고마울 거잖아요."

"고맙네."

"5만 세파프랑입니다."

"5만?"

"좋아요." 마르셀랭은 머그잔을 획 뒤집어 남은 위스키를 비웠다. "있잖아요, 레드몬드. 우리 어머니 이야기예요. 남편이 집을 나갔어요. 남편이 젊은 마누라를 집으로 데려오고 싶어 했어요. 사실 그건 정상이에요. 현명하죠. 의붓아버지한테는요. 섹스를 위해서요. 그리고 어머니를 위해서도 그래요. 왜냐하면 둘째 부인이 들어오면 집안일을 도울 거고 힘든 일은 다 할 거예요. 두 분이 늙으면 시중도 들어줄 거고요. 그리고 아이들도 보살펴 줄 거고요. 게다가 의붓아버지는 아내 둘을 둘 정도로 여유가 있죠. 왜냐하면 부자고 직업도 있어요. 디젤동차 기지, 하이드로 콩고에서 일해요. 기름통 운반 비슷한 일을 해요. 술 취해 있는 법도 없고요. 괜찮은 사람이에요. 나는 그렇게 믿어요. 한 명 더 아내를 두겠다는 건 그렇게 심한 요구도 아니에요. 그리고 집에 머물면서 우리 어머니도 보살피겠다는 거니까. 그리고 자비에 바그를 생각해봐요. 시간이 지나고 나면 남편들은 결국 항상 조강지처를 제일 좋아해요. 추억 때문에 그렇다고 하겠죠. 하지만 내 생각에 첫째 부인이 아무것도 요구하지 않고 더 이상 남편한테 온종일 무례하게 굴지 않는 법을 배우게 돼서 그런 것 같아요. 그냥 남편 옆에 있는 방법을 배우게 되죠. 그래서 두 사람은 다시 서로 사랑하게 되는 거예요. 다시 처음처럼요. 서로를 진정 사랑하게 되죠."

"그렇겠지."

"그렇겠지라니요? 그렇게 생각 안 한다는 거예요? 이건 개화된 거고 오랜 전통이에요. 그리고 어떤 경우든, 모든 면에서 당신들 방식보다 나아요. 당신들의 그 끔찍한 방법보다요. 이혼이니 소송이니 그 고생하며 이제 각자 다른 집에서 살아야 하니 그 비용은 또 얼마나 낭비에요! 돈이 얼마나 많이 들어요!"

"그럼 뭐가 문제인가?"

"내 잘못이에요. 그런 생각이 들어요. 어머니가 서양식 방법을 배운 거예요. 나한테서요. 나는 쿠바와 프랑스에 갔었으니까요. 어머니는 둘째 아내를 들이려고 하지 않아요. 두 사람하고 같은 집에서 살려고 안 했어요. 그래서 두 사람한테 나가서 살라고 했죠."

"그래서?"

"그래서요? 지금 어머니는 굶어죽기 일보직전이에요. 아이들은 많고 먹을 건 없고. 그리고 빚쟁이가 지금 집에 와 있어요. 가려고 하지 않아요. 어머니한테 성관계를 요구해요."

"그럼 해결해야겠군." 나는 이렇게 말하며 침대에서 일어났다. "돈을 세어봐야겠어, 얼마나 남았는지."

나는 배낭의 지도 주머니에 테이프로 붙여놓은 덮개를 벗겼다. 그리고 작은 지폐 다발을 꺼내 책상 위에 펼쳐놓았다. 우리는 세고 또 셌지만 9만 9,000세파프랑을 넘지 않았다. 200파운드 좀 못 되는 돈이다. 나는 마르셀랭에게 5만 세파프랑을 주었다.

"레드몬드, 괜찮을 거예요. 걱정 마요. 당신 호텔비는 충분하고 나는 플로랑스하고 지낼 거예요. 그리고 증기선이 오면 당신이 우리 운임까지 냈으니까 괜찮을 거예요. 음식 값도 될 거고요. 브라자빌에 가면 돈을 더 송금할 수 있어요. 우체국에서요. 광장에 큰 우체국이 있어요!"

"음, 그건 안 될 것 같네. 사실 돈을 보낼 수 없어." 나는 살짝 위통을 느꼈다. "왜냐하면 여기 올 때 다 가져왔거든. 내가 가져올 수 있는 것 전부, 내가 가진 것 전부를."

"그랬어요?" 마르셀랭은 문을 열며 말했다. "전부요? 그럼 아프리카에 오신 걸 환영해요, 내 친구. 이제 진짜 아프리카에 온 거예요! 그게 당신이 원한 거잖아요! 브라자빌에서 당신은 진짜 아프리카 사람처럼 살아야 할 거예요!"

마르셀랭은 그답지 않게 부드럽게 문을 잡아당기고는 멈추더니 나를 돌아보며 이렇게 말했다. "당신의 주물을 믿어야 할 거예요." 목소리에 전혀 반어적인 기색은 없었다. "당신의 주물이 당신을 보호해줄 겁니다."

37

주물로 가득한 레드몬드의 방

다음 이틀 동안 나는 굳이 래리를 떠올리며 규칙적인 일상을 만들어낼 필요가 없었다. 잠을 자고 땅콩버터를 먹고 랑글루아 부인의 작은 가게에 가서 땅콩버터, 오트밀, 분유, 설탕을 더 사오고 다시 또 잠을 자는 일상을 보냈다. 셋째 날 아침 일찍, 나는 뻣뻣하고 딱딱한 옷가지들을 겨우 모아서 곰팡이로 뒤덮인 수건과 남아 있는 마지막 빨간 비누 반 조각을 찾아 들고 강으로 갔다. 하얀 새벽안개 속에서 먼 강기슭까지는 보이지 않았고 100미터 정도 상류의 강둑 가까이에서 기다란 통나무배에 서서 몸을 구부려 통발을 살펴보고 있는 두 명의 어부만 보였다. 나는 셔츠와 속옷 바지만 입고 옷을 물에 담갔다가 뒤집어진 부서

진 통나무배를 빨래판 삼아 비누질을 한 다음 돌로 문지르고 헹구는 과정을 반복한 후에 옷에 묻은 비누로 몸을 문지른 후 젖은 셔츠와 속옷을 입고 물속으로 들어갔다. 물에서 나와 젖은 옷을 벗고 마른 바지와 부츠를 신고 어부에게 손을 흔들어 인사한 후 (그들도 내게 손을 흔들어 주었다), 강둑 위로 올라가 타맥으로 포장된 길을 가로질러 가톨릭 전도사관과 호텔 정원 왼쪽 길을 걸어 돌아왔다.

베란다 난간에 말쑥해진 옷과 수건을 널어놓고 반 정도 남은 비누를 방에 잘 보관해놓았다. 그러고 나서 다중가지가 있는(아니면 기근인가?) 나무 아래 이른 아침 햇살 속에 앉아 셔츠를 말렸다. 몸무게가 쥐의 약 1.5배는 될 것 같은 검정색 도마뱀 한 마리가 보였다. 오렌지색 머리에 꼬리 끝도 유혹적인 오렌지색이었다. 도마뱀은 도마뱀다운 느긋함으로 반대편 작은 나무 아래 풀밭을 걸어가고 있었다. 그때 마누가 내가 왔던 길에서 입구 쪽으로 소리 하나 내지 않고 슬그머니 들어와 내 옆에 앉았다. 어깨에는 운동가방을 메고 아직도 민병대 군복을 입고 커다란 모자를 쓰고 있었다. 그의 움직임은 지나치게 단호하고 살짝 조증 같은 데가 있었고 모습은 지치고 후줄근해 보였다. 나와는 달리 잠을 거의 못 잔 것 같았다.

"안 좋아요. 집의 상황이 나빠요." 그가 말했다.

"알고 있네. 마르셀랭이 말해줬어."

"삼촌 마누 에마뉘엘, 집안의 가장이자 사냥꾼인 그가 와 있어요."

"그래, 마르셀랭이 말해줬어. 임퐁도에 있다고. 잘된 일이야. 삼촌이 도와주러 왔으니까."

"도와주러 왔다고요? 마누 에마뉘엘이? 아니에요! 당연히 아니죠! 지금쯤 내가 텔레 호수에서 돌아왔을 줄 알고 온 거예요. 돈을 달라는 거예요. 내 손전등도 가져갔어요."

"마누 손전등을?"

"내 방수포 두 개하고 모기장, 마체테, 내 머릿전등…… 다 요."

"하지만 왜?"

"내가 삼촌한테 그랬어요. '제발 이러지 마세요. 레드몬드가 나한테 준 거예요. 소중한 거예요. 내 거예요. 텔레 호수에 갔다 온 거예요. 나는 이런 물건을 가져본 적이 없어요. 내 평생 한 번도요! 내 아이들한테 줄 거예요. 내 아들 로카한테요. 그리고 로카는 제 아이들한테 물려줄 거예요.' 그랬더니 마누 에마뉘엘이 모두들 앞에서 나를 비웃으며 이렇게 말했어요. '로카라고? 로카가 누구냐? 잊어라, 마누. 그 아이는 가버렸다. 너는 다시는 로카를 못 볼 거다! 그러니 왜 이런 물건들을 갖고 싶은 거냐? 너한테 무슨 소용 있어? 그건 낭비일 뿐이다. 그러니 나한테 줘. 이 집안의 가장으로서 하는 명령이다! 방수포는 딱 좋다. 위장색이구나. 그리고 이 모기장, 나한테 필요한 거다. 사냥을 하려면 이 물건 다 필요하다. 그러니 나한테 주도록 해. 그럼 내 피그미들과 사냥 가서 코끼리를 잡을 거다. 많은 코끼리를!'"

"나쁜 자식."

"그때 마르셀랭이 왔어요. 어젯밤 늦게요. 그리고 어머니한 테 돈을 줬어요. 어머니는 빚쟁이한테 그 돈을 줬고 빚쟁이는 갔 어요. 그러자 마르셀랭이 말했어요. '마누, 레드몬드가 너한테 얼마나 돈을 줬는지 내가 정확히 알고 있다. 그러니 이제 그 돈 을 어머니한테 드려라, 전부 다. 어머니와 아이들을 위해서.' 그 래서 그렇게 했어요. 다 드렸어요. 레드몬드, 그럼 된 거죠, 그렇 죠?" 마누는 나를 보고 웃으려 했지만 입술만 일그러졌다. "그러 니…… 이제 책은 없어요. 책은 없다고요! 단 한 권도요!" 이렇 게 말하고 마누는 웃으려고 애썼다.

"마누……"

"괜찮아요! 이건 일상이에요! 맞는 말이잖아요. 돈이 있으면 가족한테 주어야 해요. 전부 다요! 그게 옳아요. 내가 이런 말을 하려고 여기 온 게 아닌데…… 다른 일이 있어요. 나쁜 일이요. 내가 저지른 일 때문에 왔어요. 내가 저지른 일."

이제 나무의 다른 쪽으로 돌아간 도마뱀은 비늘이 덮인 주름 진 검은색 목 위의 오렌지색 머리를 수풀 위로 들어올리고 공룡 처럼 우리를 쳐다봤다.

"응제 아버지, 내가 그 사람을 죽였어요."

"뭐, 뭐를 했다고?"

"저주했어요, 레드몬드. 내가 저주했어요. 내가 그를 죽인 거 예요. 하지만 그럴 의도는 아니었어요. 그럴 뜻은 없었어요! 응 제가 채소 시장에서 이번 여행, 텔레 호수로의 여행과 괴물에 대 해서 마구 떠벌리고 있었어요. 어떤 여자한테 막 자랑하고 있었어요. 그때 그 여자가 '웅제, 동구에 있는 당신 아버지가 그간 아프셨고 지금은 돌아가셨어.' 이렇게 말했어요. 그리고 여자는 막 뛰어 도망갔죠. 웅제는 자기 친구들, 친구 아닌 사람들과 이틀 밤낮을 취해 있었어요. 그리고 가진 돈을 거의 다 썼죠. 맥주에 다가요! 맥주 말이에요, 레드몬드! 그 사람들은 평생 마신 맥주보다 더 많은 맥주를 한 번에 마셨어요. 그리고 다들 취해 있었죠. 그리고 웅제가 아팠어요. 첫 번째 여자 오두막에 누워 있었어요. 웅제의 첫 아이, 마르고 작고 O자 형 다리를 가진 아이의 엄마예요. 그녀는 이 아이를 돌보고 있죠. 그리고 웅제가 소리를 지르기 시작했어요. '아버지! 내 아버지가 죽었어!' 이렇게요."

"마누, 들어보게. 설사 웅제 아버지가 진짜 돌아가셨다고 해도 그 두 가지 일, 자네의 저주와 그의 죽음 사이에는 아무 관계가 없어. 불가능해. 세상은 그런 식으로 되어 있는 게 아니야."

"하지만 레드몬드……"

"자네가 한 짓이 아니야!"

"진정해요." 마누가 마르셀랭처럼 말했다. "진정해요, 레드몬드. 이제 당신이 어떤 사람인지 알아요. 그렇게 예의 차릴 필요 없어요. 나한테는 안 그래도 돼요. 이제 안 그래도 돼요."

"예의?"

"래리가 나한테 그랬어요. 마카오에서요."

"마카오에서? 래리가? 무슨 말을 하고 있는 건가?"

"몰랐어요? 래리가 말 안 했어요? 한 번도요?"

"뭘? 무슨 말을 안 했다는 건가?"

"래리 박사는 비밀을 지킬 줄 아는군요." 마누가 이렇게 말하고는 어깨에서 운동 가방을 스르르 내리고는 자기 오른쪽 옆 땅바닥에 조심스럽게 내려놓았다. 그러고는 나무에 기대앉았다. 그는 풀밭에 다리를 쭉 뻗었다. 그때 나는 알아챌 수 있었다. 이 모든 일에도 불구하고 마누는 운동화를 빨아 신고 왔다. "마카오에서였어요. 나는 아팠죠. 마르셀랭이 나한테 먼저 가도 된다고 했어요. 거기서부터 집까지, 모타바 강으로 돌아가서 로카를 만나러 갈 수 있다고 했죠. 공짜로요. 왜냐하면 뱃사공이 기다리고 있었거든요."

"그래, 나도 기억하네."

"그리고 레드몬드는 관심도 없었어요. 내가 머물든 떠나든 상관도 안 했어요!"

"나도 물론 신경 썼네. 마누, 나도……"

"레드몬드는 덤불숲으로 나가고 없고, 마르셀랭과 옹제는 마을에 여자를 찾으러 갔을 때, 래리 박사가 내가 누워 있던 곳, 기억해요? 벽에 기대 놓은 당신 방수포에 누워 있었죠. 그곳에 와서 옆에 앉았어요. 그때는 개미들이 습격하기 전이었어요. 그 며칠 전이요."

"그래."

"나는 몸이 좋지 않았죠. 나는 아팠어요. 로카가 보고 싶었어요. 슬펐어요. 나는 래리 박사의 커다란 갈색 부츠를 보고 있었죠. 그 끈이 많이 달린 부츠 말이에요. 래리 박사가 말했어요. '마누, 걱정 말게. 레드몬드는 영국 사람이야. 영국 사람들은 예의 바르지. 그 사람들은 자기 생각을 말하지 않는다네. 어떻게 느끼는지 말하지 않아. 그럴 수 없어. 왜냐하면 예의 바른 사람들이니까. 하지만 그렇다고 레드몬드가 마누를 안 좋아한다는 뜻은 아니야. 마누, 그냥 레드몬드는 그런 말을 할 수 없을 뿐이네. 그게 다야. 그건 마치 규율, 부족의 규율 같은 거라네. 마누를 만나기 전에 나는 바테케 사람을 알게 됐지. 브라자빌에서 만난 아주 좋은 사람이었어. 니콜라라는 사람이야. 그 사람은 여기 사람들하고 상당히 달랐어. 단지 모습만 다른 게 아니었어.' 그래서 그때 나는 이해하게 됐죠. 레드몬드한테 화나지 않았어요. 레드몬드가 나를 어떻게 생각하느냐 때문에 비참해지지 않았죠. 그 이후로는 전혀 안 그랬어요."

"마누, 나는……."

"래리 박사가 그랬어요. '마누! 미국에서는, 미국 사람들은 말이야. 우리는 솔직한 사람들이야. 아니면 솔직해지려고 노력하지! 우리는 누군가 좋아하면 좋아한다고 말한다네. 그리고 말인데, 마누.' 그리고 래리 박사는 이렇게 말했죠. '나는 자네가 좋아.' 그렇게 말했어요. 래리 박사가 나한테 이렇게 말했어요. '나는 자네가 좋아.'"

"하지만 마누, 나 역시도 마누한테 마음을 쓰고 있네. 마음을 썼어. 단지 어떻게 하는 게 최선의 방법일지 몰랐어. 그것뿐이야. 자네가 아팠고 그래서 나는……."

"하지만 한 번도 그렇게 말한 적 없잖아요! 그런 말 안 했잖아요! 나한테 그런 말 한 적 없잖아요!"

"그래, 한 적 없어. 말하지 않았지. 그랬지."

"래리 박사는 나한테 말했어요. 오랜 시간은 아니었지만 자주 항상 그렇게 말했어요. 어느 날은 숲에서의 행군 후에 나한테 와서 그랬어요. 그때 레드몬드는 무코가 어떻게 땅을 파서 물을 찾는지 거기에만 정신이 팔려 있었죠. 무코가 땅 파는 거요! 래리 박사는 나한테 와서 미국 사람들에 대해 말해줬어요. 미국 사람들은 여기 사람들 같지 않다고, 당신이나 나 같지 않다고, 영국 사람들이나 아프리카 사람들 같지 않다고 했어요. 세습 추장은 없다고, 전혀 없다고 얘기해줬어요. 미국은 다르다고요. 빅맨은 거의 없다고요. 미국에서는 사람을 그가 누구냐가 아니라 어떤 일을 했는지를 높이 평가한다고요! 그러니 그 사람들은 진짜 공산주의자예요. 안 그래요? 여기하고 달라요!"

"글쎄, 그렇지. 그렇게 말한다면……"

"그러니까 레드몬드! 이제 이해하겠죠? 나는 사람들이 나를 높이 평가할 수 있는 일을 하고 싶어요. 그리고 미국으로 갈 거예요!"

"그래, 그렇게 빌어보자고. 아마도 길이……."

"그게 내 계획이에요! 그리고 로카, 나는 로카를 찾을 거예요! 로카도 데려갈 거예요! 로카를 안아줄 거예요. 미국에 가는 동안 내내. 나는 로카의 손을 잡아줄 거예요."

"마누, 자네는……."

"그래요! 알아요! 그렇게 오래 걸리지 않을 거예요. 레드몬드, 레드몬드 말이 맞아요! 그게 시작이었어요. 마카오의 오두막에서요. 그때 레드몬드는 숲에 있었어요!"

"내가? 하지만 나는 금방 돌아온 것 같은데. 알잖아. 나는 그런 일에 빠른 거."

"당신이요? 숲에서? 얼마나 오래 걸렸는데요!"

"오!"

"래리 박사는 내게 이렇게 말했어요. '마누, 들어보게. 나는 선생이야. 그래서 이런 일에 대해 알고 있지. 마누는 괜찮을 거야. 우리 모두한테 일어나는 일이야. 지금 돌아가면 영원히 자신을 용서할 수 없을 거야. 한 달 정도는 긴장도 풀리고 행복하겠지. 하지만 그다음에는 비참해질 거야. 자신이 하찮게 생각될 거야. 그리고 그 생각을 남은 평생 동안 하게 될 거고. 왜냐하면 자네 앞에 대단한 기회가 있었는데 그 기회를 잡지 않은 거니까. 자퇴하는 학생들을 볼 때도 같은 생각이 들지. 뭔가 다른 하고 싶은 일, 자기가 잘 할 수 있는 일, 더 나은 일이 있어서 그만두는 학생들을 말하는 건 아니네. 내가 말하는 학생들은 자네 같은 사람이야. 실패할까 봐 그 무서움을 직면할 수 없어서 학교를 그만두는 아이들 말이네. 그리고 그중 가장 흔한 경우가 뭔지 아나? 같은 학년에 잘난 체하는 흔해빠진 시시껄렁한 놈이 있어서, 경험도 없는 이 녀석이 여기저기 잘난 체하고 돌아다니며 매독 걸린 작은 주머니나 자랑하고 다니기 때문에 학교를 그만두는 경우야. 그 학생들은 그런 녀석을 보면서 스스로에게 이렇게 말하지. '이게 다 무슨 소용이야. 내가 질 게 뻔한데! 왜냐하면 저 녀석, 응제가 나보다 나은데!' 이렇게 말하고 학교를 떠나는 거지.'"

"래리가? 래리가 그렇게 말했단 말인가?"

"나는 똑바로 앉았어요!" 마누가 이렇게 말하며 똑바로 앉았다. "나는 똑바로 일어났어요! 기분이 나아졌어요! '그리고 마누, 내 말을 믿는 게 좋을 거야. 그러지 말게, 마누. 나는 누구한테도 말하지 않을 거야, 약속하네. 나는 믿어도 돼. 하지만 마누, 자네 지금 열이 나는 것 같지 않아? 몸을 떨고 있는 건 맞아. 아파 보이기도 해. 하지만 땀도 흘리지 않고, 몸부림치지도 이를 부딪지도, 신음하며 밤새도록 헛소리를 하지도 않아. 브라자빌에서 레드몬드가 그랬던 것처럼 말이네. 우리가 마누를 만나기 전 일이야. 내 생각에 자네는 그냥 겁을 먹은 거야. 지금 그 빌어먹을 밀림이나 그런 것에 겁이 나는 거야. 그리고 그럴 만해. 무서울 수 있어. 아주 무서울 수 있지. 아니라고 말하지 않겠네. 그리고 불편하기도 할 거야. 하지만 약속해주게. 돌아가지 않겠다고! 나를 믿게. 내 옆에 가까이 있어. 내가 돌봐줄게. 약속하지. 왜냐하면 그 정령들인가 뭔가, 말도 안 되는 헛소리 때문이야. 기력을 빨아먹는 거야. 하지만 나는 *끄떡없어*!'"

"기를 빨아먹는 자들."

"레드몬드, 그래서 나는 당신을 따라 온 거예요. 그리고 나는 견뎠죠. 레드몬드를 실망시키지 않았어요. 텔레 호수까지 갔어요!"

"잘했어!"

"래리 박사는 얼마나 땀을 많이 흘렸는지! 모자 아래로 땀을 줄줄 흘렸잖아요! 머리카락이 흘러내리고! 다 젖은 채로! 그리고 그 벌들, 기억나요? 그 벌들을 얼마나 싫어했는지!"

"벌!" 나는 이렇게 말하며 웃었다. 정말 오랜만에 웃는 듯했다. 웃음은 척추를 타고 내려가 내 온 근육의 힘을 풀어놓고 풀밭으로 내려앉았다. 부츠 안의 발가락을 느낄 수 있었다. "벌들! 하지만 침을 쏘는 것 말고, 래리는 그런 벌은 별로 신경 쓰지 않았지. 래리가 견딜 수 없어 한 건 아무 해도 입히지 않는 땀 먹는 벌, 모파니mopani였잖나. 눈으로 기어 들어가고 코로 올라가 수분을 빨아 먹는. 기를 빨아먹는! 래리는 욕을 퍼부었지. 화를 냈지. 벌을 마구 내리치고! 그러면 진짜 벌들, 꿀벌들이 화가 나서 래리에게 침을 쏘았어!"

"욕을 했죠! 끔찍한 욕을요! 나한테 욕을 가르쳐줬어요. 많이요. 그런데 정말 솔직히 말해주세요. 미국에서는 정말 사람들이 어머니한테 그런 짓을 하나요? 닭한테도요?"

"모르지!" 나는 점점 뜨거워지는 햇살 속에 몸을 쭉 뻗으며 말했다. 벌써 오래전에 셔츠는 말라 있었다. "내가 어떻게 알겠나? 나한테는 묻지 말게. 그렇지만 특별히 미국이 다른 곳보다 더한 곳은 아닐 거야. 하지만 영국에서는 사실 그렇다네. 어머니한테나 닭한테 그러는 사람은 나도 알고 있진 않지만 염소한테는 좀 그럴지도 몰라. 그건 좀 다른 문제지."

"염소요?"

"그래, 웰링턴에다가 염소 다리를 집어넣고 하지."

"웰링턴?"

"웰링턴 부츠. 특별한 부츠가 있지. 고무로 된. 염소하고 할 때 쓰는."

"래리 박사가 염소하고!"

"그래. 래리가 그걸 좋아해."

"그럼 그 부츠도 갖고 있어요? 그 특별한 부츠?"

"그래, 여러 켤레."

"그렇다면 래리 박사도……" 마누는 뭔가가 그에게 행복감을 주기라도 한 것처럼 활짝 미소를 지으며 천천히 말했다. "래리 박사도 완벽한 건 아니군요!"

"완벽? 절대 아니지!"

마누가 조용하고 진지하게 풀 하나를 뽑았다. "그럼 래리 박사의 단점은 뭐라고 생각해요?"

"응? 모르겠네!" 나는 그의 단점을 생각해보려 했지만 실패했다. "아마도 그의 단점은 단점이 없는 것! 지구상에 한두 명쯤은 단점이 없는 사람도 있지 않겠나? 안 그래? 생각해보면 우리 모두가 다양하고, 하나의 그래프를 그려본다면 래리는 아마 제일 끝에 가겠지. 평균의 원칙 뭐 그런 것. 그런 걸 통계학이라고 부른다네."

"뭐라고 하는지 나도 알아요! 잊어버렸어요? 나도 학교에 다녔어요! 당신만 학교에 다닌 게 아니라고요! 여기 콩고는, 아프리카 전체에서 가장 교육을 잘 받은 사람들이 살아요. 왜냐하면 남아프리카공화국의 백인들은 열외로 하니까. 왜냐하면 그 사람들은 나치니까. 전투군이나 마찬가지니까. 브라자빌이 프랑스의 수도였을 때처럼요. 그리고 나도 그거 학교에서 배웠어요! 통계학! 이제 알겠어요, 레드몬드. 레드몬드는 그냥 잊어버리는 거예요. 날 속일 수 없어요. 예의 바른 건 아무 도움이 안 돼요. 아무 소용없다고요! 더 이상은요! 왜냐하면 이제 나는 당신이 진짜로 무슨 생각을 하는지 알아요. 그래요, 당신은 이렇게 생각하죠. '마누는 원시적이야. 정령 같은 거나 믿고. 야만인이야.' 래리 박사도 그렇게 생각했죠. 나한테 이렇게 말했어요. 마카오에서의 그날에요. 이렇게 말했어요. '마누, 자네는 명석하네. 나는 알아볼 수 있어. 나는 자네를 내 학생으로 삼고 싶네. 하지만 한 가지 이해할 수 없는 일이 있네. 전혀 이해가 안 되는데 그 정령이니 뭐니 하는 것 말이네. 왜 그런 걸 버리지 않나? 어떻게 그런 개똥 같은 걸 믿을 수 있어?' 개똥 같은 것!" 마누는 이렇게 말하고 예의 그 억눌린 듯한 이상한 웃음을 지었다.

"야만인이라니." 똑바로 앉아 나도 풀을 뽑았다. "마누, 하느님 맙소사!"

"'하느님!' 당신들은 그 말을 항상 하죠. 래리 박사도 그랬어요. '하느님 맙소사!' 도대체 하느님이 누구예요? 프랑스인들, 식민지 지배자들의 영혼. 포르투갈 사람들의 영혼. 노예제 사람들의 영혼. 노예주들의 영혼! 그렇다면 그건 악마의 영혼이에요. 진짜 악마예요. 사악한 영혼이라고요. 그리고 그 알라신, 그 알라신은 더 젊죠. 하지만 알라신도 나빠요. 똑같이 나쁘다고요. 나는 관심도 없어요. 아랍인들의 영혼, 알라신도 똑같아요!" 마누는 앞으로 몸을 기울이더니 오른손을 우방기를 향해, 동쪽을 향해 흔들었다. "노예제 사람들의 영혼, 하지만 저쪽에 있는! 또 다른 사악한 영혼이죠. 자비도 없는. 노예주들에게 밤에 영혼의 방식으로 찾아가 어떻게 해야 할지 일러주죠. 하지만 그 영혼은 저쪽에 살고 있어요. 그 차이만 있을 뿐이에요! 그들도 똥이에요. 당신들의 알라신이나 하느님이나 사악한 영혼들, 노예주들. 우리한테, 로카 같은 아이들한테 속삭이죠. 그들도 '개똥'이에요. 당신들 영혼도 개똥이라고요!"

"그래, 마누. 맞아. 그들은 정말 자비심 없는 비도덕적이고 원시적인 야만인이야. 믿지 않는 사람들을 지옥으로 싸서 보내버리지. 영구적인 가스실로 말이야. 그곳에서는 물론 죽는 것도 허용이 안 되지. 그러니 거기 보내지면 영원히 비명을 질러야 하지. 그러한 영혼들의 추종자들은 그들이 특별하다고, 선택받은 사람들이라고 생각하지. 마치 표범집단leopard-section처럼 말이야!"

"아프리카의 영혼들, 그들은 그렇지 않아요! 전혀요! 절대 안 그래요! 그들이 가하는 최악은 혼자서 영원히 숲속을 헤매게 하는 거예요."

"그래 알아. 그리고 돈을 내고 그렇게 하는 식물학자들도 있지. 그러니 마누, 왜 래리가 말하는 대로 하지 않지? 그런 영혼 같은 걸 왜 다 내버리지 않지? 그냥 안녕, 해버리고 자유로워지는 건 어때? 그런 점에서 래리가 맞잖아, 안 그래? 안 그러면 자기 인생을 망치잖아. 예를 들어 응제는 자네가 나쁘게 되라고 저주하지 않아. 마누가 안 그런 것처럼 밤에 영혼의 방식으로 사람들을 방문하지도 않아. 마누가 말한 것처럼 응제는 재능이 있어.

모든 악기를 연주하지. 그리고 그는 자네나 나 같은 인간일 뿐이야. 그리고 마누, 자네는 웅제의 아버지를 죽이지 않았어!"

마누는 나를 응시하며 말했다. "당신 백인들은 정말 이해하지 못하는군요. 안 그래요? 그런 면에서 당신들은 어린애에 불과해요. 그냥 어린애일 뿐이죠. 너무 어려서 그런 걸 이해 못하는 겁니다. 나 마누는 여기 당신한테 도움을 청하러 왔어요. 그런데 당신은 아무 도움이 안 되는군요. 왜냐하면 당신은 쓸모없는 사람이라 그래요. 전혀 쓸모없는 사람이에요!" 그는 이렇게 말하고는 고개를 돌렸다.

"마누, 내가 자네를 도울 수 있을지는 확신할 수 없네." 이렇게 중얼거리는데 점점 뜨거워지는 열기 속에 어지러움이 느껴졌다. "자네가 뭘 원하는지 확실히는 모르겠네. 전혀 모르겠어. 미안하네만 나는 피곤한 것 같네. 몹시 피곤해. 그리고 최악의 문제는…… 내가 왜 피곤한지 모르겠다는 거야. 그럴 이유가 없어. 나는 조금 떨고 있어. 속에서 말이네. 신체적인 게 아닌 것 같아. 신체적인 떨림이 아니네." 나는 이렇게 말하고 그에게 보여주기 위해 오른손을 들어보였다.

마누는 잠깐 동안 나를 쳐다보더니 모든 게 명백해졌다는 듯 미소를 지었다. 그는 왼팔로 내 어깨를 두르고 나를 자기 쪽으로 당겼다. "당연히 피곤하겠죠. 몸이 떨리기도 하고요! 내가 도와줄게요. 당신이 날 도울 수 없으니까! 지금 그렇게 떨리니 당신은 내 말에 귀 기울일 거예요. 그럴 거라는 걸 알아요. 왜냐하면 내가 다 설명해줄 수 있으니까요. 나는 당신이 좋아요. 그러니

도와줄 수 있어요." (마누는 팔을 풀었다.) "피곤한 게 당연하죠. 왜
나하면 당신의 영혼이 싸우고 있으니까요. 당신 안에서요. 숲의
정령들과 싸우고 있어요. 맞아요, 그들은 최악이에요. 그보다 더
강한 영혼도 없고 정말로 강한 마법사들이 이 정령들을 다스리
고 있어요. 하지만 당시에는 그걸 알 수 없죠. 그냥 피곤한 듯 아
픈 듯하죠. 마치 열이 있는 것처럼요. 그리고 실제로 열이 나기
도 해요. 매일 밤 밤새도록요. 왜냐하면 당신 영혼이 당신을 위
해 싸우고 있으니까요. 잠을 많이 자야 해요. 그래서 그렇게 오
래 잠을 자는 거예요!"

"알겠네."

"아니요, 당신은 몰라요. 아직은요. 그러니 이 얘기를 해줄게
요. 보아의 예만 봐도 그건 그냥 하나의 마을일 뿐이에요. 통계
학적으로 생각해봐요! 숲의 모든 마을에서 그런 일이 일어나요.
그런데 당신은 몰랐어요! 응제의 여자가 응제한테 은밀히 말해
줬어요. 보아의 가장 강력한 마법사가 보베 부인에게 돈을 지불
하겠다고 했대요. 닭 한 마리 값이면 충분하죠. 아니면 그보다
더 적어도 돼요. 보베 부인이 음식을 만드는 동안 부엌 오두막에
서 잠깐 동안 나가 있는 대가로요. 어두워졌을 때요. 아무도 볼
수 없게 말이에요. 그건 쉬워요. 정말 그렇죠. 그냥 당신을 사랑
했던 사람의 머리, 해골을 들고 나가는 겁니다. 어머니나 아버지
나 형제나 아니면 그냥 당신을 좋아했던 사람의 머리를요. 그리
고 아무도 없을 때 강의 하얀 모래를 항아리 가득 모아 오는 거
예요. 그리고 집으로 돌아와서 어두울 때 은밀히, 아내 외에는

아무한테도 말하지 말고, 램프나 초를 켜고 그 하얀 모래에 머리를 기대는 겁니다. 그리고 당신을 바라보게 두는 거예요. 그렇게 몇 시간이고 그것을 바라봐야 합니다. 움직이지 않고요. 그리고 그 눈을 마주 봐야 해요. 이야기를 걸어야 하고요. 당신이 사랑한 사람의 머릿속에 든 것이 전부 당신의 항아리 안에 있는 새로운 모래 속으로 흘러들어갈 때까지요. 그렇게 하면 당신의 항아리 안에 든 모래가 평생을 가요. 왜냐하면 당신이 도움을 청할때, 당신이 곤란을 겪거나 무언가를 바라는 게 있을 때 그냥 모래를 조금만 잡습니다. 그냥 살짝만요. 그런데 열 손가락 전부로 그렇게 해야 해요. 처음에는 한동안 냄새가 납니다. 웅제가 말해줬어요. 하지만 그 냄새는 공기 중에 사라져요. 그 냄새는 숲으로 떠나지요. 그리고 영혼은 남는 겁니다. 당신을 위해 싸워주지요. 당신이 요청할 때는 언제나요. 그런데 매일 밤 말을 걸어야 해요, 레드먼드. 그런 다음 당신의 손가락을 그 사람의 음식에 넣는 겁니다. 너무 뜨겁지 않을 때, 따뜻할 때요. 당신이 그마음속으로 들어가고 싶은 사람의 음식에요. 밤에요. 그러니 그가 먹은 저녁, 마지막 식사인 게 가장 좋지요! 그리고 그 사람은 음식을 먹습니다. 반죽을요. 그리고 그게 만약 생선이면 그는 아내들에게 이렇게 말합니다. '이 생선, 이건 딱 알맞을 때 잡아야해. 나 화난 거 아냐. 하지만 나탈리!' 그는 소리 지르죠. '귀먹었어?' 나탈리는 부엌 뒤쪽에 있죠. 그녀는 내 둘째 부인이에요. '이리 와! 지금 바로! 내 말 안 들려? 내 최고의 어망으로 강에서 잡은 그 생선, 나무 아래 그 깊은 물에서 잡은 이 생선, 버려.

나머지는 버려! 내 말 듣고 있어? 맛이 강해. 너무 강해. 하지만 그게 내가 잡아온 고기, 내가 가장 크고 길고 비싼 그물로 잡아온 영양이나 강멧돼지라면—레드몬드, 내가 몇 년 걸려 만든 거예요.—그 고기는 그건 좋지, 강하지.' 아니면 레드몬드, 그 고기는 코끼리고기일 수도 있어요. 왜냐하면 그때쯤에 나는 사냥꾼이 제대로 돼 있을 거거든요. 마누 에마뉘엘처럼요. 그리고 나는 유명해요. 모든 사람들이 나를 알아요. 그리고 부자예요. 피그미들을 소유하고 있죠. 많은 피그미들을요. 그리고 나는 한두 명의 반투족 피그미들을 샀을 확률도 높아요. 장 몰랑기나 음부쿠의 다른 반투족 피그미들이요. 왜냐하면 그들은 습지림에서 사냥하는 법을 아니까요. 괴물을 무서워하지 않으니까요. 그리고 괴물도 그들을 두려워하지 않고요. 그들은 친구예요. 그러니까 내 사카사카에 든 것이 코끼리라면 나는 이렇게 소리치겠죠. '마누라들! 마누라들! 여기로 와! 지금 당장!' 그러면 아내들이 뒤에서 나와요. 그리고 내 앞에, 텔레비전 옆에 줄지어 서죠. 그들 뒤에 있는 벽은 내가 가장 좋아하는 특별한 벽이에요. 내 책장이 있거든요. 반짝거리는 진짜 철로 만든 책장이요. 그리고 나는 모든 책들, 수백 권에 이르는 책이 꽂혀 있어요. 그리고 나는 아내들에게 말해요. 다섯 명의 아내 모두에게요. 나는 이렇게 소리치죠. '내 코끼리! 내가 지난주에 신형 칼라슈니코프 소총으로 쏜, 상아가 30킬로그램인 큰 코끼리. 이건 좋아! 이건 강해! 잘 했어, 마누라들. 하지만 잠깐, 아직 가지 마. 나중에 보지. 지금은 죽은, 그의 영혼도 죽은 내 어린 친구 응제처럼. 안됐지만 영원히 죽었지. 그 이야기는 이제 안 할 거지? 안 그래? 우리 다시는 이 얘기 안 할 거야. 하지만 나도 알고 당신들도 알지. 불쌍한 웅제, 편히 잠들기를. 웅제는 내 친구 레드몬드, 그 서양인이 오래전에 말하곤 한 것처럼 아무 쓸모없는 사람이었지. 섹스도 잘 못했지! 하지만 마누라들. 여기 작은 선물이 있어. 모두에게 5만 세파프랑을 주지.' 왜냐하면 알다시피 내가 갖고 있는 모든 상아, 그 주에 내가 쏘아 죽인 코끼리들의 상아를 다 팔았거든요. 그걸 갖고 하류로 내려가 브라자빌까지 가서 대통령 부인에게 팔았죠. 영부인이 말했어요. '마누, 잘했군요! 당신은 부자고 유명인이에요. 그러니 내가 남편 드니 사수 웅게소에게 말할게요. 그리고 누구한테도 말하지 않겠다고, 당신 어머니한테도 말하지 않겠다고, 그리고 누구보다 당신의 형 마르셀렝에게 말하지 않겠다고 약속하면, 드니 사수 웅게소 대통령이 당신과 당신 부인들이 북미에 갈 수 있도록, 그래서 래리 박사와 공부할 수 있도록 돈을 줄 거예요. 하지만 일단 지금은 마누 장 펠릭스 뷔롱, 이걸 받아요. 작은 선물이에요.' 이렇게 말하고 영부인은 내게 당신 것 같은 군용 가방을 주죠. 그 안에는 지폐가 가득 들어 있어요. 지금 당신 것 같은 1,000세파프랑짜리를 말하는 게 아니에요. 그리고 이렇게 말하죠. '지금은 이만 안녕. 하지만 이따 밤에 봐요.' 그리고 내 상아들을 들고 그녀는 일본으로 가죠. 마누 에마뉘엘이 가진 상아보다 더 큰 내 코끼리 상아를 가지고요. 전용 비행기를 타고요. 그건 엄청 빠른 제트기예요."

"마누, 제발." 내가 일어나며 말했다. (짚신벌레 같은 점이 눈앞에 어른거렸다.) 더 심해진 더위 속에서 나는 어지러움을 느꼈다.

"마누, 제발, 안으로 들어가세. 우리 물 좀 마셔야 해."

마누는 먼지 낀 작은 방에 놓인 의자에 앉아 운동가방을 발치에 두었다. 지친 나는 그에게 물병과 땅콩버터와 숟가락 하나를 건네며 말했다. "그게 정말 자네가 꿈꾸는 환상인가? 그렇게 보는 거야?"

마누는 몸을 숙여 운동가방 옆에 물병과 숟가락과 땅콩버터를 나란히 줄지어 놓았다. 그리고 모자를 벗어 무릎 사이에 놓은 후 그의 길고 섬세한 손가락으로 래리가 하듯이 모자의 챙을 천천히 돌렸다. "레드몬드, 그럴 줄 알았어요." 마누는 부드럽게 말했다. "나에 대해 레드몬드가 그렇게 생각할 거라는 걸 알았어요."

"아니, 그게 아니라…… 그건 마누 같지 않았어!"

"나를 알잖아요! 어떻게 그런 말을 해요? 지금은 나를 알잖아요! 내가 인생에서 원하는 게 뭔지 알잖아요! 나는 내 아내를 되찾고 싶어요. 내 아들 로카도요. 나는 미국에 가서 래리 박사와 공부하고 싶어요. 나는 배우고 싶어요. 나는 세상에 대해 배우고 싶어요. 세상이 어떻게 만들어졌는지 배우고 싶어요. 어떻게? 어떻게 나에 대해 그렇게 생각할 수 있어요? 내가 당신을 위해 일했는데, 제대로 된 일을 했는데. 기억해요? 아니면 잊어버린 거예요? 나, 마누가 알아냈어요. 당신을 위해서요. 그건 쉬운 일도 아니었고 심지어 안전하지도 않았어요. 하지만 나는 비밀을 알아냈어요. 나는 아무도 안 볼 때 그걸 내 공책, 당신이 나한테 준

공책에 적어놓았어요. 나는 텔레 호수에 대해서 들었어요. 지도
도 그렸어요. 어디서 괴물이 걸어 다니는지도 알아봤어요."

"그리고 보베 부인 일도? 그것도 적어놓은 건가? 그 반죽?"

"두 개의 사카사카가 있었어요. 항상 두 개였어요!"

"두 개라고? 보베 부인은 양동이에 들고 왔는데!"

"위에는 당신을 위한 생선 사카사카. 이파리 아래에는 고기
사카사카, 당신이 산 닭으로 만든, 응제와 나를 위한 사카사카.
우리는 생선을 남겨놓았죠. 우리는 고기를 먹었어요!"

"하지만 왜?"

"그 반죽요! 마법사의 손가락! 생선에 손가락을 집어넣었어
요!"

설사가 안 낫고 계속 나더니…… 나는 그것도 모르고 고릴라
때문인 줄 알았다.

"그 마법사, 영험해요. 강력한 마법사예요. 그리고 효력이 있
었어요!"

"효력이 있었어?"

"당신이 보베 부인에게 돈을 두 배로 줬어요! 닭고기 값을 두
배는 쳐줬죠. 보베 영감한테는 그 작은 빨간색 펜나이프를 줬어
요! 그리고 그 펜나이프는 레드몬드가 나한테 준 것보다 더 좋
은 거였어요. 가위도 달려 있고 그리고 햇빛에 대고 불을 지필
수 있는 작은 유리도 달려 있었죠."

"그래, 그랬던 것 같군…… 하지만 마누, 왜 나한테 말을 안
한 건가?"

"당신한테 말을요? 그건 위험해요! 그렇게 죽을 수도 있었어요! 그 보베 부인은 백인을 싫어했어요. 당신에 대해서 하루 종일 계속 불평했죠. 사람들 말이 보베 부인의 할아버지가 이볼로 Ibolo 출신의 보미타바 사람으로, 유명한 전투사에 리더라고 해요. 식민지 지배자와 큰 전투를 벌였죠. 하지만 그의 주물이 효력을 발휘하지 못했어요. 그는 죽었어요. 그들이 그를 죽였어요."

마누는 다시 모자를 쓰고 물병 뚜껑을 열어 한참 마셨다. "생물학자! 그게 내 꿈이에요! 래리 박사가 그렇게 말했어요. '마누, 생물학은 진짜 기적들로 가득해. 생물학은 생명이 어떻게 시작됐는지, 생명이 뭔지, 우리가 누군지, 왜 우리가 이렇게 행동하는지 그걸 알려주지. 그리고 나한테서 그걸 배울 수 있어. 마누, 신기하지만 사실이라네. 생물학은 여기 사람들의 그 망할 놈의 모든 정령들보다도 더 복잡하고 흥미롭지. 정령들이 얼마나 많든 말이야. 그리고 생물학은 물리학이나 화학보다도 더 복잡하고 더 재미있어. 생물학이 물리학과 화학을 이용하기 때문이네. 단연 넘버원이야! 그리고 마누, 이건 믿는 게 좋아. 생물학은 정령들보다 몇 배로 더 많은 걸 말해준다네.' 나는 이해할 수 없었어요. 하지만 자꾸 떠올라요. 몇 배였는지…… 진짜 큰 숫자였는데. 통계학적으로! 래리 박사는 이렇게 말했죠. '여기 정령들은! 기를 빨아먹어!'"

"기를 빨아먹는 자들!"

"그게 내 꿈이에요. 레드몬드, 이제 뭔지 알겠죠? 래리 박사와 함께 공부하는 거요. 래리 박사는 정령들에 대해 잘못 알고 있어요. 아무것도 몰라요. 당신하고 같아요. 어린애에 불과하죠. 하지만 그런 말은 안 할 거예요. 왜냐하면 래리 박사가 안 좋아할 테니까요. 정령들이 나를 도와줄 거예요. 그들은 내 비밀이 될 거예요. 그들은 조용히 있을 거예요. 아주 깊은 내면에요. 그리고 밤에 나를 도와줄 거예요. 나는 밤에 공부할 거예요. 왜냐하면 불이 있을 거니까. 진짜 전기 램프요. 그리고 책상, 나 혼자 쓰는 책상도 있을 거예요. 그리고 정령들이, 그들이 나를 도와줄 거예요!"(이렇게 말하고 마누는 땅콩버터를 숟가락으로 떠서 먹기 시작했다.) "래리 박사는 밤에는 아무 쓸모없어요. 래리 박사는 이해하지 못해요. 어둠을 무서워해요. 만푸에테에서 래리 박사는 겁을 먹었죠."

"나도 그랬어. 자네도 그러지 않았나?"

"만푸에테에서요? 내가요? 나는 자고 있었어요! 레드몬드. 나는 도망갔었어요! 나는 내 영혼을 멀리 보냈죠! 여기 임퐁도로 왔었어요! 나는 안전했어요. 나는 도망갔었어요!"

"마누…… 잘은 모르지만 미국은 어려울지 몰라. 왜냐하면 여기는 공산주의 국가니까. 그러니 아마도, 혹시 모르니 쿠바나 러시아, 아니면 중국은 어떤가? 장학금을 받아서. 사실 나는 자네가 러시아로 가야 한다고 생각하네. 심지어 조산사가 되려 한다해도 말이야."

"조산사라고요?" 마누가 빈 땅콩버터 통을 달그락거리며 숟가락을 책상 위에 놓았다. "그건 여자들이나 하는 거잖아요! 아뇨, 나는 미국으로 갈 거예요. 사람들이 자유롭게 살고 열심히 일하는 곳. 모두가 평등한 곳. 왜냐하면 저마다 제각각 가치가 있으니까! 그래요, 레드몬드, 밤에 나는 내 책상에서 레드몬드한 테 편지를 쓸 거예요. 그리고 당신한테만 은밀히 이야기해줄 거 예요. 정령들이 어떻게 나를 도와주는지에 대해서 전부요. 그리 고 당신의 주물에 대해 물어볼 거예요. 왜냐하면 도쿠의 주물은 당신의 인생을 바꿔놓을 거니까요. 그래요, 나는 내 집에 대해서 도 쓸 거예요. 내가 직접 지은 집에 대해서요! 그리고 저녁이 되 면 나는 디킨스의 책을 읽을 거예요. 래리 박사가 만든 다큐멘터 리를 전부 다 볼 거예요. 사카사카를 먹고 코카콜라를 마실 겁 니다. 조니워커 블랙 라벨도요. 왜냐하면 그때쯤에는 당연히 모 든 시험에 합격했을 거고 가르치고 있을 거니까요. 젊은이들에 게 어떻게 시험에 합격할 수 있는지 가르치고 있을 거니까요. 나 는 래리 박사와 같이 가르칠 거예요. 우리는 동료예요, 동등해 요. 우리는 서로를 존중할 거예요! 그리고 레드몬드, 나는 래리 박사를 볼 거예요. 매일 볼 거예요. 잘 모르겠지만 아마도 내가 개인적으로 살짝 부탁하면 래리 박사하고 그의 젊은 새 부인, 크 리스라고 했던가요, 그의 두 번째 부인, 미국에서 가장 아름다운 여자도 내 집에 와주겠죠? 레드몬드, 솔직하게 말해봐요. 그들이 내 집에 와줄까요?"

"당연히 가지!"

"그렇죠. 나도 그렇게 생각해요. 왜냐하면 래리 박사는 숲에 서 매일 밤 나에게 이렇게 말했거든요. '마누, 지금 빌어먹을 욕조만 있다면 내가 뭘 못 주겠어? 욕조를 위해서라면 살인이라도 할 정도야!' 하지만 래리 박사가 내 집, 내 커다란 집에 오면 마체테가 필요하지 않을 거예요. 왜냐하면 내가 이렇게 말할 거거든요. '래리 박사님, 그리고 미국에서 가장 아름다운 여인, 크리스. 우리 집에 오신 걸 환영합니다! 왜냐하면 내가 내 손으로 직접 이 집을 지을 때 그 안에 욕조를 만들었거든요.' 상상해봐요, 레드몬드! 상상해봐요, 욕조를! 이 욕조는 증기선 일등칸의 레드몬드 선실에 있던 그 세면대하고 똑같을 거예요. 손을 대면 물이 나오는 수도꼭지를 달 거거든요. 하지만 크기는 대형이에요. 바닥에 두는 거대한 욕조예요. 누울 수 있을 정도로 커요!

그래요. 래리 박사와 그의 젊은 새 부인이 좋아할 거예요. 그래서 나를 보러 올 거예요. 이 마누 뷔롱 박사를요. 레드몬드, 나는 열심히 가르칠 거예요. 정말 열심히 일할 거예요. 가르치고 가르칠 거예요. 생명의 시작과 공룡과 괴물에 대해서 내가 들은 모든 걸 가르칠 거예요. 젊은이들에게 텔레 호수에 대해, 숲과 밀림에 대해 내가 아는 모든 걸 가르칠 거예요. 그리고 미국에 살기 때문에 일자리가 있을 거예요. 내가 한 일에 대해 돈을 받을 거예요. 나는 집밖에 트럭을 세워둘 거예요. 그래요! 하지만 조지프가 타는, 마르셀랭이 여기 있는 동안 타는 노란색 도요타 트럭 말고요. 아니요! 나는 최고의 트럭을 가질 거예요. 미국 트럭이요. 닷지Dodge라고 불리죠. 래리 박사 것하고 같은 걸로요. 똑같은 걸로요. 하지만 내 건 빨간색으로 칠할 거예요. 왜 그런지 알아요? 짐작할 수 있겠어요?"

"아니, 모르겠는데."

"기억하기 위해서요! 내 출신과 내 뿌리를 기억하기 위해서요. 콩고인민공화국을요! 국기를요! 노동당을요!"

"훌륭해!"

"하지만 그것 때문에 여기 온 건 아니에요. 레드몬드, 나는 다른 사람과 다르죠? 그렇죠?"

"그래, 마누, 자네는 달라."

"뭔가 달라고 하지도 않죠, 그렇죠?"

"그래, 그러지 않아."

"자, 여기요. 당신한테 줄 선물을 샀어요. 진짜 선물이요."

마누는 운동가방의 지퍼를 열고 그 안에 하나 들어 있는 내용물을 꺼냈다. 청동 팔찌였다. 세 개의 줄이 엮인 청동 고리로 오래전 그의 어머니 집에서 마누가 쥐고 있는 걸 본 적이 있는 것 같았다. 그는 그걸 나에게 건넸다.

묵직했다. 적갈색에 탁한 초록색 반점이 있었다. 그 오래된 청동 팔찌는 내가 만져본 것 중 가장 순도 높고 거의 살아 있는 것 같은 금속이었다. 나는 그게 무엇으로 만들어진 것일지 더 이상 확신하지 못한 채 팔찌를 우리 사이의 바닥에 놓고 말했다. "마누, 나는 이걸 가질 수 없네. 이걸 나한테 주면 안 되네."

"왜 주면 안 돼요?" 마누가 조용히 말했다. 그는 가슴이 거의 우묵해 보이도록 어깨를 웅크리고 몸을 앞으로 숙였다. 거의 자기 자신으로 쪼그라드는 것 같아 보였다.

"왜냐하면 이건 특별하니까, 마누. 이건 소중한 거야. 마누 것이고. 마누 가족의 것이고."

"알아요! 바로 그래서 당신이 가져야 해요."

"이해할 수 없네."

"래리 박사가 얘기해줬어요. 다 쓴 볼펜을 레드몬드에게 줬다고요."

"뭐?"

"하지만 레드몬드는 펜이 이미 있잖아요!"

"그렇지."

"나는 봤어요! 그래서 우리끼리 따로 있을 때 물어봤어요. '래리 박사님, 제발 말해줘요. 왜 레드몬드에게 다 쓴 볼펜을 준 거예요? 레드몬드한테는 자기 펜이 있는데요. 잘 나오는 펜이요!'"

"그래서 래리가 뭐래? 뭐라고 했어?"

"래리 박사 아시잖아요."

"알지." 나는 불안해하며 말했다.

"그래요. 래리 박사가 진실을 말해줬어요! 래리 박사는 당신 같지 않아요! 전혀요. 레드몬드, 래리 박사한테 질문을 하러 가면요, 가서 질문을 하면요, 래리 박사는 상대방의 눈을 쳐다봐요. 그리고 혼자 생각해보죠. 곰곰이 생각한 다음 진실을 말해줘요!"

"알아. 고약한 습관이지."

"래리 박사가 이렇게 말했어요. '마누, 유감이네. 정말 유감이야. 하지만 마누가 물어본 이상 나는 진실을 말해주겠네. 좋은 건 아니라네. 그러니 마음의 준비를 하게. 저기 불가에 있는 통나무에 앉자고. 뭔가를 붙잡고 있는 게 좋을 거야.' 무코가 잘라놓은 커다란 가지, 그 죽은 가지 기억나요? 무코가 혼자서 불가로 가져왔던 것 말이에요. 그 가지가 우리 앞에서 기다리고 있었죠. 그리고 주변에 아무도 없어서 우리는 그걸 붙잡고 있었어요."

"그래서?" 나는 더욱 불안해져서 침대 가장자리에서 옮겨 앉으며 말했다.

"래리 박사가 말했어요. '좋지 않은 얘기야. 하지만 자네가 물어본 이상 진실을 말해주겠네. 내 의견은, 이건 순전히 내 의견인데 말이야. 우리의 레드소는 완전히 정상이라고 할 수는 없다네.'"

"그 돼지 같은 자식!"

"그리고 이렇게 말했어요. '마누, 이런 말을 하게 되어 정말로 유감이네만, 레드소 집에 작은 방이 하나 있는데 말이야. 이 방은 망할 놈의 온갖 쓰레기로 꽉 차 있다네. 오래된 책, 사진, 그 정도는 괜찮지. 그런데 마누, 아마 믿지 못하겠지만 거기에는 다 쓴 볼펜, 오래된 부츠, 나방이 파먹은 빌어먹을 여우털, 토끼가죽 조각들(털이 있는 것들), 사향고양이 아니면 몽구스처럼 생긴 박제된 담비, 무슨 새인지 알 수도 없는 정말 끔찍한 박제된 새들, 새알들, 그리고 털 뭉치도 있네. 그중에서 최악은 타다 만 발이야. 자기 친구의 타다 만 발도 있어. 마누, 그게 커피병에 들어있어! 그 방은 창문도 없다네. 레드소는 거기서 문을 잠그고 앉아 있지. 방 안은 깜깜해. 그의 양말만큼이나 까맣지. 그런데 마누, 섬뜩한 건, 정말이지 섬뜩한 건 이거야. 그 방에 있는 모든 물건이 죽은 사람 것이라는 거. 뒈진 사람, 황천길로 간 사람 말이야! 그리고 마누, 이건 내 의견인데, 순전히 내 의견일 뿐인데 거기 쌓인 물건은 전부 내다버려야 할 개똥 같은 거야!' 그래서 내가 말했어요. '래리 박사님.' 그리고 잠깐 기다렸다가 계속 말했어요. '나는 알았어요! 우리의 레드몬드, 그는 마법사예요! 마법사요! 정령들의 집을 갖고 있는 거예요! 그 방, 그 방은 주물의 집이에요!'"

"'그래, 맞네.' 래리 박사가 말했어요. '그래, 맞아. 우리의 레드소는 마법사였어! 그렇게는 생각 안 해봤는데, 자네 말이 맞아. 레드소는 틀림없이 마법사인 거야!' 그리고는 래리 박사가 나뭇가지를 잡았던 손을 놓았어요. 모자도 벗고요. 그리고 웃기 시작했어요. 우리는 나뭇가지를 놓고 웃었어요! 같이 웃었어요! 그러고 나자 래리 박사가 말했어요. '그 레드소는 말이야. 모르긴 몰라도 틀림없이 그 방에 표범 이빨도 갖고 있을 거야. 망할 놈의 목걸이에 말이야. 내 장담하네. 그리고 레드소가 잃어버린 냄새나는 검정색 양말도 한 짝 이상 있을 거고, 코끼리 코, 어쩌면 고릴라 해골도 있을지 몰라!'"

"고릴라 해골은 가지고 있지 않아! 고릴라 해골은 없어!"

"그럼 래리 박사 말이 진짜군요. 진짜예요!"

"래리, 나쁜 자식!"

"하지만 그게 뭐가 나빠요? 뭐가 부끄러워요? 그게 아프리카예요. 말 되는 거예요. 그건 주물의 집이에요!"

"그렇지 않아! 그건…… 그 물건들은…… 그것들은 기억할 수 있도록 돕는 거야. 그래, 그렇게 말할 수 있는 거야! 기억을 도와주는 것. 그것들이 나를 도와주지. 그것들은 정말이지 의미가 있어. 내가 누구인지 말해주거든. 과거를 기억할 수 있게 도와주니까. 그 물건들은 오직 나한테만 의미가 있는 것들이야. 어릴 때 물건들, 그리고 맞아, 그 물건들은 사람들, 친구들, 세상을 떠난 친구들이 갖고 있던 물건들이네. 그 작은 방은 쓰레기 창고가 아니네. 그건 내 뇌의 일부야. 정말 소중하게 생각하는 과거의 일부와 나를 연결해주는 영역. 진짜 나 자신, 숨겨진 자아지. 그리고 진짜 나 자신, 깊은 곳에 있는 자아, 그 의미 있는 자신과 연결되어 있어야만 미래를 볼 수 있네. 미래를 만들 수 있어!"

"바로 그거예요! 사실이에요! 물건들! 조상들! 주물의 집!"

"하지만……"

"레드소!" 마누는 이렇게 말하고 잠깐 멈췄다. 그는 그의 깨끗한 운동화를 쳐다봤다. 그러고는 부드럽게 말했다. "레드소…… 전에는 당신을 레드소라고 부를 수 없었어요……. 하지만 지금은 이해할 수 있어요. 당신의 피부는 하얗지만 당신은 아프리카인이에요. 당신의 조상은 정말 아프리카인이에요. 오래전 사람들, 피그미의 조상들, 숲을 사랑하는 사람들이요. 그래서 당신이 그렇게 미친 거예요. 그래서 숲에서 음식도 먹지 않고 그렇게 끝도 없이 우에소까지 걸어 다니고 싶었던 거예요. 그래요, 레드소의 조상들은 정말 아프리카인, 피그미—어떤 사람들은 침팬지나 고릴라 같은 동물이라고 하죠—들이에요. 그리고 그들이 당신을 부르는 거예요. 그래서 당신이 텐트 안에서 정령들한테 이야기를 했던 거고요. 브라자빌에서도 마찬가지고요. 래리 박사가 당신이 열병에 걸렸었다고 했어요. 그래서 그렇게 낮이고 밤이고 고릴라한테 줄곧 말하고 말했던 거예요. 당신은 알고 있었던 거예요. 고릴라의 영혼에 어떻게 말을 걸어야 하는지 알았던 거예요. 그런 반면, 레드소, 우리는 북서부에서 왔어요!"

"마누, 우리 모두의 조상은 아프리카인들이야. 지구상에 있는 모든 사람들, 우리 모두 아프리카에서 왔어."

"레드소, 레드소, 그렇게 예의 차릴 필요 없어요. 더 이상 안 그래도 돼요. 지금은 당신이 어떤 사람인지 알아요. 당신의 이성, 과학, 그건 다 가식이에요. 헛소리예요! 엉망이에요. 개똥이에요! 자 여기요."(그는 청동 팔찌를 집어 들었다.) "당신이 이걸 가졌으면 좋겠어요. 받아요!

이걸 당신 주물의 집에 두어요. 그러면 기억하게 될 거예요. 왜냐하면 당신도 알고 나도 알고 있으니까요. 우리가 두 번 다시는 만날 수 없다는 걸요. 하지만 이걸 갖고 있으면 당신은 나를 기억할 거예요. 내가 도와줄 거예요. 이걸 보고 기억할 거예요. 당신은 당신의 친구를 기억할 거예요. 당신의 죽은 친구, 마누를요!"

나는 내 오른손에 팔찌를 받아들었다. 눈물이 터질까 두려워 고개를 돌렸다. 나도 모르게 뒷벽을 보고 도마뱀붙이를 찾았다. 하지만 도마뱀붙이는 없었다. "마누." 나는 내 왼손이 오른쪽 주머니로 향하는 반사작용에 굴복하고 이렇게 말했다, "여기." 나는 고개를 돌리고 1만 세파프랑 두 장을 내밀었다. "미안하네. 상스러운 짓이지. 나도 아네. 하지만 알다시피 나한테는 아무것도 없네. 특별한 게 없어. 그러니 제발, 이걸 받아주게!"

마누는 오른쪽 어깨에 운동가방을 둘러메고 일어나며 말했다. "받을게요. 비밀로 할게요. 그리고 책을 살게요. 두 권을요! 세 권을요! 왜냐하면 레드소, 작년에 시장에서 본 적이 있거든요!"

그날 저녁 늦게 문 두드리는 소리에 잠에서 깼다. "코코!" (쾅! 쾅!) "코코!"

"응제, 기다려." 나는 전등 두 개를 다 켜며 소리쳤다.

내가 문을 열어주자 응제는 내 귀에 대고 소리쳤다. "레드몬드! 레드몬드! 내 아버지가, 내 아버지가 죽었어요!"

"알고 있네." 내가 뒤돌아서 방으로 들어오며 말했다. "들었네. 정말 유감이네."

"내 모자, 쿠바에서 온 내 모자, 그것도 잃어버렸어요!"

"안됐군."

"그리고 내 돈, 돈도 잃어버렸어요!"

"돈? 그걸 전부 다?"

"돌려줘요! 내 돈! 돈이 필요해요!"

"돌려달라고? 나한테 없어!"

"알아요. 없어진 거예요. 그러니까 나한테 줘요. 똑같은 금액으로요. 다 되돌릴 수 있게. 딱 그만큼만요. 나는 돈이 필요해요!"

"하지만 나도 없어⋯⋯."

"알아요!" 그는 이렇게 말하고 몸을 흔들며 침대 발치의 난간을 붙잡고 빙 둘러보며 물었다. "어디 있어요?"

"내 말 무슨 말인지 모르겠나? 2만 9,000세파프랑, 그게 남은 전부야." 나는 선물과 그의 물건이 가득 든 음식 주머니를 그에게 주려고 하면서 말했다.

"그거면 돼요. 그거면 다시 시작할 수 있어요, 많지는 않지만. 그건 꼬마들한테나 맞는 돈이에요. 그렇지만 지금은 그거면 돼요."

"안 돼. 그렇게는 안 돼. 그게 내가 가진 전부야. 나도 필요해." 내가 주머니의 주둥이를 그의 오른손에 억지로 쥐어주며 말했다.

"이건 뭐예요? 안에 든 게 뭐예요?" 응제는 내가 시체라도 건넨 것처럼 겁을 먹고 주머니를 바라보며 말했다.

"집에 가야 해, 응제. 가족들을 만나야지. 무슨 일이 일어났는지 말해야지. 아버지에 대해서 말이야. 아마 가족들도 이해할 거네."

응제는 아치를 그리듯 상체를 숙이고 침대 난간에서 떨어지더니 오른발로 문을 걷어차 활짝 열었다. "아뇨, 이해 못할 거예요!" 그는 거의 비명을 지르듯 크게 소리쳤다. 그러고는 마치 아이처럼 주머니를 품에 안고 밤의 어둠 속으로 비틀비틀 걸어갔다.

옮긴이의 말

영국 출신의 작가 레드몬드 오한론이 쓴 이 책《야생의 심장 콩고로 가는 길》을 한마디로 요약해야 한다면, '사람의 발길이 닿지 않은 콩고 북부 습지림에 서식한다고 알려진 공룡 모켈레음벰베를 찾아 떠난 여행'이라고 할 수 있다. 여행의 목적은 차치하고라도 최소한 여행의 목적지는 밝혀야 하기에 그렇다.

레드몬드 오한론은 1989년, 대학 시절 친구였던 동물행동학자이자 뉴욕 주립 대학교 심리학 교수 래리 섀퍼와 모켈레음벰베를 목격했다고 주장하는 콩고 현지인 마르셀랭 아냐냐 박사(쿠바에서 생물학을 전공한 과학자이자 정부 부처의 관리)를 대동해 탐사에 나선다. 선사시대 생물체의 흔적을 확인하기 위해 콩고인민공화국(현 콩고공화국)의 수도 브라자빌을 거쳐 콩고 밀림의 텔레 호수에 도달하기까지의 위험천만한 여정이 이 책의 표면적인 내용이다. 그러나 이러한 탐사 목적을 염두에 두고 책을 읽기로 한 독자라면, 여행기의 말미에 이르러 속은 기분이 들지도 모른다. 물론 6,500만 년 전 멸종했다고 알려진 거대 파충류 동물이 오늘날까지 살아 있을 거라는 가설을 믿는 독자는 많지 않을 것이다. 그러나 거창한 결말까지는 아니어도 기나긴 여정에 마침표를 찍는 의례적인 제스처라도 기대했다면 허탈감을 피할 수 없을 것이다. 그럴 수밖에 없는 것이 수많은 난관과 목숨마저 잃을 뻔한 고비를 넘기며 도달한 습지림에서 모켈레음벰베의 존재 여부를 확인하는 대목은 지나가는 여담처럼 맥없이 슬쩍 언급되는 데 그치기 때문이다.

한번 들으면 정신을 잃을 정도로 신비한 울음소리를 내는 모켈레음벰베가 육중한 몸으로 느릿느릿 걸으며 나무 열매를 따 먹는다는 텔레 호수의 수심은 사실 2~3미터에 불과하다. 사람 키를 조금 넘는 이 얕은 호수에 공룡이 살 리 만무하다. 오한론은 이런 사실을 발견하고도 마르셀랭 아냐냐 박사에게 앞뒤 사정을 따져 묻지도, 진위 여부를 확인하려 들지도 않는다. 동행한 현지인 포터가 말한 대로 모켈레음벰베는 믿음이고 상징이라는 데 동의한 것인지도 모르고, 아프리카라는 곳이 상식과 비상식, 과학과 비과학, 환상과 실재의 경계가 무너진 곳임을 기나긴 여정이라는 대가를 치르고 난 후 비로소 깨닫게 된 것인지도 모른다. 아니면 작가 자신의 고백대로 그저 '미쳐가고' 있었던 것일 수도 있고.

어찌 됐건 신기한 점은 정체불명의 생명체를 찾아나선다는 목적이 겨우 치기 어린 농담 같은 것이었을까, 과연 작가는 공룡의 존재 여부를 진지하게 생각한 걸까, 라는 의문이 슬며시 들기 시작하는 대목에서 역설적이게도 이 여행기의 진면목을 발견하게 된다는 것이다. 《야생의 심장 콩고로 가는 길》은 목적지로 향하는 직선의 여행기가 아니며 환영과 실재, 꿈과 현실, 과거(공룡뿐만 아니라 인류의 기원, 무려 생명의 기원까지 거슬러 올라가는)와 현재를 갈지자로 오고가는, 엉킬 대로 엉킨 구도 자체가 이 여행기의 전부였다는 자각이 그제야 들기 때문이다.

레드몬드 오한론은 《야생의 심장 콩고로 가는 길》을 쓰기 이전에 보르네오 섬과 아마존을 탐험하고 《보로네오의 심장 속으로Into the Heart of Borneo》(1984), 《또 다시 곤경에In Trouble Again: A Journey Between the Orinoco and the Amazon》(1988)를 썼다. 작가 자신이 밝히듯이 그의 일생일대의 관심사는 생물학이다. 그의 여행을 따라가다 보면 오지를 돌아다니며 미지의 자연 생태계를 탐사한 19세기 박물학자가 연상되는 것도 무리는 아니다. 그러나 옥스퍼드 대학에서 수학이 어려워 생물학을 포기하고 영문학을 택한 배경과, 조지프 콘래드와 찰스 다윈에 대한 박사학위 논문(〈Joseph Conrad and Charles Darwin: The Influence of Scientific Thought on Conrad's Fiction〉)을 쓴 독특한 이력에 걸맞게 그의 여행기는 비단 생태학적 관심에만 머물지 않는다. 그렇다고 콩고의 정치사회적 상황(저자가 여행할 당시 콩고는 공산주의 국가를 표방하는 콩고인민공화국이었다), 인류학적, 역사적 층위가 중요한 것도 아니다. 그에게 중요했던 것은 오로지 자신의 전全 존재에 전방위적으로 덮쳐오는 콩고, 아프리카 자체였는지 모르겠다는 생각이 드는 것도 그런 이유다. 예고 없이 닥쳐오는 온갖 사건, 즉 흥극의 배우처럼 불쑥불쑥 튀어나오는 독특한 콩고인들, 다채로운 색과 소리로 정신을 일깨우는 신기한 새와 야생동물들, 개미 떼와 벌 떼, 말라리아와 매독, 매종 등의 질병, 우연처럼 던져지는 죽음과 원초적 공포, 혼령, 주술 등이 더욱 흥미롭고 생생하게 느껴졌던 것도 오한론이 어떤 특정한 프레임을 갖고 콩고를 들여다보지 않았기 때문인지 모르겠다.

국내에는 처음 소개되지만 오한론은 누구와도 비교하기 어려운 독특한 여행기를 쓰는 작가로 정평이 나 있다. 그 이유 중의 하나가 바로 한 편의 소설을 읽는 듯한 서사적인 재미일 것이다 (오한론식의 고약하고 자조적인 유머도 한몫하지 않을까 생각한다).

그의 여행기에는 언제나 소설이나 영화에 자주 나오는 짝패 같은 동반자가 등장한다. 보르네오 여행에는 시인 제임스 펜턴James Fenton이 함께했고, 아마존 여행에서는 나이트클럽 매니저가, 그리고 콩고 여행에서는 실용주의적이고 이성적인 사고를 상징하는 미국인 친구 래리 섀퍼가 등장한다. 콩고 여행에서 섀퍼는 오한론의 즉흥적이고 몽상가적인 면에 맞선 논리적이고 현실적인 캐릭터로, 마치 극의 균형을 잡아주는 인물처럼 행동한다. 콩고 북부 밀림으로 떠나기 전 섀퍼가 결핵으로 미국으로 돌아가자 그때까지 작동하던 균형과 통제가 깨지면서 오한론이 겪는 정신적 불균형도 이를 방증한다.

그의 여정을 함께한 콩고 현지인 마르셀랭 아냐냐, 그의 이부 동생 마누와 사촌 동생 웅제 역시 고유한 개성이 잘 살아 있다.

책에 수록된 그들의 사진을 볼 때마다 실제 인물이라는 사실이 새삼 놀라울 정도로 생동감이 있다. 이렇게 독특한 개성을 지닌 현지인과 오한론이 관계 맺는 모습을 보는 것이 흥미롭다. 특히 철저히 관찰자의 입장을 고수하던 그가 이들 콩고인과 서로의 개인성을 침투하게 되는 장면은 작품 전체에서 일부에 불과하지만 폭죽이 터지는 순간처럼 강렬하게 느껴진다. 관찰자의 입장에 있다 보니 여간해서 드러나지 않았던 오한론의 감정과 정서를 일별할 수 있었던 그러한 짧은 순간이 옮긴이에게는 기나긴 기록을 읽어온 데 대한 보상처럼 느껴지기도 했다.

스타일 문제도 말하지 않을 수 없는데, 오한론은 콩고 여행을 마친 뒤 장장 6년에 걸쳐 이 여행기를 썼다고 한다(래리 섀퍼는 책이 출간되고 몇 년이 지날 때까지도 직접 읽지 못했다고 전한다. 잘은 몰라도 다시 마주하기 힘겨운 강렬한 경험이었기 때문인 듯하다). 이 여행기는 마치 현장 한쪽 구석에 앉아 수첩을 꺼내놓고 쉴 새 없이 기록한 것을 그대로 옮겼거나 녹취했다가 받아 적은 듯한 느낌이 들 정도로 거친 면이 있다. 6년이라는 시간 동안 필요한 부분만 추리고 짜임새를 갖추고 좀 더 정제된 표현으로 다듬는 과정을 충분히 거칠 수 있었을 텐데도 거친 민낯을 그대로 드러낸 듯하다. 진부한 비유일 수 있겠지만 덩굴식물이 마구 뒤엉키고 지상과 지하 구분을 무색하게 하는 나무뿌리들이 도처에 튀어나와 있고, 햇빛이 강렬하다가도 일순간 빽빽한 나무 아래 밤 같은 음지가 펼쳐지고, 시도 때도 없이 등장하는 야생동물과 새의 울음소리에 정신이 아득해지고, 열기와 습기로 정신이 혼미해지는 아프리카의 밀림을 그대로 옮겨놓은 듯한 인상도 받게 된다. 생물학에 대한 해박한 지식은 인정하더라도 요설에 가까운 다변과 현미경으로 들여다본 듯한 집요한 묘사, 시간의 직선적 흐름마저 거부하는 듯한 현실과 환상, 꿈이 어지럽게 중첩되는 오한론의 글에서 가끔 길을 잃은 것도 사실이다. 그러나 한편으로는 아프리카를 유려하고 정제된 언어로 정색하고 표현하기란 애초에 불가능했을 거라는 생각도 든다.

한국어판은 1997년 미국에서 'No Mercy: A Journey into the Heart of the Congo'라는 제목으로 출간된 판본을 번역한 것이다. 무자비함으로 옮길 수 있는 'No Mercy'라는 제목은 번역을 하면서 가장 자주 마주하게 되는 글귀였고, 번역의 지난함에서 허우적대던 옮긴이의 심정을 대변하는 말이기도 했다. 처음 봤을 때는 혹독한 가난과 잔인한 내전, 정치적 혼란, 참혹한 질병 등의 문제를 짊어진 아프리카를 묘사한 말일 거라고 지레짐작했으나 글을 읽어가면서 온갖 우여곡절과 아찔한 위기로 점철된 콩고 여행을 요약한 말이라는 생각이 들었다. 그러다가 끝내는 오한론이 체험한 내면으로의 여행을 상징할 수도 있겠다는 데까지 생각이 옮겨 갔다. 어린 시절 꿈에 그리던 페넌트쏙독새와 정체불명의 괴물을 찾겠다는, 어찌 보면 낭만적인 이유로 시작된 여정 속에서 오한론은 어린 시절의 추억, 자신이 살아온 서구 세계의 사고방식, 문명과 종교 등에 대한 믿음이 도전받고 부서지는 경험을 하게 된다. 그 과정에서 느낀 불안과 공포, 그리고 광기를 그런 식으로 표현한 것이라는 생각이 든다. 여행 끝에 오한론이 발견한 것은 공룡의 무게나 크기에 비교할 수 없을 정도로 깊고 아득하며 무자비한 무엇이 아니었을까. 인내심을 시험하는 듯한 이 방대한 기록을 다 읽어낸 독자라면 그 '무엇'을 각자의 언어로 정의할 수 있을지 모르겠다.

2015년 5월
이재희

참고문헌

Alexander, Lieutenant Boyd. *From the Niger to the Nile.* 2 vols. London, 1908.

Alexander, Herbert, ed. *Boyd Alexander's Last Journey.* London, 1912.

Alexander, R. McNeill. *Dynamics of Dinosaurs and other Extinct Giants.* New York, 1989.

Allégret, Marc. *Carnets du Congo: Voyage avec Gide.* Paris, 1987.

Allen, Chris, et al., eds. *Benin, The Congo, Burkina Faso: Economics, Politics and Society.* London, 1989.

Andriamirado, Sennen. *Le Défi du Congo-Ocean: ou l'Épopée d'un Chemin de Fer.* Paris, 1984.

Anon. By A F.R.G.S. *Wanderings in West Africa: From Liverpool to Fernando Po.* 2nd ed. 2 vols. London, 1863.

Anon, ed. *Africa and its Exploration as told by its Explorers.* 6 vols. London, 1891.

Arya, O. P., A. O. Osoba, and F. J. Benett. *Tropical Venereology.* 2nd ed. Edinburgh, 1988.

Badian, Seydon. *Congo: Terre généreuse forêt féconde.* Paris, 1983.

Bahuchet, Serge. *Les Pygmées Aka et la forêt centrafricaine.* Paris, 1984.

Bailey, K. V. *Connaissons nos oiseaux: les oiseaux communs des alentours de Brazzavil.* Brazzaville, n.d.

Bakker, Robert T. *The Dinosaur Heresies: New Theories Unlocking the Mystery of the Dinosaurs and Their Extinction.* New York, 1986.

Bannerman, David Armitage. *The Birds of Tropical West Africa: With Special Reference to Those of the Gambia, Sierra Leone, the Gold Coast and Nigeria.* 8 vols. London, 1930-1951.

Barley, Nigel. *Smashing Pots: Feats of Clay from Africa.* London, 1994.

Barns, Alexander T. *The Wonderland of the Eastern Congo: The Region of the Snowcrowned Volcanoes, the Pygmies, the Giant Gorilla and the Okapi.* London, 1922. Bass, Thomas A. *Camping with the Prince: And Other Tales of Science in Africa.* Boston, 1990.

Bates, Robert H., V. Y. Mudimbe, and Jean O'Barr, eds. *Africa and the Disciplines: The Contributions of Research in Africa to the Social Sciences and Humanities.* Chicago, 1993.

Beadle, L. C. *The Inland Waters of Tropical Africa: An Introduction to Tropical Limnology.* London, 1974.

Bell, Dion R. *Lecture Notes on Tropical Medicine.* 2nd ed. Oxford, 1985.

Biebuyck, Daniel. *The Arts of Zaire.* Vol. 1, *Southwestern Zaire*(Berkeley, 1985); vol. 2, *Eastern Zaire: The Ritual and Artistic Context of Voluntary Associations*(1986).

Biebuyck, Daniel, and Kahombo C. Mateene, eds. and trans. *The Mwindo Epic: From the Banyanga(Congo Republic).* Berkeley, 1969.

Birmingham, David, and Phyllis M. Martin, eds. *History of Central Africa.* 2 vols. Harlow, 1923.

Bishop, Walter W., and J. Desmond Clark. *Background to Evolution in Africa.* 1967.

Bonnafé, Pierre. *Histoire Sociale d'un Peuple Congolais.* Vol. 1, *La Terre et le*

Ciel(Paris, 1987); vol. 2, Posseder et Gouverner(1988).

Boote, Paul, and Jeremy Wade. *Somewhere Down the Crazy River: Journeys in Search of Giant Fish.* Swindon, 1992.

Boyer, Pascal. "Pourquoi les Pygmées n'ont pas de culture?" *Gradhiva 7*(Paris, 1989).

Branch, Bill. *Field Guide to the Snakes and Other Reptiles of Southern Africa.* Cape Town, 1988.

Brown, Leslie H., Emil K. Urban, and Kenneth Newman, eds. *The Birds of Africa,* vol. 1(London, 1982); Emil K. Urban, C. Hilary Fry, and Stuart Keith, eds., vol. 2(1986); C. Hilary Fry, Stuart Keith, and Emil K. Urban, eds., vol.3(1988); Stuart Keith, Emil K. Urban, and C. Hilary Fry, eds., vol. 4(1992).

Browne, Stanley G. "Yaws." *International Journal of Dermatology*(1982): pp. 220-223.

Bücherl, W., E. Buckley, and V. Deulofeu, eds. *Venomous Animals and Their Venoms,* vol. 1(New York, 1968); W. Bücherl and E. Buckley, eds., vol. 2(1971); W. Bücherl and E. Buckley, eds., vol. 3(1971).

Buckland. Francis T. *Curiosities of Natural History.* London, 1857; popular ed., 1893.

Burrows, Captain Guy. *The Land of the Pigmies.* London, 1898.

Canizares, Orlando, ed. *Clinical Tropical Dermatology.* London, 1975.

Carter, Gwendolen M. *National Unity and Regionalism in Eight African States.* New York, 1966.

Chadwick, Douglas H. *The Fate of the Elephants.* London, 1993.

Chapin, James P. "The Birds of the Belgian Congo." Part 1, *Bulletin of the American Museum of Natural History,* vol. 65(1932); part 2, vol. 75(1939); part 3, vol. 75A; part 4, vol. 75B(1954).

Chief, Roberto. *The Macdonald Encyclopedia of Medicinal Plants.* Milan, 1982.

Translated by Sylvia Mulcahy. London, 1984.

Clark, J. Desmond, ed. *The Cambridge History of Africa*, vol. 1, *From the Earliest Time to c. 500 BC*(Cambridge, 1982); J. D. Fage, ed., vol. 2, *From c. 500 BC to AD 1050*(1978); Roland Oliver, ed., vol. 3, *From c. 1050 to c. 1600*(1977); Richard Gray, ed., vol. 4, *From c. 1600 to c. 1790*(1975); John E. Flint, ed., vol. 5, *From c. 1790 to c. 1870*(1976); Roland Oliver and G. W. Sanderson, eds., vol. 6, *From 1870 to 1905*(1985); A. D. Roberts, ed., vol.7, *From 1905 to 1940*(1986); Michael Crowder, ed., vol. 8, *From c. 1940 to c. 1975*(1984).

Cloud, Preston. Oasis in Space: *Earth History from the Beginning.* New York, 1928.

Commission de Coopération Technique en Afrique au Sud du Sahara. *Comptes Rendues de la Troisième Conférence Internationale pour la Protection de la Faune et de la Flore en Afrique.* Bakavu, Belgian Congo, 1953.

Connah, Graham. *African Civilizations: Precolonial Cities and States in Tropical Africa: An Archaeological Perspective.* Cambridge, 1987.

Cook, G. C. *Communicable and Tropical Diseases.* London, 1988.

Cousins, Don. *The Magnificent Gorilla: The Life History of a Great Ape.* Lewes, 1990.

Crompton, D. W. T. *Parasites and People.* Basingstoke, 1984.

Crowther, Geoff. *Africa on a Shoestring.* 2nd ed. South Yarra, 1986.

Curry-Lindahl, Kai. "Ecological Studies on Mammals, Birds, Reptiles and Amphibians in the Eastern Belgian Congo." Part 2(Report No. 1 of the Swedish Congo Expeditions 1951-1952 and 1958-1959), Annalen van het Koninklijk Museum van Belgisch-Congo. Tervuren, 1960.

———. *Bird Migration in Africa: Movements between Six Continents.* 2 vols. London, 1981.

Darwin, Charles. *On the Origin of Species by means of Natural Selection, or the Preservation of Favoured Races in the Struggle for Life.* London, 1859.

―――. *The Descent of Man and Selection in Relation to Sex*, 2 vols. London, 1871.

―――. *The Expression of the Emotions in Man and Animals*. London, 1872.

Davidson, Basil. Old Africa Rediscovered: *The Story of Africa's Forgotten Past*. London, 1959.

Dawkins, Richard. *The Extended Phenotype: The Long Reach of the Gene*. Oxford, 1982.(국문판―리처드 도킨스, 《확장된 표현형》, 홍영남 옮김, 을유문화사, 2004)

―――. *The Blind Watchmaker*. Harlow, 1986.(국문판―리처드 도킨스, 《눈먼 시계공》, 이용철 옮김, 사이언스북스, 2004)

―――. *The Selfish Gene*. 2nd ed. Oxford, 1989.(국문판―리처드 도킨스, 《이기적 유전자》, 홍영남 이상임 옮김, 을유문화사, 2010)

de Foy, Guy Philippart. *Les Pygmées d'Afrique Centrale*. Rocquevaire, 1984.

Delaporte, François. *The History of Yellow Fever: An Essay on the Birth of Tropical Medicine*. Translated by Arthur Goldhammer. Cambridge, Mass., 1991.

Demesse, Lucien. *Quest for the Babingas, the World's Most Primitive Tribe*. Translated by E. Noel Bowman. London, 1958.

―――. *Techniques et économe des Pygmées Babinga*. Paris, 1980.

Denham, Major, Captain Clafferton, and the late Doctor Oudney. *Narrative of Travels and Discoveries: in Northern and Central Africa, in the years 1822, 1823 and 1824, extending across the Great Desert to the Tenth Degree of Northern Latitude, and from Kouka in Bournou, to Sackatoo, the Capital of the Felatah Empire*. 2 vols. London, 1826.

Desowitz, Robert S. *The Malaria Capers: More Tales of Parasites and Peaple, Research and Reality*. New York, 1991.

Du Chaillu, Paul B. *Explorations and Adventures in Equatorial Africa: With Accounts of the Manners and Customs of the People, and of the Chace of the Gorilla, Crocodile, Leopard, Elephant, Hippopotamus, and Other Animals*.

London, 1861.

———. *A Journey to Ashango-Land: And Further Penetration into Equatorial Africa*, London, 1867.

Du Plcssis, J. *Thrice through the Dark Continent: A Record of Journeyings across Africa during the Years 1913-1916*. London, 1917.

Eggert, Manfred K. H. "The Central African Rain Forest: Historical Speculation and Archaeological Facts." *World Archaeology*, vol. 24, no. 1, "The Humid Tropics"(1 June 1992): pp. 1-24.

Ehret, Christopher, and Merrick Posnansky, eds. *The Archaeological and Linguistic Reconstruction of African History*. Berkeley, 1982.

Estes, Richard Despard. *The Behaviour Guide to African Mammals: Including Hoofed Mammals, Carnivores, Primates*. Berkeley, 1991.

FitzSimons, V. F. M. *A Field Guide to the Snakes of Southern Africa*. London, 1962.

Foelix, Rainer F. *Biology of Spiders*. Cambridge, Mass., 1982.

Frank, Katherine. *A Voyager Out: The Life of Mary Kingsley*. London, 1986.

Gide, André. *Travels in the Congo*. Translated by Dorothy Bussy. New York, 1929.(국문판—앙드레 지드, 《앙드레 지드의 콩고 여행》, 김중현 옮김, 한길사, 2006)

Gillon, Werner. *A Short History of African Art*. London, 1984.

Goodall, Jane. *The Chimpanzees of Gombe: Patterns of Behaviour*. Cambridge, Mass., 1986.

Gorer, Geoffrey. *Africa Dances*. London, 1935.

Greenway, James C. *Extinct and Vanishing Birds of the World*. New York, 1958.

Grzimek, Bernhard, ed. *Grzimek's Encyclopedia of Mammals*. 5 vols. New York, 1990.

Hall, Richard. *Stanley: An Adventurer Explored*. London, 1974.

Haltenorth, Theodor, and Helmut Diller. *A Field Guide to the Mammals of Africa Including Madagascar*. Translated by Robert W. Hayman. London,

1980.

Hamilton, W. D. *Narrow Roads of Gene Land: The Collected Papers of W. D. Hamilton: Evolution of Social Behaviour*. Oxford, 1996.

Happold, D. C. D. *The Mammals of Nigeria*. Oxford, 1987.

Harding, Jeremy. *Small Wars, Small Mercies: Journeys in Africa's Disputed Nation*. London, 1993.

Harrison, Christopher. *France and Islam in West Africa, 1860-1960*. Cambridge, 1988.

Hather, John G., ed. *Tropical Archaeobotany Applications and New Developments*. London, 1994.

Hatt, John. *The Tropical Traveller*. 2nd ed. London, 1985.

Heinrich, Bernd. *Bumblebee Economics*. Cambridge, Mass., 1979.

Hill, John E., D. Smith. *Bats: A Natural History*. London, 1984.

Hilton, Anne. *The Kingdom of Kongo*. Oxford, 1985.

Hogendon, Jan, and Marion Johnson. *The Shell Money of the Slave Trade*. Cambridge, 1986.

Hölldobler, Bert, and Edward O. Wilson. *The Ants*. Berlin, 1990.

Hoskyns, Catherine. *The Congo since Independence: January 1960-December 1961*. Oxford, 1965.

Hutchinson, J., and J. M. Dalzicl. *Flora of West Tropical Africa: The British West Afrtcan Trritories, Liberia, the French and Portuguese Territories South of Latitude 18°N to Lake Chad, and Fernando Po*. 2nd ed. Vol. 1, rev. R. W. J. Keay, London, 1954; vol. 2, 1958; vol. 3, *The Ferns and Fern-Allies of West Tropical Africa*, rev. A. H. G. Alston, 1959.

Ingold, Tim, David Riches, and James Woodburn. *Hunters* and *Gatherers*. Vol. 1, *History, Evolution and Social Change*; vol. 2, *Property, Power and Ideology*. Oxford, 1988.

Jobling, James A. *A Dictionary of Scientific Bird Names*. Oxford, 1991.

Johanson, Donald C., and Maitland A. Edey. *Lucy: The Beginnings of Humankind*. London, 1981.

Johnston, H. H. *The River Congo: From its Mouth to Bólóbó; with a General Description of the Natural History and Anthropology of its Western Basin*. London, 1884.

Johnston, Sir Harry H. *The Story of My Life*. Indianapolis, 1923.

Jong, Elaine C. *The Travel and Tropical Medicine Manual*. Philadelphia, 1987.

Kano, Takayoshi. *The Last Ape: Pygmy Chimpanzee Behavior and Ecology*. Stanford, 1992.

Kearton, Cherry, and James Barnes. *Through Central Africa from East to West*. London, 1915.

Keay, R. W. J. *Trees of Nigeria*, Oxford, 1989.

Kingdon, Jonathan. *East African Mammals: An Atlas of Evolution in Africa*. 7 vols. London, 1974-1982.

———. "The Role of Visual Signals and Face Patterns in African Forest Monkeys(Guenons) of the Genus Cercopithecus." *Transactions of the Zoological Society of London* 35(1980): pp. 425-475.

———. *Island Africa: The Evolution of Africa's Rare Animals and Plants*. London, 1990.

———. *Self-Made Man and His Undoing*. London, 1993.

Kingsley, Mary H. *Travels in West Africa: Cong-Français, Corisco and Cameroons*. London, 1897.

———. *West African Studies*. London, 1899.

Ki-Zerbo, J., ed. *General History of Africa*, vol. 1, *Methodology and African Prehistory*(London, 1981); G. Mokhtar, ed., vol. 2, *Ancient Civilizations of Africa*(1981); M. Elfasi and I. Hrbek, eds., vol. 3, *Africa from the Seventh to the Eleventh Century*(1988); B. A. Ogot, ed., vol. 5, *Africa from the Sixteenth to the Eighteenth Century*(1992); J. F. Ade Ajayi, ed., vol. 6, *Africa in the*

Nineteenth Century until the 1880s(1989); A. Adu Boahen, ed., vol. 7, *Africa under Colonial Domination, 1880-1935*(1985); Ali A. Mazrui, ed., vol. 8, *Africa Since 1935*(1993).

Lambert, David. *Collins Guide to Dinosaurs*. London,1983.

Lieth, L., and M. J. A. Werger, eds. *Tropical Rain Forest Ecosystems*. Amsterdam, 1989.

Lloyd, A. B. *In Dwarf Land and Cannibal Country: A Record of Travel and Discovery in Central Africa*, London, 1909.

Lucas, Adetokunbo O., and Herbert M. Gilles. *A Short Textbook of Preventive Medicine for the Tropics*. 2nd ed. London, 1984.

Macdonald, David, ed. *The Encyclopaedia of Mammals*. 2 vols. London, 1984.

McDonald, Gordon C., et al. *Area Handbook for People's Republic of the Congo(Congo Brazzaville)*. Washington, D.C., 1971.

McEwan, P. J. M., ed. *Nineteenth-Century Africa*, London, 1968.

MacGaffey, Janet. *Entrepreneurs and Parasites: The Struggle for Indigenous Capitalism in Zaire*. Cambridge, 1988.

Mack, John. *Emil Today and the Art of the Congo, 1900-1909*. London, 1990.

Mackal, Roy P. *A Living Dinosaur? In Search of Mokele-Mbembe*. Leiden, 1987.

Mackworth-Praed, C. W., and Captain C. H. B. Grant. *Birds of West Central and Western Africa*. 2 vols. London, 1970-1973.

McLynn, Frank. *Stanley: The Making of an African Explorer*. London, 1989.

McMillan, Nora. "Robert Bruce Napoleon Walker, F.R.G.S., F.A.S., F.G.S., C.M.Z.S.(1832-1901), Western African Trader, Explorer and Collector of Zoological Specimens." *Archives of Natural History*, vol. 23, part 1(February 1996), pp. 125-141.

Malbrant, René. *Faune du Centre Africain Français(Mammifères et Oiseaux)*. Paris, 1936.

Manning, Patrick. *Francophone Sub-Saharan Africa*. Cambridge, 1988.

Mason, K., ed., Naval Intelligence Division. *French Equatorial Africa and Cameroons*. London, 1942.

Mattingly, P. F. *The Biology of Mosquito-Borne Disease*. London, 1969.

Mecklenburg, Adolphus Frederick Duke of. *In the Heart of Africa*. Translated by G. E. Maberly-Oppler. London, 1910.

———. *From the Congo to the Niger and the Nile: An account of the German Central African Expedition of 1910-1911*. 2 vols. London, 1913.

Meredith, Martin. *The First Dance of Freedom: Black Africa in the Postwar Era*. London, 1984.

Miller, Christopher L. *Theories of Africans: Francophone Literature and Anthropology in Africa*. London, 1990.

Milligan, Robert H. *The Fetish Folk of West Africa*, New York, 1912.

Moffett, Mark W. *The High Frontier: Exploring the Tropical Rainforest Canopy*. Cambridge, Mass., 1993.

Nassau, Rev. Robert Hamill. *Fetichism in West Africa: Forty Years' Observation of Native Customs and Superstitions*. London, n.d.

Noordhock, Gerda. *Syphilis and Yaws: A Molecular Study to Detect and Differentiate Pathogenic Treponemes*. Amsterdam, 1991.

Northern, Tamara. *The Art of Cameroon*. Washington, D.C., 1984.

Nowak, Ronald M. *Walker's Mammals of the World*. 5th ed. 2 vols. Baltimore, 1991.

Oliver, Roland. *The African Experience*. London, 1991.

———, and Anthony Atmore. *The African Middle Ages, 1400-1800*. Cambridge, 1981.

Oliver-Bever, Bep. *Medicinal Plants in Tropical West Africa*. Cambridge, 1986.

Owen, D. F. *Tropical Butterflies: The Ecology and Behaviour of Butterflies in the Tropics with Special Reference to African Species*. Oxford, 1971.

Owomoyela, Oyekan. *A History of Twentieth-Century African Literatures*.

Lincoln, Nebr., 1993.

Preston, Richard. *The Hot Zone*. New York, 1994.

Putnam, Anne Eisner. *Eight with Congo Pigmies*. London, 1955.

Radin, Paul, and James Johnson Sweeney. *African Folktales and Sculpture*. New York, 1952.

Richards, P. W. *The Tropical Rain Forest: An Ecological Study*. Cambridge, 1952.

Ridley, Matt. *The Red Queen: Sex and the Evolution of Human Nature*. London, 1993.

———. *The Origins of Virtue*. London, 1996.

Riemenschneider, Dieter, and Frank Schulze-Engler. *African Literatures in the Eighties*. Amsterdam, 1993.

Robbins, Warren M., and Nancy Ingram Nooter. *African Art in American Collections: Survey 1989*. Washington D.C., 1989.

Rosevear, D. R. *The Rodents of West Africa*. London, 1969.

Sarno, Louis. *Song from the Forest: My Life among the Ba-Benjellé Pygmies*. London, 1993.

Schaller, George B. *The Year of the Gorilla*. London, 1965.

Schebesta, Paul. *Among Congo Pigmies*. Translated by Gerald Griffin. London, 1933.

———. *My Pigmy and Negro Hosts*. Translated by Gerald Griffin. London, 1936.

———. *Revisiting My Pygmy Hosts*. Translated by Gerald Griffin. London, 1936.

Schweinfurth, Georg. *The Heart of Africa: Three Year' Travels and Adventures in the Unexplored Regions of Central Africa. From 1868 to 1871*. 2 vols. London, 1873.

Segy, Ladislas. *African Sculpture Speaks*. New York, 1951.

Sénéchal, Jacques, Matuka Kabala, and Frédéric Fournier. *Revue des connaissances sur le Mayombe*. Paris, 1989.

Serle, William, and Gérard J. Morel. *A Field Guide to the Birds of West Africa*.

London, 1977.

Shoumatoff, Alex. *In Southern Light*. London, 1986. Paperback ed., New York, 1990.

Skaife, S. H. *African Insect Life*. Cape Town, 1953.

Smuts, Barbara B., et al., eds. *Primate Societies*. London, 1987.

Stanley, H. M. *Through the Dark Continent: Or the Sources of the Nile around the Great Lakes of Equatorial Africa and down the Livingstone River to the Atlantic Ocean*. 2 vols. London, 1878. 2nd ed., 1 vol., 1899.

————. *In Darkest Africa: Or the Quest Rescue and Retreat of Emin, Governor of Equatoria*. 2 vols. London, 1890.

Stanley, Richard, and Alan Neame, eds. *The Exploration Diaries of H. M. Stanley*, London, 1961.

Steentoft, Margaret. *Flowering Plants in West Africa*. Cambridge, 1988.

Stoeckcr, Helmut. *German Imperialism in Africa*. Translated by Bernd Zöllner. London,1986.

Stringer, Chris, and Robin McKie. *African Exodus*. London, 1996.

Sutton, S. L., T. C. Whitmore, and A. C. Chadwick. *Tropical Rain Forest: Ecology and Management*. Oxford, 1983.

Swainson, W. *Birds of Western Africa*. 2 vols. London, 1837.

Swinton, W. E. *The Dinosaurs*. London, 1970.

Tati-Loutard, J. B. *Anthologie de la littérature congolaise d'expression française*. Yaounde, 1977.

Thompson, Virginia, and Richard Adloff. *Historical Dictionary of the People's Republic of the Congo*. Metuchen, N. J., 1974. 2nd ed., 1984.

Thonner, Franz. *Dans la grande forêt de l'Afrique Centrale: mon voyage au Congo et à la Mongola en 1896*. Brussels, 1899.

Torday, E. *Camp and Tramp in African Wilds: A Record of Adventure, Impressions, and Experiences during many years spent amomg the Savage Tribes* round Lake Tanganyika and in Central Africa, with a descrtption of Native Life, Character, and Customs. London, 1913.

Tremearne, Major A. J. N. The Ban of the Bovi: Demons and Demon-Dancing in West and North Africa. London, 1914.

Trial, Georges. Dix ans de chasse au Gabon. Paris, 1955.

Turnbull, Colin M. The Forest People. New York, 1961.

Vanden Bergh, Dr. Leonard John. On the Trail of the Pigmies: An Anthropological Exploration under the cooptration of the American Museum of Natural History and American Universities. London, 1922.

van Lawick-Goodall, J. In the Shadow of Man. London, 1971.

Vansina, Jan. Paths in the Rainforests: Towards a History of Political Tradition in Equatorial Africa. London, 1990.

Wack, Henry Wellington. The Story of the Congo Free State: Social, Political, and Economic Aspects of the Belgian System of Government in Central Africa. New York, 1905.

Werner, A. The Language-Families of Africa. London, 1915.

Wemer, David. Where There Is No Doctor: A Village Health Care Notebook. London, 1979.

West, Richard. Brazza of the Congo: Exploration and Exploitation in French Equatorial Africa, London, 1972.

Williams, John G. A Field Guide to the Butterflies of Africa. London, 1969.

Wilson, Henry S. The Imperial Experience in Sub-Saharan Africa since 1870. Minneapolis, 1977.

Wissmann, Hermann von. My Second Journey Through Equatorial Africa: From the Congo to the Zambesi in the Years 1886 and 1887. Translated by Minna J. A. Bergmann. London, 1891.

Wollaston, A. F. R. From Ruwenzori to the Congo: A Naturalist's Journey across Africa. London, 1908.

Woodruff, A. W., and S. G. Wright. *A Synopsis of Infectious and Tropical Diseases*, 3rd ed. Bristol, 1987.

Worthington, S. and E. B. *Inland Waters of Africa: The Result of Two Expeditions to the Great Lakes of Kenya and Uganda, with Accounts of their Biology, Native Tribes and Development*. London, 1933.

Wrangham, Richard W., et al. *Chimpanzee Cultures*. Cambridge, Mass., 1994.

옮긴이 **이재희**

이화여자대학교에서 국어국문학을 전공하고, 같은 대학 통번역대학원 한영번역학과를
졸업했다. 옮긴 책으로 《린다 브렌트 이야기》가 있다.

야생의 심장 콩고로 가는 길 2

초판 1쇄 발행 | 2015년 5월 11일

지은이	레드몬드 오한론
옮긴이	이재희
책임편집	나희영
디자인	김한기

펴낸곳	바다출판사
발행인	김인호
주소	서울시 마포구 어울마당로5길 17(서교동, 5층)
전화	322-3885(편집), 322-3575(마케팅)
팩스	322-3858
E-mail	badabooks@daum.net
홈페이지	www.badabooks.co.kr
출판등록일	1996년 5월 8일
등록번호	제10-1288호

ISBN 978-89-5561-764-1 03840
     978-89-5561-762-7 (전2권)